JENNIFER CRUSIE

Die Gerüchteköchin

Buch

Als Maddie Faraday im Auto ihres Ehegatten Brent ein schwarzes, unidentifizierbares Etwas aus Spitze unter dem Autositz hervorzieht, ist der Tag gelaufen. Doch Maddie kommt kaum dazu, Rachepläne gegen den ewig Untreuen zu schmieden, denn andauernd ruft ihre Mutter an. Und die kennt den neuesten Tratsch aus der Stadt schon, bevor die Betroffenen überhaupt wissen, was ihnen passiert ist. Maddie sucht Trost und Verständnis bei ihrer besten Freundin Treva – und muß sich den Kopf waschen lassen.

Als hätte sie nicht schon genug Ärger, taucht auch noch C.L. Sturgis auf. Maddie erinnert sich ungern an eine äußerst unerfreuliche Begegnung mit ihm auf der Rückbank seines Autos: Schließlich benutzte sie C.L. nur, um Brent eifersüchtig zu machen, damit er sie endlich heiratet. Und das alte Spiel scheint wieder zu funktionieren, bis Brent eines Tages erschossen aufgefunden wird und jeder gehört hat, wie Maddie ihren Gatten zum Teufel wünschte.

Niemand ahnt, daß in Wahrheit alle Betroffenen noch ganz andere Leichen im Keller und Pläne im Kopf haben. Denn in Frog Point sind die alten High-School-Schwärmereien und -Fehden noch so virulent wie die Intrige von letzter Woche...

Autorin

Jennifer Crusie, die in Amerika bereits eine große Fangemeinde hat, ist mit *Die Gerüchteköchin* auf Anhieb auch in Deutschland der Durchbruch gelungen.

Außerdem von der Autorin
bei Goldmann:

Der Frühjahrsputz. Roman (44574)
Die Naschkatzen. Roman (44896)
Liebe auf den zweiten Kuss. Roman (45136)
Verliebt in eine Diebin. Roman (45247)

Jennifer Crusie

Die Gerüchteköchin

Roman

Aus dem Amerikanischen
von Jacqueline Klein

GOLDMANN

Die Originalausgabe erschien 1998 unter dem Titel
»Tell me Lies«
bei St. Martin's Press, New York

Umwelthinweis:
Alle bedruckten Materialien dieses Taschenbuches
sind chlorfrei und umweltschonend.

Einmalige Sonderausgabe Februar 2004

Umschlaggestaltung: Design Team München
Umschlagfoto: Zefa/Masterfile
Druck: GGP Media, Pößneck
Made in Germany · Titelnummer: 45671

ISBN 3-442-45671-1

www.goldmann-verlag.de

Für
Mollie Amanda JoAnna Smith,
noch immer die erstaunlichste Frau,
die ich kenne.

»Jede Prosa ist Geschwätz.«
Truman Capote

1

An einem heißen Donnerstag nachmittag im August griff Maddie Faraday im Cadillac ihres Ehemanns unter den Vordersitz und zog einen Slip aus schwarzer Spitze hervor. Ihr gehörte er nicht.

Bis zu diesem Moment war der Tag ganz passabel verlaufen. Die Mikrowelle hatte zwar einen Knall von sich und dann den Geist aufgegeben, als sie versuchte, Em zum Frühstück ein Muffin aufzubacken, aber die Sonne schien auf ihr blaues Holzhaus, die Temperatur war vor Mittag noch nicht auf 33 Grad geklettert, Em wurde von der Planung ihrer Schuleinkäufe in Anspruch genommen – kurzum, es hatte Zufriedenheit geherrscht. Sogar Brents Laune hatte sich gebessert, als Maddie sich nach seiner gebrummten Bemerkung über den Sauberkeitszustand seines Wagens bereit erklärte, ihn zu putzen, was allerdings mehr aus einem Schuld- denn aus einem Pflichtgefühl heraus geschah. Es erschien ihr nur fair, daß sie den Wagen saubermachen würde, da sie Sommerferien hatte und er nicht, und sie sich in letzter Zeit größte Mühe gab, fair zu sein, weil es so verlockend war, es nicht zu sein. »Ich kann dich nicht einmal leiden«, hätte sie am liebsten gesagt, »warum sollte ich dein Auto putzen?« Aber Brent war, was Unterlassungen anbetraf, ein guter Ehemann: Er brüllte nicht herum, vertrank sein Gehalt nicht, schlug sie nicht und tat auch sonst so gut wie nichts von dem, was in der Countrymusik, die sie so gerne hörte, beklagt wurde. Er übernahm seine Rolle, also war das mindeste, was sie tun konnte, ihre zu spielen. »Em und ich werden deinen Wagen heute nachmittag ausmisten«, hatte sie gesagt, als er Em zum Abschied in die Arme nahm und auf dem Weg zur Tür war.

»Ruf Howie an und sag ihm, er soll dich auf dem Weg in die Firma abholen.« Brent war so überrascht gewesen, daß er sie auf die Wange geküßt hatte.

Em hatte das für eine Achtjährige typische Augenrollen hinter ihrer Brille aufgesetzt, als sie die erfreuliche Neuigkeit hörte. Aber dann trat der berechnende Blick in ihre Augen, und sie wurde zur Engelstochter und marschierte nach dem Mittagessen ohne Protest zu Brents im Sonnenlicht glänzenden Caddy hinaus. Irgend etwas war da im Busch, und Maddie wartete darauf, daß ihre Tochter mit der Sprache herausrückte, während sie den Müll vom Vordersitz entfernte und in den Gesang von Roseanne Cash aus dem Cassettenrecorder einstimmte.

Em beförderte genug Abfall vom Rücksitz, um einen ganzen Karton damit zu füllen. »Ich bringe das Zeug ins Haus und werf es sofort weg«, verkündete sie, schlang ihre dünnen Arme um den Karton und flüchtete in die hellgelbe klimatisierte Küche, während Maddie sie vom Fußraum des Vordersitzes her mit der Hand wegscheuchte.

Maddie griff unter den Sitz und fischte ein Einschlagpapier von Egg McMuffin hervor, als Roseanne »Blue Moon with Heartache« sang. Guter Song, schöner Tag. Zu ihrer Rechten hörte sie eine Fliegentür quietschen, und sie verdrehte den Hals, um zu sehen, wie Mrs. Crosby, ihre Nachbarin, auf ihre kleine, makellos weiße Veranda hinausschlurfte und sich zu ihrem kleinen, makellosen, mit Ringelblumen gesäumten Vorgarten vorbeugte, um zu Brents Caddy hinüberzublinzeln, der nichts in der Einfahrt zu suchen hatte – schließlich war es ein Arbeitstag.

Mrs. Crosby hatte heute Festtagskleidung angelegt und die roten Leggings, die an ihren dünnen, knochigen Oberschenkeln schlotterten, mit einem heißen orangefarbenen T-Shirt mit der Aufschrift »Weltbeste Großmama« gekrönt, ein gedruckter Beweis dafür, daß die Heuchelei in Frog Point, Ohio, schon in jungen Jahren begann. Maddie winkte ihr zu und rief: »Hallo, Mrs. Crosby, wir machen nur den Wagen sauber.« Mrs. Crosby besaß nicht mehr das Hör- und Sehvermögen wie vor zwanzig Jahren, aber sie hatte immer noch ein Mundwerk, und das Höllenspektakel, das sie veranstalten konnte, wenn man sie ignorierte, war stets schier endlos. »Da stand dieser Wagen«, würde Mrs. Crosby erzählen, »nicht zu übersehen, gerade so, als hätte er keine Arbeit.« Es war einfacher, jetzt zu winken und zu schreien, als später Erklärungen zu liefern.

Mrs. Crosby wedelte Maddie mit der Hand zu und schlurfte mit der Gewißheit zurück ins Haus, daß in der Einfahrt nebenan nichts Interessantes vor sich ging. Maddie stopfte das Egg-McMuffin-Papier in ihre Mülltüte, fingerte dann unter dem Sitz nach dem restlichen Abfall und fand den Slip.

Mrs. Crosby hatte sich geirrt.

Maddie saß dort, die nackten Beine aus der Autotür gestreckt, und starrte stupide auf das elastische Ding aus Spitze, das in ihrer Hand baumelte. Sie brauchte eine Minute, um zu erkennen, was es war, weil der Mittelteil fehlte – lediglich zwei Dreiecke aus schwarzer Spitze, zusammengehalten durch ein schwarzes Gummiband. Dann wurde ihr klar, daß es sich um einen Slip handelte, einen Slip ohne Schritt. *Nicht schon wieder*, dachte sie, und *Beth* und *Gott sei Dank ist Em hineingegangen* und *Jetzt kann ich ihn verlassen*. In diesem Moment schlug links nebenan eine Autotür zu, und sie zuckte zusammen und knüllte die Spitze zu einem harten Ball, der in ihrer Handfläche kratzte.

Gloria war nach Hause gekommen. Schlecht, wenn Gloria, wie üblich, über den dicken Palisadenzaun glotzen und

Maddie auf dem Boden von Brents Auto mit der Unterwäsche einer anderen Frau erwischen würde. Roseanne begann »My Baby Thinks He's a Train« zu singen, und Maddie schaltete schnell den Cassettenrecorder aus und rang um Fassung.

Wahrscheinlich war es paranoid anzunehmen, daß Gloria Meyer die Unterwäsche einer anderen Frau auf eine Entfernung von dreißig Metern identifizieren könne, aber in Frog Point war es besser, kein Risiko einzugehen. Wenn Gloria es mitbekäme, würde sie die Nase rümpfen, winken und ins Haus trippeln, und eine Stunde später würde Maddies Mutter anrufen, um herauszufinden, ob es wahr sei, weil sie es von Esther an der Brottheke im Kmart gehört hatte und nun jeder in Frog Point darüber sprach, was für ein Dummkopf Maddie und was für eine Schande es für Emily sei und daß überhaupt Maddies Mutter daran schuld sei, weil sie Maddie nicht richtig erzogen hätte.

Die ausgedörrte Vorstadtlandschaft schwankte hin und her, und ihr Magen vollführte Schlenker, um mit den Kurven mitzuhalten. Sie bemerkte, daß sie zu atmen aufgehört hatte, und füllte ihre Lungen mit der heißen, staubigen Luft, während das Blut in ihren Ohren pochte.

Nebenan fiel Glorias Fliegentür hinter ihr zu.

Denk nach, ermahnte Maddie sich. *Reiß dich zusammen.* Das Gerede damals war schlimm gewesen. Und nun war Em alt genug, um es zu verstehen. Em würde es erfahren.

Und dann war da noch ihre Mutter. Oh, Gott, ihre Mutter.

Denk nach. Keine Panik. Nun, eine Sache jedenfalls konnte sie tun. Sie konnte sicherstellen, daß man sie nicht wieder zur Idiotin stempeln würde. Sie konnte sich scheiden lassen. Sie nickte mit dem Kopf und fühlte sich augenblicklich wie eine Idiotin, weil sie alleine, kopfnickend, im Fußraum eines Autos saß.

Mit der Hand stützte sie sich auf das heiße, beigefarbene Leder und zog sich aus dem Wagen hoch, um in den Garten zu starren. Seltsam, wie normal alles aussah. Der Palisadenzaun aus Kiefernholz stand noch dort, wo er hingehörte, ebenso der abgesplitterte Gartentisch und Ems verbeultes, blaues Fahrrad – und dennoch hatte sie genau hier in der Linden Street zwischen Gloria Meyer und Leona Crosby die Unterwäsche einer anderen Frau gefunden, genau am Dreh- und Angelpunkt ihres Lebens.

Maddie holte tief Luft, stieg die hinteren Stufen zur Veranda hinauf und ging in die kühle Küche, wobei sie sich vergewisserte, die Hintertür zuzuwerfen, die wegen der Hitze neuerdings klemmte. Auf die Kleinigkeiten kam es an, wie zum Beispiel darauf, nicht den Garten zu klimatisieren, weil sie durcheinander war und die Tür nicht richtig geschlossen hatte.

Mit dem Höschen in der Hand stand sie neben der Spüle und versuchte einen Moment lang, es in ihr alltägliches Leben einzuordnen, so wie Em immer bei der Sesamstraße mitsang: Eines dieser Dinge gehört nicht hierher, eines dieser Dinge ist anders. Gelbe Anrichte aus Spanholz. Kaputte Mikrowelle. Blaukariertes Küchenhandtuch. Ein Rest Milch in einem Glas mit Bildern der Familie Feuerstein. Einweichende Speck- und Käsepfanne im Spülbecken. Tassenwärmer aus braunem Kattun mit der Aufschrift »Ich hab dich lieb, Mami«.

Schwarzer Spitzenslip ohne Schritt.

»Mom?«

Mit fahrigen Händen ließ Maddie das Höschen in den Speck- und Käsematsch fallen und schob es bis zum Pfannenboden, wobei fettiges Spülwasser auf ihr T-Shirt spritzte. Sie drehte sich um und sah Em im Türrahmen stehen, verloren in ihrem übergroßen Superman-Shirt, ihr Gesicht so verletzlich, wie nur das eines achtjährigen Kindes sein kann, umrahmt von den Locken ihres babyfeinen braunen Haars.

Maddie lehnte sich auf der Suche nach Halt gegen die Spüle. »Was denn, mein Schatz?«

»Was war das?« Em starrte sie mit riesigen braunen Augen hinter ihren Brillengläsern an.

Einen Augenblick lang starrte Maddie dumm zurück. »Was?«

»Das Ding da.« Mit der Hüfte die gelbe Anrichte entlangrutschend kam sie näher, wobei sie sich an jedem Schrankgriff nach vorn bog. »Dieses schwarze Ding.«

»Oh.« Maddie warf einen flüchtigen Blick auf die in der Pfanne schwimmende Unterhose und versenkte sie wieder im Wasser. »Das ist ein Scheuerlappen.« Sie begann, die Speck- und Käsepfanne mit dem zusammengeknüllten Slip zu schrubben und empfand tiefe Befriedigung darüber, wie der blasse Käse die Spitze verklebte.

»Ein Scheuerlappen?« Em spähte über ihren Arm.

»Nun ja, kein besonders guter Scheuerlappen.« Maddie ließ den durchtränkten Spitzenstoff auf den Boden der Pfanne sinken. »Ich werde ihn wegwerfen. Was ist mit dir? Hast du alles entsorgt?«

»Ja«, sagte Em gewissenhaft. »Und die Kiste habe ich in den Keller gebracht, damit keiner drüberstolpert.«

Tief im Inneren machten sich Bedenken bei Maddie breit. Ems Gewissenhaftigkeit konnte nur Teil eines Plans sein, den sie mal wieder ausgeheckt hatte, irgendeines Plans, den sie sich nur ausdenken konnte, weil ihre Welt sicher und in Ordnung war – und die nun kurz vor dem Untergang stand. Maddies Knie gaben nach, und sie zog einen Küchenstuhl heran und setzte sich darauf, bevor sie hinfallen und sich vor ihrer Tochter lächerlich machen würde.

»Mom?« fragte Em, und Maddie streckte ihre Arme aus, um sie zu sich zu ziehen.

»Ich liebe dich, mein Schatz«, flüsterte Maddie in ihr Haar, während sie Em vor und zurück wiegte. »Ich liebe dich so sehr.«

»Ich hab dich auch lieb, Mommy.« Em entzog sich ihr ein wenig. »Geht es dir gut?«

»Ja.« Maddie zwang sich, ihre Tochter loszulassen. »Alles in Ordnung.«

»Okay.« Em ging ein paar Schritte rückwärts, um sich aus der Küche davonzumachen. »Ruf mich, wenn du mich brauchst. Ich mache noch ein bißchen mit meiner Schulliste weiter. Dieses Jahr wird sie ziemlich lang. Die dritte Klasse ist härter.«

»Stimmt«, sagte Maddie. Worum Em auch immer bitten wollte, sie hatte es aufgeschoben, bis ihre Mutter wieder normal war. Aber nichts würde wieder normal werden, wenn Maddie diese Bescherung nicht irgendwie regeln konnte. Das Wichtigste war, nicht überzureagieren. Ja, das war das Wichtigste. Denk an den Alltag. Was würde sie jetzt tun, wenn sie den Slip nicht gefunden hätte? Die Speck- und Käsepfanne fertigspülen. Den Abfall hinausbringen. Heute kam die Müllabfuhr. Sie würde definitiv den Abfall hinausbringen.

Sie stand auf und zog an dem blauen Plastikmülleimer unter der Spüle. Er hatte sich verklemmt, und mit zusammengepreßten Zähnen zog sie immer wieder und zerrte schließlich heftig daran, bis er nachgab und heraussprang. *Verdammt gut so*, dachte sie und holte tief Luft. Sie schüttete das Wasser aus der Pfanne und warf das fettige, käseverklebte Höschen in den Müll. In einem plötzlichen Anfall von Abscheu griff sie nach der Flasche Desinfektionsmittel unter der Spüle und besprühte den Abfall und ihre Hände, bis sie vor Nässe trieften und der chemische Geruch in ihrer Nase stach. Dann schleppte sie den Mülleimer nach draußen und entleerte ihn in die Tonne am Rand der Einfahrt, wobei sie sich äußerste Mühe gab, Brents Wagen zu ignorieren. Eigentlich mußte sie alles, was sie in die Tonne warf, in Tüten packen, aber heute war kein Tütentag. Sie knallte den Deckel zu und richtete sich auf, als die Fliegentür nebenan quietschte und aufschlug. Gloria schon wieder.

»Hallo, Maddie?« Gloria spähte über den Gartenzaun und strich sich eine Strähne ihres blaßblonden Haars hinters Ohr. Maddie blinzelte sie im Sonnenlicht an. Auf eine zaghafte, blasse und überzüchtete Weise war Gloria hübsch. Vielleicht betrog Brent sie mit Gloria. Schließlich wohnte sie direkt nebenan, so daß es ihn keine große Mühe kosten würde. Das wäre typisch für Brent.

»Was ich dich fragen wollte, Maddie – was denkst du von dem Rasen?«

Maddie preßte ihre Zähne zusammen. »Ich denke nicht viel über den Rasen nach, Gloria.«

Sie ging zum Haus zurück in dem Bewußtsein, unhöflich und desinteressiert zu wirken.

Nun ja, ein wenig Interesse konnte nicht schaden; sie hatte keinen Grund, Gloria das Gefühl zu geben, unerwünscht zu sein, geschweige denn, ihr deswegen einen Anlaß zum Klatschen zu bieten. Im Vorbeigehen warf sie Gloria ein, wenn auch schwaches, Lächeln zu. *Das kannst du besser, verdammt*, sagte sie sich, aber Gloria bemerkte sowieso nichts.

»Ich weiß nicht.« Glorias Stirn legte sich in Falten, als sie die Augenbrauen hochzog. »Findest du nicht, daß deiner ein bißchen lang wird? Könntest du Brent wohl bitten, heute abend mal herüberzukommen, um darüber zu sprechen?«

Nur mühsam beherrschte Maddie sich, um ihrer Nachbarin nicht ins Gesicht zu springen. Gloria Meyer war eine Nervensäge, aber daß sie mit Brent schlief, war ausgeschlossen. Zum einen würde Gloria niemals Höschen ohne

Schritt tragen, und zum anderen würde Sex bedeuten, daß sie aufhören mußte, über ihren dämlichen Rasen zu reden.

»Das Gras ist schon in Ordnung, Gloria.«

»Findest du wirklich? Ich glaube, ich sollte doch mit Brent sprechen.« Gloria folgte Maddie fast auf gleicher Höhe und rutschte dabei auf ihrer Seite am Zaun entlang, genau wie Em vorhin an der Anrichte.

Maddie erreichte die Stufen und blieb nicht stehen. »Ich muß gehen«, sagte sie und floh in die Küche.

Vermutlich reagierte sie übertrieben. Zweifellos reagierte sie übertrieben. Sie verspürte Lust, Brent umzubringen, und wofür? Für eine Unterhose, für die es auch sehr gut eine einleuchtende Erklärung geben konnte. Sie benahm sich wie jemand in einer schlechten Fernsehserie, eine von der Art, die mit einem Mißverständnis begann, das jeder Idiot durchschauen konnte und eine halbe Stunde weiterlief, ohne daß die beiden Hauptdarsteller das Problem wie vernünftige Menschen aussprachen, bis sich in den letzten fünf Minuten alles aufklärte und die Welt wieder in Ordnung war, gerade rechtzeitig für den langen Werbespot. Wie lächerlich. Sie würde einfach abwarten und Brent auf das Höschen ansprechen, sobald er nach Hause kam. Wie ein vernünftiger und erwachsener Mensch.

»Hallo, Liebling. *Was zum Teufel* hat ein schwarzer Spitzenslip unter dem Vordersitz deines Autos zu suchen?«

Beruhige dich. Sei vernünftig.

Iß Schokolade.

Das war eine gute Idee. Schokolade förderte die Produktion beruhigend wirkender Endorphine und enthielt Koffein, das ihr die Energie geben würde, ihren Ehemann umzubringen. Die erdenklich beste gegensätzliche Wirkung.

Die Schränke waren voll von Gemüsekonserven und Cornflakes, aber im Froster fand sie hinter Tiefkühlerbsen und der Hühnersuppe von letzter Woche einen eingefrorenen Schokoladenkuchen. Gott sei Dank. In Streifen schälte sie die Plastikverpackung ab und ließ ihn auf die Anrichte fallen, wo er herumschlitterte und sich wie ein Eiswürfel drehte.

Großartig. Und die Mikrowelle war kaputt. Eine tiefsinnigere Frau würde dies unter Umständen als Symbol für den Zusammenbruch ihres Lebens betrachten. Aber glücklicherweise war sie nicht tiefsinnig. Sie würde diesen verdammten tiefgekühlten Schokoladenkuchen einfach so essen.

Sie versuchte, ein Stück davon abzubeißen, aber er war hart wie ein Schokoladenstein. Ungeduldig riß sie eine Schublade auf und holte ein großes Tranchiermesser hervor. Widerspenstig, kalt und teilnahmslos lag der Schokoladenkuchen auf der Anrichte. Sie zielte mit dem Messer darauf und rammte es in das Herz des Kuchens, aber es glitt von der Oberfläche ab und stieß eine Kerbe in die gelbe Arbeitsplatte. Brent würde sich mächtig darüber aufregen. Nun gut, Pech gehabt. In letzter Zeit regte er sich über alles auf; in der vergangenen Woche hatte sie ihm nichts recht machen können. Das war einer der Gründe dafür gewesen, daß sie in dieser Hitze sein verdammtes Auto saubergemacht hatte. Sie dachte an den Wagen und spürte das Blut in ihren Schläfen pochen. Er tat es schon wieder. Mit Beth? Bilder dieser kecken kleinen Rothaarigen tauchten vor ihr auf. Maddie haßte keckes Benehmen. Zur Hölle mit allen beiden.

Sie richtete die Messerspitze auf die Mitte des Kuchens. Präzisionsarbeit. Mit zusammengepreßten Zähnen stieß sie das Messer in den Mittelpunkt, wo es steckenblieb, während sich der Schokoladenkuchen immer noch weigerte, sich in eßbare Stücke aufzulösen. Durch ihre Zähne stieß Maddie die Luft aus. Noch niemals war ihr ein derart provozierendes Stück aus Fett und Zucker begegnet. Aber das war ihr Schicksal: Ein blödsinniger Schokoladenkuchen im Haus, und dann war er auch noch männlich.

Sie hielt das Messer mit dem auf der Spitze aufgespießten Kuchen in die Luft. Es war ein schöner Anblick, voller rachsüchtiger Befriedigung. Sie trug das Messer zum Herd, drehte das Gas auf und begann, den Schokoladenkuchen wie ein Marshmallow über der Flamme zu rösten. Der Geruch von verbrannter Schokolade erfüllte den Raum.

Wer war es dieses Mal? Beth? Oder eine Neue? In Gedanken ging sie die üblichen Verdächtigen durch, die für einen Ehebruch in Frage kamen.

Gloria von nebenan?

Kristie, seine Sekretärin?

Jemand Neues von der Bowlingbahn?

Jemand, für den er und Howie ein Haus gebaut hatten?

Spielte es tatsächlich eine Rolle?

Maddie drehte die Flamme höher. War es, nachdem es schon einmal passiert war, noch wichtig, wer es beim zweiten Mal war? Dies alles war Brents Schuld, er war derjenige, der ihr das antat. Ihr und Em. Oh, Gott, Em. Sie hoffte, er –

Das Telefon klingelte, und Maddie brummte frustriert, bevor sie das Gas abdrehte und, mit dem Messer in der Hand, hinüberging, um abzuheben. »Hallo?«

»Maddie, meine Liebe, Mama hier.«

Maddie schloß die Augen und wartete darauf, ihre Mutter sagen zu hören: »Maddie, du ahnst nicht, was ich heute über Brent gehört habe.«

»Maddie? Geht es dir gut, Liebes? Ich habe vor einer Viertelstunde schon einmal angerufen, aber es hob niemand ab.«

Maddie schluckte. »Wir waren draußen, um Brents Auto sauberzumachen.« *Und stell dir vor, was wir gefunden haben.* Sie ging ins Wohnzimmer und sank auf ihre dickgepolsterte blaue Couch mit Blumenmuster, wobei sich die

Telefonschnur quer durch den Raum spannte. Wenn sie das Messer in den Wohnzimmerboden rammte, würde Brent nach Hause kommen, über das Kabel fallen und hineinstürzen. Sie malte sich das Stolpern seines großen und kräftigen Körpers und das Knirschen des Messers beim Eintreten aus.

»Also, ich finde, es ist zu heiß, um den Wagen zu waschen«, hörte sie ihre Mutter sagen. »Du solltest drinnen bleiben.«

»Das tun wir«, antwortete Maddie. »Jetzt jedenfalls.« Sie umklammerte den Messergriff, bis ihre Knöchel weiß hervortraten, und knabberte ein kleines Stück an einer Ecke des Schokoladenkuchens ab. Es war hart und eisig, aber es war Schokolade. Sie lutschte darauf herum, ließ es dank ihrer kochenden Wut schmelzen und schluckte es dann mit einem leichten Würgen hinunter. *Immer mit der Ruhe*, ermahnte sie sich und sog Luft durch die Nase ein.

»Sind deine Allergien wieder schlimmer geworden?« wollte ihre Mutter wissen.

»Nein.«

»Trotzdem solltest du eine Benadryl nehmen, nur für alle Fälle. Du hörst dich verschnupft an. Ich will dich auch nicht aufhalten, ich wollte dir nur mitteilen, daß du jeden Moment Besuch bekommen wirst.«

»Du machst Witze.« Maddie nagte eine weitere Schokoladenecke ab.

»Von Sheriff Henleys Neffen, mit dem du zur High-School gegangen bist.«

»Neffen?« Die Neuigkeit brauchte einen Moment, um zu sinken, bevor Maddie das Messer mit dem ganzen Schokoladenkuchen fallen ließ. C.L. Sturgis. Er war ihr erster Fehler gewesen. Wäre sie Jungfrau geblieben, wäre nichts von alldem passiert. Sie versuchte, Desinteresse zu heucheln, während sie auf dem dunkelblauen Teppich nach dem Messer tastete. »Ich kann mich nicht mehr erinnern.«

Ihre Mutter konnte dies sehr wohl, aber das war nicht weiter ungewöhnlich. Das Gedächtnis ihrer Mutter war eine natürliche Datenbank aller Vorkommnisse, wenn jemand in der Stadt Mist gebaut hatte, und somit hatte sie unweigerlich eine Datei für C.L. angelegt. Und bald würde ihre bereits recht ansehnliche Datei über Maddie zweifellos an Umfang zunehmen.

»Ich habe ihn zufällig vor der Polizeistation getroffen«, fuhr ihre Mutter fort. »Er war auf der Suche nach Brent, und ich habe ihm gesagt, daß zumindest du heute nachmittag zu Hause bist. Also meinte er, er würde es dann bei dir versuchen.«

Vielen Dank, Mutter. Wo war der verdammte Schokoladenkuchen?

»Ach, und Maddie, es war mir so peinlich.« Sie senkte ihre Stimme. »Ich konnte mich nicht an seinen Namen erinnern. Ich wußte zwar, daß er kein Henley ist, weil er der Sohn von Annas Schwester ist, aber es fiel mir beim besten Willen nicht ein, wie er heißt. Er besuchte eine Klasse unter dir. Und er hatte immer Schwierigkeiten wegen Schlägereien und rücksichtslosem Fahren, weißt du noch?«

»Schwach.« Maddie steckte den Kopf zwischen die Knie, um nachdenken zu können, und fand das Messer mit dem von den Flusen des Teppichs leicht verschmutzten Schokoladenkuchen auf dem Boden vor ihren Füßen. C.L. war also wieder in der Stadt?

Maddie griff nach dem Messer und richtete sich wieder auf, um herumlaufen zu können. Gütiger Gott, erst gestern hatte sie gedacht, daß ihr Leben langweilig und leer sei. Gut, wünschen wir uns gestern zurück. Ihre Haut begann zu kribbeln, und ihre Atmung nahm wieder seltsame Züge an. Sie versuchte, sich darauf zu konzentrieren, die Flusen von dem Kuchen zu entfernen, was sich allerdings einhändig während des Herumlaufens als schwierig erwies.

Ihre Mutter redete noch immer. »Er hat Sheila Bankhead geheiratet und ist fortgezogen, aber dann hat sie ihn verlassen und bis auf das letzte Hemd ausgezogen. Weißt du das nicht mehr? Vielleicht ist er zurückgekommen, weil sie demnächst wieder heiraten wird. Wie war noch sein Name? Irgend etwas Merkwürdiges.«

Maddie klemmte den Hörer auf ihre Schulter, während sie die letzten Fussel von dem Schokoladenkuchen abwischte und ihre Mutter eine Liste falscher Namen herunterratterte. Als ihrer Mutter die Luft ausging, gab Maddie ihr den richtigen. »C.L. Sturgis.«

»Ja, das ist er! Dieser Sturgis-Junge. Er müßte eigentlich jeden Moment da sein.« Unvermittelt änderte sich der Tonfall ihrer Mutter. »Aber wie kommt es, daß du dich an seinen Namen erinnerst?«

»Zufallstreffer.« Wie könnte sie ihn vergessen. Gut, zur Hölle mit C.L. Sturgis. Zur Hölle mit allen Männern. Und vor allem zur Hölle mit Brent. Sie begann erneut hin und her zu laufen, während sie Stückchen von dem auftauenden Schokoladenkuchen abknabberte.

»Nun, wie auch immer, Sheila heiratet jetzt Stan Sawyer.« Ihre Mutter seufzte. »Er ist zwar dümmer als Bohnenstroh, aber wahrscheinlich hat sie es auf sein Geld und nicht auf sein Hirn abgesehen. Schließlich hat er gerade erst von seiner Tante das ganze Geld der Becknells geerbt. Krebs, wie furchtbar. Aber wenigstens ist Sheila besser als diese Beth, mit der er ausgegangen ist.«

Maddie hielt inne, als sie spürte, wie ihr Mageninhalt sich den Weg zurück durch ihre Speiseröhre bahnte, diesmal voll mit Schokoladenkuchen. Beth. Sie prüfte sich selbst und wartete auf die Wut, die sie fünf Jahre zuvor für Beth verspürt hatte, aber sie stellte sich nicht ein. Sie sollte Beth die Augen auskratzen.

Sie konnte sie definitiv nicht ausstehen. Aber der Haß auf

Beth würde nichts ändern. Zumindest hatte er vor fünf Jahren nichts geändert. Beth war nicht ihr Problem, selbst wenn es sich herausstellen sollte, daß sie diejenige war, der das Höschen fehlte. Brent war ihr Problem. Sie sollte diesen Hurensohn verlassen. Dann könnte er Beth heiraten. Und das wäre eine Möglichkeit, um sich an Beth zu rächen.

Ihre Mutter redete noch immer. Nun würde sie Zug um Zug die Wiederkunft Christi durchspielen. »Und jetzt baden die Sünder im Flammenmeer. Ich kann diese Schlampe Beth förmlich vor Augen sehen. Ja, sie übt sich gerade im Rückenschwimmen.« Maddie konnte eine gewisse Sympathie verspüren; auch sie hatte das Gefühl, im Flammenmeer zu stecken. Das dritte Mal tauchte sie unter, mit Brent am Hals. Sie lehnte sich mit der Stirn an die Wand, während ihre Mutter ein neues Thema anschnitt.

»Ich habe mit Candace Lowery in der Bank gesprochen. Sie trug einen wirklich hübschen beigefarbenen Blazer. Wenn man sie so sieht, sollte man gar nicht glauben, daß sie eine Lowery ist.«

»Mom, bitte.« Maddie konnte jetzt das typische Geschwätz in Frog Point heraushören. *Nach dem ersten Mal ist sie bei ihm geblieben, was hat sie denn erwartet? So, wie sie sich benimmt, sollte man doch nicht vermuten, daß sie eine Martindale ist.* Mit den Schultern ließ sie sich gegen die Wand fallen, umklammerte das Messer vor ihrem Gesicht und biß noch ein Stück Schokoladenkuchen ab.

»Ich habe Treva bei Revco getroffen. Sie hat erzählt, daß Three jetzt für einen Monat aus dem College nach Hause gekommen ist. Ziemlich lange Zeit, nicht wahr?«

»Hört sich gut an.« Vielleicht sollte sie Treva einen Besuch abstatten. Vielleicht sollte sie all diese Gedanken laut aussprechen, Treva würde sarkastische Bemerkungen über ihre Paranoia machen, und sie beide würden sich köstlich amüsieren. Das war schon seit langem überfällig. Seit letzter Woche hatte sie Treva nicht mehr gesehen.

»Wußtest du das nicht? Sie ist deine beste Freundin, und du wußtest nicht, daß ihr Sohn zu Hause ist?« Die Stimme ihrer Mutter wurde ein wenig lauter.

»Wir hatten soviel zu tun.« Maddie wußte nicht, warum sie Treva nicht mehr getroffen hatte, und in diesem Moment war ihr das auch egal. Immer nur ein Trauma zu einer Zeit. Sie schnitt jeden Gedanken ab und aß den Rest des Schokoladenkuchens. Angesichts der Umstände ein wirklich leckerer Schokoladenkuchen.

»Soviel zu tun, womit?« fragte ihre Mutter, als die Türklingel läutete und Maddie ihren Kopf wieder gegen die Wand fallen ließ.

C.L.

»Es ist Sommer«, hörte sie ihre Mutter sagen. »Im Sommer haben Lehrer nichts zu tun –«

Die Türglocke klingelte erneut, und Maddie stieß sich von der Wand ab. »Mom, es hat an der Tür geläutet, ich muß Schluß machen.«

»Dieser Sturgis-Junge. Vielleicht ist es besser, wenn du mit ihm auf der Veranda sprichst. Du weißt doch, wie die Leute sind. Ich bleibe dran, bis du Näheres weißt.«

»Nein, Mom. Ich muß jetzt aufhören. Ich hab dich lieb.« Als sie auflegte, redete ihre Mutter noch immer. Bei ihrem Glück würde sie wahrscheinlich jetzt die Tür öffnen, vor der ein Serienkiller stehen und sie auf der Türschwelle umbringen würde, und bei ihrem Begräbnis würde ihre Mutter jedem erzählen: »Ich habe ihr gesagt, sie soll nicht einhängen, aber sie hat ja nicht auf mich gehört.« Es gab Lästiges, das über den Tod hinausging, und jetzt die Tür aufzumachen, gehörte vermutlich dazu.

Sie brauchte C.L. Sturgis nicht. Vor allem konnte sie C.L. Sturgis jetzt nicht gebrauchen, weil jedes Mal, wenn die

Dinge mit Brent schlecht standen, die Erinnerung an C.L. Sturgis in ihr aufflammte. *Es könnte alles noch schlimmer sein*, sagte sie sich in solchen Momenten. *Du hättest C.L. Sturgis heiraten können.* Nur, daß die Dinge nicht viel schlimmer werden konnten und C.L. keine ganz so schreckliche Erinnerung war – und schließlich war es möglich, daß er sich in den zwanzig Jahren, seitdem er sie auf den Rücksitz seines Wagens gelockt hatte, gebessert hatte. Auf Brent traf dies nicht zu, aber das bedeutete nicht, daß es bei C.L. nicht der Fall sein konnte.

Es läutete erneut, und Maddie ging in ihre weiß gestrichene Diele und riß die Tür auf.

Mit Sicherheit jedenfalls sah C.L. Sturgis, von ihrer Mutter und einem hämischen Schicksal zurück in ihr Leben geleitet, dort im Sonnenlicht auf ihrer Veranda besser aus, als es ihm nach zwanzig Jahren zustand. »Hey, Maddie«, sagte er, und sie versuchte, ihre Erinnerung an den siebzehnjährigen C.L. mit dem echten C.L. von siebenunddreißig zu vereinbaren. Seine Gesichtszüge waren ausgeprägter, und er wirkte größer und breitschultriger in diesem blaugestreiften Hemd, aber sein dunkles Haar war noch immer dick und zerzaust, seine Augenbrauen bildeten noch immer dieses V in der Mitte, das ihn wie den Gesandten des Satans aussehen ließ, und er hatte noch immer diesen heißen, undurchsichtigen Blick und dieses breite, hirnlose und dämliche Grinsen. Ja, kein Zweifel, das war C.L. Ein Rebell ohne Verstand.

»Maddie? Deine Mutter meinte, es wäre in Ordnung, wenn ich vorbeischaue.« C.L.'s Stimme war sorglos und sein Grinsen noch immer da, aber seine dunklen Augen hatten sich zur Wachsamkeit abgekühlt. Was hatte sie ihm jemals getan, daß er sie nun so ansah? Gut, abgesehen davon, daß sie ihm nach einer Nacht auf seinem Rücksitz den Laufpaß gegeben hatte. Aber nach zwanzig Jahren konnte er deshalb doch nicht mehr sauer sein. C.L. trat auf ihrer Veranda einen Schritt zurück, und Maddies finsterer Blick verfestigte sich. Natürlich konnte er das. An einem Tag wie diesem war wahrscheinlich gerade jemand, den sie im zweiten Schuljahr auf dem Spielplatz geschubst hatte, mit einer Handgranate zu ihr unterwegs.

Er legte den Kopf schief und beäugte sie, und für einen Augenblick sah er wieder wie siebzehn aus, unsicher und deshalb doppelt gefährlich.

Es gab nichts Schlimmeres als einen verletzlich aussehenden C.L., fiel ihr ein, weil er dies so selten war. »Hm, schlechter Tag, was?« fragte er.

Ganz großartig. Er wußte auch schon über Brent Bescheid. Maddies Blick verfinsterte sich weiter. »Wie kommst du darauf?«

Er deutete auf ihre linke Hand. »Das Messer. Ziemlich großer Lutscher.«

Sie schaute nach unten. Noch immer hielt sie das Messer umklammert, zum Zustechen bereit. »Ich habe einen Schokoladenkuchen gegessen.«

C.L. nickte und sah dennoch ganz und gar nicht erleichtert aus. »Sicher. Das wäre eine Erklärung. Hör zu, ich wollte dich nicht stören.« Sein Blick wanderte zu dem Messer zurück. »Ist Brent da?«

Alles war so unwirklich. Noch vor einer Stunde war ihr Leben in Ordnung gewesen, und jetzt redete sie hier mit C.L. Sturgis, der mit ihrem Ehemann, diesem verlogenen Mistkerl, sprechen wollte. »Meine Mutter hat mir gerade schon erzählt, daß du auf dem Weg hierher wärst, aber ich konnte das irgendwie nicht glauben.«

Er behielt noch immer das Messer im Auge. »Glaub es einfach. Aber ist Brent –«

Zur Hölle mit Brent. Sie wedelte mit dem Messer, um ihn abzulenken. »Sieh mal, C.L., ich hab wirklich viel zu tun –«

Mit einer einzigen Bewegung griff er so schnell nach dem Messer, daß sie nur noch auf ihre leere Hand starren konnte. »Nichts für ungut, Maddie, aber es ist schon eine Weile her, und nach allem, was ich gehört habe, empfindest du immer noch Mordgelüste für mich.« Er trat von der Veranda und steckte das Messer bis zum Schaft in das Blumenbeet neben der Treppe. Er hat noch immer diesen geilen Hintern wie damals auf der High-School, bemerkte Maddie, und vom Zustand seiner Jeans her zu schließen konnte auch diese noch aus Schulzeiten stammen. Er kam zu ihr zurück und lächelte wieder, und sie hätte schwören können, daß sein Lächeln sich ebenfalls nicht verändert hatte – eine Mischung aus Unbeschwertheit und Aufforderung zum Ärger. Es war ihr unmöglich, sich abweisend zu zeigen, wenn er sie mit diesem Lächeln bedachte. Irgend etwas hatte C.L. an sich, das verlangte zurückzulächeln, auch wenn man wußte, daß es ein Fehler war.

Sie entspannte sich und stieß erleichtert die Luft aus, so, als sei ihr eine Last von den Schultern genommen. »Tut mir leid. Ich habe einen schlechten Tag.«

Er nickte voller Wärme und Sympathie, und ihr wurde klar, warum sie vor zwanzig Jahren auf seinen Rücksitz geklettert war. »Das liegt daran, daß du noch immer in Frog Point wohnst«, sagte er. »Hier ist jeder Tag ein schlechter. Übrigens, du siehst großartig aus.«

Maddie blickte an ihrem pinkfarbenen, spülwassernassen T-Shirt hinunter, auf dem noch immer Seifenlaugenflecken zu sehen waren. »Weißt du, C.L., man kann die Höflichkeit auch übertreiben.«

»Nein«, meinte er. »Du siehst wirklich großartig aus. Genau wie auf der High-School.«

Er wollte irgend etwas. So mußte es einfach sein; niemand würde sie sonst ansehen und sagen, »Genau wie auf der High-School«, nicht nach zwanzig Jahren Verschleiß und Brent. Sie spürte die Abneigung wieder in sich hochsteigen. »Danke«, erwiderte sie. »Also, was willst du?«

C.L. sah ein wenig bestürzt aus, aber nicht lange. »Gut, da wir den Smalltalk nun hinter uns gebracht haben und wir beide unbewaffnet sind: Ist Brent zu Hause?«

Brent. Der Hurensohn. Überall wurde sie mit ihm konfrontiert. Sie starrte C.L. an. »Nein. Ich habe zu tun. Versuch's im Büro.« Sie wollte die Tür zuschlagen, aber er hatte seinen Fuß auf die Schwelle gesetzt und hinderte sie daran.

»Warte einen Moment. Dort war ich schon.«

Er stand jetzt näher vor ihr, und sie registrierte, daß er nicht nur an Größe und Schulterbreite zugelegt hatte. C.L. hatte an Gewicht gewonnen; er war kräftiger geworden, und seine dunklen Augen unter seinen dichten Wimpern blickten selbstsicher. Er war erwachsen geworden.

Zu dumm, daß man das von Brent nicht behaupten konnte.

Maddie holte tief Luft. »Sieh mal, es ist nicht meine tägliche Aufgabe, auf ihn aufzupassen, okay? Ich weiß nicht, wo er ist. Schön, dich wiedergesehen zu haben, aber ich muß jetzt gehen.«

»Das kann ich nicht glauben.« C.L. runzelte die Stirn. Für einen Moment fiel die Wärme von ihm ab, und Maddie trat einen Schritt zurück. »In dieser Stadt kann niemand einfach so verschwinden. Du bist seine Frau. Du mußt wissen, wo er ist.«

Maddie brauchte nun wahrlich nicht, daß ihr erstes Desaster in Sachen Liebe Kommentare zu dem jetzigen abgab. »Jetzt hör mir mal zu, *ich habe keine Ahnung, wo er ist.* Und nun geh bitte.«

»Schon gut, schon gut.« C.L. hob abwehrend die Hände. »Ich will ja nur mit ihm sprechen. Macht es dir etwas aus, wenn ich hereinkomme?«

»Ja«, sagte Maddie. »Das macht mir sehr viel aus.« Mit

ihrem Fuß schob sie seinen aus dem Weg und schlug die Tür zu, selbst davon überrascht, wie schnell und wie wütend sie war. Zwei Männer in ihrem ganzen Leben, und beide hatten sie zum Narren gehalten. Zur Hölle mit ihnen.

»Maddie?« fragte C.L. von der anderen Seite der Tür.

»Nicht jetzt, C.L. Nicht jetzt und überhaupt nie. Verschwinde.« Maddie lauschte einen Moment, ob er wegging, und fuhr zusammen, als Em hinter ihr sagte: »Mom?«

Em stand dort mit ihrer Schulliste in der Hand. »Ich hab dich reden gehört. Wer war denn das? Du siehst komisch aus.«

Em. Jedes Mal, wenn sie an einem Punkt angelangt war, an dem sie Witze machen und so tun konnte, als wäre dies alles nicht wahr, kam Em und ließ die Katastrophe wieder über sie hereinbrechen.

Allein hielt sie das nicht mehr aus. »Niemand war das«, sagte sie zum Em. »Laß uns zu Tante Treva und Mel hinübergehen.«

»Okay«, meinte Em, jedoch mit mißtrauischem Blick.

Zehn Minuten später stand Maddie an der Hintertür ihrer besten Freundin und versuchte, geistig gesund auszusehen, während Treva sie verwundert anstarrte.

»Mel ist im Wohnzimmer«, sagte Treva zu Em, ohne den Blick von Maddies Gesicht abzuwenden. »Geh schon mal hinein.« Sobald Em in der Diele verschwunden war, ergriff Treva Maddies Arm. »Was ist los mit dir? Du siehst furchtbar aus. Bin ich daran schuld? Ich weiß, daß ich mich lange nicht gemeldet habe. Was ist passiert?«

»Brent betrügt mich.« Maddie mußte schlucken. »Ich muß ihn verlassen. Mich scheiden lassen.« Dies laut auszusprechen, war viel schrecklicher, als sie sich vorgestellt hatte, und sie taumelte eine Stufe hinunter und erbrach den Schokoladenkuchen in Trevas Büsche.

»Oh, Mist«, sagte Treva.

Als halbreifer, vernünftiger Erwachsener wußte C.L. Sturgis, daß der Schwarm, der ihn in der fünften Klasse geblendet und ihn dann auf der High-School gänzlich vernichtet hatte, wohl kaum auf sein jetziges Leben Einfluß nehmen konnte. Dann wurde ihm klar, daß er die Linden Street vier Häuserblocks langgefahren war ohne die geringste Ahnung, wohin er wollte oder wo er gewesen war, seit er Maddie in ihrem nassen T-Shirt gesehen hatte. Soviel zur Halbreife. In der Vermutung, daß sein Ruf in der Stadt schlecht genug war, fuhr er an den Straßenrand und stellte sein Cabriolet ab, bevor er, in wollüstige Gedanken an eine verheiratete Frau versunken, einen Bürger Frog Points überfahren würde und die Sündenliste von C.L., der Henry-Schande-bereitet-und-der-armen-Anna-das-Herz-gebrochen-hatte, noch um einige Punkte erweitern würde.

Er trommelte mit den Fingern auf das Lenkrad und versuchte, seine Gedanken wieder in die Richtung zu lenken, in die sie gehörten. Egal, wie begehrenswert sie dort im Türrahmen mit den dunklen Locken und warmen Kurven und dem kühlen Blick, der ihn völlig betäubt hatte, ausgesehen haben mochte, Maddie Martindale war Geschichte. Und schließlich hatte er nur mit ihr auf den Stufen ihrer Veranda gesprochen, also gab es nichts, weshalb er sich schuldig fühlen mußte, vor allem jetzt nicht, da er nicht in lustvernebelter Benommenheit Auto fuhr. Er war erwachsen und saß in einem Wagen, den er bezahlt hatte, und er hatte jedes Recht dazu, genau dort zu sein, wo er war, und mit jedem zu sprechen, mit dem er wollte.

C.L. ließ den Blick über die großen, alten Häuser schweifen, die allesamt mit dunklen Fenstern auf die Straße starrten, und er rutschte in der schuldbewußten Erinnerung an mit Toilettenpapier geschmückte Bäume, eingeseifte Fenster, Kartoffeln in Auspuffrohren und Kirschbomben in Briefkästen ein wenig tiefer in den Sitz. Dann faßte er sich wieder. Er hatte sich seit nahezu zwanzig Jahren in dieser Gegend nichts mehr zuschulden kommen lassen. Er war unschuldig. Es sprach noch nicht einmal etwas dagegen, aus dem Wagen auszusteigen. Zum Teufel mit Frog Point. Er riß an der Handbremse, sprang aus dem Auto und schlug die Tür hinter sich zu.

Der Lärm schien die Straße hinauf und hinunter zu hallen. Er zündete eine Zigarette an, lehnte sich gegen die Wagentür und fragte sich, warum er noch immer das Gefühl hatte, jeden Moment vermöbelt zu werden, weil man ihn beim Rauchen erwischt hatte. Er war siebenunddreißig Jahre alt. Er *durfte* in der Öffentlichkeit rauchen.

Auf der anderen Straßenseite öffnete eine Frau die Haustür und trat, ihn mißtrauisch beäugend, auf die Veranda hinaus. Zweifellos hatte sie die Neugier aus ihrem muffigen Wohnzimmer hinausgetrieben, um zu sehen, wer er war und warum er mitten am Tag in ihrer Straße parkte, wenn jeder anständige Mann bei der Arbeit zu sein hatte. Irgendwie kam sie ihm bekannt vor. Da erkannte er sie, und ihm wurde bewußt, daß er aus alter Gewohnheit genau an dieser Stelle geparkt hatte. Mrs. Banister. Er hatte die meiste Zeit seines Abschlußjahres genau hier vor ihrem Haus geparkt in dem Versuch, ihre Tochter Linda zu verführen, was ihm erstaunlich oft auch gelungen war. Und jetzt war er wieder hier, ein letztes Mal zurückgekehrt, wiederum verleitet durch seinen Instinkt.

C.L. richtete sich auf und winkte ihr zu, um ihr zu zeigen, daß er kein Triebtäter oder, noch schlimmer, irgendein Fremder war, der das Haus ausspionierte, um ihre Gartenzwerge zu klauen. Sie blickte ihn mit zusammengekniffenen Augen an und stapfte, die Tür hinter sich zuschlagend, wieder ins Haus. Er wußte nicht, ob sie dies tat, weil sie ihn erkannt oder weil sich ihr Mißtrauen verstärkt hatte, und es war ihm auch egal.

Nicht egal hingegen war ihm Maddie.

Sie hatte unglücklich und wütend und verloren ausgesehen, als sie die Tür geöffnet hatte, und sie war spröde und schnippisch gewesen, nicht das freundliche Mädchen aus High-School-Zeiten. Wann immer er in den vergangenen Jahren an Maddie gedacht hatte, war ihm stets ihre Wärme in den Sinn gekommen, aber nun war sie alles andere als warm. Jemand mußte ihr weh getan haben, und da er eine gewisse Vermutung hatte, wer der Schuldige war, stand er kurz vor einem Tobsuchtsanfall. Jemand würde für all diese Misere zahlen müssen, und er war verdammt sicher, daß dieser jemand Brent Faraday war.

Außerdem war C.L. verdammt sicher zu wissen, wie er das anstellen würde. Allen voran hatte ihm seine Exfrau die Waffe dazu geliefert.

»Ich brauche deine Hilfe, C.L.«, hatte Sheila am Telefon gesagt, als sie ihn letzte Woche anrief. »Ich brauche einen Finanzberater, dem ich trauen kann. Du könntest dir ein langes Wochenende nehmen, schließlich schätzen sie dich in deiner Firma und werden dir Urlaub geben, so lange du willst.

Du warst zwar ein lausiger Ehemann, aber du bist ein verdammt guter Finanzberater.« Nach diesem Köder hatte es ihm kein Problem bereitet abzulehnen, als sie ihm von ihrer Befürchtung erzählte, daß ihr Verlobter betrogen werde, kein Problem abzulehnen, als sie anfing zu weinen, kein Problem abzulehnen, als sie ihm anbot, ihr Recht auf Alimente aufzugeben, weil sie darauf sowieso würde verzichten müssen, sobald sie Stan heiratete. Aber dann sagte sie: »*Bitte*, C.L. Du brauchst lediglich hierherzukommen, einen Blick in die Bücher zu werfen und mir zu sagen, ob Brent Faraday Stan übers Ohr haut, wenn er für ein Viertel der Gesellschaft zweihundertachtzigtausend verlangt. Sag einfach nur: Ja, das tut er, oder: Nein, das tut er nicht. Mehr nicht.«

»Ich mach's«, hatte er geantwortet.

Er nahm einen weiteren tiefen Zug von der Zigarette und sog das Nikotin ein, um den Gedanken daran fortzuschieben. »Wahrscheinlich geht alles mit rechten Dingen zu«, hatte Sheila gemeint. »Schließlich geht es um Brent Faraday.« Da hatte er gewußt, daß da einiges krummlaufen mußte. Mehr als Frog Point haßte er Brent Faraday, der einen Mord hätte verüben können, ohne daß jemand in Frog Point ein schlechtes Wort über ihn gesagt hätte, und den Maddie geheiratet hatte, während C.L. von einem Schlamassel in den nächsten geriet.

Gott sei Dank lag dies nun alles hinter ihm. Er war ein solider Bürger mit einem soliden Job und einer soliden Zukunft. Vielleicht konnte er Brent endlich bei etwas erwischen, er hoffte sogar inständig darauf – denn die Tage, an welchen er selbst Angst vor Prügeln hatte haben müssen, waren vorbei.

C.L. rauchte seine Zigarette zu Ende und wollte gerade einsteigen, als ein Streifenwagen neben seinem Mustang anhielt, aus dem ein Polizist ausstieg und auf ihn zukam.

2

C.L. fiel gegen seinen Wagen. »Das *muß* ein Scherz sein.«

»Nee.« Der Polizist schob seinen Hut in den Nacken, legte dabei jede Menge roter Haare und Sommersprossen bloß und grinste. »Mrs. Bannister rief an wegen eines verdächtigen Mannes, der ihr Haus beobachtet, deshalb hat Henry mich losgeschickt, um nachzusehen, ob du das bist. Wie in alten Zeiten, Kumpel.«

»Vince, die alten Zeiten sind vorbei«, erwiderte C.L. »Vielleicht ist es dir ja entfallen, aber damals ranntest du vor den Cops *davon* und nicht *mit* ihnen. Ich habe Henry gesagt, er muß den Verstand verloren haben, dich einzustellen.«

»Hey«, protestierte Vince. »Das war ein geschickter Schachzug. Henry war klar, daß ich alles über Jugendstraftaten wußte, weil ich die meisten davon mit dir begangen hatte. Er hat sozusagen einen Experten eingestellt. Und jetzt schwing dich in den Wagen und mach dich davon, C.L., sonst muß ich einen Strafzettel schreiben.«

»Leck mich«, sagte C.L. »Unglaublich, kaum verleiht man einem Verbrecher ein bißchen Macht, wird er größenwahnsinnig. Wußte Henry wirklich, daß ich es bin?«

Vince lehnte sich neben C.L. an den Wagen. »Henry hat Röntgenaugen und -ohren, das weißt du doch. Außerdem bist du hier im Moment der einzige Fremde, was den Kreis der Verdächtigen erheblich einschränkt. Gib mir mal ne Kippe, Kumpel.«

»Um mir dann Bestechung eines Polizeibeamten anzuhängen, was?« meinte C.L. »Rauch deine eigenen.«

»Kann ich nicht.« Vince machte zum ersten Mal ein verdrießliches Gesicht, seit er aufgetaucht war. »Sonst setzt mich Donna vor die Tür.«

»Stehst ganz schön unter dem Pantoffel, was?«

»Ich habe zwei Kinder. Ich will nicht, daß sie an Secondhand-Lungenkrebs sterben«, erwiderte Vince, und seine natürliche Unbeschwertheit kehrte zurück. »Aber da die beiden gerade im Park sind und beim Softballspielen bescheißen, denke ich, daß ihnen eine von deinen nicht schadet.«

C.L. gab nach und reichte ihm seine Packung. »Bescheißen, sieh an. Gut zu wissen, daß du sie vernünftig erziehst.«

»Ich zeige ihnen nur alles, was du mir beigebracht hast, C.L.« Vince gab sich Feuer und nahm einen tiefen Zug. »Oh, tut das gut. Warum muß alles, was einem schlecht bekommt, so verdammt gut sein?«

C.L. dachte an Maddie. »Weil Gott einen niederträchtigen Sinn für Humor hat.«

»Schön, dich wieder hier zu haben, C.L.« Vince gab ihm das Päckchen zurück. »Hier in dieser Gegend machen nicht viele Leute Witze über Gott. Wenn dich also der Blitz trifft, hast du's verdient.«

»Sollte mir das passieren, dann mit Sicherheit hier«, sagte C.L. »Sobald ich die Stadtgrenze übertrete, zeichnet mir Gott eine Zielscheibe auf die Stirn.«

»Und dabei bist du ja so völlig unschuldig.« Vince stieß sich vom Auto ab. »Nun gut, ich muß zurück zur Arbeit. Schließlich bin ich das einzige, was zwischen Frog Point und dem Verbrechen steht. Wenn du heute abend gegen acht noch immer in der Gegend bist, schau doch mal im Bowlingcenter vorbei, dann spendiere ich dir ein Bier.«

C.L. setzte an, Vince zu erzählen, was er von dem Bowlingcenter hielt, unterdrückte den Impuls dann jedoch. Egal, was er über orange Plastik und Bowlingschuhe dachte, er mochte Vince. Es konnte ganz lustig werden, mit dem alten Vince noch einmal zu versacken.

Und Vince wußte fast soviel über Frog Point wie Henry.

»Abgemacht«, sagte C.L.

»Schön. Bring deine Zigaretten mit.« Vince wandte sich ab und ging zu seinem Wagen. »Und mach keinen Ärger. Ich hasse die Vorstellung, dich verhaften zu müssen.«

»Versuch das mal«, antwortete C.L., und Vince lachte und fuhr davon.

Ja, es war tatsächlich großartig, wieder daheim zu sein. Jeder hatte es geschafft, erwachsen zu werden, zu heiraten, Kinder zu kriegen und ein ehrenwerter Bürger zu werden, nur er war für sein Leben gezeichnet. Der älteste lebende Junggeselle in Ohio. Eine ziemliche Ehre. Er verspürte größte Lust, Mrs. Bannisters Haus aus reiner Bosheit zu observieren.

Und dann würde er nur um der alten Zeiten willen Maddie aufsuchen.

»Vergiß Brent«, würde er sagen, »erinnerst du dich noch an den Rücksitz?« Nur, daß dies keine tolle Erinnerung für sie war.

Und für ihn auch nicht. Als er am nächsten Tag zu ihrem Schließschrank gekommen war, um mit ihr zu sprechen, hatte sie sich abgewandt.

Bei der Erinnerung an diese Demütigung, die nach zwanzig Jahren noch immer tief saß, zuckte C.L. zusammen. Schwachsinn, Schwachsinn, Schwachsinn. Konnte ein Schmerz aus High-School-Zeiten ein Leben lang anhalten? Und wie kam es, daß er an einer Tür klingelte und Maddie Martindale vor sich stehen sah, zwanzig Jahre älter und einige Pfund schwerer, und augenblicklich wieder diesen Schmerz verspürte und sich wieder so verdammt dämlich vorkam und sie dennoch wieder begehrte? *Das ist der Stolz,* redete er sich ein. Es war der Stolz, der ihm einflüsterte: *Hey, ich hab's nicht gebracht, weil ich noch so jung war; gib mir noch einen Versuch – ich bin jetzt besser, viel besser. Wirklich.* Nur leider war er ziemlich sicher, daß, selbst wenn ein Wunder geschehen würde und er Maddie noch einmal erobern könnte, er es schon wieder vermasseln würde, einfach nur, weil es Maddie war. Außerdem würde kein Wunder geschehen, und er wollte das auch gar nicht. Die Vergangenheit war Vergangenheit, und sie spielte nirgendwo eine Rolle außer in Frog Point, wo alles, was vor zwanzig Jahren passiert war, immer noch in allen Köpfen saß, und Brent Faraday immer noch Der-Erfolg-versprechende-Junge und Maddie Martindale immer noch Dieses-liebe-Mädchen und er Dieser-Sturgis-Junge war, der eine solche Last für seine Tante und seinen Onkel war. Zum Teufel damit.

C.L. richtete sich auf und zog ein letztes Mal an seiner

Zigarette. Er beugte sich in sein Auto hinunter, um den Stummel auszudrücken, und hielt inne. Weswegen würden sie ihn wohl anzeigen, wenn er ihn auf die Straße warf? Verunreinigung?

Er schnippte den Stummel auf die Straße und erstarrte, als er auf einem Laubblatt landete. Im Geiste sah er das Blatt Feuer fangen, weiteres Laub in Brand setzen, die Flammen sich über die Straße ausbreiten, auf Häuser und Autos übergreifen, geschwärzte Holzrahmen wie Streichhölzer knicken und auf die Straße fallen, während Gastanks rumorten und explodierten, und dann Henry, in den sich auflösenden Rauchschwaden am Ende der Straße, mit dem üblichen angewiderten Blick in seiner Sheriff-Uniform auftauchen.

Der Stummel brannte aus, und C.L. stieg in sein Auto, fest entschlossen, Frog Point den Rücken zu kehren, bevor er tatsächlich geistig unzurechnungsfähig und nicht nur vorübergehend verrückt wurde.

»Ich werde deinen Büschen gegenüber nie wieder solche Gefühle hegen«, sagte Maddie, während sie in Trevas Küche einen in der Mikrowelle erhitzten Tee mit Zitrone trank. In der Küche herrschte ein gemütliches Durcheinander aus Kupferpfannen, Kinderzeichnungen am Kühlschrank und glänzenden Schachteln mit der Aufschrift »Neu!« oder »Extra knusprig!«. Howie hatte sie mit Backsteinen, Holz und funkelndem Messing vollständig neu renoviert, aber weil es auch Trevas Küche war, war vieles zusammengewürfelt.

Treva stand mitten darin, über eine Schüssel mit Weißkäse gebeugt, die auf dem Hackblock stand, und ihr blondes Kraushaar ließ sie wie ein Teil des Chaos' aussehen, wie eine zufällig dorthin gewehte Pusteblume.

»Ich bin sicher, daß meine Büsche dir ebenfalls neue Gefühle entgegenbringen.« Trevas Stimme klang streng, während sie einen Eßlöffel des weißen Zeugs aus der Schüssel vor sich und ein Cannellone von der Platte neben sich nahm und versuchte, den Käse hineinzustopfen. Ihre Hände zitterten, und sie drückte so heftig, daß der Pastateig brach und der Käsebrei in die Schüssel zurückplumpste und auf ihr rotgestreiftes Feinripp-Top spritzte. »Mist!« Sie tupfte den Flecken auf ihrem Shirt mit einem Spülhandtuch ab. »Mist *noch mal.*«

»Was hast du denn mit diesen Cannelloni vor?« fragte Maddie auf der Suche nach einer Ausflucht, um nicht über das Thema sprechen zu müssen, weshalb sie gekommen war. »Du willst doch nicht etwa kochen? Das paßt nicht zu dir.«

»Ich brauche das.« Treva ließ das Handtuch fallen und griff nach dem nächsten Stück Pasta. »Kennst du das, dieses Gefühl manchmal, kochen zu müssen?«

»Nein«, meinte Maddie. »Und du auch nicht. Was ist los?«

»Was los ist?« Treva wedelte mit dem Pastateig in ihre Richtung. »Du willst dich scheiden lassen und fragst *mich,* was los ist?«

»Ich glaube, daß ich mich scheiden lassen werde«, sagte Maddie. »Ich muß darüber nachdenken.«

»Denk nicht darüber nach.« Treva griff nach dem Löffel und machte sich wieder an die Arbeit. Während sie redete, wurden ihre Hände ruhiger. »Laß dich einfach von diesem Scheißkerl scheiden. Ich konnte ihn sowieso nie leiden.«

Überrascht schaute Maddie auf. »Ach was? Du warst Brautführerin bei unserer Hochzeit und wartest sechzehn Jahre, um mir das zu sagen?«

»Du warst verliebt. Schien damals nicht der richtige Zeitpunkt zu sein.« Treva ließ den Pastateig einen Moment außer acht, um ein Stück Hartkäse aus dem Kühlschrank zu nehmen und es Maddie zu reichen. »Wenn du damit fertig bist, dich aufzuregen, kannst du helfen. Die Reibe liegt hinter dir in der zweiten Schublade.«

Maddie blickte sie mißtrauisch an. »Hier stimmt doch irgendwas nicht.«

Treva ließ den Löffel wieder in die Schüssel fallen und stützte sich auf den Hackblock. »Ich bin einfach völlig durcheinander. Mir geht so vieles durch den Kopf. Und ich kann ihn nicht leiden.« Sie nahm Maddie ins Visier. »Gut, genug der Ausflüchte. Was hat er diesmal verbrochen?«

Maddie stand auf und nahm die Reibe und eine Schüssel aus Trevas Schrank. Dann begann sie, den Käse in die Schüssel zu reiben, um Treva nicht in die Augen sehen zu müssen.

»Ich habe einen schwarzen Spitzenslip ohne Schritt unter seinem Autositz gefunden. Das hat mich ein bißchen durcheinandergebracht.«

»Oh.« Treva blinzelte. »Nun ja, das würde mich wohl auch durcheinanderbringen. Einen Slip ohne Schritt, sagst du?« Sie biß sich auf die Lippe. »Beth?«

»Ich weiß es nicht.« Maddie rieb heftiger. »Es war kein Namensschild darin. Aber ich glaube, es ist mir auch egal. Ich meine, Beth hat mir nichts versprochen, sondern Brent. Wäre ich ein anständiger Mensch, würde Beth mir leid tun.«

»Moment, laß mich das verdauen.« Treva widmete sich erneut ihren Cannelloni. »Ich weiß, daß du immer schon das anständige Mädchen aus dem Bilderbuch warst, aber das geht zu weit.«

»Okay, ich mag sie nicht«, sagte Maddie. »Sie hat mit meinem Mann geschlafen, und ich könnte mich immer noch übergeben, wenn ich sie sehe. Aber es war schlimm für sie. Sie hielt es für das Richtige, zu mir zu kommen und mir alles zu erzählen, und dann ging der Schuß nach hinten los.« Sie hielt inne in der Erinnerung an Beths völlig ungläubiges Gesicht, als Brent ihr offenbarte, daß alles vorbei sei. »Ich glaube, sie hat ihn geliebt.«

Treva schnaubte verächtlich, und Maddie machte sich wieder über den Käse her. Käsereiben war ein ziemlich gutes Betäubungsmittel. Man mußte auf seine Knöchel aufpassen und daran denken, den Käse zu drehen, aber wenn man fertig war, hatte man geriebenen Käse. Nicht jede Form der Ablenkung sorgte für ein solches Nebenprodukt. Ab jetzt würde sie ihren Käse selbst reiben. »Du brauchst einen von diesen Plastikbehältern mit der Reibe im Deckel«, sagte sie zu Treva. »Ich glaube, die gibt's von Rubbermaid oder Tupperware.«

»Ich habe mittlerweile so viel Rubbermaid und Tupperware, daß ich noch mehr Rubbermaid kaufen muß, um es zu sortieren«, antwortete Treva. »Wahrscheinlich werde ich an Fluorcarbon-Vergiftung sterben. Vergiß den Kunststoff und sag mir, daß du dich dieses Mal wirklich von diesem Mistkerl scheiden läßt.«

Maddie zuckte zusammen. »Vielleicht bringe ich ihn einfach nur um. Es sei denn, daß ich auch das vermassele. Vielleicht könnte ich einen Killer engagieren. Der Zeitungsjunge kann ihn auch nicht ausstehen. Vielleicht können wir ja einen Deal machen.«

»Du kannst ihn nicht ausstehen?« platzte es aus Treva hervor.

Stimmte das? Sie war außer sich vor Wut, weil er ihnen allen diese Bescherung bereitete, aber das bedeutete nicht, daß sie ihn nicht ausstehen konnte. Sie war nicht sicher, ob er ihr wichtig genug war, ihn nicht ausstehen zu können. Abneigung lag natürlich im Rahmen der Dinge. »Nur, wenn er eine Affäre hat«, meinte sie. »Wenn er kein Verhältnis hat, mag ich ihn nur einfach nicht. Diese Betrügerei läßt mich wünschen, ihn in einem verbeulten Autowrack auf der Schnellstraße zu sehen.«

»Das wäre auch nicht schlecht«, erwiderte Treva. »Wenn wir in der Lage wären, eine Bremsleitung von einem

Gartenschlauch zu unterscheiden, könnten wir seine kappen.«

»Wir könnten beide kappen, um sicherzugehen«, schlug Maddie vor, dankbar für jeden Themenwechsel. »Dann würden wir allerdings auch Glorias Leben ruinieren, weil sie sich dem Nachbarrasen verschrieben hat.«

»Ich habe gehört, daß Gloria sich auch scheiden lassen will«, sagte Treva. »Ruf doch mal deine Mutter an und frag nach dem Grund. Wenn es bereits bis zu mir vorgedrungen ist, hat deine Mutter bestimmt Kopien der Klageschrift.«

Maddie erschauerte voller Unbehagen. »So wird es auch bei mir kommen, nicht wahr? Die Drähte werden heißlaufen, alle werden sehr mitfühlend sein und Em über den Kopf streicheln, und ihre Lehrer werden bei mir anrufen und ihr Verständnis dafür äußern, daß sie in der Schule nachgelassen hat, und die Kinder werden sie auf dem Spielplatz danach fragen.«

»Em wird es überleben.« Treva füllte einen weiteren Cannellone.

»Ich möchte, daß sie mehr als nur überlebt«, sagte Maddie. »Ich wünsche mir Wärme und Liebe und Sicherheit für sie. Sie liebt Brent so sehr.«

Treva bedachte sie mit einem Blick offensichtlicher Geringschätzung. »Willst du mir damit sagen, daß du für das Wohl deines Kindes bei diesem verlogenen Abschaum bleiben willst? Das kann ja wohl nicht wahr sein.«

Maddie blickte ihr fest in die Augen. »Du würdest also Mel Howie wegnehmen?«

Mitten im Löffeln hielt Treva inne, und ihre Knöchel zeichneten sich weiß ab, als sie den Griff umklammerte. »Ich würde alles tun, um meine Kinder zu schützen. Aber ich würde nicht bei einem Mann wie Brent bleiben.«

»Und dann ist da noch meine Mutter«, gab Maddie zu bedenken. »Ein unwesentlicher Punkt, ich weiß.«

»Machst du Witze?« Treva schüttelte den Kopf. »Ich möchte deiner Mutter *gar nichts* erklären müssen. Aber du kannst doch nicht im Ernst glauben, ihr das verheimlichen zu können. Für das Gerede der Leute ist deine Mutter doch ein Fliegenfänger.«

»Und meine Schwiegermutter. Helena mochte mich nie sonderlich leiden. Siebenmal die Woche wird sie mich verdammen.«

»Du bist jünger als sie«, sagte Treva. »Das nimmt sie dir übel. Dein Fehler.«

»Und dann noch die anderen Leute hier in der Stadt.« Maddie begann wieder, Käse zu reiben, weil alles besser war, als über die Zukunft nachzudenken. »Frog Point wird einen Festtag erleben.«

»Auf deine Kosten? Niemals.« Treva schnitt eine ungewöhnlich verächtliche Grimasse. »Niemand würde schlecht über Maddie Martindale reden, die heilige Madonna von Frog Point. Noch nicht einmal so ein Drachen wie Helena Faraday.«

Bei dem giftigen Klang von Trevas Stimme riß Maddie überrascht den Kopf hoch. »Was?«

Trevas schuldbewußte Miene sprach Bände. »Tut mir leid. Aber wenn du nicht meine beste Freundin wärst, würde mir der Umgang mit dir sehr schwerfallen. Um die Wahrheit zu sagen, fühle ich mich ein bißchen erleichtert.«

Auf der Suche nach einer Erwiderung verharrte Maddie mit offenem Mund. Das war nicht typisch Treva. Treva lachte und machte Witze und bot bedingungslose Unterstützung; sie teilte keine Schläge ohne Vorwarnung aus.

»Na ja«, meinte Maddie, um Zeit zu schinden. »Ich bin ja froh, daß wenigstens ein Mensch einen Vorteil darin sehen kann.«

Treva ließ den Löffel fallen, kam um den Hackblock herum und ließ sich Maddie gegenüber auf den Stuhl sinken. »Tut mir leid. Es tut mir wirklich leid. Vergiß einfach, was ich gesagt habe. Du machst das schon richtig.« Bleich geworden starrte Maddie sie an, und Treva fuhr schnell fort: »Du hast nichts falsch gemacht. Mein Gott, du bist die perfekte Ehefrau und Mutter. Und außerdem, wen interessiert das? Himmel, Maddie, du kannst dein Leben nicht danach ausrichten, diese verdammte Stadt glücklich zu machen.« Treva lehnte sich zurück. »Obwohl, wenn ich es recht bedenke, du das immer getan hast, nicht wahr? Sauber in Gedanken, Worten und Taten.«

»Bei den Gedanken bin ich da nicht so sicher«, meinte Maddie und versuchte, sich von Trevas Angriff zu erholen. »Manchmal stelle ich mir vor, mitten in der Stadt vor der Bank zu stehen und ›Scheiße, Scheiße, Scheiße!‹ zu schreien, nur um zu sehen, was die Leute tun würden. Oder nackt die Main Street hinunterzulaufen. Manchmal denke ich wirklich daran, obwohl ich weiß, daß ich es niemals tun würde.«

»Was würde ich dafür geben, das mitzuerleben«, meinte Treva. »Ich meine, ich würde kein Geld dafür bezahlen, dich zu sehen, allerdings den doppelten Preis für die Gesichter der Leute.«

»Aber ich kann das einfach nicht.« Maddie legte die Reibe beiseite und beugte sich vor, um ihren Worten Nachdruck zu verleihen. »Es wäre blöd und sinnlos und peinlich, und noch dazu schrecklich für meine Familie. Weißt du, es ist *einfacher,* sich korrekt zu benehmen.«

»Nicht für jeden von uns.« Treva schob ihren Stuhl so abrupt zurück, daß die Beine quietschten. »Einige von uns fanden es einfacher, das Falsche zu tun, und bezahlen noch immer dafür.«

Maddie blickte sie überrascht an und arbeitete sich durch ihr gegenwärtiges Trauma zurück zu vergangenem Schmerz. »Meinst du Three damit? Vor zwanzig Jahren hat sich niemand darum geschert, daß du heiraten mußtest.«

»Vor dem Schulabschluß?« Treva trat wieder an den Hackblock. »Niemand wird das jemals vergessen. Ich könnte ein Heilmittel gegen Krebs finden, und sie würden sagen: ›Treva Hanes – Sie wissen schon, die, die vor ihrem Schulabschluß heiraten mußte – hat das Heilmittel gegen Krebs entdeckt.‹ In dieser Stadt vergißt niemand etwas.« Sie schob den Cannelloni-Topf zur Seite und begann, die Anrichte abzuwischen. »Aber dich würden sie nicht anrühren. Du machst immer alles richtig. Du hast deine Liebe aus der High-School geheiratet und nie jemand anderen angeschaut. Verdammt, sie werden einen Schrein für dich errichten.«

»Treva, haben wir hier ein Problem?« fragte Maddie.

»Das steht dir absolut nicht zu Gesicht, und so gern ich auch Verständnis zeigen würde, aber mein Leben steht vor dem Zusammenbruch, und ich brauche dich jetzt.«

»Du hast recht.« Treva biß sich auf die Lippe. »Du hast ja recht, es tut mir leid. Ich habe nur eine wirklich üble Woche hinter mir, und nun das. Es ist einfach schrecklich. All das geht mir furchtbar an die Nerven.«

»Nun, zumindest hast du ein Abendessen daraus gemacht.« Maddie streckte die Hand aus, um ihr die Schüssel mit dem geriebenen Käse und das übriggebliebene Stück Parmesan zu reichen.

»Nein, jetzt reib auch das ganze Ding«, sagte Treva.

»Für ein Blech Cannelloni?«

Treva öffnete den Kühlschrank und deutete hinein, und Maddie machte einen langen Hals, um über ihre Schulter zu schauen. Fünf weitere Auflaufformen mit bereits gefüllten Cannelloni standen auf den Ablagen.

Alarmiert fiel Maddie auf ihren Stuhl zurück. »Treva, wir müssen reden. Da stimmt doch etwas nicht. Was ist los mit dir?«

»Du solltest reden. Mein einziges Problem ist ein Haufen

Pasta. Aber du hast mit Slips ohne Schritt zu kämpfen.« Treva knallte die Kühlschranktür zu. »Was wirst du tun? Was immer du vorhast, ich werde dir helfen.«

Maddie öffnete den Mund, um wiederum zu fragen, was eigentlich los war, überlegte es sich dann jedoch anders, abgeblockt von Trevas versteinerter Unschuldsmiene, jenem Blick, der Treva vor zahlreichen Konfrontationen in ihrem Leben bewahrt hatte. Was immer Treva auch beschäftigen mochte, sie war nicht willens, nun darüber zu sprechen. Punkt. Maddie gab es auf und kehrte zu ihren eigenen Problemen zurück. »Ich denke, ich werde ihn darauf ansprechen, sobald er nach Hause kommt. Ich weiß nicht, was ich tun soll. Ich habe keinen Beweis. Den Slip habe ich weggeworfen.«

Treva rollte mit den Augen. »Du brauchst keinen Beweis. Hier geht es um Scheidung und nicht um Mord.«

Mord. Im Vergleich zu *Scheidung* klang dieses Wort erfrischend eindeutig. »Warte ab«, sagte Maddie. »Der Tag ist noch nicht vorbei.«

»Hast du schon wegen dem Hund gefragt?« wollte Mel von Em wissen.

»Nein«, sagte Em. »Ist nicht die richtige Zeit dafür.«

»Na, dann habe ich *tolle* Neuigkeiten über Jason Norris.«

Sie waren in Mels Baumhaus geklettert, das sie von ihrem älteren Bruder geerbt hatte, und jetzt lehnte Em sich auf den alten blauen Couchkissen zurück, die sie aus dem Wohnzimmer mitgenommen hatten, und wußte nicht so recht, ob sie all ihre Sorgen auf ihre beste Freundin abladen sollte oder nicht.

Äußerlich ähnelte Mel ihrer Mutter – sie war mager, blond und sommersprossig –, ihren Verstand allerdings hatte sie an Nintendo-Spielen und so ziemlich jedem verbotenen Video in der Stadt geübt. Sie wäre der beste Mensch auf der ganzen Welt, dem man die Sorgen von daheim anvertrauen konnte. Em war nur nicht sicher, ob sie darüber reden wollte. Reden könnte es so wirklich machen.

»Dierdre White hat mir erzählt, daß Richelle Tandy *verrückt* nach ihm ist«, fuhr Mel fort, »aber Jason ist *eindeutig* nicht interessiert.«

Em war dies momentan auch nicht. »Er hat zu mir gesagt, alle Mädchen hätten Läuse.«

Mel setzte sich auf. »Hör mal, das ist doch *riesig.* Er *spricht* mit dir. Meine Mutter sagt, daß Männer nicht besonders gesprächig sind – wenn sie also mehr tun als *grunzen,* ist das ein gutes Zeichen.«

Em schüttelte den Kopf. »Er hat auch versucht, mich mit einem Frosch in der Hand um den Pool zu jagen. Als ob ich Angst vor Fröschen hätte. Er ist doof.«

»Also, ich finde ihn *süß.«* Mel betrachtete sie stirnrunzelnd. »Bist du okay? Letzte Woche fandest du ihn auch noch süß.«

Em gab auf. »Bei mir zu Hause stimmt irgendwas nicht.«

»Zanken sich deine Eltern?« Mel zuckte mit den Schultern. »Das ist nichts Besonderes. Meine streiten sich *immer.«*

»Wirklich?« Einen Moment lang war Em abgelenkt und versuchte sich vorzustellen, wie ihr Onkel Howie herumbrüllte. Bereits die Vorstellung, daß Onkel Howie Tante Treva auch nur Widerworte gab, fiel schwer, aber schließlich war es schwer vorstellbar, daß überhaupt jemand Tante Treva Widerworte gab.

Mel kramte in dem alten Koffer herum, den sie sich als Schatzkiste stibitzt hatte, und zog eine verknitterte Packung Oreo-Schokokekse hervor. »Klar. Letzte Woche ging es um den Rasen.« Sie nahm ein Plätzchen und reichte Em das Paket. »Sie wußten natürlich nicht, daß ich zuhörte.«

»Den Rasen?« Em schob ihre Brille auf der Nase hoch, um das Paket besser begutachten zu können. Keine Käfer. Sie nahm einen Keks und biß hinein. Er war alt und weich, aber immerhin ein käferloser Oreo-Keks in einem Baumhaus, deshalb schmeckte er doch ganz gut. Ein leichter Wind kam auf, blies durch das Fenster und noch mehr durch die Ritzen zwischen den Brettern, die Three in seinen frühen Zimmermannstagen zusammengenagelt hatte. Die Ritzen hoben den Standard. Jeder konnte Bretter eng zusammennageln, aber nur Three würde eine Klimaanlage einbauen.

Mel schluckte ihren Keks hinunter. »Ja, den Rasen.« Sie fummelte das nächste krümelige Plätzchen aus der Packung und lutschte an dem Überzug. »Dad kam nach Hause und sagte« – sie senkte ihre Stimmlage und wiegte bedächtig den Kopf hin und her – »›Mensch, Treva, du hast noch nicht einmal Unterricht im Sommer und erwartest von mir, daß ich nach dem langen Arbeitstag auch noch den dämlichen Rasen mähe‹, und Mom sagte« – Mel verlieh ihrer Altlage einen quiekenden Klang – »›Selber Mensch, ich hole mir doch beim Mähen dieses gottverdammten Rasens keinen Herzinfarkt. Wenn du ihn mähen willst, dann tu es.‹«

»Waren sie laut?« fragte Em fasziniert.

»Nö.« Mel plumpste neben sie auf die Kissen und stopfte sich den halben Keks in den Mund, so daß beim Sprechen dunkle Krümel an ihren Lippen kleben blieben. »Irgendwann sind sie es leid, dann meckern sie sich an, sagen irgend etwas Blödes, und dann tun sie es.«

Em riß die Augen auf. »Oh.«

Mel nickte. »Mom sagt zum Beispiel: ›Okay, ich werde den Rasen mähen, aber wenn ich dann heiß und verschwitzt bin, war's das, weil ich nur einmal am Abend heiß und verschwitzt sein will‹, und Dad sagt: ›Na ja, ich kann den Rasen auch später mähen; warum sprechen wir nicht darüber?‹, und Mom sagt: ›Ich weiß nicht, das Gras ist wirklich ziemlich lang‹, und dann greift mein Dad nach ihrer Hand und sagt: ›Komm in mein Büro, um das zu besprechen‹, und dann fängt meine Mom an zu lachen, und sie gehen in ihr Schlafzimmer und tun es.« Sie biß in die zweite Kekshälfte. »Nach dem Rasenstreit wollte ich an der Tür lauschen, aber Three hat mich erwischt.«

Em grinste und entspannte sich. »Was hat er gesagt?«

»Er meinte, daß ich aufhöre zu wachsen, wenn ich bei so einem Kram zuhöre, und daß ich selbst schuld bin, wenn ich ein Zwerg bleibe. Dann ist er mit mir ein Eis essen gegangen.«

Em seufzte. »Ich liebe Three.«

»Du kannst ihn auch als Bruder haben«, bot Mel an. »Und worüber streiten sich deine Mom und dein Dad?«

Em ließ ihren angeknabberten Keks sinken. »Tun sie nicht. Ich meine, sie streiten nicht. Sie reden noch nicht einmal miteinander.« Sie grübelte einen Moment. »Ich glaube noch nicht mal, daß sie es tun.«

Mel schüttelte den Kopf. »Das kannst du nicht wissen. Sie können wirklich geschickt sein und warten, bis du schläfst. Deine Mom und dein Dad sind erwachsen. Meine sind *unreif.*« Bei dem letzten Satz hob sie ihr Kinn und ähnelte ihrer Mutter so sehr, daß Em trotz ihre Sorgen lachen mußte. Aber Mel, wie sie nun einmal war, kam zum Ausgangsproblem zurück. »Wenn sie also nicht streiten, wo ist dann das Problem?«

»Sie tun *überhaupt nichts.*« Em dachte nach, um Mel eine Begründung geben zu können, damit sie verstand. »Dad ist ständig beim Bowling und kümmert sich um den Garten und geht zur Arbeit. Mom arbeitet im Haus, erledigt ihren Schulkram, um sich für das neue Schuljahr vorzubereiten, und redet mit Grandma und mit deiner Mom oder besucht meine verrückte Uroma im Pflegeheim. Aber sie tun nichts gemeinsam.«

Sie schob ihre Brille wieder hoch und sah Mel stirnrunzelnd an. »Ich weiß, das hört sich nicht schlimm an, aber das ist es. Irgend etwas stimmt nicht. Und heute benimmt sich meine Mom ganz komisch. Ich weiß nicht, warum, aber sie scheint wirklich unglücklich zu sein.«

Mel richtete sich auf. »Sie nehmen sich also, sagen wir, nicht in den Arm, machen Witze oder tun so, als würden sie streiten, um dann loszulachen, all so was tun sie nicht?«

Em versuchte sich ihre Eltern bei solchen Dingen vorzustellen. Es hörte sich so wundervoll an, Eltern zu haben, die lachten, aber sie konnte es sich nicht ausmalen. Ihre Mom lachte mit ihr und mit Tante Treva, aber sie konnte sich nicht daran erinnern, daß sie mit ihrem Dad lachte. Sie konnte sich überhaupt nicht daran erinnern, wie ihr Dad lachte. »Nein«, sagte sie. »Nein, so was tun sie nie.«

Mel setzte eine nüchterne Miene auf. »Vielleicht lassen sie sich scheiden.«

»Nein!« Em schob die Kekspackung weg und merkte, wie ihr schlecht wurde. »Nein, tun sie nicht. Sie streiten sich nicht. Nie. Wirklich, niemals. Sie lassen sich nicht scheiden.«

»Du könntest hier wohnen«, bot Mel an. »Meine Mom liebt dich, und mein Dad auch. Du könntest meine Schwester sein.«

»Sie lassen sich nicht scheiden«, wiederholte Em.

Mel ließ sich wieder auf die Kissen zurückfallen, starrte in die Luft und fing an zu grübeln. Em beobachtete sie hoffnungsvoll, schließlich war Mel diejenige mit den Ideen. Vielleicht fiel ihr ja etwas ein, um alles in Ordnung zu bringen.

»Wir könnten sie ausspionieren«, meinte Mel schließlich.

»Nein«, sagte Em. Mel hatte die Idee, aber manchmal waren ihre Ideen wirklich schlecht, und deshalb hatte Em stets das letzte Wort. Mel gab den Spionagegedanken auf und überlegte weiter.

»Ich hab's.« Sie setzte sich auf. »Du schläfst heute nacht bei mir, dann haben sie ein bißchen Zeit für sich. Meine Mom sagt, daß das ihre Ehe manchmal rettet. Sie lädt mich dann bei Grandma ab, und einmal, als sie nicht merkte, daß ich zuhörte, hat sie gesagt: ›Danke, Irma, das wird die Ehe deines Sohnes retten.‹«

»Ich habe doch letzte Nacht schon bei dir geschlafen«, warf Em ein. »Ich tue das doch ständig.«

»Seitdem du wegen ihnen ein schlechtes Gefühl hast?« fragte Mel.

Em dachte darüber nach. Dieser ganze Mist hatte letzte Woche angefangen. Sie redeten oder lachten nie miteinander, aber bis zur letzten Woche hatte sie sich darüber keine Gedanken gemacht. Aber nun schien alles kälter und gespannter zu sein.

Eigentlich hatte sie sich auch darüber bis heute keine Gedanken gemacht. Bis sie das Gesicht ihrer Mutter gesehen hatte, als sie von dem Auto zurückkam. »Nein«, meinte sie. »Nicht seitdem.«

Mel rollte sich auf die Füße und ging zur Leiter. »Komm schon. Laß uns fragen.«

Treva zu besuchen war vielleicht nicht die beste Idee gewesen, ging Maddie durch den Kopf. Nachdem Treva die sechste Auflaufform Cannelloni mit so viel frisch geriebenem Parmesan bestreut hatte, daß er ausreichen würde, ganz Frog Point unter sich zu begraben, war sie nun völlig auf den Gedanken fixiert, Brents Sachen nach Beweisen zu durchsuchen. »Nein«, sagte Maddie zu ihr. »Wir werden seine Sachen nicht durchwühlen. Kommt nicht in Frage.«

»Natürlich werden wir das tun.« Treva saß ihr gegenüber und war begeistert von ihrem Plan. »Wir werden bestimmt etwas finden, das uns zeigt, was abläuft. Briefe und solche Dinge.«

»Briefe?« Maddie sah sie ungläubig an. »Brent nimmt noch nicht einmal eine telefonische Nachricht entgegen, und du willst nach Liebesbriefen suchen?«

»Oder wonach auch immer. Ist er heute abend zu Hause?«

Maddie versuchte sich daran zu erinnern, welcher Tag heute war. Donnerstag. »Nein. Er ist mit seinem Vater beim Bowling.«

Trevas Miene erhellte sich, was Maddie vorsichtig werden ließ. Treva ging die ganze Katastrophe zu energisch an. »Das trifft sich hervorragend. Dann können wir die Suche heute abend starten. Und ich habe noch eine Idee.« Treva beugte sich vor. »Ich finde, du solltest ihn auch betrügen, um den Spielstand auszugleichen. Ich weiß sogar, mit wem du es tun könntest. Erinnerst du dich noch an diesen Rowdy, der dir während des Abschlußjahres nachgestiegen ist? Er hatte ständig Ärger mit irgend jemandem und war auf seine zwielichtige Art eigentlich ganz süß. Weißt du noch?«

»Nein.« Maddie starrte Treva an, eine Maßnahme, die allerdings keinerlei Wirkung zeigte.

»Aber klar. Er hatte so tolle Augen und diesen großen alten Wagen mit einem Rücksitz von der Größe deines Wohnzimmers.« Treva legte eine bedeutungsvolle Pause ein. »C.L. Sturgis.«

Maddie fuhr sich mit der Hand über das Kinn und versuchte, Desinteresse zu heucheln. »Vage. Ich kann mich vage an ihn erinnern.«

»Jedenfalls habe ich ihn heute morgen mit Sheila Bankhead vor der Polizeistation gesehen. Er sieht jetzt *viel* besser aus, gar nicht mehr wie ein Rowdy. Klar, er wirkt immer noch zwielichtig, aber mit achtunddreißig ist das aufregend.«

»Sieben.«

»Was?«

»Er ist siebenunddreißig. Ein Jahr jünger als wir. Aber was hat C.L. Sturgis mit meiner Scheidung von Brent zu tun?« Aha. Diesmal ging es ihr schon leichter über die Lippen.

»Das habe ich dir doch gesagt. Zahl es Brent erst mit einer eigenen Affäre heim. Mit C.L. Sturgis.«

»Ich soll Sex mit C.L. Sturgis haben?« Maddie begann zu lachen und konnte gar nicht mehr aufhören.

Treva wartete geduldig, unterbrach sie dann aber. »Warum nicht?«

Maddie hörte auf zu lachen und fing ihren Blick auf. »Weil ich den gleichen Fehler niemals zweimal mache, deshalb.«

»Du hattest Sex mit C.L. Sturgis?«

Die Hintertür fiel ins Schloß. Mel trampelte herein und rief: »Mom? Können wir – «

»Raus!« sagte Treva, ohne sich umzudrehen, und wartete, bis die Tür wieder zuschlug, bevor sie sich über den Tisch zu Maddie vorbeugte und wiederholte: »Du hattest Sex mit C.L. Sturgis? *Und du hast mir nichts davon erzählt?«*

»Es hat sich nie ergeben.« Maddie rieb sich die Stirn und versuchte, nicht zu sehr an diese Nacht zu denken, in der sie lachend auf dem warmen Rücksitz mit C.L. gesessen hatte. Damals war es ein Fehler gewesen, und genau das wäre es auch jetzt.

Treva war immer noch völlig verblüfft. »Es ist unglaublich. Ich hätte nicht geglaubt, daß du mir nur zwanzig Minuten etwas verheimlichen kannst, geschweige denn zwanzig Jahre. Und deine Mutter hat es nie herausgefunden?«

»Nein, Gott sei Dank nicht.« Bei dem Gedanken wie vom Blitz getroffen, setzte Maddie sich aufrecht. »Ich habe es nie jemandem erzählt. Kannst du dir vorstellen, was passiert wäre, wenn das herausgekommen wäre? *Niemandem* habe ich es erzählt.«

»Ja, und er wohl auch nicht«, meinte Treva. »Das muß ihn einige Selbstüberwindung gekostet haben.«

»Darüber habe ich nie nachgedacht«, sagte Maddie verwundert. »Das war wirklich nett von ihm.« Sie versuchte, sich an damals zu erinnern. »Ein paar Wochen lang war ich krank vor Sorge, aber niemand sagte etwas, und ich bekam dann meine Tage. Außerdem war damals viel zu tun. Es war kurz vor Ende des Abschlußjahres, und bald darauf hast du wegen der ganzen Aufregung um euch Howie geheiratet. Dann kam das Examen, alles passierte auf einmal. Ich bin danach zum College gegangen, und im folgenden Jahr machte er seinen Abschluß und ist aus der Stadt gezogen. Bis er heute auftauchte, hatte ich ihn mehr oder weniger vergessen. Er wollte mit Brent sprechen.«

»Mit Brent? Worüber?«

Maddie sah sie flüchtig an. »Ehrlich gesagt habe ich ihn nicht gefragt. Es war mir egal.« Sie holte tief Luft und stellte die Frage, vor der sie sich die ganze Zeit gefürchtet hatte. »Treva, sag mir die Wahrheit. Weiß schon jeder davon? Bin ich die letzte, die es erfährt? Ich glaube, ich kann nämlich wirklich nicht – «

Em steckte ihren Kopf durch die Hintertür, und Maddie zwang sich zu einem Lächeln. »Hallo, mein Schatz.«

»Hallo.« Em kam herein und lehnte sich gegen den Tisch. Maddie konnte die Anspannung in ihrem Gesicht sehen. »Tante Treva, darf ich heute nacht bei euch schlafen? Mel und ich müssen unsere Schullisten vergleichen, um zu sehen, ob wir uns etwas teilen können, damit ihr Geld spart.«

»Wie fürsorglich von euch«, antwortete Treva, ohne den Blick von Maddie abzuwenden. »Natürlich darfst du hierbleiben.«

»Super!« Em schlüpfte wieder zur Tür hinaus, und sie hörten sie rufen: »Hey, Mel!«

»Ist dir das recht?« fragte Maddie. »Oder wolltest du heute abend ausgehen? Ich möchte sie nicht bei dir abladen.«

»Mach dir deshalb mal keine Sorgen«, antwortete Treva. »Du mußt allein sein, um Brent anschreien zu können. Three kann auf sie aufpassen, falls ich nicht hiersein sollte. Die Kinder sind unser geringstes Problem.«

Maddie ließ sich zurückfallen. »Em ist mein größtes Problem. Der Gedanke, was passiert, wenn sie herausfindet, was jeder schon weiß, ist ein Alptraum für mich.«

»Ich weiß nicht, was jeder weiß. Ich weiß nur, was ich weiß, und um deine Frage zu beantworten, ich wußte von nichts.« Treva legte ihre Hand auf Maddies. »Vergiß Em mal einen Moment. Was möchtest du? Wenn es Em nicht gäbe, was würdest du wollen?«

»Ich denke, ich würde ihn verlassen«, sagte Maddie. »Nur, daß meine Mutter sich dann in der Stadt mit der ersten Scheidung in der Familie Martindale konfrontiert sieht und seine Eltern mir die Hölle heiß machen werden. Außerdem würde Brent eine Scheidung nicht einfach so hinnehmen, sondern wie beim letzten Mal wie ein Wahnsinniger kämpfen. Und –«

Treva drückte ihre Hand. »Würdest du jetzt mal wenigstens für eine Minute alle anderen vergessen? Was willst *du?*«

Maddie sah sie unsicher an. »Ich weiß nicht.« Sie bemühte sich, das Schuldgefühl von sich fortzuschieben, nicht zuerst an alle anderen zu denken. »Ich glaube, ich würde gerne in Ruhe gelassen werden. Ja, ich denke, das würde mir gefallen. Nur das zu tun, wozu ich Lust habe, sich keine Gedanken darüber zu machen, was die Nachbarn denken – das wäre klasse.« Sie rückte ein Stück vom Tisch ab, und Treva ließ ihre Hand los. »Kennst du eigentlich meine Phantasievorstellung, nackt vor der Bank zu stehen? Ich habe noch eine andere, nämlich allein auf einer verlassenen Insel mit jeder Menge Schokolade und Büchern zu sein. Nur ich und Esther Prices handgemachte Schokonüsse und Sahnebonbons und die kompletten Werke von jedem. Keine Nachbarn.«

»Die habe ich auch«, erwiderte Treva. »Bei mir sind es allerdings ein Haufen Schokolade und Harrison Ford. Bis ich eines Tages dachte: *Warum ist Harrison hier? Ohne ihn könnte ich mir diese Turnübungen sparen.«*

»Ich mag einfach dieses Alleinsein«, sagte Maddie. »Niemand, den man glücklich machen muß. Niemand, für den man sich schuldig fühlen muß. Für immer nur ich allein.«

»Für immer?« Treva hob eine Augenbraue. »Zwei Wochen vielleicht, dann würde ich mir meine Familie zurückwünschen. Selbst Howie, auch wenn er ein Mann ist.«

»Ich könnte ewig so leben«, meinte Maddie und richtete sich abrupt auf ihrem Stuhl auf. »Ohne Em allerdings würde ich sterben. Außerdem ist es nur ein Hirngespinst. Ich muß in dieser Stadt leben, und meine Mutter hat es verdient, daß ich mich um sie kümmere, und Em hat es erst recht verdient, daß ich mich um sie kümmere. Außerdem war ich diejenige, die Brent versprochen hat, in guten und schlechten Zeiten zu ihm zu stehen, also vergiß die einsame Insel.« Sie schüttelte den Kopf. »Ich weiß nicht, was ich will. Wahrscheinlich sollte ich mich besser darauf konzentrieren, was ich für Möglichkeiten habe.«

»Du kannst dich scheiden lassen«, sagte Treva. »Verlaß ihn.«

»Und wenn er mich nicht betrügt?« warf Maddie ein. »Wenn es eine Erklärung gibt? Immerhin könnte das sein. Es ist möglich.«

Treva rollte mit den Augen. »Gut, dann sprich mit ihm. Aber *tu* es auch.«

Mit ihm sprechen. Sagen, *Brent, ich werde dich verlassen.* Sagen, *ich nehme Em mit und verlasse dich.* In Lichtgeschwindigkeit fühlte sie sich fünf Jahre zurückversetzt. An diesem Punkt war sie schon einmal angelangt, und es war furchtbar gewesen. Maddie spürte die Tränen in ihren Augen aufsteigen und wappnete sich. Nein, sie würde nicht weinen. Sie würde nicht in der Küche ihrer besten Freundin sitzen und Trübsal blasen. In ihrem Bedürfnis zu fliehen, bevor die Tränen hervorquollen, stand sie auf. »Gut. Ich weiß, du hast recht. Aber ich muß jetzt gehen.«

»Wie du meinst.« Treva lehnte sich zurück. »Gut, dann später. Wann immer du mich brauchst. Bist du sicher, daß du okay bist?«

»Mir geht's prima«, sagte Maddie und ging hinaus, um ihre Tochter zu suchen.

Die Hitze war so drückend, daß sie schwer auf Maddie lastete, während sie mit Em die Linden Street hinunter nach Hause ging. Diese Straße war sie in ihrem Leben wohl schon millionenmal entlanggegangen. Mit ihrer Mutter hatte sie in dem alten gelben Haus zwei Blocks weiter als Treva gelebt, und Treva hatte dort gewohnt, wo sie jetzt mit Howie lebte, da sie das Haus von ihren Eltern übernommen hatte, als diese in eine der Eigentumswohnungen am Fluß zogen.

Ihr ganzes Leben lang bedeutete Linden Street, atemlos vor Plänen und Neuigkeiten zwei Blocks hochzulaufen, um Treva zu besuchen, genauso, wie sie nun immer drei Blocks hinunterging, um sie zu sehen.

Und sie stand für Brent, der sie zu einer Verabredung oder an Schultagen abholte und anschließend wieder nach Hause brachte, Brent, der in der Linden Street ein Haus gekauft hatte, weil sie diese Straße liebte und nahe bei Treva sein wollte, Brent, der so liebenswert sein konnte und der sie nun vermutlich betrog.

Du kannst ihn nicht ausstehen? hatte Treva sie gefragt. Es war möglich, jemanden gleichzeitig zu lieben und zu hassen; nach Beth hatte sie dieses Gefühl ihm gegenüber gehegt. Jetzt allerdings verspürte sie nur Wut und Grauen und grenzenlose Verbitterung – es gab keine Liebe mehr, die diese Gefühle aufwiegen konnte. So stand es also um ihre Ehe. Zu ihrem Schrecken konnte sie die Tränen nicht zurückhalten. Em würde es bemerken. »Laß uns ein Wettrennen bis zum Auto machen«, sagte sie daher und rannte den letzten Häuserblock entlang, um sich dann außer Atem, aber nicht mehr weinend, auf den Fahrersitz ihres betagten Civic fallen zu lassen.

Kurz nach ihr stieg Em ein und zog die Tür hinter sich zu. »Das war unfair, du hast einen Frühstart gemacht. Wohin fahren wir? Warum nehmen wir nicht Daddys Wagen? Der ist doch viel bequemer.«

Weil ich nie wieder in diesen Wagen einsteigen werde. Maddie legte den Rückwärtsgang ein. »Der hier fährt genauso gut. Laß uns bei deinem Dad vorbeischauen.«

Em wurde still. »Okay.«

Maddie fing ihren Blick auf und zwang sich unter Anstrengung aller Gesichtsmuskeln zu einem Lächeln, zu dem ihr so gar nicht zumute war. »Fragen wir ihn einfach nur, was er zu Abend essen möchte. Das wird lustig.«

»Okay«, sagte Em wieder, ohne ihren achtsamen Gesichtsausdruck zu ändern.

Maddie fuhr rückwärts aus der Ausfahrt, und Em duckte sich, damit niemand sie in diesem Rostmobil erkannte. Wenigstens der Civic war eine Schlacht gewesen, die Maddie in ihrer Ehe gewonnen hatte. Sie umklammerte das Lenkrad fester, während sie darüber nachdachte. Brent hatte sie überreden wollen, ihn gegen den neuen Wagen, den er für sie kaufen wollte, einzutauschen, und hatte sogar einen Abschleppdienst beauftragt, um ihn abholen zu lassen, aber in letzter Minute hatte sie sich auf die Motorhaube geworfen, so daß der Mann mit dem Abschleppwagen schließlich ohne ihr Auto wieder wegfuhr. »Ich liebe dieses Auto«, hatte sie Brent erklärt. »Ich habe ihn selbst bezahlt, er bleibt nie stehen, und ich verstehe ihn. Es braucht Jahre, bis man ein Auto so gut kennt wie ich dieses. Ich möchte in diesem Wagen begraben werden.« Brent hatte daraufhin aufgehört herumzunörgeln, sie jedoch mit einem Blick bedacht, als hätte sie den Verstand verloren. Vielleicht war das der Grund, weshalb er sie betrog: Die Schande ihres Wagens, erschwert durch ihren Schwachsinn, hatte ihn dazu getrieben.

Er betrog sie. Im Gegensatz zu all den Argumenten, die sie Treva genannt hatte, gab es keine andere Erklärung. Treva hatte recht damit getan, die Augen zu verdrehen. Er betrog sie.

Maddie stellte einen Country-Sender ein und fuhr zu der Musik der Mavericks durch das Stadtzentrum ihrem Ehemann und dem Ende ihrer Ehe entgegen, während sie sich bemühte, ihr ruiniertes Leben zu ignorieren. Leute lächelten und winkten ihr zu, und sie winkte zurück und fühlte sich anerkannt. Die Menschen in Frog Point mochten sie. Sie war liebenswert. Jawohl, das war sie: liebenswert. Es war eine verteufelte Sache, liebenswert zu sein, aber das war sie nun einmal, und vielleicht war das alles, was sie war. Plötzlich durchfuhr sie der furchtbare Gedanke, daß sie gegen die Idee einer Scheidung deshalb ankämpfte, weil eine Scheidung nicht liebenswert war. Das wäre schön dumm. Nur, daß sie, wenn sie nicht mehr liebenswert war, nicht wußte, ob sie überhaupt noch existieren würde.

Sie lenkte sich mit erfreulicheren Gedanken ab. Das alte Frog Point war im Spätsommer wunderschön; alte Ulmen und Eichen in voller Pracht bildeten ein Laubdach über den Straßen und rieben ihre Zweige über der Fahrbahn aneinander, und Maddie fühlte sich beschützt, während sie durch die Schattenflecken fuhr. Die Baumwurzeln drückten die grauen Betonplatten auf dem Gehweg in rissigen, runden Wellen nach oben, die an den schattigen Stellen mit Moos überzogen waren. In ihren Kindertagen in der Linden Street hatten Treva und sie die Platten in ihrer Phantasie zu Bergen gemacht und Geschichten über sie ersponnen, während sie sie mit ihren Rollschuhen hinauf- und hinunterfuhren und Himmel und Hölle spielten. Heute machten Em und Mel das gleiche, in Sicherheit vor all den schrecklichen Dingen, die kleinen Kindern in Großstädten widerfuhren. Was auch immer die Nachteile sein mochten, Frog Point war ihr Zuhause. Achtunddreißig Jahre lang hatte es sie umgeben, gewärmt und jeden ihrer Schritte überwacht. Wenn Brent nicht wäre, könnte sie damit leben. Sogar mit Brent mußte sie damit leben. Sie gehörte nach Frog Point.

Die Mavericks verklangen, und Patsy Cline stimmte *Walking after Midnight* an. Auch Patsy hatte Männerprobleme gehabt, was irgendwie tröstlich war; wenn selbst eine Klassefrau wie Patsy sich für Männer zur Idiotin machte, war Maddie vielleicht noch nicht ganz verloren. Hinter ihnen tauchte ein alter brauner Datsun auf und bremste in letzter Sekunde ab. Der Datsun war sogar noch älter als ihr Civic, so alt, als hätte C.L. Sturgis ihn in seinen ruhmreichen Tagen zu Schrott gefahren. Maddie rief sich den C.L. von damals ins Gedächtnis, frech und berstend vor sprühender Energie, und einen kurzen Augenblick lang wünschte sie sich zurück in diese Zeit, bevor sie all ihre Fehler begangen hatte und in der sie sich statt dessen für C.L. hätte entscheiden können. Aber das bedeutete, daß es Em nicht gäbe, und Em wog alles auf, sogar das; also mußte sie C.L. und die Erinnerungen aus ihren Gedanken verbannen und weiterfahren zu ihrem Ehemann.

Das Quietschen der Bremsen lenkte ihre Aufmerksamkeit wieder auf den Datsun. Erneut war er zu dicht aufgefahren und hatte im letzten Moment abgebremst, gerade noch rechtzeitig, um nicht in ihren Wagen zu schlittern.

»Was soll das?« fragte Maddie den Datsun durch ihren Rückspiegel, während der Fahrer, von ihrem behutsamen Fahrstil sichtlich genervt, in eine Seitenstraße abbog. Sollte er doch, niemand riskierte sein eigenes Leben, vor allen Dingen nicht mit Kindern auf dem Beifahrersitz. Maddie holte tief Luft. All dies würde Em so weh tun, und das war das Schlimmste, das Allerschlimmste. Und genau das würde sie Brent niemals verzeihen – daß er Em weh tat, wo sie ihn doch so liebte.

Aber ebensowenig konnte sie ihm verzeihen, was er ihr angetan hatte, und während der langsamen Fahrt durch den kühlen Schatten der Bäume steigerte sich ihre Wut immer mehr. Er hatte sie schon wieder lächerlich gemacht. Wenn sie ihn verließ, würde sie ohne die Möglichkeit eines Gegenschlags in die verständnisvolle und gleichzeitig hämische Umarmung der Stadt fliehen. Treva hatte recht – irgendwie mußte sie den Spielstand ausgleichen. Erneut kehrten ihre Gedanken zu C.L. zurück, dieses Mal zu der frischen Erinnerung, wie er als erwachsener Mann breitschultrig und lachend und kraftvoll und greifbar und verdammt gut aussehend auf ihrer Türschwelle stand.

Nein. Unter keinen Umständen. Sie hatte auch ohne Ehebruch bereits genug Probleme. Abgesehen von der Tatsache, daß man so etwas nicht tat, bedeutete ein Ehebruch in Frog Point eine Kurzserie in der Gerüchteküche.

Nichtsdestotrotz verspürte sie ein gewisses Wohlempfinden bei dem Gedanken an Rache. Und zudem stellte sie überrascht fest, daß sie die Vorstellung, die Stadt durch ein Verhalten, das einem anständigen Mädchen nicht zu Gesicht stand, in Aufruhr zu versetzen, geradezu genoß, solange sie nur mit dem Gedanken spielte und ihn nicht in die Tat umsetzte.

Im Radio löste Reba McEntire Patsy ab, und Maddie wich nur knapp drei Meter vor dem nächsten Stoppschild einem kleinen, buntgescheckten Mischlingshund aus, der mitten auf der Fahrbahn saß und sich von dem herannahenden Fahrzeug völlig unbeeindruckt am Ohr kratzte. »Keine Eile«, sagte Maddie zu ihm, und Em entspannte sich lachend.

Doch dann wurde Em sehr still und sah ihre Mutter mit großen unschuldigen Augen durch ihre Brillengläser an. »Ich wette, der Hund hat kein Zuhause. Vielleicht sollten wir ihn adoptieren.«

Maddie starrte über das Lenkrad hinweg auf den Hund. Er trug ein rotes Halsband, dessen Anhänger klimperten, während er sich kratzte. »Er gehört irgend jemandem, Em. Wahrscheinlich ist er gerade auf dem Heimweg.«

»Nun ja, dann könnten wir vielleicht einen anderen Hund kaufen und ihm ein Zuhause geben, als gute Tat«, meinte Em.

Maddie lehnte sich zurück. *Die Engelstochter macht die Rechnung auf,* dachte sie. *Endlich.* »Okay, heraus mit der Sprache. Was geht dir durch den Kopf?«

Em gab auf und ließ sich auf den Sitz zurückfallen. »Ich will einen Hund. Ich hätte wirklich so gerne einen. Und ich war brav. Außerdem habe ich bald Geburtstag.«

»Dein Geburtstag ist im Januar«, erinnerte Maddie sie.

Em stöhnte. »Ich *wußte,* daß du das sagen würdest. Sieh mal, Mom, wir brauchen wirklich einen Hund. Dringend.«

»Auf die Idee bist du wegen ›Frazier‹ gekommen, stimmt's?« meinte Maddie. »Em, das ist nicht so einfach, wie es im Fernsehen aussieht. Um einen Hund muß man sich kümmern – «

»Ich weiß«, sagte Em mit so großer Befriedigung, daß Maddie wußte, daß sie in die Falle getappt war. Em beugte sich über die Rückenlehne und holte einen Stapel Bibliotheksbücher hervor. »Ich habe mich informiert.«

Maddie besah sich die Bücher. *Die Pflege deines Welpen. Hundepflege im Überblick. Hundekunde. Der brave Hund.* Auf Ems Schoß lagen noch weitere.

»Ich habe sie alle gelesen, sogar die dicken«, sagte Em. »Ich schaffe das. *Bitte.*«

Maddies erster Impuls war, nein zu sagen, mit der Begründung, daß sie schon genug zu tun habe, aber Em zeigte einen solchen Eifer. Und Brent würde einen Hund verabscheuen, was ein wichtiges Kaufargument darstellte. Außerdem würde ein Hund Em ablenken, falls es zu einer Scheidung käme. Er würde ihr Halt geben, wenn der Rest ihrer Welt zusammenbrach.

Em sah Maddie an, als hinge ihr ganzes Leben von Maddies nächsten Worten ab.

»Einverstanden«, sagte Maddie. »Wir fahren beim Tierheim vorbei, nachdem wir bei Daddy waren.«

»Ja!« Vor Freude hüpfte Em auf dem Sitz herum.

»Aber du mußt dich um ihn kümmern – «

»Klar, das werde ich, ich kenne mich aus, das werde ich. Ich liebe dich, Mom!« Mit einem breiten Lachen auf dem Gesicht hüpfte Em weiter auf und ab.

Der Hund hörte auf, sich zu kratzen, und gähnte, und Em mußte erneut lachen, und für einen Augenblick schien die Welt wieder in Ordnung zu sein. *Vielleicht sollte ich nicht in die Firma zu Brent fahren,* dachte Maddie. *Vielleicht sollten wir statt dessen einen Hund kaufen. Oder vielleicht sollte ich mit dem Auto einfach hier mitten auf der Straße stehenbleiben.* Vielleicht würde sich nichts ändern, wenn sie nicht um die nächste Ecke bog.

Sie warf einen Blick in den Rückspiegel und sah den alten Datsun um die Ecke auf sie zusausen.

In Panik drehte sie sich zu Em, um sie zu warnen, aber

ihr Aufschrei verlor sich in dem Lärm quietschender Reifen, durchgetretener Bremsen und dem zermürbenden Krachen scheppernden Metalls. Sie spürte die Heftigkeit des Aufpralls in ihrem Rücken, und ihr Kopf schnellte nach vorne, als sich ihr Sitz aus der Verankerung löste und vorwärtsrutschte, während das Radio keinen Ton mehr von sich gab. Ihr Kopf schlug zurück und prallte mit Wucht gegen die Kopfstütze hinter ihr.

3

»Em«, stieß Maddie hervor, als sich nichts mehr rührte.

Em saß – klein, ruhig und angeschnallt – unverletzt und mit weit aufgerissenen Augen neben ihr. »Ich bin okay, Mom. Wow.«

»Bist du sicher? Tut dir der Nacken weh?« Maddies Nacken schmerzte zweifellos.

»Ich hab nichts. Irre, der hat uns voll getroffen.«

Maddie drückte die Autotür aus dem verzogenen Rahmen, und kleine Metallsplitter fielen klirrend auf den Boden. Sie stieg aus und fühlte sich schwindelig. *Immer schön langsam.* Alles um sie herum schien zugleich heller und unschärfer zu sein. Übervorsichtig ging sie zu dem anderen Wagen. Unter ihren Schuhen knirschten Glasscherben. Aus dem Radio plärrte nervtötendes Geschrei, und Maddie wünschte, sie könnte auch losschreien, aber das würde ihr zu große Schmerzen bereiten.

Der Fahrer saß stöhnend und den Kopf zwischen den Händen haltend auf dem Sitz, und sie beugte sich zu ihm, um zu sehen, ob es ihm halbwegs gutging. Er war ein blasser, schlaksiger Junge mit blonden Haaren aus der High-School, den sie erkannte, ohne ihm einen Namen zuordnen zu können, da er nicht ihre Klasse besuchte.

»Bist du in Ordnung?« fragte sie. »Hast du dir den Kopf gestoßen? Warst du angeschnallt?«

»Mein Auto. Ich bin voll in Sie reingefahren. *Mein Auto!*«

»Dein Radio funktioniert jedenfalls noch.« *Du Trottel.* Der Ärger, den sie die ganze Zeit unterdrückt hatte, bahnte sich wie eine Flutwelle den Weg nach draußen, und beinahe hätte sie ihn angeschrien, erinnerte sich jedoch rechtzeitig daran, daß auch er in den Unfall verwickelt war und daß es keinen Sinn hatte, ihn noch zusätzlich fertigzumachen, auch wenn er ein rücksichtsloser Idiot war. C.L. hatte bei seinen Unfällen wenigstens nur Geländer und Gräben in Mitleidenschaft gezogen und keine anderen Leute. Der Junge stöhnte erneut und wich ihrem Blick aus. Sie richtete sich auf und ging zu ihrem Wagen zurück, um den Schaden zu betrachten.

Er war hinüber. Der Kofferraum war bis zur Rückbank eingedrückt, beide Rücklichter waren völlig zertrümmert. Auch wenn sie von Autos keine Ahnung hatte, war ihr klar, daß dieses hier niemand mehr reparieren würde. Es war zu alt.

Sie verspürte noch immer größte Lust, den Jungen anzubrüllen. Dreimal war er ihr zu nahe gekommen, das letzte Mal definitiv.

Em stieg aus. »Wahnsinn.«

Mein Auto.

»Kriegen wir jetzt ein neues Auto?« fragte Em.

Der Junge gesellte sich zu ihnen. »Glaubst du, daß deine Versicherung dafür aufkommt?« Maddie wandte sich ihm zu. *Ich könnte dich auf der Stelle umbringen.* Sie begann, mit vorsichtigen, bedächtigen Schritten um ihren Wagen herumzugehen.

Der Junge folgte ihr, und plötzlich tauchte die Polizei auf.

Sie ließ sich in ihr Auto sinken und lehnte sich mit der

Stirn gegen das Steuer. Der Officer, ein junger Mann, der vor fünf Jahren durch ihren Kunstabschlußkurs gefallen war, fragte sie nach ihrem Führerschein, und Em fischte die Papiere aus Maddies Handtasche. Er war höflich, stellte jedoch zu viele Fragen. Maddie war so verwirrt, daß er sich nach ihrem Wohlbefinden erkundigte.

»Ich wollte in diesem Wagen begraben werden«, sagte sie, woraufhin er zum Funkgerät griff, um angesichts augenscheinlicher Gehirnerschütterung einen Krankenwagen anzufordern.

Brent, groß, dunkel, kraftstrotzend und selbstsicher, traf sie in der Notaufnahme an. *Ich war auf dem Weg zu dir,* wollte sie ihm sagen, aber er ergriff als erster das Wort.

»Ich werde mich um alles kümmern.« Er entfernte sich, um mit tiefer, ernster Stimme mit dem jungen Arzt und der noch jüngeren Krankenschwester zu sprechen.

Ich hasse dich, schoß es Maddie durch den Kopf, aber es schien nicht der richtige Zeitpunkt zu sein, um dies vor Em hier laut auszusprechen. Der Raum roch nach Desinfektionsmittel und Alkohol, und sie hatte einen metallischen Geschmack im Mund von der Medizin, die man ihr verabreicht hatte. Ihr war kalt, der Untersuchungstisch war zu hoch, und sie wollte nach Hause, aber Brent redete noch immer mit dem Arzt.

Sie betrachtete ihren Ehemann. Würde eine andere Frau ihn begehren? Er war ein wenig dick geworden, aber angesichts seiner Größe, Stärke und Jungenhaftigkeit noch immer gutaussehend. Diese dunkle Locke, die ihm ständig in die Augen fiel. Diese neckische Haartolle oben auf seinem Kopf. Diese Grübchen. Dieses freche Lächeln. Dieser Schweinehund. Mit gestrafften Schultern kam er wieder zu ihr, und die Krankenschwester folgte ihm mit bewunderndem Blick. Maddie zog sich ein wenig zurück, als er nähertrat.

Er sagte etwas zu ihr, und sie versuchte, ihn aus weiter Ferne zu fokussieren.

»Mach dir keine Sorgen, es war nicht deine Schuld«, sagte er, den Arm um Em gelegt, die sich ergeben an ihn lehnte.

»Ich weiß.«

»Der Junge ist nicht versichert, aber unsere Versicherung wird für den Schaden aufkommen.«

»Ich weiß.«

Seine Hand schloß sich fester um Em. »Und Emily ist Gott sei Dank nichts passiert.«

»Ich weiß.«

»Du hast noch nicht einmal eine Gehirnerschütterung, nur eine Muskelzerrung im Nacken. Du brauchst lediglich ein wenig Tylenol Drei.«

»Ich weiß.«

Brent seufzte, und seine Besorgtheit verwandelte sich augenscheinlich in Ärger.

»Wir können jetzt gehen.«

»Ich weiß.«

Die Krankenschwester schenkte ihm ein strahlendes Lächeln und gab ihm das Schmerzmittel für Maddie. Er führte sie hinaus zu dem Cadillac und setzte Em auf den Rücksitz, bevor er sich zu Maddie umdrehte, die den Wagen anstarrte und zu begreifen versuchte, wie er von der Auffahrt, wo er den Verrat offenbart hatte, den ganzen Weg bis zum Krankenhaus zurückgelegt hatte.

»Ich habe den Wagen saubergemacht«, sagte sie zu Brent. »Er stand in der Einfahrt.«

»Howie hat mich abgesetzt, damit ich ihn nehmen konnte. Dein Auto steht bei Leo auf dem Hinterhof. Ich habe dort angerufen, während der Arzt bei dir war. Leo sagt, es sei ein Totalschaden. Jetzt brauchst du einen neuen Wagen.«

Ihr Auto stand tot zwischen dem Unkraut auf dem Hinterhof einer Tankstelle. Normalerweise hätte sie das deprimiert, aber sie war zu benommen, um sich darüber Gedanken zu machen. »Ich weiß.«

Sie stieg in den Wagen und versuchte, sich an das Gefühl eines normalen Lebens zu erinnern. Gestern.

Er setzte sich neben sie und tätschelte ihr Knie, und sie wich zurück. »Entspann dich, Mad«, sagte er. »Bald geht's dir wieder prima.«

Sie nickte kurz, hörte aber sofort auf, weil der Schmerz wie ein Messer in ihren Nacken fuhr. »Ich weiß.«

Brent stieß die Luft durch seine Zähne aus. »Kannst du auch noch etwas anderes sagen außer ›Ich weiß‹?«

Wie wäre es mit »Deine Sympathiebezeugungen rühren mich zu Tränen«? Oder mit »Könnten wir vielleicht eine Schweigeminute für mein Auto einlegen, das von einem trotteligen Teenager auf brutale Weise ermordet wurde«? Oder mit »Hast du eine Affäre, und wenn ja, mit wem, du mieser, verlogener Hurensohn«?

»Maddie?«

Em saß im Wagen. »Vielen Dank, daß du uns abgeholt hast.«

Brent seufzte und fuhr los. Tausend Jahre später bogen sie in die Einfahrt ein. Maddie saß reglos und starrte aus dem Fenster, in dem Bewußtsein, irgend etwas sagen zu müssen. Bald.

»Maddie, wir sind da.« Brent griff an die Seite und löste ihren Sicherheitsgurt. »Mad?« Er legte seine Hand auf ihre Schulter. Sie fühlte sich an wie ein Bleigewicht.

Richtig, sie waren da. Fast verspürte sie Mitleid mit Brent. Es konnte nicht einfach sein, so mit ihr zu reden, das war ihr klar. Sie empfand Mitgefühl, während sie beobachtet, wie er vorne um den Wagen herumging und die Tür auf ihrer Seite öffnete. Das war nett von ihm.

»Maddie, steig jetzt aus. So schlimm geht es dir nicht, das hat jedenfalls der Arzt gesagt.«

Auch richtig. Sie stieg aus dem Wagen. Ihre Schuhe blieben an dem aufgeweichten Teer in der Einfahrt kleben, und sie bemühte sich angestrengt, ihre Füße freizuziehen. Aber sie waren so weit weg. Und Brent war zu nahe.

»Mom?«

Ems Stimme hallte in ihren Ohren. Maddie fixierte den Blick auf das Gesicht ihrer Tochter und lächelte. »Ich bin okay, Liebes. Laß uns hineingehen.« Das Antiseptikum roch gut und frisch, und sie konzentrierte sich einen Moment darauf, um ihren Mann nicht anzuschreien.

»Emily, bist du sicher, daß dir nichts fehlt?« Brent kniete sich neben ihr auf dem Gehsteig nieder und sah ihr in die Augen. In der Sorge um ihre gemeinsame Tochter machte seine gepflegte und ehrlich bemühte Erscheinung mit dieser Haartolle auf dem Kopf einen wirklich liebenswerten Eindruck. Dieser Schweinehund.

Em nickte und hielt ihren Blick auf Maddie gerichtet. »Mir geht es gut, Daddy. Wirklich.«

»Gut.« Er drückte sie an sich, küßte sie auf die Wange und richtete sich auf, um ihr nachzusehen, wie sie auf die Veranda lief. Erst danach wandte er den Blick zu Maddie. »Mad, du solltest auch hineingehen. Bei mir wird es heute abend spät werden. Bestell eine Pizza und laß es dir gutgehen. Warte nicht auf mich.«

Maddie trat neben ihn, und in dem Versuch, ihr auf die Schulter zu klopfen, glitt seine Hand mit kräftigem, unbeholfenem Tätscheln über ihren Oberarm. *Faß mich bloß nicht an,* dachte sie, und der plötzliche Anflug von Wut war erfrischend und wohltuend nach der trüben Benommenheit, die sie wenige Augenblicke zuvor empfunden hatte. Sie hielt inne und wartete, bis Em ein paar Meter weit weg war und die Stufen zur Veranda hinauflief, bevor sie den Blick auf Brent richtete.

»Maddie, komm jetzt.« Die Hand unter ihren Arm schiebend, wollte er sie in Richtung der Veranda führen, aber sie wehrte sich so heftig dagegen, daß er einen Schritt zurückwich.

»Was läuft hier ab, Brent?« zischte sie ihn an und preßte die Zähne zusammen, um nicht laut loszuschreien. Ihre Hände ballten sich vor ihrem Körper zu Fäusten zusammen. »Was treibst du? Was *zum Teufel* treibst du?«

»Was?« Brent starrte sie betroffen an. »Was redest du da?«

Maddie kam noch näher an ihn heran, so daß sie ihm förmlich auf die Füße trat, und flüsterte: »Gottverdammt, ich habe die Unterwäsche einer anderen Frau unter deinem Autositz gefunden! Mit wem triffst du dich? Mit Beth schon wieder?« Heftig schüttelte sie den Kopf, auch wenn ihr das höllische Schmerzen bereitete, die Fäuste gegen ihre Brust pressend, um nicht auf ihn einzuschlagen, in dem Bedürfnis, diese Sache vor ihm und auch vor sich selbst klarzustellen. »Ein weiteres Mal mache ich das nicht mit, Brent. Ein weiteres Mal nicht. Niemals. Wenn du mich betrügst, werde ich dich verlassen. Ich *schwöre* dir, diesmal werde ich dich verlassen.«

Brent starrte Em an, die auf der Veranda stehengeblieben war und zu ihnen zurückschaute. »Alles in bester Ordnung«, sagte er mit zu lauter Stimme. »Du bist völlig durcheinander. Schließlich hast du dir gerade den Kopf gestoßen.« Er senkte den Tonfall. »Du regst Emily auf. Hör auf damit.«

»Ich habe einen Slip gefunden. Einen schwarzen Spitzenslip ohne Schritt. Das solltest du mir erklären, und zwar *auf der Stelle.*«

»Mommy?« rief Em.

»Moment noch, Schatz«, rief Brent zurück. Er senkte seine Stimme wieder. »Du weißt, daß ich dich nicht mehr betrügen würde. Das habe ich dir versprochen. Wie lange willst du mich noch für die Geschichte mit Beth bezahlen lassen?«

Verwirrt trat Maddie einen Schritt zurück. Er argumentierte so vernünftig. »Und was ist mit dem Slip?«

»Keine Ahnung.« Brents Verärgerung ließ seine Stimme lauter werden. »Hat sich wohl jemand einen Scherz erlaubt.«

»Nicht sehr witzig«, erwiderte Maddie.

»Da kann ich dir, verdammt noch mal, nur recht geben.« Er wandte sich ab und ging zur Veranda auf Em zu.

»Mommy fühlt sich nicht wohl«, sagte er zu Em, und als Maddie ihm auf die Veranda folgte, meinte er: *»Bitte warte einen Moment.* Nicht jetzt«, und ergiff Ems Hand. »Mommy braucht ein bißchen Schlaf. Komm, Em, ich bringe dich zu Tante Treva, damit Mommy sich ausruhen kann.«

Em kämpfte mit den Tränen. »Mom?«

Maddie holte tief Luft. Niemals hatte sie ein größeres Bedürfnis verspürt, jemanden anzuschreien, aber nicht vor Em. Niemals vor Em. »Daddy hat recht. Am besten bleibst du heute abend bei Mel, auch die ganze Nacht. Ich komme schon zurecht.«

Em schluckte. »Bist du sicher? Ich könnte auf dich aufpassen.«

Maddie hielt die Tränen zurück. »Danke, mein Schatz, aber ich werde einfach meine Tabletten nehmen und mich ins Bett legen. Ehrlich, laß dich von Daddy mitnehmen.«

Em nickte zögernd. »Na gut, aber ich werde nicht die ganze Nacht dort bleiben. Ich komme rechtzeitig zurück, um dir zu helfen, wenn du aufwachst.«

Maddie schloß sie in die Arme und zog sie fest an sich. Sie spürte, wie steif Ems Körper war. »Mir geht es gut, Em. Du kannst ruhig bei Mel bleiben.«

»Nein.« Ems Stimme brach, und Maddie drückte sie noch fester an sich.

»Also gut.« Maddie klopfte ihr auf den Rücken und wiegte sie wie ein Baby sanft hin und her. »In Ordnung. Daddy kann dich später nach dem Bowling abholen. Alles wird wieder gut.«

Maddie beobachtete, wie Em an Brents Hand den Weg zum Auto zurückging und sich nach ihr umsah. Brent, dieser Hurensohn, der ihre Tochter als Entschuldigung für eine Flucht nutzte. Sie wollte ihm zuschreien: *Komm jetzt her und rede mit mir*, doch statt dessen winkte sie den beiden zu, als er den Wagen rückwärts aus der Einfahrt setzte. Sie holte tief Luft und ging ins Haus.

Sie nahm eine Schmerztablette und stellte das Pillenfläschchen in der Küche auf die Fensterbank, so daß es im Sonnenlicht bernsteinfarben schimmerte. Schön. Dann setzte sie sich einen Moment, um ihre Gedanken zu ordnen, und versuchte, nicht an Em oder schwarze Spitze oder Scheidung oder ihr Auto oder an irgend etwas anderes zu denken, das sie völlig durcheinanderbrachte.

Es war wirklich schön, daß sie keine Gehirnerschütterung hatte. Was zum Teufel hatte sie denn sonst? Sie blickte sich um. Nun ja, sie hatte eine häßliche Küche. Der Boden war mit grauem Linoleum ausgelegt, weil Brent es billig bekommen hatte, aber sie selbst hatte die Wände gelb gestrichen. Jawohl, das war ihre Wahl gewesen. Natürlich waren sie gelb. Sie hatte das Gefühl, in einem Früchtekuchen zu sitzen.

Wenigstens die schwarze Spitze hatte sich von der gelben Farbe abgehoben.

Vorsichtig stand sie auf und ging in die Diele. Die Diele war weiß. Langweilig, aber nicht unangenehm. So ähnlich wie Brent, bis heute jedenfalls. Heute war er unangenehm und unerträglich. Sich am Geländer hochziehend, erklomm sie mühsam die Stufen. Die Anstrengung machte sie schwindelig. Sie stützte sich an der Wand ab und gelangte so ins Schlafzimmer.

Pfirsichfarben. Wie war sie überhaupt auf die Idee der Pfirsichfarbe gekommen? Das gepolsterte Bett am Kopfende war besonders häßlich. Wenn sie es recht überlegte, haßte sie das ganze Zimmer. Das ganze verdammte Haus. Es war Zeit umzuziehen. Vielleicht sollte sie das tun, einfach umziehen. Vielleicht sollte sie das tun, einfach ausziehen, ohne Brent ein Wort zu sagen. Aber dann würde er es von jemand anderem erfahren. So war das nun einmal in Frog Point. Hier konnte man nichts verheimlichen.

Maddie legte sich aufs Bett. Es war himmlisch, die Augen zu schließen, weil das bedeutete, daß ihre Augäpfel nicht herausfielen. Der restliche Schmerz jedoch, den sie überall empfand, lastete so stark auf ihr, daß sie sich tief in die Matratze sinken ließ, um ihm auszuweichen. *Der springende Punkt ist,* so ging es ihr durch den Kopf, *daß ich ihn hasse. Also sollte es mir egal sein, ob er mich betrügt oder nicht. Aber mir tut alles weh, und ich hasse den Gedanken, dieser verdammten Stadt mit dieser ganzen unausweichlichen Katastrophe gegenüberzutreten, und ich ertrage es nicht, was das für Em bedeutet. Am besten sollte ich wohl später darüber nachdenken.*

Ich muß später darüber nachdenken.

Um sieben Uhr an diesem Abend lehnte C.L. sich gegen die Hintertür des Farmhauses seines Onkels und hörte den Grillen zu, die ihr Konzert anstimmten. Bis zum Einbruch der Dunkelheit würde es noch eine Stunde dauern, aber einige von ihnen begannen früh, und ihr Zirpen vermischte sich mit dem leisen Rauschen des Flusses, der ein paar hundert Meter entfernt an der Farm vorüberfloß, und mit dem Gesang der Vögel, die das Ende des heißen Augusttages zelebrierten. Es war einer der Abende, an dem ein Mann sich wünschte, mit einem kalten Bier und einer warmen Frau in einer Hängematte zu liegen, aber die Frau, an die er nicht zu denken versuchte, war verheiratet und hatte ihm die Tür vor der Nase zugeschlagen. Soviel zu Hängemattenphantasien. Wahrscheinlich war es sowieso unmöglich, sich in einer Hängematte zu lieben, obwohl er, wäre Maddie die Frau darin, verteufelt sicher war, daß er es auf einen Versuch ankommen lassen würde. Diese Vorstellung rief weitere hervor, an die er allesamt nicht denken durfte und die ihn schuldbewußt zusammenzucken ließen, als ihn seine Tante von hinten anredete.

»Hast du dir die Hände gewaschen, C.L.?«

C.L. fuhr herum und sah, wie Anna den Küchentisch mit dem Abendessen belud. Das rot-weiß karierte Wachstischtuch war mit großen weißen Porzellantellern, mit dampfenden Fleisch- und Kartoffelschüsseln und mit Gott weiß was noch bedeckt. Der Duft stieg ihm in die Nase, und bei dem Gedanken an die Würze und den Fleischsaft des selbstgepökelten Schinkenbratens und an die Sauce aus Sahne und Käse, in der die Kartoffeln blubberten, lief ihm das Wasser im Mund zusammen.

»Ich schwebe gerade im siebten Himmel«, antwortete er, und sie sagte: »Wenn du dir nicht die Hände gewaschen hast, lassen sie dich dort nicht rein.«

Ihre Stimme war streng, aber sie strahlte genausoviel Wärme und Güte aus wie damals, als Henry ihn vor siebenundzwanzig Jahren mit nach Hause gebracht hatte. Seine Mutter hatte ihm ein letztes Mal erklärt, was für ein Nichtsnutz er war und daß sie ihn nun endgültig in ein Heim für jugendliche Straftäter schicken würde, weil er selbst einer war. Deshalb war er ausgebüxt und wollte im Park schlafen, in der Einbildung, daß dies für einen Zehnjährigen völlig normal sei. Gerade als er die Picknickhütte ansteuerte, war Henry mit dem Wagen neben ihm aufgetaucht und hatte gesagt: »Komm, Junge, steig ein.« Zuerst hatte C.L sich weigern und sagen wollen, daß er auf sich selbst aufpassen könne, aber schon damals ließ Henry nicht mit sich diskutieren. Also war er in den Wagen geklettert, und Henry hatte ihn mit zu Anna genommen, die sagte: »Von jetzt an bleibst du bei uns, C.L.«, woraufhin er *tatsächlich* meinte: »Nein, ich kann auf mich selbst aufpassen«, weil er wußte, was es bedeutete, wenn Leute jemandem einen Gefallen taten: Sie ließen dich ewig dafür bezahlen. Seine Mutter ließ ihn noch immer dafür büßen, daß sie ihn geboren hatte. Davon hatte er mehr als genug.

Aber dann hatte Anna gesagt: »Klar, C.L., das wissen wir, aber wer paßt auf uns auf? Sieh mal, wir werden auch nicht jünger. Wir könnten einen jungen und kräftigen Burschen im Haus gebrauchen.« Bei dem Gedanken daran mußte C.L. grinsen. Henry mußte damals so um die vierzig gewesen sein, stark genug, um eine Kuh im Armdrücken zu schlagen. Und Anna hatte noch nie einen schwachen Tag in ihrem Leben gehabt. Aber für einen Zehnjährigen, der gebraucht werden wollte, hatte dies durchaus Sinn gemacht, und sich um die beiden zu kümmern, schien mit keinerlei Verpflichtung verbunden zu sein, im Gegenteil, sie würden in seiner Schuld stehen. Also hatte er gemeint: »Na gut, solange ihr wißt, daß ich es nur für euch tue.« Daraufhin hatte Anna ihn nach oben zu einem großen Bett mit weichen, weißen Laken gebracht und ihm gesagt, daß es zum Frühstück Pfannkuchen geben würde.

Er hatte zwanzig Jahre für die Einsicht gebraucht, daß die Verpflichtungen gegenüber Menschen, die sich um einen kümmerten, nichts im Vergleich zu denjenigen waren gegenüber Personen, um die man sich kümmern wollte. Bei den Menschen, die sich um einen kümmerten, konnte man sich revanchieren, aber diejenigen, die man beschützen mußte, bleiben einem das ganze Leben lang erhalten. Was bedeutete, daß er, auch wenn er sich nichts sehnlicher wünschte, als Frog Point nie wiederzusehen, zurückkommen mußte, um Anna zu besuchen. Nun betrachtete er sie mit inniger Liebe und dachte, daß sie noch immer aussah wie die energische blonde Frau, die ihm vor so langer Zeit das Leben gerettet hatte. Ihre Schürze war neu, mit modernem Streifenmuster anstelle ihrer üblichen Blumen, aber ihr mittlerweile weißes Haar trug sie immer noch in der Mitte gescheitelt und zu einem Knoten im Nacken zusammengebunden, so glatt und ordentlich wie immer, und ihre blauen Augen hatten sich überhaupt nicht verändert.

An Anna hatte sich überhaupt nichts Wichtiges verändert.

Er grinste sie an. »Jawohl, Ma'am, natürlich habe ich mir die Hände gewaschen. Sie haben mich sehr gut erzogen.« Er marschierte an ihr vorbei zu seinem Platz an der Seite des Tisches und kniff sie im Vorübergehen in die Taille.

Sie rümpfte die Nase. »Ich weiß, daß du erwachsen bist, C.L., aber für mich bist du immer noch mein Junge.«

»Darauf wette ich.« C.L. ließ sich auf den Stuhl fallen und streckte seine Hände mit den Handflächen nach oben für eine Inspektion aus. »Siehst du? Sauber.«

Anna setzte eine weitere dampfende Schüssel vor ihn auf den Tisch, diesmal mit grünen Bohnen. »Und heute ißt du deinen Teller leer. Keine Diskussion.«

C.L. ließ den Blick über das Festmahl gleiten: in Zucker gepökelter Schinken, Brötchen und Butter und Annas Himbeermarmelade, grüne Bohnen mit Speck, dickgeschnittener Kohlsalat mit rotem Pfeffer – Annas Kochkünste waren ein Weltwunder. »Ja, Ma'am.«

Die Fliegentür wurde aufgestoßen, und Henry trat von der Veranda herein, weniger gigantisch als er dem kleinen C.L. damals erschienen war, jedoch immer noch reichlich groß und kräftig. Das dunkle Haar war inzwischen weiß geworden, aber immer noch dicht und üppig. Er wusch sich die Hände an der Spüle und sagte: »Riecht wirklich toll,

Anna«, und sie erwiderte: »Danke, Henry.« *Vor jeder Mahlzeit, die ich hier jemals gegessen habe, habe ich sie das sagen hören,* schoß es C.L. durch den Kopf. Und nicht zum ersten Mal dankte er seiner Mutter stillschweigend dafür, daß sie ihn hinausgeworfen hatte. Es war das Beste gewesen, was sie jemals für ihn getan hatte.

Henry nahm am Kopfende des Tisches Platz, und C.L. faltete die Hände, während Anna sich auf ihren Stuhl setzte und den Kopf neigte. »Herrgott, wir danken dir für diese Speisen, Amen«, sagte Henry. »Amen«, echoten Anna und C.L., bevor Henry nach dem Schinken griff und Anna ihm die Brötchen reichte, während C.L. eine Portion Kartoffeln auf seinen Teller schaufelte. »Laß uns auch noch ein paar übrig, mein Junge«, meinte Henry, und C.L. sah in die riesige Schüssel und antwortete: »Nun ja, ich weiß nicht, Henry. Ich bin heute abend wirklich hungrig.«

»In der ganzen Stadt herumzulaufen und Fragen zu stellen, macht wohl Appetit, was?« Henry sah ihn unter den buschigen weißen Augenbrauen an, und Anna sagte: »Henry, der Junge ißt.«

C.L. grinste seinen Onkel an und schob die Kartoffelschüssel über das glänzende Wachstuch. »Ich habe Brent Faraday gesucht. Hat euch das noch niemand erzählt?«

»Ungefähr zwanzig Leute«, brummelte Henry. »Gibt's einen besonderen Grund?«

»Nö.« C.L. spießte ein Stück Schinken von der Größe Floridas auf die Gabel und lud es auf seinen Teller. »Ich tue lediglich Sheila einen letzten Gefallen.«

Anna erstarrte. »Sheila?«

Zu spät erinnerte C.L. sich daran, daß Sheila nicht unbedingt zu Annas besten Freundinnen gehörte. »Das geht schon in Ordnung. Sie hat mich angerufen und gebeten, einige Dinge nachzuprüfen. Sie heiratet demnächst Stan Sawyer, mach dir keine Sorgen.«

»Ich mache mir keine Sorgen«, erwiderte Anna, legte aber ihre Gabel hin.

»Das ist wirklich kein Problem«, sagte C.L. »Nur ein Gefallen, sonst nichts. Sie sagte, sie würde auf den Rest der Alimente verzichten, wenn ich das für sie täte. Es geht einzig und allein um Geld.« Er streckte die Hand aus und tätschelte ihre. »Schon in Ordnung. Iß jetzt.«

Anna grummelte leise vor sich hin und ergriff ihre Gabel.

Henry nahm den Faden wieder auf. »Und was hat Sheila mit Brent Faraday zu tun?«

C.L unterdrückte einen Seufzer und wandte sich wieder seinem Onkel zu. Es war sinnlos, sich zu sträuben. Henry würde es früher oder später sowieso erfahren. »Stan macht irgendwelche Geschäfte mit Brent, deshalb kam Sheila der Gedanke, daß ich mich als Finanzberater und ihr Exmann nützlich machen und einen Blick in die Bücher werfen könnte. Es wird nicht viel länger als eine Stunde dauern, so daß ich am Montag wieder in Columbus bin. Keine große Sache.« C.L. blickte von Henry zu Anna und sah, daß keiner von beiden ihm das abkaufte. Zeit für einen Themawechsel, sonst würde er während des ganzen Essens über Sheila und Brent reden. »Mrs. Bannister hat heute die Polizei angerufen, weil ich ihr Haus angestarrt habe. Wie weit ist es mit der Welt gekommen, daß Vince Baker plötzlich als Cop vor mir steht?«

Anna rümpfte die Nase. »Thelma Bannister besitzt keinen Funken Verstand.« Sie sah C.L. von der Seite an. »Es wundert mich nicht, daß Sheila dich gebeten hat, Brent Faraday unter die Lupe zu nehmen. Sheila war nie dumm, was Geld anbelangt.«

Bei dem bissigen Tonfall, mit dem sie ›Brent Faraday‹ aussprach, blinzelte C.L. mit den Augen.

»Brent Faraday.« Henry nahm sich einen Löffel Kartoffeln. »Interessant.«

C.L. legte seine Gabel beiseite und sah die beiden prüfend an. »Ihr nehmt mich wohl auf den Arm. Soll das heißen, daß diese Stadt Faraday endlich auf dem Kieker hat?«

»Vielleicht nicht die ganze Stadt«, meinte Henry, und Anna murmelte: »Er war immer so ein lauter Junge.«

Belustigt lehnte sich C.L. auf seinem Stuhl zurück. »Ha, ich will verdammt – nein, entschuldige, Anna –, verwünscht sein. Was hat er angestellt?«

Henry aß weiter und stieß die Sätze zwischen den Bissen hervor. »Warum erzählst du mir das nicht? Du bist doch hinter ihm her. Hab gehört, du hast mit seiner Frau gesprochen.«

»Ich bin dort auf der Suche nach Brent vorbeigefahren, aber er war nicht da.« Abgesehen von ein paar Hängemattenphantasien hatte C.L. sich nichts vorzuwerfen, aber irgendwie bereitete ihm Henrys Blick ein unbehagliches Gefühl. »Ich habe das Haus noch nicht einmal betreten, Henry. Ich habe lediglich nach Brent gefragt.«

»Einst war sie doch dein großer Schwarm«, ließ Anna sich vernehmen. »Ich weiß noch, wie du damals aus der Schule kamst und mir von ihr erzähltest. Du kannst nicht viel älter als zehn gewesen sein, weil du noch nicht lange bei uns wohntest. Elf vielleicht. So ein nettes Mädchen.«

»Ich schwöre, daß ich höchstens fünf Minuten vorne auf ihrer Veranda gestanden habe, mehr nicht.« C.L. versuchte, so unschuldig dreinzuschauen wie er war, aber Henry fixierte ihn noch immer. »Ich schwöre es, Henry.«

»Sie ist verheiratet«, sagte Henry.

Ergeben hob C.L. die Hände. »Henry, ich bin unschuldig. Sie hat mir die Tür vor der Nase zugeschlagen. Ich wollte Brent sehen, nicht Maddie.«

»Warum?« fragte Henry und kehrte damit zum Ausgangspunkt zurück.

»Also, Brent scheint Stan eine Beteiligung von einem

Viertel an der Baufirma verkauft zu haben. Das wäre die Hälfte seiner Hälfte, so daß sie jeweils ein Viertel besäßen, während Howie die Mehrheit hält. Sheila ist darüber nicht sonderlich glücklich.«

»Howie Basset ist ein anständiger Junge«, sagte Anna. »Er würde keine krummen Sachen machen.«

C.L. seufzte. Maddie war ein nettes Mädchen, Howie ein anständiger Junge, und die Tatsache, daß sie beide auf die Vierzig zugingen und sich mit den Jahren vielleicht geändert haben mochten, spielte für Anna keine Rolle. Sie sollte es besser wissen. *Er* hatte sich schließlich verändert. Er war nun verantwortungsbewußt. Seit 1983 hatte er kein Auto mehr zu Schrott gefahren. Und seit der High-School sich mit niemandem mehr geprügelt. Natürlich war Howie wirklich ein anständiger Kerl, Anna lag also nicht so schief, aber dennoch –

Henry griff nach den Brötchen. »Was also willst du von Brent Faraday?«

»Ich möchte mir die Bücher ansehen, und dafür brauche ich seine Genehmigung. Er ist mehr oder weniger dazu verpflichtet, sie mir zu geben, weil ich als Sheilas Finanzberater handele, aber –«

Henry spießte ein paar grüne Bohnen auf. »Was hält Stan denn davon, daß Sheila sich so um sein Geld sorgt, noch bevor es ihres ist?«

»Vermutlich geht es nicht nur um das Geld«, meinte Anna. »C.L., du ißt ja gar nicht. Henry, sei still jetzt, bis er ißt.«

Gehorsam nahm C.L. seine Gabel wieder auf. »Was meinst du damit, es geht nicht nur um das Geld?«

Anna deutete auf seinen Teller, und er schnitt ein Stück Schinken ab, bevor sie ihm antwortete. »Nun ja, sie wird doch nicht wollen, daß er sich in der ganzen Stadt zum Narren macht.«

Henry schnaubte verächtlich.

C.L. grinste ihn an. »Wohl kein Fan von Stan, was?« Anna richtete erneut ihren Zeigefinger auf ihn, und er aß noch ein Stück Schinken.

Angewidert schüttelte Henry den Kopf. »Die Frau muß verdammt dämlich sein, wenn sie glaubt, er ist ein besserer Fang als du.«

Überrascht hörte C.L. auf zu kauen und schluckte den Schinken in einem Stück hinunter. »Als ich?«

Henry strahlte ihn an. »Du hast es wirklich zu etwas gebracht, C.L. Wir sind stolz auf dich.«

C.L. spürte, wie sich seine Brust zusammenzog, und einen schrecklichen Moment lang dachte er, ihm würden die Tränen in die Augen schießen. In diesem Fall würde Henry ihn selbstverständlich enterben, deshalb hielt er sie zurück, aber er war gerührt und mußte das erst einmal verdauen. »Oh«, sagte er. »Danke.«

Anna griff nach dem Brotkorb. »Nimm dir ein Brötchen, C.L.« Sie legte zwei auf seinen Teller.

C.L. nickte, noch immer ganz durcheinander wegen des Schocks, den Henrys ausgesprochenes Lob verursacht hatte.

»Du ißt nicht genug in der Großstadt«, fuhr Anna fort und reichte ihm die Butter. »Du bist viel zu mager, jawohl.«

C.L. bestrich ein Brötchen mit Butter und biß hinein, um sie zufriedenzustellen.

»Wenn du öfters hier wärst, würde ich dich aufpäppeln«, redete Anna weiter. »Weißt du eigentlich, daß es in Frog Point nur einen Finanzberater gibt?«

C.L. blieb das Brötchen im Halse stecken.

»Laß den Jungen in Ruhe, Anna«, mischte Henry sich ein.

»Ich wollte es ja nur mal erwähnen.« Anna griff nach der Schüssel mit den grünen Bohnen. »Schön, ihn wieder zu Hause zu haben. Bohnen, C.L.?«

C.L. schluckte den letzten Bissen des Brötchens hinunter, nahm die Schüssel entgegen und wechselte das Thema. »Ich konnte Brent nirgends finden. War er vielleicht gar nicht in der Stadt?«

Henry durchbohrte eine weitere Scheibe Schinken mit der Gabel. »Nein. Er hat den Nachmittag im Krankenhaus verbracht.«

C.L. versuchte, ein Grinsen zu unterdrücken. »Hat da jemand etwa genauso wie ich die Nase von ihm voll gehabt?«

»Nein.« Henry lehnte sich zurück und begann, das Fleisch zu schneiden. »Seine Frau hatte einen Unfall.«

Augenblicklich erstarb C.L.'s Grinsen, und Anna gab einen sorgenvollen Ton von sich. »Doch nicht die liebe Maddie. Geht es ihr gut?« fragte sie.

»Hat sich ziemlich heftig den Kopf gestoßen.« Henry spießte den Schinken mit der Gabel auf. »Der Kleinen geht es gut. Der Webster-Junge, dieser Schwachkopf, ist um die Ecke gebraust und von hinten auf sie aufgefahren. Sie stand mit ihrem Wagen mitten auf der Straße, weil sie wegen eines Hundes gebremst hatte, sagt sie.«

»Typisch Maddie«, meinte Anna. »Sie würde keiner Fliege etwas zuleide tun. Ich werde ihr etwas backen.«

»Ich glaube, sie mag Schokoladenkuchen«, hörte C.L. sich sagen. »Ich kann ihn ihr ja vorbeibringen.«

Henry warf ihm einen scharfen Blick zu. »Ich dachte, du hältst nach Brent Ausschau.«

»Reiner Nachbarschaftsdienst«, meinte C.L. und hätte sich am liebsten selbst getreten. »Schließlich sollte sich jemand vergewissern, daß es ihr gutgeht. Hast du vor, den Rest der Kartoffeln zu essen, oder bewachst du sie nur da hinten auf dem Tisch?«

»Was für ein Segen.« Anna erhob sich, um die Kartoffeln herüberzureichen. »Henry, der Junge hat Hunger.«

»Genau das bereitet mir Sorgen«, erwiderte Henry.

C.L. ignorierte ihn und aß weiter. Später würde er noch einmal in die Stadt fahren, um Brent zu suchen, aber er hatte nicht die Absicht, Henry das zu erzählen, weil Henry eine schmutzige Phantasie hatte.

»Fahr vorsichtig, wenn du heute nacht nach Hause kommst«, sagte Henry.

»Ja, Sir«, sagte C.L.

»Wir bekommen einen Hund«, erzählte Em Mel, als die beiden mit Brezeln und Hot Dogs auf Mels Couch saßen, Threes Vorstellung einer ausgewogenen Mahlzeit.

Mel riß anerkennend die Augen auf. »Hast du gefragt? Cool.«

Em nickte. »Ich hab vergessen, meinen Dad zu fragen, aber Mom hat ja gesagt.« Sie erinnerte sich an das Gesicht ihrer Mutter, als sie mit ihrem Dad weggefahren war, und spürte, daß sich ihre Brust ein wenig zusammenkrampfte. »Vor dem Unfall«, fügte sie hinzu, und selbst in ihren Ohren klang ihre Stimme seltsam.

»Bestimmt geht es ihr bald wieder gut«, meinte Mel. »Das hat jedenfalls dein Dad gesagt. Denk an den Hund.«

»Wir werden zum Tierheim fahren«, sagte Em, *Hund Hund Hund* denkend, um die schlimmen Gedanken zu vertreiben. »Damit wir einen Hund retten. Das ist besser.«

Mel nickte. »Gute Idee. Kann ich mitkommen?«

Em nickte. »Klar.« Sie könnten alle zusammen gehen, sie und Mel und Tante Treva und ihre Mom. Sie dachte an ihre Mutter und den verwirrten Blick in ihren Augen und an die Art, wie sie zitternd ganz nahe neben ihrem Dad gestanden hatte, und an die Weise, wie sie einander angesehen hatten, so als ob sie sich haßten. *Hund Hund Hund.* Sie schluckte.

»Sobald es Mom bessergeht, fahren wir hin.« Ihrer Mutter würde es bald bessergehen. Jeder sagte das. »Bald geht es ihr wieder gut. Die Tabletten benebeln sie ein bißchen, aber bald wird es ihr wieder gutgehen.«

»Das wird *wirklich* toll«, sagte Mel, ihre fröhliche Art wiedergewinnend. Mels fröhliche Laune konnte ziemlich anstrengend sein, aber Em war ihr dankbar für den Versuch. »Weil nun, da sie *verletzt* ist, dein Dad merken wird, wie sehr er sie *liebt,* und er wird sich um sie *kümmern,* und alles wird gut.«

»Er ist zum Bowling gegangen«, sagte Em und aß eine Brezel, um Mel nicht ansehen zu müssen.

»Oh«, meinte Mel.

Hund Hund Hund Hund Hund...

4

Als Maddie um neun Uhr aufwachte, hatten die Schmerzen ein wenig nachgelassen. Sie waren nun auf ihren Kopf konzentriert, so daß sie sie jetzt wenigstens in einem Körperteil orten konnte. Sie tastete sich die Treppe wieder hinunter, wurde jedoch beim Lesen des Etiketts auf ihrem Medikament durch das Läuten des Telefons unterbrochen. Sie taumelte zu dem Apparat, bevor er wieder klingeln und ihr Hirn auflösen würde.

»Maddie, hier ist Mama. Geht es dir gut?«

»Ja, Mom.« *Schrei doch nicht so.*

»Anna Henley hat angerufen, um sich nach deinem Wohlbefinden zu erkundigen, daher habe ich von dem Unfall erfahren.« Der Tonfall ihrer Mutter ließ verlauten, daß sie das ganz und gar nicht amüsant fand. »Geht es dir gut?«

»Ja, Mom.« Ihr Kopf schien abzufallen, und ihr Hals war völlig steif.

»Sie sagte, du hättest dir den Kopf gestoßen. Sie meinte, es sei nicht deine Schuld gewesen, sondern die dieses Webster-Jungen, aber kein Wunder, du weiß ja, wie diese Websters sind, und zwar alle. Gott sei Dank war es nicht deine Schuld. Ich kann einfach nicht glauben, daß du mich nicht angerufen hast. Geht es dir gut? Möchtest du, daß ich hinüberkomme?«

Bei dem Gedanken an einen solchen Überfall zuckte Maddie zusammen. »Nein. Mir geht es gut, mach dir keine Sorgen. Ich bin okay.«

»Geht es dir gut genug, um Grandma am Sonntag zu besuchen? Du weißt doch, wie sie ist. Aber ich verstehe, wenn du nicht fahren kannst.«

»Ich kann fahren«, sagte Maddie. Vorausgesetzt, daß sie dann nicht noch immer am Telefon saß.

»Du hörst dich gar nicht gut an. Ich kann sofort hinüberkommen –«

»Nein. Aber ich muß mir vielleicht dein Auto leihen.«

»Jederzeit. Soll ich es dir jetzt vorbeibringen? Es ist noch nicht dunkel. Ich kann schnell damit hinüberkommen –«

»Nein.« Maddie preßte die Hand gegen ihre Stirn. Sollte ihre Mutter herkommen, würde sie sie umbringen müssen. Zeit für einen Themenwechsel. »Was ist eigentlich an den ganzen Gerüchten über Gloria Meyers Scheidung dran?«

»Es ist wahr.« Bei dem Wort ›wahr‹ senkte ihre Mutter die Stimme, ein sicheres Anzeichen für Maddie, daß diese Geschichte wirklich interessant war. Maddies Geschichte würde natürlich auch ein Leckerbissen sein, wenn sie herauskam. *Vielleicht betrügt Brent mich ja gar nicht,* beruhigte sie sich selbst. *Vielleicht sagt er die Wahrheit, und dies alles ist nur ein schlechter Witz.*

»Ihr Mann sagt, daß sie nicht mehr mit ihm schlafen will«, fuhr Maddies Mutter fort. »Kannst du dir das vorstellen?«

Maddie dachte an Barry Meyer. Treva hatte ihn einmal als

kleines, klappriges Warzenschwein bezeichnet. »Ja, das kann ich. Ziemlich leicht sogar. Außerdem mäht er nie den Rasen.«

»Ja, das sagt sie auch. Er tut nichts im Haus. Ich denke, er ist einfach nichts wert. Aber«, die Stimme ihrer Mutter senkte sich weiter, »ich habe auch gehört, er vermutet, daß sie sich mit jemand anderem trifft.«

»Gloria?« Maddie versuchte, sich Gloria und Brent zusammen vorzustellen. Gloria in einem Höschen ohne Schritt? »Muß dieser Typ von der Gartenbaufirma gewesen sein.«

»Ich weiß nicht, wer, aber ich war doch *sehr* überrascht.«

»Ich auch«, meinte Maddie. »Ich kann mir sehr gut vorstellen, daß Gloria mit ihrem Mann keinen Sex hat, weil ich nicht glauben kann, daß Gloria überhaupt mit jemandem Sex hat.« Sie ließ sich auf den Stuhl neben dem Telefon sinken und beobachtete den großen Zeiger auf der Uhr. Wenn sie noch zwei weitere Minuten zuhörte, wäre es für ihre Mutter offensichtlich, daß es ihr gutging, und sie könnte auflegen, ohne ihr Sorgen zu bereiten. Zwei Minuten würde sie noch aushalten, bevor ihr Kopf abfiel.

»Die Menschen sind doch voller Überraschungen«, sagte ihre Mutter. »Gerade wenn man denkt, jemanden wirklich zu kennen, zeigen sie sich von einer ganz anderen Seite und machen so etwas.«

»So etwas wie? Scheidung?« *Ich glaube, mir wird schlecht.*

»Nein, wie Gloria mit einer Affäre.«

»Na, dann solltest du jetzt auflegen und herausfinden, wer er ist«, sagte Maddie und betete, daß es nicht Brent war. »Kaum zu glauben, daß du deine Zeit mit mir verschwendest.«

»Maddie, wie um alles in der Welt soll ich das herausfinden?«

»Wie hast du herausgefunden, daß sie nicht mit Barry schläft?«

»Er hat es seinem Bruder erzählt, der es seiner Frau erzählte, die es Esthers Tochter erzählt hat.«

Maddie schloß die Augen. »Ach so. Wie geht es Esther?«

»Gut. Bist du sicher, daß dein Kopf in Ordnung ist?«

Soviel zu dem Versuch, ihre Mutter abzulenken. »Laß uns bitte lieber von Gloria sprechen.«

»Zu Gloria gibt es nichts mehr weiter zu sagen, obwohl sie immer schon so war, wenn du mich fragst. Erinnerst du dich, als sie damals in der High-School einen hysterischen Anfall bekam, weil man sie als Junior nicht in die National Honor Society berief? Sie hat in der Turnhalle hyperventiliert.«

»Das habe ich verpaßt.« Maddie versuchte, sich an Gloria in den Tagen der High-School zu erinnern. Damals war sie noch blasser gewesen und in den Korridoren immer eng an den Schließschränken entlanggegangen. Maddie hatte nur ein einziges Mal jemals Farbe in Glorias Gesicht gesehen, und zwar, als Brent vorbeigegangen war, der großartige Football-Spieler, der Held der High-School. Sie hätte ihn Gloria damals überlassen sollen. »Sie war drei Jahre jünger. Ich war schon auf dem College, als sie noch ein Junior war.«

»Ja, aber sie hat ein Spektakel geboten, das kann ich dir sagen. Sie hat nur die Luft angehalten und ist ganz blau geworden, obwohl das nicht weiter auffiel, weil sie sowieso irgendwie bläulich ist. Die Frau ißt einfach nicht richtig. Aber sie ist eine von der Sorte, die immer bekommen, was sie wollen. Diese blassen, kleinen und schüchternen Dinger, die immer ausschauen, als könnte man sie wegblasen wie Pusteblumen, die muß man im Auge behalten.«

»Stimmt«, sagte Maddie und speicherte dies für die Zukunft.

»Sieh dir nur Candace in der Bank an.«

Maddie rief sich Candace in der Bank ins Gedächtnis, eine gesunde, intelligente, verständige, mit beiden Beinen im Leben stehende und durchtrainierte Blondine, die vermutlich die Hälfte ihrer Kundschaft im Armdrücken schlagen konnte. »Candace kam mir eigentlich nie schüchtern vor.«

»Du hast recht, schließlich fließt dieses deutsche Blut in ihr, aber du weißt schon, sie lächelt einfach nur ständig, und prompt ist sie Führungskraft in einer Bank.«

»Nun ja«, erwiderte Maddie und verstand gar nichts. »Ich weiß nicht, was du damit sagen willst.«

»Sieh mal, woher kommt sie denn? Jedenfalls nicht aus reichem Elternhaus.« Maddies Mutter stieß verächtlich die Luft aus. »Mein Gott, sie ist eine Lowery. Und trotzdem sitzt sie jetzt dort und hat fast die ganze Bank unter sich, weil, wie du sicher weißt, Harold Whitehead zu nichts zu gebrauchen ist. Sie haben ihn doch nur der Form halber auf diesen Stuhl gesetzt und unterstützen ihn. In Wirklichkeit schmeißt *sie* den Laden.«

Maddie dachte an Candace damals in der High-School zurück, die unmögliche Kleider trug, sich den Arsch für ein Stipendium abbüffelte und sich beharrlich gegen alle Widerstände nach vorne arbeitete. Candace hatte sich von der Stadt weder in eine Schublade stecken noch unterkriegen lassen. Vielleicht sollte sie Candace als vorbildliches Beispiel nutzen. »Mama, Candace hat wie eine Verrückte dafür gearbeitet, dorthin zu gelangen, wo sie jetzt ist.«

»Das weiß ich doch. Aber das sollte man nicht glauben, wenn man sie sieht, oder? Ein Eisschrank könnte nicht kälter sein.«

»Ich dachte, du magst Candace.«

»Ich *mag* Candace ja auch«, sagte ihre Mutter. »Sie ist eine nette Person. Ich bin nur erstaunt, daß eine Lowery die Bank leitet.«

»Das ist alles zu kompliziert«, meinte Maddie. »Ich muß Schluß machen. Ruf mich an, wenn du interessante Neuigkeiten über Gloria erfahren hast.«

»Sie hat Wilbur Carter für die Scheidung engagiert«, fuhr ihre Mutter fort. »Kannst du dir das vorstellen? Diese Frau muß dumm wie Bohnenstroh sein. Jeder Idiot weiß, daß man sich in Lima umsehen sollte, wenn man einen guten Scheidungsanwalt haben will.«

Maddie machte sich im Geist eine Notiz, sich das Telefonbuch von Lima zu besorgen. Es war schlimm genug, daß sie kurz vor einer Scheidung stand, aber sie wollte nicht auch noch dumm wie Bohnenstroh sein. Ihre Mutter hatte einen Ruf zu verteidigen.

»Mom, ich werde mich jetzt wieder ins Bett legen«, sagte Maddie. »Paß auf dich auf und mach dir keine Sorgen.«

»Ich mache mir immer Sorgen«, erwiderte ihre Mutter. »Ich bleibe neben dem Telefon sitzen, also ruf mich an, wenn du irgend etwas brauchst.«

»Danke, Mama«, sagte Maddie. »Ich hab dich lieb.«

»Ich dich auch, Maddie. Schlaf gut.«

Ich sollte netter zu dieser Frau sein, dachte Maddie, als sie auflegte. Sie ging in die Küche zurück, füllte Wasser in ein Glas und schluckte zwei weitere Schmerztabletten. Dann trat sie auf die Veranda hinaus und sank in einen der großen Korbstühle, um die Sommerluft einzuatmen, aber sie roch lediglich den Teer der Auffahrt. Der Veranda fehlten Heckenkirschen. Viele Heckenkirschen. In Gedanken dekorierte sie das Verandageländer mit blaßgelben Glockenblumenranken und versuchte, sich an ihren Duft zu erinnern. Zugleich bemühte sie sich, ihre Mutter und Em aus ihren Gedanken zu verbannen – und Brent, den einzigen Mann, mit dem sie seit der High-School zusammengewesen war.

High-School. Ruhmreiche Zeiten. Wie an jenem Tag, als

Howie die Strafe für die Überflutung der Umkleidekabine auf sich genommen hatte, damit Brent als Werfer das erste Saisonspiel bestreiten konnte. Indem er den Ball fallen ließ und nachher Margaret Erlenmeyer küßte. Das hätte ihr damals eine Warnung sein sollen. Aber statt dessen hatte sie auf Rache gesonnen und war auf dem Rücksitz von C.L.'s Chevy am Point gelandet, um eine Revanche zu suchen und... um was zu finden? Na ja, mit Sicherheit keinen guten Sex, aber auch keinen Reinfall. Am besten war ihr noch das gemeinsame Lachen in Erinnerung. Der gute alte C.L. Vieleicht hatte Treva ja recht. Sie könnte mit C.L. schlafen und Brent alles heimzahlen.

Sie beschwor C.L.'s Gesicht herauf, den wirklichen C.L., den sie an diesem Nachmittag gesehen hatte, nicht die verschwommene Erinnerung an High-School-Zeiten.

Er hatte einen ruhigen, selbstbewußten und... soliden Eindruck gemacht. C.L. Sturgis als solider Bürger, das war ein guter Witz. Wie auch immer, so solide er auch mittlerweile sein mochte, sie würde nicht wieder mit ihm schlafen. Vermutlich war C.L. heute nicht mehr so verwegen wie damals mit siebzehn, und außerdem war die Tatsache zu berücksichtigen, daß Ehebruch nicht ihr Stil war. Ihr Stil war, nett zu sein. Liebenswert. Ehebruch war eine ungehörige Idee. Sie hoffte, daß C.L. bald aus der Stadt verschwinden würde; sie hatte bereits genug Probleme.

Das Schmerzmittel zeigte seine Wirkung und machte sie benommen, aber Benommenheit war eine nette Abwechslung zu den vorhergehenden Stunden des Tages. Vielleicht konnte sie jetzt die positive Seite sehen. Wo zum Teufel war die positive Seite?

Nun, zumindest stand Brent mit der Baufirma auf eigenen Füßen. Er war ein guter Geschäftsmann, zudem ein guter Vater. Außerdem war er vermutlich ein verlogener Hurensohn, aber wie konnte sie ihn verlassen? Wie konnte sie Ems Vater fortschicken, abgesehen von einem Abend in der Woche und jedem zweiten Wochenende? Vor allem angesichts dessen, daß er so häufig Bowling spielte. Plötzlich trat ihr die Vision von Em in kleinen Bowlingschuhen vor Augen, die in einer Horde bierbäuchiger Männer in billigen T-Shirts mit Werbeaufdruck ihren Vater suchte. Nicht gut.

Es sei denn, er spielte gar nicht so häufig Bowling. Vielleicht hatte Treva ja recht, und heute abend war er gar nicht beim Bowling. Nach diesen wenig konkreten und verschwommenen Überlegungen ging sie ins Haus und rief Treva an, um sich deren Auto auszuleihen, da sie so schnell nicht wieder mit ihrer Mutter verhandeln wollte. Wider Erwarten hob Three ab.

»Ich hüte gerade die Mampfküken«, sagte er. »Mom ist nämlich ausgegangen.«

»Macht nichts, ist auch nicht so wichtig«, antwortete sie und wählte schließlich doch die Nummer ihrer Mutter. »Ich muß mir mal kurz dein Auto ausleihen«, sagte sie zu ihr. »Es dauert nicht lange.« Sie mauerte, bis ihre Mutter es aufgab, Fragen zu stellen, und verließ, Mrs. Crosby auf dem Gehweg zuwinkend, das Haus.

Zehn Minuten später parkte Maddie den grauen Accord ihrer Mutter an der Ecke des Bowlingcenters und überquerte den Parkplatz. Weil sie sich aufgrund der Schmerztabletten ein wenig benommen fühlte, machte sie zweimal die Runde, aber Brents Caddy war nicht da. Trevas kleiner gelber Sunbird stand vor der Tür, was Maddie ein wenig irritierte. Außerdem stand Howies goldgelber Saturn auf der Rückseite versteckt in einer Ecke neben einem glänzenden roten Cabriolet, das demjenigen, mit dem C.L. vorgefahren war, ziemlich ähnlich sah. Brents Wagen jedoch war nirgends zu sehen. Gut, also hat er gelogen. Sieh an, eine *echte* Überraschung.

»Maddie?«

Sie fuhr herum und spähte über den dunklen Parkplatz. Mr. Scott, der Besitzer der Bowlinganlage, stand in der Eingangstür des Centers. »Ich habe den Wagen Ihrer Mutter erkannt«, rief er ihr zu. »Brauchen Sie etwas? Geht es Ihnen gut? Ich habe von dem Unfall gehört. Kann ich Ihnen helfen?«

»Mir geht es gut, Mr. Scott«, log sie. »Vielen Dank für Ihre Nachfrage, aber mir geht es gut.«

Bevor er oder jemand anders Fragen stellen konnte, saß sie bereits wieder in dem Accord. Undercover-Ermittlungen anzustellen war in Frog Point unmöglich. Es gab keine Deckung, und die Nacht hatte tausend Augen.

Im Inneren des Bowlingcenters saß C.L. mit Vince an einem Ende der geschwungenen, gepolsterten Theke aus orange Plastik und beobachtete das Finale eines Dramas, das er interessant gefunden hätte, würde es nicht zwei Menschen, die er mochte, unglücklich machen. Ihm gegenüber an der Thekenkurve saßen Howie Basset, ein großartiger kleiner Zwischenspieler, an den sich C.L. voller Respekt erinnerte, und zwei Hocker weiter seine Frau Treva Hanes, eine großartige kleine Cheerleaderin, an die sich C.L. als Maddies beste Freundin erinnerte. Zwischen den beiden stand es offensichtlich so schlecht, daß die ganze Stadt am nächsten Morgen über ihre Scheidung diskutieren würde.

»Das trifft mich wirklich«, murmelte Vince in sein Bierglas. »Howie ist ein netter Kerl.«

»Noch einer auf Brent Faradays Liste«, sagte C.L., und Vince nickte. »Diese Arschgeige.«

Nachdem er den ganzen Tag methodisch alle Orte abgegrast hatte, wo Brent sich eigentlich hätte aufhalten sollen, hatte C.L. ihn durch puren Zufall in dem Center angetroffen, wo er auf der Bahn neben Vince mit seinem Vater, Norman Faraday, dem früheren ehrenwerten Bürgermeister von Frog Point, Bowling spielte. Brent schien überrascht gewesen zu sein, ihn zu sehen. C.L. hatte ihm zugewunken und sich hingesetzt, um Vince bei dem Versuch zu beobachten, eine Serie von Volltreffern zu werfen, da es keinen Sinn hatte, Brent Fragen zu stellen, wenn Norman danebenstand und sich einmischte, und außerdem würde dieser dumme Hund sowieso nirgends hingehen, bevor er sein Spiel beendet hatte. Drei verschiedene Frauen, die C.L. noch aus der High-School kannte, hatten sich angeboten, ihm als Willkommensdrink ein Bier zu bestellen, und nachdem sich die dritte verzogen hatte, meinte Vince: »Ich fange an, neidisch zu werden, altes Haus.«

»Nicht mein Typ.« C.L. behielt Brent im Blick.

»Wir alle kennen deinen Typ«, antwortete Vince. »Sie ist verheiratet.«

C.L. ignorierte ihn und beobachtete Brent und dessen Vater. Während der nächsten halben Stunde rief Norman diverse Leute zu sich herüber und ließ sich laut darüber aus, was für ein Glücksgriff sein Sohn als nächster Bürgermeister von Frog Point sein würde. Brent schüttelte Hände, aber er schüttelte auch mit dem Kopf bei jedem Vorschlag. »Nein«, hörte C.L. ihn mehr als einmal sagen, »ich bin nicht an einer Kandidatur interessiert, aber dennoch vielen Dank.« Unbeeindruckt tat Norman dies mit einer Handbewegung ab und rief einen neuen Mann zu sich, um ihm seinen Sohn als künftigen Bürgermeister zu empfehlen. Hätte C.L. nicht solch große Abneigung gegen Brent gehegt, hätte er ihm beinahe leid getan.

Als sich Brent und sein Vater nach dem Ende des Spiels an die Theke zurückzogen, griff C.L. Vince am Arm und folgte ihnen. Über ihrem Bier verfolgten sie die Gespräche, die die Faradays führten, Brent immer hitziger mit dem Kopf schüttelnd, während Norman zunehmend blind für Brents Einwände wurde, die allesamt von ihm abprallten.

»Ein weiterer Faraday als Bürgermeister fehlt uns gerade noch«, meinte Vince. »Beides Arschgeigen, der Vater wie der Sohn.«

»Brent macht nicht den Eindruck, als wäre es sein Wunsch«, sagte C.L.

»Aber Norman will es«, erwiderte Vince. »Und ich wette, Helena ist derselben Meinung. Wenn sie es beide wollen, wird Brent Bürgermeister werden. Diese Arschgeige.«

Als Norman sich entfernte, stand C.L. auf, um seine Sache in Angriff zu nehmen, setzte sich jedoch sofort wieder, als er bemerkte, daß Howie Basset sich von seinem Stuhl in der Ecke erhob und sich neben Brent setzte.

»Das könnte interessant werden«, meinte Vince. »Ich habe Gerüchte läuten hören.«

»Du und jeder in der Stadt. Dieser Ort lebt von Gerüchten.« C.L. versuchte, sich davon zu distanzieren, aber die Neugier siegte. Schließlich sollte er diese Angelegenheit überprüfen. Und überprüfen hieß nicht Klatsch verbreiten. »Was für Gerüchte?«

»Probleme in der Baufirma«, antwortete Vince. »Irgend etwas Merkwürdiges mit dem Geld, das habe ich zumindest gehört. Und wenn es stimmt, dann ist nicht Howie der Verantwortliche.«

»Nein, sicherlich nicht.« C.L. hatte mit Howie Baseball gespielt, ohne ihn jemals richtig gut kennenzulernen, aber Howie hatte hart und fair gespielt. Und jetzt war er völlig außer sich und nahm Brent in die Mangel. C.L. beobachtete, wie die Emotionen auf Brents Gesicht wechselten, während er lospolterte, dann argumentierte und sich schließlich von Howie abwandte. Howie sprach unverändert leise, aber seine Eindringlichkeit reichte aus, um einige Blicke auf sich zu ziehen.

Da betrat Howies Frau die Bar, versetzte Brent einen Rippenstoß und sagte reichlich giftig: *»Dich* habe ich gesucht«, woraufhin sich weitere Köpfe drehten, um zu sehen, wie sie leichenblaß wurde, als Brent seine Haltung änderte und sie ihren Ehemann hinter ihm sitzen sah.

»Nun, da du mich jetzt gefunden hast, kannst du ja statt dessen mit deinem Gatten sprechen«, hatte Brent gesagt und ein paar Scheine auf den Tresen geworfen, bevor er die Bar verließ. »Viel Spaß noch.«

Treva sank auf den nächsten Hocker, einen Stuhl zwischen sich und Howie freilassend.

»Oh, Scheiße«, sagte Vince, und C.L. hatte die beiden ein paar Sekunden mit Sympathie bekundendem Entsetzen beobachtet, bevor er sich aufmachte, um Brent zu folgen.

Vergeblich. Der Parkplatz umgab das Center auf allen vier Seiten, und C.L. drehte eine Runde um das Gebäude, hatte aber wohl offensichtlich in der falschen Richtung begonnen. Brent mußte den Parkplatz fluchtartig verlassen haben, und mit Norman und Howie und Treva im Nacken konnte C.L. auch verstehen, warum.

Was C.L. nicht verstehen konnte, war, wie es möglich sein konnte, daß er Brent den ganzen Tag in Frog Point gesucht und nicht gefunden hatte. Es schien fast, als hätte Brent gewußt, daß C.L. ihn suchte, und als weiche er einer Konfrontation aus. Was nichts Gutes für die Zukunft der Investition von Sheilas Verlobtem verhieß.

C.L. ging zurück zur Bar und setzte sich wieder neben Vince.

»Hast du ihn gefunden?« fragte Vince, und C.L. sagte: »Wen?«

»Brent«, antwortete Vince mit äußerster Geduld. »Den Kerl, dem du in der ganzen Stadt hinterherrennst. Hast du ihn gefunden?«

»Nein«, erwiderte C.L. »Erzähl mir, was in der Baufirma vor sich geht.«

»Henry weiß, daß du dich dafür interessierst, hoffe ich?«

Auf Vinces sommersprossigem Gesicht zeigte sich eine wachsame Miene. »Es geht doch wohl nicht nur darum, diese Arschgeige zu ärgern, oder? Weil ich, wenn dem so ist, dir natürlich helfe, allerdings aus der Deckung heraus, da Henry das nicht gefallen würde.«

»Henry weiß Bescheid.« C.L. beobachtete, wie Treva sich zu Howie beugte und auf ihn einredete. Ihr Gesichtsausdruck konnte jedem Mann das Herz brechen, es sei denn, sie betrog Howie mit Brent Faraday. In diesem Fall konnte sie seinetwegen in der Hölle schmoren. »Was hat Brent angestellt?« fragte er Vince.

»Dottie Wylie sagt, daß die Firma sie übers Ohr gehauen hat, als sie letztes Jahr das Haus für sie gebaut hat.«

C.L. richtete seine ganze Aufmerksamkeit auf Vince. »Was? War das Haus nicht in Ordnung?«

»Doch.« Vince sah ihn mißbilligend an. »Howie baut gute Häuser. Er hat auch meins gebaut. Dottie sagt, sie habe zuviel bezahlt. Und für die Finanzen der Firma ist Brent verantwortlich. Er macht die Kostenvoranschläge, verkauft die Häuser und erledigt den Papierkram. Howie ist Bauunternehmer, aber Brent –« Auf der Suche nach dem richtigen Wort kniff Vince die Augen zusammen. »Brent ist Händler. Dem würde ich keinen Gebrauchtwagen abkaufen. Ein Haus, das Howie gebaut hat, klar, aber keinen Gebrauchtwagen.«

C.L. versuchte, diese Informationen mit Sheilas Problem zu verbinden. Die Firma war in Ordnung, weil Howie da war, und das Produkt war gut, weil Howie es baute. Aber alle Geldangelegenheiten waren Brents Sache, und Sheilas Stan war drauf und dran, zweihundertachtzig Riesen an jemanden zu zahlen, dem Vince nicht traute. Und wenn Vince ihm nicht traute, stimmte irgend etwas nicht. Sich Henrys und Annas Kommentare beim Abendessen ins Gedächtnis rufend, gelangte C.L. zu der Überzeugung, genug erfahren zu haben. Er brauchte nur noch Sheila anzurufen und ihr zu sagen, sie solle Stan davon abhalten.

Aber jetzt noch nicht. Es wäre nur fair, zuerst mit Howie zu sprechen. Sheila war dagegen gewesen, da es sich um ein Geschäft zwischen Stan und Brent handelte, aber Howie sollte wissen, was vor sich ging, da es schließlich auch seine Firma war. Howie war ein vernünftiger Mann, er würde sich um die Dinge kümmern, Brent aufhalten und ihn vielleicht sogar als den Schweinehund entlarven, der er war.

Nur, daß Howie momentan ganz und gar nicht vernünftig aussah. Er machte vielmehr den Eindruck eines störrischen Maulesels.

»Ich muß mit Howie Basset sprechen«, sagte C.L., und Vince meinte: »Ich denke, du solltest das auf morgen verschieben.«

Ihnen gegenüber beugte sich Treva mit betroffener Miene erneut zu Howie, und C.L. empfand eine plötzliche Welle des Mitgefühls für die beiden. Als Treva aufgab und hinausging, fühlte C.L. sich noch schlechter. Sie waren so nette Menschen. Sie sollten nicht so aussehen, wie sie es jetzt taten. Das war ein weiterer Punkt, für den Brent Faraday würde bezahlen müssen. Abgesehen davon, was auch immer er angestellt hatte, um Maddie so zu erbosen.

Aber vor allem, dachte C.L., würde er für Maddie bezahlen.

Maddie fuhr eine Stunde lang in der Stadt herum und graste die Parkplätze der Ortskneipen und des einzigen Motels in Frog Point ab, um Brents Caddy zu finden, und fühlte sich dabei wie das Klischee der betrogenen Ehefrau. Schließlich hielt sie am Straßenrand an und befahl sich selbst nachzudenken. Wohin würde sie gehen, wenn sie mit jemandem allein sein wollte, der nicht Brent war? Es müßte ein Ort sein, an dem sie niemand in Frog Point sehen würde. Es war blöd gewesen, die Bars abzufahren; dies wäre der letzte Ort, wo Brent sich zeigen würde. Er mußte bislang wirklich vorsichtig gewesen sein, da niemand in Frog Point bemerkt hatte, daß er sie betrog. Es mußte ein Ort sein, wo außer ihm niemand hinkommen konnte.

Also blieb nur der Point. Sie hatte vergessen, daß einst jeder für eine schnelle Nummer zum Point gefahren war, weil das nun niemand mehr tat. Brent und Howie hatten nämlich den Weg blockiert, als sie die Baufirma am Fuß des Hügels errichtet hatten, und erst vor einem Monat hatten sie einen Nachtwächter dort postiert. Das bedeutete, daß der Point als Open-air-Orgie für jedermann der Geschichte angehörte.

Für jeden außer Brent. Bailey, der Nachtwächter, würde alle Pärchen auf der Suche nach einem Ort für ein Stelldichein fortjagen, aber er würde Brents Wagen erkennen und passieren lassen. Den Accord ihrer Mutter hingegen würde Bailey nicht erkennen. Er würde sie anhalten und ihr dann auszureden versuchen, hinaufzufahren, und am nächsten Tag würde die ganze Stadt wissen, daß Maddie Brent am Point hätte erwischen wollen.

Sie mußte einen anderen Weg finden, um dort hinaufzugelangen.

Sie fuhr aus der Stadt hinaus, bis sie die Einfahrt zu der Firma etwa hundert Meter hinter sich gelassen hatte, und bog von der holprigen Straße ab, um den Wagen unter den schweren, knackenden Ästen der Ulmen abzustellen, die den Straßengraben an dieser Stelle säumten. Der Wald zwischen der Straße und dem Point war dicht und verwachsen, aber nicht undurchdringlich. Als Kind war sie dort mit ihren Großeltern auf Pilzsuche gegangen. Als Teenager hatte sie den größten Teil ihrer Laubsammlung für den Biologiekurs dort gefunden. Und nun konnte sie ihren Mann dort beim Ehebruch erwischen. Bei diesem Gedanken überlief sie ein kalter Schauer, obwohl die Hitze immer noch auf ihr lastete. *Ich muß es wissen,* dachte sie. *Ich muß es sicher wissen, bevor ich Ems Leben auf den Kopf stelle.*

Das Dumme an dem Walddickicht war, daß sie sich durch jede Menge Strauchwerk kämpfen mußte, das zurückschlug und ihr ins Gesicht klatschte, ihre Hände zerkratzte und sich in ihrem Haar verfing. Das Gute war, daß man sich fast überall anlehnen konnte. Der Boden war feucht und mit einer dicken Schicht modernden Laubs bedeckt, das torfig roch, während sie sich den Weg hindurchbahnte. Die Profilsohle ihrer Turnschuhe setzten sich schnell zu, so daß sie mehrfach beinahe ausrutschte. Die Grillen zirpten furchtbar, die Hitze stachelte sie zu Rekordrhythmen an, und als sie sich dem Point näherte, strich eine Brise durch die Wildblumen, und der süße Duft der Heckenkirschen versetzte Maddie zwanzig Jahre zurück. Sie erinnerte sich an die Heckenkirschen und die Grillen und die Hitze, außerdem hatte der Mond geschienen. Und vor allen Dingen war C.L. dort gewesen, auf dem Rücksitz seines Chevy, sie umarmend und zum Lachen bringend, während er mit ihrem Büstenhalter kämpfte.

Sie erreichte den Waldrand und blieb hinter einem der letzten Bäume stehen, um auf die offene, kiesbestreute Fläche oberhalb von Frog Point zu starren.

Brents Wagen war da.

Maddie lehnte sich gegen den Stamm. Mit ihrer Ungewißheit hatte sie auch alle Energie verlassen. Soviel zu Brents Schlechter-Witz-Höschen-Theorie.

Der zunehmende Mond warf ein schwaches Licht auf den Vordersitz, und sie konnte Brents Kopf der Person zunicken sehen, die auf dem Beifahrersitz saß. Aus der Art seiner Bewegungen konnte sie schließen, daß er redete, argumentierte, und sie beugte sich vor, um besser sehen zu können. Der Kopf neben ihm bewegte sich plötzlich nicht mehr, so, als habe die Person etwas hinter Brent außerhalb des Wagens gesehen, und Maddie trat einen Schritt zurück, falls dieses Etwas sie gewesen war.

Brent öffnete seine Tür. Die Beifahrerin tat es ihm gleich, und Maddie erhaschte einen Blick auf helles Haar über dem Autodach, bevor die beiden auf den dunklen Rücksitz kletterten. Nicht Beth, der Rotschopf, also hatte er sich jemand Neues gesucht. Wer auch immer sie sein mochte, sie konnte sie nicht entdeckt haben, sonst hätte sie es Brent gesagt. Jetzt konnte Maddie die Umrisse ihrer beiden Köpfe kaum mehr erkennen, dann waren sie ganz verschwunden, und ihr wurde klar, daß sie sich auf den Sitz verzogen hatten.

Dieser Hurensohn.

Was würde passieren, wenn sie einfach dort hinüberging und die Tür aufriß? Einfach nur hinübergehen, die Tür aufreißen und irgend etwas Forsches sagen würde wie: »Möchtest du mir den Höschenwitz noch einmal erklären?« Das würde Treva tun. Aber Treva hätte das niemals nötig. Treva war mit Howie, dem perfekten Ehemann, verheiratet. Maddie war diejenige, die mit Brent geschlagen war. *Zur Hölle mit ihm.* Sie stellte sich den Ausdruck auf seinem Gesicht vor, wenn sie die Tür aufreißen würde, den Ausdruck auf dem Gesicht der Frau, wer auch immer sie sein mochte. Wenn sie über die Lichtung gehen und die Tür öffnen würde, wüßte sie zumindest, wem dieser widerliche Slip gehörte. In dieser Situation war verdammt noch mal keine Höflichkeit gefragt.

Tu es, befahl sie sich selbst und ging einen Schritt auf den Wagen zu. In diesem Augenblick hörte sie, wie sich in den Bäumen auf der anderen Seite etwas bewegte, und sie trat wieder zurück und blinzelte in die Dunkelheit. Vielleicht ein Reh. Was auch immer es war, jedenfalls war es groß. Sie beugte sich ein wenig nach vorn und wartete, bis sie die Bewegung erneut wahrnahm. Eindeutig groß. Bigfoot vielleicht, oder dieser Serienmörder, an den sie gedacht hatte, bevor sie C.L. die Tür öffnete. Beides war in Frog Point unmöglich, aber das war der Rest ihres Tages auch gewesen, insbesondere der Moment, den sie nun durchlebte.

Sie wartete eine weitere volle Minute, bis sie beinahe sicher war, daß sie sich alles nur eingebildet hatte, und wollte sich gerade wieder in Bewegung setzen, als ein Mann auf die Lichtung hinaustrat, sich dem Wagen näherte und aus der Distanz hineinspähte. Bailey, der Nachtwächter. Sie fiel gegen den Baum zurück, zu müde, um zu lachen oder zu weinen. Klar, daß Bailey heraufkam, um zuzuschauen. Was sonst konnte man hier in der Nacht tun? Und hätte er nur noch eine Minute dort im Unterholz gewartet, hätte er sehen können, wie sie Brents Wagen aufriß und den gehörten Wortschwall in ganz Frog Point zum besten geben können. Und bevor Bailey damit fertig gewesen wäre, hätte ganz Frog Point Bescheid gewußt.

Gut, also würde sie warten, bis die beiden ausstiegen.

Die Schatten auf dem Rücksitz begannen sich zu bewegen, und Maddie schloß die Augen. Sie hatten Sex, während Bailey zuguckte und sie wartete. Das war eindeutig zuviel. Sie wandte sich ab und glitt an dem Baumstamm, an den sie sich angelehnt hatte, auf den Boden hinunter. Sie wollte nur eine gute Aussicht haben, sie wollte nur, daß Bailey abhaute, sie wollte nur nach Hause. Sie saß in moderndem Laub, während ihr Ehemann Sex mit einer anderen Frau hatte, und der Gedanke daran machte sie krank. Was spielte es für eine Rolle, wer sie war? Sie würde es früh genug erfahren, wenn sie Brent verließ. Und sie würde ihn verlassen. Das war das einzige, was zählte. Sie würde ihn verlassen.

Zum Teufel damit. Maddie stand auf. Für heute hatte sie genug gehabt, ohne auch noch eine Vorstellung für Bailey zu geben. Brent würde früher oder später nach Hause kommen müssen, dann konnte sie ihren Anfall in den eigenen vier Wänden bekommen. Wichtig war, daß sie nun Gewißheit hatte. Jetzt war es egal, wie blöd er sie mit seinen dummen Erklärungen dastehen ließ. Nun hatte sie Gewißheit.

Sie machte sich an den Abstieg zurück zum Auto. Der Weg bergab ging weitaus schneller, obwohl sie auch jetzt wieder auf dem feuchten Laub ausrutschte. Als sie am Wagen angekommen war, zog sie ihre lehmigen Schuhe aus und setzte sie in den Fußraum hinter dem Fahrersitz auf die Zeitung, die ihre Mutter dort für Regenschirme und andere schmutzige Dinge ausgebreitet hatte. Wenigstens konnte sie versuchen, den Wagen ihrer Mutter nicht zu beschmutzen. Sie kletterte auf den Vordersitz und ließ sich zurückfallen. Mit der nachlassenden Wirkung des Schmerzmittels begann es in ihrem Kopf zu pochen.

Oh, es ist die Hölle, dachte sie, *die reinste Hölle.* Sie ließ den Wagen an und fuhr nach Hause.

C.L., der seinen Wagen in der baumgesäumten Straße gegenüber von Maddies Haus geparkt hatte, war halb eingeschlafen, als sie um halb zwölf in ihre Einfahrt fuhr. Ihr Haus gefiel ihm nicht – es hatte zwar eine schöne blaue Farbe, weiße Fensterläden und eine weiße Veranda, aber Brent wohnte dort –, und die Nachbarn waren so typisch für Frog Point, daß er bereits mehrere bemerkt hatte, die ihn zuvor hinter den Fenstern beobachtet hatten. Als das Auto anhielt, kämpfte er bereits gegen den Schlaf an. Dann sah er, wie Maddie aus dem Wagen stieg, und seine Müdigkeit löste sich in Luft auf.

Das Licht der Straßenlaternen erhellte die Dunkelheit ihres Vorgartens ein wenig, aber ihr Gesicht konnte er nicht erkennen, da sie gegen das Auto sank.

Beinahe wäre er zu ihr gegangen. Wenn irgend jemand

auf dieser Welt nicht verletzt und allein sein sollte, dann Maddie. Ungebeten, deutlich und immer noch scharf stieg die Erinnerung an die Grundschule in ihm hoch, die Anna beim Abendessen heraufbeschworen hatte.

Es war die letzte Schulwoche am Ende der fünften Klasse gewesen, auf dem staubigen Spielplatz der Grundschule Harold G. Troop. In der Erinnerung konnte C.L. den Staub in der Luft und das Blut in seinem Mund schmecken. Er hatte eben Pete Murphy verprügelt, weil der ihn als Arschgesicht bezeichnet hatte, und er war gerade dabei zu verduften, zwar in der Gewißheit, daß Mrs. Widdington ihn bestimmt erwischen würde, aber nichtsdestotrotz weglaufend mit der vagen Hoffnung, daß sie es vor dem Läuten zum Pausenende vergessen haben würde. Er lief um die Ecke, um sich hinter den schwarzen Feuerleitern aus Eisen zu verstecken, und sah sich plötzlich mit Maddie Martindale konfrontiert, einer dieser dummen Gänse aus der sechsten Klasse, die sich für so irrsinnig toll hielten. Er wollte verduften, blieb dann aber gegen seinen Willen wie angewurzelt stehen.

Sie saß etwa sechs Stufen hoch auf einer der Feuerleitern und sah aus wie ein Bild aus dem Sears-Katalog. Ihr Haar war mit einem dicken roten Band zu einem Pferdeschwanz zusammengebunden, und sie trug ein rotkariertes Kleid mit einem breiten weißen Kragen, so weiß, daß er in der Sonne leuchtete. C.L. wußte noch, daß er sich das Blut mit dem Handrücken vom Mund wischte, während er mit der anderen Hand über sein zerrissenes T-Shirt strich, um den Dreck ein bißchen wegzureiben. Seine Hände waren von der Prügelei so schmutzig, daß sein T-Shirt nur noch schlimmer aussah, und er lenkte seinen Blick davon auf ihre Hände, deren Fingernägel in dem gleichen hellen Rot wie das ihres Kleides lackiert waren. Da war ihm klargeworden, daß irgend etwas nicht stimmte, weil sie den Lack von ihrem rechten Daumennagel abkratzte, so daß er, rote Flecken hinterlassend, abgefressen aussah.

»Was ist los mit dir?« hatte er wissen wollen und seine Hände diesmal an der Hose gerieben, beschämt wegen seiner eigenen schmutzigen Erscheinung und wütend darüber, daß er sich schämte.

Mit trockenen, geschwollenen Augen hob sie ihren Blick und sagte: »Mein Daddy ist gestorben.«

Sogar für C.L., den König der Alles-egal-Einstellung, war dies bedeutend. Sein Daddy war nämlich auch vor langer Zeit gestorben, vor so langer Zeit, daß er sich nicht daran erinnern konnte. »Wann?« fragte er, und sie sagte: »Am Dienstag.«

Er zählte zurück. Es war Montag. Sechs Tage also. »Das ist schlimm«, meinte er zu ihr, und da er spürte, daß er vielleicht noch mehr sagen sollte, fügte er hinzu: »Tut mir leid.«

Sie nickte und fuhr fort, ihren Nagellack abzukratzen, und er wurde von dem Bedürfnis ergriffen, mehr zu tun.

Sie war so anrührend makellos, daß man sie einfach trösten mußte. Schnell steckte er seine Hände in die Taschen, aber das einzige, was er fand, war ein verbogener Streifen Kaugummi. Juicy Fruit. Sogar das gelbe Einwickelpapier war dreckig.

Er hob den Blick und sah, wie sie ihn beobachtete. »Hier«, sagte er und gab ihr den Kaugummi.

Vorsichtig nahm sie ihn entgegen, und er sah so schmutzig in ihren Fingern aus, daß er ihn beinahe wieder an sich gerissen hätte und weggelaufen wäre. Aber bevor er sich rühren konnte, wickelte sie ihn aus, zuerst das gelbe Papier und dann die Alufolie, die sie sorgfältig von dem klebrigen Kaugummi löste. Dann brach sie den Streifen in der Mitte durch und bot ihm die Hälfte an.

Er schluckte den Kloß hinunter, der ihm unerklärlicherweise im Halse steckte, und griff nach dem Stück. Als sie auf der Feuerleiter ein wenig beiseite rutschte, setzte er sich neben sie, darauf achtend, daß sein schmutziges T-Shirt nicht ihren Ärmel berührte. Im Sonnenlicht aßen sie gemeinsam den Kaugummi.

Das war vermutlich der glücklichste Moment in seinem damals zehnjährigen Leben gewesen.

Da erschien Mrs. Widdington um die Ecke der Feuerleiter und brüllte: »C.L. Sturgis –«, um sofort abzubrechen, als sie sah, wer bei ihm saß. »Hallo, Madeline«, sagte sie mit leiser und sanfter Stimme. »Wie geht es dir?«

»Gut«, erwiderte Maddie.

»Ja, das ist schön.« Die alte Widdy machte einen Moment einen ziemlich dämlichen Eindruck, bevor sie sich erneut ihm zuwandte. »Und du kommst mit, mein Freund«, sagte sie mit mordlustiger Stimme.

Er zog in Betracht wegzulaufen, schob diesen Gedanken dann allerdings beiseite. Schließlich sah Maddie zu. Immer noch darauf bedacht, sie nicht zu berühren, stand er auf und ging die Stufen hinunter seinem Schicksal entgegen.

Widdy packte ihn am Kragen und war im Begriff, ihn abzuführen, aber nach einigen Schritten hielt sie inne und wandte sich um zu Maddie. Während sie sprach, drückte sie ihre Faust fest unter sein Ohr. »Kann ich etwas für dich tun, Madeline? Möchtest du irgend etwas?«

In Widdys Griff blickte er über die Schulter und sah Maddie nicken.

»Ja«, hatte sie gesagt. »Ich möchte, daß dieser Junge bei mir bleibt.«

Nach einem Moment der Überraschung hatte Widdy gesagt, es täte ihr leid, aber nein, er sei ein böser Junge, und schleppte ihn zum Rektor, der ihm den Hintern versohlte, um ihm beizubringen, daß er andere nicht schlagen dürfte, aber all das machte ihm nichts aus, weil Maddie gesagt hatte: »Ich möchte, daß dieser Junge bei mir bleibt.«

Er war für eine Woche vom Unterricht ausgeschlossen worden, und danach begannen die Ferien. Im nächsten Schuljahr ging sie zur Junior-High-School, und als auch er dorthin wechselte, besuchte sie die Streber- und er die Idiotenkurse, weil er ein Verhaltensproblem hatte. Daher sah er sie nur selten. Aber das war auch nicht nötig. Er brauchte nur die Augen zu schließen, um sie zu sehen und sagen zu hören: »Ich möchte, daß dieser Junge bei mir bleibt.«

Jetzt allerdings würde sie das nicht sagen. Er beobachtete, wie sie langsam und vorsichtig vom Wagen zur Veranda ging, und nur zu gern hätte er ihr Gesellschaft geleistet. Sie sollte nicht allein sein. Mit ihm sollte sie allerdings auch nicht allein sein. Die Leute würden reden; wahrscheinlich hingen sie nun auch hinter den Fenstern. Und Henry hätte seine Bestätigung. Er zog gerade in Betracht, zu Anna auf die Farm zurückzufahren, als Maddie sich gegen das Verandageländer lehnte, als könne sie nicht mehr weitergehen. Er sprang aus dem Wagen.

»Maddie?« rief er, und sie wandte sich um, als er den Weg heraufkam. »Ich habe auf Brent gewartet. Bist du okay?«

»Oh!« Ihre Stimme klang schwach und dünn. »Ich dachte schon, du würdest mir hinterherlaufen. Das würde zu dem Tag passen.«

»Er ist ja fast vorbei«, sagte er und versuchte, herzlich zu klingen. »Noch eine halbe Stunde bis Mitternacht.« Sie schwankte einen Moment. Er schob seine Hand unter ihren Ellbogen, um sie zu stützen, und bemerkte erst dann, daß sie barfuß war. Ihre Verletzlichkeit rührte ihm das Herz. »Geht es dir gut?« fragte er und wollte ihr auf die Veranda helfen, aber statt dessen lehnte sie sich an ihn, so daß er den Arm um ihre Schultern legte, um sie aufrecht zu halten. Er spürte, wie sein Herz noch schneller raste. Das war nicht gut. »Maddie, soll ich einen Arzt rufen?«

Die Stirn gegen seine Brust gepreßt, schüttelte sie kurz

den Kopf, und ihre Locken streichelten sein Kinn. Sie fühlten sich so weich an, daß er sich geschlagen gab, beide Arme um sie legte und sie festhielt, in dem Wunsch, sie zu beschützen, während er sie gleichzeitig üblerweise einfach begehrte. »Es tut mir leid, Mad. Ich weiß zwar nicht, was los ist, aber es gefällt mir ganz und gar nicht. Was kann ich tun?«

Zittrig tat sie einen langen Atemzug. »Nun, als erstes solltest du nicht nett zu mir sein, weil ich sonst zu heulen anfange.«

»Das ist schon in Ordnung«, sagte er, obwohl er es nicht ertragen konnte, wenn Frauen weinten. Wenn sie wollte, konnte sie ihm das ganze T-Shirt naßheulen, solange er sie nur festhalten durfte. »Heul doch einfach.«

Einen Moment lang klammerte sie sich enger an ihn, und als Erwiderung drückte er sie fester. Dann sagte sie mit fast normaler Stimme: »Ist dir klar, daß wir mitten in meinem Vorgarten stehen? Die ganze Straße kann uns sehen.« Sie hob ihren Kopf, und er sah ihr tränenreiches Lächeln. Sein Herz machte einen Sprung. »Das wird deinen Ruf ruinieren.«

»Oh, Mist«, erwiderte er und versuchte, fröhlich zu klingen, »wo ich doch bislang so geschätzt war.«

»Ich schätze dich«, sagte sie, und einen Augenblick vergaß er zu atmen. Sie nutzte diesen Moment, um sich von ihm zu lösen, und er fühlte sich leerer, als er sich je hätte träumen lassen. »Danke, C.L.«, sagte sie. »Es war schön, sich einen Moment nicht allein zu fühlen.«

»Du bist nicht allein.« Er dachte daran, sie zu entführen, mit zu Anna zu nehmen und dafür zu sorgen, daß sie sich niemals wieder so unglücklich fühlte. Aber dem stand Brent im Weg, außerdem hatte sie ein Kind, eine Tochter, soviel er wußte, und es war zu spät für sie. »Paß auf dich auf, Mad«, sagte er, als er sich zum Gehen wandte. »Ruf mich, wenn du irgend etwas brauchst.« Ihr leises »Danke« folgte ihm den Weg hinunter. Und als er wieder im Wagen saß, war sie bereits im Haus verschwunden.

Er blieb sitzen, um zu beobachten, wie die Lichter im Haus erloschen, und versuchte, an langweilige Dinge zu denken, während er sich mit Leib und Seele nach ihr sehnte. Er mußte hier weg.

C.L. ließ den Wagen an. Morgen würde er Brent finden. Schließlich konnte sich dieser Mistkerl nicht ewig vor ihm verstecken. Und dann würde er die Stadt verlassen, egal, wie dringend Frog Point einen Finanzberater brauchte.

Der Freitagmorgen kam zu früh. Maddie rollte sich herum und bedauerte es. Ihr Kopf pochte, und der Gedanke, die Augen zu öffnen, war unerträglich, aber nichtsdestotrotz schlug sie sie auf. Die Sonne versetzte ihrem Hirn einen Stich, und sie brauchte eine Minute, bevor sie zu Brents Seite des Bettes blinzeln konnte. Jemand hatte darin geschlafen, also war er gekommen und wieder gegangen, während sie unter der doppelten Dosis Schmerztabletten, die sie vor dem Zubettgehen genommen hatte, fest schlief. Sie konnte Ems Radio unten in der Diele hallen hören, also hatte er sie letzte Nacht, vermutlich schon im Halbschlaf, abgeholt, genau wie er es versprochen hatte. Aber Brent war nicht da. Im Ausweichen war er groß.

Na ja, wenigstens konnte sie sich darauf verlassen, daß er nie da war. Zum Thema Verläßlichkeit ließ sich einiges sagen. Irgendwo hatte sie gelesen, daß mißhandelte Ehefrauen und Kinder fast alles ertragen konnten, solange die Mißhandlung konsequent war. Unregelmäßige Mißhandlungen hingegen waren nicht auszuhalten. Nun, Brent war konsequent. Sie wußte, daß er sie, wenn sie bei ihm blieb, weiter betrügen würde, aber sie wußte auch, daß er sie nicht verlassen würde. Damit lebten viele Frauen.

Die Zukunft lag vor ihr, unbarmherzig voll unterdrückten Ärgers, unerbittlich voll unausgesprochener Schmerzen, für immer allein, ohne die Chance, sich jemals wieder geborgen zu fühlen. Sie schloß die Augen und dachte an C.L., wie er sie letzte Nacht in den Armen gehalten und ihr gesagt hatte, daß er es haßte, sie unglücklich zu sehen. Er war nahezu ein Fremder, und dennoch hatte sie mehr Trost von ihm bekommen als von Brent in den letzten fünf Jahren. Und so würde ihr Leben weitergehen, wenn sie bei ihm blieb.

Zur Hölle damit, dachte sie und stand auf, zum Kampf bereit.

5

Im Sonnenlicht stand Maddie in ihrer Küche und warf ihre morgendlichen Schmerztabletten ein. Ihr ganzer Körper tat weh, und das nicht nur wegen des Unfalls. Seit – sie warf einen Blick auf die Uhr und rechnete schnell nach – zweiundzwanzig Stunden stand sie nun unter Anspannung, seit sie diesen verdammten Slip gefunden hatte. Zweiundzwanzig Stunden, sich gegen das Unvermeidliche zu wappnen. Nun, das Unvermeidliche war eingetreten, und es machte keinen Sinn mehr, herumzustehen und sich zu wappnen.

Sie brauchte einen Scheidungsanwalt.

Aber niemanden aus Frog Point. Keiner sollte sie dumm wie Bohnenstroh nennen. Das Problem war, in Lima einen Namen zu erfahren. Sie kannte Leute, die sich hatten scheiden lassen, aber sie wußte nicht, wie sie es soweit gebracht hatten. Außerdem wollte sie nicht nur einen Scheidungsanwalt, sie wollte ein Raubtier, jemanden, der sicherstellen konnte, daß sie das Sorgerecht für Em bekam und hinterher nicht als Idiotin dastehen würde. Wer aus ihrem Bekanntenkreis war gut bei einer Scheidung weggekommen? Niemand kam gut bei einer Scheidung weg. Sie dachte an Em und schloß die Augen. *Denk nach,* ermahnte sie sich.

Ihre Mutter hatte gesagt, daß Sheila Bankhead C.L. das letzte Hemd ausgezogen hätte. Er hatte jedoch ganz und gar nicht ärmlich ausgesehen, als er bei ihr vor der Tür stand, im Gegenteil, er hatte einen höchst erfolgreichen Eindruck gemacht, aber schließlich lag ihre Scheidung auch schon Jahre zurück.

Vielleicht hatte er Zeit gehabt, sich zu erholen.

Sie holte das Telefonbuch von Frog Point aus der Schublade hervor und blätterte die »B's« durch. Die Seiten bebten beim Umblättern. *Schluß damit,* sagte sie zu ihren zittrigen Händen, fand Sheilas Nummer und wählte. Ihr Atem ging heftig, bevor Sheila abhob.

»Sheila? Hier ist Maddie Faraday.« Keine Antwort, also versuchte Maddie es noch einmal. »Sheila?«

»Entschuldigung.« Vorsichtig drang Sheilas Stimme durch die Leitung. »Maddie Faraday?«

»Wir waren zusammen auf der High-School.« Maddie kam sich töricht vor. »Ich bin –«

»Ich weiß, wer du bist«, sagte Sheila. »Ich bin nur… überrascht.«

Maddie zog einen Stuhl unter dem Küchentisch hervor und setzte sich, weil das Stehen zuviel von der für dieses Telefongespräch notwendigen Energie in Anspruch nahm. »Ich weiß, wir waren nie eng befreundet, und ich möchte dich auch nicht belästigen, aber ich brauche deinen Rat.«

»Meinen Rat?« Sheilas Stimme stieg eine Oktave höher. »Du brauchst *meinen* Rat?«

Maddie gab es auf, taktvoll zu sein, da dies die Sache offensichtlich nur erschwerte.

»Sheila, ich brauche den Namen eines guten Scheidungsanwalts. Kennst du einen?«

»Du willst dich scheiden lassen?« Sheila erreichte beinahe das hohe C.

»O nein«, sagte Maddie schnell. »Ich frage für meine Nachbarin.«

»Ach, richtig, Gloria Meyer. Ich dachte, sie hätte Wilbur Carter engagiert.«

»Mutter meinte, das sei keine gute Idee gewesen«, antwortete Maddie, erleichtert, endlich die Wahrheit zu sagen.

»Da hat deine Mutter recht«, meinte Sheila. »Sag Gloria, sie soll sich an Jane Henries wenden. Bei meiner Scheidung war sie großartig. C.L. wußte gar nicht, wie ihm geschah. Sie hat ihre Kanzlei in Lima. Warte, ich glaube, ich habe die Nummer noch.«

Zwanzig Minuten später hatte Maddie eine Anwältin.

»Maddie Faraday?« fragte Jane. »Ihrem Mann gehört diese Baufirma in Frog Point.«

»Ja, ein Teil davon«, setzte Maddie an.

»Ein paar meiner Verwandten wohnen bei Ihnen in der Nähe. Sie haben meinem Neffen Kunstunterricht gegeben. Und Sie wollen sich scheiden lassen?«

»Ja, in der Tat.« Maddie war nicht sicher, wo der Zusammenhang zwischen Kunst und Scheidung lag, aber für einen Rückzieher war sie bereits zu weit gegangen. »Können Sie mir helfen, Mrs. Henries?«

»Selbstverständlich.« Maddie hörte sie lachen. »Sagen Sie Jane zu mir. Heute ist mein Terminkalender voll, aber Sie können am Montag herkommen –«

»Montag wäre gut –«

»– und in der Zwischenzeit besorgen Sie sich alle Finanzunterlagen, die Sie finden können, damit ich weiß, worauf wir es abgesehen haben –«

»Ich möchte nur das Sorgerecht –«

»– damit uns nichts entgeht. Wir sprechen von unüberbrückbaren Differenzen, nehme ich an?«

»Oh, ja«, sagte Maddie. »Sie sind unüberbrückbar. Ich will ihn tot sehen.«

Jane Henries lachte erneut. »Dabei kann ich Ihnen nicht helfen, aber wenn Sie mir die Unterlagen besorgen, kann ich ihn für Sie ruinieren. Manchmal ist das besser.«

»Ich möchte ihn nicht ruinieren –« begann Maddie.

»Natürlich möchten Sie das. Sie haben ein Kind, das ein College besuchen soll. Er wird wieder heiraten und eine neue Familie gründen, und was wird dann aus Ihrer Tochter?«

»Er würde niemals –«

»Natürlich würde er. Besorgen Sie mir die Unterlagen.«

Brent würde nie aufhören, sich um Em zu kümmern. Niemals. Oder doch? »In Ordnung«, sagte Maddie. »Was immer Sie wollen.«

»Gut«, antwortete Jane. »Das ist die richtige Einstellung.«

Als Em eine Viertelstunde später die Treppe herunterkam, schenkte Maddie gerade Milch in ein Glas der Familie Feuerstein, die Menge mit dem Auge bis auf dreieinhalb Zentimeter bis zum Rand abmessend, so daß sie Em die nötige Menge Calcium verabreichen konnte, ohne ihr eine mehr als angemessene Chance zu geben, alles über den Tisch zu verschütten. Dies verlangte Konzentration, abgesehen von Finanzunterlagen und Anwälten und Scheidung und der Frage, wie sie für Em das College bezahlen sollte, wenn Brent mit irgendeiner Frau in schwarzer Spitzenunterwäsche einen Haufen neuer Kinder in die Welt setzte, also widmete sie der Milch ihre volle Aufmerksamkeit.

Em schlüpfte auf ihren Stuhl und sah Maddie über den Rand ihrer Brille mit wachsamen Augen an. »Wie geht es dir?«

»Ganz prima«, antwortete Maddie so fröhlich wie möglich. Frühstück war nicht der richtige Zeitpunkt, einem

Kind mitzuteilen, daß es bald ein Scheidungskind sei. »Mir geht es großartig.«

»Tut dein Kopf noch weh?«

»Nein«, log Maddie. »Mit den Pillen wie weggeblasen.«

Erleichtert stieß Em die Luft aus und ließ ihre Schultern sinken. »Das ist gut. Ich habe Hunger.«

Maddie stellte die Milch vor sie hin. »Wie war es denn gestern abend?«

»Wir haben Filme gesehen.« Em rutschte ihren Stuhl an den Tisch heran. »Wir glauben, Mrs. Meyer ist ein Vampir.«

Maddie hob die Augenbrauen. Gloria ein Vampir? »Ausgeschlossen. Wie möchtest du deine Eier?«

»Im Glas mit Käse bitte.«

Maddie ging zur Mikrowelle und hielt inne. »Sie ist ja kaputt, das habe ich ganz vergessen. Wir werden später eine neue kaufen. Zweite Wahl?«

»Rührei.« Ems Augen verengten sich. »Es sind nicht nur die Zähne. Auch ihre Fingernägel. Und die Augen. Sie sehen aus wie dunkelrote Höhlen. Und sie ist so blaß, weil sie tagsüber nie lange draußen bleibt. Nur nachts.«

Maddie nahm aus dem Schrank eine blaue Rührschüssel und zwei Eier aus dem Kühlschrank und bewunderte, wie schön sich ihr bläulich-weißes Oval von der gelben Anrichte abhob. Viel besser als die braunen. Sie schlug die Eier in die Schüssel und rührte sie mit einer Gabel, während sie über Gloria nachdachte. Von allen Personen, die sich Em und Mel für ihr Vampirspiel aussuchen konnten, war Gloria die unwahrscheinlichste. Allerdings hatte sich Gloria ja auch schon als der Eisberg von Frog Point entpuppt, neun Zehntel unter der Oberfläche.

Trotzdem, Blutsaugen war out. Und nach dem, was sie gestern gehört hatte, standen die Chancen, daß Gloria überhaupt an irgend etwas sog, gleich Null. »Ich kann das nicht nachvollziehen, Em.« Sie griff nach der Milch und goß ein wenig in die Schüssel, bevor sie weiterrührte.

Em griff nach ihrem Glas. »Ich wette, sie hat keine Spiegel im Haus. Nachts ist sie immer draußen, und ich weiß auch, hinter wem sie her ist. Hinter Dad.«

Maddie hörte auf zu rühren. »Was?«

Em nickte und fixierte Maddie. »Hinter Dad. Sie geht nachts raus und wartet darauf, daß er in den Garten geht. Dann ruft sie seinen Namen. Manchmal bleibt er stehen, aber man sieht, daß er sich unwohl fühlt. Er weiß, daß sie ein Vampir ist.« Em steckte einen Finger in die Milch, wirbelte sie herum und produzierte weiße Strudel, ohne jedoch den Blick von Maddie abzuwenden. »Aber keine Sorge, ich weiß, wie man damit umgeht. Knoblauch, Weihwasser und ein Pfahl durchs Herz.«

Maddie erhitzte die Pfanne auf dem Herd und gab die Eier hinein. Sie wartete, bis die milchige Flüssigkeit eine hellgelbe Farbe annahm, bevor sie erwiderte: »Ich glaube, wir haben nur Knoblauchpulver.«

Em dachte darüber nach. »Ich könnte es in Weihwasser auflösen.«

»Wir haben kein Weihwasser.« Als die Eier durchgebraten waren, schob sie sie auf einen Teller und erfreute sich an dem zarten Gelb auf dem blauen Porzellan. Hübsch. Falls Gloria die andere Frau war, würde sie ihren Rasen vergiften. »Was für ein Video hast du gestern abend eigentlich gesehen?«

»*Die verlorenen Seelen.* Vielleicht explodiert Mrs. Meyer, wenn ich sie mit Weihwasser bespritze.«

Maddie stellte den Teller vor Em auf den Tisch. »Nachbarn mit Wasser zu überschütten ist keine gute Idee. Ich habe deinen Toast zu rösten vergessen. Das hast du nun davon, daß du mich ablenkst.«

»Ich mache das schon.« Em stand auf, fischte zwei Brotscheiben aus der Tüte und ließ sie in den Toaster fallen.

Es konnte nicht Gloria sein. Alleine die Vorstellung von Gloria im schwarzen Spitzenhöschen ohne Schritt war lächerlich. Ems Toast sprang heraus, und der Duft nach knusprigem Brot machte Maddie hungrig, also steckte sie auch zwei Scheiben für sich hinein.

Em bestrich ihren heißen Toast dick mit Butter und Marmelade. Dieses Brot mußte mindestens dreitausend Kalorien haben, die Em, einmal die Treppe hinaufrennend, alle verbrennen würde. Als Maddies Toast fertig war, strich sie eine dünne Schicht Marmelade darauf. Wenn sie schon wieder Single werden mußte, wollte sie nicht auch noch fett sein. Zeit für eine Diät. Die Dät für die geschiedene Frau. Kein Fett, kein Salz, kein Geld, kein Sex. Oh, Mist.

Mittlerweile waren Ems Gedanken gewandert. »Fühlst du dich wirklich gut?«

»Ich fühle mich prima«, sagte Maddie. »Hör auf, dir Sorgen zu machen.«

»Dann darf ich heute nacht bei Mel schlafen?« Em biß eine Ecke aus ihrem Toast. »Eigentlich sollte ich doch letzte Nacht dort bleiben. Ich bin nur nach Hause gekommen, damit du nicht alleine warst, aber jetzt siehst du schon wieder ganz gut aus. Wenn du in Ordnung bist, darf ich heute nacht dort schlafen?« Sie unterbrach sich schnell. »Wenn nicht, bleibe ich bei dir. Das macht mir nichts aus, wirklich.«

»Oh.« Maddie schluckte. »Habe ich dir schon einmal gesagt, daß du die perfekte Tochter bist?«

»Danke. Darf ich bei Mel bleiben?«

»Hast du Tante Treva gefragt?« Maddie biß vorsichtig in ihren Toast und kaute. Die Kopfschmerzen ließen sich aushalten. So weit, so gut.

Em schüttelte den Kopf. »Nein, Mel macht das. Darf ich?«

»Ruf an und frag nach.«

Em schob ihren Stuhl zurück.

»Nach dem Frühstück.«

Em beugte sich über den Tisch und schaufelte das Ei auf den Butter-Marmelade-Toast. Eine ziemlich eigenwillige Frühstücks-Sandwich-Kreation. »Ich esse das am Telefon«, sagte sie und ging, eine Butterspur hinterlassend, ins Wohnzimmer. »Danke, Mom.«

Mit einem Küchentuch wischte Maddie die Butter vom Boden und richtete sich auf, ermutigt durch die Tatsache, daß der Toast blieb, wo er war, selbst wenn sie so rücksichtslos gewesen war und sich nach vorn gebeugt hatte.

Gut, dachte sie. *Ich werde weiterleben.* Die Dinge besserten sich.

Em brüllte aus dem Wohnzimmer herüber: »Tante Treva möchte dich sprechen!« Maddie hob am Nebenanschluß ab.

Trevas Stimme klang vorsichtig. »Wie geht es dir?«

»Em, hast du aufgelegt?« rief Maddie.

»Ich habe das Klacken gehört«, sagte Treva. »Wie geht es dir? Hast du mit ihm gesprochen?«

»Nein.«

»Oh, Maddie, zum Teufel –«

Maddie schnitt ihr das Wort ab. »Warte mal, er ist erst nach Hause gekommen, als ich schon schlief, und war bereits wieder weg, als ich aufwachte, aber ich habe eine Anwältin angerufen. Am Montag habe ich einen Termin. Ich tue es, Treva. Ich werde es mit so wenig Aufhebens wie möglich durchziehen, aber ich habe sie angerufen. Es ist soweit.«

»Ja«, hauchte Treva in den Hörer. »O ja, ja, ja. Gut für dich.«

Maddie lehnte sich gegen die Wand. »Ich weiß nicht. Es wird furchtbar werden. Sie sagt, ich soll mir die Finanzunterlagen beschaffen.«

»Wer ist *sie?*«

»Die Anwältin. Jane Henries aus Lima.«

»Ooooh, sie ist gut.« Trevas Stimme klang geradezu hysterisch fröhlich. »Ich habe gehört, daß sie ihnen bis auf die Socken alles nimmt. Woher willst du die Finanzunterlagen bekommen?«

»Ich habe sie schon. Ich mache jedes Jahr die Steuererklärung, deshalb habe ich alle Unterlagen hier im Schrank. Das ist also nicht weiter schwer.«

»Was ist mit dem Büro? Ich finde, wir sollten sein Büro durchsuchen.«

Maddie fiel beinahe der Hörer aus der Hand. »Hast du den Verstand verloren? Ich will eine Scheidung, keinen Skandal. Ich habe dir doch gesagt, ich werde das Ganze ohne Aufhebens durchziehen, und wenn ich Brents Büro durchstöbere, werden sich die Leute mit Sicherheit das Maul zerreißen.«

»Er ist Abschaum, Maddie.« Treva sprach so eindringlich, daß sie fauchte. »Er hat es verdient, über den Tisch gezogen zu werden. Willst du nicht wissen, was er bei der Arbeit bereits beiseite geschafft hat? Ich jedenfalls mit Sicherheit, und ich wette, Jane Henries auch. Laß uns zum Büro fahren. Wir sind doch ständig dort, es wird nicht weiter auffallen. Ich hole dich in einer Viertelstunde ab. Three kann auf die Mädchen aufpassen.«

»Treva, ich kann mir nicht vorstellen, daß er irgend etwas im Büro versteckt. Warum sollte er –«

»Wo würde er es sonst verstecken?« unterbrach Treva sie. »Wenn du es schon nicht für dich tust, dann tue es für mich. Ich hatte eine miese Woche und würde sie gerne an jemand anderen abgeben, und zwar an Brent, wenn möglich. Außerdem, was willst du denn sonst heute tun?«

Wie üblich hatte Treva es auf den Punkt gebracht. Wenn Maddie nicht das Büro durchsuchte, würde sie zu Hause sitzen und Trübsal blasen, darauf warten, daß Brent heimkam, damit sie sich von ihm scheiden lassen konnte. Sie glaubte wirklich nicht, daß sie etwas finden würden, aber schließlich hatte sie auch nicht geglaubt, daß es eine andere Frau gab.

»Gut, dann komm her«, sagte Maddie.

Sobald Maddie aufgelegt hatte, klingelte das Telefon erneut, und sie lehnte ihren Kopf gegen die kühle Wand in dem Bemühen, ihre Gedanken zu ordnen. Sie hätte gerne einen Nervenzusammenbruch bekommen, aber dazu würde sie keine Gelegenheit haben, weil sie ständig telefonierte. Als es weiterläutete, hob sie ab und fragte: »Hallo?« Ihre Mutter antwortete: »Maddie, Schatz, hier ist Mama.«

Maddie zuckte zusammen. Ihre Mutter hatte bereits von der Scheidung gehört. »Es ist alles in Ordnung, Mom.«

»Nein, ist es nicht. Schließ alle Türen ab.«

Maddie betrachtete stirnrunzelnd den Hörer. Es ging also nicht um die Scheidung. Vielleicht betraf es C.L., der sie letzte Nacht mitten in ihrem Vorgarten umarmt hatte. Sie versuchte, daran nicht mehr zu denken, aber wenn ihre Mutter es wußte – »Warum?«

»Hier läuft ein Streuner durch die Gegend.«

Noch einmal davongekommen, sackte Maddie gegen die Wand. »Um zehn Uhr morgens?«

»Nun ja, nicht direkt. Candace hat ihn gestern abend gesehen. Sie hat es mir heute morgen erzählt.«

»Was hast du denn schon wieder in der Bank gemacht?«

»Einen Scheck eingelöst. Wirklich, Maddie, sei vorsichtig. Vor allem, wenn Brent so spät wie letzte Nacht nach Hause kommt.«

Wie hatte sie das schon wieder herausgefunden? »Mom, das war nur eine Nacht.«

»Nun, ein Streuner braucht nur eine Nacht, und prompt liegst du ermordet in deinem Bett, gerade du, wo du schon eine Kopfverletzung hast. Wie geht es deinem Kopf überhaupt?«

»Gut, danke, Mutter.« Ihre Mutter als führende Drehbuchautorin für Horrorszenarien. Wenn sie nur wüßte.

»Schließt du bitte deine Türen ab?«

Maddie gab sich geschlagen. »Ja, versprochen. Ich muß jetzt Schluß machen. Ich bin mit Treva verabredet.«

»Warte, was geht eigentlich bei Treva und Howie vor sich?«

»Das Übliche wie bei allen glücklich verheirateten Paaren«, erwiderte Maddie.

»Das denke ich nicht«, meinte ihre Mutter. »Gestern abend haben sie sich im Bowlingcenter heftig gestritten.«

»Im Bowlingcenter?« Ihre Autos hatten auf dem Parkplatz gestanden. »Was haben sie denn im Bowlingcenter gemacht?«

»Esther sagt, daß Lori Winslow sagt, daß Mike Winslow dort war und gesagt hat, daß Howie mit Brent sprach, als Treva hereinkam und es plötzlich Krach gab.« Die Stimme ihrer Mutter klang wißbegierig. »Hat sie dir nichts erzählt?«

»Nein«, antwortete Maddie. »Und ich werde sie auch nicht danach fragen, du brauchst also gar nicht mehr weiterzubohren. Verheiratete Menschen streiten sich nun einmal.«

Ihre Mutter schlug eine andere Taktik ein. »Warum war Howie denn so wütend auf Brent? Gibt es Ärger in der Firma?«

Überall, nur nicht in der Firma, wollte Maddie sagen, erwiderte jedoch statt dessen: »Nein. Du weißt doch, wie die Leute Klatsch lieben. Sie machen aus einer Mücke einen Elefanten.«

»Esther sagte, daß Lori sagte, daß Mike sagte, daß Treva aussah wie der leibhaftige Tod.«

»Esther sollte sich besser um ihr Leben sorgen. Ich muß jetzt wirklich Schluß machen.«

»Du gehst mit Treva aus? Ist das vernünftig? Wie geht es deinem Kopf? Bist du wohlauf?«

»Mir geht es gut«, wiederholte Maddie. »Oh, ich habe dein Auto noch. Wir bringen es dir vorbei.«

»Wenn du den Wagen brauchst, Maddie, kannst du ihn noch behalten. Ein bißchen Bewegung tut mir gut.«

»Ich brauche ihn nicht.« Maddie fühlte sich zwischen Schuldgefühlen und Ärger hin- und hergerissen. Ihre Mutter war so lieb, wenn sie keinen Klatsch verbreitete; sie hatte keine Tochter verdient, die Lügen erzählend kurz vor der Scheidung stand und sarkastische Gedanken hegte. »Treva wird mich überall hinfahren.«

»Das ist nett von ihr, Liebes. Amüsiert euch schön. Und laß mich wissen, was sie erzählt. Gib auf deinen Kopf acht.«

Wie? wollte Maddie fragen, tat es aber nicht, weil sie wußte, daß sie, würde sie ihr Schicksal herausfordern, am Ende mit einem Motorradhelm durch die Stadt stapfen würde. »Das werde ich«, sagte sie und ging zu Em hoch, um sie zu bitten, sich fertig zu machen.

Wie ein Schießhund nach Brent Ausschau haltend fuhr C.L. die Main Street hinunter, entschlossen, ihn zu fassen zu kriegen und seine Frau zu vergessen. Maddie hatte ihm eine äußerst üble Nacht voller Sorgen und heißer Träume beschert, und jetzt war er müde und verdrießlich und angesichts seiner bevorstehenden Abreise aus der Stadt ein wenig verzweifelt.

Brent machte es ihm nicht gerade einfach. Schon nach neun, und er war nicht in der Baufirma, also was für ein Geschäftsmann war er? Ja, Brent sei dagewesen, hatte ihm die blonde Sekretärin erklärt. »Sie haben ihn gerade verpaßt, Mr. Sturgis«, hatte sie zuckersüß gezwitschert. »Vor zehn Minuten ist er zur Bank gefahren. Zur First National auf der Main Street. Im Zentrum.« Als wäre Frog Point groß genug, um ein Zentrum zu haben. »Eine Straße und drei Ampeln machen noch kein Zentrum«, hatte er zu der Sekretärin sagen wollen, aber es erschien ihm ungerecht, seinen Ärger an ihr auszulassen, deshalb hatte er den Mund gehalten und sich auf den Weg zur Bank gemacht.

Hier kehrte sein Glück zurück. Er fuhr gerade an der First National vorbei, als Brent im Anzug und mit einer grauen Sporttasche in der Hand heraustrat. C.L. bremste ab, um am Straßenrand anzuhalten, aber die Parkplätze auf beiden Seiten waren belegt, und der Wagen hinter ihm begann zu hupen.

»Hey, Brent!« rief er, und Brent drehte sich um und sah kurzzeitig verblüfft aus. Dann winkte er und ging weiter.

C.L. öffnete den Mund, aber der Wagen hinter ihm hupte erneut, diesmal eindringlicher. Kein Zweifel, das würde er später von Henry zu hören bekommen. Zum Teufel damit – er mußte nur wenden, um Brent zu folgen. C.L. fuhr bis zur nächsten Kreuzung, bog nach rechts in die Durchfahrt des Drive-In von Burger King ab und erntete einen erstaunten Blick von der Frau am Fenster, bevor er bei gelber Ampel wieder auf die Main Street einbog und mit weiteren Blicken und Huptönen von anderen Fahrern bedacht wurde. Genau wie in alten Zeiten. Er konnte es nicht erwarten, daß Henry ihm beim Abendessen einen Strafzettel wegen rücksichtslosen Fahrverhaltens schreiben würde.

Er fuhr die Main Street hinunter. Brent war verschwunden. Zweimal durchquerte C.L. den Stadtkern, ließ die Einkaufszone hinter sich und fuhr die Seitenstraßen ab, aber Brent hatte sich in Luft aufgelöst. In der Vergangenheit hatte C.L. Bekanntschaft mit einigen Leuten gemacht, die ihn mieden, aber keiner hatte dabei eine solche Besessenheit gezeigt wie Brent Faraday. Dieser Mistkerl hatte anscheinend wirklich Übles zu verbergen.

Und früher oder später würde C.L. herausfinden, was es war. In Frog Point hütete niemand lange ein Geheimnis.

Eine Stunde, nachdem sie Brents Büro durchsucht hatten, saß Maddie mit Treva an ihrem Küchentisch und starrte auf die beiden Dinge, die ihnen interessant erschienen waren.

Eines davon war eine Packung Kondome.

»Ich dachte, du nimmst die Pille«, hatte Treva gesagt, als sie sie aus Brents unterster Schreibtischschublade zog.

»Tu ich auch«, hatte Maddie geantwortet. »Vielleicht betrügt er mich ja.«

»Ich wünsche ihm den Tod«, hatte Treva gemeint und weitergesucht, aber Maddie entdeckte den nächsten Fund, eine verschlossene, zirka dreißig mal vierzig Zentimeter große Metallbox, auf deren Deckel in Brents Handschrift quer »Persönlich« gekritzelt stand. »In diese Kiste würde ich gerne einen Blick werfen«, hatte Treva gesagt, aber Kristie, Brents Sekretärin, war in diesem Moment in der Tür erschienen und hatte sie gebeten zu gehen.

»Sie sollten Mr. Faradays Schreibtisch nicht durchsuchen«, sagte Kristie, und ihr Piepsstimmchen zitterte leicht.

»Nun ja, genaugenommen ist nur ein Viertel davon sein Schreibtisch«, antwortete Treva schnippisch. »Denn Mrs. Faraday und ich besitzen zufällig jeweils ein Viertel dieser Firma, also gehört die Hälfte dieses Schreibtischs uns, was bedeutet, daß wir zur Hälfte Ihre Chefs sind. Sie dürfen gehen.«

»Treva«, hatte Maddie sie ermahnt, aber Kristie zog sich beleidigt und verwirrt zurück. Danach hatten sie ihre Suche beendet und die verschlossene Box mitgenommen, um sie zu Hause zu öffnen, ebenso die Kondome, um, wie Treva meinte, Brent den Wind aus den Segeln zu nehmen.

Nun stand die verschlossene Kiste mitten auf Maddies Küchentisch und schien sie hämisch anzugrinsen. Das

Schloß hatte sich als unmöglich zu knacken erwiesen, und der Deckel weigerte sich hartnäckig, sich aufhebeln zu lassen. Maddie zog kurzzeitig in Betracht, mit dem Auto darüberzufahren, befand dann jedoch, daß dies pubertär sei. Außerdem hatte sie kein Auto mehr. Toll, wie das Leben sich besserte.

Treva war genervt. »Mein Gott, was hat er bloß da drin? Die Zehn Gebote?«

»Wenn er später nach Hause kommt, sehe ich mir seinen Schlüsselbund an«, sagte Maddie.

»Klar. Du kannst ja sagen: ›Liebling, ich habe diese Geheimkiste gefunden, als ich in dein Büro eingebrochen bin; könntest du mir den Schlüssel leihen?‹ Das funktioniert bestimmt.«

Voller Zweifel sah Maddie die Box an. »Ich bin nicht mal sicher, ob der Schlüssel noch paßt, nachdem du den Schraubenzieher hineingerammt hast.«

»Ich war wütend«, sagte Treva. »Sie hat mich herausgefordert.«

»Schlechter Schachzug.«

Treva blickte auf die Uhr. »Oh, Mist, ich wollte schon vor einer halben Stunde zu Hause sein, das habe ich Three versprochen.« Sie stand auf und wedelte mit der Hand in Richtung der Kiste. »Soll ich sie mitnehmen, um sie dir aus den Augen zu schaffen?«

»Nein«, sagte Maddie. »Ich werde mich noch ein bißchen damit beschäftigen.« Sie erhob sich ebenfalls. »Und es ist wirklich okay, wenn Em heute nacht bei euch bleibt?«

Treva nickte. »Du und Brent müßt das allein austragen. Aber schlaf diesmal nicht ein, bevor du ihn dir vornehmen kannst.« Sie sah wieder zu der Box.

»Vergiß die Kiste, bis ich dir helfen kann. Versuch lieber, Brent zu knacken.«

»Hmm.« Maddie holte tief Luft. »Gestern hat er sie benutzt, Treva. Ich wollte mit ihm reden, aber er stellte sich hinter sie und sagte: ›Reg Em nicht auf.‹ Und die arme Em stand da, zu Tode erschrocken.«

»Ich wünsche ihm den Tod, wirklich.« Treva kam um den Tisch herum und drückte Maddie fest. »Du hast etwas Besseres verdient. Es ist richtig, was du tust. Du wirst wieder ganz von vorne anfangen, absolut neu. Und dieses Mal wird es besser werden.«

»Stimmt«, sagte Maddie, aber nachdem Treva gegangen war, setzte sie sich wieder an den Tisch und dachte, *wie denn besser?* Wie konnte es Em ohne Vater im Haus bessergehen? Sie wollte weinen und losbrüllen und sich schlecht benehmen und genoß die Vorstellung, sich auf jemanden zu stürzen, die Wirkung zu spüren und ihren ganzen Ärger und Frust herauszulassen. Sie dachte an C.L., stark und kräftig, wie er sie letzte Nacht in den Armen gehalten hatte. Es hatte so gutgetan, sich an jemanden anlehnen zu können, und er hatte genau das Richtige gesagt, Gott segne ihn, und seine Brust hatte sich hart an ihrer Wange angefühlt, und wenn er jetzt hier wäre, würde sie ihn zu Boden werfen und ihren ganzen Frust in rachelüsternem, ekstatischem Sex an ihm auslassen.

Was das Letzte war, was sie brauchte. Maddie versetzte der Kiste einen Stoß, um sich abzulenken. Irgendwie mußte das verdammte Ding doch aufzukriegen sein. Vielleicht mit einem Dosenöffner. Oder einer Axt. Sie glaubte zwar nicht, daß sie etwas wirklich Bedeutendes enthielt, aber das war besser, als an Brent zu denken. Oder an C.L. und Sex.

So schwer konnte es nicht sein. Der runde Schloßbesatz stand etwa einen halben Zentimeter vor. Den mußte man doch lösen können.

Sie stand auf, wühlte in der Werkzeugschublade und kam mit einem Holzmeißel und einem Hammer zurück. »Mach dich auf etwas gefaßt«, sagte sie zu der Kiste und rammte den Meißel hinter das Schloß. Nach einem halben Dutzend Hammerschlägen fiel die Platte ab.

Die Kiste blieb verschlossen.

»Scheißding!« stieß Maddie hervor und knallte den Hammer auf den Deckel.

Der Deckel flog auf und klappte laut auf den Tisch zurück.

»Hervorragend.« Maddie setzte sich wieder. »So ist es schon besser.«

Sie zog die Kiste zu sich heran und holte den Stapel Papiere daraus hervor. Zuerst dachte sie, es seien nur Geschäftsunterlagen, Kopien von Verträgen und Rechnungen, aber unter den Verträgen lagen Briefe. Liebesbriefe.

Insgesamt waren es neunundzwanzig. Siebenundzwanzig davon stammten von Beth, in denen sie eine Zukunft mit Brent plante, aber sie trugen kein Datum, daher war nicht klar, wann sie sie geschrieben hatte.

Maddie las sie durch, betroffen, wie sehr Beth ihn liebte und an ihn glaubte. Vielleicht hätte er bei Beth bleiben sollen.

Vielleicht war er auch jetzt wieder mit ihr zusammen.

Maddie legte Beths Briefe zur Seite und nahm die letzten beiden auf. Beide waren nicht unterschrieben. Der eine auf weißem Papier mit roten Gänseblümchen in der Ecke war in spitzer Handschrift geschrieben und enthielt den Vorschlag, sich in ihrer Garage zu treffen. Mit Sicherheit stammte er nicht von Gloria, da keine der Bitten den Rasen betrafen. Der andere aus weißem Papier mit blauen Linien, wie es Schulkinder benutzen, war zusammengefaltet. Außen stand »Brent« darauf, und die Handschrift, verschnörkelt und unreif, paßte zu jemandem wie Kristie. Jetzt brauchte sie nur noch eine Probe von Kristies Handschrift, um ohne Schuldgefühle grob zu ihr sein zu können. »Ich habe deine Unterhose gefunden«, könnte sie sagen. »Meine

Güte, ist die raffiniert.« Das war so ein rationaler Gedanke, daß Maddie überrascht zwinkern mußte. Wo war der Schmerz? Sie sollte wegen dieser ganzen Sache wütend sein, anstatt sarkastische Gefühle zu hegen. *Das ist ein gutes Zeichen,* dachte sie. *Ich muß über ihn hinweg sein. Diese miese Ratte.*

Mit einem vagen Gefühl der Ermutigung faltete sie den Brief auseinander, und es verschlug ihr den Atem. »Du mußt mich an unserem Ort treffen«, stand dort geschrieben. »Ich weiß, daß du Maddie liebst, aber ich bin schwanger und weiß nicht, was ich tun soll.«

Maddie ließ den Brief auf den Tisch fallen. »Du Hurensohn«, sagte sie laut.

Er hatte Kristie geschwängert. Nun, zumindest hatte er irgendeine Frau geschwängert. Soviel zu der Schachtel Kondome. Kristie oder irgendeine Frau bekam Ems Halbbruder oder Halbschwester. Das war ja schön. Was *zum Teufel* hatte Brent sich dabei gedacht?

Sie mußte etwas unternehmen. Das Ganze war schlimmer, als sie sich hatte träumen lassen. Und sie war diejenige, die Em alles erklären mußte. »Du weißt doch, wie sehr du Kristie magst«, könnte sie sagen. »Nun, Daddy mochte sie auch sehr gern, und –«

Mit Ausnahme des Schwangerschaftsbriefes legte sie alle Briefe wieder in die Box zurück und schlug den Klappdeckel zu. Dann besah sie sich den Brief erneut. Die Handschrift kam ihr völlig unbekannt vor, und das Papier war auch keine Hilfe. Würde Kristie auf Notizbuchpapier schreiben? Es war alles zu verwirrend.

Sie stopfte das Blatt in ihr Portemonnaie, um die Schrift später im Büro mit irgendeiner Notiz von Kristie zu vergleichen. Sie legte den Kopf auf den Tisch, weil es darin wieder zu hämmern begonnen hatte. Sie war krank. Sie sollte nicht so ein Zeug lesen. Sie sollte nicht so ein Leben führen.

Es war zuviel. Sie mußte etwas dagegen tun, aber im Moment brachten die Kopfschmerzen sie um.

Sie nahm drei Tabletten, in der Hoffnung, alle bewußten Gedanken auszulöschen, ging mit der Kiste und den Kondomen nach oben und versteckte sie unter dem Bett, wo Em nicht über sie stolpern würde. Dann kroch sie unter die Decke und fiel in tiefen Schlaf.

»Und, wie geht es deiner Mom?« fragte Mel, während sie und Em mit vollgehäuften Tellern mit Cannelloni und einer Schüssel Knoblauchbrot vor dem Fernseher saßen. *Ace Ventura* lief zum fünfzigsten Mal, aber beide taten sowieso nur so, als würden sie zuschauen.

»Sie sagt, es ginge ihr besser.« Em spießte eine Nudelrolle auf und biß vorsichtig ein Stück ab. Es schmeckte gut. »Sie macht nicht mehr so eine schreckliche Miene wie gestern, so, als würde sie jeden Moment losweinen.« Wieder stieß sie die Gabel in die Pasta, biß noch ein Stück ab und kaute darauf herum, während sie darüber nachdachte, wie sie den nächsten Satz am besten formulierte. »Mom und Dad haben sich gestern gestritten«, sagte sie schließlich. »So richtig.«

Mel riß die Augen auf. »Du machst Witze.«

»Nein. Sie haben zwar leise geredet, aber ich stand direkt daneben. Sie sahen so wütend aus, Mel.« Em blickte sie an und versuchte, nicht zu weinen. »Sie sahen aus, als würden sie sich hassen. Und dann hat Dad mich hergebracht und sie allein gelassen. Es ist schrecklich.«

»Warum hast du mir das nicht erzählt? Das mit dem Streit, meine ich.« Mel hörte sich merkwürdig verkrampft an, nicht so überschwenglich wie sonst.

»Ich konnte einfach nicht darüber reden«, sagte Em. »Es ist furchtbar, wenn sich Eltern streiten. Ich weiß, du hast gesagt, deine streiten sich immer, aber so, als meinten sie es nicht ernst. Aber das gestern war ernst. Ich will gar nicht daran denken. Und heute war Mom ganz ruhig, und Dad habe ich gar nicht gesehen. Das ist wirklich schlimm, Mel.«

Mel sah so aus, als sei sie nicht sicher, ob sie das, was ihr auf der Zunge lag, wirklich sagen sollte. Em kam das komisch vor, weil Mel sich nie Gedanken darüber machte, was sie zu irgend jemandem sagte. »Da ist noch etwas«, sagte Mel.

»Was denn?« fragte Em mit einem Kloß im Hals.

Mel schluckte und rutschte auf der Couch hin und her. »Meine Mom ist ganz schön wütend auf deinen Dad. Ich habe sie heute morgen am Telefon gehört. Sie hat ihn angeschrien.«

Em ließ sich zurückfallen. »Woher weißt du denn, daß er es war?«

»Weil sie seinen Namen gebrüllt hat.« Mel sah elend aus. »Es war schrecklich, Em. Sie sagte, sie würde ihn umbringen, wenn er es irgendeinem erzählen würde.«

Em schluckte. »Was denn?«

»Keine Ahnung.« Mel schnitt ein Stück Nudelrolle ab und versuchte, sich unbeeindruckt zu zeigen, aber Em wußte, daß dem nicht so war. »Es kommt noch schlimmer. Nachdem sie aufgelegt hatte, kam mein Dad herein und fragte, mit wem sie gesprochen hätte. Mit Grandma, hat sie gesagt.« Eine Minute lang preßte Mel ihren Mund zusammen. »Sie hat *gelogen.* Und dann haben sie sich auch richtig gestritten. Sie haben in ganz scharfem Ton geflüstert, und Mom hat mit der Hand auf den Tisch gehauen, und dann ist Dad hinausgegangen und hat die Tür zugeschlagen.« Sie schwieg und schluckte. »Nachdem Dad weg war, hat meine Mom angefangen zu weinen. Sie weint nie. Es war schrecklich. Ich will noch nicht mal darüber reden. Ich will, daß es weggeht.«

»Ich glaube nicht, daß es weggeht«, sagte Em und mußte an ihre Mom und an ihren Dad am Tag zuvor im Vorgarten denken, an die Art, wie ihre Mutter geschaut und ihre Fäuste gegen die Brust gepreßt hatte. »Da passiert wirklich etwas Schlimmes.«

Mel starrte auf den Bildschirm. »Vielleicht hat Mrs. Meyer deinen Dad gebissen und ihn zu einem Vampir gemacht, und dann hat er meine Mom gebissen, und sie will nicht, daß es irgend jemand erfährt.«

»Mel, hör auf damit«, sagte Em. »Das hier ist wirklich.«

Mel starrte weiter auf den Fernseher. »Ich will nicht, daß es wirklich ist. Ich will, daß es weggeht.«

»Ich auch«, sagte Em. »Aber ich glaube nicht, daß es das tut.«

Der Bildschirm verwandelte sich in summenden Schnee, und Mel richtete sich auf. »Ich glaube es nicht.« Ihre Stimme klang schrill vor Anspannung. *»Mom!* So ein Scheiß. *Mom!* Die Sender sind weg!«

»Eine Ausdrucksweise«, sagte Tante Treva, als sie ins Zimmer kam.

»Ich kann es nicht *glauben«*, fuhr Mel fort, während ihre Mutter an der Kabeldose rüttelte. »Es ist kein Bild mehr da. Was ist passiert?«

»Sieht so aus, als wäre die Leitung gestört.« Tante Treva richtete sich wieder auf. »Ich werde morgen die Fernsehleute anrufen und ihnen sagen, daß sie dein Leben ruiniert haben. In der Zwischenzeit könntest du ein bißchen lesen.«

»Das soll wohl ein Witz sein, oder?« meinte Mel.

»Es wäre eine gute Übung«, erwiderte Tante Treva. »Nächsten Dienstag fängt die Schule wieder an.«

»Erinnere mich bloß nicht daran«, sagte Mel. »Können wir uns ein Video anschauen?«

Tante Treva zuckte mit den Schultern. »Klar. Verderbt euch den Verstand. Wie ihr wollt.«

Mel wartete, bis ihre Mutter wieder gegangen war, bevor sie Em ansah. »Kannst du das *glauben*? Jedes Video, das wir wollen? Was auch immer faul ist, es muß wirklich faul sein. Seit einer Woche ist meine Mom nun schon ohne Verstand. Ich konnte es gar nicht glauben, daß sie uns gestern abend erlaubt hat, *Die verlorenen Seelen* zu sehen. Das ist kein jugendfreier Film. Der ist wirklich schlimm.«

Em dachte darüber nach. »Du hast recht. Ungefähr seit einer Woche hat mein Dad schlechte Laune. Irgend etwas muß da passiert sein. Was sollen wir jetzt tun?«

»Wir werden wohl ein bißchen herumschnüffeln müssen«, meinte Mel. »Erzählen werden sie es uns bestimmt nicht. Also müssen wir es selbst herausfinden.«

Em ließ sich das durch den Kopf gehen. Am Tag zuvor hatte sie nichts vom Spionieren gehalten, aber da waren die Dinge auch noch nicht so schlimm gewesen. »Du hast recht. Wir müssen etwas tun, um sie zu retten. Ich weiß nur nicht, was. Ich habe noch nie herumgeschnüffelt. Wie stellen wir das an?«

»Nun, zunächst werden wir jedes Telefongespräch belauschen«, antwortete Mel. »Das ist doch klar.«

6

Das Läuten der Türglocke weckte Maddie kurz nach sieben an diesem Abend auf. Sie fühlte sich betäubt und verwirrt. Warum klingelte Brent an der Tür? Er hatte doch einen Schlüssel. Vor sich hinfluchend ging sie die Treppe hinunter und öffnete die Tür.

»Ich habe dich geweckt.« C.L. lehnte im Türrahmen, und seine dunklen Augen schienen ihr bewundernde Blicke zuzuwerfen, was allerdings nicht sein konnte, weil sie vom Schlaf noch ganz zerzaust war und abgeschnittene Hosen und ein uraltes rotkariertes T-Shirt trug. Er zog den Kopf ein. »Tut mir leid.«

Maddie schloß die Augen vor seiner realen Präsenz und überließ sich statt dessen ihren Phantasien von ihm. Sie hatte ihn aus diesem Türrahmen zerren und sich über ihn hermachen wollen, und nun stand er hier in Fleisch und Blut mit seinem muskulösen Körper, der, in ein Karohemd und alte Jeans verpackt, unglücklicherweise äußerst ansehnlich aussah. Es war einfach peinlich. Sie schlug die Augen wieder auf und bemühte sich, höflich zu sein. »Kein Problem. Was willst du?«

»Anna hat von deinem Unfall gehört. Sie hat dir Schokoladenkuchen gebacken.« Er hielt ihr einen mit Plastikfolie umwickelten Teller hin, und sie nahm ihn entgegen, darauf bedacht, ihm nicht in die Augen zu sehen. Augenkontakt wäre nicht gut.

Den Blick starr geradeaus gerichtet, eröffnete sich ihr ein großartiger Anblick auf seine breite Brust unter dem Karohemd. Der Stoff sah weich und frisch gewaschen aus, und Maddie mußte sich zurückhalten, um nicht die Hand auszustrecken und darüberzustreicheln. Männer neigten dazu, so etwas mißzuverstehen. Sie war ziemlich sicher, daß C.L. es mißverstehen würde. *Sieh, daß du ihn loswirst,* riet ihr der Verstand. »Danke, C.L. Richte Anna bitte aus, daß ich mich sehr gefreut habe.«

»Das werde ich«, sagte er. »Hast du Brent in letzter Zeit gesehen?«

»Nein.« Maddie lächelte an seinem linken Ohr vorbei und versuchte, die Tür zu schließen, aber er stand schon im Rahmen und lehnte sich dagegen. Er war sehr schwer, und noch dazu rührte er sich nicht. »War wirklich nett, dich zu sehen, C.L., aber ich muß jetzt diesen Schokoladenkuchen essen.«

Sein Grinsen wurde breiter. »Danke, war auch nett, dich zu sehen.«

Maddies Herz schlug ein wenig schneller. Er mußte gehen. Wieder versuchte sie, die Tür zu schließen, aber er rührte sich immer noch nicht, so daß sie das Feingefühl aufgab. »Entschuldige, wenn ich unhöflich bin, aber du hast einen schlechten Zeitpunkt erwischt. Kannst du später wiederkommen?«

»Sicher. Wann?«

Sie hatte vergessen, daß er so beharrlich sein konnte. Aufgrund seiner Beharrlichkeit war sie vor zwanzig Jahren auf dem Rücksitz seines Chevy gelandet, aber sie hatte vergessen, wie direkt er dabei sein konnte. »Wie wäre es mit September? Bis dahin dürften sich die Dinge geregelt haben.«

Er schüttelte den Kopf. »So lange kann ich nicht warten. Ich muß am Montag wieder arbeiten.«

Maddie schenkte ihm ein strahlendes Lächeln. »Nun, dann vielleicht das nächste Mal, wenn du in der Stadt bist.«

Er richtete sich auf, und das Grinsen verschwand aus seinem Gesicht. »Maddie, es ist heiß. Ich bin müde. Ich möchte nur ein paar Minuten mit dir reden.«

Da das die Schiene war, auf der er sie vor all den Jahren in sein Auto gelockt hatte, schreckte Maddie zurück und schüttelte den Kopf. »C.L., mein Mann kommt gleich nach Hause und –«

»Großartig. Wegen Brent bin ich hier. Darf ich hineinkommen?«

Sie konnte von seinen Augen ablesen, daß er nicht gehen würde, bevor er nicht mit Brent gesprochen hatte. Maddie seufzte und wich einen Schritt zurück, und C.L. Sturgis betrat an ihr vorbei das Haus.

Üblicherweise bietet man einem Gast etwas zu trinken an, also schnappte Maddie sich zwei Gläser, eine Tüte Orangensaft und eine Flasche von Brents Wodka und führte C.L. nach hinten in den Garten hinaus, damit die Nachbarn sehen konnten, daß sie nicht verbotenerweise Sex miteinander hatten, obgleich C.L.'s auffälliges Cabrio wie eine rote Laterne vor ihrem Haus parkte.

»Die Hintertür mußt du fest zuschlagen«, rief sie über die Schulter, während sie ihn nach draußen führte. »Sie ist alt und schließt nicht richtig.«

Sie wandte sich um und sah, wie er die Türkante betrachtete. »Man könnte den Rand ein bißchen abschleifen, dann klemmt sie nicht mehr«, meinte er und fuhr mit der Hand an der Kante entlang. »Braucht nur fünf Minuten.«

Sie hatte Brent gebeten, etwas dagegen zu tun, aber er war zu beschäftigt gewesen. Verdammt, er baute ganze Häuser, aber er war zu beschäftigt, um seine eigene Hintertür in Ordnung zu bringen. Maddie spürte einen Stich im Kopf, der durch die Wut noch verschlimmert wurde. Wäre sie vor zwanzig Jahren bei C.L. geblieben, würde ihre Hintertür jetzt funktionieren.

»Danke«, sagte sie. »Wir werden uns darum kümmern.«

Sie setzten sich an den verwitterten Gartentisch, die Flasche zwischen sich, tranken den süßen, mit Wodka verdünnten Fruchtsaft und unterhielten sich ein wenig verlegen. Im Halbdunkel sah C.L. großartig aus, breit und sonnengebräunt und stark und gesund, so daß Maddie ihren Drink schlürfte, um nicht noch an weitere Adjektive zu denken. Sie war verheiratet, wenn auch unglücklich. Für Adjektive gab es keinen Platz in ihrem Leben.

»Und, was ist alles so passiert?« fragte C.L. sie, und Maddie mußte beinahe lachen. »Seid ihr, Treva und du, immer noch so dicke Freundinnen?«

»Klar«, sagte Maddie. »Blutsschwestern auf ewig.«

»Und ihr habt beide Kinder.« C.L. schüttelte den Kopf. »Kaum zu glauben. Ich verlasse die Stadt für zwanzig Jahre, und ihr beide verliert den Verstand.«

»Nur, um die Flaute bis zu deiner Rückkehr zu überbrücken«, sagte Maddie.

»Erzähl mir von deinem Leben«, forderte C.L. sie auf.

Es ist eigentlich nicht mein Leben. Ich lebe es nur, um es anderen Leuten recht zu machen. »Ich lebe in Frog Point. Meine Mutter ruft mich jeden Tag an. Jeden Sonntag besuche ich meine Großmutter im Altenheim, damit sie mich anbrüllen kann. Ich gebe Kunstunterricht an derselben Schule, an der meine beste Freundin Wirtschaft lehrt. Ich habe ein perfektes Kind, das sich einen Hund wünscht. Meine Mikrowelle ist kaputt und mein Auto tot.« Maddie nahm noch einen großen Schluck ihres Screwdrivers. »Das war's. Nicht sehr interessant.«

»Hey«, meinte C.L., »ich bin hier. Das ist interessant.«

»Ja, das ist es«, sagte Maddie. »Danke, daß du vorbeigekommen bist. Ohne dich würde ich durch die Gegend laufen und nach den Preisen für Mikrowellen fragen.« *Und meine Scheidungsrede einüben.* »Ich schulde dir was.«

»Gut. Vergiß es nicht. Erzähl mir von Treva.«

»Treva?« *Treva hat ein Problem, das sie nicht teilt.* »Nun, sie hat zwei Kinder, Melanie ist acht und Three zwanzig.«

C.L. hob überrascht die Augenbrauen. »Sie haben ihr Kind Three genannt?«

»Nein, sie haben ihn Howie junior genannt.« Maddie schenkte sich noch ein wenig Orangensaft ein und goß verstohlen einen kräftigen Schluck Wodka nach. Der Alkohol löste ihre Verspannungen angenehm. Zum Teufel mit Tylenol Drei. »Howie war es egal, aber Treva beharrte darauf und war zu keinem Kompromiß bereit. Aber dann kam Howies Mutter – erinnerst du dich an Irma Basset?«

»Die Schulsekretärin?« C.L. grinste. »Klar. Sie hat mich immer in den übelsten Momenten miterlebt. Eine Frau, mit der man sich besser nicht anlegen sollte.«

»Nun, Irma wies darauf hin, daß das Baby kein Junior sein könne, weil Howie schon Junior war, also müsse er Howie der Dritte heißen. Treva hat Kämpfe mit ihr ausgetragen, bis ihr klarwurde, daß die einzige Chance für das Kind, Howie junior zu werden, darin bestand, daß Howie senior starb, damit ihr Howie der Senior und das Baby der Junior wurde.«

»So was gibt es nur in Frog Point«, meinte C.L. »Ich wette, diese Diskussion hat sich wochenlang hingezogen und war Gespräch in der ganzen Stadt.«

»Nicht schwer zu erraten«, erwiderte Maddie. »Also einigten sie sich darauf, das Kind Howie Drei zu rufen, und schließlich kürzten sie es zu Three ab. Der Name ist hängengeblieben. Jetzt ist er zwanzig, und ich bin Mittelalter.«

»Mit einem Bein im Grab«, sagte C.L.

Der Alkohol löste Maddies Verkrampfung, und sie spürte, wie sich ihre Anspannung in Luft auflöste, aber C.L. sprang jedesmal auf, wenn eine Autotür zuschlug, und dann und wann schaute er auf seine Uhr, bevor er ihr eine weitere sinnlose Frage stellte. *Was will er?* fragte sie sich, und anschließend, *was kümmert mich das überhaupt?* Brent würde jeden Moment nach Hause kommen, und sie hatte vor, ihn zu verlassen, und ihr Leben, so, wie sie es kannte, war vorbei. Sie mußte ihre ganze Konzentration darauf verwenden, ihrer Mutter und Em keine Probleme zu bereiten. C.L. war lediglich eine sehr attraktive Nebenfigur in der *Götterdämmerung*.

Eine Stunde und drei Screwdrivers später gab C.L. es auf, seine Uhr zu kontrollieren, und sie entspannten sich beide. Frog Point lag halbdunkel in dem schweren, samtartigen Dämmerlicht eines heißen Augustabends. Die Grillen zirpten noch, wurden jedoch, vermutlich vor Erschöpfung, immer leiser. Maddie stellte sich vor, wie sie ihre Beine im Gleichklang aneinander rieben. Sie mußten die dünnsten Beine in der Insektenwelt haben. Ihr Glas war leer.

»Gießen wir den Wodka einfach in die Safttüte und trinken daraus.« Sie schob die Zunge zwischen die Zähne und zielte.

C.L. schaute sie an. »Hast du ein Alkoholproblem entwickelt, seitdem ich dich das letzte Mal gesehen habe?«

»Nein.« Maddie hob die Tüte, um ihm zuzuprosten. »Tatsächlich habe ich erst heute abend mit dem Trinken angefangen.«

C.L. sah sie mit hochgezogener Augenbraue an. »Geht es um etwas, wovon du mir erzählen möchtest? Geldschwierigkeiten vielleicht?« Sie bedachte ihn mit einem spitzen Blick, und er fügte hinzu: »War nur eine Frage.«

»Nein. Es gibt nichts, was ich dir erzählen möchte. Im September wird sowieso alles vorbei sein – aber nein, dann bist du ja nicht mehr in der Stadt.« Hastig griff Maddie nach der Tüte und nahm einen Schluck. »Wenn dir irgendwas nicht paßt, kannst du ja nach Hause gehen.«

»Nein. So ein Blödsinn, ich fühle mich pudelwohl. Reich mir mal die Tüte.« Sie gab sie ihm, und C.L. nahm einen gesunden Schluck und begann zu husten.

»Ich weiß, wir sind ein wenig knapp mit Orangensaft«, sagte Maddie. »Em trinkt ihn immer.«

»Sehr gesund.« Er schüttete den Rest des Kartoninhalts auf dem Rasen aus.

»Hey!«

»Ist mir aus der Hand gerutscht. Was passiert im September?«

»Du hast meinen Wodka ausgegossen.«

C.L. sah auf den mit Screwdriver getränkten Rasen. »Ich dachte, wir sollten uns ein wenig mäßigen.«

»Komm mit.« Maddie erhob sich schwerfällig vom Gartentisch. »Drinnen gibt's noch Wein.«

C.L. folgte ihr. »Was hältst du von einer Cola? Dann kannst du mir erzählen, was im September passiert. Sollte es vielversprechend sein, komme ich dann zurück.«

Maddie arbeitete sich behutsam bis zum Haus vor. *Ich bin ein bißchen betrunken*, dachte sie, *aber ich bin nicht blöd. Dieser Typ führt doch was im Schilde.* Sie lehnte sich gegen die Fliegentür, und C.L. blieb einen Schritt hinter ihr auf der Veranda stehen.

»Maddie?«

»Ich denke nach«, sagte sie und ging ins Haus.

»Schlechtes Zeichen.« Er folgte ihr und zog die Fliegentür fest hinter sich zu. »Unsere letzte Beziehung endete, weil du nachgedacht hast.«

Maddie steuerte auf den Schrank zu, in dem sie den Wein aufbewahrten, den Brents Eltern ihnen aus jedem Urlaub mitbrachten, obwohl sie keinen Wein tranken. »Zwei Stunden auf dem Rücksitz eines siebenundsechziger Chevrolets sind keine Beziehung.«

C.L. lehnte sich gegen den Kühlschrank. »Falsch. Zwei Stunden auf dem Rücksitz eines neunundsechziger Chevys sind keine Beziehung. Auf der Rückbank eines Siebenundsechzigers könnte man Kinder großziehen. Mein Gott, das war ein Wagen. Ich würde gerne wissen, was damit passiert ist.«

Maddie holte eine Flasche Wein aus dem Schrank. »Du hast ihn auf der Route 33 gegen die Leitplanke gesetzt.«

»Ich meinte, was danach mit ihm passiert ist«, sagte C.L. würdevoll. »Vielleicht hat ihn jemand wieder hergerichtet.«

Verächtlich sog Maddie die Luft ein und reichte ihm die Weinflasche. »Ja, zu Aschenbechern verarbeitet. Noch Jahre später hat man Stücke davon gefunden.« Sie begann, die Kramschublade auf der Suche nach dem Korkenzieher zu durchwühlen. »Um ehrlich zu sein, wurdest du zu einer Art Volksheld. Jedesmal, wenn jemand ein Stück Eisenschrott fand, hieß es: ›Das muß vom Chevy des alten C.L. stammen. Der gute alte C.L.‹.« Sie fand den Korkenzieher und reichte ihn ihm.

C.L. nahm ihn ihr aus der Hand und begann, ihn in den Korken zu schrauben. »Das ist ja nett. Wirklich nett.«

»Und dann fingen sie an zu kichern.«

Er hörte auf, den Korkenzieher einzudrehen, und grinste sie an. »Du bist eine starke Frau, Maddie Martindale. Gott sei Dank mag ich starke Frauen.«

Sie suchte Halt an der Anrichte und sah ihn mit zusammengekniffenen Augen an. Unmöglich, daß er nach all den Jahren immer noch für sie schwärmte. Unmöglich, daß er mit dem Gedanken spielte, sie würde noch einmal mit ihm ins Bett gehen. Das stand außer Frage.

Wahrscheinlich.

Er sah toll aus, groß und breitschultrig, und sie liebte große und breitschultrige Männer. Natürlich war er nicht so groß und breitschultrig wie Brent. Aber das war in Ordnung. Brent sah aus wie ein großspuriger Angeber. C.L. sah aus wie, nun ja, ein erwachsener Mann. Um ehrlich zu sein, sah C.L. nach einer verdammt guten Zeit aus. Und sie war fällig für eine verdammt gute Zeit. Nur ein einziges Mal hatte sie es verdient, etwas ausschließlich für sich selbst zu tun. Zur Hölle mit Brent.

»Okay«, sagte sie. »Gehen wir.«

C.L. zog den Korken aus der Weinflasche und verharrte, die Flasche in der einen, den herausgeschraubten Korken in der anderen Hand. »Gehen wir wohin?«

»Hoch zum Point. So wie damals in der High-School.« Begeistert von der Idee lächelte sie. Das war ein guter Plan. Danach würde sie sich besser fühlen. Das war *Action.* Rache, so lautete die Antwort. Sie würde mit C.L. zum Point fahren, Bailey würde es jedem erzählen, und sie wäre nicht mehr länger die nette, liebe und betrogene Ehefrau. Es wäre ungefähr so, wie auf der Main Street laut »Scheiße« zu brüllen, nur noch besser. Sie strahlte C.L. an.

Er sah nicht begeistert aus. Im Gegenteil, er machte einen

entsetzten Eindruck. Er stellte den Wein auf die Anrichte und sagte: »Maddie, Süße, du hast genug getrunken.«

Ihr Lächeln verflüchtigte sich. »Ist das eine Zurückweisung?«

»Nein, nein.« C.L. fuhr sich mit der Hand durch sein dichtes Haar und sah aufgewühlter aus, als sie ihn je in Erinnerung hatte. »Oder vielleicht doch. Du bist verheiratet. Eine unbedeutende Tatsache, ich weiß, aber –«

Maddie warf ihm einen finsteren Blick zu. »Kommst du jetzt mit mir oder nicht?«

»Zum Point?« Er schien Probleme mit ihrer Planung zu haben, das war Maddie klar.

Sie griff nach der Weinflasche. »Ja. Um deine Jugendzeit wieder heraufzubeschwören.« Sie versuchte, ihn verführerisch anzulächeln, aber es gelang ihr nicht sonderlich gut, und er schüttelte den Kopf und nahm ihr die Flasche aus der Hand.

»Keine gute Idee, mein Schatz. Ich war damals um einiges jünger, die Autos waren größer, und du warst nicht verheiratet. Du willst das doch gar nicht.«

Maddie starrte ihn an. »Gut, vergiß es. Du darfst jetzt gehen.«

»Warte.« C.L. stellte den Wein auf die Anrichte und hielt beschwichtigend die Hand hoch. »Laß uns darüber sprechen.«

Maddie verschränkte ihre Arme und sah ihn noch finsterer an. »Über Ehebruch spricht man nicht, man begeht ihn einfach.«

»Na, das klingt ja wirklich verlockend.« Er lehnte sich gegen die Wand und verschränkte ebenfalls die Arme. »Ich hätte nicht gedacht, daß dich die Leidenschaft in meine Arme treibt. Weißt du, ich komme hier nicht ganz mit, ich blicke nicht durch. Was geht hier vor?«

Maddie schaute ihn an, sah ihn diesmal wirklich an, wie

er dort lehnte und sie mit seinem markanten Gesicht und dunklen, glänzenden Augen angrinste. Zum ersten Mal nach achtundvierzig Stunden vergaß sie Brent und den ganzen Ärger.

»Du hast dich verändert«, sagte sie. »Du bist –«

»Älter?« Er stieß sich von der Wand ab und nahm den Wein von der Anrichte. »*Zwanzig* Jahre, Süße. Die machen einen Unterschied. Hast du irgendwo Gläser?«

Sie holte zwei aus dem Schrank, während sie weiterredete. »Vermutlich. Aber es ist nicht das Alter. Du siehst gut aus. Wirklich. Du siehst … gefestigt aus. Selbstsicher.«

»Nun ja, schließlich bin ich nicht mehr Junior auf der High-School. Gott sei Dank.« Er sah auf die Gläser. »Möchtest du Pebbles oder BamBam?«

»Oh, entschuldige.« Sie griff nach ihnen. »Das sind die von Em.«

Er zog sie aus ihrer Reichweite. »Wenn du keine Vorliebe hast, nehme ich BamBam. Wir Kerle müssen zusammenhalten.« Er füllte die Gläser bis zur Hälfte und schob ihr ihres hin.

»Auf Em«, sagte er, das Glas hebend, und sie stieß mit ihm an.

Sie leerte es halb, wandte sich dann ab und ging mit ihrem Glas in die Diele, wo sie vor dem Spiegel im Eingangsbereich stehenblieb. »Ich kann mich gar nicht mehr erinnern, wie ich aussah«, sagte sie, als er hinter sie trat. Er war nur etwa zwölf Zentimeter größer als sie, daher legte er den Kopf auf ihre Schulter und sah sie an. Brent überragte sie immer; für Fotos pflegte er sein Kinn auf ihren Kopf zu stützen. Sie haßte das, vor allem die Art, wie sein Kinn sich in ihren Kopf bohrte.

»Du hast genauso ausgesehen«, sagte er. »Nur glatter, irgendwie unlebendig.«

Sie schnitt eine Grimasse im Spiegel. »Nicht so faltig, wolltest du sagen.«

»Nein.« Er schüttelte den Kopf. »Du sahst irgendwie unbewohnt aus. Noch niemand zu Hause. Du warst süß und lebhaft und irgendwie sexy wie in einer Seifenwerbung, aber du warst noch nicht wirklich du selbst. So ähnlich wie eine leere Hülle. Jetzt hast du dich gefunden.«

Maddie nahm einen weiteren Schluck und grübelte vor sich hin. Was für Gedanken hatte sie in der High-School gehabt? Welche Leidenschaften hatten sie bewegt? Erschrocken stellte sie fest, daß es keine gegeben hatte; ihre Erinnerungen setzten sich aus den Taten und Wünschen anderer Menschen zusammen. Aus Brents Wünschen. Und das betraf nicht nur die High-School, sondern ihr ganzes Leben. Würde sie jemand jetzt fragen, wer sie war, würde sie sagen: »Martha Martindales Tochter« oder »Brent Faradays Frau« oder »Emily Faradays Mutter«, aber sie wäre nicht in der Lage zu sagen, daß sie einfach Maddie war. Sogar ihre berufliche Laufbahn erklärte sich darüber, daß sie die Lehrerin von irgend jemandem war. Ihr ganzes Leben definierte sich über Beziehungen. »Das ist schrecklich«, sagte sie.

»Außer einer Nacht«, flüsterte C.L. nah an ihrem Ohr. »Eine Nacht warst du für mich da.«

Maddie seufzte. »Wahrscheinlich hast du in jener Nacht nur dein Wunschbild gesehen. Ich glaube, du hast recht. Vermutlich hatte ich mich bis gestern noch nicht gefunden.«

»Gestern?«

»Ich mache gerade einen Reifungsprozeß durch«, erwiderte sie und leerte ihr Glas. Er stand ganz nahe bei ihr, und sie mochte es. Über ihre Schulter hinweg lächelte sie ihn an. »Möchtest du mehr?«

Er schien zu überlegen. »Ich weiß nicht. Hat Alkohol noch immer die gleiche Wirkung auf dich?«

»Und die wäre?«

»Soweit ich mich erinnere, bist du auf Stufe eins verkrampft, und auf Stufe zwei übergibst du dich.«

»Oh, wie furchtbar.« Sie schloß die Augen. »Ich erinnere mich. Du warst süß.«

»Danke. Und dann kommt Stufe drei.«

»Was passiert auf Stufe drei?«

Er versuchte, unschuldig dreinzublicken, ein bei C.L. nutzloser Versuch. »Ich werde flachgelegt.«

»O nein.« Sie blickte wieder in den Spiegel und beobachtete, wie er sie ansah. »Du hast mir heute abend schon einmal einen Korb gegeben. Mehrmals lasse ich mich nicht demütigen.«

»Ich habe dir einen Korb gegeben«, sagte C.L. »Ich meinte, ich bin zu alt, um am Point auf dem Rücksitz eines Cabrios Kapriolen zu schlagen.«

»Wenn du mich genug begehren würdest, hättest du ja gesagt.«

C.L. sah sie im Spiegel an und lächelte ihr zu, und sie spürte eine Hitzewelle in sich aufwallen. Er reichte ihr sein Glas. »Wenn das Angebot ernst gemeint ist, werde ich ja sagen. Bis dahin, ich hätte gern noch ein Glas Wein.«

Eine Viertelstunde später, als sie gerade über einen Streich aus der High-School lachten, klingelte das Telefon. *Verdammt,* dachte Maddie. *Ich will mit niemandem sprechen. Ich fühle mich wohl.* Und als sie den Hörer abnahm, schoß es ihr durch den Kopf: *Zum ersten Mal seit Jahren geht es mir gut.*

»Maddie?« Brents Stimme drang gereizt durch das Telefon, und ein Schuldgefühl durchfuhr sie, als ihr Blick auf C.L. fiel. Dann jedoch gab sie sich einen Ruck. Zur Hölle mit Brent; da war nichts, weswegen sie sich schuldig fühlen mußte. Der Gedanke war niederschmetternd. Es sollte etwas geben, weshalb sie sich schuldig fühlte. Warum sollte er das einzige Miststück in der Familie sein?

Seine Stimme klang zunehmend verärgert, wenn dies überhaupt noch möglich war. »Maddie, bist du noch dran?«

Im Hintergrund konnte Maddie das Geräusch rollender Kugeln auf Holzbahnen und umfallender Kegel hören. Wenigstens befand er sich einmal dort, wo er sein sollte, diese miese Laus. »Was willst du?«

»Hör zu, ich komme erst spät nach Hause. Es ist mir etwas dazwischengekommen.«

Darauf wette ich. Nun, hier kommt gleich auch etwas dazwischen.

»Maddie? Howie möchte mit dir sprechen, sobald wir hier fertig sind. Aber ich will, daß du zu Hause bist, wenn ich heimkomme.«

»Klar. Kein Problem.« Erneut sah sie C.L. an und traf ihre Entscheidung. Dies war ihre Nacht. Es war eine Schande, daß der gute alte C.L. als Opfer herhalten mußte, aber er würde schon damit fertigwerden. »Laß dir Zeit«, sagte sie zu Brent. »Ich gehe derweil ins Bett.« Sie preßte ihre Lippen zusammen, um nicht in lautes Gelächter auszubrechen.

»Maddie? Lachst du?«

»Warum sollte ich lachen?«

»Maddie, ich war im Büro, bevor ich hierher gefahren bin.«

»Oh.« Sie trank einen Schluck Wein.

»Ich will die Kiste zurückhaben.«

Darauf wette ich. »Wir sprechen drüber.«

Er begann zu argumentieren, aber sie hatte das Interesse verloren. »Muß jetzt Schluß machen«, sagte sie und legte auf. Sie drehte sich um und winkte C.L. zu. »Bin gleich wieder da.«

Sie rannte die Stufen hoch ins Schlafzimmer, wo sie sich im Spiegel betrachtete. Okay, jetzt wurde es ernst. *Der Mann wird mit dir schlafen*, dachte sie, *aber nicht hier.* Da zog sie ihre Grenze. Und das einzige Motel in der Stadt könnte ebensogut seine Gästeliste auf der Titelseite des *Frog Point Inquirer* veröffentlichen, was allerdings ziemlich schäbig wäre. Also blieb nur der Point, der Ort, wo auch Brent es getrieben hatte. Aber C.L. wollte nicht zum Point. Also war es ihre Aufgabe, wenn sie sich dafür entschied, ihn zum Point zu locken und heiß zu machen. Oder ihn vielleicht hier heiß zu machen und dann hinaufzulocken.

Zu diesem Zeitpunkt wurde ihr klar, daß sie betrunken war, aber sie nahm es hin und ließ sich nicht aufhalten. Es war unwichtig, abgesehen von der Tatsache, daß sie all dies in nüchternem Zustand nicht tun würde. Also war es gut, daß sie betrunken war. So konnte sie sich wenigstens morgen mit dem Gedanken trösten, daß sie zuviel getrunken hatte. »Es war nicht meine Schuld«, könnte sie sagen. »Ich war betrunken.« So gesehen war die Trunkenheit ein entschiedener Pluspunkt. Sie lächelte ihrem Spiegelbild zu.

Jetzt zur Kleidung. Sie zog ihr Shirt und die abgeschnittene Hose aus und streifte ein blaßgrünes ärmelloses Jersey-Kleid über, vorne mit zig kleinen Knöpfen, die leicht aus den Löchern zu lösen waren. Das war gut – leicht an, leicht aus. Unter dem dünnen Baumwollstoff zeichnete sich die Kontur ihres Büstenhalters ab. Sie schob den Rock hoch und verdrehte ihre Hände auf dem Rücken, um den Verschluß zu finden. Während sie an ihrem BH herumfummelte, prüfte sie ihre Beine.

Ich habe tolle Beine, dachte sie; die weiße Baumwollunterwäsche mußte allerdings beseitigt werden. Sie streifte die Träger ihres Büstenhalters über die Arme und fischte den BH durch eines der Armlöcher ihres Kleides heraus. Ihre Brüste senkten sich ein wenig, aber nicht viel, und der weiche Baumwollstoff fühlte sich wunderbar auf ihrer Haut an. *Kein schlechter Körper,* dachte sie. *Vielleicht nicht einwand-*

frei, aber nichts, worüber man die Nase rümpfen muß, C.L., mein Lieber.

»Maddie?«

Seine Stimme drang vom Fußende der Treppe zu ihr hoch. Sie hatte zu lange getrödelt.

Sie zog ihre weiße Baumwollunterhose aus und ließ sie zu Boden fallen. Niemand beging Ehebruch in weißen Baumwollunterhosen. Sie raffte ihren Rock ein wenig und spürte verwirrt den Luftzug zwischen ihren Beinen. Wie zum Teufel war es Brents Flittchen entgangen, daß ihr Höschen fehlte? Aber klar, bei Slips ohne Schritt bekam man sowieso jede Brise mit. Hast du auch dein Höschen ohne Schritt ausgezogen?

»Maddie? Bist du okay?«

»Ich komme!« Hastig ergriff sie eines von Brents Kondomen, die sie in seinem Büro gefunden hatte, und stopfte es in die Tasche ihres Kleides. Fertig.

C.L. wartete unten am Absatz auf sie. Maddie versuchte, die Treppe leichtfüßig hinunterzulaufen, aber auf der letzten Stufe stolperte sie und fiel gegen ihn. Er fing sie auf, und der ganze Spaß war vorbei. Er war so echt und so stark, und sie trug keine Unterwäsche, so daß sich ihre Brüste gegen ihn drückten. Seinem recht verwirrten Ausdruck war anzusehen, daß er dies bemerkt hatte, aber sie war ganz und gar nicht sicher, ob sie das überhaupt wollte.

»Bist du in Ordnung?« fragte er. Sie holte tief Luft und erwiderte: »Ja. Laß uns gehen.«

»Wohin?«

»Zum Point«, sagte sie bestimmt, weil sie unsicher war.

»Oh, Maddie.« C.L. ließ sie los und trat einen Schritt zurück. »Hör auf damit.«

Verärgert knirschte Maddie mit den Zähnen. »Das ist mein Ernst. Ich will jetzt gehen.«

Einen Augenblick lang machte es den Anschein, als sei er

in die Falle gegangen, doch dann sagte er: »Oh, *verflucht*«, auf den Endpfosten des Treppengeländers schlagend. »Geht nicht. Keine Kondome. Tut mir wirklich leid, aber –«

Sie zog eines von Brents Vorrat aus der Tasche und hielt es ihm hin.

Er sah wie erschlagen aus. »Du meinst es wirklich ernst.«

»Absolut.« Maddie starrte ihn mit großen Augen an und versuchte, geistig gesund und unschuldig auszusehen. »Wir können auch nur reden, wenn das alles ist, was du willst. Aber dennoch sollten wir dorthin fahren, um der alten Zeiten willen.«

»Gut. Die alten Zeiten.« Er seufzte und steckte das Kondom in seine Tasche. »Okay, laß uns zum Point hochfahren und reden. Aber zuerst müssen wir uns ein anderes Auto besorgen. Ich möchte mir keine Vorhaltungen von Henry anhören, weil mein Wagen oben am Point gesehen wurde.«

»Du bist siebenunddreißig Jahre alt«, sagte Maddie. »Was schert es dich?«

»Wir sprechen über Henry«, antwortete C.L. »Das schert mich sehr viel.«

Sie nahmen den Wagen, um Trevas Auto zu holen, endeten jedoch bei Brents Caddy, da er mit Howie zum Bowlingcenter gefahren war. Maddie war entzückt; nun würde Bailey denken, Brent sei am Point, und sie käme sowohl mit ihrem guten Ruf als auch mit der Erfahrung davon, etwas Unrechtes zu tun.

»Das wird großartig«, sagte sie zu C.L., der weniger begeistert aussah, aber das war ihr egal.

Die Tage ihres Opferdaseins waren vorbei.

Fünfzehn Minuten später fuhr C.L., seine innere Stimme der Vernunft ignorierend, in dem Cadillac zum Point hinauf und hielt an. Er riß an der Handbremse und stellte den Motor ab.

»Klasse.« Maddie machte ihre Tür auf.

»Wo willst du hin?«

»Auf den Rücksitz.« Sie kletterte nach hinten und zog die Tür hinter sich zu.

Nicht zu fassen.

Ihm war sowieso klargewesen, daß er sich besser aus Frog Point hätte fernhalten sollen, aber dennoch war er hergekommen, sich einredend, daß in achtundvierzig Stunden nicht viel passieren könne. Er würde Sheilas kleines Problem abchecken, Brent Faraday in den Ruin treiben, Henry die Hand schütteln und Anna zum Abschied auf die Wange küssen und sich von dannen machen. Was sollte dabei schon schiefgehen? Nun jedoch saß er in einem dunklen Auto mit der Frau, die ihn jedesmal, wenn er sie gesehen hatte, um den Verstand gebracht hatte, und sie wollte Sex. Na ja, den wollte er auch, aber so weit würde es nicht kommen. Er hatte seinen Stolz, und was immer Maddie dazu veranlaßt haben mochte, hier hinaufzufahren, Verlangen war es nicht. Sie war wütend auf Brent und wollte es ihm heimzahlen. Nun, das konnte sie sich aus dem Kopf schlagen; in diesem Film hatte er schon einmal mitgespielt, und er wußte verdammt sicher, daß er das nicht noch einmal tun würde. Bis zu diesem Moment hatte er ihr nachgegeben, weil sie getrunken hatte und er absolut zuversichtlich gewesen war, sie schließlich müde zu machen und mehr über die Geschichte zu erfahren, die vor sich ging, aber keinesfalls würde er mehr anstellen. Ausgeschlossen.

»Hör mal, vor zwanzig Jahren warst du nicht so langsam«, sagte Maddie. »Komm schon.«

»Oh, Gott.« C.L. ließ sich in den Fahrersitz zurückfallen. »Ich kann die Frösche nicht hören.«

»C.L., seit vierzig Jahren gibt es in Frog Point keine Frösche mehr. Komm jetzt her.«

C.L. lehnte seinen Kopf einen Moment auf das Lenkrad,

bevor er sich zu ihr umwandte. Mit riesigen Augen starrte sie ihn in der Dunkelheit wild entschlossen an, die Arme vor der Brust verschränkt und bereit, sich ihm auf dem Rücksitz hinzugeben. Ihre Brüste zeichneten sich rund und locker unter dem Stretchstoff ab. Seine Gedanken wanderten zu der letzten Nacht in ihrem Vorgarten zurück, und er mußte daran denken, wie warm und weich sie sich in seiner Umarmung angefühlt hatte.

Dann dachte er zurück an die Situation unten an ihrer Treppe vor einer halben Stunde, und an die Lust, die ihn nahezu willenlos gemacht hatte, als sie gegen ihn fiel. Noch dazu hatte sie ihm ein Kondom gegeben. Und er hatte es angenommen.

Er war recht sicher, daß er nicht auf den Rücksitz klettern würde.

»Du trägst keinen BH«, sagte er.

»Das ist ein Zeichen meiner Aufrichtigkeit. Übrigens habe ich auch keinen Slip an.« Sie klopfte neben sich auf den Sitz. »Komm schon.«

Er wollte wirklich nicht auf den Rücksitz steigen, vor allem nicht, weil ein tieferliegender Grund sie dazu veranlaßte. Ein Grund, der ihm zunehmend gleichgültiger wurde, während sein Herz immer schneller schlug und sein Verstand nahezu völlig aussetzte, der aber immer noch da war und den er erfahren mußte, bevor er irgend etwas Dummes tat. »Maddie, warum machst du das?«

»Das will ich einfach nicht glauben!« explodierte sie. »Ich biete dir meinen Körper an, und du willst wissen, warum?« Sie starrte ihn an.

Das konnte doch alles nicht wahr sein. Nichts hatte er sich sehnlicher gewünscht, und gegen nichts hatte er sich je so gesträubt. C.L. stöhnte auf und schlug mit der Stirn gegen das Steuer. Dann begann er zu lachen.

Maddie hatte absolut keine Ahnung, warum C.L. lachte, aber sie zeigte Geduld. Letztendlich würde er bei ihr auf dem Rücksitz landen. So sehr konnte er sich in zwanzig Jahren nicht verändert haben.

»Gut«, meinte er schließlich. »Aber denk daran, dieses Mal war es deine Idee. Du hast mich verführt.« Er überprüfte die Handbremse, verriegelte die Beifahrertür, stieg dann aus und schloß die Tür auf der Fahrerseite hinter sich ab. Als er auf den Rücksitz kletterte, konnte sie sich nicht mehr zurückhalten und begann zu lachen.

»Was ist so lustig?« fragte er verdrießlich, als er sich neben sie fallen ließ.

»Du.« Maddie deutete ruckartig mit dem Daumen auf den Vordersitz. »Die Handbremse. Die abgeschlossenen Türen. Du bist so *vorsichtig.*«

»Nun ja, mitten im Geschlechtsverkehr den Abhang hinunterzufallen, stelle ich mir nicht gerade als prickelnden Höhepunkt vor.«

Maddie schnaubte verächtlich. »Vor zwanzig Jahren hättest du dir darüber keine Gedanken gemacht.«

»Vor zwanzig Jahren hatte ich auch keine Handbremse.« Er guckte aus dem Fenster. »Mein Gott, ist das dunkel.«

Maddie stand kurz davor, die Geduld mit ihm zu verlieren. »Ja. Deshalb sind wir hier oben und nicht auf der Main Street. Kommst du jetzt auch bald mal zur Sache?«

»Klar. Wenn du willst.« Er zog sie an sich, so daß sie zurückschreckte, und küßte sie ungestüm, seine Lippen gegen ihre Zähne pressend, während er sie auf den Sitz drückte. Ihre Schulter scheuerte gegen das Polster, und sein Körper lag wie ein Zentnergewicht auf ihr, so daß sie sich unter ihm wand.

»Warte mal kurz!« Sie stieß ihn zurück und versuchte, ihn mit dem Ellbogen von sich wegzudrücken, aber er war zu schwer, und seine Schultern nagelten sie auf dem Sitz fest, so daß sie sich nicht wegrollen konnte. »*Warte mal kurz.*«

»War es nicht das, was du wolltest? Heißen Sex auf der Rückbank eines großen Wagens?«

Etwas in seiner Stimme ließ sie aufhören, sich zu wehren, doch in diesem Moment stemmte er sich von ihr hoch und verharrte, auf beide Hände gestützt, über ihr. Sie konnte sein Gesicht nicht sehen, aber was immer er auch fühlte, maßlose Leidenschaft war es nicht. »Du lachst mich aus«, sagte sie mit vor Wut belegter Stimme.

»Verdammt richtig, ich lache.« Er schien nicht glücklich darüber zu sein. »Und du hast es verdient. Worauf zum Teufel bist du aus?«

Wieder versetzte sie ihm einen Stoß gegen die Brust. »Laß mich hoch.«

Er zog sie in Sitzposition hoch und lehnte sich in die Ecke des Wagens auf seiner Seite zurück, während sie, gedemütigt durch ihre eigene Dummheit, ihr Kleid richtete. Wie hatte sie annehmen können, daß er sie begehrte? Mein Gott, war sie dämlich.

»Wir haben uns wohl mit dem alten Brent gestritten, was?« fragte C.L. Sie konnte ihn in der Dunkelheit nicht sehen, aber sie konnte den Abscheu in seiner Stimme hören.

Wieder zog sie an ihrem Kleid. »Nein, haben wir nicht.«

»Ich frage nur, weil ich, wenn ich mich recht erinnere, das letzte Mal aus diesem Grund beglückt wurde.« C.L.'s Stimme klang ein wenig belustigt. »Der alte Brent turtelte herum mit –«

»Hör auf, ihn ›den alten Brent‹ zu nennen.«

»– Margaret, glaube ich, und du warst stinksauer auf ihn, also bist du mit mir hierhergekommen.«

Maddie ließ sich in die Polster zurückfallen. Das Schlimmste war, daß er recht hatte. Sie hatte ihn nicht zum

Point geschleift, weil die Leidenschaft sie überwältigt hatte; sie hatte ihn aus Rache hierhergezerrt. Und zwanzig Jahre später spielte sie noch immer das gleiche Spiel. Was war sie für eine Idiotin. »Okay.« Sie seufzte. »Hast mich durchschaut. Hab mich wohl nicht sehr clever angestellt.« Kein Wunder, daß ihr Mann sie betrog.

»Willst du mir davon erzählen?«

O ja, genau das wollte sie tun. »Nein. Ich habe mich heute abend schon genug zum Narren gemacht.«

»Hey, glaube nicht, daß mir das unangenehm war.« C.L. tätschelte ihr Knie. »Das Ringen mit dir beschwört alte Zeiten wieder herauf.« Er lachte. »Mein Gott, was war ich damals verblüfft, als du alle Register zogst.«

»Ja.« Maddie ließ den Kopf gegen die Lehne fallen, zu niedergeschlagen, um sich noch zurückzuhalten. »Ich war auch verblüfft. War gar nicht mein Plan gewesen.« *Aber schließlich läuft nichts so, wie ich es plane.*

»Ich habe nie verstanden, warum du mich ausgewählt hast«, fuhr C.L. fort. »Mit Sicherheit jedenfalls nicht wegen meiner Technik. Lust und Angst zu gleichen Teilen. Das kann nicht schön gewesen sein.«

Sie drehte ihren Kopf an der Lehne in seine Richtung. »Du warst lustig.«

C.L. grunzte leise. »Oh, vielen Dank.«

»Nein.« Maddie schüttelte den Kopf. »Ich meine, wirklich witzig. Du hast mich zum Lachen gebracht. Ich hatte Spaß.«

»Ach ja?« Er hörte sich immer noch ein wenig verletzt an, auch wenn es schon zwanzig Jahre her war.

»Ja. Du warst süß. Und lieb.« Sie dachte eine Minute nach. »Weißt du, du hast nicht versucht, der große Machohengst zu sein. Du warst einfach lieb und einfach froh, daß ich da war.«

»Froh wäre eine Untertreibung. Ich war in Ekstase.«

Trotz ihres Kummers mußte Maddie lachen.

Er streckte seine Hand aus und berührte ihre Schulter. »Komm her und erzähl mir alles.«

Sie versteifte sich. »Was?«

C.L. schüttelte den Kopf in ihre Richtung. »Ich habe schon begriffen, daß ich nicht flachgelegt werde, aber das bedeutet nicht, daß ich nicht zum Knuddeln da bin. Komm her und laß mich dich festhalten.«

Maddie zögerte, rutschte dann aber hinüber. Er legte seinen Arm um sie und klopfte ihr liebevoll und tröstend auf die Schulter. Sie holte tief Luft, atmete den Duft der Heckenkirschen ein und fühlte sich langsam besser. »Dieser Ort gibt mir ein gutes Gefühl«, sagte sie. »Vielleicht waren es ja wirklich gute alte Zeiten, als wir hierher fuhren.«

Wieder schüttelte C.L. den Kopf. »Nicht so, wie sie mir im Gedächtnis geblieben sind. Ein Desaster nach dem anderen.«

Maddie reckte den Hals. »Mich eingeschlossen?«

Zärtlich streichelte er ihr über den Kopf. »Vor allem du. Du hast mich fallenlassen und mein Herz gebrochen.«

Sie kuschelte sich näher an ihn und spürte den weichen Baumwollstoff seines gemusterten Hemdes an ihrer Wange. »Hattest du wirklich geglaubt, ich würde Brent wegen dir aufgeben?«

Er schwieg eine Minute. »Nein«, meinte er schließlich. »Aber trotzdem war ich am Ende, als du es nicht getan hast.«

Maddie richtete sich auf. »Das tut mir leid. Wirklich. Ich dachte, nun ja, daß du nur auf das *eine* aus wärst und, nachdem du es bekommen hattest, genug hättest. Ich hätte mir nie träumen lassen –«

»Vergiß es.« Er zog sie wieder an sich. »Das war vor zwanzig Jahren. Wir beide hatten seitdem jede Menge Sex.«

Maddie kuschelte sich noch näher an ihn und schmiegte ihre Wange gegen seine harte Brust. Sie fühlte sich viel besser. Der gute alte C.L. »Ja, aber das damals war mein erstes Mal. Das macht einen Unterschied.«

»Meins auch«, sagte er. Sie setzte sich aufrecht hin und schlug dabei mit ihrem Kopf gegen sein Kinn. »Autsch!« sagte er und rieb seinen Kiefer.

Maddie starrte ihn an. »Für dich war es auch das erste Mal?«

»Ja.« Er zog die Hand von seinem Kinn. »Lieber Himmel, Mädchen, paß auf. Du hast einen Kopf wie ein Stein.«

Maddie ließ sich in die Polster fallen. »Nun, das erklärt einiges.«

»Und was zum Beispiel?«

Sie wandte sich ihm wieder zu. »Zum Beispiel deine Bemerkung, nachdem alles vorbei war: ›War es für dich genauso schlecht wie für mich?‹«

C.L. blickte sie stirnrunzelnd an. »Das habe ich nie gesagt.«

»Doch, das hast du.« Sie begann zu lachen. »Ich dachte, du wolltest einen Witz machen. Aber es war wirklich schlecht.«

C.L. schüttelte den Kopf. »Es gibt keinen schlechten Sex. Nur welchen, der weniger gut ist.«

»*Der* war schlecht. Es war unbequem und peinlich und unbeholfen, und ich kam mir furchtbar blöd vor.«

C.L. seufzte. »Vielen Dank.«

»Das zweite Mal war schon besser«, lenkte sie ein.

»Das muß Brent gewesen sein. Wir haben es nicht ein zweites Mal gemacht. Nach diesem Abend hast du nie wieder mit mir gesprochen.« C.L. sank in die Polster zurück. »Am nächsten Morgen kam ich zu deinem Schließschrank, und du hast dich abgewandt. Mein Gott, was für ein Kommentar zu meiner Leistung.«

»Es war nicht Brent«, sagte Maddie. »Wir haben es an diesem Abend zweimal gemacht.«

»Oh.« In die Erinnerung versunken hielt C.L. inne. »Du hast recht.«

Empört richtete Maddie sich auf. »Das hattest du vergessen?«

»Hör mal, Süße, dieser ganze Abend liegt für mich unter einem Nebel von Lust. Was du für Humor gehalten hast, war vermutlich meine Idee eines Vorspiels.« Mit hoher und krächzender Stimme sagte er: »›Das war ziemlich schlecht; laß es uns noch mal probieren, bis wir es hinbekommen, okay?‹«

Sie mußte lachen, und er nahm sie wieder in den Arm. »So hast du dich nie angehört.«

Er zog sie näher an sich. »Innerlich bestimmt. Mein Gott, war ich panisch.«

»Wegen mir?«

»Wegen dir, wegen der Rückbank und weil ich nicht in der Lage war, alles richtig zu machen, und dann, weil ich nicht noch mal konnte. Nach dieser Nacht habe ich sogar noch Jahre später, jedesmal, wenn ich Sex hatte, gedacht: ›Das war's. Das werde ich nie mehr bekommen. Nie mehr wird sich eine andere Frau dazu bereit erklären. Mein Leben ist vorbei –‹«

»Hör auf«, sagte sie und mußte erneut lachen. »Du rührst mich zu Tränen.«

»Sogar selbst jetzt …«

»Ja? Was jetzt?« Sie richtete sich auf, um ihm in die Augen zu schauen, aber es war so dunkel, daß sie sich, bevor sie hineinblicken konnte, nahezu an der Nasenspitze berührten. »Bist du verheiratet?«

C.L. blinzelte sie an. »Nein. Ich bin geschieden. Seit zehn Jahren.«

Das klang einsilbig, aber sie wollte mehr wissen. »Warum hast du dich scheiden lassen?«

»Sie war auf Geld aus. Und es machte nicht den Anschein, daß ich jemals welches haben würde. Wir haben uns darüber gestritten, und nach einer Weile haßten wir uns einfach. Es schien genug zu sein.«

Recht entrüstet richtete sich Maddie ein wenig auf. »Sie hat dich wegen des Geldes geheiratet?«

»Nein.« C.L. schüttelte den Kopf. »Nein, das wäre nicht fair. Es war mehr als das. Es lief von Anfang an schief.«

»Was ist am Anfang passiert?«

C.L. sah sie stirnrunzelnd durch die Dunkelheit an. »Was soll das?«

»Du bist aus meinem Leben verschwunden«, sagte Maddie. »Ich will wissen, was passiert ist. In Frog Point kenne ich die Lebensgeschichte von jedermann. Da ist es ganz interessant, mal ausnahmsweise auf ein Geheimnis zu stoßen.«

C.L. zuckte mit den Schultern. »Kein großes Geheimnis. Ich habe Sheila vor etwa zwölf Jahren zufällig bei einem Hausbesuch wiedergetroffen. Nach der High-School arbeitete sie ein paar Jahre als Sekretärin, und wir haben uns angeschaut und gewußt, was wir wollten. Dann stellte sich heraus, daß wir beide nicht intensiv genug geschaut hatten.«

»Sie war auf Geld aus«, meinte Maddie. »Und das sah sie in dir?«

»Sie sah einen gereiften Mann, der Frog Point hinter sich gelassen hatte, in der Stadt wohnte und Anzüge zur Arbeit trug. Daraufhin haben wir geheiratet, und es stellte sich heraus, daß ich immer noch derselbe war, und sie merkte, daß ihr Frog Point fehlte. Aber ich wollte nicht mehr zurück ziehen, und wir hatten nicht das Geld, um das hochtrabende Leben zu führen, das sie sich vorstellte, also gab es nichts mehr, was uns verband.« Er seufzte. »Es war eine ehrliche Sache. Keine üblen Geschichten, nur zwei Menschen ohne weitere Illusionen.«

Obwohl Maddie die nächste Frage nicht stellen wollte, platzte sie heraus: »Was hast du gesehen?«

»Was?«

»Was hast du in Sheila gesehen?«

Einen Moment lang schwieg C.L. »Ich sah ein süßes, hübsches Mädchen, das mit mir zusammensein wollte.«

»Und das war alles?«

»Das ist doch schon verdammt viel.«

»Sie muß dir gefehlt haben, als sie dich verlassen hat.« Maddie biß sich auf die Lippe. »Ist eine Scheidung... schlimm?«

»Es ist die Hölle«, sagte C.L., jedoch ohne offensichtlichen Schmerz in seiner Stimme. »Wenn alles vorbei ist, fühlst du dich gut. Braucht zirka ein Jahr, um damit fertigzuwerden, wenn es dir ziemlich egal ist. Wenn man sich allerdings liebt, braucht es eine Ewigkeit. Habe ich zumindest gehört.«

Sie blieb so lange still, bis er sich zu ihr hinüberbeugte, um zu sehen, ob sie schlief.

»Hallo?«

»Ich denke nur nach.«

»Oh?« Seine Stimme klang unbeschwert. »Du denkst über eine Scheidung von dem alten Brent nach?«

Maddie sog tief die Luft ein. »Nun, bis jetzt dachte ich darüber nach, den alten Brent umzubringen, aber so wütend bin ich nicht mehr.«

»Weshalb warst du denn so wütend?«

»Er betrügt mich.«

C.L. lachte verächtlich auf. »Oh, welche Überraschung. Ein Geheimnis hat sich für mich gelöst.«

»Was?«

»Warum du heute abend hier oben bist und ein Remake drehst von der Nacht-in-der-wir-unsere-Unschuld-verloren. Rache, Teil zwei. Und dabei heißt es immer, daß sich die Geschichte nicht wiederholt.«

»Vielleicht nicht«, erwiderte sie.

C.L. lehnte sich von ihr zurück. »Versuch jetzt nicht, mich einzuseifen. Die brutale Wahrheit steht ausgesprochen zwischen uns.«

»Das ist ein Witz, oder?«

»Ein halber vielleicht.«

»Ich glaube nämlich nicht, daß du recht hast.« Maddie schwieg einen Moment, um die richtigen Worte zu finden. »Ich meine, ich bin an jenem Abend hier heraufgefahren, um es ihm heimzuzahlen. Aber das war nicht der Grund, weshalb ich geblieben bin. Ich habe es genossen. Den Sex ausgenommen.«

C.L. grunzte. »Mein Gott, das baut mich auf.«

Maddie lehnte sich näher an ihn, so daß sie sein Gesicht sehen konnte. »Du willst die Wahrheit hören? Der Sex war nicht gut. Aber das Kuscheln und der Spaß waren großartig. Du warst süß. Ich habe mich bei dir wohl gefühlt. Ich mochte dich sehr.«

»Warum hast du dann Brent geheiratet?«

Seine Stimme klang sarkastisch, aber sie antwortete ihm ernsthaft. »Ich weiß es nicht. Ich habe viel darüber nachgedacht. Jeder wußte, daß ich ihn heiraten würde, und wenn es jeder wußte, mußte es richtig sein, also habe ich nie etwas anderes in Betracht gezogen. Zu der Zeit, als ich mit dir hier hochkam, hatten wir schon ein Silberbesteck ausgesucht. Die Löffel hatte ich schon. Das ließ alles so unwiderruflich erscheinen. Ich hatte eine Identität. Ich war Brent Faradays zukünftige Frau. Ich weiß, das hört sich blöd an, aber ich habe nie etwas anderes erwogen, als Brent zu heiraten.«

»Ich weiß«, sagte C.L. »Das haben wir damals alle gedacht.«

»Ich selbst habe es bis gestern noch geglaubt«, sagte Maddie. »Deshalb war ich so wütend auf ihn.«

»War?«

Sie reckte den Hals ein wenig, um zu ihm aufzuschauen. »Irgendwie hast du meine Einstellung verändert.«

»Bitte nicht«, meinte C.L. »Sei wieder wütend auf ihn.«

»Nein, ich meine das ernst. Es ist schön hier. Seit langer Zeit habe ich mich nicht mehr so geborgen gefühlt. Sollte Brent nur darauf aus sein, mit irgendeiner Niete Leibesübungen zu treiben, ist er der letzte Dreck, aber wenn er dieses *Wohlbehagen* bei einer anderen findet, glaube ich, kann ich es verstehen.« Sie kuschelte sich näher an C.L., und er legte seinen Arm wieder um ihre Schultern. Sie fühlte, wie sie eine Welle der Ruhe durchströmte, so intensiv, daß sie körperlich spürbar war. »Ich fühle mich großartig. Du bist wunderbar.«

Er täschelte ihre Schulter. »Nun mal halblang. Laß uns nicht übertreiben.«

Wieder rieb sie ihr Gesicht an seinem Hemd, nur, um es auf ihrer Haut zu fühlen. Es roch nach Sonne und Seife und ganz schwach nach seinem Schweiß. Kein aufdringliches Rasierwasser, nur er und die Sonne. Sie reckte den Kopf zu ihm hoch. »Hat deine Tante dieses Hemd gewaschen? Es riecht wie auf der Wäscheleine getrocknet. Es riecht wundervoll.«

Er lachte, und sie fing den Blick seiner Augen auf, dunkel wie die Nacht und umrahmt von diesen unglaublichen Wimpern. Seine Lippen lächelten auf sie herunter, reif genug, um hineinzubeißen, und er war stark und warm und süß und vertrauenerweckend, und sie begehrte ihn so sehr, daß ihr der Atem stockte. Er hörte auf zu lachen und blickte sie an, und einen Moment später beugte er sich über sie und küßte sie. Seine Lippen streichelten über ihre und ließen ihren ganzen Körper erstarren.

Er hielt inne und flüsterte: »Maddie …«, und sie umfaßte seinen Hinterkopf mit ihrer Hand und zog ihn zu sich herunter. Als er sich noch näher über sie beugte, fuhr ihre

Hand seine Schulter entlang. Sein Mund schmeckte nach Wein und Hitze und nach mehr, nach ihm. Sein Arm unter dem Hemdstoff fühlte sich kräftig an, hielt sie fest umschlungen, und sie erschauerte, als seine Hand zu ihrer Brust wanderte und sie hart werden und anschwellen ließ. Plötzlich war ihr überall ganz heiß, und sie schmiegte sich noch näher an ihn. Sie spürte die weiche Berührung seiner Ärmel auf ihrer Haut. Als er seine Muskeln anspannte, um sie dicht an sich zu ziehen, wurde die Sehnsucht unerträglich. Seine Lippen bewegten sich zu ihrem Hals, und sie seufzte in die Dunkelheit hinein, um ihn dann tief einzuatmen. Mit jedem Atemzug begehrte sie ihn mehr, und als seine Hand schließlich drängend über ihre nun vor Verlangen empfindsame Brust strich, stöhnte sie, biß ihm in die Schulter und zog ihn so eng an sich, wie sie konnte.

»Wenn du es nicht willst«, flüsterte er kurz darauf in ihr Ohr, »dann sag es jetzt.«

Sie preßte die Zähne aufeinander, um nicht laut nach ihm zu schreien. »Ich will dich. Liebe mich – *jetzt sofort!*«

7

C.L.'s Blick war im Mondlicht durchdringend auf sie geheftet, und seine Hand, die zu den Knöpfen ihres Kleides hinunterfuhr und, sich mit den Fingern langsam zu ihrem Bauch vorarbeitend, einen nach dem anderen aufknöpfte, ließ ihr den Atem stocken. Sein Gesicht war ganz nahe vor dem ihren, seine Augen dunkel vor Begehren. Sein Kopf glitt hinab, und sie spürte den Hauch seiner Lippen in der Mulde ihres Halses, während sein Haar ihre Wange streichelte. Das Kitzeln ließ sie erschauern, und im gleichen Moment spürte sie ein Kribbeln in ihren Brüsten, in der Beuge ihres Ellbogens, in der Kniekehle und plötzlich auch heiß zwischen ihren Beinen, während er sich fortwährend an sie preßte und sie nur den Stoff seines Hemds, seine Haut und seine Hitze wahrnahm. Das einzige, was sie wahrnahm, war der Geruch nach Sonnenschein und Schweiß und C.L. Sie wand sich unter ihm und fuhr mit den Fingernägeln fordernd den Rücken bis zu seinen Jeans hinunter.

»Warte«, flüsterte er in ihrem Nacken. »Laß mich meinen Gürtel aufmachen.«

Während er an seinem Gürtel herumfingerte, ließ sie sich in das Sitzpolster sinken, so erregt und ihn so innig begehrend, daß sie unter ihm nicht stillhalten konnte und ein Zittern sie durchfuhr, bis sie sein Gewicht wieder auf sich spürte. Langsam glitt seine Hand unter ihr Kleid und fuhr über ihren Rücken, so daß sie die Zähne zusammenbiß, sich gegen ihn drückte und gleichzeitig ihr Kleid über die Schultern abstreifte. Sie preßte sich an ihn und spürte, wie der Stoff seines Hemds über ihre Brust rieb. Er fühlte sich wunderbar an, aber das war nicht genug. Sie wollte auch ihn nackt spüren, und sein Hemd aufzuknöpfen, würde zu lange dauern.

Ungeduldig schlug sie mit ihrem Kopf gegen sein Schlüsselbein, und als er ihren Kopf hochzog und sie heftig küßte, riß sie sein Hemd auf, so daß die Knöpfe absprangen, preßte sich gegen ihn, spürte seine rauhen Brusthaare auf ihren weichen, heißen Brüsten, und das Kitzeln und Kribbeln, das in diesem Augenblick von ihrem ganzen Körper Besitz ergriff, verbannte alles andere aus ihren Gedanken. Vor Wollust und Begehren stöhnte sie auf und biß in seine Lippe, bis sie blutete und sie das in ihrem Mund schmeckte.

»Oh, Gott, Maddie, hör auf«, stieß er hervor und ließ seine Hand zwischen ihre Beine gleiten. Die Berührung seiner Finger, die über ihre feuchten Schenkel streichelten und dann in sie hineinglitten, gab ihr so ein unbeschreibliches Gefühl, daß sie aufschrie. Er drückte sie wieder auf den Sitz, und sie umschlang ihn, als sein Mund ihre Brust fand und fordernd daran sog, während er sie am ganzen Körper streichelte. In diesem Augenblick verlor sie ihren Verstand und klammerte sich an ihn, während er in seiner Tasche nach dem Kondom wühlte. Mit seinen Knien spreizte er ihre Beine, und das Kribbeln und die Wollust verschmolzen in ihr zu einem einzigen Gefühl, als er hart in sie eindrang, so daß sie sich aufbäumte. Sie hob sich ihm entgegen und paßte sich seinen Bewegungen an, kaum wahrnehmend, daß er sie küßte, während sie sich seinem Rhythmus und einem unbeschreiblich sättigenden und faszinierenden Gefühl hingab, das seine Stöße in ihr verursachten. Seine Hände und Lippen waren überall, und sie spürte das Blut in ihren Schläfen, ihren Brüsten, ihren Fingerspitzen und schließlich heiß und tief und immer tiefer und stärker in sich wallen und schwellen, bis sie sich gehenließ und heftig kam, den Kopf tief in die Polster drückend und beinahe laut aufschreiend, als sie die starken Spasmen spürte. Sie empfand ihren Orgasmus nahezu als Antiklimax, weil der Sex zuvor so unerträglich gut gewesen war.

Einen Moment lag Maddie still, den Kopf in den Nacken gelegt, und holte seufzend tief Luft, bevor sie zu ihm hochschaute. Der Mond verbarg sich nicht länger hinter den Wolken, und in dem Dämmerlicht starrte C.L. mit glühenden Blicken auf sie hinunter. Wie verwandelt bemerkte sie, daß sie seine Blicke erwiderte. Sie hatte etwas Schlimmes getan, etwas Egoistisches, etwas nur für sich selbst. Niemals mehr würde sie dieselbe sein, und das war wunderbar.

»Komm her«, sagte er und zog sie hoch. Rittlings setzte sie sich auf ihn und drückte ihn mit dem Rücken gegen den Sitz. Leicht bewegte er seine Hüfte unter ihr und preßte sie, so eng er konnte, auf sich. Als sie spürte, wie er erneut hart in sie eindrang, umklammerte sie seine Schultern und grub ihre Finger in seine Muskeln.

»Was?« stieß sie hervor und ließ ihren Kopf in haltloser Wonne gegen seine Schulter fallen.

»War nicht einfach.« Seine Stimme klang heiser und belegt. »Du bist verdammt schnell gekommen.« Mit einer Hand fuhr er ihr spielerisch durchs Haar und zog dann ihren Kopf hoch, so daß er ihr Gesicht sehen konnte.

»Aber diesmal wird's anders. *Sieh mich an.* Diesmal will ich, daß du weißt, mit wem du zusammen bist.«

»Das wußte ich.« Sie zeichnete die Konturen seiner Lippen mit dem Finger nach, schloß die Augen und bewegte sich wiegend vor und zurück, als sie ihn noch tiefer in sich spürte. »Das wußte ich die ganze Zeit. So habe ich es noch nie erlebt.«

»Niemand hat so etwas je erlebt, mein Schatz.« Er küßte sie, seine Zungenspitze berührte leicht die ihre und fuhr dann über ihre Lippen und ihren Hals. Mit seinen Bewegungen tief in ihr liebkosten seine Hände mal sanft, mal heftig ihre Brüste, und sie spürte das Begehren wieder in sich aufwallen wie etwas Großartiges und Wunderbares, das aus seinem Versteck hervorkam und durch ihre Adern raste. Sie stöhnte, und er schob sich noch tiefer in sie. »Sieh mich an«, flüsterte er und griff ihr ins Haar, um ihren Kopf wieder hochzuziehen. Sie blickte ihn im Mondlicht an, seine Augen glänzten, und er preßte die Zähne zusammen, als auch ihn der Orgasmus durchfuhr, und sie dachte, *ich bin der Grund, warum er dies fühlt, er begehrt mich, ich lasse ihn die Kontrolle verlieren, er kommt in mir, wegen mir, o Gott!*, und dann verlor sie den Faden, denn sie spürte erneut die Lust von sich Besitz ergreifen. Ihre verkrampften Finger bohrten sich in sein Fleisch und zogen ihn näher an sich, und sie kam in seinen Armen, wie er zuvor in den ihren gekommen war.

Als sie wieder bei Sinnen war, ließ sich sich gegen seine breite, feuchte Brust fallen und dachte, *so etwas tut Maddie*

Faraday nicht. Das ist etwas ganz Neues, nur ich, nur für mich.

Das will ich noch einmal erleben.

C.L. glitt aus ihr heraus, und eng umschlungen saßen sie erschöpft beieinander, erst bebend und dann still, bis er schließlich in ihr Ohr flüsterte: »Wir sollten uns merken, wie wir das gemacht haben.«

Maddie lachte an seinem Hals.

»Ich meine das ernst.« C.L. gewann seine Stimme zurück und drückte sie noch fester an sich. »Ich hatte zuvor auch schon guten Sex, aber das war der Himmel auf Erden. Liegt das am Auto? So eins muß ich mir kaufen, das schwöre ich.«

»Nein«, wisperte sie. »Es lag an dir.« *Und an mir.*

Wieder schlossen sich seine Arme fester um sie, und er flüsterte in ihr Haar: »Wirst du dich morgen weigern, noch mit mir zu sprechen? Wenn ich zu deinem Schließschrank komme, wendest du dich dann ab?«

»Nein.« Sie atmete dicht an seinem Körper, den sonnigen, würzigen Geruch seiner Haut aufnehmend, und ihr wurde schwindlig, weil er da war und sie sich so frei fühlte. »Wahrscheinlich kann ich nie wieder nein zu dir sagen. Nicht nach diesem Abend.« Sie küßte ihn, und er erwiderte ihren Kuß so gierig, daß sie sich wie elektrisiert fühlte, weil er sie so begehrte und weil der Sex so unbeschreiblich gut gewesen war. *Ich kann alles tun.*

Entspannt lehnte sie sich an ihn, und er zog sie vorsichtig auf den Sitz herunter, damit sie sich neben ihn legte. Er strich sein Hemd glatt, während sie ihr Kleid ordnete, bis sie den Anstand aufgaben und in verknittertem Stoff und in tiefer Zufriedenheit engumschlungen dalagen. Nie wieder wollte Maddie sich bewegen. Überall roch sie Heckenkirschen, Schweiß und Sex und die Sonne in seinem Hemd. Sie leckte das Salz seiner Haut von ihren Lippen und schmeckte den Nachgeschmack. Warm und schwer und stark fühlte sie ihn neben sich liegen, seine Arme um sie geschlungen, und vor tiefer Wonne erschauerte sie. Sie konnte ihn in dem silbrigen Licht sehen, das Schimmern seiner Haut, den dunklen Schatten seiner Wimpern auf seinen Wangen, das leichte Lächeln auf seinen geöffneten Lippen. Wieder fuhr sie mit ihren Fingern über seinen Mund, und er küßte sie, ohne die Augen zu öffnen.

»Du hast ein ganz merkwürdiges Lächeln«, sagte sie verträumt. »Wie ein V.«

»Soll ich es ändern?« fragte er, vor sich hin dösend.

»Nein.« Wieder zeichnete sie seine Lippen mit ihren Fingern nach. »Es ist sehr sexy.«

Mit geschlossenen Augen lächelte er gegen ihre Finger. »Dann behalte ich's.«

»Eigentlich ist alles an dir sexy.«

»Danke.«

Sie kuschelte sich näher an ihn. »Findest du mich auch sexy?«

Er schlug ein Auge auf. »Ich finde, du solltest zum nationalen Gut erklärt und unter Denkmalschutz gestellt werden. Redest du nach dem Sex immer soviel?«

»Nein.« Maddie strahlte ihn mit dem ganzen Gesicht an. »Bisher nie. Es ist nur, weil ich so glücklich bin.«

Er schloß das Auge wieder und drückte sie fester. »Gut. Rede weiter. Ich höre dir zu, das verspreche ich.« Er küßte sie auf den Hals, und sie erschauerte unter dieser schmetterlingszarten Berührung. »Du hast einen tollen Hals.«

Sie lag neben ihm, lauschte den Grillen und seinem Herzschlag und atmete Heckenkirschen und C.L. ein. Mit den Fingern fuhr sie über seine Schulter den Arm hinab und zeichnete die Konturen seiner Muskeln nach. Er hatte einen tollen Körper. Alles an ihm war toll.

Ein unvermittelter Krampf in ihrem Bein erinnerte sie daran, daß er außerdem schwer war. Sie versuchte, eine bequemere Position zu finden, aber es gab keine. Wenn sie dieses Bein nicht ausstrecken konnte, wäre sie den Rest ihres Lebens gelähmt. »C.L.«, flüsterte sie, und er zog sie näher, und ein stechender Schmerz durchfuhr ihren Schenkel. »C.L.«, wiederholte sie lauter, und er schlug die Augen auf.

Er hob den Kopf. »Was?«

»Du zerquetschst mich. Und mein Bein ist verdreht –«

»Oh, entschuldige.« Er setzte sich auf. »So –«

»Autsch!«

»Entschuldige.« Er zog sie in eine aufrechte Position hoch, aber sie rutschte von seinem Schoß. Das Blut rauschte in ihr Bein und setzte es mit spitzen und schmerzenden Nadelstichen in Flammen. Ihr Knie knackte, als sie das Bein ausstreckte.

»Mein Gott, bin ich klapprig.«

Er tätschelte ihr Knie. »Glücklicherweise stehe ich auf ältere Frauen.«

Sie konnte die Erschöpfung in seiner Stimme hören. »Bring mich heim. Du brauchst Schlaf.«

Er legte den Arm um sie und zog sie wieder zu sich. »Kann ich den mit dir bekommen?«

Maddie schüttelte den Kopf, löste sich jedoch nicht von ihm. Es war ihr schier unmöglich; er fühlte sich zu wundervoll an. »Ich denke, Brent würde es schlagartig kapieren, wenn er dich tatsächlich mit mir im Bett erwischte.«

»Ach ja, der alte Brent.« C.L. zögerte. »Führst du irgend etwas im Schilde, das ich wissen sollte?«

»Ja«, sagte sie. »Ich lasse mich scheiden. Am Montag habe ich einen Termin. Ich habe es Brent nur noch nicht gesagt.«

Er seufzte und zog sie näher zu sich, wobei seine Hand abwärts glitt und ihre Brust streichelte. »Nun, dann habe ich ein Problem weniger. Sag es ihm heute abend, dann kann ich bei dir schlafen.«

Maddie zuckte zurück. »Nein.«

»Hey«, meinte er, »das war ein Witz.«

»Du bleibst ein Geheimnis, bis die Scheidung definitiv ist.«

C.L. sah sie stirnrunzelnd an. »Warum?«

Maddie durchfuhr ein Zittern. »Ich habe eine Tochter. Ich will nicht, daß er das Sorgerecht bekommt.«

Er schüttelte mit dem Kopf. »Maddie, keine Frau verliert das Sorgerecht wegen einer Affäre, vor allem nicht, wenn ihr Ehemann es mit einer anderen treibt.«

»Das ist mir egal. Ich will nichts riskieren. Nichts, was mein Kind betrifft.«

»Okay. Ich denke, ich kann das verstehen.« Er gähnte erschöpft. »O Gott, bin ich müde. Wann kann ich dich wiedersehen?«

Maddie dachte an Brent, und ihr Hochgefühl schwand dahin. »Dienstag abend. Nach dem Bowling dienstags und donnerstags treibt er sich herum.«

Mitten in der Streckbewegung hielt C.L. inne. »Das sind noch vier Tage.«

»Betrachte es als Vorspiel.«

»Sehr lustig.« Er beugte sich über sie und küßte sie stürmisch, während seine Hand über ihre Bust fuhr. Sie spürte die Hitze wieder aufflammen, als sie ihn schmeckte.

Er hielt ihr Gesicht nah vor seines und sagte: »Ich nehme dich ziemlich in Beschlag. Das ist nicht gut.«

Maddie streichelte seine Lippen mit den ihren und spürte den verstärkten Druck seiner Hand auf ihrem Körper, als er die Augen schloß. Es war berauschend, so sehr begehrt zu werden. Sie fühlte die Hitzewelle in sich immer stärker werden. »Warum ist das schlecht? Ich finde das toll.«

C.L. schlug die Augen auf. »Du bist verheiratet, darum. Vielleicht sollte *ich* Brent umbringen.«

Das plötzliche Pochen gegen das Fenster ließ sie beide

zusammenfahren. Maddie zog ihr Kleid zu und sank in die Dunkelheit der anderen Ecke, während C.L. sie vor dem Fenster durch seinen Körper deckte. Er kurbelte die Scheibe hinunter, und eine Stimme fragte: »Habt ihr Leute denn kein Bett?«

Maddie schrak zurück, als das Licht der Taschenlampe sie blendete. Bailey. Natürlich Bailey. Er hatte den Wagen gesehen, war hergekommen, um zuzusehen, und hatte noch dazu einen wahren Bonus mitbekommen: Die Frau seines Chefs mit dem schlimmsten Lumpen der Stadt. Maddie schloß die Augen und versuchte, nicht an den Ärger zu denken, der ihr bevorstand. Schließlich hatte sie es so gewollt. Sie wollte Rache. Soviel zu ihrem Ruf als heilige Madonna Frog Points.

Ihre Mutter würde sie erschlagen.

In der Zwischenzeit hatte C.L. seine Haltung verlagert, um sie vor dem Lichtstrahl zu schützen. »Wer zum Teufel sind Sie?«

»Hey, ich will verdammt sein, C.L. Sturgis. Wie geht es dir, C.L.?«

»Was?«

»Ich bin's, Bailey.« Der Wächter drehte die Taschenlampe so, daß sie ihm in sein über der Uniform des Sicherheitsdienstes grinsendes Mondgesicht schien. »Kennst du mich nicht mehr?«

»Bailey? Du bist jetzt ein Cop?« Seine Stimme verlor die Schärfe. »Himmel, was ist aus der Welt geworden?«

Bailey grinste noch breiter. »Von meiner Warte aus gesehen ist sie immer noch dieselbe. Erinnert mich an die Zeit vor zwanzig Jahren, als ich dich beim Bumsen auf einem Autorücksitz überrascht hab. Guten Abend, Ma'am.«

Maddie zog sich noch weiter in die Dunkelheit zurück.

C.L.'s Stimme wurde wieder grimmig. »Bailey, altes Haus…«

»Ja?«

»Mach die Scheiß-Taschenlampe aus.«

»Oh, richtig.« Das Licht erlosch. »Aber du mußt hier wirklich verschwinden, C.L. Das ist jetzt Privatgelände.«

»Ich bin schon weg.« Maddie hörte, wie C.L. sein Hemd zusammenfummelte, während er von dem Rücksitz kletterte und die Tür hinter sich zuschlug, um noch immer die Sicht auf Maddie zu nehmen. »Nett, dich wiedergesehen zu haben, Bailey«, sagte er, und Maddie sah, wie er den Arm des Wächters ergriff und ihn vom Wagen wegzog »Verzieh dich jetzt.«

»Ich fahre vor dir den Berg runter, altes Haus, aber ich warte unten auf dich.«

»Schon gut, Bailey, mach das. Steig jetzt wieder in deinen Wagen.« C.L. hob den kleinen Wächter auf die Zehenspitzen, während er ihn zum Auto brachte.

»Hey, komm schon, C.L., ist es die, die ich vermute? Seit Monaten hat es in der Stadt keinen wirklich guten Klatsch mehr gegeben.« Bailey verdrehte den Hals nach hinten und versuchte zurückzublicken.

»Cops verbreiten keinen Klatsch, Bailey, noch nicht einmal Mietcops. Außerdem bin ich allein.« C.L. öffnete die Wagentür und schob ihn hinein. »Du wirst niemandem ein Sterbenswörtchen sagen, verstanden?«

»Du sitzt im Point allein auf dem Rücksitz von Brent Faradays Wagen? Erzähl mir den nächsten Witz. Außerdem habe ich jemanden da drin gesehen.«

Maddie konnte sehen, wie C.L. sich über die Autotür beugte. »Bailey,« sagte er, »hau ab und halt deine Klappe, oder ich werde dich grün und blau prügeln.«

Bailey lachte, ließ jedoch den Wagen an. »Du würdest mich nicht schlagen, C.L. Und du müßtest wissen, daß du in dieser Stadt kein Geheimnis für dich behalten kannst. Du solltest es jedenfalls wissen.«

»Stimmt, aber ich kann es sehr wohl versuchen«, hörte Maddie ihn zischen, als er auf den Fahrersitz fiel. »Bleib unten«, sagte er zu ihr und drehte den Zündschlüssel herum.

Maddie beobachtete, wie Baileys Rücklichter die Straße hinunter verschwanden. Morgen würde es jeder wissen. »Ich fühle mich wie ein Flittchen.«

C.L. stieß geräuschvoll die Luft aus. »Maddie, bleib locker, bitte.« Er fuhr an.

»Er hat alles verdorben.«

»Nur, wenn du es zuläßt.«

Maddie dachte darüber nach, während der Wagen anrollte. Sie hatte gerade den schönsten Abend ihres ganzen Lebens verbracht. Morgen würde sie es bereuen; morgen würde sie tausend Dinge zu bereuen haben, aber heute abend, hier in der Dunkelheit mit C.L., fühlte sie sich prächtig. »Okay«, sagte sie und kletterte über die Rückenlehne auf den Beifahrersitz.

»Ich scheine keine Knöpfe mehr am Hemd zu haben.« C.L. sah sie in dem Lichtschimmer des Armaturenbretts mit hochgezogenen Augenbrauen an, als er vom Point abbog. »Was hast du gemacht, sie abgebissen, als ich gerade nicht hinsah?«

»Dann paß beim nächsten Mal auf«, sagte sie und steckte ihre Zunge in sein Ohr.

Er wand sich, gewann jedoch wieder die Kontrolle über den Wagen, so daß sie nicht im Straßengraben landeten. »Laß das besser. Zumindest, wenn ich fahre. In meinem Wagen wäre das natürlich kein Problem. Da würde dich die Gangschaltung auf deiner Seite halten.«

Maddie rutschte wieder auf den Beifahrersitz. »Dein altes Auto hat mir besser gefallen. Darin konnte ich direkt neben dir sitzen.«

»Das kannst du immer noch. Du mußt nur den Schaltknüppel zwischen die Beine nehmen. Das würde dem vierten Gang eine völlig neue Bedeutung verleihen.«

Maddie mußte lachen. »Du läßt mich wieder wie achtzehn fühlen.«

Er nahm die Hand vom Schalthebel und tätschelte ihr Knie. »Du bist ziemlich flink über die Rückenlehne geklettert. Überhaupt nicht klapprig.«

»Du solltest erst mal sehen, wie ich in der anderen Richtung darüberspringe.«

C.L. wandte ihr sein Gesicht zu, und Maddie konnte in dem Lichtschimmer der Armaturen sein Lächeln sehen, aus dem ruhige Gewißheit sprach. »Das habe ich vor«, sagte er, und, noch immer die Auswirkung ihres wohligen Gefühls spürend, kuschelte sie sich in die Polster zurück und dachte nicht an morgen.

C.L. steuerte den Cadillac seines ärgsten Feindes in einer Benommenheit aus befriedigter Lust und Erstaunen durch die Dunkelheit. Ihm war nicht klar, ob sich sein Schicksal endlich goldenen Zeiten zuwandte oder ob das Universum ihm den üblichen Streich spielte, weil das letzte, was er gebrauchen konnte, eine Affäre mit einer verheirateten Frau in Frog Point war. Aber diese Frau war Maddie, und sie stand kurz vor der Scheidung, und während sich sein Verstand zäh wie Kleister bewegte, war er andererseits ganz sicher, daß er so glücklich war wie lange nicht mehr. Vielleicht nie gewesen war.

Er hatte Maddie zurück.

Als er hinter Trevas Haus parkte, schlüpfte sie aus dem Wagen, und auf seinen Zuruf »Hey!« kam sie um das Auto herum und überhäufte ihn leise lachend durch das Fenster mit kleinen Küssen. Es war wirklich Maddie, endlich, ihr rundes Gesicht und die vollen Lippen und die blitzenden Augen, und sie lachte und küßte ihn. *Zum Teufel, was soll's, alles andere ist mir egal,* schoß es ihm durch den Kopf. Er stieg aus dem Auto und versuchte, sie an sich zu ziehen, aber sie ging auf Abstand.

»Ich muß nach Hause«, sagte sie, während sie sich ihm entzog. »Ich gehe zu Fuß. Wenn du mich absetzt, sieht uns vielleicht jemand.«

In der Ferne grollte ein Donner, und Wind kam auf, als er realisierte, daß sie sich von ihm verabschiedete. »Morgen«, sagte er. »Ich rufe dich an. Ich will dich morgen sehen.«

Langsam entschwand sie, rückwärts die Richtung zu ihrem Haus einschlagend, in die Dunkelheit. »Ich werde sehen, was sich machen läßt. Du hast keine Ahnung, wie sehr ich es mir wünsche.«

Sie drehte sich um und lief die Straße hinunter, und er legte die Schlüssel des Caddys auf das Armaturenbrett und ging zu seinem eigenen Wagen. Zwei Stunden auf einem Rücksitz, und sein Leben war auf den Kopf gestellt.

Als er den Mustang startete, verstärkte sich der Wind, und in dem einsetzenden Regen fuhr er zu Henrys Farm. In seinen Gedanken spulte sich eine Bilderfolge ab von Maddies Umzug nach Columbus (würde sie Frog Point den Rücken kehren können?), von Maddies Tochter (was wußte er von Kindern?), von Annas Gesicht, wenn er es ihr erzählen würde (sie würde sich freuen, vor allem wegen des Kindes), von Henrys Gesicht, wenn er es ihm erzählen würde (unergründlich), von Maddies Gesicht, wenn er ihr einen Umzug nach Columbus vorschlagen würde (ausgeschlossen), von Annas Gesicht, sobald ihr einfiel, daß Maddie verheiratet war (die Hölle), und von den Gesichtern in Frog Point, sobald offenkundig wurde, daß er sie zu heiraten beabsichtigte (verblüfft), und all diese Gedanken führten zu dem Grund und Boden bei Henrys Farm (»schönes Grundstück, um darauf zu bauen«, hatte er zu C.L. gesagt, als er Sheila heiratete), zu der Gelegenheit,

Anna und Henry jeden Tag sehen zu können, und, jeden rationalen Gedankengang überschattend, zu Maddies Begierde und Weichheit, wie sie sich ihm in der Dunkelheit darbot, zu ihrem leisen Stöhnen, ihren Augen, als sie in seine blickte und kam, und zu der Art, wie sie sich an ihn krallte und kuschelte, als alles vorbei war.

Diesmal hatte er es richtig gemacht.

Ein kleiner, verständiger Teil von ihm sagte, daß zwei Stunden Autosex keine Zukunft ausmachten, aber der Rest von ihm brannte in dem Wissen, daß sie beide es diesmal richtig gemacht hatten.

So richtig vor jedem in Frog Point.

Maddie schlüpfte, durchnäßt vom Regen, durch die Hintertür. Sie versuchte, das endlose Wohlempfinden dieses Abends zu bewahren, aber mit dem Betreten des Hauses schwand ihr Glücksgefühl dahin. Toller Sex konnte ihre Probleme nicht beseitigen. Toller Sex –

»Wo *zum Teufel* bist du gewesen?«

Als Brents Stimme durch die Dunkelheit drang, fuhr sie zusammen. Er schaltete das Licht in der Küche ein und blendete sie.

»Brent?« Ihre Stimme vibrierte, als sie versuchte, ein wenig Zeit zu gewinnen. War ihr Kleid richtig zugeknöpft? Sie trug keinen BH.

»Ich fragte, wo zum Teufel du gewesen bist.« Er reihte die Worte wie einen Fluch aneinander, schwitzend und bebend und heftig atmend, während er sich mit einer Hand auf der Anrichte abstützte. Seine Augenbrauen sahen aus wie ein dunkler Schmiß auf seiner Stirn, als er sie anstarrte, den Kopf gesenkt wie ein verwundeter Stier.

»Brent, mir geht es gut.« Sie trat auf ihn zu in dem Versuch, ihn zu bruhigen. »Ich habe mit dem Cadillac eine Runde gedreht. Mach dir keine Sorgen wegen mir.«

Er packte sie am Arm. »Wegen dir mache ich mir keine Sorgen –« Er unterbrach sich und schüttelte ihren Arm leicht. »Wenn ich dir sage, daß du zu Hause sein sollst, erwarte ich, dich *zu Hause* vorzufinden. Hast du mich verstanden?«

»Nein«, sagte Maddie, und in ihren Gedanken mischten sich Schuldgefühle und Ärger. »Warum führst du dich so auf?« Sie entzog ihm ihren Arm. »Das paßt nicht zu dir. Weshalb bist du so wütend? Was macht es für einen Unterschied?«

»Es macht einen Unterschied, weil ich es sage.« Er beugte sich vor, um sie, an die Spüle gedrückt, festzuhalten. Er stank nach Schweiß und Bier und war so nahe, daß seine Hautporen wie Krater aussahen. »Ich bin dein Mann.«

Sie schüttelte den Kopf. *Nicht mehr. Ich brauche dich nicht mehr. Ich habe mich von dir befreit.* »So ein Blödsinn.« Sie schob ihn von sich.

Wieder senkte er seinen Kopf und trat, sie unter seinen Augenbrauen unverwandt anstarrend, einen Schritt auf sie zu. »Ich will wissen, wo du gewesen bist.«

»Warum?« fragte sie in Abwehrhaltung. »Ich frage dich doch auch nicht, wo du warst. Ich frage dich nicht« – sie holte tief Luft –, »weil ich es weiß.«

Er hielt inne. »Was?«

»Ich weiß alles über deine widerwärtigen kleinen Geheimnisse. Ich habe diese verdammte Kiste geknackt. Ich weiß alles.« Sie wandte sich ab gegen das regenbesprenkelte Fenster, in dem Bewußtsein, ihm nicht länger in die Augen schauen zu können, aber sie erkannte sein Spiegelbild darin. Wie vom Blitz getroffen stand er mit seitwärts herabbaumelnden Armen da. Grober, ungehobelter Klotz. Ihr Nacken schmerzte, so daß sie nach ihren Tabletten griff. Sie würde sie ohne Wasser schlucken. Sie wollte C.L.'s Geschmack in ihrem Mund nicht verlieren. »Wer zum Teufel glaubst du, wer du bist?« fuhr sie fort, während sie die Pillen in ihre Hand schüttete. »Hast du wirklich gedacht, du könntest ewig so billig davonkommen, nur, weil du Brent Faraday bist? Nun, da muß ich dich leider enttäuschen. Wenn du glaubst, daß ich mich mit diesem Scheiß abfinde, bist du blöder als –«

Sie wollte sich gerade zu ihm umdrehen, als sein Schlag mit der Faust sie von links am Auge traf. Sie torkelte und fiel rückwärts gegen die Wand, die Tabletten über den Fußboden verstreuend. *Gott sei Dank ist Em nicht hier,* schoß es ihr durch den Kopf, als sie an der Wand hinunter zu Boden rutschte. *Mein armes Baby.*

Unvermittelt setzte ihr Selbsterhaltungsdrang ein, und sie rappelte sich auf, als er auf sie zutrat. Sie rannte in die Diele und schrie: »Rühr mich nicht an!«, und als er ihr nicht folgte, stolperte sie ins Wohnzimmer und stützte sich zitternd und atemlos, das Tablettenfläschchen immer noch umklammernd, gegen die Sofakante.

Ihr Kopf schmerzte fürchterlich. So fühlte es sich also an, verprügelt zu werden. Mißhandelt. Noch eine gute Geschichte für die Nachbarn. Sie betastete die Seite ihres Kopfes, und als sie ihre Hand wegzog, klebte Blut an ihren Fingern. Sein Ring mußte sie geschnitten haben. Das mußte sie Em morgen erklären. Und ihrer Mutter. Und der ganzen Stadt. Ihre Knie gaben nach, und sie sank auf die Couch.

Zudem würde jeder die Sache mit C.L. erfahren, weil Bailey es mit Sicherheit ausplaudern würde. Was zum Teufel hatte sie sich dabei gedacht? Sie hatte ihr Leben für zwei Stunden absoluten Glücks verspielt. Kein schlechter Tausch, sofern es nur sie betraf, aber sie hatte auch Em und ihre Mutter verraten und verkauft. Sie war ein selbstsüchtiges Flittchen, und es gab keine Möglichkeit mehr, die Situation noch zu retten. Diesmal hatte sie ihre Gedanken wirklich in die Tat umgesetzt.

So konnte sie nicht mehr weitermachen. Sie konnte die Dinge nicht mehr in Ordnung bringen. Sie konnte nicht mehr das liebe Mädchen sein. Sie konnte es einfach nicht. Sie versuchte, ihre Augen auf einen Punkt zu konzentrieren, und ihr Blick fiel auf die nahezu leere Weinflasche, die sie mit C.L. am Tisch getrunken hatte. Nur ein Rest war noch darin. Sie war so müde, ihr Kopf schmerzte, und sie würde nie wieder glücklich sein.

Drei Tylenol hatten sie an diesem Nachmittag alles vergessen lassen. Die meisten Tabletten lagen auf dem Küchenfußboden verstreut, aber als sie das Fläschchen in ihre Handfläche ausleerte, zählte sie immer noch sieben. Das Vergessen war noch in erreichbarer Nähe. Sie ließ die Tabletten nacheinander in die Weinflasche fallen und schüttelte sie dann, um das Medikament aufzulösen.

»Maddie.«

Brent stand, noch immer in seinem Bowlinghemd, mit hängenden Schultern im Türrahmen. O Gott, sah er erbärmlich aus! Es lag nicht an dem Hemd. C.L. würde in diesem Hemd großartig aussehen. Es lag an Brent.

Sie sah auf die Flasche und knallte sie auf den Tisch. Brent war das Problem, nicht sie. Sie mußte aufhören zu trinken. Sie hätte sich gerade beinahe selbst umgebracht oder zumindest ernsthaft krank gemacht. Und dieses Selbstmitleid mußte auch aufhören. Sie mußte eindeutig aufhören, sich zu betrinken. »Schlechten Tag gehabt, was?« sagte sie und betastete erneut die Seite ihres Kopfes.

Brent schloß die Augen. »Es tut mir leid. Es tut mir so leid, daß ich dich geschlagen habe. Ich liebe dich, das weißt du. Es tut mir leid.«

»Ich weiß, daß es dir leid tut«, sagte Maddie. »Ich weiß.« Noch nie zuvor hatte er sie geschlagen, und auch jetzt spielte es nahezu keine Rolle. Das machte es nur einfacher für sie, ihn zu verlassen. Sie wäre ihm dafür beinahe dankbar gewesen, wenn es nicht so weh getan und es nicht soviel Chaos gegeben hätte, für das sie später bezahlen mußte.

Jeder, dem sie hierfür eine Erklärung liefern mußte, würde denken, daß er sie wegen C.L. geschlagen hatte, und während sie sich bemühen würde, alles zu erklären, würde Brent in seiner sorglosen Art weitermachen. Dieser Bastard.

»Du hast meine Papiere durchwühlt«, sagte Brent mit schwerer Stimme. »Du hast in meinem Büro herumgeschnüffelt.«

»Ganz recht.« Maddie war überrascht. Es kam ihr vor, als läge dies Tage zurück. Ein Jahrhundert zurück. »Ich hatte einen Grund.«

»Ich will diese Kiste zurückhaben.«

»Später.«

»Ich will sie *jetzt* zurück. Und ich will wissen, wo du gewesen bist. Mit wem hast du gesprochen?«

Maddie war müde. Auf eine zerschlagene Nach-Sex- und Ich-will-dieses-Gespräch-jetzt-nicht-führen-Art müde bis auf die Knochen. »Laß uns morgen reden.«

»Jetzt.«

»Na gut.« Sie stand auf und funkelte ihn an. »Du zuerst. Wo zum Teufel bist *du* gewesen? Und erzähl mir nichts vom Bowlingspielen, du Scheißkerl. Ich kann nicht glauben, was für ein Lügner du bist. Nie mehr werde ich dir irgend etwas glauben.«

Brent schien sich vor ihren Augen aufzublähen. *»Halt den Mund«*, sagte er. »Hier geht es nicht um mich. Wo –«

»Hör auf mit diesem Mist von wegen, hier geht es nicht um dich«, unterbrach Maddie ihn. »Hier geht es doch nur um dich und dein Verlangen, den großen Macker zu spielen, oder etwa nicht?«

»Es reicht jetzt«, sagte Brent.

»Der gute alte Brent Faraday kann jede Frau haben, die er will, und kommt bestimmt ans Ziel. Das ist doch der

Punkt, nicht wahr?« Von dem Wortwechsel angewidert ging sie um den niedrigen Tisch herum in Richtung Diele. »Ich werde dieses Spiel jedenfalls nicht mehr mitmachen. Ich gehe jetzt.«

»Nein, das tust du nicht«, sagte Brent zitternd. »Du gehst nirgendwo hin.«

»Ich weiß, was du bist –«, antwortete Maddie.

»Halt den Mund!«

»– und das ist nicht gerade bemerkenswert, also hör auf –« Während sie weiterredete, ging sie an ihm vorbei. *»Halt jetzt endlich den Mund!«* brüllte er, bevor er erneut ausholte und seine Faust sie nur Zentimeter unter seinem ersten Hieb mit einem dumpfen Schlag an der Seite traf, so daß sich in ihrem Kopf ein hohles Gefühl ausbreitete.

Sie torkelte rückwärts, richtete sich dann auf und zwinkerte die automatisch aufkommenden Tränen weg. *»Das genügt«*, sagte sie und schob sich an ihm vorbei, während sie ihn beiseite und dann zu Boden stieß, als sie auf die Treppe zustolperte.

Er kam wieder auf die Füße, und sie rannte auf die Stufen zu, Stühle hinter sich umwerfend, um ihm den Weg zu versperren. Sie hörte den Dielentisch hinter sich umkippen und das Holz splittern, als er darüberfiel, aber sie schaute sich nicht um, sondern lief in ihr gemeinsames Schlafzimmer, schlug die Tür hinter sich zu und drehte den Schlüssel in dem Moment um, als er seinen Körper dagegen warf. Mühsam schob sie die schwere Frisierkommode vor die Tür und preßte in dem Versuch, wieder zu Atem zu gelangen und die aufsteigenden Tränen zu unterdrücken, hervor: »Verschwinde. Verschwinde aus diesem Haus. Ich rufe die Polizei. Du bist betrunken. Oder durchgedreht. Ich weiß nicht, was du bist. Aber ich weiß, was du getrieben hast, und ich weiß, was für eine Sorte Mann du bist. Es ist aus. *Verschwinde!«*

Sie hörte ihn gegen die Tür sacken. »Maddie«, sagte er, und hätte sie nicht genau gewußt, daß Brent niemals weinte, hätte sie genau dies vermutet. »Es tut mir so leid. Ich wollte dich nicht schlagen. Es ist einfach so passiert. Wo warst du heute abend? Bitte sag es mir. Ich muß einfach nur wissen, was du weißt. Ich muß wissen, wem du es erzählt hast.«

»Ich war mit C.L. Sturgis zusammen«, sagte sie. »Den ganzen Abend. Am Montag habe ich einen Termin wegen der Scheidung. Ich weiß alles, alles über deine blonde Liebschaft, alles, aber daß du mich geschlagen hast, ist das Schlimmste. Daß du mich *zweimal* geschlagen hast. Hau ab. Du bist nicht länger mein Mann.«

»Was hast du ihm erzählt?« fragte Brent, und sie konnte sehen, wie die Tür unter dem Druck seines Körpergewichts nachgab. Sie warf sich gegen die Kommode, und das Türschloß hielt stand. »Mein Gott, Maddie, was hast du erzählt?«

»Hau ab!«, schrie Maddie. »Hau einfach nur ab!«

Nach einer langen Stille hörte sie ihn die Treppe hinuntergehen, auf jede Stufe schwerfällig wie gegen einen Sandsack tretend. *Das war's*, dachte sie. *Das ist das Ende dieses Lebens. Es ist vorbei. Ich bin froh, daß er mich geschlagen hat. Das war der Tiefpunkt. Jetzt kann ich ihn niemals zurücknehmen. Nicht für Em, nicht für meine Mutter, für niemanden mehr.*

Zwischen den Donnern draußen hörte sie ihn im Erdgeschoß herumlaufen, und nach einiger Zeit hörte sie ihn sprechen. Sie setzte sich aufs Bett und hob vorsichtig den Hörer des Telefons im Schlafzimmer ab, aber alles, was sie belauschte, waren Brents alkoholgeschwängerte Worte: »Ich kann immer noch nicht glauben, daß hier irgendein verdammter Streuner unterwegs ist, aber ich bringe sie dir. Aber das war's dann. Damit ist es vorbei.« Eine Frauenstimme antwortete: »Gut«, bevor Brent den Hörer auf die

Gabel knallte und Maddie hörte, wie das Telefon in der Diele auf den Boden fiel. Noch eine gute Viertelstunde lief er unten umher, während sie mit hämmernden Kopfschmerzen auf der Bettkante saß, doch dann hörte sie das Klingeln seiner Schlüssel, als er zur Haustür hinausging. Sie sank rückwärts auf das Bett.

Vor Schmerz und Erschöpfung und Angst und Verwirrung und wegen ihrer kaputten Ehe begann sie zu weinen und preßte immer wieder die Fäuste gegen den Kopf. So müde sie auch war, sie konnte jetzt nicht schlafen. All die Dinge, um die sie sich kümmern mußte – Em und Kristies Baby und ihre Mutter und den Hund und die Scheidung und Treva und ihren Wagen und sogar die Mikrowelle –, alles wirbelte in ihrem Kopf zusammen mit dem Schmerz und den Tränen durcheinander, während der Sturm draußen immer stärker wurde und sie das Gefühl hatte, wegen all dem verrückt zu werden. Mit einem Mal wünschte sie sich, daß C.L. sie in die Arme schließen und dafür sorgen würde, daß Brent sich ihr nicht mehr näherte und alles wieder in Ordnung kam.

Es war beinahe vier Uhr morgens, bevor der Sturm sich legte und sie in Schlaf fiel. Erst in diesem Moment, am Rande des Unbewußten, wurde ihr klar, daß es nicht nur die Schläge gewesen waren, die alles für sie beendet hatten, obwohl das allein ausgereicht hätte. Es war der Grund, der dahintersteckte. Er hatte nicht befürchtet, daß sie ihn betrog; er hatte Angst davor, daß sie ihm nachschnüffelte, daß sie das miese kleine Spiel herausfand, das er trieb, und daß in der ganzen Stadt bekannt würde, was für ein Mistkerl er war. »Ich muß einfach nur wissen, was du weißt«, hatte er gesagt, und sie konnte seine nackte Angst aus diesen Worten hören, daß er vielleicht nicht länger der tolle Brent Faraday war.

Wenigstens habe ich keine Angst, redete sie sich selbst ein.

Wenigstens bin ich dazu bereit, die zu sein, die ich wirklich bin. Ihre Gedanken schweiften ab zu ihrer Mutter, zu der ganzen Stadt und zu Bailey, der alles brühwarm erzählen würde, und das war schlecht. Aber schließlich war sie zu müde, um weiter nachzudenken, und fiel in Schlaf.

Jemand rief ihren Namen, und Maddie richtete sich zu plötzlich auf. Sie verspürte einen hämmernden Stich in ihrer Schläfe und fühlte sich von dem Schmerz wie geblendet. *Auf diese Art aufzuwachen, muß aufhören,* dachte sie. *Was habe ich letzte Nacht gemacht?*

Ihre Erinnerung kehrte zurück.

Wieder hörte sie ihren Namen. Treva. Treva war unten mit den Mädchen. Sie zog die Kommode von der Tür weg und stolperte die Stufen hinunter. Treva, Mel und Em standen in der Diele und starrten sie erschrocken und sprachlos an.

»Was gibt's denn?« fragte Maddie.

»Wir haben versucht, dich anzurufen«, meinte Em kleinlaut und sah furchtbar verängstigt aus, »aber es war ständig besetzt.« Sie blickte zu Boden. »Ich glaube, ich weiß, warum.«

Maddie drehte sich um. Zwei Stühle und der Dielentisch lagen umgekippt auf dem Boden, ein Stuhlbein war zerbrochen, gegen das Brent vermutlich auf seiner Verfolgungsjagd nach ihr getreten hatte. Das Telefon, das normalerweise auf dem Tisch stand, lag auf dem Fußboden, und der Hörer beklagte sich in nasaler Monotonie.

Em ging an ihrer Mutter vorbei und legte den Hörer auf. Es begann zu klingeln, und sie hob ab und sagte: »Einen Moment bitte.« Sie wandte sich zu ihrer Mutter. »Für dich.«

»Em, mein Schatz«, hob Maddie an, in dem verzweifelten Versuch, eine Erklärung zu finden, um diesen Ausdruck aus den Augen ihrer Tochter wegzuwischen. »Hör mir zu. Ich habe gestern abend ein bißchen viel getrunken und bin auf dem Weg ins Bett über ein paar Möbel gestolpert. Dabei habe ich mir den Kopf gestoßen.« Das Hämmern in ihrem Kopf wurde noch stärker; sie mußte furchtbar aussehen. »Tut mir leid. Du weißt, daß ich nicht trinke, aber es lief ein guter Film im Fernsehen, und ich habe ein bißchen Wein getrunken und ...« Sie zuckte mit den Schultern.

»Wie wäre es mit einem Frühstück, Mädchen?« ergriff Treva mit aufgesetzter Fröhlichkeit das Wort. »Zuckerplätzchen. Irgendwas, was eure Zähne ruiniert.«

Em reichte ihrer Mutter den Hörer und ging in die Küche. Mel warf Maddie einen ängstlichen und erstaunten Blick zu, bevor sie Em folgte.

»Keine gute Lüge«, meinte Treva zu Maddie. »Es gab letzte Nacht einen Senderausfall. Wir mußten uns Videofilme ansehen.«

»Oh, Gott.« Maddie wandte sich dem Spiegel zu. *»Oh, Gott!«* Die blaue Färbung rund um ihr Auge zog sich von ihrem Wangenknochen bis zu ihrer Augenbraue hoch und teilte sich dort in zwei Schrammen, wo Brents Ring sie geschnitten hatte. »Emily«, flüsterte sie. »Em hat es gesehen.«

»Verflucht!« Treva spähte über ihre Schulter, um den Schaden im Spiegel zu begutachten. »Ich hab's gesehen und könnte kotzen. Was ist passiert?«

»Brent hat mich geschlagen«, wisperte Maddie und nahm dann, als Treva mit offenem Mund schockiert gegen die Wand sackte, das Telefongespräch entgegen. »Hallo?«

»Was läuft da ab bei dir? Hat Brent schon das Weite gesucht?« C.L.'s Stimme klang fröhlich, voller Sonne und Sex. »Seit zehn Uhr versuche ich, dich zu erreichen. Du hast wohl mit Treva telefoniert, stimmt's?«

»Nein«, erwiderte sie und starrte ihr Spiegelbild an. Zu ihrem Entsetzen brach sie in Tränen aus.

»Ich bin sofort da«, sagte C.L. »Warte, und weine nicht. Ich bin sofort da.«

8

»Nein«, sagte Maddie. Ein Liebhaber im Haus fehlte ihr gerade noch, noch etwas, was sie Em erklären müßte und ihrer Mutter und den Nachbarn und – »Es ist alles in Ordnung«, meinte sie zu ihm. »Mir geht es gut. Treva ist hier. Mit den Kindern.«

»Hör zu, ich bin hier bei meinem Onkel. Ich kann jederzeit hinüberkommen. Ich werde in der Nähe des Telefons bleiben. Ruf mich an, wenn ich kommen kann. Was ist denn passiert? Ich komme jetzt.«

»Nein«, wiederholte sie. »Ich rufe dich später an.« Sie legte auf, während er weiter auf sie einredete. C.L. war wichtig, aber sie war nicht sicher, wie wichtig. Um Ems Bedeutung wußte sie jedoch ganz genau. Sie drehte sich zu Treva um. »Was soll ich mit Em machen?«

Treva starrte sie noch immer an. »Wie oft hat er dich geschlagen?«

»Zweimal. Danach habe ich mich im Schlafzimmer eingeschlossen.« Maddie blickte wieder in den Spiegel und schreckte zusammen. Sie sah noch immer fürchterlich aus.

»Lieber Himmel«, sagte Treva, »geh nach oben und mach dich zurecht. Ich lenke die Mädchen ab. Nimm reichlich Make-up. Und setz eine Sonnenbrille auf.«

Make-up und Sonnenbrille würden nicht funktionieren. Em hatte sie bereits gesehen. »Was soll ich Em sagen?«

Treva seufzte. »Ich weiß es nicht. Wie wäre es mit der Wahrheit?«

Hallo, Schatz, Daddy hat mich letzte Nacht verprügelt. Maddie schüttelte den Kopf. »Das geht nicht. Er ist ihr Vater.«

»Ja, und er hat ihre Mutter geschlagen.«

»Würdest du es Mel sagen, wenn es um Howie ginge?«

»Ich weiß nicht. Howie würde so etwas nicht tun.« Noch nie hatte Treva so nahe davorgestanden, in der Öffentlichkeit loszuweinen. »Geh dich jetzt zurechtmachen. Was für ein Mist.«

Eine halbe Stunde später trat Maddie, bekleidet mit einem alten Arbeitshemd und Jeans, ihr Gesicht mit einer dicken Schicht Make-up bedeckt und die Augen hinter einer Sonnenbrille verborgen, in der Küche ihrer Tochter gegenüber.

»Du hast wohl jede Menge Wein gestern abend getrunken«, meinte Em.

»Ja. Wie dumm von mir.« Maddie setzte sich.

»Warum hast du zwei Gläser benutzt?« fragte Mel und versuchte erst gar nicht, ihre Neugier zu verbergen.

»Ems Daddy hat auch einen Schluck getrunken«, log Maddie. »Er kam spät nach Hause und hat noch ein Glas getrunken.«

»Mel, wir müssen jetzt gehen«, sagte Treva, und dann zu Maddie gewandt: »Ruf mich später an.« Sie scheuchte ihre Tochter aus der Tür und in das Auto, bevor Mel weitere kluge Bemerkungen machen konnte.

Maddie streckte ihre Arme aus. »Komm her, meine Kleine.«

Em ging um den Tisch herum und ließ sich auf den Schoß ihrer Mutter ziehen. Sie begann zu weinen.

Maddie umarmte sie und wiegte sie hin und her. »Sag mir alles, mein Schatz.«

»Ich hatte Angst«, schluchzte Em. »Alles war so schrecklich, jeder hat sich gestritten, und dann habe ich dein Gesicht gesehen und Angst bekommen.«

»Ich weiß.« Maddie drückte sie fester. »Es sieht fürchterlich aus. Ich habe mich selbst erschrocken, als ich es gesehen habe, aber es ist nicht das erste Mal. Weißt du noch, als ich mich in dem Fitnessclub angemeldet habe und zu schwere Gewichte gestemmt habe, so daß die Blutgefäße in meinem Auge geplatzt sind?«

Em hörte auf zu weinen. »Ja.« Sie schniefte. »Das hatte ich vergessen. Aber da war nicht dein ganzes Gesicht so dick.«

»Aber nur, weil mir das Gewicht nicht auf das Gesicht gefallen ist«, antwortete Maddie geistesgegenwärtig.

Em sah sie stirnrunzelnd an. »Und jetzt ist dir ein Gewicht aufs Gesicht gefallen?«

»Genau. Eines von Daddys im Keller. Ich hatte ein paar Gläser Wein getrunken, und da ist es mir aus der Hand gerutscht. Nicht sehr intelligent, stimmt's?«

Em sah nicht so aus, als kaufe sie ihr diese Geschichte ab, aber wenigstens hatte sie aufgehört zu weinen.

»Ich kam mir so dumm vor«, schmückte Maddie ihren Bericht weiter aus. »Ich wußte nicht einmal, daß es so schlimm war, bevor ihr herkamt und ich in den Spiegel schaute.«

Em entzog sich ihrer Umarmung, glitt auf die Füße und meinte plötzlich sachlich: »Du mußt zum Arzt gehen.« Sie wischte mit dem Handrücken die letzten Tränen weg. »Vielleicht hast du einen Schädelbruch. Oder eine Gehirnerschütterung.«

»Vielleicht später«, sagte Maddie, erleichtert, daß die unmittelbare Krise überstanden war. Irgendwann würde Em sich an die Möbel in der Diele und den Senderausfall erinnern, aber in Kürze würde ihr ein härterer Schlag versetzt werden, nämlich die Scheidung ihrer Eltern. Danach würden kaputte Möbel ihr geringstes Problem sein.

Bevor sie aufräumen oder Treva anrufen konnte, klingelte das Telefon.

»Maddie, Schatz, hier ist Mama.«

Maddie sank an den Küchentisch zurück und versuchte, wohlauf zu klingen. »Hi, Mom.«

»Ich habe eben schon einmal angerufen, aber es war besetzt.«

»Ich habe den Hörer ausgehängt, weil ich ausschlafen wollte.«

»Nun gut. Wie geht es diesem netten Sturgis-Jungen?«

»Was?« Ihre Mutter konnte unmöglich schon etwas gehört haben, es sei denn, Bailey –

»Ich habe Gloria Meyer bei Revco getroffen. Sie sagte, du hättest gestern abend stundenlang mit ihm im Garten gesessen und Orangensaft und Wodka getrunken.«

Maddie schloß die Augen. Adlerauge Gloria hatte sogar den Wodka erkannt. Sie mußte ein Fernglas benutzt haben. »Es geht ihm gut, Mom.«

»Wie verdient er seinen Lebensunterhalt?«

»Das weiß ich nicht. Warum?«

»Nur so eine Frage. Warum hat er dich besucht?«

»Er wollte zu Brent.« Das war ihr in all der Aufregung völlig entgangen: Was hatte C.L. von Brent gewollt? Vielleicht war es nur ein Vorwand gewesen, um sie zu sehen. Wenn ja, gut für C.L.

»Will er hier ein Haus bauen?«

Maddie seufzte. »Ich habe keine Ahnung, Mutter. Ich denke nicht. Vermutlich ist er einfach nur zu Besuch. Er sagte, er würde eine Woche hierbleiben. Er wohnt bei seinem Onkel Henry. Er ist geschieden. Kinder hat er nicht. Er lebt in Columbus. Er fährt ein rotes Mustang-Cabrio. Das war's. Mehr weiß ich nicht.«

»Ist ja schon gut, Maddie. Ich habe mich lediglich gefragt, wie der Mann seinen Lebensunterhalt verdient.«

»Ich werde es herausfinden.«

»Es ist nicht wichtig, Liebes. Den Streuner haben sie übrigens immer noch nicht erwischt.«

»Ich bin sicher, daß Henry sich darum kümmert. Mach dir keine Sorgen.«

»Weißt du, was ich gerade dachte? Gloria Meyer läßt sich doch scheiden. Wenn der Sturgis-Junge in der Stadt bleibt, könntest du sie ja vielleicht miteinander bekannt machen.«

Das funktioniert nie. Er mag Sex. »Sicher.«

»Gloria ist völlig außer sich.«

»Warum?« fragte Maddie artig.

»Weil jemand Wilbur Carter erzählt hat, sie hätte sich einen Scheidungsanwalt aus Lima genommen – was in der Tat das einzig Sinnvolle wäre, was sie tun könnte –, und Wilbur hat sich fürchterlich aufgeregt, weil er der Cousin ihrer Mutter ist und zur Familie gehört und so.«

Es war die reine Hölle. »Woher weißt du das alles?«

»Weil Wilbur Gloria zufällig auf der Main Street getroffen hat, direkt vor der Bank, genau in dem Moment, als Margaret Erlenmeyer aus dem Revco kam. Er fragte sie danach, also blieb Margaret stehen und gab vor, sich die Schaufensterauslagen anzusehen. Aber Gloria hat es abgestritten, demnach kümmert er sich noch immer um ihre Scheidung.«

»Interessant«, sagte Maddie und versuchte, desinteressiert zu klingen. »Ich frage mich nur, wie dieses Gerücht in die Welt gesetzt wurde.«

»Ich habe keine Ahnung, aber ich hörte, sie hätte Jane Henries engagiert. Weißt du, sie ist sehr gut.«

»Das habe ich auch gehört.«

»Und trotzdem bleibt Gloria bei Wilbur.« Der Tonfall ihrer Mutter implizierte *dumm wie Bohnenstroh*. »Aber typisch Gloria. Nicht mehr Verstand als eine Gans. Hast du mit Treva gesprochen?«

»Treva geht es gut«, sagte Maddie.

»Schön, Schatz. Es ist nur, daß diese Geschichte von der Bowlingbahn wahr zu sein scheint. Wie geht es Emily?«

»Bestens. Hör zu, Mom, ich muß jetzt Schluß machen.«

»Natürlich, Liebes. Ich komme morgen früh vorbei, um

Emily abzuholen. Vorausgesetzt, du hast noch vor zu fahren.«

Maddie sank in sich zusammen. Zu allem Übel mußte sie morgen auch noch ihre Großmutter besuchen. »Selbstverständlich fahre ich. Hat es jemals einen Sonntag gegeben, an dem ich Gran nicht besucht habe?«

Die Stimme ihrer Mutter klang verdrießlich. »Nein, aber ich befürchte immer, daß dieser Tag einmal kommt.«

Und dazu wäre dieser Sonntag genau der richtige. »Das wird nicht passieren.«

»Du bist eine gute Tochter, Maddie. Ich sehe dich dann morgen. Paß auf dich auf. Und schließ die Türen ab.«

»Darauf kannst du wetten. Ich liebe dich, Mom.«

»Ich liebe dich auch, mein Schatz. Ruh dich noch ein wenig aus.«

Maddie überprüfte ihr Make-up – es sah noch immer furchtbar aus, aber auf jeden Fall besser als die Bescherung, die es abdeckte – und ging nach oben, um nach Em zu sehen. Mit einem Buch in den Händen saß sie zusammengekauert auf Maddies Bett, aber das Telefon auf dem Nachttisch stand schief, als habe sie es hastig weggeschoben.

»Grandma hat angerufen«, sagte Maddie zu ihr.

»Das ist schön«, erwiderte Em höflich.

Hatte sie am Nebenanschluß mitgehört? Maddie versuchte, sich zu erinnern, ob sie irgend etwas gesagt hatte, was Em nicht hören sollte, aber das schien unwahrscheinlich. Schließlich hatte sie mit ihrer Mutter gesprochen. Wäre es Treva gewesen… Sie bemerkte Ems verstohlenen Blick zum Telefon, bevor sie schnell wieder ihre Mutter ansah.

Was sollte sie tun? Em fragen, ob sie gelauscht hatte?

Em verkroch sich tiefer in das Bett und hob ihr Buch ein wenig an. Also gut, sie wollte nicht reden. Maddie wählte den feigen Weg.

»Ich werde jetzt unten aufräumen und Tante Treva anrufen, dann können wir danach zu Mittag essen, okay?«

»Okay«, sagte Em gleichgültig.

Unten hob Maddie einige der Trümmer auf, bis ihr Kopf wieder zu hämmern begann. Sie wählte Trevas Nummer und lauschte, ob noch jemand einen Hörer in der Leitung abnahm. Als Treva abhob, fragte Maddie: »Schlechter Zeitpunkt?« Trevas Stimme explodierte in der Leitung.

»Bist du völlig schwachsinnig geworden? Ich sitze hier und *warte* –«

Im Hintergrund hörte Maddie ein Klicken. »Hörst du noch jemanden in der Leitung?«

»Nein.« Treva hörte sich ein wenig überrascht an. »Warum?«

»Ich dachte, vielleicht lauscht Em über den Nebenanschluß.«

»Um herauszufinden, was zum Teufel bei ihr zu Hause vorgeht?« Treva schnaubte verächtlich. »Ich könnte es ihr nicht verdenken. Hört sie jetzt zu?«

Maddie dehnte die Telefonschnur bis zum Fuß der Treppe. »Em!«

Sekunden später steckte Em ihren Kopf aus Maddies Schlafzimmertür. »Was denn?«

»Geh draußen lesen«, sagte Maddie. »Hol dir ein bißchen Sonne und frische Luft.«

Em sah nicht begeistert aus, nickte aber, ging ins Schlafzimmer zurück und kam dann mit ihrem Buch die Treppe herunter. Maddie lief nach oben und nahm den Hörer im Schlafzimmer ab, so daß sie Em im Garten während des Gesprächs im Auge behalten konnte. »Okay, sie ist jetzt draußen, ich kann sie sehen. Hat sich Mel wegen meines Auges erschrocken?«

»Nicht so sehr wie ich«, meinte Treva. »Was ist passiert?«

»Ich weiß nicht genau. Ich habe gestern abend getrunken.«

»Mit Brent?«

C.L.'s Gesicht tauchte vor ihr auf, und sie wünschte sich, daß er hier bei ihr wäre, damit sie sich an ihn lehnen, mit ihm lachen und einfach alles auf ihn abladen konnte. »Oh, nein, nicht mit Brent.«

»Hat er dich geschlagen? Kindfrau entpuppt sich als heimliche Trinkerin? Im Liebesnest überrascht?«

»Er sah mich, als ich zur Hintertür hereinkam. Als ich ihm sagte, ich wisse Bescheid über die andere Frau, hat er mich geschlagen.«

Lange Stille. »Nun ja, es ist nicht gerade meine Art, mich zu entschuldigen.«

Maddie verzog das Gesicht, während sie sich zu konzentrieren versuchte, aber ihre geschundene Haut strafte sie sofort mit Schmerzen. Soviel zur Konzentration. »Treva, ich glaube, er hat mich geschlagen, weil ich es herausgefunden habe. Ich meine, er schien geschockt zu sein, aber nicht wütend. Oder geschockt und wütend. Es war eigenartig. Irgendwie unpassend.«

»Nun, da sind wir einer Meinung. Er hätte dich nicht schlagen dürfen. Ist das also etwas Neues, oder hast du mir auch das bisher verheimlicht?«

»Nein, nie. Noch nie. Er brüllt, wird sarkastisch, haut ab und ruft nicht an, aber er hat mich nie geschlagen. Em auch nicht. Er hat ihr noch nicht einmal irgendwann einen Klaps gegeben. Er –« Es klingelte unten an der Tür, und sie unterbrach sich und hörte, wie Em durch das Haus trampelte, um die Tür zu öffnen. »Es hat geläutet. Ich muß Schluß machen.«

»Warte einen Augenblick. Wohin bist du gestern abend mit dem Caddy gefahren?«

Em rief von unten hoch: »Mom, hier ist ein Mann, der dich sprechen will.«

»Bleib mal dran, Treva.« Maddie legte den Hörer weg und trat nach oben an die Treppe. »Was?«

»Hier ist jemand für dich.« Em ging zur Seite, so daß C.L. vortreten und zu ihr hochschauen konnte. Abrupt schwand das Lächeln aus seinem Gesicht, und in seiner Miene spiegelten sich Wut und Entsetzen.

»Scheiße, gottverdammter Herr im Himmel«, sagte er. »Was ist denn mit dir passiert?« Seine Besorgnis und seine Wut hüllten sie ein, und sie war verräterisch froh darüber.

»Ich komme sofort.« Sie rannte zum Telefon zurück. »Ich rufe dich später zurück«, sagte sie zu Treva, »ich habe Besuch bekommen.« Sie hängte ein, während Treva noch einmal sagte: *»Warte einen Augenblick.«*

Unten konnte sie C.L. sagen hören: »Hey, Kleine, entschuldige die Gotteslästerung. Ich war nur nicht auf das Gesicht deiner Mutter vorbereitet.«

»Ich auch nicht«, sagte Em. »Du warst jedenfalls besser als ich. Ich habe geweint.«

Es dauerte eine Weile, bevor Maddie Em loswurde, ohne den Anschein zu machen, sie loswerden zu wollen, vor allem, da sich Em und C.L. durch die kollektive Mißbilligung ihres Gesichts verbündet hatten. Schließlich wanderte Em mit ihrem Buch zurück in Maddies Schlafzimmer, und Maddie und C.L. hörten auf zu lächeln.

»Ein nettes Kind«, sagte C.L.

Maddie gab ihrer Stimme einen leichten Klang. »Ich finde sie auch ganz nett.«

»Sie sagt, dir wäre ein Gewicht aufs Gesicht gefallen.«

Maddie setzte sich auf die Treppe, zu müde für ein weiteres Theaterstück. »So eine Geschichte hört sich glaubwürdiger an, wenn man acht Jahre alt ist.«

C.L.'s Kiefer spannte sich. »Wie ist es passiert?«

Maddie zuckte mit den Schultern. »Ein Unfall.«

»Blödsinn.« C.L. setzte sich neben sie. »Er hat dich geschlagen.«

Sie lehnte sich leicht an ihn, und er legte den Arm um sie. »Nur einmal«, log sie. Sie zog seinen Arm von ihrer Schulter, hielt seine Hand jedoch fest. »Ich liebe die Art, wie sich dein Arm um mich anfühlt«, flüsterte sie, »aber Em ist oben. Und es geht mir gut. Wirklich, er hat mich nur einmal geschlagen.«

»Einmal war ganz offensichtlich genug.« C.L.'s Stimme klang grimmig, aber mit der Hand griff er ihr zärtlich unters Kinn. »Sieh mich an.«

»Es geht mir gut.«

Er beugte sich näher zu ihr, nahe genug für einen Kuß. »Sieh mich an, verdammt noch mal. Ich will deine Augen sehen.«

»Ich bin okay.« Maddie ging ein wenig auf Abstand. »Treva hat sie sich angeschaut. Keine Gehirnerschütterung.«

»Kopfweh?«

»Höllisch, ja.«

»Schwindel?«

»Nein.«

»Übelkeit?«

»Nein. Noch nicht einmal ein Kater.« Sie versuchte zu grinsen, um ihn abzulenken. »Ich bin okay.«

C.L. holte tief Luft, seine Hand schloß sich fester um ihre. »Du vielleicht, aber ich nicht. Ich bin schuld daran.«

Maddie warf einen Blick nach oben, um sich zu vergewissern, daß der Flur noch immer leer war. »Es war nicht wegen dir«, flüsterte sie. »Er war wütend, weil ich ihm nachspioniert habe.«

»Deshalb hat er dich geschlagen?«

Maddie löste sich ein wenig. »Können wir von etwas anderem sprechen? Dies ist bereits der zweite Aufguß. Das reicht mir.«

»Der zweite? Oh, Treva.« Er schwieg kurz. »Und was hast du über Brent herausgefunden?«

»Daß er eine Affäre hat. Ich weiß, ich weiß, keine große Überraschung. Aber ich war überrascht.«

»Ist das alles?«

»Ist das nicht genug?«

»Es wäre genug für mich.« C.L. lehnte sich mit der Schulter an sie, und das Gewicht und die Wärme fühlten sich wundervoll an. »Mein Gott, wie schrecklich du aussiehst. Verdammt, ich hätte mit dir hineingehen sollen.«

»Nein, es ist schon in Ordnung«, sagte sie und spürte die Tränen in sich aufsteigen. *Hör auf damit,* ermahnte sie sich. *Du tust nichts anderes als heulen.*

C.L. wollte einen Arm um sie legen, aber sie versteifte sich. »Nein. Em ist doch oben.«

»Okay.« Er ergriff ihre Hand und zog sie auf die Füße. »Komm her, nur eine Minute.« Er schob sie in die Diele außerhalb der Sichtweite vom oberen Treppenabsatz und umschloß ihr Gesicht mit beiden Händen. »Ich mache mir Sorgen um dich«, sagte er und küßte sie so sanft, daß sein Kuß sich wie ein Flüstern auf ihren Lippen anfühlte. »Ich will dich beschützen.« Wieder küßte er sie, diesmal länger und inniger. Sie lehnte sich an ihn und schmeckte ihn, als er sie in die Arme schloß und an sich zog. Sie fühlte sich so geborgen. Sie sollte das nicht tun, aber sie fühlte sich so geborgen, und sein Kuß bereitete ihr ein Gefühl wohliger Wärme im ganzen Körper. Dieser Kuß sollte für den Rest ihres Lebens andauern.

Als C.L. sich löste, sah er ebenso benommen aus wie sie. »Ich muß jetzt auf der Stelle gehen, oder wir landen hier auf dem Fußboden. Aber ich komme ganz bestimmt zurück. Verriegele die Tür.«

»Was soll das heißen, verriegele die Tür?« Noch immer aufgewühlt von seinem Kuß und voller Verlangen nach seiner Nähe folgte Maddie ihm durch die Diele zur Haustür. »Noch immer wegen dieses Streuners?«

»Es gibt keinen Streuner.« C.L. öffnete die Tür und wandte sich zu ihr um. »Henry hat Nachforschungen angestellt. Keiner hat irgendwas gesehen. Mach dir also keine Sorgen wegen eines Phantoms, wenn dir ein ganz anderer Ärger ins Haus steht.«

»Was meinst du damit?«

C.L. warf einen Blick nach oben, beugte sich dann zu ihr vor und flüsterte: »Ich meine, ich halte es nicht für eine gute Idee, Brent hereinzulassen.«

»Er ist Ems Vater. Wie kann ich ihm das Haus verbieten?« fragte Maddie ungläubig.

»Stell dir einfach vor, er würde Em schlagen. Das dürfte genügen.«

»Das würde er nicht tun.«

»Woher willst du das wissen? Dich hat er jedenfalls geschlagen.« C.L. reckte den Hals, um noch einmal die Treppe hinaufzuschauen. »Ich glaube nicht, daß sie uns beobachtet, aber wir sollten es besser nicht riskieren.« Er berührte ihre Lippen mit dem Finger. »Fühl dich zum Abschied geküßt, bis ich es richtig tun kann. Ich komme später wieder. Schließ die Tür hinter mir ab.«

Maddie sah ihm nach, wie er den Weg hinunterging. »Was hast du vor?«

»Deinen Ehemann zu suchen«, rief C.L. über die Schulter.

Als er fort war, fühlte Maddie sich einsam, aber sie machte die Tür zu und drehte den Schlüssel im Schloß herum.

Em hopste ein wenig auf dem Bett ihrer Mutter herum, während sie darauf wartete, daß Mel ans Telefon ging. Wenigstens hoffte sie, daß Mel abheben würde. Sie brauchten wirklich ein eigenes Telefon. Mit acht waren sie schließlich alt genug. Richelle Tandy hatte auch ihr eigenes –

»Hallo?« meldete sich Mel.

»Hast du mitgehört, als meine Mom deine Mom angerufen hat?«

»Nein«, sagte Mel. »Ich war draußen. Ich wußte noch nicht einmal, daß sie miteinander telefoniert haben. Hast du gelauscht?«

»Meine Mom hat's mitbekommen«, antwortete Em. »Sie hat mich in den Garten geschickt, während sie sprachen. Aber da ist noch etwas. Ein Mann ist hier. Ich habe ihn noch nie vorher gesehen, aber Mom kennt ihn «

»Was macht er?«

Em verrenkte sich den Kopf, um in die Diele hinunterzuschauen, ohne gesehen zu werden. »Sie sitzen auf den Stufen und unterhalten sich. Du hättest hier sein sollen. ›Scheiße, gottverdammter Herr im Himmel‹, hat er gesagt, als er Moms Gesicht sah.«

»Dafür kommt er in die Hölle«, meinte Mel.

»Meine Mom sagt, ihr wäre ein Gewicht aufs Gesicht gefallen.« Em versuchte, ihren Worten einen unbeschwerten Klang zu verleihen, aber da sie selbst nicht daran glaubte, fiel ihr das schwer. »Ich denke, das ist eine Lüge.«

»Vielleicht«, sagte Mel. »Hey, vielleicht streiten sich deine Eltern wegen diesem Mann. Vielleicht war dein Dad *eifersüchtig*.«

»Das kann ich mir nicht vorstellen«, meinte Em. »Mom war wütend auf Dad, nicht umgekehrt. Außerdem ist er erst heute aufgetaucht.«

»Daß du ihn nicht kennst, heißt noch lange nicht, daß er nicht schon seit *Jahren* hier sein kann«, erwiderte Mel.

»In dieser Stadt?« Em schwieg einen Moment. Sie fand, sie hörte sich an wie ihre Mutter. »Komm schon, Mel, bleib ernst.«

»Du hast ihn noch nie gesehen?«

»Nee.«

»Wie sieht er aus?«

Em spähte wieder in die Diele hinunter. »Er ist ziemlich groß, aber nicht so groß wie mein Dad. Und er hat ganz dunkle Haare. Er hat ein blaukariertes Hemd und Jeans an.«

»Das könnte jeder sein«, meinte Mel. »Er könnte seit Jahren hier wohnen, und keiner hat ihn je bemerkt.«

»Nein«, sagte Em. »Diesen Mann würde man bemerken. Was läuft bei dir zu Hause ab?«

»Meine Mom ist total außer sich wegen dem Gesicht von deiner Mom«, antwortete Mel. »Sie kocht gerade. Wahrscheinlich wird sie deinen Dad wieder anschreien.«

»Er ist nicht hier«, sagte Em. »Ich weiß nicht, wo er ist. Mom hat mit Grandma telefoniert, aber sie hat ihr nichts von dem Gewichtsunfall erzählt.«

»Das *stinkt*«, meinte Mel. »Das stinkt zum Himmel.«

»Ich geh jetzt lauschen«, sagte Em. »Ich rufe dich später an, dann können wir einen Plan machen.«

»Ich wette, es geht um diesen Kerl«, erklärte Mel. »Ich *wette* mit dir, daß er das Problem ist.«

C.L. rannte die Stufen zum Büro seines Onkels hoch, nickte der molligen alten Esther Wingate am Telefontisch zu und ging hinein, ohne anzuklopfen.

»Was zum Teufel –?« fragte Henry und riß den Kopf hoch.

»Ich will eine Straftat anzeigen«, sagte C.L. grimmig. »Häusliche Gewalt.«

Im Vorzimmer spitzte Esther die Ohren.

»Mach die verdammte Tür zu«, sagte Henry, und C.L. gehorchte. »Wovon zur Hölle sprichst du?«

»Brent Faraday hat gestern nacht seine Frau verprügelt«, sagte C.L. »Nimm ihn fest.«

Henry fixierte ihn mit ruhigem Blick. »Will sie eine Anzeige erstatten?«

»Das muß sie nicht«, antwortete C.L. »Es ist häusliche Gewalt. Ich erstatte Anzeige.«

»Nein, das tust du nicht«, erwiderte Henry. »Setz dich.«

C.L. setzte sich. »Henry, ihr Gesicht sieht schlimm aus. Er hat sie mindestens zweimal geschlagen, weil sie zwei Ringschnitte im Gesicht hat.« Die Erinnerung an die beiden Schmisse stieg in ihm auf, und er mußte tief Luft holen, bevor er weiterredete. »Er hat sie verletzt. Dafür soll er büßen. Nimm ihn fest.«

»Du solltest besser mit Maddie darüber sprechen«, meinte Henry. »Vielleicht wäre sie dir gar nicht dankbar.«

»Zum Teufel –«

»C.L.«, schnitt Henry ihm herrisch das Wort ab. »Halt die Klappe. Sie muß in dieser Stadt leben. Die Leute kümmern sich gern selbst um ihre eigenen Probleme. Wenn sie damit klarkommt, braucht niemand zu erfahren, was geschehen ist.«

»Du willst mich wohl verarschen.« Vor Wut klang C.L.'s Stimme belegt. »Scheiße, du mußt mich verarschen. Du läßt zu, daß er es wieder tut. Du läßt zu, daß –«

»Das habe ich nicht gesagt«, erwiderte Henry. »Ich werde mit Brent Faraday sprechen. Es wird nicht wieder vorkommen. Und vorher ist es noch nie passiert, wenn du das denkst, weil ich es sonst wüßte. Er wird es nicht wieder tun.«

»Mit Sicherheit nicht, verflucht!« C.L. sprang auf.

»Setz dich«, sagte Henry, und C.L. setzte sich.

»Was bedeutet dir diese Frau eigentlich?« fragte Henry. »Langsam bekomme ich ein schlechtes Gefühl in dieser Hinsicht.«

»Henry, ich würde mich wegen jeder Frau aufregen, die geschlagen wird.«

»Aber nicht so«, sagte Henry. »Wenn ich es nicht besser wüßte, würde ich denken, daß du dich auf die Suche nach Brent Faraday begeben hast, um ihn zu vermöbeln.«

C.L. lehnte sich zurück. »Das war ein Teil meines Plans.«

Henry fixierte ihn. »Nun, davon solltest du Abstand nehmen, denn wenn er später mit nur einem gekrümmten Haar hier auftaucht, bringe ich dich hinter Gitter.«

»Oh.« C.L. nickte. »Das ist wirklich klasse, Henry. Er ist der Schläger, und mich buchtest du ein.«

»Er ist der Arsch, und du weißt es besser«, gab Henry zurück. »Außerdem würde Maddie das nicht wollen. Die Leute würden denken, daß mehr zwischen euch beiden abgelaufen ist als tatsächlich war, und es gäbe Gerede. Laß mich diese Sache im stillen regeln.«

»Henry –«

»Beschäftige dich mit anderen Dingen«, sagte Henry. »Womit, ist mir völlig wurscht, solange du niemanden verprügelst oder mit einer verheirateten Frau herummachst. Tu lieber mal zur Abwechslung eine gute Tat.«

»Vielen Dank auch«, sagte C.L. und stand auf.

»Und noch etwas«, ließ Henry sich vernehmen.

C.L. verharrte.

»Halte dich von dieser Frau fern«, sagte Henry. »Sie hat Nachbarn. Und sie kann darauf verzichten, daß du herumscharwenzelst.«

»Danke, Henry.« C.L. gab sich Mühe, beleidigt zu klingen. Henry und sein siebter Sinn. »Ich scharwenzle nicht herum.«

Er stapfte aus dem Büro, frustriert und schuldbewußt und in dem brennenden Verlangen, etwas zu unternehmen. Henry hatte recht, er konnte nicht zu Maddies Haus zurückfahren und sich dort herumtreiben, und Henry würde sich darum kümmern, daß Brent nie wieder die Hand gegen sie erhob. Er wollte sie wiedersehen und spüren, aber es gab die Nachbarn. Wenn er nicht bald etwas unternahm, würde er sich auf die Suche nach Brent begeben und ihn zusammenschlagen, aber das war keine gute Idee, deshalb –

Gedankenverloren machte er sich auf den Weg zu seinem Mustang. Er mußte etwas tun, um Maddie zu helfen, oder er würde noch verrückter werden, als er sowieso schon war.

Maddie war gerade dabei, das letzte kaputte Möbelstück aus der Diele zu schleppen, als das Telefon klingelte. *Ich sollte dieses Ding aus der Dose reißen,* dachte sie. *Andere Leute leben; ich führe Telefongespräche.*

Es war Candace aus der Bank. »Es tut mir furchtbar leid, Maddie, aber dein Konto ist überzogen.«

Maddie ließ das Stuhlbein, das sie in der Hand hielt, zu Boden fallen. »Was?«

Candaces Stimme quoll über vor Mitgefühl. »Ich kann die Schecks auch einfach zurückschicken, aber ich wollte dir die Kosten für einen Retourscheck ersparen, wenn du vorbeikommst und eine Sicherheit hinterlegst.«

Ganz zu schweigen von dem Hurrageschrei, das in der Stadt ausbrechen würde, sollte bekannt werden, daß sie Schecks platzen ließ. Ihre Mutter würde einen Anfall bekommen. Maddie preßte sich die Hand gegen die Stirn und versuchte nachzudenken. Eigentlich konnte das Konto gar nicht überzogen sein. Sie hatte das Scheckbuch erst letzte Woche überprüft, als der Kontoauszug eintraf. Irgend etwas lief da schief, aber sie fühlte sich nicht in der Verfassung, jetzt darüber zu diskutieren. Wenigstens wurde sie nun mit einem Problem konfrontiert, das sie lösen konnte. »Warum greifst du nicht einfach auf die Sparbücher zurück? Das kann ich doch telefonisch genehmigen, nicht wahr?«

»Die Sparbücher sind auch leer.«

Maddie verlor den Boden unter den Füßen und setzte sich auf die Stufen. »Was meinst du mit ›leer‹?«

»Fünf Dollar und dreiundsechzig Cents.« Candace klang entschuldigend, was recht einfühlsam von ihr war, da es sich nicht um ihren Ruin handelte.

»Okay. Vielen Dank, Candace. Gib mir eine Minute Zeit.« Mit den Fingerspitzen begann sie, ihren Kopf zu massieren. Das Hämmern darin verwandelte sich in ein Dröhnen. Wo war das Geld von ihren gemeinsamen Konten? Brent mußte alles heute morgen abgehoben haben. Aber warum? Und woher sollte sie jetzt Geld bekommen? Ihr Gehaltsscheck würde noch mindestens eine Woche auf sich warten lassen.

»Laß mich einen Augenblick nachdenken«, hielt sie Candace hin. Sie könnte ihre Mutter fragen, aber ihr wäre sie Rechenschaft schuldig. Treva vielleicht –

»Liegt irgend etwas in eurem Schließfach?« fragte Candace. »Du brauchst nur etwa zweihundertvierzig, um die bislang aufgelaufenen Schecks zu decken.«

Es gab ein paar Sparbriefe darin. Wahrscheinlich wurde ein Strafzins darauf erhoben, einen davon vorzeitig einzulösen, aber Strafzinsen waren im Moment ihr geringstes Probelm.

»Ich bin sofort da«, sagte sie. »Danke, Candace.«

Auf der Suche nach dem Schlüssel ging sie zu dem zierlichen Sekretär, den ihr Großvater ihr vermacht hatte. Die kleine Schublade in der Mitte war schief eingeschoben, und plötzlich kam der ganze Ärger, den sie wegen Brent verspürte, in ihr hoch. *Zur Hölle mit ihm.* Er weiß doch, daß man die Schubladen vorsichtig zumachen muß, damit sie sich nicht verkeilen. Er weiß doch –

Sie wollte losschreien oder heulen, aber beides war wenig sinnvoll. Die Sekretärschubladen waren unerheblich, selbst wenn sie Brent treffend charakterisierten. Er wußte es besser, aber er scherte sich nicht darum.

Sie zog die rechte Schublade auf, in der sie den Schließfachschlüssel aufbewahrten, aber er war nicht zu finden. Brent mußte ihn mitgenommen haben. Was hatte er mit ihrem ganzen Geld vor? Die Möglichkeiten waren nicht erfreulich, daher durchwühlte sie in der Hoffnung, ihren Verdacht nicht bestätigt zu finden, den gesamten Sekretär nach dem Schlüssel.

Sie fand ihn schließlich ganz hinten in der mittleren Schublade. *Gott sei Dank,* dachte Maddie, und rief die Treppe hinauf nach Em, daß sie zur Bank fahren würden, aber als sie hinaustraten, stand kein Wagen vor der Tür. Brent hatte den Caddy letzte Nacht abgeholt, und ihr Civic hatte das Zeitliche gesegnet – und seine vorübergehende Ruhestätte hatte er am Abschlepphaken in Leos Werkstatt gefunden. Sie könnte die knapp zwei Kilometer zum Zentrum auch zu Fuß zurücklegen, das wäre die einfachste aller Übungen, die ihr bevorstanden. Sie fühlte sich wie gefangen. Jemand hatte ihr Auto auf dem Gewissen, und nun saß sie bewegungsunfähig im Käfig.

Mrs. Crosby trat auf ihre Veranda heraus.

»Hallo, Mrs. Crosby.« Maddie winkte ihr zu und bemühte sich um einen gefaßten Gesichtsausdruck, bis ihr einfiel, daß Mrs. Crosby nicht die Bohne sehen konnte.

»Machen Sie einen Spaziergang?« rief Mrs. Crosby ihr zu, und Em seufzte leise auf.

»Nur ins Zentrum«, rief Maddie zurück, als sie drinnen das Telefon läuten hörte. *Verdammt.* Em rollte mit den Augen und setzte sich auf die Verandastufen, während Maddie ins Haus zurücklief und nach dem Hörer griff.

»Mrs. Faraday?«

»Ja?«

»John Albrech hier, wegen ihres Civics.«

Zu allem Überfluß mischte sich jetzt auch noch ein Versicherungsvertreter ein.

»Es kann eine Weile dauern, bevor wir für den Schaden an Ihrem Wagen aufkommen können –«

Maddie verlor die Geduld. »Nein, es wird keine Weile dauern. Es wird sofort passieren. Seit zwölf Jahren bezahle ich die Prämien für diesen Wagen, und das immer pünktlich. Ich will das bis Montag geregelt wissen, ist das klar?«

»Mrs. Faraday, ich glaube, Sie verstehen nicht –«

»Ich verstehe sehr wohl. Entweder wird der Wagen in Leos Werkstatt repariert, oder ich bekomme einen Scheck als Schadenersatz. Und zwar bis Montag.«

»Also, eine Reparatur ist ausgeschlossen, aber –«

»Gut. Ein Scheck geht auch in Ordnung. Ich brauche ein Auto. Entweder mein altes zurück oder ein neues, jedenfalls brauche ich ein Auto.« Sie bemerkte selbst, daß ihre Stimme einen hysterischen Klang annahm.

»Bitte beruhigen Sie sich, Mrs. Faraday. Ein Mietwagen –«

»Ich werde mich *nicht* beruhigen!«

»Ich melde mich am Montag wieder bei Ihnen«, sagte er und legte auf.

Sie ging wieder zu Em hinaus. »Wir gehen zu Fuß.«

Zu Maddies Erleichterung nahm Em dies gleichmütig hin. Ihr war momentan nicht danach, die Vorzüge körperlicher Ertüchtigung zu lobpreisen. Sie hatte Kopfschmerzen, und es erforderte ihre ganze Energie, einen Fuß vor den anderen zu setzen. Und nachzudenken. Sie mußte irgend etwas wegen Em unternehmen, weil die Katastrophe kurz bevorstand und sie es wußte. Was hielt Em eigentlich von C.L.? Außerdem stimmte irgend etwas mit Treva nicht, das mußte sie herausfinden und ihr helfen. Und dann war da noch Kristies Baby, wenn es denn Kristies Baby war. Und warum war ihr Girokonto völlig leergeräumt? Wo steckte Brent überhaupt? Bei der Arbeit in seinen Bowlingklamotten? Und was hatte C.L. vor? Mit einiger Verspätung fiel ihr ein, daß C.L. in der High-School ein kleines Gewaltproblem gehabt hatte, und sie fragte sich, ob er wohl gerade ihren Mann verprügelte. Vielleicht hatte er dieses Gewaltproblem ja noch immer. Sein Sextrieb jedenfalls hatte sich nicht geändert.

Ihr Leben war zu eng in einer Stadt, die zu eng war für so

viele tickende Zeitbomben. Vielleicht sollte sie eine Konferenz einberufen. Sie könnte alle im Wohnzimmer versammeln, ihnen befehlen, sich zu setzen und den Mund zu halten, bis sie den Durchblick hatte.

Eigentlich war es eine Wegstrecke von zwanzig Minuten, aber Em und sie legten sie in Rekordzeit zurück, jede von ihnen in die eigenen Gedanken versunken. Sie sah einige Leute, die sie kannte und die ihr ins Gesicht starrten, daher nahm sie an, daß ihr Make-up wenig erfolgreich war. »Bin gegen eine Tür gelaufen«, erklärte sie fröhlich. Jeder schien das zu akzeptieren; offenbar schien das zu ihr zu passen.

In der Bank war es kühl und dunkel, und sie mußte ihre Sonnenbrille abnehmen, um den Weg zum Schalter zu finden. »Ich muß an mein Schließfach«, sagte sie und legte ihren Führerschein vor. »Was muß ich tun?«

Das höchstens zwanzigjährige Mädchen betrachtete ihr Gesicht und starb augenscheinlich vor Neugier zu erfahren, was geschehen war. »Warten Sie hier, Mrs. Faraday«, sagte sie und berührte leicht Maddies Hand. »Ich werde jemanden holen, der Ihnen weiterhilft.«

Wer zum Teufel ist das? dachte Maddie, nicht in der Stimmung für gönnerhaftes Getue. Auf dem Namensschild an dem Schalter stand *June Webster*. Vielleicht war June ja Brents außerplanmäßige Aktivität. Sie sah aus, als könnte sie teuer sein.

Harold Whitehead kam aus seinem Büro und ging zu Candaces Schreibtisch hinüber. Er nickte Maddie im Vorbeigehen zu. Ihr Gesicht mußte ihm entgangen sein, da er keinerlei Reaktion zeigte. Typisch Harold.

Als er wieder in seinem Büro verschwunden war, blickte Candace auf und lächelte ihr zu, bevor sich ihre Augen plötzlich weiteten. In der kühlen Eleganz ihres beigen und blaßgoldenen Kostüms kam sie durch die Halle zu ihnen und flüsterte: »Geht es Ihnen gut?«

Maddie lächelte. »Bin gegen eine Tür gelaufen.«

Candace sah nicht sehr überzeugt aus, fragte jedoch nicht weiter nach. »Haben Sie sich etwas wegen Ihres Girokontos überlegt?«

»Das Schließfach.« Maddie hielt ihren Schlüssel in die Höhe. »Und könnten Sie mir bitte einen Kontoauszug ausdrucken, damit ich sehen kann, was falschgelaufen ist?«

»Selbstverständlich.« Candace streckte Em ihre Hand entgegen. »Emily, ich habe ein paar Stempel, mit denen du spielen kannst, während deine Mutter nach unten geht. Möchtest du ein paar Blätter stempeln?«

»Danke«, antwortete Em höflich und nahm ihre Hand ohne große Begeisterung. Ems Toleranz gegenüber Erwachsenen war offenkundig überstrapaziert.

»Mrs. Faraday?«

Das Kindchen vom Schalter wartete auf sie. »Mr. Webster hier wird Ihnen weiterhelfen.«

Noch ein Webster? Sie sahen wie Bruder und Schwester aus, blaß und blond und gönnerhaft. Mr. Webster war älter, dennoch höchstens Mitte Zwanzig, aber seriös, sehr seriös. In Anbetracht ihres Gesichts runzelte er die Stirn, ließ sie dann die Formalitäten durch eine Unterschrift erledigen und führte sie schließlich in einen abgeteilten Raum.

»Ich lasse Sie allein«, sagte er, was Maddie ein verschwörerisches Gefühl bereitete.

»Gute Idee«, sagte sie. »Dann kann ich Sie nicht mit hineinziehen, wenn's auffliegt.«

Mr. Webster sah sie verständnislos an. »Wie bitte?«

»Kleiner Scherz, machen Sie sich nichts daraus. Danke.«

Er ließ sie allein, um ihre Privatsphäre nicht zu stören, und es war so still in dem Raum, daß Maddie mit dem Gedanken spielte, den Rest ihres Lebens dort zu verbringen. Kein Telefon. Sie öffnete das Schließfach und traute ihren Augen nicht.

Es war vollgestopft mit Hundertdollarscheinen.

»Oh, mein *Gott*«, sagte sie, als Mr. Webster wieder in den Raum trat.

»Alles in Ordnung?« fragte er, und sein Blick fiel auf das Bargeld.

»Bestens«, antwortete Maddie schwach und wimmelte ihn mit einer Handbewegung ab. »Sie können gehen.«

Mr. Webster sah sie verunsichert an und verschwand dann.

Schnell ging sie den Inhalt des Schließfachs durch. Unter dem Geld lagen der Schmuck, Ems College-Sparbriefe und die Sparbriefe, aber den meisten Platz nahmen die in Bündel gepackten Geldscheine ein. Sie zählte hundert in einer Papierbanderole, zehntausend Dollar. Es waren achtundzwanzig Päckchen: zweihundertachtzigtausend Dollar. Keine Cents. Noch nie in ihrem Leben hatte sie so einen Haufen Geld gesehen, und sie war ziemlich sicher, daß sie nicht soviel besaßen. Jedenfalls nicht legal.

Denk nach, sagte sie sich, aber angesichts des vielen Geldes vor ihr fiel das schwer.

Offensichtlich hatte Brent, abgesehen von seiner Affäre, auch noch andere Sachen getrieben. Es sei denn, er ließ sich für seine Dienste bezahlen. Aber selbst dann war immer noch etwas faul, weil keine Frau soviel Geld für Sex mit Brent bezahlen würde. So toll war er nicht.

Das konnte kein gutes Ende nehmen. Sie sollte es jemandem erzählen, Henry Henley vielleicht. Nur, daß sie nicht wußte, woher das Geld kam. Was, wenn es ehrlich verdient war? Was, wenn Brent wirklich soviel Geld besaß, und sie schwärzte ihn bei der Polizei an? Frog Point wäre begeistert davon. Nein. Sie mußte erst mit Brent sprechen. »Entschuldige, aber nachdem ich die Unterhose gefunden hatte, habe ich einen Haufen Geld gefunden, und ich beginne, mich aufzuregen. Bist du ein Ehebrecher und Dieb oder nur ein Ehebrecher? Meine Scheidungsanwältin würde das sicher gerne wissen.«

Es war zu verwirrend. Sie wollte das Fach wieder schließen, hielt dann jedoch inne. Bei dem Verlauf der Dinge war es besser, das ganze Fach zu leeren und sicherzustellen, daß nicht noch weitere Überraschungen darin auf sie warteten. Sie holte Ems Sparbriefe, die Schmuckschatullen und das Geld heraus und fand darunter einen braunen Briefumschlag.

Ich will ihn nicht aufmachen, dachte sie, aber wieviel schlimmer konnte es noch werden?

Ihr Mann war ein ehebrecherischer Frauenschläger, noch dazu wahrscheinlich ein Dieb, und ihr Auto war kaputt. Sie hatte so ziemlich den Tiefpunkt erreicht. Und schließlich war es nur ein Umschlag. *Reiß dich zusammen,* ermahnte sie sich, öffnete das Kuvert und schüttelte den Inhalt heraus: zwei Flugtickets und zwei Pässe.

Die Tickets waren für einen Flug nach Rio am Montag, dem 19. August, also übermorgen. Er wollte mit jemandem nach Südamerika fliegen. Noch vor zwei Tagen hätte sie das schockiert; jetzt allerdings dachte sie nur, daß es viel einfacher sein würde, sich von ihm scheiden zu lassen, wenn er außer Landes war. Wenn man es richtig betrachtete, war diese Neuigkeit also gar nicht so schlecht. Er könnte Em Postkarten schicken, und sie könnte die Briefmarken sammeln.

Schlagartig wurde ihr die Bedeutung der beiden Pässe klar. Jetzt würde sie zumindest die Identität der Blondine erfahren. Der erste Ausweis, den sie aufschlug, war Brents, und sie warf ihn in das Schließfach zurück. Dann klappte sie den zweiten Paß auf, und ihr wurde kalt. Das Blut rauschte in ihren Ohren, und sie dachte: *Ich habe Kopfverletzungen. Ich muß die Nerven behalten. Laß mich auch hier die Dinge im richtigen Licht sehen.*

Die gute Nachricht war, daß er nicht irgendein Flittchen mit nach Südamerika nahm.

Die schlechte war, daß der zweite Paß Emily gehörte.

9

Wieder ergriff Maddie ein Schwindelgefühl. *Tief durchatmen,* ermahnte sie sich, aber der Sauerstoff auf der gesamten Erde hätte nicht ausgereicht.

Brent wollte mit Emily nach Brasilien. Er hatte ihr einen Paß besorgt und wollte sie nun mit nach Brasilien nehmen.

Sie stopfte alles außer Ems Ausweis in das Schließfach zurück und schlug die Klappe zu. Vor dem abgetrennten Raum rauschte sie an Mr. Webster vorbei und rannte die Stufen zur Bankhalle hinauf.

Keine Spur von Em.

Brent hatte sie gefunden. Die Panik, die sie überfiel, schnürte Maddie die Luft ab. Er war in die Bank gekommen, hatte Em gesehen und –

»Mom?« Mit von Stempelfarbe verschmierten Fingern schlüpfte Em hinter Candaces Schalter hervor. »Candace hat wirklich ein paar sehr schöne Stempel.«

Maddie mußte sich zurückhalten, um sich Em nicht zu schnappen und aus der Bank hinauszuhasten. »Wir müssen jetzt gehen. Danke, Candace.« Sie ergriff Ems Hand, und die Wärme von Ems Umklammerung ließ sie auf die Knie sinken. »Ich liebe dich, Em«, sagte sie und drückte ihre Tochter fest an sich.

»Ich dich auch, Mom.« *Du benimmst dich komisch,* war als Unterton aus ihrer Stimme herauszuhören.

Candaces verdutzten Gesichtsausdruck ignorierend, richtete Maddie sich auf. »Laß uns was essen gehen, okay?«

In ein Restaurant konnte Brent nicht hineinspazieren, um Em zu entführen. Dort wäre sie in der Öffentlichkeit. Früher oder später müßten sie nach Hause zurück, aber im Moment war später besser. Später bedeutete, daß sie Zeit hatte nachzudenken. »Burger King.«

Sie überquerten die Straße, und Maddie riß im Gehen die Seiten aus Ems Paß und warf sie auf dem Weg in zwei verschiedene Abfalleimer. Der Einband war zu hart, um ihn zu zerreißen, daher schleuderte sie ihn in den Müllcontainer hinter dem Restaurant. Sie war ziemlich sicher, daß ein zerrissener Ausweis nicht gültig war, aber falls doch, müßte Brent drei verschiedene Mülleimer durchforsten, um ihn wieder zusammenzukleben.

Er hatte sie hintergangen und ihrem gemeinsamen Kind einen Ausweis ausstellen lassen, um es ihr wegzunehmen.

Den Teufel würde er tun.

Ems Paßfoto bewahrte sie auf und steckte es in ihre Geldbörse. Niemals würde er Em mitnehmen.

Em sagte die ganze Zeit kein Wort.

»Ich weiß, daß ich mich komisch benehme«, sagte Maddie zu ihr, als sie in dem Restaurant saßen. »Ich glaube, ich muß mich gleich noch einmal hinlegen.«

Em nickte und aß schweigend ihren Cheeseburger und ihre Pommes frites, während sie jede Bewegung ihrer Mutter beobachtete. Das Schweigen tat gut; es gab Maddie die Gelegenheit, sich selbst davon zu überzeugen, daß Brent Em nicht einfach mitnehmen konnte, und sich soweit zu beruhigen, daß sie einen einwandfreien Gesundheitszustand vorspielen konnte. Sie mußte Em lediglich nach Hause bringen und die Kette vor die Tür legen, so daß Brent nicht hereinkam, und bis Montag warten. Wenn sie es schaffte, bis Montag auf Em aufzupassen und nicht dem Wahnsinn zu verfallen, würde Brent allein nach Rio fliegen müssen, und sie könnte sich in seiner Abwesenheit von ihm scheiden lassen.

Irgendwie schien eine Scheidung nicht mehr solch ein Trauma zu sein wie am Tag zuvor.

Zu Hause angelangt, verschloß Maddie die Haustür und den Hintereingang, legte Riegel und Kette vor und durchsuchte das Haus, um sicherzugehen, daß Brent sich nirgends versteckt hatte und darauf wartete, wie Freddy Krueger über sie herzufallen. Dann setzte sie sich auf die Treppe und legte den Kopf auf die Knie. Es war nicht fair, daß sie zu einem solchen Zeitpunkt Kopfverletzungen hatte. Alles tat ihr weh. Irgendwer sollte sie jetzt in den Arm nehmen und sagen: »Armes Mädchen.« C.L. würde sich dazu gut eignen.

»Mom?«

Maddie hob ihren Kopf und lächelte Em an, so gut es ihr gelang. »Mein Kopf schon wieder, mein Engel. Warum schaust du dir nicht irgendeinen schwachsinnigen Mist im Fernsehen an? Bekommt dir zwar nicht, aber dafür gehe ich demnächst mit dir in ein Museum.«

Em nickte bedächtig und verzog sich durch den Flur. Maddie ging ins Wohnzimmer, setzte sich und starrte auf den Couchtisch, die beiden leeren Gläser und die Weinflasche. Sie hörte, wie Em in der Diele eine Telefonnummer wählte. Wahrscheinlich wollte sie Mel sprechen.

»Meine Mutter benimmt sich vielleicht komisch«, würde sie sagen. »El comico. Daddy bringt mir Spanisch bei.«

Das konnte doch nicht wahr sein. Solange sie Ruhe bewahrte und die Ketten vor den Türen ließ, brauchte sie sich keine Sorgen zu machen. Maddie legte sich auf das Sofa und starrte erneut auf den Couchtisch. Sie sollte auch mal aufräumen. Leere Weinflaschen auf dem Couchtisch sehen billig aus.

Im Hintergrund hörte sie Em in ihrem höflichen Tonfall mit jemandem sprechen. Mel konnte das nicht sein. Wen rief sie an?

»Em? Wen rufst du an?«

»Daddy, auf der Arbeit.«

Abrupt richtete Maddie sich auf – was ein Fehler war, weil ihr Schädel nahezu explodierte. *»Warum?«*

»Ich glaube, du solltest noch mal ins Krankenhaus zurück. Du bist noch immer krank.«

Sie versuchte, ihrer Stimme einen normalen Ton zu geben, aber die Panik ließ sie angespannt klingen. »Was hat er gesagt?«

»Keine Ahnung. Onkel Howie meinte, er wäre nicht da.«

»Oh.« Maddie begann wieder zu atmen. Noch eine Krise, und sie würde auf dieser Couch auf der Stelle einen Herzinfarkt erleiden.

»Soll ich Tante Treva anrufen?«

»Nein, nein, alles in Ordnung.« Maddie sank zurück. Es gab ihr solch ein gutes Gefühl, daß sie beschloß, nie wieder aufzustehen.

»Wie wäre es mit diesem C.L.-Typen? Er könnte kommen.«

Er ist letzte Nacht schon gekommen, schoß es ihr durch den Kopf, und einen Augenblick lang fühlte sie sich gut. Aber nur für einen Augenblick, bevor sie die Panik erneut ergriff. »Nein, Schatz«, sagte sie zu Em. »Ich brauche nur ein bißchen Ruhe.« *Bis Montag. Bis Montag werden wir uns ziemlich viel ausruhen.*

»Na gut. Ruf mich, wenn dir komisch ist.«

Em ging die Treppe hoch, und Maddie entspannte sich ein wenig. Alles würde gut werden. Sie hatte sich im Haus eingeschlossen und die Ketten vorgelegt. Brent konnte nicht hereinkommen. Vor ihrem inneren Auge traten Visionen von Brent auf, wie er die Ketten sprengte. Sie könnte Möbel vor die Türen schieben, aber Em hegte schon genug Mißtrauen. Am besten sollte sie sich so normal wie möglich benehmen. Keine Möbel. Vielleicht –

Das Telefon klingelte. Em hob ab und schrie: »Mom!« Maddie erhob sich. Brent konnte es nicht sein, weil Em sonst noch mit ihm sprechen würde.

Brent würde Em nicht mitnehmen. Das war das einzige, was zählte.

Sie hob den Hörer unten ab und fragte: »Ja?«

»Maddie?« Die Stimme klang fremd, heiser und zögernd. »Bailey hier.«

»Bailey?« Der Mietcop vom Point. Niemand auf ihrer üblichen Telefonliste.

Baileys Stimme krächzte unten in der Leitung. »Ich wollte Ihnen nur sagen, daß ich keinem erzählt hab, was ich letzte Nacht gesehen habe.«

»Nett von Ihnen«, meinte Maddie.

»C.L. und ich sind alte Kumpels«, sagte Bailey. »Ich würde nie etwas tun, was C.L. schadet.«

»Das ist schön«, erwiderte Maddie. »Ich bin sicher, er weiß das zu schätzen.«

»Irgendwie hab ich gehofft, daß Sie das auch zu schätzen wissen.« Baileys Stimme klang so kläglich, wie eine heisere Stimme nur klingen konnte. »Sie verstehen, was ich meine?«

»Nicht die Bohne«, meinte Maddie, geradezu erleichtert, daß Bailey zum Punkt kam. »Was wollen Sie?«

»Wie wär's mit hundert Dollar?«

»Was?« Maddie war so überrascht, daß sie beinahe den Hörer fallen ließ. »Sie wollen mich erpressen?«

»Nein, nein«, versicherte Bailey hastig. »So etwas würde ich niemals tun. Das ist illegal. Ich dachte nur, Sie wollten sich vielleicht erkenntlich zeigen.«

Erkenntlich. »Und wenn nicht?«

»Nun, das ist ne ziemlich gute Geschichte«, meinte Bailey. »Wäre wirklich ne Schande, sie zu verschweigen.«

Bailey, du Armleuchter, das ist Erpressung, wollte sie

sagen, aber er würde es nicht kapieren, und ihr war es gleichgültig. »Wissen Sie, Bailey, in jeder anderen Woche würde mich so etwas aufregen –«

»Hören Sie, Maddie –«

»– aber in dieser Woche spielen Sie nur eine unwesentliche Rolle in dem Theaterstück.« Gut, sie wollte nicht auf seine Erpressung eingehen, aber sie mußte ihn aufhalten. Das bedeutete, Henry anzurufen. Und das bedeutete, daß Bailey eine Weile hingehalten werden mußte. »Wie wollen Sie die hundert Dollar haben?«

»Ich könnte vorbeikommen«, sagte Bailey.

Wie bei Erpressern üblich, schwelgte Bailey nahezu in seiner Dummheit. »Hier ist es im Moment ein bißchen hektisch«, sagte sie zu ihm. »Kann ich Sie deswegen zurückrufen?«

»Na gut, aber warten Sie nicht zu lange«, antwortete Bailey. »Wirklich eine verdammt gute Geschichte.«

»Ich melde mich bei Ihnen«, sagte Maddie und legte auf. Die Probleme nahmen kein Ende.

Sie hob den Hörer wieder ab, um Henry anzurufen, doch da fiel ihr ein, daß es C.L. nicht paßte, wenn sein Onkel erfuhr, daß er mit einer verheirateten Frau am Point geschlafen hatte. »Oh, Mist«, sagte sie und legte den Hörer wieder auf. Also mußte sie zuerst mit C.L. sprechen. Wie auch immer. Sie ging ins Wohnzimmer zurück, legte sich wieder auf das Sofa und versuchte, sich daran zu erinnern, was sie gedacht hatte, bevor Em ihr mit einem Anruf bei ihrem Vater zehn Jahre ihres Lebens genommen und Bailey ihr jegliche Illusion über anständiges Verhalten geraubt hatte. Ach ja, schlampiger Haushalt. Die leere Weinflasche.

Stirnrunzelnd betrachtete Maddie die Flasche. Leer? Eigentlich sollte noch ein Rest Wein darin sein. Wein mit Schmerztabletten, die ausreichten, um ein Pferd umzubringen. Oder es zumindest ins Koma zu versetzen.

Was war mit dem gedopten Wein geschehen?

Maddie setzte sich auf. Irgend jemand hatte den Wein mit den Tabletten getrunken. Treva verabscheute Wein. C.L. war nicht ins Wohnzimmer zurückgekommen. Em war zu vernünftig, um Alkohol zu trinken.

Nur ein einziger Mensch konnte den Wein getrunken haben.

Oh, mein Gott, dachte Maddie. *Ich habe meinen Mann umgebracht.*

»Meine Mom hat einen wirklich komischen Telefonanruf bekommen«, erzählte Em Mel, nachdem sie aus Maddies Schlafzimmer angerufen hatte. »Irgendein Typ erpreßt sie.«

»Cool«, erwiderte Mel. »Genau wie im Film.«

»Nein, ich finde das gar nicht cool.« Vor Verärgerung nahm Ems Stimme einen scharfen Klang an. »Hier geht es um meine Mom. Er will hundert Dollar haben.«

»Das ist nicht soviel«, warf Mel ein. »In den Filmen verlangen sie immer Millionen.«

»Er meinte, es ginge um die letzte Nacht. Ich wette, es hat etwas mit ihrem Gesichtsunfall zu tun.«

»Wow.« Mel schwieg einen Moment. »Und, geht sie darauf ein?«

»Sie meinte, sie würde ihn zurückrufen. Und Mel, übrigens kennt der Typ diesen C.L., der heute hier war.«

»Hat er irgendwas von meiner Mom und meinem Dad gesagt?«

»Nein. Es ging nur um meine Mom und darum, was letzte Nacht passiert ist. Ich wünschte, mein Dad wäre hier. Er würde alles in Ordnung bringen.«

»Wo ist er denn?«

»Ich weiß es nicht.« Em schluckte. »Ich weiß überhaupt nichts. Was sollen wir jetzt tun?«

»Wir können nicht mehr über diesen Typen am Telefon

herauskriegen, wenn wir nicht wissen, wer er ist«, meinte Mel. »Also bleibt nur dieser C.L.-Typ. Du mußt ihn in die Zange nehmen.«

»Klar doch«, antwortete Em. »Bleib doch mal ernst.«

»Erwachsene reden gerne mit Kindern«, sagte Mel. »Es gibt ihnen das Gefühl, sie könnten uns verstehen.«

»Das können sie nicht«, behauptete Em bestimmt.

»Sag das bloß nicht diesem C.L.-Typen. Sei nett und stell ihm Fragen. Vielleicht erzählt er dir ja, was du wissen möchtest, und dann wirst du ihn mögen.«

Em dachte kurz darüber nach, sich bei einem Fremden einzuschmeicheln. »Ich würde kein Wort herausbringen.«

»Na gut, du Miesmacher, hast du einen besseren Vorschlag?«

Nachdenklich schwieg Em einige Sekunden. Offenbar blieb ihr keine andere Möglichkeit. »Okay, ich mach's«, sagte sie schließlich zu Mel. »Aber es wird furchtbar werden.«

Hinter den zugezogenen Vorhängen war es im Wohnzimmer kühl und dunkel. Maddie legte sich ein feuchtes Tuch über die Augen, streckte sich auf dem Sofa aus und versuchte, Vernunft zu bewahren.

Vielleicht war Brent ja gar nicht tot.

Gut, sie hatte den Wein vergiftet. Sie hatte ihn nicht ausgeschüttet, und er war der einzige, der in Frage kam, ihn getrunken zu haben.

Und jetzt wußte niemand, wo er steckte.

Die schlimmste Vorstellung: Er hatte den Wein getrunken, war ins Auto gestiegen und über eine Klippe gefahren.

Welche Klippe? In Frog Point gab es keine Klippen.

Nur eine Bergspitze, den Point. Wohl kaum eine Klippe. Eher ein Vorsprung über einem Wassergraben. Ein hoher Vorsprung. Ein tiefer Wassergraben. Okay, eine Klippe.

Maddie stöhnte auf. Sollte er den Point hinuntergestürzt

sein, brauchte sie sich wenigstens keine Sorgen mehr darüber zu machen, daß er Em entführen könnte.

Man würde seinen Leichnam finden, vollgepumpt mit Schmerzmitteln. Sie käme ins Gefängnis. Ihre Mutter würde Em großziehen müssen. Um Himmels willen, nein, sie würde zu einer zweiten Maddie werden. Ein entsetzlicher Gedanke. Trevas Kinder entwickelten sich gut. Vielleicht könnte Treva für Em sorgen.

Maddie ging in die Diele, nahm den Hörer ab und hörte Em zu Mel sagen: »Aber es wird furchtbar werden.«

»Mel, ruf bitte mal deine Mutter«, schaltete Maddie sich ein, und Em fragte: »Mom?«, während Mel den Hörer mit einem Knall fallen ließ.

Eine Minute später war Trevas Stimme zu vernehmen: »Hallo?«

»Treva? Komm bitte sofort her.«

»Was ist passiert? Bist du okay?«

»Nein. Bitte komm her. Ich brauche dich jetzt.«

Maddie beförderte Em aus dem Schlafzimmer, um sich wieder hinlegen zu können, mit der Anweisung, die Tür nur für Treva und niemand anderen zu entriegeln. Zehn Minuten später klopfte Treva an die Schlafzimmertür und kam herein. »Was ist denn los? Warum ist es hier so dunkel?«

»Zieh bloß die Vorhänge nicht auf. Mein Kopf bringt mich um.«

Maddie hörte, wie Treva durch das verdunkelte Zimmer tapste und sich auf die Bettkante setzte. »Was ist passiert?«

»Ich habe Brent umgebracht.«

»*Was?*«

Das Pochen in Maddies Kopf verstärkte sich. »Der Wein ist weg. Ich hatte meine Tabletten in die Weinflasche gefüllt, weil ich so aufgeregt war, und jetzt ist sie leer.«

»Hat er sie ausgetrunken?«

»Ich jedenfalls nicht. Er muß es gewesen sein.« Maddie zog sich den Waschlappen von den Augen und starrte ihre beste Freundin durch das Dämmerlicht an. »Treva, er ist verschwunden. Auf der Arbeit ist er nicht. Hier ist er auch nicht. Irgendwo muß er doch sein. Er ist tot. Ich habe ihn umgebracht.«

Trevas Stimme klang unsicher in der Dunkelheit. »Du bist hysterisch. Du kannst Brent überhaupt nicht umgebracht haben, so ein Blödsinn. Behalt mal die Nerven!«

Maddie legte sich den Waschlappen wieder über die Augen. »Gut, dann eben nicht. Wirst du dich um Em kümmern, bis ich aus dem Gefängnis entlassen werde?«

»Du gehst nicht ins Gefängnis, weil du versehentlich deinen Mann vergiftet hast.«

»Wer sollte mir denn glauben, daß es ein Unfall war? Er betrügt mich, und die ganze Stadt weiß es.« Mit einem Mal durchfuhr Maddie die Erinnerung an die letzte Nacht, und sie stöhnte auf. »Noch dazu hat mich ein Mietcop am Point auf dem Rücksitz des Wagens meines Ehemanns mit einem anderen Mann erwischt, und jetzt erpreßt er mich. Und wenn ich das Geld nicht herüberwachsen lasse, wird er es jedem erzählen.«

»Was?«

»Und dann hat sich Brent noch dazu die letzte Nacht ausgesucht, um mich zu verprügeln.« *Außerdem will er mein Kind stehlen und mit nach Südamerika nehmen, mitsamt einem Haufen verdächtigen Geldes.*

Wegen des Geldes mußte sie etwas unternehmen. Später. Sie zog den Waschlappen wieder von ihren Augen und blickte Treva an. »Alle Motive sprechen doch gegen mich. Die Polizei müßte sich noch nicht einmal bücken, um sie aufzuheben.«

»Vergiß die Motive und komm mal zu dem Part am Point zurück. Mit wem haben dich die Bullen aufgegriffen?«

»Nicht die Bullen, sondern Bailey. Während ich es gerade mit C.L. Sturgis trieb.«

Trevas Stimme hob sich unmerklich. »Hinten in Brents Wagen?«

»Findest du das schäbig?«

Treva brach in Gelächter aus. »Nein, nein, ich finde das großartig. Oh, meine Güte, ich wünschte, ich wäre dort gewesen.«

»Das wünschte ich auch«, erwiderte Maddie immer noch in Panik, angesichts Trevas Verhalten jedoch ein wenig gelöst. »Wärst du an meiner Stelle gewesen, hätte ich ein Motiv weniger.«

»Also, wie war's?«

Maddie setzte sich auf und lehnte sich gegen das gepolsterte Kopfende. »Ich erzähle dir gerade, daß ich meinen Ehemann umgebracht habe, erpreßt werde und jeden Augenblick verhaftet werden kann, und du fragst mich, *wie war's?*«

»Du hast deinen Mann nicht umgebracht.« Treva wischte diese Theorie mit einer Handbewegung beiseite. »Überleg doch mal. Ein paar Tylenol Drei in einem Schluck Wein sind nicht tödlich. Er ist nicht tot. Ich denke, du hast dir bei dem Autounfall den Kopf angeknackst und wurdest noch dazu letzte Nacht zweimal geschlagen – wofür, so will ich hoffen, dein Ehemann in der Hölle schmort –, und meiner Meinung nach kannst du keinen klaren Gedanken fassen. Wer könnte das in dieser Situation auch schon? Leg dich wieder hin.«

Maddie schlüpfte wieder unter die Bettdecke. »Du hast recht. Es geht mir nicht gut.«

Treva rutschte weiter auf das Bett hinauf und machte es sich mit gekreuzten Beinen gemütlich. »Also, bevor du stirbst, erzähl's mir. Wie war's?«

»Du bist ein Leichenfledderer.«

»Nein. Ich wäre ein Leichenfledderer, wenn du es mit einem Toten getrieben hättest. War es so schlecht?«

Unwillkürlich mußte Maddie lächeln.

»Was?« polterte Treva los. »Es war nicht schlecht? Es war großartig?«

»Es war komisch.«

»Was?«

Maddies Grinsen wurde breiter. »Er hat in der Zwischenzeit geübt. So etwas habe ich in meinem ganzen Leben noch nicht erlebt. Wir sollten auf den Rücksitz des Cadillacs ziehen.«

Treva brach in lautes Lachen aus. »Das ist wundervoll! Großartig! Warte, bis ich Howie das erzähle.«

Maddie richtete sich auf. »Nein!« Angesichts des Pochens in ihrem Kopf fügte sie kleinlaut »autsch« hinzu und legte sich wieder hin. »Nein, du wirst Howie nichts erzählen.«

»Ach, komm schon. Er wird es sowieso herausfinden, wenn du in den Wagen ziehst.«

»Du sagst *niemandem* einen Ton.«

»Warum nicht?«

»Weil ich verheiratet bin!«

Trevas Grinsen verschwand. »Oh, ja. Das hatte ich vergessen.«

»Ich werde mich scheiden lassen«, sagte Maddie, »aber bis dahin muß ich vorsichtig sein.«

»Dabei fällt mir ein«, sagte Treva, »diese Kiste, die wir im Büro gefunden haben –«

Unten klingelte es an der Tür.

»Brent.« Maddie kroch aus dem Bett. »Er will Em holen!«

»Und klingelt an der eigenen Haustür?« zweifelte Treva, als Ems Stimme die Treppe heraufgellte.

»Mom! Dieser C.L. ist wieder hier. Und du solltest sehen, was er mitgebracht hat!«

Vor Erleichterung sackte Maddie gegen den Türrahmen. Solange es nicht Brent war, war alles egal.

Es war ein kurzbeiniger, zitternder, schwarz-weiß-brauner Welpe mit riesigen Pfoten und einer Stupsnase. Em und Mel hatten ihn bereits ins Herz geschlossen.

»Darf ich euch Phoebe vorstellen?« meinte C.L.

Treva mußte lachen.

Maddie lehnte sich gegen die Wand. »Phoebe?«

»Em hat ihr schon einen Namen gegeben«, sagte C.L. »Ich hatte an Hilda gedacht. Sieht sie nicht aus wie Hilda?«

»Oh, ja«, meinte Treva und brach wieder in Gelächer aus.

Em war hingerissen. »Ist sie nicht perfekt?«

»Sie ist perfekt!« echote Mel.

Perfekt war Phoebe nicht. Sie sah recht merkwürdig aus, wie ein Welpe aus einem Scherzartikelladen, dessen Proportionen nicht ganz koscher waren. Sie war zu lang für einen Beagle, zu kurz für einen Dachshund und zu dick für beides, und außerdem hatte sie diese Flecken: Phoebes Rücken war mit regelmäßigen großen braunen Beagle-Flecken bedeckt, aber auf ihren Flanken und Beinen zeigten sich kleine schwarze Dalmatiner-Flecken.

»Sie ist ein Stretch-Beagle«, meinte Treva.

»Sie ist ein Wachhund«, erwiderte C.L. »Sie ist hier, um euch zu beschützen.«

Der Wachhund schwankte, kippte neben Em um und verbarg sein kleines Köpfchen in ihrem Schoß.

C.L. zuckte mit den Schultern. »Nun ja, wenn euch jemand angreift, wird sie bösartig.«

»Sie sieht aus, als würde sie etwa fünf Pfund wiegen«, schätzte Maddie. »Sollten wir von irgend etwas angegriffen werden, das größer als ein Eichhörnchen ist, könnten wir echte Schwierigkeiten bekommen.«

»Schon, aber sie wächst ja noch reichlich.«

»Was?«

»Sie ist doch noch ein Welpe.«

Im Geiste sah Maddie ihre sowieso schon hindernisreiche Zukunft vor sich und fügte noch einen riesigen Beagle-Mutanten im Haus hinzu. Das war mehr, als sie ertragen konnte. »C.L., es ist wirklich nett von dir, daß du uns diesen Hund als *Leihgabe* besorgt hast, aber –«

C.L. grinste sie an. »Oh, er ist keine Leihgabe. Er ist für immer.«

»Du bist toll!« kreischte Em C.L. entgegen, den Welpen liebkosend, und Treva setzte sich auf die Stufen, weil sie vor lauter Lachen nicht mehr stehen konnte.

Maddie gab auf. »Wieviel reichlich?«

»Jede Menge. Sie ist eine Mischung aus Beagle und Dachshund und Setter und Dalmatiner.« C.L. blickte auf das Hündchen hinunter. »Und noch ein paar Rassen, vermute ich. Sie ist ein sehr amerikanischer Hund.«

»Und wie groß werden diese amerikanischen Teile?«

C.L. zuckte die Achseln. »Keine Ahnung. Ich hab noch keinen gesehen.«

Maddie setzte sich neben Treva auf die Treppe. Wenigstens hatte dieses neue Desaster nichts mit Geld, Ehebruch, Erpressung, Entführung oder Scheidung zu tun. Das war genau das, was sie brauchte: ein harmloses Trauma. »Was soll das denn sein? Eine Art Genexperiment im Tierheim?«

»Nein. Ein Freund von Henry hat einen Beagle-Mischling, der diese unglaublich aggressive Dachshund-Mischung getroffen hat. So ähnlich wie wir uns letzte Nacht.«

Treva prustete wieder los, und Maddie ignorierte sie. »Sehr witzig.«

C.L. blickte ihr geradewegs in die Augen und sagte nun ernst: »Du brauchst diesen Hund, Mad.« Kaum merklich nickte er mit dem Kopf zu Em, und Maddie sah ihre Tochter zum ersten Mal an, seit sie die Treppe heruntergekommen war. Ems Gesicht war entspannt und glücklich, strahlend glücklich.

»Du hast recht«, sagte sie. »Ich brauche diesen Hund.«

»Dich habe ich übrigens auch nicht vergessen, Süße«, fuhr C.L. fort. »Im Kofferraum ist eine Mikrowelle. Später besorgen wir dir einen Mietwagen. Komplettservice, so bin ich nun mal.«

»Das habe ich auch schon gehört«, meinte Treva, und Maddie sagte: »Halt die Klappe, Treva«, aber C.L. mußte einfach lachen.

»Komm jetzt, Mel.« Trotz des Protests ihrer Tochter stand Treva auf. »Wir kommen später noch mal wieder. Die Leute hier haben Besuch.«

»Ich bin kein Besuch«, sagte C.L., aber sie gingen trotzdem. Em nahm Phoebe mit nach draußen auf die Hinterveranda und brach über jeden ihrer tapsigen Schritte in Begeisterungsstürme aus, während C.L. die neue Mikrowelle ins Haus trug.

Maddie beobachtete Em durch das Küchenfenster. »Das ist toll«, sagte sie, den Blick nicht von Em abwendend. »Aber du brauchtest nicht –«

»Doch.« C.L. verrenkte sich den Hals, um zu sehen, wo Em war, bevor er sich vorbeugte und sie küßte, mit dem gleichen sanften, atemberaubenden Kuß, den sie nun schon von ihm kannte, so daß sie eine Minute lang Zuflucht in seinen Armen suchte.

»Das machst du gut«, murmelte sie.

»Andere Sachen mache ich auch gut«, erwiderte er. »Ich habe da so eine Idee.«

»Darauf wette ich, aber mein Kind ist draußen im Garten, also vergiß es.« Maddie drehte sich zum Fenster zurück. Am liebsten hätte sie Em wieder hereingerufen, aber sie sollte nicht meinen, daß irgend etwas nicht stimme. *Komm ins Haus, mein Schatz. Daddy könnte dich entführen*

C.L. versuchte, entrüstet auszusehen, aber es gelang ihm nicht. »Das meinte ich gar nicht, obwohl das auch keine üble Idee ist. Ich finde, du solltest mit Em eine Weile auf die Farm herauskommen.«

Maddie riß die Augen auf. »Zu Anna?«

»Du hast eine schlimme Zeit hinter dir«, sagte C.L. »Ich habe Brent überall gesucht, konnte ihn allerdings nicht finden. Aber das bedeutet nicht, daß er heute abend nicht nach Hause kommt.« Er kam näher. »Ich hasse die Vorstellung, daß du hier alleine bist und ich nicht auf dich aufpassen kann. Komm und bleib bei uns, wo du in Sicherheit bist.«

In Sicherheit. Wenn sie Em auf die Farm brächte, würde Brent sie niemals finden. Und selbst wenn, würde er an Henry und C.L. vorbei müssen, um sie mitzunehmen. Es war die perfekte Lösung.

Nur, daß morgen früh in der Kirche ganz Frog Point darüber sprechen würde.

Sie hatte die Wahl: Sie konnte zu Hause bleiben, damit die Leute nicht redeten, oder sie konnte ihre Tochter in Sicherheit bringen.

»Ich weiß, du machst dir Gedanken darüber, was die Leute denken werden«, hörte sie C.L. sagen, »aber –«

»Wir kommen sehr gerne«, unterbrach Maddie ihn. »Ich packe ein paar Sachen zusammen. Geh du zu Em nach draußen und sprich mit ihr. Behalte sie im Auge.«

»Es geht ihr doch gut«, meinte C.L.

»Tu mir den Gefallen«, sagte Maddie und ließ ihn mit verwirrtem Gesichtsausdruck zurück.

Em saß auf den Stufen zur Hinterveranda und hielt die Arme um Phoebes warmen, hechelnden, kleinen Körper geschlungen. Sie konzentrierte sich auf das Wunder, das C.L. ihr beschert hatte, damit sie an nichts anderes denken mußte. Phoebe war wundervoll. Sie krabbelte an ihr hoch, um ihr Gesicht abzulecken, und als C.L. herauskam und sich neben sie setzte, wischte sie sich gerade das Welpengesabber aus dem Gesicht.

»Alles in Ordnung, Kleine?« fragte er sie und kraulte Phoebe hinter den Ohren.

»Natürlich ist sie in Ordnung«, antwortete Em. »Sie ist *wundervoll.«*

»Nein, ich meine dich.«

Seine Stimme klang ernst, obwohl sie das schwer beurteilen konnte, weil sie ihn gar nicht kannte. Von der Seite warf Em ihm einen Blick zu. Er hatte ein nettes Gesicht, eines von der Art, das aussah, als würde es häufig lachen, auch wenn es jetzt gerade nicht lachte, und wäre die Welt nicht so auf den Kopf gestellt, würde Em ihn bestimmt mögen, vor allem, seit er ihr Phoebe geschenkt hatte. Jetzt aber mußte sie ihn in die Zange nehmen. »Ich liebe sie«, sagte sie zu ihm. »Vielen Dank.«

Phoebes Gerappel wurde wilder, daher ließ Em sie los und sah zu, wie sie durch den Garten trottete und auf den Gehsteig pinkelte.

»Ich glaube, wir haben noch einige Arbeit vor uns«, meinte C.L., und Em mußte trotz allem lachen wegen der Art und Weise, wie er es sagte, so ein bißchen aufmunternd wie ihr Lehrer in der ersten Klasse, aber auch spaßig. »Das Gras ist zu hoch«, fuhr er fort. »Es kitzelt an ihrem Bäuchlein, und wenn einen etwas kitzelt, kann man nicht gut pinkeln, stimmt's?«

»Stimmt.« Em beobachtete Phoebe, die den Bordstein erkundete. »Phoebe, komm her!« rief sie, in der Angst, daß das Hündchen die Straße hinunterlaufen und dann das gleiche Bremsenquietschen zu hören sein würde, das sie vor zwei Tagen gehört hatte, und Phoebe würde zerquetscht und tot mitten auf der Straße liegen.

Phoebe kam zurückgesprungen und zwängte sich zwischen sie auf die Stufen. Em griff nach ihr und zog sie an sich, sie suchte Trost in ihrer Wärme und Lebendigkeit.

»Wir müssen den Rest des Gartens einzäunen.« C.L. rutschte ein wenig zur Seite, um Phoebe mehr Platz zu machen. »Nur an diesem offenen Stück zwischen der Einfahrt und dem Haus. Wir können ein Tor einbauen, so daß man noch zum Auto kommt. Und ich werde den Rasen mähen, damit das Kitzeln kein Problem mehr ist.«

Em überkam plötzlich ein kalter Schauder. »Mein Daddy mäht den Rasen.« Wieder sah sie ihn von der Seite an. Sie wollte ihn gerne mögen, aber sie war nicht ganz sicher, was er in ihrem Leben zu suchen hatte, also sollte er vielleicht nicht dort sein. Und dann war da noch der Erpresser. Wenn sie ihn nicht in die Zange nahm, würde Mel sie umbringen. Em rieb sich über den Kiefer. *Bist du in meine Mom verliebt?* schien kein guter Anfang zu sein. Vielleicht so etwas ähnliches. »Kennst du meinen Daddy?«

Sie sah, wie er ein wenig zurückwich und dachte: *Jetzt wird er lügen.* Er sagte: »Ich kenne deine Mom und deinen Dad aus der High-School. Seit damals bin ich nicht mehr oft hier in der Stadt gewesen, weil ich weggezogen bin, deshalb habe ich schon lange nicht mehr mit deinem Dad gesprochen.«

Em überdachte diese Antwort. Er hatte offene Augen, die sie geradewegs ansahen, also log er vermutlich nicht. Und er sprach zu ihr genauso wie zu ihrer Mutter, wie zu einem Erwachsenen, nur, daß er ihr gegenüber ernster klang als zu ihrer Mutter. »Das ist die Wahrheit, oder?« fragte sie ihn immer noch mißtrauisch und ließ Phoebe wieder aus ihren Händen rutschen.

»Natürlich ist das die Wahrheit.«

Er hörte sich ein bißchen verärgert an, deshalb sagte sie schnell: »Tut mir leid. Manchmal erzählen die Leute Blödsinn, um mich zu beruhigen.«

»Nun, ich werde nicht lügen, auch nicht, wenn du dich

dann mies fühlst«, erwiderte C.L. »Lügen bringen einen sowieso nur in Schwierigkeiten. Man vergißt, was man beim Lügen erzählt hat, und dann ertappt dich jemand, und prompt hat man die Bescherung. Deshalb kann man gleich die Wahrheit sagen und es hinter sich bringen.«

Er hörte sich ein wenig verdrossen an, als spreche er über etwas, das ihm widerfahren war. Em grinste und vergaß den Ärger und das In-die-Zange-nehmen einen Moment. »Jemand hat dich wohl erwischt, was?«

C.L. grinste zurück. »Mein Onkel. Ich schwöre dir, er kann Gedanken lesen.«

»Das würde mir gar nicht gefallen.« Em dachte an einige Dinge, die sie zu verbergen hatte, wie zum Beispiel die Tatsache, daß sie ihrer Mutter nicht glaubte.

»Mir auch nicht«, sagte C.L., »aber ich habe gelernt, damit zu leben. Hey, Phoebe, beweg deinen Hintern nach hier zurück.« Als der Welpe wieder auf sie zutrottete, fügte er hinzu: »Wir könnten eine Kette gebrauchen, um Phoebe daran im Garten festzumachen.«

Em nickte. »Und einen Napf und etwas zu essen und ein Halsband und eine Leine.« Sie stand auf. »Ich hole ein Blatt Papier für die Liste.«

»Ich habe Welpenfutter mitgebracht«, antwortete C.L. »Und für den Rest brauchst du kein Papier. Setz dich, ich bringe dir einen Trick bei.«

Em setzte sich. Tricks hörten sich gut an.

»Er nennt sich das Gedächtnisbild«, erzählte er ihr, während Phoebe sich wieder zwischen sie bohrte und auf Ems Schoß zurücksprang.

»Mein Onkel hat mir das beigebracht. Also gut, an wie viele Dinge müssen wir denken?«

In Gedanken zählte Em sie durch. »An vier. Nein, an fünf, wir brauchen auch Hundekekse.«

»Okay, jetzt mach die Augen zu.« Sie tat, wie ihr geheißen. »Und jetzt stell dir Phoebe vor, mit einem Halsband, einer Leine daran und – was war da noch?«

»Eine Kette«, sagte Em immer noch mit geschlossenen Augen, »die an der Leine befestigt ist.«

»Du hast es kapiert, Kleine«, lobte C.L. »Clever. Und was noch?«

»Sie frißt Hundekekse aus dem Napf«, setzte Em das Bild weiter zusammen.

»Denk ganz genau nach.« C.L.'s Stimme neben ihr klang nett, nicht drängend oder laut, sondern irgendwie entspannt. »Hast du's?«

In Ems Gedanken aß Phoebe braune Kekse aus einem roten Napf, trug ein blaues Halsband, an dem eine hellgrüne Leine eingehakt war, an der eine dicke, schwere silbrige Kette hing –

»Die Kette ist zu dick«, sagte sie zu C.L. und kam sich dumm vor, weil sie es doch selbst war, die sie sich vorgestellt hatte.

»Dann mach sie dünner«, sagte er, ohne daß seine Stimme vermuten ließ, er könne sie für dumm halten. »Du hast sie dir dick vorgestellt, weil dir die Idee nicht gefällt, daß Phoebe angekettet ist. Aber wir werden den Zaun bald bauen, damit wir keine Kette mehr brauchen. Sie soll Phoebe nur schützen, bis wir die Zaunlücke geschlossen haben.«

Die Kette schrumpfte auf eine vernünftige Größe, und Em wußte, daß sie fragen sollte, warum er den Zaun bauen würde und nicht ihr Vater, aber Phoebes Nase fühlte sich kalt und naß in ihrer Hand an, und sie hatte ein Gedächtnisbild von all den Dingen, die sie brauchte, und außerdem einen neuen Trick, den sie Mel zeigen konnte, ganz zu schweigen von all den Informationen, die sie bereits mit einer gut gezielten Frage bekommen hatte. Sie mußte nicht weiterfragen. In-die-Zange-nehmen war nicht ihr Ding, auch wenn sie offenbar ziemlich gut darin war.

»Okay«, sagte sie. »Ich hab's. Und vielleicht ein Ball und eine Frisbee-Scheibe.«

»Wo sind sie?«

»Die weiße Frisbee-Scheibe liegt unter dem Napf, und der dunkelrote Ball auf Phoebes Kopf.« Em kicherte bei der Vorstellung. »Das sind sieben Sachen, richtig?«

»Richtig. Und ich wette, du wirst keine davon vergessen.«

Ich vergesse gar nichts, wollte Em sagen, tätschelte jedoch statt dessen Phoebes Kopf und beschwor das Bild wieder herauf. Das lenkte sie ab von dem Gesicht ihrer Mutter und dem Erpresser und der Frage, warum C.L. den Zaun fertigstellen wollte und nicht ihr Dad.

»Was hältst du davon, wenn wir Phoebe mit auf die Farm meines Onkels nehmen?« fragte C.L., und Em versteifte sich erneut ein wenig, weil er sich zum ersten Mal gezwungen locker anhörte. »Okay«, sagte er wieder mit normaler Stimme. »Hier ist die Geschichte. Ich glaube, daß deine Mom jemanden braucht, der eine Weile auf sie aufpaßt, und meine Tante Anna paßt besser auf Menschen auf als jeder andere, den ich kenne. Außerdem könnte Phoebe auf der Farm toll spielen. Vielleicht können wir beide angeln gehen. Weißt du, so eine Art Kurzurlaub. Was meinst du?«

Ich denke, daß du und Mom das schon beschlossen habt, dachte Em, *warum kümmert es dich also, was ich meine?* Aber sie sagte nur: »In Ordnung.«

Maddie beobachtete, wie C.L. Em für die Fahrt zur Farm auf den Beifahrersitz setzte, während er Maddie riet, sich als Schutz vor dem Wind auf dem Rücksitz in einen Schal zu hüllen. Während der ganzen Fahrt unterhielt er sich mit Em, erzählte ihr von der Farm, dem Fluß, dem Angeln und davon, wie sehr Phoebe dies alles gefallen würde. Er sprach mit so sanfter Stimme, daß Maddie sich schon wieder völlig von ihm hingerissen fühlte.

Etwa auf der halben Wegstrecke in der Nähe der verlassenen Drake-Farm sprach Em zum ersten Mal. »Wie weit ist es noch?«

»Ungefähr fünfzehn Meilen«, antwortete C.L. »Die Straße zur Route 31, dann nach rechts in die Porch Road und wieder rechts auf die Hickory Road. Einunddreißig Leute auf der Veranda, die Hickorynüsse essen.«

»Was?« fragte Maddie, aber Em grinste, deshalb war es ihr gleichgültig, daß sie den Witz nicht verstand, solange Em nur fröhlich war. Und sicher.

»Es dauert noch etwa fünfundzwanzig Minuten, wenn wir vorsichtig fahren«, beendete C.L. seine Auskunft.

Weit weg von Brent. Zum ersten Mal nach dem Fund von Ems Paß entspannte Maddie sich. »Was bedeutet, daß wir mit dir am Steuer in zehn Minuten dort sind«, sagte sie zu C.L.

»Hey, ich habe mich geändert«, rief C.L. zu ihr nach hinten. »Ich bin ein ehrbarer Bürger mit Zukunftsperspektiven in dieser Stadt. Ich fahre nicht mehr zu schnell.«

Sie lachte, während er eine Cassette einlegte und ihr über die Schulter zurief: »Erinnerst du dich hieran?« Bruce Springsteen legte los mit »Born to run«. *Das ist so gar nicht mein Lied,* schoß es Maddie durch den Kopf. Zu schade, daß Bruce nie ein Lied aufgenommen hatte mit dem Titel »Geboren für Vorsicht und Anstand«. Dabei hätte sie mitsingen können, um ihr Leben zu erklären.

»Ich mag Country-Musik«, rief sie zurück. »Hast du irgendwas von Patsy Cline?« »Crazy« würde ihr Leben auch erklären.

C.L. schüttelte den Kopf. Zehn Minuten später bog er in den Feldweg ein, und Maddie konnte Henrys kleines weißes Farmhaus und die Wiese dahinter sehen, die sich knapp hundert Meter weit bis direkt ans Flußufer erstreckte. Dort unten standen Bäume, und ein verfallener

Bootssteg ragte ins Wasser hinein, genau wie C.L. es versprochen hatte. Seit Jahren war sie nicht mehr hier gewesen, aber alles sah noch aus wie damals.

C.L.'s Tante Anna trat auf die Veranda hinaus, als sie aus dem Auto stiegen. »Hallo, Maddie, Liebes«, sagte sie und gab sich redliche Mühe, die Prellungen in Maddies Gesicht zu übersehen.

»Hallo, Anna.« Mit Em an der Hand ging Maddie auf die Veranda zu. »Vielen Dank, daß wir hierbleiben dürfen.«

»Warte hier, Em.« C.L. ging zur Garage. »Ich hole die Angelruten.«

»Es ist uns ein Vergnügen.« Anna lächelte Em zu. »Das muß Emily sein. Ich habe sie zuletzt gesehen, als sie noch ein Kleinkind war.«

»Wie geht es Ihnen?« fragte Em höflich und mit ernstem Gesicht, während sie sich hinunterbeugte, um den Hund zu streicheln, der neben ihr herwatschelte. »Das ist Phoebe. C.L. hat sie mir geschenkt.«

Annas Augen weiteten sich ein wenig überrascht. »Das war aber nett von C.L.« Sie warf Maddie einen Blick zu, die zurücklächelte.

»Sehr nett«, sagte sie, und Anna sah erleichtert aus.

»Hier sind die Angelruten, Em«, sagte C.L., als er um das Haus herumkam. »Heute abend gibt es Fisch.«

»Ja, vielleicht«, meinte Anna, »aber für alle Fälle habe ich einen Braten vorbereitet.«

»Gut«, erwiderte C.L. »Das nimmt uns den Druck.« Er deutete mit dem Kopf in Richtung Fluß, und Em trat neben ihn, während Phoebe hinter ihr herdackelte.

»Laß das Kind nicht in den Fluß fallen«, ermahnte Anna ihn.

C.L. verdrehte die Augen. »Komm, Em, sie hindern uns an der Entfaltung unserer Fähigkeiten.«

Anna und Maddie sahen ihnen nach, wie sie zu dem

Bootssteg hinuntergingen. C.L. ging langsam, um Em nicht zu verlieren. Phoebe lief ihnen herumschnüffelnd nach.

»Ein tolles Mädchen, Maddie.« Anna hielt ihr die Fliegentür auf.

»Sie bedeutet mir alles.« Maddie folgte Anna nach drinnen. »Und jetzt wirst du sie mit wirklich gutem Essen verderben. Gibt es Kartoffelpüree?«

Eine Stunde später waren die Kartoffeln geschält, und Maddie und Anna hatten sämtlichen Klatsch ausgetauscht, der ihnen einfiel, auch wenn Maddie ihre eigenen Neuigkeiten bislang aus der Unterhaltung ausgeklammert hatte. Wundersamerweise waren sie noch nicht zum Gerede geworden.

»Gloria Meyer.« Anna schüttelte den Kopf. »Sie hätte wissen müssen, daß das nicht gutgehen konnte.«

»Manchmal weiß man das nicht«, sagte Maddie und versuchte, objektiv zu sein. »Manchmal ist es zu Beginn in Ordnung, und dann läuft einfach alles schief.«

Anna trug die Schüssel zur Spüle und ließ Wasser über die geschälten Kartoffeln laufen.

»Ich lasse mich scheiden«, platzte Maddie heraus und kam sich idiotisch vor. Sie wappnete sich gegen eine Predigt.

Anna trocknete ihre Hände an einem Küchenhandtuch ab und stellte den Topf mit den Kartoffeln auf den Herd. »Manchmal ist so etwas nötig. Da ist nichts Schlimmes dabei. Das Kind wird sich dort draußen einen Sonnenbrand holen.« Sie trat durch die Tür auf die Veranda hinaus und rief: »Em, kommt jetzt herein, wir wollen Plätzchen backen. Und, C.L., der Rasen muß noch gemäht werden, bevor dein Onkel nach Hause kommt.«

Als sie wieder in die Küche kam, sagte Maddie: »Ich weiß nicht, warum ich dir das erzählt habe«, und Anna erwiderte: »Beruhigt mich ein wenig. Danke.«

Maddie fühlte sich ein bißchen durcheinander, da sie mit all dem zu kämpfen hatte, was unausgesprochen geblieben war. »Gern geschehen«, antwortete sie und verbrachte die nächste Stunde damit zuzusehen, wie Em unter Annas Aufsicht Plätzchenteig auf den Blechen verteilte, während Phoebe erschöpft in der Ecke schlief.

Anna hätte gerne Enkelkinder, dachte Maddie, und da C.L. sich in dieser Disziplin als recht langsam erwies, war Anna mehr als glücklich, Em bei sich zu haben. *Hör mal, setz dir nichts wegen C.L. und uns in den Kopf,* wollte Maddie einwenden, aber es wäre grausam und unnötig, so etwas genau jetzt zu sagen. Anna sollte ein wenig Zeit mit Em genießen.

Sie wandte sich ab und schaute aus dem Fenster. C.L. hatte sein Hemd ausgezogen und schob einen alten Handrasenmäher am Ufer entlang vor sich her. Er sah heiß und verschwitzt und breitschultrig und stark und wirklich klasse aus. Sie verspürte Lust auf ihn. *Denk nicht daran.* Anna stand hier neben ihr, um Himmels willen. Maddie wandte sich vom Fenster ab und half bei den letzten Essensvorbereitungen.

Eine halbe Stunde später kam Henry heim. »Schön, daß du hier bist«, grummelte er und nahm Em mit auf die Veranda hinaus, um ihr zu zeigen, wie man Dame spielt. Kurze Zeit später unterbrach C.L. das Rasenmähen für das Abendessen, und alle fünf setzten sich ringsherum an Annas großen runden Tisch und reichten sich gegenseitig Platten mit dünnen Scheiben zarten Rindfleischs, Schüsseln mit Rahmkartoffeln, mahagonifarbener Bratensauce und winzigen jungen Erbsen und nicht zuletzt dick mit Butter bestrichene warme Brötchen. Em aß mit großer Konzentration, während Maddie sie beobachtete und trotz des ganzen Durcheinanders, das über ihr Leben hereingebrochen war, lächeln mußte. So etwas hatte Em noch nie gegessen. Es würde ihre Arterien verstopfen und ihr mit neun Jahren einen Herzinfarkt bescheren.

Aber wenigstens würde sie das Paradies geschmeckt haben, ehe sie starb.

Gegen Ende der Mahlzeit, als der erste Hunger gestillt war, führten Henry und C.L. eine hitzige, technische Diskussion über gasbetriebene Rasenmäher, während Anna und Emily Rezepte für die nächsten Plätzchen besprachen.

Henry deutete mit der Gabel auf C.L. »Dieser Handmäher ist noch so gut in Schuß wie an dem Tag, als ich ihn gekauft habe.«

Neben ihm beugte sich Anna zu Em. »Du formst einfach ein bißchen Teig zu einer Kugel und rollst ihn durch den Zimt.«

C.L. schüttelte den Kopf. »Mensch, Henry, ich habe heute zehn Pfund verloren und gerade mal die untere Hälfte der Wiese geschafft. Eines Tages wirst du einen Herzinfarkt bekommen.«

»Mit den Fingern?« fragte Em.

»Städter«, meinte Henry verächtlich.

Anna nickte. »Ja, mit den Fingern. Und dann drückst du ihn auf dem Kuchenblech platt.«

Mit einem Schulterzucken tat C.L. die implizierte Beleidigung ab. »Ich kann den Rasen nach dem Essen zu Ende mähen. Ich hätte auch vorhin weitergemacht, aber ich wollte mir das Dinner nicht entgehen lassen. Und Ems Plätzchen.«

»Wenn ich das nächste Mal wiederkomme, backen wir Zimtplätzchen«, flüsterte Em ihm zu.

»Ich kann es kaum erwarten«, antwortete C.L.

Henry grunzte, um C.L.'s Aufmerksamkeit wieder auf sich zu lenken. »Als Kind hast du dich nie über den Rasenmäher beschwert.«

Anna stand auf. »Möchte jemand Ems Kekse mit Schokoladenstückchen probieren?«

C.L. versuchte, sich erhaben zu zeigen. »Nur, weil ich ein braves Kind war.«

Anna und Henry blickten ihn schweigend an.

»Ich hätte gerne ein paar von Ems Plätzchen«, sagte C.L., um das Thema zu wechseln.

»Ich hole sie.« Em rutschte von ihrem Stuhl.

»Warum seht ihr mich so an?« fragte C.L. seine Tante und seinen Onkel. »Ich war schließlich kein Verbrecher.«

»Du warst eine Nervensäge«, erwiderte Henry.

»Ich denke, ich werde jetzt den Rasen zu Ende mähen.« C.L. nahm ein paar Kekse von dem Teller, den Em von der Anrichte geholt hatte. »Danke, Em.«

»War er wirklich so eine Plage?« wollte Maddie von Anna beim Abwasch wissen, während Em und Henry sich für ein letztes Damespiel auf die Veranda verzogen hatten.

»Das kannst du wohl laut sagen«, antwortete Anna. »Deshalb haben wir ihn großgezogen. Meine Schwester Susan wollte ihn in ein Erziehungsheim stecken, aber statt dessen haben wir ihn zu uns geholt. Eine Weile dachte ich, er würde Henrys Tod bedeuten, aber es hat geklappt. Er ist ein guter Junge«, fügte sie hinzu, während sie den Bratenteller einweichen ließ. »Er brauchte nur jemanden, der ihm Liebe entgegenbrachte. Und der ihm den Hosenboden versohlte, wenn er Unfug angestellt hatte. Er mußte einfach lernen.«

Das war eine Seite von C.L., über die Maddie nie nachgedacht hatte: C.L. als Kind. Wie Em. »Was hat er denn angestellt?«

»Meistens hat er sich geprügelt. Er war ein furchtbarer Schläger und hat wirklich versucht, den Leuten weh zu tun.« Anna hielt inne und blickte mit verwundertem Gesichtsausdruck in die Ferne. »Ich habe das nie verstanden, weil er mir gegenüber immer so lieb war. Und erst seine Tierliebe! Du hättest ihn zusammen mit Tieren sehen sollen. Eine Weile dachten wir, er würde Tierarzt werden, so gut konnte er es mit ihnen. Und mit kleinen Kindern. Und dann zog er los und brach jemandem den Kiefer.« Anna schüttelte den Kopf. »Er hatte stets einen Grund. Er sagte immer, jemand hätte einem anderen ans Leder gewollt oder etwas Schlimmes getan, und er hätte rot gesehen und einfach losgeschlagen.«

Maddie schluckte. »Aber du meintest vorhin, das hätte sich gelegt?«

»Nun, bei ihm schien es länger zu dauern als bei anderen Jungs.« Anna zog den Stöpsel aus dem Spülbecken und starrte aus dem Fenster, während das Wasser den Abfluß hinuntergurgelte. »Ich weiß noch, einmal hatte Henry ihn losgeschickt, um uns zwei von diesen verzinkten Mülleimern zu besorgen.« Sie wrang den Spüllappen aus und hängte ihn über den Wasserhahn. »Er brachte sie her, genau dorthin«, sie deutete aus dem Küchenfenster, »aber sie hatten sich ineinander verkeilt und ließen sich nicht voneinander abziehen. Ich stand hier und beobachtete, wie er immer wütender und wütender wurde, und dann stapfte er zu seinem Wagen, holte seinen Baseballschläger und schlug die Eimer in Stücke, bis nur noch Schrott übrigblieb.«

»Was hast du getan?« fragte Maddie, plötzlich schaudernd. Konnte C.L. Brent erwischt haben? Sie versuchte, sich an alles im Zusammenhang mit C.L. zu erinnern, seit sie Brent das letzte Mal gesehen hatte. Er war fröhlich gewesen, als er vor ihrer Tür stand, um sie wiederzusehen, bis er ihr Gesicht bemerkt hatte. Dann war er losgezogen, um Brent zu suchen. Er sagte, er habe ihn nicht gefunden, aber –

Anna antwortete ihr. »Ich sah einfach nur zu. Er stieg dann in sein Auto, fuhr in die Stadt und kam mit zwei neuen Eimern wieder, die er von seinem eigenen Geld bezahlt hatte. Und die nicht ineinandergestapelt waren. Das war alles.«

»Gütiger Gott.«

Anna drehte sich zu ihr herum und lächelte sie beruhigend an. »Mit der Zeit ist er reifer geworden. Und du kennst ihn jetzt – so liebenswert wie nur möglich. Aber manchmal denke ich, daß ein Teil des alten C.L. noch immer in ihm steckt. Weißt du, als Junge war er immer ein Dickkopf, und das ist er jetzt noch. Wenn er irgend etwas wirklich will, bekommt er es auch. Gestern wie heute.«

Vielleicht nicht, dachte Maddie.

Em kam von der Veranda in die Küche und warf einen Blick über die Schulter, um Phoebe hinter sich herwatscheln zu sehen. Der Rasenmäher schwieg seit einigen Minuten, und draußen wurde es dunkel. Anna reichte Maddie die zwei Dosen Bier. »Bringe sie bitte C.L. Em und ich werden ein bißchen fernsehen, bis es Schlafenszeit ist.« Sie lächelte Em zu. »Du wirst in C.L.'s altem Kinderzimmer schlafen.«

»Phoebe auch?« fragte Em mit plötzlich angespannter Stimme.

»Phoebe auch«, sagte Anna, und Em setzte sich gehorsam mit einem Glas Milch, einem Teller Kekse und ihrem Hund vor den Fernseher.

»Sie wird nie wieder nach Hause wollen«, meinte Maddie.

»Das wäre schön«, sagte Anna und ging ins Wohnzimmer, um das erste Mal in ihrem Leben die Simpsons zu gucken, während Maddie sich nach draußen zu C.L. begab.

10

Maddie mußte ganz bis zum Fluß und um die Bäume herumgehen, um C.L. zu finden, da er dort in einer Hängematte zusammengebrochen war. »Ich habe Henry angelogen«, meinte er zu ihr, als sie sich unter einem Ast duckte, um zu ihm zu gelangen. »Diese Scheißmaschine bringt nicht ihn um, sondern mich.«

Maddie reichte ihm die Bierdose. »Trink was, dann geht's dir besser.«

Zischend öffnete er die erste Dose und trank die Hälfte davon in einem Zug. »Komm her und setz dich zu mir.«

Er sprach mit leiser Stimme, die ihr heiß und kalt werden ließ. Vor vierundzwanzig Stunden hatten sie auf dem Rücksitz gelegen. Bei der Erinnerung daran bekam sie eine Gänsehaut. Nun befanden sie sich nur gut hundert Meter von Em entfernt. »Nein, danke.« Maddie ließ ihren Blick über die dunkle Landschaft und den Sternenhimmel schweifen, um sich von ihren Gedanken abzulenken. »Es ist schön hier unten.«

»Ich träume noch immer von uns in der Hängematte«, sagte C.L. »Komm her. Ich brauche Streicheleinheiten.«

Maddie setzte sich außer Reichweite auf den Boden, weit genug weg, damit sie sich nicht, weil das so guttat, beiläufig an ihn lehnen konnte. »Anna hat mir erzählt, daß du geklaut hast, als du zehn warst.«

»Wenn du mir meine Vergangenheit vorhalten möchtest, darfst du jetzt gehen.«

Das war eine gute Idee. Das letzte, was sie nun gebrauchen konnte, war, hier draußen mit C.L. in der Dunkelheit zu sitzen. Maddie stand auf, um zu gehen, aber er beugte sich aus der Hängematte und hielt sie am Saum ihrer Shorts fest. »Ich hab geschwindelt. Geh nicht. Setz dich und trink ein Bier. Ich teile eins mit dir.«

Wieder zerrte er an ihren Shorts, und sie konnte seine warmen Finger hinten an ihrem Schenkel spüren. Es fühlte sich wunderbar an, und das war schlecht, deshalb schüttelte sie seine Hand von dem Hosensaum und dann von ihrer Hand ab und setzte sich wieder auf den Boden. Ihre Haut prickelte noch von seiner Berührung, daher wechselte sie das Thema, bevor sie ihren Verstand verlieren und über ihn herfallen würde. »War es schön, hier aufzuwachsen?«

C.L. legte sich entspannt in die Hängematte zurück. »Meistenteils. Anna hatte es nicht leicht mit mir. Sie war immer so traurig, wenn ich Mist gebaut hatte. Das konnte ich nicht ertragen.«

»Meine Mutter fuhr immer die Schiene, mir Schuldgefühle einzureden.« Maddie streckte sich auf dem kühlen Gras aus. »Tut sie heute übrigens immer noch. Sie sagt dann: ›Die Nachbarn werden denken, ich habe dich nicht gut erzogen.‹ Manchmal glaube ich, daß mein ganzes Leben darin besteht, den Nachbarn zu beweisen, daß meine Mutter mich gut erzogen hat.«

»Und das hat sie«, erwiderte C.L. »Du bist nahezu perfekt.«

Nein, das bin ich nicht. Das war die andere Maddie, diejenige, die seit achtunddreißig Jahren etwas vorheuchelte. Sie verspürte einen Hauch von Ärger, daß C.L. noch immer auf die Fälschung und nicht auf die wahre Maddie fixiert war. Nach all dem Gestöhne letzte Nacht auf dem Rücksitz mußten seine Träume eigentlich wie Seifenblasen zerplatzt sein, wenn er sie immer noch für ein braves Mädchen hielt.

Das rief ihr Bailey ins Gedächtnis. »So perfekt nun auch wieder nicht«, sagte sie. »Ich werde erpreßt.« C.L. richtete sich in der Hängematte auf, während Maddie weitersprach. »Bailey will hundert Dollar dafür, daß er den Mund hält.«

»Was für ein Idiot.« C.L. ließ sich in die Hängematte zurückfallen. »Ich werde mich um ihn kümmern. Er hat dich doch nicht wirklich beunruhigt, oder?«

»Soll das ein Scherz sein? Im Vergleich zu allem anderen ist Bailey eine Witzfigur. Aber ich würde es begrüßen, wenn du dich um ihn kümmerst.«

»Ist mir ein Vergnügen, Ma'am. Rettungen sind meine Spezialität. Willst du ein Bier?«

Maddie spähte ihn durch die Dunkelheit an. »Willst du mich betrunken machen?«

»Nein. Ich bin zu geschafft von diesem verdammten Rasenmäher, um hintergründige Gedanken zu hegen. Mein Gott, ich muß mindestens vierhundert Hektar gemäht haben. Komm her und tröste mich.«

»Du bist doch ein echter Mann«, meinte Maddie und suchte nach einem Thema, um sich abzulenken. »Wofür steht C.L. eigentlich?«

»Für nichts.«

»Was meinst du mit ›nichts‹? Deine Mutter hat dir einfach den Namen C.L. gegeben? Nur die Initialen?«

»Nein«, antwortete C.L. »Meine Mutter nannte mich Wilson. Das ist ein Familienname. Wird das jetzt ein Kreuzverhör?«

»Wilson Sturgis.« Sie begann zu kichern und brach dann in lautes Lachen aus. »Und wofür steht C.L. dann?«

»Chopped Liver.«

Maddie schnaubte ungläubig, und er erklärte es ihr. »Eines Tages kam ich nach Hause, ich muß so sieben oder acht gewesen sein, und meine Mutter unterhielt sich mit irgendeiner alten Dame aus der Nachbarschaft über meine Schwester. ›Denise kann dies, Denise kann das, und überhaupt ist Denise unbeschreiblich toll.‹ Deshalb sagte ich, ›Hey, und was bin ich, Chopped Liver – scheißegal?‹ Danach hat Denise mich einige Wochen nur Chopped Liver gerufen, bevor sie es zu C.L. abkürzte und es hängenblieb.«

Bestürzt richtete Maddie sich auf. »Hat dir das nichts ausgemacht?«

»Mein Gott, das war immer noch besser als Wilson.« Er nippte an seinem Bier. »Weißt du, irgendwie gefiel es mir, mir selbst einen Namen zu geben. Ich wurde zu dem, was ich mir ausgesucht hatte, egal, was meine Mutter davon hielt.«

Sich selbst einen Namen zu geben, einfach das zu werden, was man wollte, hörte sich gut an. Gedankenverloren streckte Maddie sich wieder auf dem Gras aus und sah zum Mond hinauf, der hoch, wunderschön und gespenstisch weiß am Himmel stand. »Es ist wirklich schön hier.«

»Eines Tages werden wir uns in dieser Hängematte lieben«, meinte C.L.

Maddies Frieden ging in Flammen auf, als das Begehren sie erneut überwältigte. »Hör auf damit.« Sie stand auf. »Ich finde dich phantastisch, und ich bin dir dankbarer für das, was du für Em getan hast, als ich dir jemals sagen kann. Und ja, ich will dich, ich will dich wirklich.« Bei der Vorstellung hielt sie einen Moment inne. »Aber –«

»Jetzt nicht«, beendete C.L. ihren Satz, während er sich in der Hängematte aufrichtete. »Ich weiß, von Henry und Anna trennt uns nur die Wiese, und du bist noch nicht geschieden. Ich kann warten, das ist schon okay. Und das, was ich für Em tue, mache ich, weil ich sie mag, und nicht für dich, deshalb brauchst du mir nicht dankbar zu sein. Em und ich verstehen uns prächtig alleine.«

Maddie fühlte sich von seinen Worten gerührt. ›Em und ich‹, hatte er gesagt, so, als kenne er Em, als sei sie eine Persönlichkeit, abgesehen von der Tochter der Frau, mit der er geschlafen hatte. Es schien, als würde er sie als einen Menschen betrachten, den er kannte, als jemanden, der ihm wegen seiner selbst am Herzen lag. Das war so schwierig mit dem Bild zu vereinbaren, das sie sich von C.L. gemacht hatte, daß ihr die Luft wegblieb und sie den Wunsch verspürte, sich zu ihm zu flüchten, tief in seine Umarmung zu kriechen und sich und Em und überhaupt alles mit ihm eins werden zu lassen.

»Ich muß zurück ins Haus«, sagte sie. »Anna und Henry wundern sich bestimmt schon.« So schnell sie konnte, entfernte sie sich von ihm, ging zurück zum Haus und zu ihrer Tochter, und mit jedem Schritt wuchs das Verlangen, wieder umzukehren. Als sie die Veranda erreichte, drehte sie sich um und sah, wie er sie im Mondlicht betrachtete, und das machte alles noch schwieriger.

C.L. erwachte früh in seinem behelfsmäßigen Nachtlager auf der Couch und setzte sich zu Henry an den Frühstückstisch, der mit Tellern überladen war, worauf sich Pfannkuchen, Erdbeeren und Reibekuchen stapelten. Die Butter glänzte im Sonnenlicht, und der Sirup war so dick, daß er nur langsam in einem einzigen Stück vom Löffel troff. »Soll ich Em und Maddie von oben rufen?« fragte er. Bevor Anna antworten konnte, erwiderte Henry: »Laß sie schlafen. Ich muß mit dir reden. Mußt du nicht langsam wieder in die Stadt zurück?«

»Henry!« Anna gesellte sich zu ihnen und setzte C.L. einen Krug mit geschäumter Milch vor die Nase. »Er kann so lange bleiben, wie er will, je länger, desto besser.« Sie tätschelte C.L.'s Hand. »Das hier ist sein Zuhause, wo er hingehört.«

»Er braucht eine Pause, um sich abzukühlen«, sagte Henry. »Danach kann er ja zurückkommen.«

»Ich habe darüber nachgedacht«, sagte C.L. »Über das Zurückkommen, meine ich. Besteht das Angebot für das Grundstück neben dem Haus noch?«

»Oh, C.L.«, hauchte Anna, und Henry machte ein finsteres Gesicht.

»Fahr in die Stadt zurück und denk in Ruhe darüber nach«, meinte er. »Komm erst mal wieder auf den Teppich.«

»Das Land gehört dir, wann immer du es willst, C.L.«, sagte Anna. »Ein Wort genügt.«

»Vielleicht sollte ich mal mit Howie Basset über ein Haus sprechen«, meinte C.L. an Henry gewandt. »Wäre wahrscheinlich eine gute Idee, wenn ich nebenan wohnen würde. Dann wäre es viel einfacher für uns, zusammen angeln zu gehen, wenn du im Ruhestand bist.«

Anna nickte und lächelte. Zweifellos versetzte sie Henry unter dem Tisch einen Tritt, denn C.L. bemerkte, wie er das Gesicht verzog.

Henry wirkte hin- und hergerissen. »C.L., ich warne dich«, sagte er, jedoch ohne jede Strenge, und Anna unterbrach ihn: »Fahr doch heute gleich einmal zu Howie. Bring ihn mit nach hier. Er sollte recht bald mit dem Bau beginnen, wenn du noch vor Weihnachten einziehen willst. Bis Weihnachten könnte er es doch schaffen, nicht wahr, Henry?«

Henry warf C.L. einen finsteren Blick zu und nahm seine Gabel zur Hand. »Wenn C.L. nicht schleunigst wieder auf den Boden der Tatsachen zurückkommt, wird er es bis zum Wochenende bauen müssen.« Mit der Gabel deutete er auf C.L. »Du warst schon immer ein Hitzkopf, was dich ständig in Schwierigkeiten gebracht hat, und jetzt ist es wieder dasselbe. Mach mal halblang und halte dich fern von –« Nach einem kurzen Blick zu Anna unterbrach er sich. »Halte dir den Ärger vom Hals«, beendete er den Satz.

Anna reichte C.L. die Reibekuchen. »Fahr heute zu Howie. Es ist Sonntag, also hat er bestimmt Zeit.«

»Jawohl, Ma'am«, sagte C.L. Er häufte Kartoffelplätzchen auf seinen Teller und wich Henrys Blick aus. Er mußte behutsam vorgehen. Aber Anna hatte recht: Wenn er für Maddie und Em und sich ein Haus möglichst schnell bauen wollte, mußte er heute mit Howie sprechen.

Sofort, nachdem er mit Brent gesprochen haben würde.

»Ich warne dich, C.L.«, wiederholte Henry, über seinen Pfannkuchen gebeugt.

»Ich hab's gehört, Henry«, antwortete C.L. und stellte sich Maddie und Em sicher in einem neuen Haus nebenan vor.

Bevor sie zum Frühstück hinunterging, rief Maddie ihre Mutter von dem Telefonapparat oben an. »Mom, hier ist Maddie. Du brauchst heute morgen nicht auf Em aufzupassen. Sie ist draußen bei Anna Henley auf der Farm.«

»Was, um alles in der Welt, macht sie denn da?«

»Wir sind beide hier.« Maddie versuchte, unbeschwert und ehrlich zu klingen, während sie zu der Geschichte ansetzte, die sie letzte Nacht durchgespielt hatte. »Es war ein wenig hektisch zu Hause, deshalb sind wir für eine kleine Abwechslung hier herausgefahren.«

»Wo ist Brent?« Die Stimme ihrer Mutter klang scharf.

»Ich weiß es nicht.«

»Maddie, was geht da vor sich?«

Maddie holte tief Luft. »Mom, ich werde ihn verlassen. Ich habe morgen einen Termin wegen der Scheidung.«

Die lange Stille sagte Maddie, daß ihre Eheprobleme für ihre Mutter keine Neuigkeit waren, denn sonst hätte sie gesagt: »Oh, nein, das kannst du nicht machen« oder etwas ähnlich Spontanes. Das Schweigen bedeutete, daß sie sich eine Strategie zurechtlegte. *Vergiß es, Mutter,* wollte Maddie sagen. *Du kannst es mir nicht ausreden.* Das Problem war nur, daß ihrer Mutter das meistens gelang. Aber das war natürlich vor der neuen Maddie gewesen. Vor derjenigen, die mit anderen Männern schlief und ihren Ehemann vergiftete.

Als ihre Mutter zum Sprechen ansetzte, klang ihre Stimme besänftigend. »Maddie, ich weiß, daß er ein Problem ist, aber überstürze nichts.«

Du hast ja keine Ahnung, was für ein Problem, Mutter. »Ich überstürze nichts. Ich habe darüber nachgedacht, und ich weiß, was ich tue. Ich habe mit einem Scheidungsanwalt telefoniert.«

»Oh, nein, doch etwa nicht mit Wilbur Carter?«

»Mit Jane Henries in Lima.«

»Nun, das ist gut. Jeder ist besser als Wilbur Carter.« Ihre Mutter fing sich wieder und nahm erneut den Kampf auf. »Obwohl ich finde, daß du dir das noch einmal überlegen solltest. Scheidung, Maddie! Ich weiß, für deine Generation ist das nichts –«

»Für meine Generation ist das nicht nichts.«

»– aber es ist eine schreckliche Sache. Denk an Emily.«

Ich denke die ganze Zeit an Emily. Sie würde Rio hassen. »Mom, ich weiß, was ich tue.«

»Jedenfalls hat es doch keine Eile, oder? Du mußt dich doch nicht morgen scheiden lassen, nicht wahr?«

Wenn sie es sich recht überlegte, mußte sie das nicht. Sobald Brent in sicherer Entfernung in Brasilien war, konnte sie sich mit der Scheidung Jahrzehnte Zeit lassen, wenn sie wollte. »Du hast recht, Mutter. Ich werde nichts übereilen.«

»Mehr verlange ich ja gar nicht.«

Im Moment, dachte Maddie.

»Und solltest du es dir wegen Em anders überlegen – ich bin zu Hause.« Der Tonfall ihrer Mutter implizierte, daß sie immer dort war, wo sie zu sein hatte, während ihre Tochter das von sich nicht behaupten konnte. »Bist du sicher, daß es dir gut genug geht, um Gran zu besuchen?«

»So gut, wie es mir immer geht, wenn ich Gran besuche«, erwiderte Maddie. »Ach, Em hat übrigens einen Hund.«

»Was?«

»C.L. Sturgis hat ihr gestern einen Welpen geschenkt. Sie sind unzertrennlich.«

»Maddie, hast du dich mit diesem Mann getroffen?«

Maddie schloß die Augen und setzte alles auf eine Karte. »Mutter, hast du gehört, daß ich mich mit diesem Mann getroffen habe?«

Die Stimme ihrer Mutter klang zweifelnd, als sie antwortete. »Nein.«

Maddie stieß den angehaltenen Atem aus. Bailey hatte

den Mund gehalten. »Meinst du nicht, du hättest etwas gehört, wenn dem so wäre?«

»Gloria sagte, du hättest stundenlang mit ihm an deinem Gartentisch gesessen und getrunken.«

»Gloria hat auch Wilbur Carter engagiert. Was weiß sie schon?«

»Nun ja, da hast du wohl recht. Wie, sagtest du, verdient dieser Sturgis-Junge seinen Lebensunterhalt?«

»Ich habe nichts gesagt, weil ich es nicht weiß. Ich muß jetzt Schluß machen.«

»Ruf mich an, wenn du von Gran zurückkommst«, bat ihre Mutter, und Maddie legte auf.

Em saß ihrer Mutter am Frühstückstisch gegenüber und tastete nach Phoebe, mehr, um sicherzugehen, daß sie bei ihr war, als sie zu streicheln, aber da ihre Hand nun unter dem Tisch war und Phoebe alle paar Minuten Streicheleinheiten erwartete, strich sie über den weichen Kopf des Hündchens. »Ich liebe Phoebe.«

»Ich weiß. Ich mag sie auch sehr gern.«

Em machte sich wieder über ihren Frühstückspfannkuchen her und beobachtete ihre Mutter. »C.L. mag ich auch.«

Nervös zuckte ihre Mom zusammen, und das war ein schlechtes Zeichen. Normalerweise war sie so ruhig, daß sie schon langweilig war. »Er ist ein lieber Kerl«, sagte ihre Mom. »Möchtest du noch etwas Sirup?«

»Du magst ihn also auch?«

»Er ist ein alter Freund. Wir waren zusammen auf der High-School.«

Ihre Mutter reichte ihr den Sirup. Em setzte ihn auf den Tisch neben sich. Essen interessierte sie nicht, auch wenn Annas Kochkünste etwas Besonderes waren. »War er auch mit Dad zusammen in der Schule?«

»Ja.« Ihre Mom schnitt ein großes Stück ihres Pfannkuchens ab und spießte es auf die Gabel. »Mit Dad und Tante Treva und Onkel Howie und jeder Menge anderer Leute. Genau wie die Freunde, die du und Mel habt.« Sie stopfte sich den Bissen in den Mund, und Em lehnte sich abwartend zurück, während Maddie kaute, um noch eine Frage stellen zu können. Ihre Mutter aß niemals in großen Bissen. Das war ungesund. Das mußte eine Hinhaltetechnik sein.

Die Sache mit der High-School war ein interessanter Nebenaspekt. Sie stellte sich vor, daß Mel und sie und all ihre Freunde eines Tages erwachsen sein würden, und einige von ihnen würden weggehen und dann zurückkommen. Sie fragte sich, wie Jason Norris wohl bei seiner Rückkehr aussehen würde. Vielleicht wie Doug in *Emergency Room*. Und er würde sie besuchen, um sie wiederzusehen, genau wie C.L.

Em runzelte die Stirn, als ihre Mutter den Bissen hinunterschluckte. »Wart ihr Freund und Freundin?«

»Nein.« Ihre Mutter reichte ihr die Erdbeeren, und Em stellte sie neben den Sirup. »Dein Daddy war der einzige Freund, den ich jemals hatte. Langweilig, was?«

»Vielleicht.« Em schluckte und stellte die Frage, die sie nicht stellen wollte. »Wo ist Dad?«

Ihre Mutter blinzelte und benahm sich schon wieder zu unbekümmert. »Nun ja, ich glaube, er arbeitet an irgendeinem Projekt für die Firma.«

Em überlief ein kalter Schauer. Sie war ziemlich sicher, daß das eine Lüge oder zumindest ein Vorwand war. Es hörte sich nicht gut an. Irgendein Projekt für die Firma hörte sich nicht gut an. Nicht so, wie ihre Mutter es gesagt hatte.

Anna kam in die Küche zurück und fragte: »Em, möchtest du noch etwas?« Em wurde klar, daß sie das Thema mit ihrem Vater besser fallenließ.

»Nein, vielen Dank«, sagte sie. »Es ist superlecker.« Das war es in der Tat; sie hatte nur keinen Hunger. Sie wollte wissen, was vor sich ging.

»Heute ist Sonntag, deshalb werde ich zu Uroma fahren«, sagte ihre Mutter viel zu unbekümmert. »Du bleibst hier bei Anna, dann kann Phoebe herumtollen. Einverstanden?«

»Ich denke schon«, erwiderte Em.

»Anna meinte, ihr könntet Erdbeerkuchen backen. Das hört sich doch gut an, oder?«

»Ich denke schon«, erwiderte Em.

»Wir werden uns einen schönen Tag machen«, sagte Anna bestimmt.

»Warte nur, bis du die Kette siehst, die ich für Uroma anlege«, meinte ihr Mutter. Ihre Stimme klang ein wenig unsicher.«

Em gab auf. »Zeig mal.«

Ihre Mutter fischte die Kette aus der Tasche. Sie war wirklich häßlich, aus Falschgold mit einem dicken roten Glasklumpen als Anhänger.

Em nickte. »Sie wird ihr bestimmt gefallen. Sonst trägst du doch keinen Schmuck, oder?«

»Nichts, worauf ich Wert lege.« Ihre Mom hörte sich wieder besser an, aber Anna warf ihr einen verwunderten Blick zu, daher erklärte Maddie: »Meine Großmutter hat so eine Art an sich, einem alles abzuschwatzen, egal, was es ist. Deshalb lenken wir sie mit dem Zeug ab, was wir nicht haben wollen.« Sie wandte sich wieder an Em. »Stimmt's, Em?«

Sie hörte sich so an, als wolle sie unbedingt, daß Em ihr zustimmte, so, als würde es tatsächlich eine Rolle spielen, was Em sagte, auch wenn das wohl nicht der Fall war. Em nickte nur.

Ihre Mutter legte sich die Halskette um und küßte Em

zum Abschied. »Viel Spaß mit Anna und Phoebe. Und hilf beim Abwasch.«

»Erzähl ihr nichts von Phoebe«, rief Em ihrer Mutter durch die Tür hinterher. »Sonst will sie sie auch noch haben.«

Anna hatte Maddie ihren alten Kombi geliehen (»Ich muß sowieso nirgends hin, nimm ihn nur«). Es war erstaunlich, wieviel besser Maddie sich fühlte, als sie wieder ein Auto hatte. Frog Point war zwar nicht so groß, daß ein Wagen notwendig war – doch vermittelte ihr ein Auto die Illusion, fliehen zu können, wenn es nötig wäre. Natürlich lag das außerhalb des Möglichen, aber ein Auto machte die Vorstellung wenigstens plausibel.

Ihrer Großmutter konnte sie definitiv nicht entkommen. Grandma Lucille saß, in seegrünen Chiffon gehüllt, verstimmt unter pfirsichfarbenen Laken in ihrem blaß pfirsichfarbenen Zimmer und sah aus wie eine schlechte Parodie des Backfischs, der sie einst gewesen war. Ihr wie schwarze Schuhcreme glänzender Kurzhaarschnitt umrahmte ihr verwelktes Koboldgesicht, in dem lediglich ihre scharfen schwarzen Augen sich nicht verändert hatten – klein, raffiniert und hart wie Obsidian. Wie sie sich in diesem Zimmer bereits tausendmal hatte anhören müssen, hatte Maddie keinen der Vorzüge ihrer Großmutter geerbt, weder deren hübsches Gesicht oder ihren Abenteurergeist noch ihre überschwengliche Energie. Seitdem Gran jedoch schon lange zur schlimmsten Nervensäge aller Zeiten in der Familie geworden war, zeige Maddie sich nicht übermäßig bestürzt über diesen Mangel an genetischer Ähnlichkeit. »Du kannst dir nicht vorstellen, was ich durchgemacht habe, als ich aufwuchs«, pflegte ihre Mutter ihr als Kind zu erzählen. »Sie hat mich *gedemütigt.* Das würde ich dir niemals antun.«

Als sie ihre Großmutter nun betrachtete, sandte Maddie stillschweigend ein Dankeschön an ihre Mutter und nahm sich erneut vor, ihrer Tochter ein ebenso skandalfreies Bild von sich zu vermitteln. Das letzte, was sie sein wollte, war die Großmutter ihrer Generation.

Obwohl Wesenszüge ja häufig eine Generation übersprangen. Und dann gab es da noch C.L. und den Point. Wenn sie so weitermachte, würde sie unweigerlich zur Gran der Neunziger werden. Sie mußte ihr Leben in den Griff bekommen. Aber zuerst mußte sie diesen Besuch hinter sich bringen. Sie durchquerte das Zimmer, das verächtliche Gebrumm ihrer Großmutter ignorierend, daß sie zugenommen habe und ihrem Alter entsprechend aussehe, und teilte die pfirsichfarbenen Vorhänge aus Leinenimitat vor der Tür, die auf den kleinen Balkon hinausführte.

»Zu hell«, ließ Gran scharf und krächzend verlauten. »Schlecht für meine Haut. Für deine auch, aber du bist ja ein hoffnungsloser Fall.«

Maddie ließ sich auf einen Kompromiß ein und zog die Vorhänge wieder halb zu, in dem sicheren Wissen, daß ihre Großmutter sich über mangelndes Licht beschweren würde, sollte sie sie ganz zuziehen.

»Na, Gran«, sagte Maddie fröhlich, als sie sich neben das Bett setzte. »Wie geht es dir?«

»Ich bin fünfundneunzig – was glaubst du wohl, wie's mir geht?« anwortete ihre Großmutter schnippisch.

Du bist dreiundachtzig, wollte Maddie erwidern, unterdrückte diesen Impuls jedoch. Sich auf eine Diskussion mit Gran einzulassen, kam einem asiatischen Guerillakrieg auf persönlicher Ebene gleich. »Ich hoffe jedenfalls, daß es dir gutgeht«, sagte Maddie. »Du siehst toll aus.«

»Nur, weil ich nicht herumlaufe und mich in die pralle Sonne setze wie einige Leute, die ich kenne.« Gran beugte sich vor. »Diese Janet Biedemeyer aus dem Nebenzimmer ist das reinste Wrack. Sie sieht aus wie eine Krokodilhandtasche. Mach einen Henkel an ihr fest, und sie könnte als Gepäckstück fliegen. Dabei ist sie mindestens zwanzig Jahre jünger als ich. Wenn ich –« Gran unterbrach sich und sah Maddie mit zusammengekniffenen Augen an. »Was zum Teufel ist mit dir passiert?«

Maddie unterdrückte einen Seufzer. »Ich bin gegen eine Tür gelaufen, Gran. Nicht weiter schlimm.«

»Ha!« Entzückt fiel Gran in die Kissen zurück. »Er hat dich geschlagen, was? Den Eindruck hat er mir immer schon gemacht.«

»Nein, Gran«, sagte Maddie so bestimmt, wie es ihr möglich war. »Brent hat mich nicht geschlagen. Ich bin gestolpert und gegen die Kante einer offenen Tür gefallen.«

»Klar doch. Deshalb hast du auch diese Schnitte auf deiner Wange von seinem Ring«, antwortete Gran. Maddie nahm eine aufrechte Haltung an. »Also, jetzt hör gut zu. Bei mir bist du an der richtigen Adresse für einen guten Rat.«

O nein, das bin ich nicht, dachte Maddie, aber ihre Großmutter fuhr fort: »Das habe ich selbst mitgemacht. Was du jetzt tun mußt, ist –«

»Grandpa hat dich *nie* geschlagen«, warf Maddie ein, in ihrem Ärger ihre gesamte Diplomatie vergessend. »Das kann ich einfach nicht glauben. Du solltest dich schämen –«

»Nicht dein Grandpa«, unterbrach Gran sie erzürnt. »Nicht ein einziges Mal hat er die Hand gegen mich erhoben.« Sie schnitt eine Grimasse, als würde sie an seiner mangelnden Gewalttätigkeit noch immer gewissen Anstoß nehmen. »Ich rede von meinem ersten Ehemann.«

Maddie fiel gegen die Rückenlehne ihres Sessels. »Ich dachte, er wäre dein erster Ehemann gewesen.«

»Quatsch.« Beherrscht lehnte sich ihre Großmutter ebenfalls zurück. »Mein erster war dieser nutzlose Schafskopf Buck Fletcher.«

Maddie unterdrückte ein Grinsen. »Buck? Du hast jemanden namens Buck geheiratet?«

»Auch nicht schlimmer als Brent«, gab ihre Großmutter verächtlich zurück. »Wohin in aller Welt soll es mit so einem Namen schon führen?«

Laß sie bloß nicht anfangen, sagte Maddie sich stillschweigend und wich diesem Thema aus. »Ich kann einfach nicht glauben, daß du schon einmal verheiratet warst und es mir niemand erzählt hat.«

Ihre Großmutter zuckte mit den Schultern. »Er ist gestorben, bevor du geboren wurdest. Ich hab ihn auch nicht besonders betrauert, das kann ich dir sagen.« Großmutter gackerte los, bevor sie Maddie wieder unter die Lupe nahm. »Kindchen, bei einer Abreibung nützt Make-up gar nichts.«

»Danke für den Tip«, erwiderte Maddie in dem Wunsch, Grans Aufmerksamkeit auf die interessante Nebenhandlung von Buck-dem-geheimgehaltenen-Mann-Nummereins zu lenken, jedoch in dem sicheren Bewußtsein, daß dies bei gemeinsamem Schwelgen in Mißhandlungserinnerungen enden würde, worauf sie gut und gern verzichten konnte. »Ich habe dir Süßigkeiten mitgebracht.« Sie beugte sich vor, um ihre Tasche zu öffnen, und ließ dabei den roten Glasanhänger nach vorne baumeln.

»Danke«, antwortete ihre Großmutter automatisch und streckte eine ihrer Klauen aus, um die goldfarbene Schachtel entgegenzunehmen, die Maddie aus ihrer Tasche hervorholte. »Esther Price. Lecker.« Sie riß das rote Band von der Schachtel mit den handgemachten Pralinen ab. »Kleine Schachtel.«

»Nächste Woche bringe ich eine neue mit«, sagte Maddie. »Das tue ich doch immer.«

»Du bist ein liebes Mädchen, Maddie.« Gran biß ein Stück der Schildkröte aus Milchschokolade ab, die oben auf der Schachtel saß. Das war auch etwas, womit Gran einen provozierte: Jedesmal nahm sie die Schildkröte und spuckte dann die Nüsse aus. Während dieses Gedankens flog eine quer durch das Zimmer. »Lecker«, sagte ihre Großmutter, bevor sie ihr Augenmerk auf den Anhänger richtete. »Schöne Kette.«

»Diese hier meinst du?« Maddie hielt den roten Glasklumpen in die Höhe. »Das ist ein Erbstück. Von Brents Familie.« Sie versuchte, sich begeistert zu zeigen. »Eines meiner Lieblingsstücke. Ich –«

»Weißt du, ich werde nicht mehr lange bei euch sein«, sagte Gran schwach und sank in die Kissen zurück, die Pralinenschachtel in der einen, die verstümmelte Schildkröte in der anderen Hand. »Ich bin alt.«

Erzähl keinen Unsinn, wollte Maddie sagen, nickte statt dessen jedoch nur und gab sich Mühe, mitfühlend auszuschauen. »Du siehst bestimmt nicht alt aus«, log sie. »Du siehst besser aus als ich.« Angesichts des derzeitigen Zustands ihres Auges entsprach das zu allem Unglück beinahe der Wahrheit.

Gran schniefte. »Es kann jederzeit soweit sein.« Sie setzte die halb aufgegessene Schildkröte in die Schachtel zurück und legte die freie Hand auf ihr Herz. »Jederzeit.«

»Um Gottes willen, Gran«, rief Maddie aus. »Kann ich irgend etwas für dich tun?«

»Diese Kette würde gut zu meinem Nachthemd passen.« Gran zupfte an dem blaßgrünen Chiffon.

Das rote Glas würde grausig auf diesem Nachthemd aussehen, aber das tat Gran ja auch.

»Gran, ich weiß nicht«, meinte Maddie. »Brents Mutter hat sie –«

»*Diese* Frau.« Gran vergaß, schwächlich auszusehen, und rümpfte die Nase. »Helena Faraday war keinen einzigen Tag in ihrem Leben gut gekleidet.« Bei diesem Gedanken schnaubte sie verächtlich, erinnerte sich dann jedoch daran, daß sie dem Tode nahe war, und sank in die Kissen zurück. »Ich bin sicher, sie hätte nichts dagegen, wenn du die Kette deiner sterbenden Großmutter leihen würdest, Maddie. Schließlich –«, hier legte Gran eine Pause ein, um fromm, selbstlos und großherzig auszusehen, allesamt Eigenschaften, die ihr fernlagen, »– wirst du alles bekommen, wenn Gott mich zu sich ruft.«

»Na ja, wenn du meinst, daß du dich dann besser fühlst«, meinte Maddie. Genug Sarah Bernhardt für einen Besuch. Sie streifte die Kette über den Kopf ab und reichte sie ihrer Großmutter, die sie sofort um ihren Hals legte und sich wieder daranmachte, die Schildkröte auszuweiden.

Maddie stand auf. »Du siehst wirklich schon viel besser aus, Gran, deshalb –«

»Setz dich«, befahl ihre Großmutter ohne jede Schwäche. »Ich habe dir noch nicht die letzten Neuigkeiten erzählt.«

Maddie setzte sich wieder und sah verlangend auf die Pralinenschachtel. Wenn sie sich schon die Skandalgeschichten aus dem Altenheim anhören mußte, sollte sie dabei wenigstens Schokolade essen, aber ihre Großmutter würde sie allein schon bei dem Versuch zerfleischen.

»Mickey Norton entblößt mal wieder sein Allerheiligstes.« Gran legte die angebissene Schildkröte beiseite und nahm sich eine Nougatpraline. »Abigail Rock, zwei Türen weiter hinten, regt sich furchtbar auf, aber Mickey kann es einfach nicht lassen. Dieser Ed Keatin vom Ende des Gangs kommt überhaupt nicht mehr aus dem Bett. Es ist schrecklich, wie Männer sich gehenlassen, wenn sie älter werden.«

»Oh, ich weiß nicht«, erwiderte Maddie und dachte an C.L. »Es gibt auch einige, die sich positiv entwickeln.«

Erneut schnaubte Gran verächtlich. »Wie dein Mann vielleicht?«

»Ich muß jetzt wirklich gehen, Gran«, wich Maddie aus

und stand auf, aber ihre Großmutter sagte: »Setz dich«, also gehorchte sie und hörte sich den ganzen Klatsch an, den ihre Großmutter innerhalb einer Woche abgespeichert hatte. Gott sei Dank sprach Gran mit der Schnelligkeit eines Maschinengewehrs, so daß sie die Woche in einer halben Stunde abhandeln konnte.

»Und jetzt noch du«, meinte sie abschließend. »Sieh dich an, so durchgeprügelt. Jeder hier weiß doch, daß du meine Enkelin bist. Schon ist mein guter Name dahin.« Einen Augenblick lang sah sie verzweifelt aus, griff dann zur nächsten Praline.

»Es ist nicht dein Name«, korrigierte Maddie sie, »sondern Brents. Es ist ein Faraday-Skandal oder ein Martindale-Skandal. Man müßte drei Generationen zurückgehen, um einen Barclay-Skandal daraus zu machen.«

Erzürnt beugte ihre Großmutter sich vor. »*Und du glaubst, das tut man nicht?*«

Maddie wich ein wenig zurück. Für die Menschen in diesem Heim waren drei Generationen so etwas wie gestern. »Du hast recht. Tut mir leid wegen des Auges, Gran. Ich hätte nicht kommen sollen. Ich komme nicht wieder, bevor es nicht ganz ausgeheilt ist.«

»Ha!« keifte ihre Großmutter. »Und du meinst, das würde auch keinem auffallen, was? Du wirst nächsten Sonntag wiederkommen, genau wie immer. Bis dahin solltest du lernen, mit Make-up umzugehen. Es ist ein Skandal. Ha!«

Maddie erhob sich.

»Setz dich!« befahl ihre Großmutter.

»Ich kann nicht.« Maddie trat seitwärts den Rückzug zur Tür an. »Ich muß jetzt wirklich gehen. Bis nächste Woche, versprochen. Tschüs, Gran.«

»Nächstes Wochenende werde ich tot sein.« Großmutter nahm sich noch eine Sahnepraline, diesmal eine mit einer Walnuß obendrauf.

»Mit dieser Kette siehst du großartig aus, Gran«, meinte Maddie und zog die Tür hinter sich zu. Als sie sich zum Gehen wandte, hörte sie die Walnuß davon abprallen.

Die Hintertür war angelehnt, als Maddie nach Hause kam.

Mit dem Schlüssel in der Hand stand sie auf der Hinterveranda und starrte die offene Tür verständnislos an. Die Tür sprang zwar gewöhnlich auf, wenn sie nicht fest zugeworfen wurde, aber sie hatte alles abgeschlossen, bevor sie ging.

Brent.

Mit der Hand stieß sie die Tür vorsichtig an. Sie schwang ganz auf, und Maddie trat zögernd über die Schwelle.

Alles sah aus wie immer. Vielleicht hatte sie die Tür ja doch nicht abgeschlossen. Sie erinnerte sich, sie zugeworfen zu haben, um sicherzugehen, daß sie ins Schloß gefallen war – nein, sie hatte sie abgeschlossen. Sie war sicher, daß sie sie abgeschlossen hatte.

»Brent?« rief sie mit leicht zitternder Stimme. Sie legte ihre Tasche auf die Anrichte und ging ins Wohnzimmer. Auch hier sah alles aus wie immer – mit Ausnahme des Schreibtischs.

Die Schubladen standen, ein wenig schief in den Schienen, einen kleinen Spalt offen. Nacheinander zog Maddie sie auf. Der Schließfachschlüssel war weg.

Brent war gekommen, um den Schießfachschlüssel zu holen. Und Em. Er würde heute nacht wiederkommen, um sie mitzunehmen, wenn sie ihn nicht daran hinderte.

Sie ging zum Telefon in der Diele und wählte den Polizeinotruf. »Ich bin nicht sicher«, sagte sie, als der diensthabende Beamte sie fragte, was passiert sei. »Ich glaube, der Streuner war hier.«

Die Polizeibeamten stäubten die Schubladen auf der Suche nach Fingerabdrücken ein, fanden jedoch nur die von Maddie. Sie stellten ihr Fragen, die sie nicht beantworten konnte (»Ich habe keine Ahnung, was der Streuner mit unserem Schließfachschlüssel will«), und waren offenbar skeptisch, bis sie sagte: »Könnten Sie das Haus heute nacht nicht überwachen? Ich habe Angst.« Ein Teil ihrer echten Furcht mußte aus ihrer Stimme herauszuhören gewesen sein, da sie sich bereit erklärten, einen Streifenwagen vor dem Haus zu postieren. Wenn es ihr gelang, Brent nur noch eine weitere Nacht aus dem Haus fernzuhalten, konnte sie ihr Leben wieder in vernünftige Bahnen lenken.

Wenn sie Em davon überzeugen könnte, noch eine Nacht auf der Farm zu bleiben, wären sie noch sicherer.

Das schien nicht zuviel verlangt zu sein.

Nachdem die Polizei fort war, durchsuchte sie das Haus nach einem weiteren Beweis dafür, daß Brent hiergewesen war. Er war überall präsent, weil er so lange hier gelebt hatte – seine Zeitschriften, seine Arbeitsschuhe, sein Kleingeld. Sie wollte ihn hier heraus haben, auf der Stelle und endgültig. Es war an der Zeit. Sie holte ein paar Pappkartons aus der Garage und begann, seine Sachen einzupacken.

Drei Stunden und einige Kartons später hatte sie sich bis zu seinem Schrank im Schlafzimmer vorgearbeitet. Sie klappte die letzten beiden Kartons auf und warf seine Kleidungsstücke hinein, ohne sich damit aufzuhalten, sie zu falten. Während sie alles einpackte, fiel ihr auf, daß ein paar Sachen fehlten: seine Lieblingsbaumwollhemden, seine Jeans, ein Sommeranzug, seine Bowlingschuhe. Er hat schon gepackt, dachte sie, während sie seine Sachen von der Kleiderstange abnahm. Er hatte schon mitgenommen, was er benötigte. Sie stopfte die letzten Stücke in die Kartons und schleppte diese und den Rest seiner Sachen dann nach draußen zu der offenen Garage. Sie stieg wieder nach oben und machte sich daran, seine Sportutensilien ganz hinten aus dem Schrank hervorzuholen.

Seinen Baseballschläger legte sie beiseite. Den könnte sie vielleicht gebrauchen, sollte Brent zurückkommen. Dieser Hurensohn hatte schon *gepackt.* Sie hatte zwar gewußt, daß er sie verlassen wollte, aber irgendwie machte die Vorstellung, daß er schon gepackt hatte, sie noch wütender. Sie zerrte seine Golftasche heraus und verstreute dabei den Inhalt. Ein Dutzend Golfbälle rollten über den Boden, die Schläger fielen mit Gepolter heraus. Nicht ihr Tag.

Maddie richtete die Tasche auf und versuchte, die Schläger wieder hineinzustopfen, aber sie stießen gegen irgend etwas. Heftig zog sie sie wieder heraus und stülpte die Tasche um, um zu sehen, was unten darin war. Ein kleines Paket fiel heraus.

Sie setzte sich auf die Bettkante und starrte das Paket auf dem Boden eine Weile an. Weiß Gott, was darin sein mochte. Pornos? Kokain? Bei der Lage der Dinge könnte auch die Asche von Jimmy Hoffa darin sein, und sie wäre nicht überrascht. Nichts konnte sie mehr überraschen.

Sie machte es auf und fand Geld, vier Päckchen mit Hundertdollarscheinen. Vierzigtausend Dollar. Wie Monopoly-Geld, nur, daß es echt war.

»Was zum Teufel hat er getan?« sagte sie laut und dachte dann: *»Fluchtgeld.«*

Das Geräusch, als jemand unten gegen die Tür klopfte, riß sie aus ihrer Betäubung. Hastig schob sie die vier Geldbündel unter die Matratze, warf die Verpackung in den Müll und lief nach unten.

»Weshalb brauchst du so lange?« fragte C.L., als sie die Tür öffnete. »Ich dachte schon, du wärst tot.« Er schien es halb ernst zu meinen.

»Ich habe nachgedacht.«

»Davor habe ich dich gewarnt.« Er schob sich an ihr vorbei ins Haus und hob mit einer Hand ihr Kinn, um ihr Gesicht zu sehen. »Sieht schon besser aus. Ein bißchen jedenfalls.«

»Wie verdienst du deinen Lebensunterhalt?«

»Ich bin Finanzberater.« Er schloß die Tür hinter sich. »Ist Em noch auf der Farm?«

»Ja –« setzte Maddie an, doch er küßte sie und preßte sie an sich. Seine warmen Lippen auf ihrem Mund ließen sie verstummen. Sie schmiegte sich eng an ihn, um den Kuß zu verlängern, weil es ihr so guttat, und sie sich in letzter Zeit so selten gut gefühlt hatte. Trotz ihres hochtrabenden Geschwätzes zu warten, um einen Skandal zu vermeiden, hatte sie ihn vermißt. Es war so schwierig, den Anstand zu wahren, wenn sie eigentlich nur wie Gran sein wollte.

Seine Hände streichelten über ihren Rücken abwärts. Sie löste sich von ihm und trat einen Schritt zurück, bevor er sie noch mehr in Schwierigkeiten brachte. »Hör auf damit. Es könnte jemand durchs Fenster gucken und uns sehen.«

C.L. zog sie ins Wohnzimmer. »Wir zwei brauchen ein wenig Zeit für uns. Henry erzählte, ein Einbrecher wäre hiergewesen.«

Maddie versuchte sich zu erinnern, wo sie vor dem Kuß stehengeblieben waren. »Du bist Finanzberater?«

C.L. seufzte. »Was ist so schlimm daran, Finanzberater zu sein?«

»Gar nichts. Ich kann mir dich nur nicht als Finanzberater vorstellen.« Maddie ließ es sich durch den Kopf gehen. »Ehrlich gesagt dachte ich, du wärst arbeitslos.«

C.L. lehnte sich entrüstet zurück. »Vielen Dank. Aber nun zu deinem Einbrecher –«

»Warum interessierst du dich so dafür?«

C.L. sah verärgert aus. »Ein Fremder bricht in das Haus der Frau ein, die ich liebe, und du wunderst dich, daß mich das interessiert?«

»Vielleicht war es gar kein Fremder«, erwiderte Maddie und überhörte den zweiten Teil, »die Frau, die ich liebe«, weil sie sich dieser Komplikation noch nicht stellen konnte. »Ich habe alle Türen gestern abend abgeschlossen. Wer auch immer also hiergewesen ist, wußte entweder, wie man einen Dietrich benutzt, oder er hatte einen Schlüssel.«

Interessiert horchte C.L. auf. »Wer hat Schlüssel?«

»Meine Mutter, Treva und Brent.«

Er blickte sie an. »Ich setze mein Geld auf Brent.«

Maddie nickte. »Ich auch.«

»Wonach kann er gesucht haben?«

»Ich war gestern in der Bank und habe unser Schließfach geöffnet.«

»Erzähl weiter.« C.L. machte einen angespannten Eindruck, als hörte er ganz genau zu.

»Es waren zwei Tickets nach Rio und zwei Pässe darin.«

C.L. stieß einen Pfiff aus. »Er will wohl verduften, was?«

Maddie nickte. »Die Tickets sind für Montag. Der andere Ausweis war für Em.«

Er zuckte zusammen. »Das muß ein Schock gewesen sein.«

»Ich habe Ems Ausweis herausgenommen und zerrissen. Vielleicht hat er danach gesucht. Außerdem ist der Schließfachschlüssel weg.« Sie dachte an die Kleidungsstücke, die er eingepackt haben mußte. »Und er hoffentlich auch.«

»Behalte das im Kopf«, sagte er, beugte sich vor und küßte sie wieder. Seine Lippen streiften die ihren so sanft, daß sie erschauerte.

»Ich mag es, wenn du das tust«, flüsterte sie, und er erwiderte: »Gut. Ich werde nichts anderes mehr machen.« Wieder küßte er sie, diesmal noch zärtlicher, doch gerade als ihr ganz heiß wurde, schlug draußen eine Autotür zu, und er ließ von ihr ab. »Diese Stadt«, sagte er und löste sich von ihr, um durch das Fenster zu schauen. »Jedenfalls nicht deine Mutter. Irgendeine Wasserstoffblondine nebenan.«

»Gloria.« Einerseits wollte sie nicht, daß er sich von ihr löste, andererseits war sie auch erleichtert. »Vielleicht ist sie es ja, die mit Brent schläft.«

C.L. sah mit zusammengekniffenen Augen aus dem Fenster. »Lieber Himmel, wie kommst du denn darauf?«

»Du findest immer die richtigen Worte«, sagte sie, und er fuhr fort: »Du bleibst hier und legst die Kette vor. Ich werde zu Henry fahren, um zu veranlassen, daß er das Schließfach beobachten läßt.«

»Hey«, sagte Maddie, »mach mir keinen Strich durch die Rechnung. Ich will ihn hier forthaben.«

»Du und ich vielleicht, Baby«, antwortete C.L. und ging zur Tür, »aber es gibt einen Haufen Leute, die ihn lieber hier hätten, um einige Dinge zu klären. Es wäre einfacher für uns alle, wenn er das täte.«

Maddie folgte ihm. »C.L., hier geht etwas vor sich, wovon ich keine Ahnung habe, stimmt's?«

»Frag mich nicht«, sagte er. »Ich bin hier selbst ein Fremder.« Er küßte sie noch einmal, diesmal stürmisch, und preßte sie an sich, warf danach jedoch schuldbewußt einen Blick über seine Schulter. Bevor sie ihm weitere Fragen stellen konnte, war er verschwunden.

Maddie sah ihn wegfahren und dachte, *zu dir kommen wir später, Freundchen.* Sie würde ihre weiblichen Waffen einsetzen, bis er ihr alles erzählte. Wenn sie es nur schaffte, ihr eigenes überwältigendes Lustgefühl zu überwinden.

Sie ging wieder nach oben und zählte noch einmal das Geld unter der Matratze. Vierzigtausend Dollar. Warum hatte er es letzte Nacht nicht mitgenommen? Er mußte noch einmal kommen, um es zu holen. Er konnte es doch nicht vergessen haben.

Was, wenn Brent doch nicht der Einbrecher gewesen war?

Das ergab keinen Sinn. Es mußte Brent gewesen sein; niemand anderer konnte etwas mit dem Schließfachschlüssel anfangen.

Hau einfach nur ab, dachte sie. *Ich will dich aus meinem Leben haben und weit weg wissen.* Plötzlich fielen ihr die Tabletten ein. Hatte sie ihn vielleicht schon ins Jenseits befördert? Oh, Mist.

Sie stopfte das Geld wieder unter die Matratze zurück und schnappte sich ihre Handtasche. Bis zur Apotheke war es nur eine Meile. Das konnte sie vor dem Ladenschluß noch schaffen.

Im Revco zeigte Maddie dem Apotheker das leere Fläschchen Schmerzmittel.

»Wie gefährlich sind diese Tabletten?« fragte sie. »Wenn ich zu viele geschluckt habe, meine ich. Sagen wir so sieben.«

Der Pharmazeut hielt ihr einen Vortrag über den Mißbrauch apothekenpflichtiger Medikamente und meinte dann, daß sieben Stück wahrscheinlich niemandem ernsthaft schaden würden. »Sie würden das Urteilsvermögen beeinträchtigen und vermutlich zur Bewußtlosigkeit führen.« Er sah sie streng an. »Die empfohlene Dosis zu überschreiten ist eine sehr schlechte Idee.«

»Da bin ich ganz Ihrer Meinung«, sagte Maddie. Wenigstens war ihr nun die Angst genommen, eine Mörderin zu sein; ihrer Ansicht nach war Brents Urteilsvermögen immer schon beeinträchtigt gewesen, und den Schlaf hatte er vermutlich nötig.

Sie bat darum, das Fläschchen aufzufüllen, was der Apotheker stirnrunzelnd und widerwillig tat, und sie machte sich wieder auf den Weg nach Hause, um Brent endgültig aus ihrem Leben zu entfernen. »Du bist im Schlaf umgezogen«, könnte sie ihm sagen.

Sie brachte den Rest seiner Sachen einschließlich seiner Golftasche mit dem Geld darin in die Garage. So würde er alles, was er für Rio brauchte, dort finden.

Sie schloß gerade das Garagentor, als ein Auto vorbeifuhr und dann anhielt.

Es war ein Ford neuesten Modells, und Maddie hatte die Frau, die ausstieg, nie zuvor gesehen. Sie war attraktiv, mit wachem Blick und roten Haaren, also nicht Brents aktuelle Freundin. Dennoch wappnete sich Maddie, mit dem Schlimmsten rechnend. Sie konnte eine von Brents Exgeliebten sein. Oder jemand, den er übers Ohr gehauen hatte. Oder C.L.'s verheimlichte Ehefrau. Bei der letzten Möglichkeit schreckte sie zusammen, versuchte jedoch, ruhig zu bleiben, als die Frau auf sie zukam.

»Machen Sie einen Garagenverkauf?«

Maddie blickte sie verdutzt an. »Bitte?«

»Es ist Sonntag«, antwortete die Frau. »Da veranstalten doch manche Leute einen Garagenverkauf mit Trödel.« Sie trat einen Schritt zurück und sah sich um. »Ich dachte, Sie würden auch einen machen, aber ich habe mich wohl geirrt. Tut mir leid.«

»Ein Garagenverkauf«, hörte Maddie sich sagen. Sie riß das Tor wieder auf. »Sicher. Es ist nur Herrenkleidung. Ein paar Sportsachen sind auch dabei.« Ihr fiel das Geld ein, und sie fügte schnell hinzu: »Nur nicht die Golfschläger.«

Die Frau spähte in die Garage. »Welche Kleidergröße?«

Es war vermutlich nicht in Ordnung, Brents Sachen an eine völlig fremde Person zu verkaufen, aber das hätte er sich früher überlegen sollen, bevor er ihre ganzen Konten plünderte. Sie mußte seine Sachen verkaufen. Schließlich hatte sie kein Geld mehr.

»Fast alles XL«, antwortete Maddie. »Machen Sie mir ein Angebot.«

Zehn Minuten später fuhr die Frau mit Brents Sachen davon, die Golfschläger ausgenommen, und Maddie ging wieder ins Haus und stieg die Treppe hinauf. Sie füllte den Schrank mit einigen ihrer eigenen Sachen und warf ein paar ihrer Wäschestücke und Sweatshirts in die leeren Schubladen. Als sie damit fertig war, erklärte sie das ganze Zimmer zu alleinig ihrem Reich.

Eigentlich hätten sie Schuldgefühle plagen müssen, aber sie blieben aus. Sie fühlte sich befreit. Sich umblickend dachte sie: *Ich hasse dieses Zimmer. Ich muß hier raus. Es ist häßlich.*

Das mit pfirsichfarbenem Stoff überzogene Kopfende war besonders häßlich. Brent hatte es ausgesucht. Am besten mußte auch das verschwinden.

Maddie holte einen Schraubenzieher, löste die Halterungen unten an dem Brett und zog es ab. Sie schleppte es die Treppe hinunter und schaffte es in die Garage.

Gloria Meyer kam heraus und sah ihr zu. »Ist das *dein Bett?*«

»Frühjahrsputz.« Maddie blickte Gloria an und dachte, *Vampir, was?* Sie ging wieder ins Haus zurück, um sich dem nächsten Kampf zu stellen mit allem, was sie noch erwarten mochte.

Brent hatte sich nicht in der Firma versteckt, als C.L. dort ankam, aber er traf Howie an, obschon es Sonntag war.

»Sieben-Tage-Woche?« fragte C.L., als Howie herunterkam, um die Tür zu öffnen. Er sah immer noch so aus wie der solide, rechtschaffene Kerl in der High-School, nur sein Haar hatte sich gelichtet.

»Genau der Mann, den ich sehen wollte.« Howie winkte ihn herein.

»Ich suche Brent«, setzte C.L. an, und Howie unterbrach ihn. »Er hat sich in irgendeinem Erdloch verkrochen. Vergiß ihn. Ich möchte, daß du einen Blick in unsere Bücher wirfst.«

»Du machst wohl Witze.« C.L. folgte ihm in sein Büro. »Seit drei Tagen bin ich auf der Jagd nach Brent, um genau dafür die Erlaubnis zu bekommen.«

Howies Computer war eingeschaltet, und auf seinem Schreibtisch lagen jede Menge Ausdrucke. »Er hätte sie dir nicht gegeben.« Howie bedeutete ihm, Platz zu nehmen, und setzte sich selbst vor seinen Computer. »Er hat Gelder unterschlagen. Ich weiß es, aber ich kann nichts finden.«

»Also hatte Sheila recht.« C.L. zog seinen Stuhl näher an den Computer. »Bei Geld hatte sie immer den richtigen Riecher. Was hast du gefunden?«

»Ein Chaos«, erwiderte Howie. »Brent kümmerte sich immer um den Verkauf und die Bücher, während ich die Planung und den Bau übernahm. Bis vor etwa einem Jahr hat das großartig funktioniert, aber dann begannen wir, mehr Häuser zu verkaufen und weniger zu verdienen.«

»Oje!« meinte C.L.

Howie nickte. »Dann fing Dottie Wylie an, sich zu beschweren. Sie wollte das Haus verkaufen, das wir letztes Jahr für sie gebaut haben. Meiner Meinung nach hatte Brent einen zu niedrigen Preis gemacht, was ihm gar nicht ähnlich sah. Sonst wollte er die Angebote immer in die Höhe treiben. Dieses Haus war locker zweihunderttausend wert, und er bot es für einhundertachtzig an.«

C.L.'s Augen verengten sich. »Und warum beschwert Dottie sich?«

»Sie sagt, sie würde ein Verlustgeschäft mit dem Haus machen. Sie verlangt zweihundertzehn. Ich bin zu ihr gegangen, um mit ihr zu sprechen, und sie hat mir zum Beweis die ganzen Unterlagen gezeigt.« Howie sah müde aus. »Sie hat zweihundertzwanzig bezahlt.«

»Also hat Brent die anderen vierzigtausend kassiert«, schloß C.L. »Lieber Himmel, er hat ja jeden beschissen.«

»Und dank Dottie weiß es die ganze Stadt.« Howie rieb sich die Schläfen.

C.L. runzelte die Stirn. »Wenn das der Fall ist, warum zum Teufel hat Stan sich dann eingekauft?«

»Worin eingekauft?« fragte Howie.

»In die Firma«, erwiderte C.L. »Stan hat die Hälfte von Brents Hälfte für zweihundertachtzigtausend gekauft, und Sheila hat einen Anfall bekommen.«

Der Ausdruck auf Howies Gesicht sagte C.L., daß ihm dies alles völlig neu war. »Brent besitzt keine Hälfte«, sagte Howie. »Ihm gehört ein Viertel, genau wie mir. Treva und Maddie besitzen die beiden anderen Viertel.«

»Dann hat er also seinen gesamten Anteil verkauft?« fragte C.L. Howies Blick traf seinen.

»Anscheinend hat er sich verdrückt.« Howie lehnte sich zurück. »Er hat sich ausgekauft, was er nicht darf, ohne uns dreien das Vorkaufsrecht einzuräumen. Demnach ist das ganze Geschäft illegal.« Er schüttelte den Kopf. »Wie denkt Maddie über die ganze Sache?«

C.L. sank ein wenig auf seinem Stuhl zusammen. »Schwer zu sagen. Ich bin nicht einmal sicher, daß sie es weiß. Sie glaubt, er haut wegen einer anderen Frau ab, aber da steckt mehr dahinter. Sie nimmt ihn immer noch in Schutz.« C.L. brach ab, weil dieser Teil schmerzte. »Sie will nicht, daß wir sein Schließfach überwachen oder versuchen, ihn an der Ausreise zu hindern.«

»Das kann ich ihr weiß Gott nicht verdenken«, meinte Howie. »Wenn ich mit Brent verheiratet wäre, würde ich ihn mir auch woandershin wünschen. Dieser dämliche Hund. Noch vor ein paar Tagen erzählte er, wie sehr ihm Frog Point und sein Leben als Brent Faraday auf den Geist gehe und wie sehr er den Gedanken hasse, für das Bürgermeisteramt zu kandidieren. Sieht so aus, als hätte er endlich etwas dagegen unternommen.«

Bei diesen Neuigkeiten mußte C.L. ein Grinsen unterdrücken. Em war in Sicherheit, Maddie war frei, und er würde ihnen ein Zuhause bieten. »Gut für Brent. Endlich hat dieser blöde Hammel etwas gemacht, was mir gefällt.«

»Nun, ich bin nicht glücklich darüber.« Howie seufzte und deutete mit dem Daumen zu den Zahlen auf dem Bildschirm. »Ich habe gehört, du bist Finanzberater. Ich könnte einen gebrauchen.«

»Das nenne ich Zufall«, meinte C.L. »Ich könnte nämlich ein Haus gebrauchen.«

Howie sah ihn verdutzt an. »Hier? In Frog Point?«

»Ja«, erwiderte C.L. »Hat mich selbst überrascht. Laß mich nur schnell Sheila anrufen, um ihr zu sagen, daß Stan übers Ohr gehauen wurde, dann können wir einen Plan ausarbeiten.«

Em rief eine halbe Stunde, nachdem Maddie das Haus geputzt hatte, von der Farm aus an. »Phoebe und ich wollen nach Hause«, sagte sie mit einem leisen Anflug von Hysterie in der Stimme. »Ich will Daddy sehen.«

»Ich weiß nicht, ob Daddy heute abend nach Hause kommt«, antwortete Maddie. »Warum warten wir nicht, bis –«

»Ich will nach Hause«, wiederholte Em, und Maddie erwiderte: »In einer Stunde bin ich da. Halte durch.«

Okay, Em wollte nach Hause, also sollte es so sein. Aber sie mußte auch in Sicherheit sein. C.L. könnte sie beschützen, aber er konnte nicht über Nacht bleiben. Wenn er aber nicht über Nacht bleiben konnte, war Maddie nicht sicher, ob sie in der Lage wäre, Em zu beschützen, auch wenn die Polizei vor der Tür stand.

Ihr Kopf schmerzte.

Während sie in Gedanken ihre Möglichkeiten durchging, klingelte das Telefon.

»Maddie?« meldete sich Treva. »Bei dir war letzte Nacht ein Einbrecher?«

»Woher –«

»Howie hat C.L. getroffen. Bist du okay?«

»Mir geht's gut.« Maddie warf einen prüfenden Blick in den Spiegel der Frisierkommode. Es ging ihr nicht gut. Ihr Bluterguß jedenfalls sah noch schlimmer aus als vorher. Das dunkle Violett hatte an den Rändern eine schmutziggelbe Farbe angenommen. »Ich sehe furchtbar aus, aber sonst geht's mir gut.«

»Howie sagte, daß C.L. sich Sorgen um dich macht. Er meinte, er habe wohl ernste Absichten mit dir.«

»Vergiß C.L.«, antwortete Maddie. »Ich habe ein Problem. Ich befürchte, daß Brent herkommen und versuchen könnte, Em mitzunehmen.«

»Mitnehmen?« Treva klang geschockt. »Sie entführen?«

»Die Dinge stehen schlecht hier«, sagte Maddie. »Ich muß sie nur noch eine Nacht in Sicherheit wissen. Letzte Nacht habe ich sie draußen auf die Henley-Farm gebracht, aber dort will sie nicht mehr bleiben. Sie hat Brent seit vorgestern nicht mehr gesehen, deshalb hat sie Angst.« Bei dem letzten Wort schwankte Maddies Stimme ein wenig. »Und ich auch.«

»Wir kommen rüber«, sagte Treva. »Wir alle. Wenn eine ganze Horde bei dir sitzt, kann er sie nicht mitnehmen.«

»Ihr könnt nicht die ganze Nacht hierbleiben«, gab Maddie zu bedenken. »Ich weiß nicht, was ich tun soll.«

»Wir können zumindest so lange bleiben, bis wir eine Lösung gefunden haben«, meinte Treva. »Wirst du sie jetzt gleich abholen? Sobald du wieder zu Hause bist, kommen wir vorbei. Den Kindern können wir etwas von einer Pizzaparty erzählen, das werden sie uns abkaufen.«

Maddie lehnte sich gegen die Wand. Wieder für ein paar Stunden gerettet. »Ich schulde dir etwas, Treva.«

»Nein, das tust du nicht«, erwiderte Treva grimmig. »Du schuldest mir verdammt noch mal gar nichts. Hör zu, eigentlich rief ich an, um zu erfahren, ob du Hilfe dabei brauchst, die Kiste aus Brents Büro zu öffnen.«

Die Kiste mit den Briefen. Kristies Baby. »Die ist mir mittlerweile egal«, antwortete Maddie und bemühte sich, desinteressiert zu klingen, um Treva nicht neugierig zu machen. »Am besten werfe ich das ganze Ding in den Müll.«

»Besser nicht. Vielleicht sind wichtige Unterlagen für die Firma darin. Ich hole sie mir ab, möglicherweise kriege ich sie ja auf.«

Maddie stockte. »Ich gebe sie dir heute abend, das ist einfacher. Es ist wirklich nicht wichtig, Treva.«

»In Ordnung«, sagte Treva. »Mach dir deshalb keine Sorgen. Wahrscheinlich ist gar nichts darin.«

»Du hast recht.« Maddie legte auf und dachte: *Was glaubt Treva eigentlich, was in dieser Kiste ist?*

Treva hatte einen Hausschlüssel. Und sie wußte von dem Einbrecher. Warum hätte C.L. heute mit Howie sprechen sollen? Nach seinen Worten hatte er doch von ihr schnurstracks zu Henry fahren wollen. Und wenn er Howie nichts erzählt hatte, woher wußte Treva dann von dem Einbrecher? Vorausgesetzt, sie war nicht selbst der Einbrecher gewesen. Sie hatte sich noch nicht einmal erkundigt, ob irgend etwas fehlte.

Nein. Maddie schüttelte den Kopf und raffte sich auf. Sie wurde ja schon paranoid. Treva war ihre beste Freundin. C.L. beschützte sie. Als nächstes würde sie wahrscheinlich ihre Mutter verdächtigen. *Vergiß es und bestell das Abendessen,* ermahnte sie sich und bestellte telefonisch für acht Uhr drei große Pizzen, zwei Deluxe und eine vegetarische.

Sie verließ das Haus, um zur Farm zurückzufahren, und schloß das Garagentor, bevor Mrs. Crosby sich angesichts der Kartons in der Garage Gedanken über ihre Nachlässigkeit machen würde, die jeder von der Straße aus sehen konnte. Die Dämmerung brach herein, und vor dem Haus fuhr jemand mit einem Pickup vor.

Als der Fahrer ausstieg und die Auffahrt heraufkam, erkannte sie Stan Sawyer.

Es war nicht Brent. Solange es nicht Brent war, spielte alles andere keine Rolle.

»Maddie?«

»Hallo, Stan.« Sie bemühte sich, so herzlich wie möglich zu klingen, aber aus ihrer Stimme mußte die Frage zu hören sein: *Was zum Teufel willst du hier?*, denn er zögerte und stand einfach dort, das Gewicht seines schlaksigen Körpers von dem einen auf den anderen Fuß verlagernd. »Hmm… Ist Brent in der Nähe?«

»Nein«, sagte Maddie. »Soll er dich anrufen, wenn er nach Hause kommt?«

»Wir waren gestern morgen verabredet, aber er ist nicht gekommen. Ich muß ihn dringend sprechen. *Wirklich* dringend.« Stan trat näher, und Maddie begann sich idiotischerweise unwohl zu fühlen. Sie war in Frog Point. Er konnte ihr nichts tun – die ganze Nachbarschaft lag hinter den Fenstern. »Bist du sicher, daß er nicht hier ist?«

»Howie müßte jede Minute kommen«, bot Maddie an. »Er weiß wahrscheinlich alles, was Brent auch weiß.«

»Nein.« Stan kam noch näher. »Meiner Meinung nach treibt Brent ein übles Spiel. Ich glaube, er will verduften.«

Das glaube ich auch, dachte Maddie, *aber von dir will ich das bestimmt nicht hören.* »Davon weiß ich nichts.« Maddie wandte sich dem Haus zu.

Er hielt sie am Arm fest. »Eines solltest du jedenfalls wissen: Er hat mein Geld.«

Sie versuchte, sich loszureißen, aber er hielt sie fest, indem er ihren Ellbogen hoch zu ihrer Schulter drehte. »Du sitzt genauso in der Scheiße wie er«, preßte Stan hervor, als sie plötzlich von den Scheinwerfern eines Wagens geblendet wurden, der die Einfahrt herauffuhr.

»Ich hoffe doch, daß Brent das ist«, sagte Stan.

Der Wagen hielt an, die Scheinwerfer erloschen, und C.L. stieg aus. »Laß sie los«, sagte er und kam mit grimmiger Miene auf sie zu.

11

»Das geht dich nichts an, C.L.«, sagte Stan. »Das ist eine Sache zwischen mir und den Faradays.«

»Laß sie los.«

Maddie versuchte, sich Stans Griff zu entwinden, aber er hielt sie weiterhin am Arm fest. C.L. schien kurz vor einem Mord zu stehen – so hatte sie ihn noch nie gesehen. »C.L., warte einen Moment –«

Stan ignorierte sie und sprach direkt zu C.L. »Du hast das alles ausgelöst, indem du hierher zurückgekommen bist. Verpiß dich und laß mich die Sache zu Ende bringen.« Stan ließ Maddie los, und sie stolperte kurz rückwärts, als er einen Schritt vortrat. »Hätte ich gewußt, was Sh –«

C.L. versetzte Stan einen Schwinger, und Maddie fuhr bei dem Geräusch der hart auftreffenden Faust zusammen. Stan verlor das Gleichgewicht und landete mit dem Hintern auf dem Asphalt, laut fluchend.

»Faß Maddie nicht an«, sagte C.L. »Niemals.«

Mrs. Crosby kam auf ihre Veranda heraus. »Maddie«, schrie sie. »Was ist los?«

»Was soll das?« fragte Maddie C.L. »Hast du den Verstand verloren?«

»Maddie?« bellte Mrs. Crosby wieder.

»Nichts passiert, Mrs. Crosby«, rief Maddie zurück.

»Stan hat nur das Gleichgewicht verloren. Alles in Ordnung.«

Mrs. Crosby rührte sich nicht.

C.L. sog an seiner Hand, ohne sie anzusehen. »Geh ins Haus, Maddie.« Er nickte Stan zu. »Komm her. Das wolltest du doch schon lange tun, also los.«

»Nein.« Maddie stellte sich zwischen sie. »Was ist los mit euch? Ihr seid keine sechzehn mehr. Hört auf damit.«

C.L. versuchte, sie zur Seite zu schieben. »Maddie –«

»Nein.« Sie wandte sich C.L. zu. »Keine Schläge mehr.«

Einen Moment lang verharrte er wie erstarrt. Dann bemerkte sie, wie sein Körper sich entspannte. Er legte die Arme um sie und drückte sie an sich. *Das wird Mrs. Crosby gefallen,* dachte sie, aber es machte ihr beinahe nichts aus. Es tat so gut, ihn wieder zu spüren.

C.L. seufzte. »Okay, du hast recht. Wir benehmen uns wie Idioten.« Er blickte zu Stan auf dem Boden hinunter. »Tut mir leid, aber laß demnächst die Finger von Maddie. Sie hat von nichts eine Ahnung.«

»Da soll mich doch der Teufel holen.« Stan setzte sich mühsam auf und betastete kurz seinen Kiefer. Offenbar war nichts gebrochen, denn er blieb sitzen, die Arme auf seinen angezogenen Knien verschränkt, und begann zu lachen. »Du und Maddie. Weiß Brent davon?«

C.L. bedachte ihn mit einem vernichtenden Blick, und Maddie hielt ihn fester umklammert, nur für den Fall, daß er noch mehr brillante Ideen über Prügeleien mitten auf der Straße hegte.

»Brauchst du deine Zähne noch?« fragte er Stan.

Wieder mußte Stan auflachen. »Der war gut.« Er stand auf und klopfte seine Hosen ab. »Mein Gott, Brent hat's nicht anders verdient.« Er grinste C.L. an. »Wirklich, C.L., ich muß dich nicht schlagen. Brent wird das für mich übernehmen. Er wird dich umbringen. Euch alle beide.«

»Warte mal, du verstehst wohl nicht –« setzte Maddie an, aber C.L. fuhr ihr über den Mund.

»Darauf freust du dich wohl schon, was?« fragte er Stan, aber es lag keine Feindseligkeit in seiner Stimme.

Maddie sah zu ihm hoch. Wie von Zauberhand war jede Wut verschwunden. Wäre es nicht so besorgniserregend gewesen, hätte sie nur staunen können.

Stan schüttelte den Kopf. »Das verspricht wirklich interessant zu werden. Warte, bis ich Sheila das erzähle.« Immer noch lachend ging er die Auffahrt hinunter.

»Ich hätte ihn härter treffen sollen.« C.L. blickte ihm nach. »In alten Zeiten hätte er die Klappe nicht mehr aufmachen können.«

Na, großartig. Jetzt waren es also die guten alten Zeiten. Sie starrte ihn von unten herauf an und ging auf Distanz, mit Bestürzung feststellend, wie sie das warme Gefühl verließ, sobald sie ihn nicht mehr spürte. »Was zum Teufel sollte das?«

»Ich weiß nicht recht. Wahrscheinlich hat es etwas damit zu tun, daß er meine Exfrau heiraten will.« C.L. schlang seine Arme wieder um ihre Schultern, wandte sich dem Haus zu und zog sie mit sich. »Ich bezweifle, daß Sheila ihm erzählt hat, daß ich ein wirklich anständiger Kerl bin.«

»Maddie?« brüllte Mrs. Crosby wieder herüber.

»Guten Abend, Mrs. Crosby«, schrie Maddie zurück und gab C.L. mit einer Bewegung ihres Kopfes ein abwehrendes Zeichen, auch wenn sie sich gleichzeitig näher an ihn schmiegte. »Das hatte doch etwas mit Brent zu tun. Und was meinte er damit, du hättest alles ausgelöst? Und was sollte deine Bemerkung heißen, ich hätte keine Ahnung von nichts?«

»Ich weiß es nicht, Mad.« In der Dämmerung sah C.L. absolut vernünftig aus. »In der Firma stimmt irgend etwas nicht, und das ist nicht gut. Recht viele Leute wollen sich mit deinem Mann unterhalten, und sie sind alle ziemlich sauer.«

»Was meinte Stan mit seiner Bemerkung, du hättest alles ausgelöst?«

»Ich weiß es nicht«, wiederholte er. »Hast du irgendwas Eßbares im Haus? Schlägereien machen mich immer hungrig.«

Er schob sie in Richtung Hintertür, und widerstandslos ging sie mit ihm den Weg hinauf, um die Unterhaltung fortzusetzen. »Das war noch nicht alles«, meinte sie.

»Ganz meine Meinung«, sagte C.L. und hielt die Küchentür für sie offen.

C.L. holte Em und Phoebe von der Farm mit seinem Auto ab. Kurz nachdem sie durch die Hintertür ins Haus gekommen waren, traf Treva mit ihrer Familie ein, gefolgt von Maddies Mutter, die es leid war, auf einen Anruf zu warten, der nicht kam. Bald darauf wurde die Pizza geliefert, die Maddies Mutter unbedingt bezahlen wollte, und zu acht schlugen sie ihr Lager im Wohnzimmer auf, wobei die Erwachsenen Em wie einen Kokon in ihre Mitte nahmen.

»Hast du die Kiste aus dem Büro noch?« flüsterte Treva ihr in der Diele ins Ohr.

»Ja, und ich habe sie geknackt«, antwortete Maddie ebenso leise. »Du wirst nicht glauben, was darin war.«

»Oh?« Treva verschüttete ein wenig von ihrer Cola und bückte sich, um die Tropfen mit einer Serviette aufzuwischen. »Interessantes Zeug?«

»Ein Dutzend Liebesbriefe. Die von Beth sind wirklich traurig.«

Treva blickte zu ihr hoch. »Du nimmst das ziemlich gelassen.«

»Nun ja, ich hasse Beth noch immer dafür, daß sie mit meinem Mann geschlafen hat, aber ich mag meinen Mann auch nicht so gern, wie sie es tut. Es ist ziemlich verwirrend.« Maddie biß in ihre Pizza und fühlte, wie der zähe Käse an ihren Zähnen haften blieb.

»Und was war noch darin?« fragte Treva, doch in diesem Moment verschlang Phoebe das vierzigste Stück Peperoni und mußte sich übergeben, so daß ein allgemeines Chaos entstand, bis die Kinder Phoebe nach draußen brachten.

»Warte«, sagte Maddie, als Em aufstand, aber Three meinte, »ich paß schon auf, Tante Maddie. Ist echt spannend«, und wich nicht von Ems Seite, während sie nach draußen gingen.

Maddie suchte sich einen Platz neben dem Fenster, um die Kinder beobachten zu können. Three klebte an Em wie Kaugummi, die Auffahrt stets im Auge behaltend.

»Er ist ein guter Junge«, meinte Treva neben ihr. »Mach dir keine Sorgen.«

»Er ist wirklich lieb«, antwortete Maddie. »Danke.«

»Maddie, was geht hier vor?« mischte sich ihre Mutter ein, und Treva erwiderte: »Hey, warum erzählen Sie uns nicht die letzten Neuigkeiten? Läßt Gloria sich wirklich scheiden?«

Glorias Scheidung bot für zehn Minuten Gesprächsstoff, und Maddie hörte schweigend zu, während sie C.L. beobachtete. Er saß auf dem Fußboden, seine breiten Schultern gegen ihr Sofa gelehnt, seine langen Beine auf ihrem Familienteppich ausgestreckt, und sie spürte Wärme in sich aufwallen, während sie einfach seine Gesten beobachtete, eine nicht aufzuhaltende Hitze, die sich den Weg aus ihrer Magengrube bahnte und sich in sämtlichen Nervensträngen niederschlug. Heute nacht konnte sie ihn nicht haben – ausgeschlossen, weil Em hier war –, aber sie konnte es genießen, ihn anzuschauen und seine Stimme und sein Lachen zu hören. *Ich könnte ihm ewig zuhören,* dachte sie und versuchte, sich schleunigst wieder auf die Unterhaltung zu konzentrieren, bevor ihr andere dumme Gedanken in den Sinn kamen.

Das Gespräch wandte sich Mrs. Crosbys Tochter zu, die gerade eine Trinkdiät machte, zu Margaret Erlenmeyer, die schon wieder schwanger war, und schließlich zu Harold Whitehead, der Candace Lowery zum Abendessen ausgeführt hatte, obwohl seine Frau erst seit zwei Monaten tot war. »Er behauptet, es wäre ein Geschäftsessen gewesen«, ließ ihre Mutter naserümpfend verlauten, »aber das kaufe ich ihm nicht ab.«

Die Kinder kamen wieder herein, und Mel erkundigte sich lautstark nach einem Dessert. Maddies Mutter stand auf und meinte: »Es ist schon spät. Ich muß jetzt gehen.«

Maddie folgte ihrer Mutter zur Haustür, einen Blick zu C.L. zurückwerfend, der sie angrinste und ihr den Atem stocken ließ.

»Wie geht es Gran?« fragte ihre Mutter auf der Veranda. »Was meinst du, geht es ihr gut?«

Diese Frau hatte noch niemals in ihrem Leben einen guten Tag, und das genießt sie, wollte Maddie erwidern, sagte statt dessen jedoch nur: »Sie blüht auf. Mickey Wer-auch-immer hat exhibitionistische Anwandlungen, und irgendeine Person im Nebenzimmer hat eine furchtbare Haut.« Maddie beobachtete den Gesichtsausdruck ihrer Mutter. »Ich wußte gar nicht, daß sie vor Grandpa schon einmal verheiratet war.«

Ihre Mutter wandte sich ab und ging zum anderen Ende der Veranda. »Das ist schon lange her, sehr lange. Das spielt jetzt keine Rolle mehr. Ich finde es übrigens sehr nett von diesem Sturgis-Jungen, Em so einen niedlichen kleinen Hund zu schenken.«

Gegenangriff, dachte Maddie. *Geschickt gemacht, Mom.* »Ja, nicht wahr? Fahr vorsichtig nach Hause.«

»Schön, daß du solch gute Freunde hast«, fuhr ihre

Mutter fort, ohne Anstalten zu machen, sich zu verabschieden.

»Ich kann mich glücklich schätzen«, antwortete Maddie. »Gib acht, daß du das Licht einschaltest.«

»Ich bitte dich, Maddie, selbstverständlich schalte ich das Licht ein. Es ist stockfinster.« Ihre Mutter sah sie stirnrunzelnd an. »Madeline, läuft da irgend etwas mit diesem Mann, was ich wissen sollte?«

Kurz ließ Maddie sich alles durch den Kopf gehen, was mit diesem Mann gewesen war. Es war eindeutig nicht genug, und die Anspannung und das Verlangen, die bereits während des ganzen Abends in ihr brodelten, wurden nur noch stärker. »Nein, Mutter.«

Ihre Mutter wandte sich der Treppe zu. »Mach jedenfalls keine Dummheit, nur weil du in Betracht ziehst, dich von Brent scheiden zu lassen. Wo steckt er überhaupt heute abend? Em macht sich Gedanken.«

Maddie lehnte sich an den Türrahmen. »Ich habe keine Ahnung. Vermutlich bei der Frau, mit der er eine Affäre hat.«

Regungslos verharrte ihre Mutter im Licht der Veranda. »Das hast du mir gar nicht erzählt.«

»Ich wundere mich, daß du es noch nicht weißt«, erwiderte Maddie. »Hast du wirklich noch nichts gehört?«

»Nicht mehr als sonst.« Ihre Mutter ließ ein wenig die Schultern hängen. »Offenbar ist es wohl wirklich aus, nicht wahr?«

»Ja, Mutter.« Maddie tat es mehr für ihre Mutter leid als für sich selbst. Sie würde frei sein und mit C.L. Sex haben können – *immer langsam,* ermahnte sie ihre Libido –, und Em wäre in Sicherheit, aber ihre Mutter hätte eine Scheidung in ihrer Familie zu beklagen.

»Was immer passiert, Maddie, du kannst mich jederzeit anrufen. Immer.«

Maddie biß sich auf die Lippe. Genau in dem Moment, wenn in Maddie das Gefühl aufstieg, Oberwasser zu haben, kam ihre Mutter stets mit so etwas heraus und ließ ihr bewußt werden, wie sehr sie sie liebte. »Danke, Mom. Das werde ich tun.«

»Ich wünschte, all das würde nicht passieren.« Die Stimme ihrer Mutter brach ein wenig, und Maddie trat die Stufen zu ihr hinunter, um sie zu trösten.

»Es ist besser für uns«, sagte sie und schloß ihre Mutter in die Arme. »Ich war schon lange nicht mehr glücklich, aber ich war auch nicht unglücklich, deshalb gab es keinen Grund, ihn zu verlassen. Aber jetzt habe ich eine Vorstellung davon bekommen, was Glück bedeutet.«

»Das war alles, was ich immer wollte«, sagte ihre Mutter. »Daß du glücklich bist.« Sie richtete sich auf. »Für die Stadt wird das ein gefundenes Fressen sein, soviel steht jedenfalls fest.«

»Nun ja, irgendwann müssen schließlich auch wir an die Reihe kommen«, erwiderte Maddie. »Unsere Familie war nicht mehr Stadtgespräch, seitdem Gran Buck heiratete.«

Ihre Mutter warf ihr einen mißbilligenden Blick zu. »Hör nicht auf diese Frau. Sie erfindet Dinge, um sich interessant zu machen.«

»Gran braucht nichts zu erfinden, um sich interessant zu machen«, meinte Maddie. »Auch mit geschlossenem Mund bietet sie dort auf ihrem Bett eine alleinunterhaltende Vorstellung.«

»Ja, weiß Gott.«

»Fahr nach Hause, Mom«, sagte Maddie. »Morgen wird alles besser aussehen. Ich habe einen Termin wegen der Scheidung, die Stadt wird darüber reden und zu dem Schluß kommen, daß Brent es verdient, weil er mich betrogen hat, wir werden allen ein paar Wochen lang leid tun, weil wir so liebe Menschen sind, dann wird jemand anderes irgendeine

Dummheit anstellen und zum Thema Nummer eins werden. In diesem Fall sind jedenfalls wir die Guten. Wir werden es überstehen.«

»Du hast recht.« Ihre Mutter tätschelte ihren Arm. »Ich liebe dich. Kümmere dich um Em. Es wird schlimm für sie werden.«

»Ich weiß.« Maddie verließen die Kräfte. »Ich weiß. Ich werde auf sie aufpassen.«

»Gut.« Noch einmal klopfte ihre Mutter auf ihren Arm und ging dann den Weg zum Wagen hinunter, hielt jedoch abrupt inne und drehte sich noch einmal um. »Madeline, du solltest diesen Sturgis jetzt nicht so oft sehen. Es macht einen schlechten Eindruck.«

Dieser Sturgis. C.L.'s heißer Blick und seine begehrenden Hände auf dem Rücksitz, in ihrer Diele, ihrer Küche, ihrem Wohnzimmer, auf ihr, unter ihr T-Shirt gleitend, ihren Rock, überallhin –

Sie durfte nicht daran denken. »Ich weiß, Mom.« Sie mußte sich von C.L. fernhalten. Gott sei Dank ging er nach Columbus zurück.

Bei diesem Gedanken erschauerte sie. Sie wollte seine Nähe spüren, wie er sie festhielt und wärmte. So, wie er es auf dem Rücksitz getan hatte. Maddie schluckte und schlang die Arme um ihren Körper. Sie wollte ihn nackt bei sich spüren, fühlen, wie er ihre Hitze entfachte. Maddie ermahnte sich, nicht an den nackten C.L. zu denken, aber ihre Gedanken gingen unaufhaltsam ihre eigenen Wege, und ihre Haut begann zu prickeln. Sie sollte hier vor ihrer Mutter nicht solche Gedanken hegen, aber nun, da die Vorstellung einmal aufgetaucht war, konnte sie an nichts anderes mehr denken.

Vielleicht könnte sie Einkäufe in Columbus machen, drei- oder viermal in der Woche. Sie malte sich C.L.'s Wohnung aus, ausgestattet mit einem riesigen Bett, und C.L. nackt und hart auf ihr, in ihr.

Ihre Mutter redete noch immer. »Laß ein wenig Zeit vergehen. Du solltest mindestens ein Jahr warten.«

Maddie kniff die Augen zusammen. Ein Jahr? Sie war nicht einmal sicher, daß sie es für die nächste Viertelstunde schaffen würde, und ihre Mutter sprach von einem Jahr?

»Du kennst die Leute«, schloß ihre Mutter.

»Ja, Mutter«, antwortete Maddie und flüchtete ins Haus zurück, sobald sich der Wagen entfernte. Ein Jahr. Ganz gewiß würde sie viele Einkäufe in Columbus machen.

Als sie in das Wohnzimmer zurückkam, saßen die anderen drei mit einem Bier auf dem Fußboden und diskutierten über Bailey. C.L. lehnte noch immer mit dem Rücken am Sofa. Die Hemdsärmel hatte er bis zu den Ellbogen über seine starken, sonnengebräunten Arme aufgerollt, die Beine in der Jeans vor sich ausgestreckt und übereinandergeschlagen. Er hatte tolle Schenkel, eine Tatsache, die ihr bislang entgangen war. Wenn sie bereits so weit war, daß sie Schenkel mit Stielaugen betrachtete, hatte sie wirklich große Probleme.

C.L. blickte zu ihr auf und lächelte – dann mußte er den heißen Blick in ihren Augen wahrgenommen haben, da sein Grinsen nur ein wenig nachließ und seine Augen sich verengten.

Ja, danke, ich hätte auch Lust, dachte Maddie und fragte sich, wie lange es wohl dauern würde, bevor sie ihn wieder haben konnte. Mit Em hier und Brent in Sicht konnte es Tage, Wochen dauern. Sie setzte sich ihm gegenüber, streckte ihre Beine neben seinen aus, und er stellte sein Bier auf dem Fußboden ab, so daß sein Handrücken flüchtig ihre Wade berührte.

Eine Hitzewelle durchfuhr sie, und sie erschauerte.

C.L.'s Lippen öffneten sich, und sein Blick tastete sie begehrend ab. Bewußt sah sie weg, um sich auf Howies Worte zu konzentrieren. Wenn sie und C.L. nicht damit aufhörten, würden sie sich gleich hier über den Teppich wälzen – eine so wundervolle Vorstellung, daß sie die Augen schließen mußte.

C.L. verlagerte seine Position ein wenig, so daß sein Bein das ihre berührte, rauher Jeansstoff an ihrer Wade. Ihre Gedanken schlüpften in Ecken, wo sie nichts zu suchen hatten, drängten sie förmlich, sich ebenfalls an ihn zu schmiegen, über seine Beine zu krabbeln, sich mit gespreizten Beinen auf ihn zu setzen, ihn auf den Teppich zu pressen, seinen Mund mit ihrem zu bedecken –

Hör auf damit, schalt sie sich selbst und versuchte, sich auf Howie und Treva zu konzentrieren.

»Nachdem man ihn bei der Bank gefeuert hatte, nahm er Schmiergelder von dem Spielclub hinten im Roadhouse«, erzählte Howie gerade. »Deshalb konnte Henry ihn nicht mehr als Mietcop empfehlen.«

Treva schüttelte den Kopf. »Ich habe nie kapiert, warum er so etwas Blödes gemacht hat.«

»Weil er eine etwas unklare Vorstellung von den Feinheiten des Gesetzes hat«, erwiderte Howie. »Bailey ist nur ein netter und harmloser, aber dämlicher Kerl. Er dachte, daß niemand durch das Spielen Schaden nehmen würde, warum also nicht das Geld absahnen?«

C.L.'s kleiner Finger kitzelte sie am Knöchel. Einen Moment lang schloß Maddie die Augen. Noch nie hatte ein Kitzeln eine so verheerende Wirkung gehabt. Wenn er noch eine Minute so weitermachte, würde sie gleich noch kommen. Sie würde mit Sicherheit kommen, wenn er sie, egal wo, mit seinen Händen berührte.

»Und jetzt ist er also Wachmann in der Firma«, sagte Treva. »Es scheint, als ob Bailey nicht der einzige dämliche Kerl hier ist.«

Howie zuckte mit den Schultern. »Das war Brents Idee, nicht meine.« Seine Stimme klang kühl, und Treva lehnte sich zurück und schwieg, während Maddie von Trevas offensichtlichem Unbehagen und der Erwähnung von Brents Namen aus ihrer Hitzewelle gerissen wurde.

»Warum wollte Brent ihn haben?« fragte sie.

Howie schob den Pizzakarton beiseite. »Vor etwa einem Monat kam er zu mir und meinte, daß sich trotz der Absperrungen wieder irgendwelche Jugendlichen oben am Point träfen und wir Schwierigkeiten bekämen, wenn sich einer von ihnen dort verletzen sollte. Deshalb hat er Bailey eingestellt.« Er trank einen kleinen Schluck Bier, während Maddie und Treva Blicke tauschten. »Hey, das war gar keine so schlechte Idee. Jetzt haben wir jemanden, der die Dinge nachts im Auge behält.«

Treva meinte: »Und zwar den Typen, von dem du sagtest, er hätte eine etwas unklare Rechtsvorstellung, richtig?«

Howie schüttelte den Kopf. »Er würde nichts aus der Firma stehlen. Bailey ist loyal.«

»Das ist er«, meinte C.L. Wieder verlagerte er seine Stellung, näher an Maddie heranrückend, setzte das Bier diesmal auf der anderen Seite über ihre Beine hinweg ab, wobei er ihren Knöchel mit dem Handgelenk gegen seine Hüfte preßte und weiterredete, um Howie und Treva abzulenken. »In der High-School wurde er immer grün und blau geprügelt, weil er seine Freunde nie verriet.« Er runzelte die Stirn. »Na ja, eigentlich wurde er immer grün und blau geprügelt, Punkt. Er war so ein kleiner Kerl, der die Prügel förmlich anzog.«

»Sprichst du da aus Erfahrung?« fragte Maddie und drückte ihren Knöchel noch fester gegen seine Hüfte. *Schlaf mit mir.*

Howie lachte. »Herrje, die Hälfte aller Schlägereien von C.L. in der High-School waren Racheakte an jemandem, der sich Bailey vorgeknöpft hatte. Bailey hält C.L. für einen Gott.«

»Es waren aber immer Typen, die ich sowieso verhauen wollte«, meinte C.L. und schenkte Maddie sein diabolisches Lächeln. *Jederzeit.*

Howie sah C.L. an. »Wie Brent.«

Maddie richtete sich ein wenig auf.

»Du bist der einzige, vor dem Brent jemals klein beigegeben hat«, fuhr Howie fort. »Und das war wegen Bailey.«

»Brent hat Bailey verprügelt?« fragte Maddie. *Und C.L. hat Brent verprügelt?*

»Nur einmal«, erklärte Howie. »Und genaugenommen hat Brent Bailey nicht verprügelt. Er hat ihn nur ein bißchen geschubst. Daraufhin hat C.L. ihm gesagt, er solle aufhören, und das hat er getan.«

Maddie warf C.L. einen Blick zu. »Einfach so?«

C.L. schüttelte den Kopf. »Wenn ich mich recht erinnere, hatte ich einen Baseballschläger in der Hand. So stark war ich nämlich gar nicht.«

»Bist du öfters bewaffnet zur Schule gegangen?« wollte Maddie wissen.

»Nein, wir spielten tatsächlich Baseball«, antwortete C.L. »Brent und ich waren Mannschaftskameraden. Kumpel sozusagen.«

»Klar doch«, lachte Howie, »ihr wart Kumpel!«

»Wir haben einige Erfahrungen geteilt«, korrigierte C.L. sich und ließ seine Hand wie zufällig über Maddies Wade gleiten.

Höher, dachte sie und versuchte, einen unbekümmerten und an der Unterhaltung interessierten Eindruck zu machen.

»Hör dir das an«, meinte Howie, und Treva versetzte ihm einen Tritt.

C.L. mußte lachen, und Maddie betrachtete ihre besten Freunde und dachte: *Er paßt zu uns. Es ist, als wäre er nie fort gewesen.* Dieser Gedanke erregte sie noch mehr. *Denk an etwas anderes.*

Sie erinnerte sich zurück an sie alle zu High-School-Zeiten: Howie ernst hinter seiner Brille, Treva, die in ihrem Cheerleader-Röckchen und mit einer Schleife in ihrem Pferdeschwanz herumlief und mit jedem flirtete, Brent, einfach nur cool, in seinem Pullover mit Schriftzug darauf, und C.L. in seinem aus der Hose hängenden Shirt, der noch cooler aussah. Es gab auch noch andere – Margaret Erlenmeyer und ihre erstaunliche Kollektion von Pendleton-Röcken; Candace, vernünftig und ehrgeizig; Stan, immer ein wenig zurückgeblieben und vorgebend, mit den anderen Schritt zu halten; Gloria, ein blasses kleines Nichts aus der untersten Klasse, die sie alle beobachtete, und vor allem Brent – aber es waren die Menschen hier im Zimmer, die ihr am meisten bedeuteten. Diese Menschen und Brent. Wenn sie sie nun betrachtete, stellten sie eine seltsame Gruppe ohne viele Gemeinsamkeiten dar, abgesehen davon, daß sie eine lustige Vergangenheit miteinander verband, aber das war schon viel.

C.L.'s Finger strichen über ihre Wade, und ihre Lust ließ sie erneut alles andere vergessen.

In diesem Moment stürmten die Kinder mit Phoebe herein und verwandelten das Zimmer augenblicklich wieder in ein einziges Chaos. Em rückte näher an ihre Mutter heran.

»Wo ist Daddy?« fragte sie flüsternd.

Schuldbewußt winkelte Maddie ihre Beine an. »Ich weiß es nicht genau, Liebes. Wahrscheinlich noch bei der Arbeit.«

Em sah besorgt aus. »Kommt er heute abend noch?«

Voller Schmerz wollte Maddie sie beruhigen. »Wahrscheinlich. Wahrscheinlich sehr spät, wie üblich.«

»Hey, Em«, rief Three, »Mel und ich gehen zu Dairy Queen. Willst du mitkommen?«

Maddie wollte nein sagen, aber Em fragte: »Darf ich?«, so daß sie dachte, *es wird sie ablenken, und Brent würde sie nicht finden.*

»Ja«, sagte Maddie.

»Können wir Phoebe mitnehmen?« fragte Mel. »Sie hat noch nie unser Haus gesehen.«

»Weshalb ihr auch keine Hundekotzflecken auf dem Teppich habt«, meinte Maddie trocken.

Treva sah Maddie an und dann C.L. »Ich finde, Phoebe sollte heute nacht bei uns bleiben«, sagte sie fröhlich. »Em kann auch kommen, wenn sie mag.«

»*Wirklich?*« Mel stieß einen Freudenschrei aus, während Howie seine Frau ansah, als habe sie den Verstand verloren.

»Wirklich«, sagte Treva. »Geh und hol Ems Pyjama.«

Em schien ein wenig überrumpelt zu sein, aber Mel zog sie aus dem Zimmer, während Phoebe um sie herumflitzte, so daß Em mitging und ihrer Mutter über die Schulter einen verwirrten Blick zuwarf.

Das war keine gute Idee. Sie sollte Em in ihrer Nähe behalten, aber der Gedanke daran, gleich mit C.L. allein zu sein, sich nackt an ihn zu pressen, während er sich in ihr bewegte –

Aber da war Em.

Sie sollte bei Em bleiben. Sie konnte dem Sex mit C.L. doch nicht mehr Bedeutung beimessen als ihrer Tochter. »Treva«, setzte sie an, und Treva unterbrach sie: »Es täte Em gut, die Nacht bei uns zu verbringen, wo doch hier *der Einbrecher* war. Howie und Three können sie beschützen.«

»Oh«, ließ Howie sich vernehmen.

»Was?« fragte C.L.

Treva nickte. »Und du brauchst – ihr braucht ein wenig Zeit für euch. Jemand sollte bei dir bleiben für den Fall, daß der Einbrecher zurückkommt.«

Ziemlich plump, Treva, wollte Maddie sagen, aber der Gedanke daran, C.L. hier zu haben, war zu überwältigend.

»Ich mag dich«, sagte C.L. zu Treva. »Ich habe dich immer schon gemocht.«

»Maddie?« fragte Treva.

Okay, sie war eine schlechte Mutter. Aber Em wäre wirklich sicherer bei Treva aufgehoben. Außerdem begehrte sie C.L. so sehr, daß sie hätte schreien können. »Gute Idee«, erwiderte Maddie. »Ich meine, daß Em diese Nacht bei euch bleibt.«

Während Maddie ihnen allen von der Veranda aus hinterherwinkte, ging C.L. durch das Haus, um alle Fenster- und Türschlösser zu überprüfen. Er traf sie dann vorne im Flur, als sie gerade die Haustür abschloß und die Kette vorlegte. »Wie geht es dir?« fragte er und kam näher. »Du hast ein paar schlimme Tage hinter dir.«

Er sah toll aus, wie er da stand, stark und selbstbewußt, mit breiten Schultern, feurigem Blick und kräftigen Händen, und je näher er kam, um so flacher ging ihr Atem. *Solange du hier bist, geht es mir wunderbar.* »Ich bin schon okay«, sagte sie. »Ich habe heute Brents Klamotten in einem Garagenverkauf verhökert.«

C.L. brach in Gelächter aus. »Ich hoffe, du wirst niemals sauer auf mich sein. Du bist skrupellos.« Er schlang seine Arme um sie, und Maddies Atem setzte völlig aus, während sie sich an ihn schmiegte und versuchte, nicht aufzustöhnen, als sie ihn endlich so nahe bei sich spürte. Sie wollte ihn nicht zu ernst nehmen. Bald würde sie endlich frei sein, und es gab noch einen Haufen Fragen, die er noch nicht beantwortet hatte, aber jetzt genoß sie einfach die Art und Weise, wie er aussah, wie er sich bewegte und wie sie sich in diesem Augenblick fühlte, während sie sich noch enger an ihn preßte. Ihm eine Menge Fragen zu stellen und damit ihre Umarmung zu lösen, schien eine schlechte Idee zu sein. Zu den Fragen konnte sie später kommen.

Er sprach in ihr Haar: »Ich vermute, dies ist der Punkt, an dem du mich rauswirfst.«

Nimm mich sofort hier auf dem Fußboden. Sein Wagen

stand in der Auffahrt und strahlte förmlich Sex aus ... sie sollte ihn hinauswerfen, aber sie hatte solches Verlangen nach ihm –

»Du denkst schon wieder. Ich habe dich doch immer wieder davor gewarnt.« Er beugte sich herab und küßte sie lange. Seine Zunge spielte in ihrem Mund, während seine Hände hinten unter ihr T-Shirt glitten, seine Finger sie drängender streichelten und eine Hitze in ihr entfachten, daß sie beinahe aufgeschrien hätte. »Du brauchst mich, um dich zu beschützen, mein Schatz«, flüsterte er. »Ich sollte besser die ganze Nacht hierbleiben.«

Seine Arme schlossen sich fester um sie, und er küßte ihren Hals. Jeder Gegenwehr beraubt, umklammerte sie ihn mit ihren Händen. Sie schloß die Augen und stellte sich seinen nackten Körper an ihrem vor, während er sich in ihr bewegte. Angesichts ihrer Situation war das ein schändlicher Gedanke, aber sie stand kurz davor, zu explodieren, und Treva hatte soeben ihr Kind entführt, damit sie genau das tun konnte.

Außerdem würde Frog Point sowieso morgen von der Scheidung erfahren.

Wir werden die Guten sein, hatte sie zu ihrer Mutter gesagt, aber heute nacht wollte sie nicht gut sein. Sie wollte so sein wie auf dem Rücksitz am Point: selbstbewußt und fordernd und triumphierend und wild und befriedigt. Die neue Maddie würde nicht gut sein. Sie wollte alles haben, auch wenn es nur für eine Nacht war.

»Ja«, sagte sie, während sich seine Finger in ihren Rücken bohrten. »Du darfst bleiben.« Sie schluckte. »Aber zuerst mußt du rausgehen und so tun, als ob du fährst. Dann stellst du den Wagen ein paar Blocks weiter ab und kommst hinten herum zurück.«

»Du machst Witze«, meinte C.L.

Beeil dich, wollte sie herausplatzen, aber sie bemühte sich um einen ruhigen Tonfall und fragte: »Willst du, daß Henry es erfährt?« Er zuckte ein wenig zusammen.

»In Ordnung.« Er ließ sie los und trat zurück. Sie mußte sich davon abhalten, ihn wieder zu sich zu ziehen. »Ich fahre den Wagen weg, aber du solltest besser schon nackt sein, wenn ich wiederkomme.«

»Darauf kannst du Gift nehmen«, sagte Maddie und lief, als er zur Tür hinausging, die Treppe hinauf, um sich im Gästeschlafzimmer die Kleider vom Leib zu reißen. Ein guter Kompromiß, dachte sie, während sie unter die Bettdecke schlüpfte und die kühlen Laken an ihrem zitternden Körper spürte. Nackt, aber nicht in dem Schlafzimmer, das sie mit Brent geteilt hatte.

Beeil dich, ging es ihr wieder durch den Kopf. Sie rutschte noch ein wenig tiefer in die Kissen und dachte an C.L.'s Hände.

C.L. fand sie, da sie die Tür zum Schlafzimmer geschlossen und das Licht im Gästezimmer angelassen hatte. Es war ein schönes Zimmer – vage nahm er blaßblaue Wände und üppige, weiche Vorhänge aus weißem Stoff an den Fenstern wahr –, aber eigentlich waren das einzige, das er deutlich sah, die Kurven von Maddies Körper, die sich unter dem dünnen Laken abzeichneten. Ihre Brüste und Hüften, die unter dem weißen Stoff kleine Hügel wie Eiscreme bildeten, ihre bloßen Schultern, die im Licht der Lampe blaß schimmerten, und ihr Gesicht, überschattet von dem Bluterguß nach Brents Schlag, aber wunderschön mit den dunklen, heißen Augen und den einladend lächelnden, vollen Lippen. Er zog seine Kleider aus, während er sich zum Bett bewegte.

»Hat auch lange genug gedauert«, wisperte Maddie und rutschte ein Stück zur Seite. Ihre Stimme, warm vor Lächeln und heiser vor – wie er hoffte – Verlangen, und ihr

Körper, der sich unter dem Laken bewegte, benebelten seinen Verstand.

Er setzte sich auf die Bettkante, um seine Shorts abzustreifen, und ihr Körper neigte sich aufgrund seines Gewichts in seine Richtung. »In Columbus zu parken war deine Idee«, sagte er mit leicht bebender Stimme. Endlich hatte er sich aller Kleidungsstücke entledigt, rollte sich neben sie ins Bett, zog sie nahe zu sich und vergaß das Atmen. Sie war so weich und rund überall, kühl im Vergleich zu seiner Hitze, sanft im Vergleich zu seiner Rauheit. Ihr Körper spannte sich und schmiegte sich zitternd an ihn, ihre Muskeln und Nerven in kaum merklicher Bewegung, so daß er sie überall berühren mußte, um ihr Beben zu fühlen.

Kontrolle bewahren, ermahnte er sich. Mit der Wange fuhr er ihre Schulter entlang bis zum Hügel ihrer Brust. Ihre Haut roch nach Blüten und, merkwürdigerweise, nach Annas Küche. »Du riechst nach Plätzchen«, flüsterte er mit belegter Stimme, so sehr begehrte er sie, und sie seufzte und wisperte: »Vanille.«

Er bewegte sich wieder nach oben und fand ihren Mund, der, das Wort noch auf den Lippen, leicht geöffnet war und seine Zunge weich in sich aufnahm. Sanft drückte er sie in die weichen Kissen, die wie Marshmallows unter ihnen nachgaben. Er streckte sich aus und preßte seinen Körper gegen sie, während er spürte, wie ihre Hände über seinen Rücken fuhren und ihre Zunge an seinem Schlüsselbein entlangglitt, bevor sie zärtlich seine Haut zwischen die Zähne nahm. Erschauernd spannte sich sein Körper, in dem Verlangen, sie auf der Stelle zu nehmen, hart in sie einzudringen, sie beide ins Vergessen zu stürzen, aber das wäre Maddie gegenüber nicht richtig. Nicht hier.

Es hatte irgend etwas mit dem Haus zu tun, Maddies Haus – ein anständiges Familienhaus mitten in Frog Point. Er hatte die Wärme und das familiäre Gefühl genossen, mit all diesen Menschen heute abend zusammenzusein, und irgendwie schien das Haus und vor allem dieses Schlafzimmer zu einer anderen Ära zu gehören. Maddie drängte sich gegen ihn, und er verzehrte sich vor Verlangen nach ihr, aber während er sich behutsam auf sie drehte – ihren Körper Zentimeter für Zentimeter erkundete und jeden animalischen Trieb, der von ihm Besitz ergriff, niederzukämpfen versuchte, letztendlich dadurch, daß er die derzeitige Baseballstatistik im Geiste rezitierte –, fühlte er tief im Inneren, wie das Haus und insbesondere dieses schöne blaue Zimmer ihn zurückhielten. Es war ein unschuldiges Zimmer von der Art, in der er und Maddie für immer schlafen würden, sobald sie dieses ganze Durcheinander hinter sich gelassen hätten. Für den Rest seines Lebens könnte er sie auf weiche, kühle Laken drücken und spüren, wie ihr heißer, runder Körper sich an ihn schmiegte oder ihn umschlang, und er könnte sie beide mit wiegenden Bewegungen, langsam und vorsichtig und sicher zu beständiger Befriedigung führen.

Unter ihm begann Maddie wieder, sich rhythmisch zu bewegen, und das alte Verlangen übermannte ihn erneut derart, daß er aufhören mußte, sich zu bewegen, sie zu berühren, während er gegen sein Verlangen ankämpfte, sie hart anzufassen, in ihre heiße, schlüpfrige Nässe einzutauchen und sie zu der schreienden Überwältigung zu treiben, die sie beide zwei Nächte zuvor auf dem Rücksitz nur knapp überlebt hatten.

Lieber Himmel, daran darfst du noch nicht mal denken, ermahnte er sich, während es in seinem ganzen Körper heftig pochte. Das war nicht das, was sie gerade erlebten, das war eine andere Art der Leidenschaft, eine von Frog Point genehmigte, verheiratete, ernsthafte und kontrollierte Leidenschaft, die für ihn nie zuvor besonderen Anreiz geboten hatte – und, wenn er ehrlich war, ihn auch jetzt weniger als anderes reizte. Aber solange Maddie seufzend unter ihm in einem großen kühlen Bett lag, war dies alles, was er wollte

Unter ihm beschäftigten Maddie andere Gedanken.

Nun hatte sie alles, was sie wollte: Privatsphäre, Sicherheit, Handlungsfreiheit, keine Sorgen wegen Em, und endlich C.L., groß und stark und toll und heiß und verrückt nach ihr, dessen Hände mit soviel Lust in seinen Augen von ihrem Körper Besitz ergriffen, daß sie nahezu schon deswegen kam, weil sie so begehrt wurde.

Und dann hatte sich das Tempo plötzlich verlangsamt. Nicht, daß sie kein großer Fan des Vorspiels gewesen wäre, aber sie hatte das ganze Wochenende lang und vor allem nachts an ihn gedacht – an seine begehrenden, dunklen Augen, beschattet von den langen Wimpern, die bei jedem Mann Verschwendung wären, aber bei C.L. phantastisch aussahen, und an diesen festen Mund, der die Lust in ihr entfachte hineinzubeißen, und an diese Hände, oh, Gott, diese Hände, fordernd überall auf ihrem Körper –, so daß sie das ausgedehnte Vorspiel bereits auf gewisse Weise ohne ihn ausgelebt hatte. Genug davon. *Reichlich* genug.

Sie preßte sich gegen ihn, aber da er zögerte, hielt sie still, damit er nicht aufhörte. Nicht, daß die Dinge, die C.L. so einfühlsam mit seinen Händen und seinem Mund und seinem Körper anstellte, nicht großartig wären, weil sie ihr – vielen Dank – ein äußerst wohliges Gefühl bereiteten. Es ging vielmehr um die Frage, warum sie, wenn alles so wunderbar lief, noch Zeit dazu hatte, das Geschehen zu analysieren. Sie hob sich ihm mit rhythmischen Bewegungen entgegen, um die Dinge zu beschleunigen, und seine Hände umklammerten hart ihre Hüften, aber genau in dem Moment, in dem sie sich auf die Art von Sex einstellte, die sie befreien würde, ließ er von ihr ab und ging auf Distanz.

»C.L.?« fragte sie, worauf er erwiderte: »Schhhh…« und sie zärtlich küßte.

Ja, wunderbar. Es gab genügend Gelegenheiten für sanfte Küsse, aber dieser Moment heißer und nackter Körper gehörte mit Sicherheit nicht dazu. Sanft zog er sie an sich, und der Teil ihres Körpers, der den seinen berührte und Muskeln und Haut und Hitze spürte, fühlte sich phantastisch an, aber sie verlangte nun nach anderem als nach Zärtlichkeit.

Okay, denk nach, sagte sie zu sich selbst, was ein wenig schwierig war angesichts der Tatsache, daß er in diesem Augenblick mit seinem Mund ihre Schulter wie ein Scanner abtastete – zweifellos sehr schön, aber das war nicht ihre primäre erogene Zone.

Es dauerte mindestens eine Minute, bevor er den Weg zu der Vertiefung ihres Halses fand und zu wirklich interessanten Bereichen vordrang.

Das Problem war nicht C.L. Jeder Mann, der imstande war, das mit ihr zu tun, was er mit ihr auf dem Rücksitz eines Wagens vollbracht hatte, war sicherlich in einem Bett zu noch höheren Genüssen in der Lage. Das Problem war seine Vorgehensweise. Dieses vorsichtige, wie in Zeitlupe ablaufende Herantasten mußte ein Ende finden, weil sie ihn *auf der Stelle* in sich spüren wollte.

Ihm das zu sagen, war jedoch keine gute Idee. Sechzehn Ehejahre mit Brent hatten sie gelehrt, daß Kritik an der Leistung eines Mannes *in medias res* nur Schaden anrichtete. Also würde es nicht funktionieren, C.L. einfach an den Ohren zu ziehen und »Würdest du mich jetzt bitte ficken« zu schreien, auch wenn sie sich zu solch derben Worten überreden könnte.

Es wäre lustig, das zu tun – zu verlangen, was sie wollte, einfach alles hinauszuschreien. Aber er wäre bestimmt schockiert. Er hatte immer noch die Vorstellung, daß sie

Maddie die Heilige Madonna war, was erklären könnte, warum er ihren Schrein mit solcher Hochachtung behandelte, statt ihr den Verstand zu rauben. Und das letzte, was sie brauchen konnte, war ein abgetörnter C.L. Dann würde er sich noch langsamer bewegen.

C.L. unterbrach seine Zärtlichkeiten, um ein Kondom überzuziehen, und in Maddie keimte ein Funken Hoffnung auf. Seine Lippen fühlten sich warm an auf ihrem Hals, und sie ließ sich, sich leicht bebend an ihn pressend, in die Glut fallen, die er dort entfachte. Das war's schon eher. Sie ging zu hart mit ihm ins Gericht; auch sie war bei all diesen Gedankengängen passiv. Seine Hände glitten über ihren Rücken, und sie biß sich auf die Lippe. Zur Hölle mit dem Denken.

Sie rieb sich gegen ihn, als das Kitzeln seiner Lippen an ihrem Hals zu ihren Brüsten, ihrem Bauch und ihren Schenkeln und schließlich noch tiefer durchsickerte. Leicht fuhr sie mit ihren Fingernägeln über seinen Rücken.

C.L. atmete heftig und löste sich ein wenig von ihr, die Glut mit sich nehmend und sie so frustriert zurücklassend, daß sie hätte schreien können.

Verdammt.

Okay, er mochte keine aggressiven Frauen, die ihm den Rücken zerkratzten. Er wandte sich wieder ihrem Hals zu, und Maddie überließ sich dem Feuer, das er dort erneut entfachte. Nur hatte sie leider das Feuer hinter sich gelassen und erlebte bereits das Inferno. Sie fühlte, wie sein Mund zu ihrer Brust wanderte, und erwartungsvoll hob sie sich ihm entgegen. Sie wollte diesen betäubenden Druck spüren, der einem Schmerz so nahe kam, aber auch hier war C.L. sehr zärtlich. Vor Frustration stöhnte sie auf, was er als Ermutigung aufgefaßt haben mußte, da er noch langsamer wurde.

Maddie gab es auf. Wenn es so sein sollte, sollte es so sein.

Nicht, daß sie nicht schon zuvor langweiligen Sex erlebt

hätte – schließlich war sie mit Brent verheiratet. *Phantasiere,* riet sie sich selbst und beschwor die Vision des atemberaubendsten Mannes herauf, den sie sich vorstellen konnte, aber anstatt Dennis Quaid oder George Clooney vor sich zu sehen, erschien C.L., der sich auf dem Rücksitz hart gegen sie preßte, die Finger in ihrem Haar vergraben und ihren Kopf nach hinten ziehend, um ihr mit seinen glutheißen Blicken in die Augen zu sehen, während er sich tiefer in sie bohrte, so daß sie sich unter ihm wand, und sein Mund gierig an ihren Lippen sog und seine Hände grob über ihre Brüste und noch gröber über ihre Hüfte fuhren, um sie an sich zu ziehen und sie hart, hart, hart, hart zu nehmen –

Sie öffnete die Augen und sah C.L. über sich, der umwerfend wie immer, aber irgendwie abgelenkt wirkte, so als würde er an etwas anderes denken, um nicht die Kontrolle zu verlieren, *der dumme Hund.* Frustriert stieß sie einen Schrei aus.

C.L. hörte auf, ihre Brust zu streicheln, und fragte: »Maddie?«, und sie richtete sich auf, stützte sich auf ihre Ellbogen, bis ihre Nasenspitzen sich beinahe berührten, und sagte: »Hör zu, nicht, daß ich deine Aufmerksamkeiten nicht zu schätzen weiß, aber würdest du jetzt mit den Spielchen aufhören und *mich einfach um den Verstand ficken?*«

»Was?« fragte C.L., aber bevor sie es zurücknehmen konnte, sagte er: »Darüber müssen wir sprechen, aber *später*«, riß ihre Hüfte zu sich heran und stieß sie in die Kissen zurück, während er mühelos so hart und so schnell in sie eindrang, daß sie aufschrie.

»Nein?« fragte er und hielt inne, und sie stöhnte: »O Gott, ja«, beugte sich vor, um ihn in die Schulter zu beißen, und danach nahm sie nur noch das Gewicht seines heißen Körpers wahr, ihre Nässe, während er sich schnell und grob in ihr bewegte, seine Schultern unter ihren Fingernägeln, als er sich über sie beugte, seinen Mund, der über ihren herfiel. Er fühlte sich so gut an, daß sie vor Dankbarkeit hätte weinen können. Seine Hand packte in ihr schweißnasses Haar, sein Mund fuhr grob über ihre Brüste, seine Finger bohrten sich in ihre Hüften, als er sie niederdrückte und sie sich ihm entgegenwand in dem Verlangen, ihn ganz zu besitzen, den ganzen C.L., heiß auf ihr, hart in ihr.

Ihr Körper erschauerte jedes Mal, wenn er tief in sie eindrang, jeder Schauder ließ ihr Blut wallen, und der Rhythmus ergriff von ihr Besitz und ließ sie nichts weiter wahrnehmen als ihr Gefühl und C.L. und die erschütternde Überzeugung, daß er nicht aufhören könnte, ohne daß sie starb. »Hör nie damit auf«, sagte sie. Sie sah in seine Augen, so schwarz vor Lust, daß sie völlig leer aussahen, und ihr wurde klar, daß er sie nicht hören konnte, daß er sich in ihr verloren hatte, außer Kontrolle vor Verlangen nach ihr war, und das ließ sie noch mehr erschauern. Sie kam ihm noch weiter entgegen, die Zähne zusammenpressend, weil er sich so gut anfühlte, und er zog sie fester an sich heran und bohrte sich noch tiefer in sie, ihr Verlangen nach ihm zu einer einzigen, engen und heißen Spirale werden lassend, bevor alles explodierte und sie sich unter ihm wand, gefangen in Spasmen, so daß sie sich aufbäumte, wobei er sie jedoch mit seinem bebenden Gewicht wieder auf das Bett niederdrückte und sich ohnmächtig seinem eigenen Höhepunkt überließ – die beste Phantasie, die sie jemals gehabt hatte.

»Wahnsinn«, sagte C.L., als er wieder zu sich kam. »Ich wußte nicht, daß so etwas in Frog Point möglich ist.«

»Ist es auch nicht«, murmelte Maddie an seiner Schulter. »Danke.« Seine Hände umschlossen sie fest, nahmen sie voller Liebe und erneutem Begehren wieder in Besitz. Sie stöhnte leise auf, so daß er sie losließ.

»Habe ich dir weh getan?« fragte er, und sie kuschelte sich näher an ihn.

»Gerade im richtigen Maße«, sagte sie. »Exakt im richtigen Maße.«

Schon wieder übermannte ihn die Lust, und das einzige, was ihn bei Verstand hielt, war das Wissen, daß sie ihm gehörte und daß ihre Geschichte von Dauer sein würde – daß sie, sobald Brent gefunden und Maddie geschieden wäre, heiraten und für immer zusammenbleiben würden.

»Ich liebe dich«, flüsterte er nah an ihrem Ohr und begann, weil alles so schnell, viel zu schnell gegangen war, um es richtig mitzubekommen, das Liebesspiel erneut.

Maddie räkelte sich neben ihm, überwältigt von ihm und sich selbst und von der Art, in der sie sich geliebt hatten. Nie hatte sie sich freier gefühlt. *Warum habe ich jemals geheiratet?* fragte sie sich. Sobald Brent nach Südamerika verschwunden wäre, würde sie die Scheidung einreichen, dann wäre sie für immer frei. Diese Vorstellung war so beherrschend, daß sie einen Moment brauchte, bevor sie merkte, daß C.L. sich neben ihr bewegte. Sein Haar kitzelte ihre Brust, während er sich den Weg zu ihrem Bauch hinunterküßte. Alles in ihrem Inneren, das sich gerade in ein Nachglühen verwandelt hatte, loderte wieder auf. Sie fuhr ihm mit den Fingern durchs Haar, um ihn festzuhalten. »Ich glaube, noch so einen Orgasmus halte ich nicht aus«, sagte sie und versuchte, zu ihm hinunterzurutschen. »Ich werde meinen Verstand verlieren und sterben.«

Schräg von unten grinste er sie an, sein Mund ein wenig davon strapaziert, all ihre Phantasien zu erfüllen, und sagte: »Dann komm eben nicht.« Er fuhr mit der Wange über ihren Bauch abwärts und ließ seine Hände zwischen ihre Beine gleiten. Sie fühlte sein Gewicht auf ihren Schenkeln, bevor er sie dort zu küssen begann, und ihr letzter rationaler Gedanke war, daß man C.L. Sturgis schlecht etwas abschlagen konnte, wenn man nackt war.

Em war nicht glücklich. In jeder anderen Nacht hätte sie sich gefreut, Phoebe mit Mel zu teilen, Eiscreme zu essen und in Mels riesigem Doppelbett zu übernachten. Heute abend jedoch hatte sie Sehnsucht nach ihrem Dad. Seit zwei Tagen hatte sie ihn nicht mehr zu Gesicht bekommen, und sie wollte ihn wiedersehen, nur um sicherzugehen, daß alles in Ordnung war.

»Dieser C.L. ist echt cool«, meinte Mel. »Wie Jason Norris, ein bißchen wenigstens.«

Phoebe bettelte darum, ins Bett zu kommen, also hoben sie sie hoch und versteckten sie unter der Bettdecke für den Fall, daß noch einmal jemand für eine letzte Bettkontrolle hereinschaute.

»Er hat dir sogar einen Hund geschenkt«, fuhr Mel fort.

»Hmmm.« Em drückte Phoebe fester an sich.

Mel bohrte weiter. »Magst du ihn denn nicht?«

»Doch, er ist in Ordnung.« Em vergrub ihr Gesicht in Phoebes Hals.

»Hört sich aber nicht so an.«

»Doch, ich mag ihn wirklich.« Em setzte sich auf. Es ging ihr zu schlecht, um irgend etwas vorzutäuschen. »Bei uns zu Haus ist nur alles so komisch.«

»Ich weiß.« Mel nickte. »Das Gesicht von deiner Mom sieht echt übel aus.« Sie beugte sich über den Bettrand und fiel beinahe hinaus, während sie unter dem Bett nach etwas Knisterndem fingerte, richtete sich dann mit rotem Gesicht und einer Packung Hostess-Napfkuchen in der Hand wieder auf. »Die hab ich aus der Küche geklaut. Phoebe geben wir besser nichts davon, sonst kotzt sie noch ins Bett.«

Em war nicht sicher, ob nicht *sie* sich nach der Pizza und Dairy Queen in Mels Bett übergeben würde, aber nichtsdestotrotz nahm sie den kleinen Kuchen, den Mel ihr reichte.

»Wo ist dein Dad?« fragte Mel, nachdem sie beide ein

Stück Kuchen abgebissen hatten und die Cremefüllung aus der Mitte leckten.

Em wurde schlecht. »Weg. Arbeiten.«

»Hat das deine Mom gesagt?«

Em nickte.

Mel zuckte mit den Schultern. »Na gut.«

Sie glaubt es auch nicht, dachte Em und platzte bei diesem Gedanken hervor: »Sie lassen sich nicht scheiden. C.L. ist nur jemand, den sie noch aus der High-School kennen. Sogar deine Eltern kennen ihn. Der einzige Boyfriend, den meine Mom jemals hatte, war mein Dad.«

»Genau wie bei meiner Mom und meinem Dad.« Mel schüttelte mißbilligend den Kopf angesichts der Tatsache, wie langweilig Erwachsene sein konnten, und biß ein großes Stück Kuchen ab. »Ich frage mich, wer wohl C.L.'s Freundin gewesen ist.«

Aus irgendeinem Grunde war das auch kein toller Gedanke. »Vielleicht hatte er gar keine«, meinte Em.

»Bestimmt hatte er eine«, sagte Mel im Brustton der Überzeugung. »Er ist süß und lustig. Er hatte eine. Und ich wette, er hat noch immer eine.«

Sie zwinkerte Em zu. »Er lächelt deine Mom ziemlich oft an.«

»Sie sind alte Freunde«, wandte Em ein. »Deine Mom lächelte er auch an. Und deinen Dad ebenfalls.«

Mel nickte. »Weißt du, wenn das ein Film wäre –«

»Es ist aber kein Film«, sagte Em. »So etwas passiert Leuten wie uns nicht.«

»Stimmt«, antwortete Mel. »Wir sind echt langweilig. Hey, Phoebe frißt deinen Kuchen!«

»Phoebe!« Em riß ihr fast ganz weggessenes Kuchenstück in die Höhe und mußte trotz allem wegen der weißen Sahne auf Phoebes Nase lachen. Ein wenig aufgeheitert stand sie auf, um den Kuchenrest wegzuwerfen. Menschen

wie ihr oder ihrer Mutter passierte nie etwas. Oder wie ihrem Dad. Bei dem Gedanken an ihren Vater zog sich Ems Herz ein wenig zusammen. Ihnen passierte nichts. Niemals. Sie waren wirklich alle langweilig. Allesamt. Bis auf C.L. Sie stieg wieder ins Bett. »Hey, weißt du was? C.L. hat mir einen tollen Trick beigebracht. Er heißt das Gedächtnisbild, und man muß –«

Mel beugte sich aufmerksam vor, und Em schob alle Gedanken beiseite außer dem Trick, den C.L. ihr gezeigt hatte.

Das Telefon klingelte früh am Morgen. Maddie kämpfte sich aus den Tiefen des Schlafs nach oben. Sie spürte einen kleinen, aber angenehmen Schmerz in sich, den sie sich nicht ganz erklären konnte, und war ein wenig verwirrt, weil sie nicht wie üblich in ihrem Bett lag. C.L., selbst noch im Halbschlaf, nahm den Hörer ab, bevor sie ihn daran hindern konnte.

»H'lo?«

»*Wer spricht dort?*« Die Stimme am anderen Ende bellte so laut, daß Maddie sie verstehen konnte.

»Gib mir den Hörer», zischte sie, aber C.L. hatte sich bereits aufgestützt, um zu sprechen, und er hatte tolle nackte Schultern, die ihren Geist nur noch mehr benebelten. Deshalb gab sie auf und hörte zu.

»Henry?«

»C.L., was *zum Teufel* tust du dort?«

»Ich mache einen Besuch«, sagte C.L. schwach.

»Es ist sieben Uhr morgens, mein Lieber.«

»Ich weiß, Henry.« C.L. setzte sich aufrecht und fuhr sich mit der Hand über die Augen, um wach zu werden und schnell nachzudenken. »Was willst du?«

»Ich will Maddie Faraday sprechen, du hirnloser Schwachkopf. Was *tust* du dort?«

Maddie lehnte den Kopf in die Kissen und versuchte,

nicht loszuprusten. Es war nicht gut, daß Henry Bescheid wußte, und C.L. sah deshalb so unbehaglich aus, daß es nicht fair war, sich darüber zu amüsieren, aber ihr ging es nach der letzten Nacht so gut, ihr Körper fühlte sich immer noch weich an vor Genuß und Befriedigung, und er sah so großartig aus, nackt in ihrem Gästebett, daß es ihr schwerfiel, nicht zu grinsen, auch wenn ihr Leben immer mehr den Bach hinunterging. Aber wenigstens hatte niemand in ganz Frog Point so versiegelte Lippen wie Henry. Es war nicht sehr wahrscheinlich, daß er es weitererzählte.

»Ich seh mal nach, ob sie da ist«, sagte C.L. und legte die Hand über die Muschel. »Das ist mein Onkel«, erklärte er Maddie. »Es wäre vielleicht eine gute Idee zu versuchen –«

»Zu verbergen, daß wir miteinander schlafen?« Maddie grinste. »Unmöglich. Ich wette, er weiß sogar, daß wir beide nackt sind.«

»Nun, versuch es zu überspielen«, meinte C.L. irritiert. »Bist du morgens immer so munter?«

»Nur nach jeder Menge gutem Sex in der Nacht zuvor.« Sie zog ihn zu sich herunter und küßte ihn lange und innig. In jeder Faser ihres Körpers wurde die Erinnerung an ihn wachgerufen, während sie mit der Hand über seinen Arm streichelte.

C.L. löste sich und nahm die Hand von der Sprechmuschel. »Henry? Können wir zurückrufen? Hier passiert gerade etwas –«

Henry hörte auf zu brüllen, so daß Maddie nicht mehr verstehen konnte, was er sagte, aber es mußte etwas Wichtiges sein, weil C.L. sich plötzlich aufrichtete. Er hörte kurz zu und sagte dann: »Wir kommen sofort.«

»Was ist los?« fragte Maddie, als er auflegte. »Warum sollen wir kommen? Was ist denn nun mit ›Hier passiert gerade etwas‹?«

»Sie haben Brent gefunden«, sagte C.L. und stieg aus dem Bett.

Seine Stimme klang gepreßt, so daß Maddie sich ebenfalls aufsetzte. Sie hatten Brent gefunden. »Ich wußte gar nicht, daß er verlorengegangen war«, meinte sie und versuchte wieder munter zu klingen, aber sie fühlte sich wie erschlagen. Nun würde Brent niemals nach Südamerika fliegen. Sie war in der Klemme.

»Er ist nicht verlorengegangen.« C.L. zog den Reißverschluß seiner Jeans zu und setzte sich wieder aufs Bett. Er ergriff ihre Hand und sagte: »Ich muß dir etwas Schlimmes sagen. Er ist tot. Jemand hat ihn am Point erschossen.«

Maddie starrte ihn an. »Was? Was? Was redest du da?«

»Jemand hat Brent erschossen«, wiederholte C.L., und Maddies Verstand verarbeitete die Worte, aber sie ergaben keinen Sinn.

Jemand hat Brent erschossen. Brent war tot. Das war unmöglich. Jemand hatte Brent erschossen. Einen Moment später sah sie C.L. an und fragte: »Wer?«

»Ich weiß es nicht«, antwortete C.L. und stand auf, um sein Hemd anzuziehen. »Ich hoffe aber sehr, daß Henry es weiß, weil wir ihm schließlich gerade erst ein Motiv frei Haus geliefert haben.«

12

Es dauerte eine Weile, bevor Maddie die Bedeutung der Worte wirklich begriff. Brent war tot. Er würde nicht nach Südamerika fliegen, er war tot. Sie würde sich nicht von ihm scheiden lassen, er war tot. Er würde Em nicht entführen, er war tot. Es war entsetzlich, aber weit weg, als würde es jemand anderen betreffen. Brent konnte nicht tot sein. Brent widerfuhr niemals etwas Schlimmes.

Brent war tot.

Für Em würde es verheerend sein. Sie mußte Em holen.

»Maddie?« fragte C.L., doch sie schüttelte nur den Kopf und kletterte aus dem Bett.

»Em«, stieß sie hervor. »Ich muß es Em sagen.«

»Warte, zuerst solltest du mit Henry sprechen. Sag es Em später.« C.L. sah elend aus, als er ihren Namen aussprach. »Sag es ihr, wenn du bei ihr bleiben kannst.«

Maddie hielt einen Moment lang inne und stellte sich vor, wie Em mit diesem Wissen alleine wäre. »Du hast recht.« *Em.*

»Ich kann das einfach nicht glauben.« Sie griff nach ihren Kleidern, die sie auf den Stuhl geworfen hatte. »Henry ist ganz sicher?«

»Henry unterlaufen keine derartigen Fehler – zu sagen, Brent sei tot, wenn er es nicht ist«, antwortete C.L. »Das ist keine Oh-leider-vertan-Nachricht. Er ist ganz sicher.«

»Ich kann es nicht glauben«, wiederholte Maddie und verließ das Zimmer, um sich anzuziehen.

Sie zeigten ihr Brent auf einem internen Bildschirm. Soweit sie erkennen konnte, befand sich ein kleines Loch in seinem Kopf unterhalb des Ohrs. Die andere Gesichtshälfte war abgedeckt – hier konnte es also wiederum so klein nicht sein. Irgendwo hatte sie einmal etwas über die Größe von Austrittswunden gelesen, daher bat sie nicht, das Tuch wegzuziehen. Das war auch gar nicht nötig. Zweifellos handelte es sich um Brent – aufgedunsen, viel zu blaß und mit merkwürdiger Gesichtsfärbung, aber es war Brent. »Stimmt mit der Farbeinstellung des Monitors irgend etwas nicht?« fragte sie, was C.L. verneinte, so daß es ihr leid tat, gefragt zu haben. *Das ist mein Ehemann,* dachte sie und spürte, wie ihre Knie nachgaben. Er hatte sie in den Armen gehalten und geliebt und betrogen und geschlagen, und nun war er tot.

»Maddie?« sprach Henry sie an, und sie atmete tief durch.

»Er ist es«, sagte sie, wandte sich ab und trat von dem Bildschirm weg, bevor sie ohnmächtig werden würde. C.L. und Henry folgten ihr hinaus in den Korridor, wo Maddie sich gegen die Wand lehnte.

»Bist du okay?« C.L. hielt sie am Arm fest. »Setz dich eine Minute.«

»Es geht schon«, log Maddie. »Laß uns das hinter uns bringen, damit ich zu Em kann.«

Henry deutete zur Treppe, und sie folgten ihm die beiden Absätze hinauf in sein Büro.

»Wer hat ihn erschossen, Henry?« fragte C.L., als sie dort ankamen.

»Das wissen wir noch nicht.« Henry schenkte beiden Kaffee aus der Kanne auf dem Aktenschrank ein und blickte, nachdem sie Platz genommen hatte, Maddie an. »Hast du irgendwelche Ideen, Maddie?«

Ideen. Sie war noch nicht einmal zu klaren Gedanken fähig, und er wollte Ideen von ihr hören. »Er schlief jedenfalls mit einer anderen Frau. Das könnte, abgesehen von mir, noch jemand anderen aufgebracht haben.«

»So aufgebracht warst du gar nicht«, meinte C.L.

»Was hast du für ihn empfunden?« fragte Henry.

»Henry«, setzte C.L. an, aber Maddie beantwortete die Frage.

»Ich mochte ihn nicht«, sagte sie. »Ich sollte heute zu einem Termin wegen der Scheidung. Ich hatte Jane Henries in Lima angerufen.«

Mit zusammengepreßten Zähnen stieß C.L. die Luft aus. »Mad, vielleicht solltest du ohne einen Anwalt nichts weiter sagen.«

»Warum nicht?« Verwundert blickte sie ihn an. »Du glaubst doch nicht im Ernst, daß ich so etwas tun könnte. Außerdem war ich die ganze Nacht mit dir zusammen.«

Henry starrte C.L. an, der sich zurücklehnte und an die Decke sah. Dann wandte Henry sich wieder zu Maddie. »Die letzte Nacht interessiert uns nicht.«

Maddie riß die Augen auf. »Aber wann –«

»Für Genaueres müssen wir den Bericht des Coroners abwarten, aber wir vermuten einen Zeitpunkt zwischen Freitagabend und Samstagmorgen.«

»Freitag?« Das war mehr als zwei Tage her. So lange sollte er bereits tot sein? Während sie mit Em zur Bank gegangen und bei Burger King gesessen hatte, hatte er tot am Point gelegen? Unmöglich. Er war schon tot, während sie seine Kleidung verkauft und mit den anderen Pizza gegessen hatte und mit C.L. –

Maddie vergrub ihr Gesicht in den Händen. Das war einfach zuviel.

Henrys Stimme holte sie zurück. »Was hast du Freitagabend gemacht, Maddie?«

»Freitag.« Was hatte sie Freitagabend gemacht? Ihr Selbsterhaltungstrieb setzte ein. Oh, Gott. Sie war mit C.L. durch Frog Point gefahren und dann von ihrem Mann verprügelt worden, woraufhin sie sich in ihrem Schlafzimmer eingeschlossen hatte. Das war gar nicht gut. »Freitagabend lebte er noch«, sagte sie zu ihm. »Ich kam etwa gegen eins am Samstagmorgen nach Hause. Das war das letzte Mal, das ich ihn gesehen habe.« Er war aus dem Haus gegangen, um sich erschießen zu lassen, einfach so. »Oh, mein Gott.«

C.L. stand auf. »Henry, laß mich sie nach Hause bringen. Sie hat einen Schock. Du kannst sie später befragen.«

»Glaubst du, daß du einen Schock hast, Maddie?« fragte Henry.

Maddie wurde schwindelig. »Ich fühle mich wie betäubt, aber ich glaube nicht, daß das ein Schock ist. Mein Kopf tut weh.«

Henry beugte sich ein wenig vor. »Sieht so aus, als hätte dich jemand geschlagen.«

»*Henry*«, mischte sich C.L. erneut ein, »das ist nicht gerade das, was ich von dir erwarte.« Sein Onkel fixierte ihn.

»Nun, ich habe auch nicht erwartet, eine Frau anzurufen, deren Ehemann gerade ermordet wurde, und dich in ihrem Bett vorzufinden.«

C.L.'s Ärger löste sich in Luft auf. »Das kann ich erklären«, sagte er, und Maddie sah ihn mit mutlosem Interesse an. *Das wäre gut,* dachte sie. *Ich weiß nicht, ob ich selbst es erklären könnte.*

Henry lehnte sich zurück. »Ich warte.«

C.L. gab sich einen tugendhaften Anschein. »Weißt du, diese Sache mit dem Einbrecher und so, da dachte ich, es wäre besser, Maddie nicht allein zu lassen.«

Henry sah wenig beeindruckt aus. »Das zeugt ja wirklich von Nächstenliebe. Was hast du denn in ihrem Bett zu suchen?«

»Wir haben so eine Art gemeinsames Wochenende verbracht.« C.L. fühlte sich unbehaglich. »Ich war Freitagabend auf der Suche nach Brent, und da er nicht zu Hause war, haben Maddie und ich uns unterhalten.«

»Das ist alles? Unterhalten?«

C.L. nahm wieder Platz. »Tja, weißt du, Henry, sie dachte an eine Scheidung, und das haben wir... besprochen.«

Henry neigte den Kopf. »C.L., wenn du glaubst, daß ich –«

»Wir haben uns Freitagabend am Point geliebt, Henry«, sagte Maddie. »Danach hat C.L. mich etwa gegen eins zu Hause abgesetzt. Brent war dort und völlig außer sich. Er schlug mich, woraufhin ich ihm sagte, daß ich mich scheiden lassen wolle. Danach habe ich mich im Schlafzimmer eingeschlossen, und er verließ das Haus. Ich hatte schon mit

Jane Henries telefoniert und über die Scheidung gesprochen. Sie hatte mir für heute den Termin gegeben.« Maddie hielt inne, als ihr ein Gedanke durch den Kopf schoß. »Ich denke, nun brauche ich sie nicht mehr.«

»Sei dir da mal nicht so sicher«, meinte C.L. grimmig. Er erhob sich wieder. »Wir gehen jetzt.«

»Gegen ein Uhr morgens.« Henry warf C.L. erneut einen prüfenden Blick zu. »Hast du Brent Faraday gesehen, als du Maddie nach Hause brachtest?«

»Nein, leider nicht.«

»Warum leider?«

»Weil er sie in dieser Nacht verprügelt hat«, explodierte C.L. »Gottverdammt, Henry –«

»Setz dich, C.L.« Henry wandte Maddie seinen imposanten Kopf zu und ignorierte seinen Neffen. »Wohin ging er, nachdem er das Haus verlassen hatte?«

»Das weiß ich nicht.« Maddie ließ sich in ihren Stuhl zurückfallen und erzählte Henry alles, was sie über diese Nacht wußte. »Sie sagte nur dieses eine Wort«, schloß sie ihren Bericht. »›Gut.‹ Sie klang zornig, aber schließlich hatte er ihr gerade gesagt, daß es vorbei sei, daher ist das wohl verständlich. Nur konnte ich aus diesem einen Wort nicht viel schließen.«

»Sonst gab es nichts, was dir merkwürdig vorkam?« fragte Henry. »Alles andere war normal?«

»Nun ja, da sind noch die zweihundertachtzigtausend Dollar, die ich am Samstag im Schließfach gefunden habe, und die vierzigtausend, die ich Sonntag in der Golftasche entdeckte«, meinte Maddie. »Darüber habe ich mich ein wenig gewundert.«

C.L. wandte seinen Blick von Henry ab und starrte sie an. »*Was?* Und davon hast du mir nichts erzählt?«

»Ich habe niemandem etwas gesagt«, antwortete Maddie. »Ich dachte, er bräuchte es für seine Reise nach Rio.«

Fünfzehn Minuten später meinte Henry, den Kopf in die Hände gestützt: »Also, kam das Geld in dem Schließfach von Stan, und die vierzigtausend in der Golftasche –«

»Keine Ahnung«, sagte Maddie.

»Du hast also alles in dem Schließfach gelassen –«

»Außer Ems Paß«, beendete Maddie den Satz. »Ich vermutete, daß Brent Sonntag nacht wegen des Schlüssels noch einmal zurückgekommen sei, weil der Einbrecher, wer auch immer es war, einen Schlüssel hatte und anscheinend sofort zum Schreibtisch ging.« Erschrocken unterbrach sie sich. »Aber Brent war Sonntag nacht schon tot. Also muß sein Mörder seine Hausschlüssel an sich genommen haben, um irgend etwas zu suchen.«

»Nicht unbedingt«, setzte Henry an, doch C.L. verkündete: »Wir werden noch heute alle Schlösser auswechseln.«

Henry schüttelte den Kopf. »Es muß niemand mit einem Schlüssel gewesen sein. In dem Einbruchsbericht hieß es, man könne deine Schlösser mit einer Kreditkarte knacken. Trotzdem halte ich das für eine gute Idee, C.L. Die Schlösser sollten besser ausgewechselt werden.« Er lächelte Maddie zu. »Wir wollen dich doch in Sicherheit wissen.«

»Danke«, sagte Maddie und begann, sich unbehaglich zu fühlen. Es war nicht Henrys Art zu lächeln.

»Du besitzt nicht zufällig eine Waffe, oder?« fragte Henry immer noch lächelnd.

»Henry, das reicht jetzt«, sagte C.L.

»Es scheint jedenfalls keine auf dich oder Brent eingetragen zu sein, aber wir könnten natürlich verstehen, wenn du dir mittlerweile eine zugelegt hättest.«

»Ich habe keine Waffe«, antwortete Maddie im gleichen Moment, als C.L. aufstand und sagte: »Wir gehen.«

»C.L.«, ermahnte Henry ihn. »Du scheinst die Situation nicht zu begreifen. Ich habe hier zwei Personen mit großartigen Motiven und keinen Alibis.«

»Henry«, erwiderte C.L. mit übertriebener Geduld. »Warum hätten wir ihn erschießen sollen, wenn sie sich scheiden lassen wollte?«

»Als Witwe kriegt sie mehr Geld.«

»Ihr gehört ein Viertel der Firma«, gab C.L. zu bedenken.

Maddie fuhr hoch. Woher wußte er das?

»Und mir geht es auch nicht schlecht, danke«, fuhr C.L. fort. »Eine Scheidung würde mir genügen.«

Henry seufzte. »Du solltest lieber beten, daß nichts anderes ans Tageslicht kommt, was gegen euch spricht.«

»Bestimmt nicht«, erwiderte C.L.

»Nur noch ein paar letzte Fragen –« begann Henry.

»Nein.« C.L. ergriff Maddie am Arm und zog sie auf die Füße. »Mir gefällt der Verlauf dieses Gesprächs nicht. Ohne einen Anwalt wird sie gar keine Fragen mehr beantworten.«

Henry sah ihn finster an. »Auf wessen Seite stehst du, mein Lieber?«

»Auf ihrer«, sagte C.L. »Immer und uneingeschränkt. Sie muß ihrem Kind beibringen, daß sein Vater tot ist, und ich werde mich in der Zwischenzeit um neue Schlösser und einen Anwalt bemühen. Du brauchst sie im Moment nicht. Verdammt noch mal, schließlich wird sie schon nicht verduften.«

»Keiner von euch wird verduften«, erwiderte Henry. »Sie sollte noch nicht einmal daran denken, die Stadt zu verlassen. Das gilt auch für dich, C.L.«

Maddie hatte Mühe, nicht laut loszulachen. Frog Point verlassen? »Wohin sollte ich denn gehen?« fragte sie ihn.

»Mein Aufenthalt hier steht außer Frage«, sagte C.L. würdevoll. »Ich habe nicht die geringste Absicht, Maddie alleine zu lassen, während du solche verqueren Gedanken hegst. Ich nehme an, daß ich noch euer Hinterzimmer haben darf?«

»Ja, und heute nacht wirst du dort sein«, antwortete Henry. »Es ist reichlich zu früh, den Witwentröster zu spielen.«

Sie war jetzt Witwe. Alles war so unwirklich, und sie war Witwe. C.L. zerrte sie zur Tür.

»Wir rufen dich an, wenn wir einen Anwalt gefunden haben«, sagte C.L. zu Henry und schob sie hinaus.

Auf der Heimfahrt beobachtete C.L. Maddie aus dem Augenwinkel. Natürlich sah sie unter den gegebenen Umständen wie erschlagen aus, und ziemlich elend, was – angesichts der Tatsache, daß sie Em sagen mußte, sie habe ihren Vater verloren – ebenfalls verständlich schien.

»Es tut mir so leid, Liebling«, sagte er und ergriff ihre Hand. »Ich habe ihn mir zwar weit weg gewünscht, aber nicht so.«

»Es wird so furchtbar für Em werden«, sagte Maddie und umschloß seine Hand mit ihren Fingern, was ihm ein weitaus besseres Gefühl bereitete als in dieser Situation angemessen. »Meine arme Kleine.«

»Ich werde ihr auch helfen«, antwortete C.L., den Druck seiner Hand verstärkend. »Ich würde alles tun.«

Maddie zog ihre Hand zurück. »Das Beste, was du tun kannst, ist zu verschwinden. Deine ständige Nähe würde mich in ein ziemlich verdächtiges Licht setzen.«

Bei diesem Gedanken lief es ihm eiskalt den Rücken hinunter. *Ich werde alles tun, nur das nicht,* wollte C.L. sagen, doch in diesem Moment erreichten sie das Haus und trafen vor der Tür Maddies Mutter an.

»Esther rief mich an, daher bin ich sofort hergekommen«, sagte sie zu Maddie. »Sie arbeitete bis eben in der Telefonzentrale der Polizeistation, und ich konnte nicht auf deinen Anruf warten. Was, wenn Em nach Hause käme? Es ist so entsetzlich.« Sie blickte über Maddies Schulter und entdeckte C.L. Ihr Gesichtsausdruck wurde starr.

Was habe ich ihr getan? überlegte C.L., bevor es ihm klar wurde. Er hatte die Nacht mit ihrer Tochter verbracht und herrlich sündhaften Sex gehabt, eine Tatsache, die eine gewisse Esther von der Polizeistation zweifellos ausgeplaudert hatte. Mrs. Martindale vermittelte den Anschein, als sei der Sündenteil der schlimmste Aspekt.

»C.L. kennst du ja schon«, sagte Maddie mit bemüht ungezwungener Stimme.

»Ja«, erwiderte ihre Mutter. »Und ich nehme an, er geht jetzt.«

»Schön, Sie wiederzusehen, Ma'am.« C.L. trat einen Schritt zurück. »Ich werde mich jetzt um die Schlösser kümmern«, sagte er zu Maddie. »Wie viele Außentüren hast du?«

Maddie sah von ihrer Mutter zu ihm und wieder zurück. »Zwei, eine vorne und eine hinten.«

Die Kälte ihrer Mutter schwand dahin. »Was für Schlösser?«

»Der Einbrecher hat einen Schlüssel zum Haus, Mom«, erklärte Maddie. »Wir glauben, daß er derjenige sein könnte, der Brent erschossen hat. Daher könnte er jederzeit ins Haus, und wir wären schutzlos.«

Sämtliches Blut wich Maddies Mutter aus dem Gesicht, und sie tastete nach dem Türrahmen, um sich abzustützen. »Barmherziger Gott, Madeline!«

C.L. schob seine Hand unter ihren Arm und führte sie zu einem Verandastuhl. »Alles wird gut, Mrs. Martindale«, beruhigte er sie und versuchte, so beschwichtigend wie möglich zu klingen. »Ich werde neue und bessere Schlösser kaufen, solche, die man nicht aufbrechen kann, und noch vor heute mittag montieren. Machen Sie sich keine Sorgen. Maddie, hol deiner Mutter ein Glas Wasser.«

Maddies Mutter winkte ab. »Nein, nein, schon in Ordnung. Brauchen Sie Geld für die Schlösser? Gute Schlösser sind bestimmt teuer. Wo ist mein Portemonnaie?«

»Nein, nein.« C.L. trat wieder zurück. »Das übernehme ich, darauf bestehe ich. Es dauert mindestens noch eine Stunde, bevor die Geschäfte öffnen, aber ich werde schon einmal nach Hause fahren und Henrys Werkzeug holen. Sobald ich die Schlösser habe, komme ich zurück.«

»O ja, bitte. Gütiger Himmel.« Maddies Mutter wedelte zustimmend mit der Hand. Jegliche Mißbilligung war verschwunden. »Passen Sie auf sich auf, um Himmels willen.«

Maddie folgte ihm zum Wagen, wobei er darauf achtete, sie nicht zu berühren. »Was soll ich davon halten?« fragte er sie im Flüsterton. »Deine Mutter hätte beinahe einen Herzinfarkt bekommen.«

Maddie lehnte sich gegen das Auto. »C.L., sie weiß von heute morgen. Esther muß sie angerufen und ihr alles erzählt haben. Hast du nicht gemerkt, wie frostig sie vorhin war?«

»Schon, aber…?«

»Nun, jetzt jedenfalls glaubt sie, daß du das einzige bist, was mich vom Tod trennt. Sie mag dich.«

Sie lächelte ihm zu – ein klägliches Lächeln, aber immerhin ein Lächeln –, und er spürte, wie sich erneut die Hitze in ihm ausbreitete wie stets, wenn sie in seiner Nähe war. Er stieg ins Auto und schlug die Tür zu, bevor er irgendeine Dummheit anstellte und sie auf den Boden warf, um sie zu nehmen, während ihre Mutter zusah.

»Erzähl deiner Mutter noch mehr Gutes über mich«, sagte er. »Sie wird mich in Zukunft noch häufiger ertragen müssen.«

Nicht zu Scherzen aufgelegt, schüttelte sie den Kopf. »Fahr jetzt los und hol die Schlösser. Ich muß Treva anrufen, Em ist doch bei ihr.«

Em, das arme Kind. Gewöhnlich beschäftigte er sich nicht viel mit Kindern, aber Em mochte er. Da er Maddie nicht umarmen konnte, nickte er ihr nur liebevoll zu. »Alles

Gute«, sagte er und steuerte den Wagen rückwärts aus der Einfahrt.

Er mußte die Schlösser kaufen, aber er mußte auch noch einmal mit Henry sprechen, bevor der auf irgendeine dumme Idee käme und die zukünftige Frau seines Neffen verhaftete.

»Irgend etwas ist hier absolut faul«, wisperte Mel Em zu, während sie durch das Treppengeländer spähten, aber Em wußte das ohnehin. Tante Trevas Gesicht war kreidebleich. Sie stand an die Wand gelehnt und atmete schwer. Es machte den Anschein, als würde sie gleich zu weinen anfangen, dann preßte sie hervor: »Bist du sicher?« Ihre Miene verzerrte sich, und statt dessen stieß sie ein Lachen aus, aber es war ein schreckliches Lachen.

Mel stand auf und fragte: »Mom?« Tante Treva hörte auf zu lachen und richtete sich auf, als sie sie wahrnahm. Nun sah sie wieder elend aus.

»Ich muß Schluß machen, die beiden sind hier. Beeil dich«, sagte sie in den Hörer und legte auf, bevor sie zur Treppe herüberkam.

Mel ging die Stufen hinunter, schlang die Arme um die Taille ihrer Mutter und überhäufte sie mit Fragen, Em jedoch blieb, wo sie war. Das Unheil war durchs Telefon gekommen, was bedeutete, daß es nicht hier bei Mel zu Hause passierte, aber das wußte sie ja bereits. Die ganze Zeit hatte sie gewußt, daß das Unheil bei ihr zu Hause geschah. Es schnürte ihr die Kehle zu, und sie schluckte einen heißen Kloß hinunter, bevor sie fragte: »Geht es meiner Mom gut?«

Tante Treva fuhr zusammen. »Ja, ja, ja, ihr geht es gut, wirklich. Sie hat gerade angerufen.«

»Was ist dann los?« wollte Mel wissen. »Keiner sagt uns etwas. Was ist los?«

Em fragte wie mechanisch weiter: »Geht es meinem Dad gut?«

Tante Treva sah verzweifelt aus. »Deine Mom ist auf dem Weg hierher, mein Schatz. Sie wird gleich –«

»Was ist los mit meinem Dad?« Kalt kroch die Angst in ihr hoch, und selbst als Phoebe die Stufen herunterpurzelte und sich neben ihr aufrappelte, wurde ihr nicht wärmer. »Ist er verletzt?«

»Ist er tot?« fragte Mel, und Tante Treva schob ruckartig ihre Hand fort, so daß Em am ganzen Körper kalt wurde. Die Kälte legte sich ihr auf die Brust, und sie versuchte angestrengt weiterzuatmen.

»Geh nach oben«, sagte Tante Treva zu Mel. »Geh jetzt bitte nach oben.«

»Er ist nicht tot«, sagte Em durch die Kälte. »Er ist verletzt, stimmt's?«

»Deine Mom –« begann Tante Treva wieder, doch Em unterbrach sie: »Er ist nicht tot.« Der Kopf ihrer Ruftante schwankte, es war weder ein Nicken noch ein Kopfschütteln, sondern nur ein Schwanken. *Mein Daddy ist tot,* schoß es Em durch den Kopf, und sie flüsterte: »Nein.«

»Es tut mir so leid, Liebes, deine Mama muß jeden Moment hier sein«, stieß Tante Treva hervor und kam die Treppe herauf. Sie schloß Em in die Arme und hielt sie an sich gedrückt, während Em dort auf den Stufen saß mit Phoebe an der einen und Tante Treva an ihrer anderen Seite, bis ihre Mutter durch die Vordertür trat und zu ihr hochschaute.

»Er ist nicht tot«, sagte sie zu ihrer Mutter, die schwerfällig die Treppe zu ihr hinaufstieg, um sie in den Arm zu nehmen. Em begann zu weinen, weil es nichts nützte, das Gegenteil zu behaupten, wenn es so war.

Irgendwie brachte Maddie Em nach Hause. Beim Fahren hielt sie die ganze Zeit Ems Hand fest und gab bedeutungslose tröstliche Laute von sich, während Em mit hängendem Kopf neben ihr saß und voller Verzweiflung weinte und Phoebe ihre Tränen ableckte.

»Gott segne C.L., daß er ihr diesen Hund geschenkt hat«, flüsterte Maddie ihrer Mutter zu, als sie mit Em zu Hause ankam und sie ungestört trösten konnte. »Phoebe hilft ihr vermutlich besser darüber hinweg, als wir das können.«

Ihre Mutter nickte und sah elend aus. »Vielleicht ist es nicht gut für sie, so zu weinen«, flüsterte sie zurück.

»Es ist besser, alles herauszulassen«, erwiderte Maddie in dem Bewußtsein, daß sie selbst noch nicht geweint hatte.

Konnte sie wegen Brent weinen? Er hatte auch positive Eigenschaften gehabt. Viele positive Eigenschaften sogar. Wenn er guter Laune gewesen war, hatten sie immer viel Spaß gehabt. Er hatte Em geliebt. Vermutlich hatte er auch sie geliebt, auf seine ihm eigene Weise. Als sie ihn nach Beth um die Scheidung bat, hatte er ihr geschworen, daß so etwas nie wieder passieren würde. »Ich kann ohne dich nicht leben, Maddie«, hatte er gesagt und wie ein Löwe um sie gekämpft; er hatte ihren Widerstand gebrochen, bis sie schließlich nachgab und bei ihm blieb. Niemals hätte sie ihm den Tod gewünscht, aber es fiel ihr schwer, um ihn zu weinen. Vielleicht konnte sie statt dessen um Ems wegen weinen.

Sie vergrub ihre Wange in das Haar ihrer Tochter und wiegte sie vor und zurück, bis Ems Schluchzen nachließ. »Ich liebe dich, mein Schatz. Ich werde dich immer liebhaben.«

Schluchzend holte Em Luft und klammerte sich an Maddie.

Maddies Mutter kam mit einem Tablett ins Zimmer. »Hier ist ein Kakao für dich, Emmy. Und Kekse. Ich habe auch Hundekuchen für Phoebe mitgebracht. Sie sieht sehr hungrig aus.«

Em hielt ihren Kopf gegen die Schulter ihrer Mutter gepreßt.

Das Telefon klingelte. Maddies Mutter nahm den Anruf entgegen, während Maddie beobachtete, wie Phoebe versuchte auf ihr Bein zu klettern, um zu Em zu gelangen. Sie schob ihre Hand unter das Hinterteil des Hündchens und hob es auf Ems Schoß. Em löste die Arme von ihrer Mutter, um dem Welpen Geborgenheit zu geben. Phoebe kuschelte sich tief in Ems Schoß, woraufhin deren Atem ein wenig ruhiger ging, zwar immer noch stoßweise, jedoch nicht mehr schluchzend. *Gott sei gedankt für dieses Tier,* dachte Maddie. Auch wenn C.L. nichts anderes mehr für sie täte, stünde sie wegen dieses Hundes auf ewig in seiner Schuld.

Ihre Mutter trat mit hilflosem Blick in den Türrahmen zum Wohnzimmer. »Maddie, Leo von der Werkstatt ist am Telefon. Ich habe ihm gesagt, daß der Zeitpunkt ungünstig ist, aber er will dich unbedingt sprechen.«

»Wozu?« fragte Maddie, hob Em und Phoebe jedoch von ihrem Schoß auf die Couch und ging zum Telefon. Ihre Mutter nahm den Platz neben Em ein.

Leo war kurz angebunden und kam sofort zur Sache. »Sie müssen Ihr Zeug aus dem Wagen holen, weil der Typ von der Versicherung in einer Stunde kommt, um ihn abschleppen zu lassen. Ist noch irgend etwas drin, was Sie brauchen?«

Der Civic. Das schien tausend Jahre zurückzuliegen. Vier Tage und tausend Jahre.

Leo redete weiter. »Der Versicherungsmensch meinte, Sie wollten es heute erledigt wissen, deshalb kommen sie gleich, aber es liegen noch Sachen drin. Wenn also noch irgend etwas dabei ist, worauf Sie Wert legen, sollten Sie rüberkommen, um den Kram abzuholen.«

»Lassen Sie mich nachdenken.« Maddie zog die Telefonschnur bis zur Wohnzimmertür. »Em, hast du irgend etwas in dem Civic gelassen?«

Em nickte schwach. »Meine Barbies und meine Hundebücher aus der Bü-Bücherei.«

»Okay«, meinte Maddie. »Ich werde sie schnell holen.«

»Mommy geht sie holen«, wiederholte ihre Mutter, aber Em brach doch wieder in Tränen aus.

»Ich bin gleich da«, sagte Maddie zu Leo. »Behalten Sie den Wagen solange dort.«

Hastig holte sie ihren großen alten Lederbeutel aus dem Wandschrank und fischte nach Ems Barbietasche auf dem Schrankboden.

»Paß auf dich auf, Liebes.« Ihre Mutter wiegte Em hin und her, die ihrer Umarmung verzweifelt nachgab.

»Ich liebe dich, Emmy.« Maddie küßte ihre Tocher auf die Stirn und strich ihr das Haar aus dem Gesicht. »Ich bin sofort wieder da und halte dich fest.«

»Geh jetzt«, sagte ihre Mutter. »Beeil dich.«

Der Wagen stand hinter Leos Tankstelle im Unkraut am hinteren Ende des Abstellplatzes. Er sah verlassen und einsam aus. Und tot. Bei diesem Anblick spürte Maddie die Tränen in sich aufsteigen und war entsetzt. Wegen eines kaputten Autos konnte sie weinen, aber nicht wegen eines toten Ehemanns? Was für eine Sorte Frau war sie?

Vielleicht weinte sie um ein kaputtes Auto wegen eines toten Ehemanns.

»Tut mir wirklich leid«, sagte sie zu dem Wagen. »Wirklich.« Dann kam sie sich blöde vor, mit einem Auto zu sprechen, und sie öffnete die eingedrückte Heckklappe. Ein halbes Dutzend Barbies starrten sie gleichgültig aus geschminkten Augen an; es sah so aus, als wäre ein Tornado über ein Heim für Eßgestörte hinweggefegt. Sie stopfte die

Puppen in die Barbietasche, um zu sehen, ob irgend etwas daruntergerutscht war.

Sie fand zwar keine Barbies, dafür jedoch einen Haufen Geld, verstreute Päckchen von Einhundertdollarscheinen. »Oh, *mein Gott*«, stieß Maddie hervor, schlug die Kofferraumhaube zu und setzte sich auf die Kante.

Wenn man es recht betrachtete, konnte die Sache mit diesem ganzen Geld ziemlich lustig sein. Es gab so viel davon, daß es kaum als echtes Geld zählen konnte. Wie Monopoly-Geld. Und unter diesen Umständen konnte sie sowohl die Parkstraße als auch die Schloßallee kaufen. Wirklich lustig.

Nur, daß ihr Mann tot war.

Maddie ließ den Kopf auf die Knie sinken und versuchte nachzudenken. Sie mußte Henry das Geld bringen. Sie mußte es ihm sofort bringen und ihm sagen, wo sie es gefunden hatte.

Ihr beide solltet lieber beten, daß nichts anderes ans Tageslicht kommt, was gegen euch spricht, hatte er gesagt. Nun, dies hier würde nicht zählen. Das war Brents geheimer Vorrat. Er mußte es hier deponiert haben. Bestimmt war ihm klargewesen, daß der Wagen hier für eine Weile stehen bleiben würde. In der Tat war dies ein perfektes Geldversteck.

Es würde wirklich keinen guten Eindruck machen.

»Alles klar, Mrs. Faraday?«

Erschrocken fuhr Maddie hoch. Mitfühlend und gleichzeitig unter offensichtlichem Zeitdruck stand Leo in seinem ölbefleckten Overall vor ihr. »Ja, Leo, alles in Ordnung.«

Er nickte ihr zu. »Sind Sie fertig?«

»Fast.« Sie lächelte so gut wie sie es zustande brachte, bevor ihr einfiel, daß sie Witwe war, und sie das Lächeln ersterben ließ. »Ich komme gleich. Nur noch eine Minute, versprochen.«

Sie beobachtete, wie er zur Tankstelle zurückging, riß

dann den Kofferraum wieder auf und kramte hastig die Barbies aus der Tasche. So schnell sie konnte, stopfte sie statt dessen das Geld hinein und zählte dabei die Päckchen. Zweihundertdreißig. Das spielte keine Rolle – Hauptsache, sie konnte es hier fortschaffen. Eilig zog sie den Reißverschluß der Tasche zu und erledigte wie betäubt den Rest der Säuberungsaktion. Die Barbies ließ sie in ihren Lederbeutel fallen. Sie ging zur Beifahrerseite und sah unter die Sitze, holte Ems Bibliotheksbücher hervor und schob sie ebenfalls in den Lederbeutel. Einem Impuls folgend leerte sie noch das Handschuhfach und stopfte alles in ihre Tasche: Erste-Hilfe-Kasten, Straßenkarten, Kaugummi, Sonnenbrille, Schußwaffe.

»Oh, mein Gott«, entfuhr es ihr zum zweiten Mal, während sie die Waffe in ihrer Hand anstarrte. Und jetzt waren auch noch ihre Fingerabdrücke darauf. Diese Dinge hatten hier nichts zu suchen, aber das war kaum ein Trost. Mit dem Saum ihres T-Shirts rieb sie die Waffe sauber und ließ sie zu dem Geld in die Barbietasche fallen. Brent hätte den Revolver niemals in das Handschuhfach gelegt. Wahrscheinlich war er mit dieser Waffe umgebracht worden. Sie mußte Zeit zum Nachdenken gewinnen, da sie ziemlich sicher war, daß dies reichlich schlecht aussehen würde. Henry würde es als weiteres Indiz gegen sie auslegen. Sie würde ins Gefängnis wandern, und das war ausgeschlossen, weil ihr Kind bereits am Rande des Nervenzusammenbruchs stand, da es seinen Vater verloren hatte. Gott sei gedankt für Ems Barbiepuppen und Bibliotheksbücher, weil ansonsten jemand anderer die Waffe gefunden und die Polizei alarmiert hätte. Und Em wäre darüber zugrunde gegangen.

Zum letzten Mal schlug Maddie die Tür ihres Civic zu und dachte an Em, an ihr kaputtes Auto, an Ems tränenüberströmtes Gesicht, an irgend jemanden dort draußen, der ihr Böses wollte, an Ems verzweifeltes und leises Wehklagen. Sie ließ ihren Kopf gegen die Dachkante des Wagens sinken und begann zu weinen, um Brent, um sich selbst, aber vor allem um Em, die zerbrechliche kleine Em, die nicht auch noch ihre Mutter verlieren sollte – und wenn Maddie jeden in dieser Stadt belügen mußte.

C.L. montierte gerade das Schloß an der Hintertür, als Maddie mit Annas Kombi in die Einfahrt einbog. Sie winkte ihm zu, parkte neben seinem Wagen und dachte angestrengt nach. Sie hatte die Barbietasche mit dem Geld und der Waffe auf den Rücksitz gelegt, aber dort konnte sie nicht bleiben; Anna würde einen Herzinfarkt bekommen, falls sie sie fände, oder die Waffe könnte losgehen und jemanden töten, sollte Anna über ein Schlagloch fahren. Weiter kam sie mit ihren klaren Gedanken nicht, als sie aussteigen und vortäuschen mußte, daß alles in Ordnung sei.

Nur, daß Brent tot war. *Du bist Witwe,* sagte sie sich selbst. *Vergiß das nicht.* Durch den Tränenausbruch an der Tankstelle wurde sie dieser Rolle wenigstens gerecht.

Em und Phoebe sahen C.L. bei der Arbeit zu. Em reichte ihm das Werkzeug und wischte sich mit dem Rücken ihrer schmutzigen Hand über das tränennasse Gesicht. »Mit dem hier sind wir fast fertig«, sagte er und lächelte ihr zu. »Dank Ems Hilfe ging es sehr schnell.«

Em nickte und kniff die Augen zu, aber trotzdem rollte eine Träne aus ihrem Auge, die sie erneut wegwischte. C.L. übersah dies geflissentlich und arbeitete weiter, während Maddie Em einen Kuß auf den Kopf drückte.

»Ich liebe dich, meine Kleine«, sagte sie zu Em, die schniefte.

»Em ist ein großartiger Handlanger«, meinte C.L. »Sie weiß immer, was ich brauche.« Er sah zu Maddie hoch. »Alles in Ordnung?« fragte er, und sie dachte, *nein, mein Kind leidet, und irgend jemand will mir Böses.*

Sie sollte ihm von dem Geld erzählen. Zumindest sollte sie irgend jemand davon erzählen. »Ach, weißt du«, könnte sie sagen, »ich habe eben eine Viertelmillion Dollar im Kofferraum meines Civic gefunden. Nö, keine Ahnung, woher die kommen. Warum?«

Sie mußte das überdenken.

Maddie nickte C.L. zu und erwiderte: »Ich bin okay«, während ihr gleichzeitig Gedanken durch den Kopf schossen.

Im Haus gab es keine Möglichkeit, soviel Geld zu verstecken. Wer auch immer es in den Civic gelegt haben mochte, hatte die richtige Idee gehabt. Der Kofferraum eines Autos. Aber nicht ihres Autos, weil sie keines hatte, und ebensowenig desjenigen von Anna oder ihrer Mutter.

Sie ging in die Küche, wo ihre Mutter gerade kochte, und lehnte sich gegen die Spüle, um aus dem Fenster auf die Einfahrt zu schauen. C.L.'s glänzender roter Mustang schien ihr hinter Annas Kombi zuzublinzeln.

Es war nicht das beste aller erdenklichen Verstecke, aber immerhin ein Versteck.

»Haben sie den Wagen mitgenommen?« fragte ihre Mutter, und Maddie antwortete: »Sie sind dabei.« Sie stieß sich von der Spüle ab und küßte ihre Mutter auf die Wange. »Was gibt es denn?«

»Suppe«, sagte ihre Mutter. »Es werden dir bestimmt viele Leute einen Besuch abstatten. Esther und Irma haben bereits Aufläufe vorbeigebracht. Ach ja, und dieser nette Vince war eben hier, um irgendwelches Geld abzuholen. Ich wußte nichts darüber, deshalb kommt er später wieder.«

»Geld?« Maddies Herz begann heftig zu klopfen. Wie hatte Henry denn erfahren von... ach ja, stimmt, die vierzigtausend Dollar in der Golftasche. »Das ist schon richtig«, erwiderte Maddie. »Es gehörte Brent.«

»Wurde er deshalb umgebracht?« Bei dem letzten Wort zitterte die Stimme ihrer Mutter. »Wegen Geld.«

»Ich weiß es nicht, ehrlich, Mutter«, antwortete Maddie. »Du solltest versuchen, nicht daran zu denken.« Sie ging zu dem Wagen hinaus.

Annas Kombi schirmte C.L.'s Wagen vor der Hinterveranda ab. Maddie griff über die Fahrertür und entriegelte den Kofferraumdeckel, ging dann zum Heck des Autos und schob C.L.'s gesamten Kram – Wagenheber, Überbrückungskabel, eine Decke und Taschenlampen – über dem Ersatzreifen beiseite. Sie klappte die Abdeckung hoch, hob den Ersatzreifen heraus und warf ihn in den Laderaum von Annas Wagen. Dann nahm sie die mit Geld gefüllte Barbietasche vom Rücksitz des Kombis, leerte sie in die Ersatzreifenmulde des Mustangs aus und stopfte die Waffe, als sie ebenfalls herausfiel, hastig zurück in die Tasche. Sie ließ die Abdeckung zurückfallen und verteilte C.L.'s Sachen wieder darüber, schlug den Kofferraumdeckel wieder zu und ging, die Tasche mit der Waffe umklammernd, zurück ins Haus.

Ihre Hände zitterten. Die ganze Aktion hatte weniger als fünf Minuten gedauert, aber sie hatte sie auch fünf Jahre ihres Lebens gekostet.

»Geht es dir gut?« fragte C.L., als sie an ihm vorbeiging.

»Harter Tag«, antwortete Maddie und ging ins Haus.

Das Telefon klingelte, und als Maddie in der Diele den Hörer abnahm, war es Henry, der nach C.L. fragte. C.L. kam herein und sagte: »In Ordnung. Ich komme sofort.« Er legte auf, blickte sich schnell nach Em oder Maddies Mutter um und küßte sie. »Ich muß kurz fort. Ich komme später wieder, um das vordere Schloß zu montieren.«

»Warte einen Augenblick«, sagte Maddie. »Nimm das Geld in der Golftasche mit, dann braucht Vince deswegen nicht noch einmal herzukommen.«

»Vierzigtausend in einer Golftasche.« Er schüttelte den Kopf. »Zukünftig werden wir unser Geld auf andere Weise anlegen.«

Er küßte sie noch einmal, diesmal ein wenig länger, und trat dann zur Hintertür hinaus, wo sie ihn etwas zu Em sagen hörte, bevor er die Stufen hinuntersprang.

Da ging das Geld dahin. Wie gewonnen, so zerronnen.

Maddie wandte sich um und bemerkte, daß ihre Mutter sie von der Küchentür aus beobachtete. »Ist was?«

Ihre Mutter bemühte sich, streng zu schauen, aber sie war zu aufgeregt. »Maddie, wie lange hast du schon ein Verhältnis mit diesem Mann?«

Maddie seufzte. »Ich habe ihn nach zwanzig Jahren zum ersten Mal am Freitagabend geküßt. Wenn du drei Tage ein Verhältnis nennst, dann dauert es bereits so lange.«

Die Gesichtszüge ihrer Mutter fielen zusammen. »Maddie, das ist entsetzlich.«

»Tut mir leid, Mom«, erwiderte sie und wandte sich ab in Richtung Hintertür und Em. »Wir hätten warten sollen, bis ich geschieden gewesen wäre.«

»Hat Brent dich seinetwegen geschlagen?«

Maddie versuchte, schockiert dreinzuschauen. »Aber, Mutter! Ich habe dir doch gesagt, daß ich gegen eine Tür gelaufen bin.«

Ihre Mutter ging in die Küche zurück. »Ich bin nicht so blöd, wie ich aussehe, Maddie. Ich weiß, daß du nicht gegen eine Tür gelaufen bist. Jeder in der Stadt weiß das.«

Sie mußte etwas wegen ihrer Mutter unternehmen, aber Em hatte Vorrang. Maddie trat in dem Moment aus der Hintertür, als Phoebe von Ems Schoß herunterkrabbelte und in den Garten lief. Em folgte ihr mit hängenden Schultern. Auch Maddie ging hinterher und setzte sich auf den Gartentisch, um ihnen zuzusehen.

Vor drei Tagen hatte sie mit C.L. hier gesessen, und Brent

hatte noch gelebt. Ihr Leben war auch da schon aus den Fugen geraten, aber nicht in dem Maße wie jetzt, da ihre Tochter an gebrochenem Herzen litt. Mit verlorenem Gesichtsausdruck kam Em zurückgeschlendert, und Maddie wurde bewußt, daß sie, hätte Em so auf eine Scheidung reagiert, diese niemals durchgesetzt hätte. Das hätte sie ihrem Kind niemals antun können. »Komm her, mein Schatz«, sagte sie, und Em kletterte neben sie auf den Tisch. »Ich habe deine Hundebücher und deine Barbies geholt. Es liegt alles im Haus.«

»Danke«, sagte Em und brach in Tränen aus.

Maddie zog sie zu sich auf den Schoß und wiegte sie vor und zurück. »Weine ruhig«, sagte sie sanft, »laß alles heraus. Ich halte dich fest.«

»Ich hatte solche Angst letzte Nacht«, schluchzte Em. »Ich wußte, daß etwas nicht stimmte. Ich will meinen Daddy zurück.«

Maddie wurde von Schuldgefühlen ergriffen. Während ihr Kind Angst gehabt hatte, hatte sie sich lachend im Bett vergnügt. *Die Strafe folgt immer auf dem Fuß*, dachte sie. Sie hätte wissen müssen, daß ein solches Glück in Frog Point eine Sünde war. Und selbst das wäre nicht so schlimm, wenn sie diejenige wäre, die dafür bezahlen mußte.

Aber es war Em, die alleine gelitten und Angst gehabt und ihre Mutter nicht bei sich gehabt hatte, um sie zu trösten.

»Ich möchte nicht mehr bei Mel übernachten«, sagte Em.

»Das brauchst du auch nicht«, beschwichtigte Maddie sie.

»Ich will auch nicht mehr zu der Farm.«

»Dann gehen wir nicht.«

»Ich will nur hier sein. Mit dir.«

»Ich werde dich nicht mehr alleine lassen«, flüsterte sie in

Ems Haar. »Ich werde immer für dich dasein, das schwöre ich. Es tut mir so leid, Emmy. Ich werde immer dasein, das verspreche ich.«

C.L. war Geschichte. So mußte es zumindest sein. Neben all dem, was Em sowieso hören würde, konnte Maddie ihr nicht auch noch solche Gerüchte zumuten. Em mußte an erster Stelle stehen. Maddie und C.L. waren erwachsen, sie würden es überleben, wenn sie nicht zusammen waren, aber Em konnte nicht auf ihre Mutter verzichten. Maddie war alles, was Em nun noch hatte. C.L. mußte gehen.

»Oh, Em«, sagte Maddie und begann ebenfalls zu weinen.

13

»Ich habe an der Hintertür neue Schlösser angebracht, Henry«, sagte C.L., als er wieder die Treppe zu Henrys Büro hinaufstieg. »Und jetzt schnapp den Hundesohn endlich, damit sie überflüssig sind.«

»Setz dich, C.L.«, sagte Henry, und C.L. war klar, daß dies nichts Gutes verhieß.

»Sie hat es nicht getan, Henry«, versicherte er. »Sie war es nicht.«

»Er wurde am Point in seinem eigenen Wagen erschossen«, sagte Henry. »Ihre Fingerabdrücke sind überall –« er hob die Hand, als C.L. zu Protest ansetzte, »nur natürlich, da es auch ihr Wagen ist. Seine haben wir auch gefunden, außerdem eine Menge verschmierter Abdrücke, mit denen wir nichts anfangen können. Zudem befindet sich ein weiteres Paar auf dem Steuer und an den Griffen der Vorder- und Hintertür, das wir näher untersuchen. Es könnte also noch einen Verdächtigen geben.«

C.L. setzte sich. »Es könnten auch meine sein. Wir sind

Freitagabend mit dem Caddy zum Point gefahren. Habt ihr Knöpfe auf dem Rücksitz gefunden?«

»Das haben wir in der Tat.«

»Die gehören mir«, sagte C.L. »Das liegt an diesen billigen City-Hemden. Die Knöpfe fallen sofort ab.«

Henry bedachte ihn mit einem grimmigen Blick. »C.L., das ist kein Spaß. Wenn die Fingerabdrücke von dir stammen, haben wir nur drei Personen in dem Auto.«

»Oder drei Personen, die sich keine Gedanken machten, und eine, die einen Mord plante«, warf C.L. ein.

»Und wohin soll diese Person entschwunden sein?« fragte Henry. »Bailey schwört, daß nach Brent in jener Nacht niemand an der Firma vorbeigegangen oder -gefahren ist.«

»Und du glaubst ihm?« C.L. schüttelte den Kopf. »Mit einem Fünfer kann jeder Bailey kaufen. Dabei fällt mir gerade ein, daß er Maddie erpreßt, weil sie mit mir am Point war. Vielleicht möchtest du das ja erwähnen, wenn du ihn das nächste Mal siehst.«

»Dieser Idiot«, schloß Henry das Thema Bailey ab. »In dem Lehm auf dem Weg waren keine Fußspuren. Diese Zufahrt wird bewässert. Die Anlage arbeitete, als der Caddy zum Point hochfuhr, weil wir Reifenspuren gefunden haben. Aber es gibt keine Fußabdrücke, die den Weg hinunterführen.«

»Also muß der Mörder die kiesbestreuten Seiten entlanggegangen sein«, folgerte C.L.

»Bailey hat niemanden gesehen«, wiederholte Henry.

»Oder durch den Wald«, meinte C.L. »Das wäre schlau. Man kommt leicht hindurch.«

»Wir haben dort nur kleine Fußspuren gefunden, wahrscheinlich die einer Frau. Wir werden uns Maddies Turnschuhe ansehen müssen.«

»Großartig«, erwiderte C.L. »Tut das. Sie ist unschuldig. Ihre Turnschuhe werden so rein wie ihr Gewissen sein. Dann könnt ihr euch auf die Suche nach dem wahren –«

Henry nahm einen Bericht zur Hand und warf ihn mit einem Knall auf seinen Schreibtisch, der Esther im Vorzimmer mit Sicherheit die Ohren spitzen ließ. »C.L., würdest du bitte einmal den Tatsachen ins Auge sehen? Wir haben einen Mann, der seine Frau betrog und verprügelte und verdammt viel Bargeld in einem Bankschließfach deponiert hatte. Dann wird er umgebracht, und als ich die Witwe anrufe, um ihr mitzuteilen, daß sie Witwe ist, liegt sie mit einem anderen Mann im Bett. Jetzt sag mir bitte – was glaubst du, wer es getan hat?«

»Du vergißt, daß es sich um Maddie handelt«, gab C.L. zu bedenken.

»Schalte deinen eigenen Verstand ein, okay?« ermahnte ihn Henry. »Diese Frau hat dir so den Kopf verdreht, daß du nicht mehr weißt, wo oben und unten ist.«

»Ich weiß, daß sie ihren verdammten Ehemann nicht umgebracht hat«, beharrte C.L., getroffen von der Anschuldigung, weil sie der Wahrheit entsprach. »Wenn du so sicher bist, warum nimmst du sie dann nicht fest?«

»Weil ich keine Mordwaffe habe«, erwiderte Henry. »Und ich habe keinen Beweis dafür, daß sie diesen Hügel hinuntergegangen ist. Außerdem weiß ich immer noch nicht, warum ein so kräftiger und gesunder Kerl wie Brent Faraday es ohne irgendeine Gegenwehr zuläßt, daß ihm jemand eine Waffe hinter das Ohr setzt, um ihn zu erschießen. Es gibt wahrhaftig noch eine Menge Dinge, die ich nicht weiß, aber momentan ist sie mein bester Ansatz.«

»Was ist mit der Geliebten?« fragte C.L., nach einem Strohhalm greifend. »Er wollte auch sie verlassen. Und was ist mit seinem Komplizen bei der Veruntreuung? Er wollte ihn zurücklassen, damit er die Sache ausbadet. Zum Teufel,

Henry, du stehst noch ganz am Anfang. Suche lieber nach dem wirklichen Bösewicht und laß Maddie in Ruhe.«

Er erhob sich, um zu gehen, während Henry ihn mißbilligend betrachtete. »Kümmere dich nicht um mich – du selbst solltest dich von ihr fernhalten. Sie ist gefährlich.«

C.L. seufzte ärgerlich. »Henry, sie wird mich schon nicht erschießen. Sie hat ihren Ehemann nicht erschossen und wird auch mich nicht erschießen.«

»Davon spreche ich gar nicht«, sagte Henry, »obwohl man das, weiß Gott, im Hinterkopf behalten sollte. Ich spreche von der Art und Weise, wie du um sie herumscharwenzelst. Halte deine Hose geschlossen und deinen Verstand beisammen, kapiert?«

C.L. beugte sich vor und sprach sehr deutlich, um Henry klarzumachen, daß er es ernst meinte: »Henry, ich werde sie heiraten. Wir werden mit Em neben euch wohnen. Sie gehört jetzt zur Familie. Hör auf, dir über sie den Kopf zu zerbrechen, und kümmere dich lieber um den Mistkerl, der Brent ermordet hat.«

»Du hast nichts über Frauen dazugelernt, seitdem du zehn warst«, sagte Henry mit deutlicher Verachtung.

»Und wenn schon«, erwiderte C.L., inbrünstig hoffend, daß er dies sehr wohl getan hatte.

Eine Stunde später trug Maddie die erschöpfte Em die Treppe hinauf und blieb bei ihr am Bett sitzen, bis sie eingeschlafen war. Treva rief an und wollte herüberkommen, doch Maddie vertröstete sie auf später, da Em ein wenig Schlaf brauchte und sie selbst etwas Zeit für sich benötigte, um klare Gedanken zu fassen.

Em mußte behütet werden, was bedeutete, daß Maddie sich nichts zuschulden kommen lassen durfte; kein C.L. mehr und keine Verhaftung.

Aber nicht ins Gefängnis zu wandern, war nicht so einfach, wenn dort draußen jemand herumlief, der es auf sie abgesehen hatte. Irgend jemand hatte das Geld und die Waffe in ihren Wagen gelegt. Welchen Nutzen könnte jemand aus ihrer Verhaftung ziehen? Alles, was sie von Brent erben würde, würde nur an Em weitergehen; Geld konnte also nicht der Grund sein. Sie würde Em verlieren, wenn sie ins Gefängnis mußte – war es das vielleicht? Kurz flammte in Maddie die Wahnvorstellung von Helena Faraday auf, die ihr den Mord an Brent in die Schuhe schieben wollte, um Em selbst großzuziehen und Brents Nachlaß zu kontrollieren, aber das war lächerlich. Erstens hätte Helena dann von dem Geld wissen müssen, und Maddie war sicher, daß dies ein Geheimnis war, welches Brent nicht mit seinen Eltern geteilt hatte.

Außerdem würde Helena sich dann mit Maddies Mutter um das Sorgerecht für Em streiten müssen, wobei jeder sein Geld auf die Martindale-Seite setzen würde. Helena war skrupellos, sofern es um Geld und Macht ging, aber wenn das Wohl eines Familienmitglieds auf dem Spiel stand, konnte sie Martha Martindale nicht das Wasser reichen. Nein, Helena konnte es nicht sein.

Also mußte es sich um jemanden außerhalb der Familie handeln, der sie aber dennoch gut genug kannte, um zu wissen, daß Maddies Wagen kaputt war und bei Leo auf dem Hinterhof stand. Somit kam fast ganz Frog Point in Frage. Der einzig stichhaltige Grund dafür, Maddie in die Falle zu locken, bestand darin, den Verdacht von dem wahren Mörder abzulenken.

Folglich steckte wahrscheinlich nichts Persönliches dahinter. Das war tröstlich.

Maddie vergrub das Gesicht in den Händen. Sie wußte einfach nicht genug. Sie hatte keine Ahnung, woher das Geld kam oder wem die Waffe gehörte, sie wußte gar nichts. Hieß das, daß sie Henry alles aushändigen sollte? »Erzähl diesem Mann gar nichts mehr«, hatte C.L. ihr geraten, als er mit den Schlössern zurückgekommen war. »Ihm spukt die extrem dämliche Idee im Kopf herum, daß du Brent umgebracht haben könntest. Wir besorgen uns einen Anwalt, und so lange redest du *kein* Wort mehr mit Henry.«

Es war ein Vabanquespiel. Nichts zu sagen war leicht, aber das Wissen mit sich herumzutragen, war schwer. *Was ist das Beste für Em?* fragte sich Maddie und kam zu dem Schluß, daß das Geld es nicht wert war, sollte deswegen auch nur die geringste Möglichkeit bestehen, daß Em auch sie nun noch verlor. Sie mußte später darüber nachdenken.

Über die Waffe allerdings mußte sie sich sofort Gedanken machen. Sie mußte dieses verflixte Ding verstecken.

Sie vergewisserte sich zweimal, daß ihre Mutter im Wohnzimmer eingenickt war, bevor Maddie die Barbietasche in die Küche trug und den Kühlschrank öffnete. Im untersten Fach standen zwei Aufläufe. Sie nahm den lockereren heraus, weil dessen Schüssel tiefer war. Sie zog einen Frischhaltebeutel aus der Schublade, fischte die Waffe mit einem Papiertuch aus der Tasche und ließ sie in den Beutel fallen. Mit einem großen Löffel schaufelte sie ein Loch in die Mitte des Auflaufs aus Dosenfleisch und Vollkornnudeln. Maddie starrte die Mischung ungläubig an. Hatte wirklich jemand geglaubt, dieser Auflauf könnte ein Trost sein? Obwohl er dies, wenn man es richtig betrachtete, sehr wohl war, denn niemand mit einem Funken Verstand würde jemals versuchen, etwas von diesem klebrigen Brei zu essen. Es war das perfekte Versteck. Sie ließ die Waffe in die Aushöhlung fallen und bedeckte sie mit der festen Lage aus hartgewordenen Nudeln und angebranntem Fleisch. Sie strich die obere Schicht aus Kartoffeln glatt, stellte die Schüssel wieder in den Kühlschrank zurück, schloß die Tür und stopfte den übriggebliebenen Auflauf ganz unten in den Mülleimer.

Später konnte sie Treva den Auflauf zusammen mit ein paar anderen Lebensmitteln geben mit der Bitte, die Sachen für sie einzufrieren.

Einfrieren würde der Waffe nicht schaden, die Waffe aus dem Haus zu haben, bedeutete, daß sie wiederum ihr nicht schaden konnte. Dieser Sorge enthoben, ging sie nach oben und schlüpfte neben Em ins Bett.

»Es wird alles gut, mein Schatz«, sagte sie zu ihrer schlafenden Tochter. »Ich werde nirgendwo hingehen.«

Um sechs Uhr, nach mehr als einem Dutzend Telefonanrufen und zwei weiteren Aufläufen, die allesamt ihre Mutter entgegennahm, hörte Maddie draußen eine Autotür zuschlagen und öffnete den Bassets die Tür. Treva hatte die ganze Familie mitgebracht – Howie, Three und Mel – und ein halbes Dutzend frische Baguettes, welche sie Maddies Mutter in die Hände drückte, die zur Begrüßung aus der Küche gekommen war und dann wieder verschwand.

Em saß auf der Couch und hielt Phoebe umklammert. Sie machte den benommenen Eindruck eines Kindes, das zuviel geweint hatte und wieder in Tränen ausbrechen wollte, aber nicht die Energie dazu fand. Mel sah sie mit weit aufgerissenen Augen an, setzte sich dann zu ihr und legte einen Arm um sie. »Ich hab dich lieb, Emily«, flüsterte sie, und Em lehnte ihren Kopf einen Augenblick an Mels Schulter.

Three hockte sich vor sie hin. »Hey, Kleine«, sagte er. »Alles klar?«

Em schüttelte den Kopf. »Nein«, erwiderte sie leise. »Mein Daddy ist tot.«

»Ich weiß, Süße«, antwortete er. »Tut mir wirklich leid.«

Sie nickte und drückte Phoebe noch fester an sich, so daß das Hündchen aufjaulte.

»Sieht so aus, als müßte Phoebe mal raus«, meinte er. »Bringen wir sie nach draußen in den Garten.«

Em nickte, und Three führte sie und Mel in die Diele, während Phoebe unsicher hinter ihnen hertapste. *»Nein«*, wollte Maddie schon rufen, bevor ihr einfiel, daß sie sich nun um Ems mögliche Entführung keine Sorgen mehr zu machen brauchte. Brent war tot.

»Also, wie geht es dir?« fragte Treva und zog sie auf die Couch hinunter. »Bist du okay?«

»Nein.« Maddie lehnte sich zurück. Alles andere schien zuviel Kraftaufwand zu erfordern. Sie mußte mit zu vielen Dingen fertigwerden. »Es ist entsetzlich.«

»Ich hole dir einen Drink.« Howie zog sich in die Diele zurück.

»Du hast seine ganze Anteilnahme«, sagte Treva zu ihr. »Er weiß nur nicht mit solchen Situationen umzugehen.«

»Ist ihm nicht zu verdenken«, erwiderte Maddie. »Ich wünschte, Brent wäre nicht tot. Eine Scheidung wäre besser gewesen.«

»Schhhh!« Treva ergriff ihren Arm. »Bist du verrückt? Dein Mann ist gerade ermordet worden. Du solltest jetzt besser nicht von Scheidung sprechen.«

Maddie nickte. »Ich weiß. Du denkst wahrscheinlich, daß ich wegen all dieser schrecklichen Dinge so durcheinander bin. Aber eigentlich sind es die Einzelheiten der Situation, die – nun ja, es gibt so vieles, um das man sich kümmern muß.« Maddie sah ihre Freundin an. »Du kannst dir gar nicht vorstellen, wie kompliziert mein Leben ist.«

Howie kam wieder ins Zimmer zurück mit einem Tablett und drei Gläsern. »Außer Scotch konnte ich nichts finden.«

»Gut«, meinte Treva. »Gib Maddie alles.«

Die Türklingel läutete, und Howie stellte den Scotch ab, um zu öffnen. Die Erleichterung wegzukommen, war ihm eindeutig anzusehen. Gloria von nebenan stand mit einem Auflauf vor der Tür. Sie kam ins Wohnzimmer und stand dort, die Auflaufform vor dem Körper umklammernd, in ihrem besten blauen Kleid von Laura Ashley, mit geröteten Augen und am Boden zerstört.

»Maddie, ich habe es gerade erst erfahren«, sagte sie kläglich. »Wenn ich irgend etwas tun kann –« In offensichtlichem Schmerz brach sie ab.

»Danke, Gloria«, sagte Maddie. »Lieb von dir, daß du kommst. Sogar mit einem Auflauf. Wirklich …« Sie führte Gloria mit dem Auflauf in die Küche und lud beide bei ihrer Mutter ab.

»In den nächsten paar Tagen werde ich das wahrscheinlich Tausende Male sagen«, meinte sie zu Treva, als sie zurückkam. »Ich sollte Karten drucken lassen.«

»Was war denn mit der los?« fragte Treva.

»Ich denke, daß sie Pläne mit Brent hatte«, erzählte Maddie ihr. Konnte es Gloria gewesen sein? Gloria in Höschen ohne Schritt? Gloria, die Brent in den Kopf schoß?

Es klingelte schon wieder, und Treva sagte: »Aufläufe lassen sich problemlos einfrieren.«

»Gute Idee«, meinte Maddie. »Kannst du ein paar davon mit zu dir nach Hause nehmen?«

Drei Aufläufe und zwei Kuchen später tauchten Helena und Norman Faraday auf. Damit war der Tag endgültig verdorben.

Norman sah völlig erschüttert aus. Seine Glubschaugen fielen wegen der roten Ränder noch mehr als gewöhnlich auf. Maddie hatte ihn nie als attraktiv empfunden, aber er hatte stets eine Stärke ausgestrahlt, die seine körperlichen Defizite tarnte. Nun beobachtete sie, wie er durch das Wohnzimmer taumelte und jede Kraft ihn verlassen hatte, da all seine Träume, durch seinen Sohn weiterzuleben, vernichtet waren.

Jetzt war er einfach ein kleiner, dickbäuchiger Mann in den Sechzigern, der in seinen Weitbundhosen versank und verloren und schwach wirkte. Zum ersten Mal, seit sie ihn kannte, verspürte Maddie Mitleid mit ihm.

»Es tut mir so leid, Norman«, sagte sie, und er erwiderte, jedoch völlig ohne Gehässigkeit in der Stimme: »Du hast meinen Sohn nie verstanden.«

Helena versprühte genügend Gehässigkeit für beide zusammen. Ihr war keinerlei Schwäche anzumerken; ihre aufrechte Körperhaltung wirkte noch steifer, sie war starr vor Zorn und Verlust. Sie blickte Maddie geradewegs mit solcher Abscheu in die Augen, daß Maddie einen Schritt zurückwich und unweigerlich an die Morgenstunden denken mußte. Mittlerweile mußten sie dank Esther in der Polizeistation erfahren haben, daß C.L. in ihrem Bett gelegen hatte, als sie Henrys Anruf erhielt. Einen Augenblick lang konnte sie sogar Verständnis für die beiden aufbringen. Wäre Em von jemandem betrogen worden, wäre sie genauso umbarmherzig.

Natürlich hatte Brent sie zuerst betrogen, aber da er nun tot war, schien dieser Aspekt keine Rolle mehr zu spielen. Sie hatte ihren toten Ehemann hintergangen, und daher haßte ihre Schwiegermutter sie nun und würde sie auf ewig dafür bestrafen.

»Hallo, Helena«, sagte Maddie.

»Dir habe ich *gar nichts* zu sagen«, antwortete Helena und ließ sich neben Em nieder.

»Ich glaube, ich könnte den Scotch jetzt vertragen«, meinte Maddie zu Howie, woraufhin Helena hörbar die Luft zwischen den Zähnen einsog und sie mit einem bösartigen Blick bedachte, während sie sich zu Em beugte.

Em konnte keinen klaren Gedanken fassen. Jedesmal, wenn sie es versuchte, fiel ihr ein, daß ihr Daddy tot war, und das war entsetzlich, das war das Schlimmste. Diesen Gedanken konnte sie einfach nicht aushalten, deshalb hörte sie auf zu denken. Mel und Three waren losgezogen, um Eis zu holen, und hatten zunächst darauf bestanden, daß sie mitkam. Als sie ablehnte, versprachen sie, ihr eines mitzubringen. Nun saß sie dort im Wohnzimmer und fühlte sich wie Blei, ihr ganzer Körper zentnerschwer, während Leute kamen und gingen, Speisen brachten, leise sprachen und sie mitleidsvoll ansahen. Sie wäre gerne mit Phoebe in den Garten hinausgegangen oder auf den Schoß ihrer Mutter gekrabbelt, und sie wollte ihren Daddy sehen, aber er war tot – deshalb mußte sie dort sitzen bleiben.

Dann kam Großmutter Helena zu ihr herüber, nachdem sie mit ihrer Mutter ein paar Worte gewechselt hatte, und setzte sich neben sie. Nun wünschte Em sich erst recht in den Garten.

»Du darfst deinen Vater niemals vergessen, Emily«, sagte Grandma Helena, und Em fragte sich, wovon sie eigentlich sprach. Wie könnte sie jemals ihren Daddy vergessen?

»Du mußt ihn stets als den sehr wichtigen und guten Menschen in Erinnerung behalten, der er war«, fuhr Grandma Helena fort und ergriff ihre Hand. Grandma Helena roch immer nach Parfüm, aber irgendwie chemisch und nicht blumig, und Em wurde noch übler, als Grandma Helena näherrückte. »Er war ein sehr wichtiger Mann in dieser Stadt. Vergiß nie, daß du seine Tochter bist, und bereite ihm niemals Schande.«

Em nickte. Das war einfacher als zu erklären, daß es ihr gleichgültig war, ob ihr Dad wichtig gewesen war oder nicht. Sie wollte ihn nur zurückhaben. Sie versuchte, ein wenig wegzurutschen, aber Grandma Helena hielt ihre Hand noch fester.

»Denk immer daran, daß du Brent Faradays Tochter bist«, sagte Grandma Helena erneut. »Vergiß das niemals.«

Em blickte zu ihr hoch. »Wie könnte ich meinen Daddy vergessen?«

»Er war nicht nur dein Daddy«, fuhr Grandma Helena fort und beugte sich noch ein wenig näher, so daß Em wiederum ein kleines Stück zurückwich. »Er war ein Faraday. Genau wie du.«

»Und meine Mom«, meinte Em in dem Versuch, dem Ganzen einen Sinn abzugewinnen.

»Nein.« Grandmas Stimme war leise, klang aber so, als hätte sie gebrüllt. »Deine Mutter ist eine Martindale, das ist eine völlig andere Sache.« Em beobachtete, wie ihre Großmutter ihrer Mutter quer durch den Raum einen Blick zuwarf. *Sie mag meine Mom nicht,* dachte Em, zog schnell ihre Hand weg und stand auf.

»Ich werde meinen Daddy nicht vergessen«, sagte sie. »Ich muß jetzt gehen.«

Grandma Helena setzte dazu an, noch mehr zu sagen, aber Em wandte ihrer Großmutter den Rücken zu. So etwas hatte sie noch nie getan, weil es unhöflich war, Erwachsenen den Rücken zuzudrehen, wenn sie mit einem sprachen, aber sie mußte einfach fort von hier.

Sie ging durch den Flur, die Rufe ihrer Großmutter ignorierend. Auch ihre Mutter rief nach ihr. Phoebe saß vor der Hintertür und wedelte mit dem Schwanz, als sie Em erkannte.

»Komm mit«, sagte Em zu ihr und hielt ihr die Tür auf. Phoebe sprang hinaus, und Em folgte ihr, setzte sich auf die Verandastufen und dachte nach.

Wie konnte Grandma Helena glauben, sie würde ihren Dad vergessen? Grandma Helena war zwar nicht die netteste Person, die Em kannte, aber bislang hatte sie zumindest nie einen dummen Eindruck gemacht. Niemals würde Em ihren Daddy vergessen.

Nur, daß es ihr nun schwerer fiel, sich *genau* daran zu erinnern, wie er ausgesehen und sich angehört hatte, so *genau*, als würde er jeden Augenblick durch die Tür kommen.

Em preßte die Augen fest zu. Er war groß, hatte dunkelbraunes Haar und lächelte sie immer an, weil er sie liebte. Sie versuchte, einzelne Bilder heraufzubeschwören – wie er ihr das Fahrradfahren beibringen wollte, aber fort mußte, bevor sie den Bogen raus hatte, so daß ihre Mutter dazugekommen war und es ihr gezeigt hatte, bis es klappte. Bei den Pfadfindern war er auch nicht mit ihr gewesen, und, weil er arbeiten mußte, auch nicht bei dem Theaterstück in der Schule, in dem sie einen Glöckner spielte, aber er hatte bei einigen ihrer Softballspiele zugeschaut und gesehen, wie sie den Ball mit einem Schlag vom Feld beförderte.

Das war's. Em konzentrierte sich darauf, wie er ausgesehen hatte, als er auf das Spielfeld gekommen war, um sie zu umarmen. Eigentlich hätte er das nicht tun dürfen, weil das Match noch nicht zu Ende war, aber es tat so gut, ihn so strahlend und stolz bei sich zu haben. Das war der Moment, den sie in Erinnerung behalten wollte – wie ihr Dad ihr zulächelte. Sie bemühte sich, an andere Dinge zu denken, die ihn so besonders gemacht hatten, die Art und Weise, wie er sie in die Arme nahm, wie sehr er Sahnenußeis gemocht hatte, wie er immer »Emily« gesagt hatte – den ganzen Namen, nicht nur »Em« –, wie er seinen Kopf beim Lachen in den Nacken legte. All dies fügte sie in ihr Gedächtnisbild ein, ihren Dad mit der Little-League-Kappe auf dem Kopf, damit sie den exakten Moment in Erinnerung behielt, wie er sie mit einem Arm an sich drückte und in der anderen Hand ein Eis hielt, während er mit zurückgelegtem Kopf lachte. All diese Eindrücke fügte sie zu einem Bild zusammen und hielt die Augen fest geschlossen, um es sich einzuprägen, genau so, wie C.L. es ihr beigebracht hatte.

Als ihre Mom herauskam und sie ansprach, hatte sie es zusammen, und sie öffnete ihre Augen und sagte: »Ich bin okay.« Sie folgte ihrer Mutter zurück ins Haus und rief Phoebe, damit sie mitkam. Drinnen setzte sie sich wieder neben ihre Grandma Helena, nahm ihre Hand und sagte: »Ich werde ihn nie vergessen«, woraufhin ihre Großmutter ihre Hand ganz fest drückte und meinte: »Du bist ein gutes Mädchen. Du bist eine gute Faraday.«

Dann bedachte ihre Großmutter Maddie mit einem weiteren giftigen Blick.

Einige Aufläufe später kam C.L. zurück. Howie führte ihn ins Wohnzimmer, das mittlerweile mit Leuten, die ihr Beileid aussprechen wollten, und mit den Faradays überfüllt war. »Maddie, du erinnerst dich doch sicher an C.L. Sturgis, nicht wahr?« setzte Howie zu einem kläglichen Versuch an, jedem Gerede die Grundlage zu nehmen, aber C.L. trat um ihn herum, ergriff Maddie am Arm und zog sie in die Diele.

»Entschuldigen Sie uns bitte«, sagte er, zerrte sie durch die Diele ins Nebenzimmer und schloß die Tür hinter sich.

»Was soll das?« fragte Maddie wütend. »Weißt du, wer dort drüben sitzt?«

»Henry hat eine Vollmacht bekommen und euer Bankschließfach öffnen lassen«, erwiderte C.L. »Das Geld ist weg. Weißt du irgend etwas darüber?«

Verständnislos starrte sie ihn an. »Brent muß es herausgenommen haben«, sagte sie und unterbrach sich dann. Sie hatte es am Samstagnachmittag gesehen. Zu diesem Zeitpunkt war Brent bereits tot. Er konnte es nicht gewesen sein.

»Du und Brent seid die einzigen, die dieses Schließfach in den vergangenen zwei Wochen geöffnet haben«, fuhr C.L. fort. »Und du warst als letzte dort. Sie führen Buch darüber. Ich muß dir sagen, daß ich das nicht gerade toll finde, weil ich kurz zuvor noch vor Henry stand und geschworen habe, du hättest ihm über alles die Wahrheit erzählt. Was hast du damit gemacht?«

Konnte es das Geld aus dem Auto sein? Es war zwar nicht der gleiche Betrag, aber – schlagartig wurde ihr die Bedeutung seiner Worte bewußt. »Ich bin keine Lügnerin«, sagte sie hitzig. »Ich habe das Geld nicht genommen. Ich habe das Geld und die Tickets und Brents Ausweis in dem Fach gelassen. Das einzige, was ich herausgenommen habe, war Ems Paß, das schwöre ich.«

C.L. sah verwirrt aus, so, als wolle er ihr glauben, könne es aber nicht. »Lieber Himmel, Maddie, das Ganze fängt an, mir Sorgen zu machen. Wenn du irgend etwas darüber weißt, heraus mit der Sprache. Ich möchte dich nicht wegen eines dummen Fehlers verlieren, den Henry machen könnte, weil er glaubt, du willst mich hinters Licht führen.«

»*Was?*« stieß Maddie hervor, als Treva durch die Tür trat.

»Was immer ihr hier macht«, flüsterte sie, »hört auf damit und kommt herüber. Es macht einen ziemlich merkwürdigen Eindruck, und die Faradays finden das gar nicht komisch.«

Maddie schob sich an C.L. vorbei und ging zurück ins Wohnzimmer, um sich zu ihrer Mutter und Em auf die Couch zu setzen. Gloria hatte neben Helena Platz genommen, und die beiden glotzten sie an, während sie an ihnen vorbeiging. Daß Helena und Gloria sich verbündeten, fehlte ihr gerade noch.

Sie ergriff Ems Hand und drückte sie. Vergiß Helena und Gloria. Jemand hatte ihren Schließfachschlüssel gestohlen und das Geld genommen. Sie war nicht einmal sicher, ob das überhaupt möglich war, aber irgend jemand mußte es getan haben. Und niemand würde ihr glauben, vor allem nicht, wenn sie der Polizei nun plötzlich zweihundertdreißigtausend Dollar aushändigte. Jeder würde denken, daß sie die anderen fünfzigtausend gestohlen hätte. Henry würde sie festnehmen.

Sie mußte Henry das Geld geben.

Em kauerte sich an sie und legte ihren Kopf in Maddies Schoß.

Sie konnte Henry das Geld nicht geben.

»Wir müssen noch das andere Schloß anbringen«, hörte sie ihre Mutter zu C.L. sagen, als er ihr, die Blicke der Faradays ignorierend, ins Wohnzimmer folgte. Er nickte und sagte: »Kommst du mir helfen, Em?« und streckte die Hand aus. Em richtete sich auf, schniefte und ging mit ihm hinaus.

»Der Einbrecher war hier im Haus«, erklärte Maddies Mutter, und jeder versuchte, eine noch mitleidigere Miene aufzusetzen als zuvor, mit Ausnahme der Faradays, insbesondere Helenas, die unverhohlene Feindseligkeit versprühte.

Der Nachmittag zog sich lang hin und wurde noch länger, nachdem C.L. gegangen war und Vince von der Polizeistation auftauchte und nach ihren Turnschuhen fragte. Sie hatte sie hinten im Wagen ihrer Mutter gelassen, und er bat darum, sie mitnehmen zu dürfen, und ging hinaus, um sie zu holen. Selbst wenn es ihr nicht egal gewesen wäre, hätte sie sich nicht weigern können, aber es war ihr egal. Sie wünschte sich einfach alle fort, alle außer Em, die nicht mehr weinen und sich geborgen fühlen sollte. Um neun bugsierte ihre Mutter alle zur Tür hinaus und half ihr dann, Em ins Bett zu bringen, Phoebe dicht neben sich. Nachdem ihre Mutter sich verabschiedet hatte, machte Maddie sich ebenfalls bettfertig. Morgen stand ihr ein weiterer Tag voller Aufläufe und Mitgefühl bevor, und am Tag danach würde die Beerdigung stattfinden. Das war alles zuviel, um nachzudenken. Maddie zog sich ein pinkfarbenes Bärchen-Nachthemd über, das sich, weil es so alt war, ganz weich auf ihrer Haut anfühlte, und schlüpfte ins Bett.

Schön bequem, dachte sie, während der ausgefranste Saum an ihren Schenkeln kitzelte. Fast so schön wie gutes Essen. Nun fehlte ihr nur noch ein Teddybär. Sofort tauchte C.L. vor ihrem geistigen Auge auf, doch sie versuchte, den Gedanken an ihn zu verdrängen. Em mußte nun an erster Stelle stehen.

Dennoch, es würde ihr so guttun, ihm einfach alles zu erzählen und sich dann von ihm bis zur Besinnungslosigkeit lieben zu lassen. Sie erlaubte sich nur einen kurzen Gedanken daran und schob die Vorstellung dann beiseite. Dazu würde es nicht kommen. Sie durfte noch nicht einmal daran denken. C.L., groß neben ihr, hart in ihr, krampfhaft aus dem Gedächtnis verbannend, fiel sie in den Schlaf.

Erst sehr viel später nahm Maddie ein Geräusch wahr und erwachte. Sie stand auf, um nach Em und Phoebe zu sehen: Die eine schlief tief und fest nach einem letzten Weinkrampf, die andere döste vor sich hin und gab Geräusche wie auf der Hasenjagd von sich. Nachdem sie sich überzeugt hatte, daß beide wohlauf waren, entspannte sie sich ein wenig und merkte plötzlich, daß sie hungrig war. Den ganzen Tag lang hatte sie nichts gegessen, obwohl Tausende Aufläufe in ihrem Kühlschrank standen und mindestens zwei Kuchen. Der Wecker sagte zwei Uhr morgens, aber ihr Magen sagte jetzt.

Auf Zehenspitzen schlich sie die Treppe hinunter und ging ins Wohnzimmer, bevor sie eine Bewegung in der Dunkelheit wahrnahm und bemerkte, daß sie nicht allein war. Erschrocken schnappte sie nach Luft, und eine Hand legte sich über ihren Mund, während ein Arm sie mit dem Rücken gegen einen harten Körper preßte.

»Still«, flüsterte C.L. »Du weckst Em auf.«

Fest biß Maddie zu.

Er stieß einen leisen Fluch aus und ließ sie los. »Was zum Teufel soll das?« Durch die Dunkelheit drang seine Stimme heiser an ihr Ohr. »Verdammt, das tat weh! Bist du gegen Tollwut geimpft?«

Maddie drehte sich zu ihm um und flüsterte zurück: »Was tust du hier? Du bist in mein Haus eingebrochen!«

»Bin ich nicht. Ich habe einen Schlüssel.« Er hielt ihn in der Dunkelheit hoch. »Ich habe schließlich die Schlösser montiert.«

Sie grapschte nach dem Schlüssel. »Du suchst das Geld, stimmt's? Das glaube ich einfach nicht. Ich habe dir doch gesagt, daß ich es in dem Schließfach ließ.«

Verärgert stieß C.L. die Luft aus. Er ergriff ihre Hand und wisperte. »Komm her.« Er zog sie in die Küche, und sie folgte ihm widerstandslos, zum einen, weil sie Em nicht aufwecken wollte, zum anderen, weil sich seine Hand um ihre so gut anfühlte, auch wenn er sich noch so lausig benahm. »Maddie«, sagte er mit leiser, aber normaler Stimme, als sie in der dämmrigen Küche standen und sich ihre Umrisse vor dem schimmernden Nachtlicht neben der Spüle abzeichneten, »wenn Henry dich mit dem Geld erwischt, bist du erledigt. Ich will dich doch nur davor bewahren, verdammt. Sag mir, wo es ist, und ich werde einen Weg finden, es Henry zukommen zu lassen, ohne dich da hineinzuziehen.«

»Jetzt hör mir mal zu«, sagte sie so ruhig wie möglich. »Ich habe das Geld in dem Schließfach gelassen, das schwöre ich dir beim Leben meiner Mutter. Ich habe das Geld nicht genommen.«

C.L. schien erleichtert, aber immer noch argwöhnisch zu sein. Er ließ ihre Hand los und umfaßte statt dessen ihre Taille, um sie ein wenig näher zu ziehen, wozu er kein Recht hatte; seine Hände fühlten sich jedoch selbst durch ihr Nachthemd so gut, warm und sicher an, daß sie sich einfach nicht zur Wehr setzen konnte. Er beugte den Kopf herab, um ihr in die Augen zu schauen, während er sie festhielt. »Wenn Henry also das Haus hier durchsucht, gibt es nichts, worüber wir uns Sorgen machen müßten, richtig?«

Solange er nicht dein Auto durchsucht. Maddie versuchte, einen Schritt zurückzutreten, aber C.L. hielt sie fest.

»Ich frage nur, weil deine Schuhe mit den einzigen Spuren übereinstimmen, die vom Point hinunterführen«, sagte er. »Du hast mir nichts davon erzählt, daß du dort oben warst.«

»Das war am Donnerstag abend.« Wieder machte Maddie Anstalten, sich ihm zu entwinden, aber C.L.'s Griff um ihre Taille blieb eisern. »Ich ging hinauf und habe Brent dort oben mit einer Blondine gesehen. Dann stieg ich wieder hinab, fuhr nach Hause und habe dich getroffen. Meine lehmigen Schuhe habe ich im Wagen gelassen. Du erinnerst dich bestimmt, daß ich barfuß war.«

»Stimmt.« C.L. lockerte seinen Griff ein wenig. »Du warst barfuß, das kann ich Henry gegenüber bezeugen. Kann ich ihm auch beteuern, daß er bei einer Hausdurchsuchung nichts anderes finden wird?«

»Die zweihundertachtzigtausend würde er nicht finden«, erwiderte sie. »Die habe ich im Schließfach gelassen.«

C.L.'s Umklammerung verstärkte sich wieder. »Und was also *würde* Henry bei einer Durchsuchung finden?«

»Jede Menge Staub«, wich Maddie aus. »Vor lauter Mord und Erpressung und so bin ich nicht zum Putzen gekommen. Dabei fällt mir ein, hast du mit Bailey gesprochen? Sollte er nämlich auspacken, können wir uns getrost von dem kläglichen Rest unseres guten Rufs verabschieden. Hast du nun –«

»Nein«, antwortete C.L. »Ich habe Henry gesagt, er soll sich um ihn kümmern. Morgen –«

»Wird es zu spät sein.« Maddie legte ihm eine Hand auf die Schulter, um ihn zur Tür zu dirigieren. »Geh jetzt und suche ihn.«

»Es ist mitten in der Nacht.« C.L. kam wieder näher, führte ihre Hände hinter seinen Nacken und umschlang sie mit den Armen, um sie an sich zu ziehen. »Maddie, wir müssen über das Geld reden.« Er drückte ihr einen Kuß ins Haar, und sie dachte: *Geh jetzt, auf der Stelle.*

»Ich weiß nichts von dem Geld.« Sie versuchte, sich zu lösen. »Ich weiß nur, daß mein Kind oben schläft, also darfst du dich jetzt verabschieden. Sie soll nicht herunterkommen und uns überraschen. Du kannst nicht hierbleiben.«

»Wir würden Phoebe bellen hören, bevor Em an der Treppe ist«, flüsterte C.L. ihr ins Ohr. »Erzähl mir alles, was du von dem Geld weißt, damit ich mir überlegen kann, was zu tun ist.« Er strich mit den Händen über ihren Rücken und ließ sie erschauern. Langsam glitten sie weiter nach unten, so daß sie vergaß, warum sie sich von ihm fernhalten sollte. »Mein Gott, du fühlst dich so gut an«, sagte er leise und preßte ihre Hüften gegen seine. »Erzähl mir von dem verdammten Geld, damit wir dann miteinander schlafen können.«

»Das können wir nicht mehr tun«, flüsterte Maddie, bevor er mit den Händen unter ihr Nachthemd schlüpfte und über ihren nackten Rücken streichelte. »Nein.« Sie stieß ihn fort. »Em ist oben, das ist völlig unmöglich. Ich möchte ihr nicht einmal erklären müssen, was du hier in der Küche zu suchen hast, geschweige denn in mir. *Raus mit dir.*«

»Gute Idee«, erwiderte er und öffnete die Hintertür. Während sie sich bemühte, Erleichterung zu verspüren, griff er nach ihrer Hand und zog sie aus der Tür mit sich auf die dunkle Hinterveranda.

»Hey«, wehrte sie sich, doch er unterbach sie: »Nicht einmal Frog Point kann uns in dieser Finsternis sehen.« Er zog sie zu sich, als sie mit nackten Füßen vorsichtig die Stufen hinunterstieg. »Komm her.«

»Nein«, sagte sie, doch dann fand sein Mund den ihren, und sie schlang die Arme um seinen Nacken, um ihn nur noch ein letztes Mal zu küssen, weil er so nach Lust und Sicherheit schmeckte. Sie stand auf der untersten Stufe, so daß sich ihr Mund auf gleicher Höhe wie seiner befand. C.L. stand auf dem Boden, und dieser neue Kußwinkel hatte seine Vorteile, aber sie befanden sich dummerweise im Freien – daher mußte sie ein Ende finden.

»Danke«, flüsterte sie atemlos, als er den Kuß schließlich unterbrach. »Das war schön. Bis morgen.«

Er zog sie mit sich auf den Weg und legte die Arme um sie. »Ich kann dich nicht gehen lassen. Ich muß dich beschützen. Auch wenn du das nicht willst, ich muß es tun. Ich dachte, ich könnte einfach in die Stadt kommen, Brent festnageln und wieder verschwinden, aber ich kann dich nicht allein lassen. Ich liebe dich.«

Maddie löste sich aus seiner Umarmung. »Was meinst du damit, Brent festnageln? War es das, wovon Stan redete?«

C.L. zog sie erneut zu sich. »Deshalb bin ich Freitagabend hergekommen. Brent hatte Stan sein Viertel der Firma verkauft...« begann C.L. und erklärte die Vereinbarung, die er mit Sheila getroffen hatte, während er Maddie in den Armen hielt und sie ihren Blick in die Finsternis richtete.

Er war also nicht zurückgekommen, um sie wiederzusehen. Sie hatte einen unwilligen Mann bedrängt, mit ihr zum Point zu fahren, während er versuchte, ihr Informationen über ihren Geld veruntreuenden Ehemann zu entlocken. »Das kann ich nicht glauben«, sagte sie. »Du willst mir also sagen, daß ich dich am Point vergewaltigt habe?«

Mitten im Satz hielt C.L. inne und sah sie schräg von oben herab an. »Bist du übergeschnappt oder was? Hast du mich vielleicht auf dem Rücksitz um Gnade schreien hören? Hast du nicht gemerkt, wie ich dich geradezu aus deinem Haus gezerrt habe, weil ich nicht von dir lassen konnte? Jetzt schalte mal deinen Verstand ein, meine Liebe.«

»Du bist gar nicht wegen mir gekommen.« Maddie kam sich entsetzlich dumm vor. »Bei dieser ganzen Sache ging es anfangs um Geld, und das hast du mir nie erzählt. Du hast mit mir geschlafen und kein Wort darüber gesagt.«

»Welchen Unterschied macht es denn, warum ich ursprünglich herkam?« sagte C.L. »Alles, was zählt, ist das Jetzt. Wenn wir erst verheiratet sind –«

»Was?« Maddie riß ihren Kopf hoch. »Wenn wir erst was sind?«

»Verheiratet.« C.L. küßte sie auf die Stirn. »Ich habe schon mit Anna gesprochen, und sie meinte, du solltest ein Jahr warten. Nächstes Jahr um diese Zeit wäre also genau richtig. Dann hätte ich genügend Zeit, das Haus zu bauen –«

»Welches Haus?« fragte Maddie wie betäubt. »Wovon redest du?«

»Howie setzt uns ein Haus auf dieses Grundstück am Fluß neben Anna und Henry.« C.L. schloß sie fester in die Arme. »Ich wollte dich überraschen, aber –«

»Ich bin überrascht.« Maddie löste sich aus seiner Umarmung. »Ich will nicht heiraten. Ich war verheiratet, und es gefiel mir nicht.«

»Du warst nicht mit mir verheiratet«, gab C.L. zu bedenken. »Bei uns wird das anders sein. Wir –«

»C.L., es gibt kein ›Wir‹.« Maddie verlieh ihrer Stimme einen entschiedenen Ton, damit er ihr zuhörte.

»Bei allem, was ich jetzt tue, muß ich an Em denken. Ich kann nicht mit dir zusammensein. Ich darf noch nicht einmal in deiner Nähe sein. Du mußt jetzt gehen.«

»Nein.« Er küßte sie auf die Wange, den Mundwinkel, dann auf ihren Mund, und sie gab ihm nach, wie sie das immer tat, nur noch für ein letztes Mal, schwor sie sich, ein letztes Mal die dunkle und reiche Süße seines Kusses schmecken, die sie alles andere vergessen ließ. Sie wand sich aus seinen Armen, und dieses Mal ließ er sie los. »Nein, bitte hör auf. Du mußt jetzt gehen. Ich kann nicht glauben, daß du all diese Pläne gemacht hast –«

»Was hast du denn gedacht?« fragte C.L., langsam die Geduld verlierend. »Daß ich nur wegen einer netten Nummer mit dir geschlafen habe?«

»Ja«, sagte Maddie, bevor ihr die Zärtlichkeit einfiel, mit der er sie festgehalten und geküßt und sich um sie bemüht hatte. »Nein. Ich weiß es nicht. Aber mit Sicherheit habe ich nicht damit gerechnet, daß du nach zwei Nächten mit mir beginnst, ein Haus zu bauen. Was hast du dir dabei vorgestellt?«

»Uns«, antwortete C.L. kurz angebunden. »Ich dachte an uns. An dasselbe, wovon ich seit der High-School träume. Es wiederholt sich alles, nicht wahr? Ich denke an die Zukunft, und du wendest dich ab.«

Verblüfft wandte Maddie sich ihm zu. »Ich habe dich zwanzig Jahre lang nicht gesehen, und dann kommst du für ein Wochenende in die Stadt und glaubst, das ist es? Du kennst nicht mehr von mir als die High-School und zwei heiße Nächte, und du bist bereit, eine Verpflichtung fürs Leben einzugehen?«

Er schwieg so lange, daß sie näherkommen mußte, um sich zu vergewissern, ob alles in Ordnung war. »Mein ganzes Leben lang habe ich dich geliebt«, sagte er plötzlich, und angesichts des Schmerzes in seiner Stimme mußte sie die Augen schließen. »Ich habe nie damit aufgehört. Sheila hat mir einmal vorgehalten, daß ich sie geheiratet habe, weil ich dachte, sie wäre wie du. Einer der Gründe, weshalb sie mich verlassen hat – so sagt sie jedenfalls –, ist, daß sie für mich nicht wie du sein konnte. Bisher habe ich immer gedacht, daß sie nach Ausflüchten suchte, aber nun glaube ich, sie hatte recht.«

»Ich will das nicht hören«, sagte Maddie, die Arme schützend um ihren Körper gelegt. »Ich habe momentan genug Probleme, das reicht mir. Ich möchte mich nicht auch noch damit auseinandersetzen müssen.«

»Ich liebe dich«, sagte er, und sie erwiderte: »Nein, das tust du nicht. Du glaubst, ein Mädchen zu lieben, das du in der High-School kennengelernt hast. Aber das bin nicht ich. Wahrscheinlich war ich das nie, aber jetzt bin ich es mit Sicherheit nicht mehr.«

»Ich weiß, wer du bist«, sagte C.L. leise und bestimmt. »Ich weiß ganz genau, wer du bist.«

»Dann weißt du mehr als ich«, erwiderte Maddie, »weil ich momentan nur weiß, daß ich eine verzweifelte Tochter habe und ich alles tun muß, um nicht ins Gefängnis zu wandern, damit ich mich um sie kümmern kann. Und jedesmal, wenn du in mein Wohnzimmer kommst, gibst du Frog Point noch mehr Anlaß zu der Annahme, daß ich einen Grund hatte, meinen Mann umzubringen.«

Maddie trat einen Schritt zurück. »Du mußt dich von mir fernhalten. Für immer.«

C.L. seufzte. »Okay. Wenn du möchtest, daß ich eine Weile Abstand halte, verstehe ich das. Aber sprich nicht von der Ewigkeit.« Er trat auf sie zu und schloß sie in die Arme, aber sie zögerte. »Tu mir das nicht noch einmal an«, wisperte er. »Laß mich nicht im Stich. Ich muß wissen, daß du immer noch mir gehörst.« Er küßte sie drängend und verzweifelt, und sie versuchte, seinem Kuß zu widerstehen. Mit seiner Wange in ihr Haar gepreßt drückte er sie an sich, als sei sie sein Rettungsanker.

Wenn ich zu deinem Schließschrank komme, wendest du dich dann ab? hatte er sie in jener Nacht im Auto gefragt, und Maddie verging vor Verlangen, ihm zu sagen, daß sie ihn liebte, aber Em mußte an erster Stelle stehen. »C.L., ich bin nicht mehr das Mädchen aus der High-School. Ich bin noch nicht mal die, die ich gestern war. Ich darf dich nicht mehr sehen. Ich muß jetzt Em beschützen, und das ganze Gerede – ich darf dich nicht wiedersehen.«

»Für eine Weile«, erwiderte er und drückte sie noch fester an sich. »Wegen Em werde ich mich fernhalten. Aber nur für eine Weile.«

Maddie wußte, daß sie Argumente anführen sollte, aber

sie hatte nicht die Energie dazu. Als er fort war, ging sie wieder ins Haus, verschloß die Tür, legte die Kette vor und kroch dann zu Em und Phoebe ins Bett. Sie bedauerte, ihn weggeschickt zu haben, auch wenn sie wußte, daß sie das hatte tun müssen. Neben ihr rührte sich Em und fragte: »Mommy?« und sie antwortete: »Ich bin bei dir, Emmy. Wir sind zusammen« und hielt Ems Hand fest, bis sie wieder eingeschlafen war.

»Wie geht es dir?« fragte Treva, als sie Maddie am nächsten Morgen abholte, um mit ihr zum Bestattungsunternehmen zu fahren. »Wirklich, meine ich.«

»Müde«, erwiderte Maddie. *Letzte Nacht habe ich das Zweitbeste, was mir je im Leben begegnet ist, fortgeschickt, um das Beste beschützen zu können.* »Mein Leben ist voll von Menschen, mit denen ich vorsichtig umgehen muß. Du bist die einzige, der ich nichts vorzuspielen brauche. Du bist wirklich eine gute Freundin, Treva.«

Treva seufzte. »Ich versuche es zumindest. Und deshalb ist es an mir, dir die schlechten Neuigkeiten mitzuteilen.«

Maddie sah sie ungläubig an. »Das soll wohl ein Witz sein, oder? Wieviel schlimmer kann es denn noch werden?«

Treva ließ sich in ihren Sitz sinken. »Du bist jetzt das heißeste Thema in der Gerüchteküche von Frog Point. Willst du mehr davon hören oder lieber nicht?«

»Oh, Mist.« Maddie schloß die Augen. »Sag's mir.«

14

Treva holte tief Luft. »Nun, die meisten glauben, daß du deinen Mann erschossen hast, aber darüber, ob du dafür büßen solltest oder nicht, gehen die Meinungen auseinander. Die Mehrheit ist der Auffassung, es sei eine Schande, daß Brent dich geschlagen und betrogen hat, und daß du ungeschoren davonkommen solltest, weil du bis jetzt immer eine so liebenswerte Person warst.«

»Das ist ja ein echter Trost.« Maddie ließ den Kopf gegen die Rückenlehne des Sitzes sinken.

»Wie auch immer, dann gibt es noch eine kleine, aber lautstarke Fraktion, angeführt von Helena Faraday mit Unterstützung von Gloria Meyer. Sie wollen dich geröstet sehen. Momentan bekommen sie einigen Zulauf, weil es dank Esther bekannt wurde, daß du gerade mit C.L. im Bett warst, als du die Nachricht von deiner Witwenschaft erhieltest. Außerdem hat Leona Crosby über C.L.'s Mustang Buch geführt. Konnte er sich keinen unauffälligeren Wagen aussuchen?«

»Nicht C.L.«

»Dann sind da noch die Randtheoretiker.« Trevas Stimme nahm einen leicht belustigten Klang an. »Es kursiert das wilde Gerücht, Stan und C.L. hätten sich am Samstagabend in deiner Einfahrt wegen dir geprügelt. Ist das wahr oder hat Klatschtante Crosby mal wieder ihrer Phantasie freien Lauf gelassen?«

»C.L. hat ihm einen Haken versetzt, während Leona Crosby zusah«, erklärte Maddie. »Der Rest ist Phantasie.«

»Nun ja, das gibt einigen Leuten Anlaß zu der Vermutung, daß C.L. Brent ermordet haben könnte. Nur, daß er erschossen und nicht totgeschlagen wurde, was die Leute dann wieder zu dir führt.«

»Na, wunderbar«, sagte Maddie. »Oh, Gott, meine arme Mutter.«

»Deine Mutter behauptet ihre Stellung«, meinte Treva. »Sie hat ein paar schneidende Bemerkungen über Esthers Zuverlässigkeit fallenlassen, und da sie und Esther bislang so etwas wie Pech und Schwefel waren, liegt sie ganz gut im

Rennen. Für die Faradays will sie noch einen Zahn zulegen. Helena steht eine ungemütliche Spazierfahrt bevor.«

Maddie versteifte sich. »Davon will ich nichts hören.«

»Mußtest du Helena wirklich einmal ins Krankenhaus fahren, weil sie Kölnisch Wasser getrunken hatte?«

»Oh, *Mutter.*« Maddie schlug die Hände vors Gesicht. »Das einzige, was mir jetzt noch bleibt, ist ein Umzug, aber Henry wird nicht zulassen, daß ich die Stadt verlasse.«

»Ich habe auch Gerüchte gehört, daß Henry dich wegen C.L. auf dem Kieker hat«, fuhr Treva fort. »Aber das paßt nicht zu Henry.«

»Weißt du, worüber ich mich wirklich aufrege? Daß kein einziges dieser Gerüchte Brent betrifft«, meinte Maddie. »Er betrügt mich und veruntreut Geld, aber davon weiß niemand etwas. Wie kann das sein?«

»Oh, es gibt Gerüchte«, erwiderte Treva. »Er hat Firmengelder veruntreut, er hat mit Drogen gedealt, um an Bestechungsgelder für die Bürgermeisterwahl zu kommen, er hat seine Bowling-Punktezahl gefälscht – Brent bekommt auch sein Fett weg. Ich habe jedoch nichts davon gehört, daß er dich betrog. Entweder hat er endlich Diskretion gelernt oder seine Liebschaft ist die unsichtbare Frau.« Treva warf ihr von der Seite einen Blick zu. »Wie fühlst du dich jetzt?«

»Lausig«, erwiderte Maddie. »Trauerzeit ist die Hölle. Den ganzen Morgen lang haben Leute Essen vorbeigebracht. Wenn ich nur noch einen weiteren Auflauf sehe, muß ich brechen.«

»Meiner steht auf dem Rücksitz«, sagte Treva und ließ den Motor an.

Maddie konzentrierte sich auf das einzige Problem in ihrem Leben, das ihr keinen ernsthaften Kummer bereitete. »Es muß eine gravierende Knappheit an Kartoffeln in der Stadt herrschen. Was ist eigentlich falsch an Brotkrumen als oberste Schicht für Aufläufe?«

Treva vergewisserte sich, daß die Straße frei war, und fuhr auf die Fahrbahn. »Hast du schon wieder diese faschistischen Yuppie-Kochbücher der Demokraten gelesen?«

»Und überhaupt, was ist falsch an nackten Aufläufen? Oder wie wär's zur Abwechslung mit beißfester Nahrung?«

»Ich glaube, das ist ein zu weitläufiges Thema.«

»Okay«, seufzte Maddie. »Was für einen Auflauf hast du denn gemacht? Cannelloni, stimmt's?«

»Ich hab nur Spaß gemacht. Es sind Zuckerplätzchen mit Schokosplittern und Cashews.«

»Gott sei gepriesen für deine Freundschaft«, sagte Maddie, »weil er wußte, daß ich dich brauche.«

Sechs Plätzchen später fuhren sie in die Einfahrt des Bestattungsunternehmens. Maddie nahm das schöne alte Haus im viktorianischen Stil in Augenschein und meinte: »Warum sind eigentlich die schönsten alten Häuser in der Stadt allesamt Bestattungsunternehmen?«

»Weil in Frog Point niemand ein Freudenhaus aufmachen könnte.« Treva betrachtete das Haus zweifelnd. »Bist du sicher, daß du hierfür bereit bist?«

»Ich werde dafür nie bereit sein«, antwortete Maddie und stieg aus dem Wagen.

Der kleine Mann in dem Bestattungsunternehmen war zugleich schmierig und trocken wie altes Pergament.

»Die Untoten«, wisperte Treva. »Sie wandern umher.«

»Halt die Klappe«, sagte Maddie.

Er sah sie mit einer Mischung aus Herablassung und Mitgefühl an, bevor er sie in einen großen Raum voller Särge führte. »Hier sehen Sie unser Angebot. Alles nur beste Stücke. Ich bin sicher, es ist etwas nach Ihrem Geschmack und dem, äh, Ihres Ehemanns dabei.«

Maddie sah ihn entsetzt an. Ja, Brent wäre entzückt.

»Könnten Sie uns wohl einen Moment allein lassen?« bat Treva.

»Selbstverständlich.« Er nickte und entschwand durch die Tür, während Maddie hilflos die Särge anstarrte. Es standen so viele dort, und alle sahen aus wie schlechte Imitationen von niedrigen Couchtischen mit zuviel Holz und Messing. Zuviel von allem. Sie schüttelte sich und dachte, *nicht vor Em,* bevor ihr einfiel, daß Em gar nicht da war.

Sie mußte sich zusammenreißen, einen Sarg kaufen und zu Em zurück. »Was meinst du?« fragte sie Treva.

»Nimm eine Plastiktüte«, sagte Treva. »Mehr hat er nicht verdient.«

Brent in einer Plastiktüte. Aus irgendeinem Grund schien das Bild zu passen; Maddie brach gleichzeitig in Gelächter und Tränen aus.

»Maddie, tut mir leid.« Treva setzte sie auf den nächstbesten Sarg. »Hier.« Sie wühlte in ihrer Handtasche. »Nimm ein Taschentuch. Ich dachte, du hättest ihn nicht geliebt.«

»Das habe ich auch nicht«, schluchzte Maddie, dankbar dafür, daß sie endlich seinetwegen weinen konnte. »Aber der Mistkerl ist tot.«

Treva setzte sich neben sie und nahm sie in den Arm. »Maddie, der Mann hat mit anderen Frauen geschlafen, er hat dich geschlagen, und er wollte dich sitzenlassen.« Sie tätschelte Maddies Schulter. »Reiß dich zusammen. Der Kerl war eine Plage. Eine Plastiktüte ist noch zu gut für ihn. Wir werden einen ordinären Müllsack nehmen.«

Maddie ließ ihren Blick durch den düsteren Raum schweifen und verlor beinahe wieder die Beherrschung. »Treva, ich kann das nicht. Ich bin noch nicht bereit für das Begräbnis.«

»Ich denke, Howie und ich könnten die Gefriertruhe ausräumen, bis du soweit bist«, schlug Treva stirnrunzelnd vor, »aber ich glaube, du solltest es besser hinter dich bringen.«

»Ähemm… Mrs. Faraday?«

Maddie und Treva fuhren beide zusammen und drehten sich zu dem kleinen Mann um, der sich von hinten an sie herangeschlichen hatte.

»Haben Sie eine Wahl getroffen? Kann ich Ihnen, äh, vielleicht irgendwie behilflich sein?« Vielsagend blickte er auf ihre Sitzgelegenheit.

Sie standen auf, und Maddie sah von ihm zu Treva und wieder zurück. »Ich weiß nicht.«

»Aber ich«, sagte Treva. »Wir nehmen das billigste Ding, das Sie haben.«

Als Treva Maddie nach weiteren Stationen beim Floristen, in der Kirche, der Trauerhalle und beim Drucker zu Hause absetzte, berichtete ihre Mutter ihr, der Panik nahe, daß man sie in der Polizeistation sprechen wolle.

Henry wartete auf sie, zusammen mit C.L. und einer Frau mittleren Alters mit freundlichem Gesicht, die sich als Jane Henries vorstellte. »Ich springe nur so lange ein, bis Mr. Sturgis einen kompetenten Spezialisten aus Columbus beauftragen kann«, sagte sie leichthin. »Sollten Sie sich allerdings irgendwann noch einmal von jemandem scheiden lassen wollen, kann ich die ganze Sache für Sie von vorne bis hinten durchziehen.«

Maddie hätte sich am liebsten in Janes Arme geworfen. Sie war die erste Person, die zu glauben schien, daß alles gut ausgehen würde. Dann bemerkte sie die Fältchen rund um Janes Mund und das Glitzern in ihren Augen, und ihr wurde klar, daß bei Jane Henries alles gut *oder anders* ausging.

»Nun, Maddie«, begann Henry, nachdem sie alle Platz genommen hatten. »Ich möchte, daß du weißt, daß wir alle auf deiner Seite sind. Diese Stadt weiß, was für ein guter Mensch du bist, und selbst wenn wir mit dir als Beklagter vor Gericht gehen, wirst du auf größtes Verständnis stoßen.«

»Es gäbe noch viel mehr Verständnis, wenn sie nicht vor Gericht käme«, warf Jane ein.

Henry schenkte ihr keine Beachtung. »Du solltest also wissen, daß ich, falls du mir irgend etwas zu erzählen hast, zuhören und Verständnis aufbringen werde.«

»Sie muß Ihnen gar nichts erzählen«, mischte Jane sich erneut ein. »Können wir jetzt gehen?«

»Nun, ich habe ihr noch einige Dinge zu sagen«, erwiderte Henry verärgert. »Und da Sie ihre Anwältin sind, sollten Sie besser auch zuhören.«

Jane lächelte ihn gelassen an, und Maddie entspannte sich. C.L. hatte recht gehabt. Sie brauchte einen Anwalt.

Henry zählte die Punkte an seinen Fingern auf. »Erstens hast du ein Motiv. Wie du selbst zugegeben hast, betrog dein Mann dich; nach Howie Bassets Aussage veruntreute er Gelder einer Firma, von der du ein Viertel besitzt, und nach deinen eigenen Angaben beabsichtigte er, dir dein kleines Mädchen wegzunehmen.«

»In Anbetracht dessen, was ich über Brent Faraday gehört habe«, ließ sich Jane vernehmen, ohne jemanden speziell anzusprechen, »hatte die Hälfte aller Einwohner dieser Stadt ein Motiv.«

»Außerdem hast du gegenüber John Webster in der Bank ein Schuldgeständnis abgelegt«, fuhr Henry fort.

»Das stimmt nicht«, brauste Maddie impulsiv auf.

»Laut seiner Aussage hast du ihm gesagt, er solle dich am Schließfach allein lassen, weil du ihn nicht belasten wolltest.«

Verwirrt starrte Maddie ihn an. »Ich soll was gesagt haben?«

»Er meinte, deine Worte wären gewesen, daß du ihn nicht in diese Sache hineinziehen wolltest.«

Maddie schloß die Augen. »Das war ein Scherz.«

»Scherzen Sie nie gegenüber Bankleuten oder Polizisten«, sagte Jane, immer noch unbeschwert. »Sie haben keinen Sinn für Humor. Das beweist jedenfalls gar nichts, Sheriff, und das wissen Sie auch.«

»Außerdem hast du Beweismaterial zurückgehalten«, fuhr Henry fort.

Er hat das Geld gefunden. Maddie versuchte, unschuldig auszusehen.

»Du hast eine Kiste aus dem Büro deines Mannes mitgenommen und mir nichts davon erzählt. Warum nicht?«

»Oh, Mist«, sagte Maddie, »das habe ich ganz vergessen. Jane meinte, ich solle mir Finanzunterlagen beschaffen, deshalb haben Treva und ich sie mitgenommen, weil wir sie dort nicht öffnen konnten.«

»Ich habe ihr gesagt, sie solle alles einsammeln, was sie finden könne«, erklärte Jane. »Sie handelte auf Anweisung ihrer Anwältin.«

»Ich brauche diese Kiste«, sagte Henry, woraufhin Maddie tiefer in ihren Stuhl rutschte und nickte.

»Dann kommt noch dein verdächtiges Verhalten hinzu«, fuhr Henry fort. Maddie dachte an C.L. und zuckte unwillkürlich zusammen. »Warum hast du deinen Mann nicht als vermißt gemeldet? Er wurde Freitagnacht ermordet und erst am Montagmorgen gefunden, und du hast keine Vermißtenanzeige erstattet. Außerdem ist da noch Mrs. Ivory Blanchard.«

Maddie runzelte die Stirn. »Wer?«

»Du hast ihr die gesamte Garderobe deines Mannes verkauft. Das könnte einige Leute zu der Annahme veranlassen, daß du wußtest, er würde nicht mehr zurückkommen.«

»Das hoffte ich jedenfalls«, antwortete Maddie. Jane regte sich neben ihr. »Ich hatte die Flugtickets nach Rio gefunden und hoffte, daß er so gut wie abgereist war. Henry, all dies ergibt doch keinen Sinn. Du willst behaupten, ich hätte meinen Mann erschossen, der mich ohnehin verlassen wollte? Warum? Und wie? Ich hätte mit Brent hoch zum Point fahren und ihm eine Pistole an den Kopf drücken müssen, während er einfach dort saß. Henry, so gut haben wir uns nun auch wieder nicht verstanden.«

»Kommen wir zu den Mitteln«, sagte Henry, »wie stets nach Motiv und Gelegenheit. Der Grund, warum Brent sich nicht wehrte, ist, daß ihn jemand reichlich gedopt hatte, und zwar, laut Aussage des Coroners, mit einem üblichen Schmerzmittel. Dr. Walton sagt, er habe dir Schmerztabletten verschrieben. Der Apotheker im Revco behauptet, du hättest dich bei ihm erkundigt, welche Wirkung sieben davon haben würden. Der Coroner sagt, daß Brent vermutlich eine Menge zu sich genommen hatte, die etwa sieben Tabletten entspricht.«

»Ich habe den Apotheker gefragt, nachdem er sie geschluckt hatte«, erklärte Maddie. »Er hat sie aus Versehen genommen. Ich weiß, daß sich das blöd anhört, aber so war es.«

»Sheriff«, setzte Jane an, aber Henry hob die Hand.

»Du hattest ein Motiv, die Mittel und die Gelegenheit, Maddie«, sagte Henry. »Und kein Alibi.« Er seufzte, und seine Stimme nahm einen traurigen und ernsten Klang an. »Maddie, ich werde mildernde Umstände geltend machen. Und wenn es zu einem Gerichtsverfahren kommt, werden wir den Fall hier in Frog Point verhandeln. Hier mag dich jeder, und jeder weiß, wie Brent war. Die Stadt steht hinter dir.«

Jane stand auf. »Das reicht jetzt.« Sie wandte sich an Maddie. »Das ist der größte Mist, den ich je gehört habe. Er hat keine Mittel in der Hand, weil er die Waffe nicht hat. Er hat kein Motiv in der Hand, weil nichts von dem, was er angeführt hat, begründet genug ist, um schlüssig zu sein. Und er hat keine Gelegenheit in der Hand, weil er Ihre Anwesenheit am Tatort in der Nacht des Verbrechens nicht beweisen kann. Kurz gesagt«, sie drehte sich zu Henry, »er hat gar nichts.«

»Ich habe es nicht getan, Henry«, sagte Maddie.

»Und außerdem hat sie es nicht getan«, schloß Jane. »Nett, Sie kennengelernt zu haben, Gentlemen.«

»Vielleicht sollte ich das mit dem Typen aus Columbus lieber vergessen«, meinte C.L., als er ihnen nach draußen zum Parkplatz folgte. »Sie machen das sehr gut.«

»Nein, das tue ich nicht.« Jane wandte sich an Maddie. »Besorgen Sie sich schleunigst einen Strafverteidiger. Er hat ein paar recht ansehnliche Indizienbeweise; sollte er irgend etwas Konkretes finden, sind Sie geliefert. Er ist nicht dumm, dieser Sheriff.«

Konkrete Beweise. Maddie dachte an die Waffe in Trevas Kühltruhe. »Ich habe es nicht getan«, wiederholte sie, klang aber selbst in ihren eigenen Ohren hoffnungslos.

Am nächsten Nachmittag fühlte Em sich steif, müde und schwindelig, und alles tat ihr weh. Das Kleid aus schwarzem Samt, das Grandma Helena ihr gekauft hatte, war zu warm, auch wenn Grandma Helena gemeint hatte, es wäre in Ordnung wegen der Klimaanlage. Um sie herum standen jede Menge Menschen, und alles in dem Trauerraum war schwer – die Vorhänge, der Teppich, die Möbel und die große geschlossene Kiste (*»der Sarg«*, hatte Mel ihr zugeflüstert, bevor ihre Mutter sie weggezogen hatte), über die Em nicht weiter nachdenken mochte. Alles war zu schwer, abgesehen von den wackeligen Klappstühlen, die irgendwie nicht ins Bild paßten. Über allem hing eine gedämpfte Atmosphäre. Ems Augen brannten, während sie dort stand wie eine Schaufensterpuppe und darauf wartete, daß endlich alles vorbei war. Jeder Teil ihres Körpers tat ihr weh, und sie hatte so viel geweint, daß sie sich ganz ausgetrocknet fühlte, aber der Schmerz wollte einfach nicht weggehen. Sie war schlafen gegangen, und als sie aufgewacht war, war der Schmerz immer noch da. Sogar, als sie noch nicht ganz wach gewesen war, hatte sie gewußt – bevor sie sich daran erinnerte, was es war –, daß sie etwas Schlimmes erwartete, wenn sie ganz wach werden würde, etwas wirklich Schlimmes, das wie ein Monster auf ihrer Bettkante saß, wie ein Schatten, der nicht wegging. Und nun war sie auf dem Begräbnis, dem Begräbnis ihres Daddys, der in diesem Sarg mit dem geschlossenen Deckel lag, so daß sie ihn nicht sehen konnte. Sie wußte nicht, ob das gut oder schlecht war, während ihr alle immerfort die Schulter tätschelten und »armes kleines Ding« sagten. Daß das schlecht war, wußte sie, und sie wollte sich einfach nur hinsetzen und weinen. Nur, daß dies nicht helfen würde; seit drei Tagen bereits weinte sie so erbärmlich, daß sie ganz erschöpft war und sich trotzdem nicht besser fühlte, aber sie weinte immer weiter, weil sie nicht anders konnte. Nichts würde irgend etwas besser machen, und so würde es für immer sein. Sie war so entsetzlich müde, daß sie glaubte, es nicht mehr aushalten zu können, aber sie mußte durchhalten, weil es das Begräbnis ihres Vaters war und die Leute sie beobachteten.

Sie schwankte ein wenig, und ihre Grandma Helena kam und beugte sich zu ihr herunter. »Du mußt tapfer sein, Emily«, flüsterte sie ihr ins Ohr. Ihr Parfüm war so stark, daß Em den Drang verspürte, sich zu übergeben. »Du mußt ein tapferer kleiner Soldat für deinen Daddy sein.«

Am liebsten hätte Em die Augen verdreht, aber das war unmöglich. Ihre andere Großmutter, Grandma Martha, hatte ihr gesagt, daß die Leute sie bei der Beerdigung beobachten würden, also solle sie versuchen, sich wie eine kleine Dame zu verhalten. Eigentlich wollte Em keine Dame sein, aber das war immer noch besser als ein tapferer kleiner Soldat. Als er noch gelebt hatte, hatte ihr Daddy niemals von ihr verlangt, ein tapferer kleiner Soldat zu sein, und sie konnte sich auch nicht vorstellen, daß er dies jemals von ihr gefordert hätte. Und nun, da er tot war, interessierte es ihn doch sowieso nicht mehr, oder? Em biß die Zähne zusammen. Sie wollte einfach Emily Faraday sein mit einem Vater und einer Mutter, selbst wenn sie sich stritten oder nie miteinander redeten; aber das war sie nicht mehr.

Ein tapferer kleiner Soldat würde sie allerdings auch nicht sein. Als ihre Großmutter sich aufrichtete, löste sich Em aus ihrem Griff und schlüpfte hinter die Menschenreihe, bevor ihre Grandma sie erneut zu fassen bekäme. Jeder Platz war besser als dieser.

Am hinteren Ende der Halle schien ein Licht, das von einer Veranda einfiel. Sie hätte nicht gedacht, daß Trauersäle eine Hinterveranda hatten, aber wahrscheinlich hatte es auch schon andere Leute gegeben, die von einer Beerdigung flüchten wollten. Sie setzte sich auf die Stufen, sehnte sich nach Phoebe und versuchte, nicht an die Beerdigung zu denken. Sie sehnte sich auch nach Mel, die dort hinten in diesem furchtbaren Raum zwischen ihrer Mutter und ihrem Vater stand, Mel, die noch einen Vater hatte, Mel, die sie quer durch die Halle ansah, mit geröteten Augen, weil sie für Em geweint hatte, obwohl Mel doch niemals weinte. All dies ließ Ems Kopf weh tun, aber am meisten tat ihr der Kopf weh, weil sie sich bemühte, nicht an ihren Daddy zu denken oder daran, was nun mit ihrer Mom und ihr geschehen würde.

Sie rieb sich die Augen, als C.L. im Anzug herauskam und sich neben sie setzte, ohne sich auch nur kurz zu vergewissern, ob die Stufe sauber war.

»Bist du okay?« fragte er, und sie antwortete: »Nein. Mein Daddy ist tot.«

»Stimmt«, sagte er. »Blöde Frage.«

Sie nickte. Es war so ein Tag, an dem die Leute blöde Dinge sagten, weil ihnen nichts Passendes einfiel. Sie schluchzte auf und vergab ihrer Grandma Helena diese Sache mit dem tapferen kleinen Soldaten.

»Was ich meinte, war, ob ich irgend etwas für dich tun kann«, sagte C.L. »Ich meine, ich weiß, daß ich deinen Dad nicht zurückholen kann, aber vielleicht kann ich irgend etwas tun, damit du dich besser fühlst.«

»Nein«, sagte Em.

C.L. nickte. »Tut mir leid. Das war noch eine dumme Bemerkung. Okay, es ist nur ..., na ja, ich will, daß du weißt –«

Em hob ihren Kopf, um ihn anzusehen, als er innehielt. Er runzelte die Stirn, aber nicht wegen ihr.

»Ich weiß nicht, wie ich das richtig ausdrücken soll«, sagte er. »Ich will, daß du weißt, daß ich da bin, wenn du mich brauchst. In der nächsten Zeit werde ich während der Woche fort sein, aber an den Wochenenden bin ich hier, und dann werde ich ganz nach hier ziehen. Ich werde für dich da sein.«

Em holte tief Luft. *Du wirst nicht mein Daddy werden, niemand ist mein Daddy außer meinem Daddy*, wollte sie sagen, aber er versuchte nur, nett zu sein, und das wäre gemein. Außerdem war sie zu müde zum Sprechen.

»Hör zu, ich weiß, daß ich nicht dein Dad bin«, fuhr C.L. fort. »Ich weiß, daß ich das niemals sein werde. Und ich weiß, daß es die Hölle sein muß zu wissen, daß er nicht zurückkommt. Ich versuche nicht, dir zu sagen, daß ich seinen Platz einnehmen möchte oder daß alles wieder gut wird.«

Em nickte und fühlte die Tränen wieder in sich hochsteigen.

»Aber ich werde da sein.« C.L. beugte sich hinunter, so daß er ihr in die Augen schauen konnte. »Ich werde für dich da sein. Immer. Darauf kannst du dich verlassen. Wenn du mich niemals brauchst, ist das auch okay, aber ich werde da sein.«

Kopfnickend versuchte Em, die Tränen zurückzuhalten.

»Abgemacht?« fragte C.L., und Em nickte noch immer mit wackeligen Kopfbewegungen, während C.L. hinzufügte: »Wenn du also weinen möchtest, ich meine, wenn du dich so richtig bei jemandem ausheulen willst – ich bin hier und werde es keinem erzählen. Das ist schon okay.«

Wieder nickte sie und ließ sich dann unwillkürlich gegen ihn fallen. Kurz schluchzte sie auf, aber nur einmal wollte sie das tun, nur ein paar winzige Tränen weinen, aber diesmal kamen die Tränen aus ihrem Bauch, keine dahinrinnenden kleinen Tränen, sondern dicke, schwere, Furchen hinterlassende Tränen. Sie drückte ihr Gesicht in sein Jackett und weinte sich alles von der Seele: ihre Wut, ihre Angst, ihren Kummer und die Wohltat, einfach loszuheulen – all dies kam unaufhaltsam herausgeströmt, während er sie hin und her wiegte und kein Wort sprach.

Maddie hatte bemerkt, wie Em hinausgegangen war, das Gesicht so schmerzverzerrt, daß sie alt aussah, und sie hatte registriert, daß C.L. ihr folgte. Am liebsten wäre auch sie hinterhergegangen, aber sie hielt sich gerade noch rechtzeitig zurück. Das fehlte gerade noch auf diesem Begräbnis, daß sie drei sich zusammen verdrückten. Alle Augen waren auf sie gerichtet, und zwar die ganze Zeit schon, seitdem sich die Türen zu dem Andachtsraum geöffnet hatten.

Pflichtbewußt gingen die Leute zu Norman und Helena hinüber, um murmelnd ihr Beileid auszusprechen, während sie begierig beobachteten, wie Helena Maddie mit bösen Blicken bedachte und Maddie diese, so gut es unter den gegebenen Umständen möglich war, ignorierte. Laß sie doch glotzen. Maddie machte sich ausschließlich Sorgen um ihre Tochter. Sie würde C.L. ein wenig Zeit lassen, um Em zu trösten, aber dann würde auch sie hinausgehen, Begräbnis hin oder her, um sich zu vergewissern, daß Em soweit in Ordnung war.

»Diese Frau«, preßte Maddies Mutter zehn Minuten später leise zwischen den Zähnen hervor. »Sie zieht eine ganz schöne Show ab.«

»Typisch Helena«, erwiderte Maddie. »Sie braucht immer jemanden, dem sie die Schuld geben kann.«

Ihre Mutter starrte sie an, und Maddie schwieg. Sie hatte bereits genug Probleme damit gehabt, ein kleines Gesteck aus gelben Iris und Margeriten in dem Raum zuzulassen. Es war ein hübsches Gesteck, aber die Karte war mit »B.« unterschrieben, und als ihre Mutter mit fragendem Gesichtsausdruck zu ihr gekommen war, hatte Maddie gesagt: »Das muß von Beth sein. Leg es zu den anderen.«

»Hast du völlig den Verstand verloren?« hatte ihre Mutter entsetzt gefragt. »Wir sollten es die Toilette hinunterspülen.«

»Nein«, hatte Maddie erwidert. »Hier geht es nicht um uns, sondern um Brent. Wahrscheinlich hat sie ihn mehr als jeder andere geliebt. Laß ihr ihre Blumen.«

Mißgestimmt hatte ihre Mutter sich gefügt, aber die zwischen den Chrysanthemen und Lilien leuchtenden Blumen nagten noch immer an ihr, nur übertroffen von Helena Faradays Blicken.

Auch Kristie hatte Blumen geschickt, die Karte klein und ordentlich in einer Jungmädchenschrift unterschrieben, die keinerlei Ähnlichkeit mit der verschnörkelten Handschrift auf dem Schwangerschaftsbrief aufwies. Wer auch immer Brents Baby bekommen mochte, Kristie war es nicht. Schuldgefühle übermannten Maddie, als Kristie den Raum betrat, in Tränen ausbrach und sagte: »Es tut mir *so* leid«, bevor sie allein im hinteren Bereich Platz nahm.

»Ich wußte gar nicht, daß Brent ihr so nahe stand«, sagte Maddies Mutter.

»Er stand sehr vielen Leute nahe«, erwiderte Maddie, und als sie einen scharfen Blick ihrer Mutter erntete, fügte sie hinzu: »Es ist entsetzlich, aber wir müssen dies hier und die Beerdigung und die Leute zu Hause überstehen, erst dann können wir zur Ruhe kommen. Wir werden es schaffen.«

»Wo ist Emily?« fragte ihre Mutter, durch die Abwesenheit ihrer Enkelin abgelenkt.

»Draußen«, antwortete Maddie. »C.L. ist bei ihr.«

»Also weißt du, Madeline«, setzte ihre Mutter an und wollte zur Tür gehen.

Maddie hielt sie am Arm fest. »Laß die beiden allein.«

Wieder starrte ihre Mutter sie an, aber als C.L. und Em eine halbe Stunde später wieder zurückkamen, war Ems Gesicht blaß und tränenverschmiert, aber gefaßt.

Die Spannung hatte sich gelöst, und Maddie sandte C.L. mit den Augen ein Dankeschön. C.L. lächelte zurück, ein sanftes, beruhigendes Lächeln, das in ihr ein so starkes Verlangen auslöste, zu ihm zu gehen, daß sie beinahe einen Schritt gemacht hätte. Ihre Mutter versetzte ihr einen kleinen Stoß, und Maddie sah, wie Helena sämtliche Farbe aus dem Gesicht wich angesichts dieses Flittchens von Schwiegertochter, das auf der Beerdigung seines Ehemanns flirtete.

Geh bitte, C.L., dachte Maddie. Sie fühlte sich eingekesselt, selbst die Menschen, die auf ihrer Seite standen, machten sie verrückt. Sie wandte sich ab und begab sich auf die Suche nach Treva, um wenigstens einen Augenblick ihren klaren Verstand wiederzugewinnen.

»Nettes Begräbnis«, meinte Treva, als Maddie sie in einem Stuhl bei der Tür fand. »Dieser Wasserspeier in schwarzer Seide ist ein schauerlicher Anblick.«

»Er war ihr Sohn«, sagte Maddie. »Sie hat sehr viel verloren. Stell dir nur vor, es wäre Three.«

»Nein«, sagte Treva. »Rede nicht einmal davon. Ich

könnte es nicht ertragen.« Sie suchte die Menge mit Blicken ab, bis sie ihren Sohn ausfindig machte und ihm erleichtert zulächelte. Maddie beobachtete, wie Three das Lächeln auffing und zu ihnen herüberkam.

»Wie geht es dir, Tante Maddie?« fragte er mitfühlend. Stirnrunzelnd sah sie zu ihm auf.

»Deine Stimme hört sich verändert an«, meinte sie, und er antwortete: »Nun, Mom hat mir gesagt, ich solle leise sprechen, deshalb flüstere ich schon den ganzen Tag. Ist ein blödes Gefühl.«

»Versuche doch bitte, nicht die Aufmerksamkeit auf dich zu ziehen«, sagte Treva angespannt. »Hier, setz dich. Du überragst ja alle.«

Überrascht sah Maddie Three an. Er benahm sich perfekt, warum also schalt Treva ihn? Three zuckte mit den Schultern und setzte sich. Treva legte eine Hand auf sein Knie und sagte: »Wir gehen gleich.«

Er nickte und beugte sich vor, die Arme auf die Knie gestützt, um die Leute zu beobachten. »Mel ist bei Em«, flüsterte er und beugte sich noch weiter vor, um besser sehen zu können. »Sie sehen in Ordnung aus. Zumindest hat Em aufgehört zu weinen.«

Maddie starrte hinüber und dann zurück zu Three, der mit geneigtem Kopf vor ihr saß. Die Haarlocke oben auf seinem Kopf ließ ihn soviel jünger aussehen, als er war. »Warum gehst du nicht mit ihnen –« begann sie und hielt abrupt inne. Die Haarlocke, seine Stimme, seine Größe, die Form seines Kiefers – schlagartig setzte sich alles für sie zu einem vertrauten und entsetzlichen Bild zusammen, und plötzlich wurde ihr der Grund für Trevas Unruhe bewußt.

»Tante Maddie?« fragte er, und der ganze Raum drehte sich. Sie hielt den Atem an, blickte auf Brents Sohn hinunter und dachte, *Treva hat den Schwangerschaftsbrief aus der Kiste geschrieben*. Treva. Nicht Kristie. Treva. Vor zwanzig

Jahren. Ihre Handschrift hatte sich in zwanzig Jahren verändert, aber nicht ihr Geheimnis.

»Tante Maddie?« fragte Three noch einmal, und sie antwortete schwach: »Willst du die Mädchen nicht mal nach draußen bringen? Dort ist es kühler.«

Three bedachte sie mit einem verwunderten Blick und machte sich auf den Weg zu seiner Schwester. *Seinen Schwestern.* Em hatte einen Bruder.

Zwanzig Jahre lang hatte Treva sie angelogen. Sie – *meine beste Freundin* – hatte mit Brent zu High-School-Zeiten geschlafen und sie alle angelogen: Maddie, Howie und auch Three.

Maddie starrte in die Menschenmenge und versuchte, klar zu denken. Wie konnte ihr das zwanzig Jahre lang verborgen bleiben? Three war vor ihren Augen aufgewachsen. Vielleicht war genau das der springende Punkt. Er war vor ihren Augen aufgewachsen, so daß sie sich an sein Gesicht gewöhnt hatte, an dieses Gesicht, das dem Trevas so ähnlich war, nun aber auch Brents. Erst in den letzten zwei oder drei Jahren war Three so gewachsen. Und heute hatte sie ihn zum ersten Mal in einem Anzug gesehen. Und erst heute hatte sie die Haarlocke in seinem neuen Kurzhaarschnitt registriert, den er sich anscheinend für die Beerdigung zugelegt hatte. Die Beerdigung seines Vaters.

Erst heute hatte sie die Wahrheit erkannt.

Einen Moment lang dachte sie: *Ich wünschte, ich wüßte es nicht. Ich wünschte, Treva hätte ihre Lügen besser getarnt, damit sie ein Leben lang hielten.*

»Maddie, ist alles in Ordnung?« fragte Treva, und Maddie sagte: »Nein«, ohne sie anzusehen. Sie ging zu ihrer Mutter hinüber, die mit Mary Alice Winterborn sprach, und setzte sich neben sie.

Treva. Sie hatte Treva immer alles erzählt; ihr ganzes Leben lang war Treva ihre beste Freundin gewesen. Und nun war alles vorbei, so, als sei sie nie dagewesen. Alles war eine einzige Lüge.

»Geht es dir gut, Madeline?« fragte Mary Alice.

»Nein«, antwortete Maddie wieder. »Ich habe gerade jemanden verloren, den ich sehr geliebt habe. Vielleicht wird es mir nie wieder gutgehen.« Sie blickte Mary Alice in die Augen und sah, wie sich die ganze Ungläubigkeit in Mitgefühl verwandelte.

»Es tut mir so leid«, sagte Mary Alice aufrichtig.

»Mir auch«, erwiderte Maddie und blieb völlig reglos und stumpfsinnig sitzen, während Mary Alice zu Helena hinüberging.

»So ist es schon besser«, meinte ihre Mutter. »Das ist die Art, wie man sich auf einer Beerdigung benehmen muß.«

Maddie starrte auf die Blumen. Sobald sie sich beruhigt hatte, sobald all dies vorbei war, würde sie mit Treva reden. Sie hatte keine Ahnung, was sie sagen würde, aber sie würde mit ihr sprechen. Dennoch würde nichts mehr so sein wie früher. Sie waren nicht mehr dieselben. Treva hatte mit Brent geschlafen und seinen Sohn geboren und ihr dies in zwanzig Jahren nie gesagt. Sie waren die besten Freundinnen und anscheinend doch nicht.

Sie waren eine Lüge gewesen, so wie sie und Brent eine Lüge gewesen waren, so wie die Dinge, die sie ständig ihrer Mutter erzählt hatte, um ihr keine Sorgen zu machen, so wie C.L.'s Grund für den Besuch bei ihr, so wie der Mensch, für den er sie hielt. Ihr ganzes Leben war eine einzige Lüge. Sie war glücklich gewesen, solange sie an die Lügen geglaubt hatte. Und nun, da sie die Wahrheit kannte, war nichts mehr wichtig. Außer Em.

Maddie klammerte sich an den Gedanken an Em. Em war die Wahrheit. Sie würde sich um Em kümmern, weiter in der Schule unterrichten und das Leben leben, das ihre Mutter gelebt hatte, ruhig und auf ihr Kind konzentriert. Es war schrecklich, aber alles andere waren Lügen, und wenn sie nicht wegen Mordes verurteilt wurde, wäre dies das Beste, was sie tun konnte. Sie brauchte niemanden, weder Treva noch C.L. noch sonst jemanden. Nur Em. Zumindest gäbe es in dieser Art Leben keinen Verrat.

Und die einzigen Lügen, die sie hören würde, wären diejenigen, die sie sich selbst erzählte.

Während der nächsten zwei Wochen widmete Maddie sich voll und ganz der Aufgabe, die Puzzleteile ihres Lebens wieder zusammenzusetzen und Emily zu bemuttern. Für Em hatte die Schule wieder begonnen, Em brachte dem Hund Gehorsam bei, Em weinte sich noch immer in den Schlaf, Em war der Mittelpunkt des ganzen Lebens, und Maddie würgte sogar ihre Mutter am Telefon ab, weil sie den ganzen Klatsch nicht ertragen konnte, der sowieso größtenteils aus Lügen bestand und weil nichts davon wichtig war und sie sich vielmehr um Em kümmern mußte. Zunächst reagierte ihre Mutter kühl, dann nachsichtig und schließlich besorgt, doch Maddie wehrte sie beständig in allen drei Phasen mit dem Bedürfnis ab, sich ausschließlich um Em zu kümmern.

Es war wichtig – und zuvor niemals wichtiger gewesen –, die richtigen Dinge für den Schulanfang zu kaufen. Nur zu gut war ihr die Hölle in Erinnerung geblieben, die sie durchgemacht hatte, weil ihre Mutter darauf bestand, daß sie Mary Janes anstelle von Keds wie alle anderen zur Schule anzog. Mit ihren glänzenden schwarzen Schnürschuhen hatte sie das eine Ende des festgelegten Spektrums gebildet, während Kinder wie Candace und Stan in abgetragenen Ledersandalen oder alten Buster Browns am anderen Ende standen und Treva sich mit einer ganzen Keds-Kollektion, die sie mit Markern und Abziehbildern dekoriert hatte, genau in der Mitte befand. Treva war durch die Korridore getanzt, während Maddie in ihren Bravmädchen-Schuhen hinterhertrottete. Em sollte niemandem hinterhertrotten, deshalb wimmelte Maddie die Gespräche mit ihrer Mutter ab und fuhr damit fort, die Schuleinkäufe mit Em zu planen.

Am Tag nach dem Begräbnis war Henry mit dem Polizeiwagen bei ihr vorgefahren, den er vor dem Haus parkte, wobei Leona ihn von ihrer Veranda aus beäugte.

»Ich habe dir Brents Habseligkeiten mitgebracht«, sagte er, als Maddie die Tür öffnete.

»Ich will sie nicht haben«, antwortete Maddie, und er seufzte und meinte: »Maddie, es sind einige Wertsachen und ziemlich viel Geld dabei, außerdem ein Brief, den du lesen solltest.«

Maddie ließ ihn herein und sah zu, wie er Brents Sachen vor ihr ausbreitete: Uhr, Ehering, Siegelring, Geldbörse, einen Haufen unnützer Dinge. Er hatte ziemlich viel bei sich gehabt, aber schließlich wollte er ja auch die Stadt verlassen. In einer grauen Sporttasche waren einige Kleidungsstücke gewesen, erklärte Henry, und außerdem befand sich in der Tasche ein an sie adressierter und frankierter Brief.

»Sieht so aus, als hätte er ihn einwerfen wollen, bevor er die Stadt verließ.« Henry reichte ihn ihr. »Wir möchten dich bitten, ihn dir anzuschauen.«

Der Umschlag war bereits geöffnet. »Jetzt lest ihr schon meine Post, was?« sagte Maddie und zog den Brief heraus. Er war geschrieben auf einem Blatt eines Notizblocks mit dem Briefkopf *Basset and Faraday Construction*, und Maddie las ihn mit einem zunehmenden Gefühl der Ungläubigkeit.

Liebe Maddie,

Du mußt diesen Brief zu Ende lesen, um zu verstehen, daß ich dich nicht verlasse. Ich muß nur weg aus Frog Point.

Wenn ich hierbleibe, werde ich wahnsinnig. Deshalb werde ich Em mitnehmen und in Brasilien auf dich warten. Ich weiß, daß du kommen wirst, um Em zurückzuholen, dann kann ich dir alles persönlich erklären. Vertraue mir, ich weiß, was ich tue.

Es wird Gerüchte geben, daß ich Geld unterschlagen hätte, aber das ist nicht wahr. Ich überlasse Howie die Firma, also ist es ein fairer Handel. Ich habe Stan mein Viertel verkauft; wenn du also Howie deinen Anteil überschreibst, sind wir alle quitt. Andere werden sagen, ich hätte dich nicht geliebt, aber das stimmt nicht. Die Sache mit Gloria ist nur ein einziges Mal passiert, aber sie ließ mich nicht in Ruhe. Hör nicht auf sie, falls sie behauptet, es sei mehr gewesen. Wenn du erst einmal in den Süden nachkommst, wird alles gut werden. Em wird es bestimmt gefallen, du weißt doch, wie sehr sie Neues liebt. Und du wirst es auch mögen. Biete das Haus jetzt zum Verkauf an. Es dürfte sich sehr schnell ein Käufer finden. Von dem Geld kannst du dir das Flugticket kaufen und den Rest mitbringen.

Wir hätten Frog Point schon viel früher verlassen sollen. Und jetzt werden wir es tun. Es wird großartig werden.

In Liebe, Brent.

»Em haßt alles Neue«, sagte Maddie, nachdem sie den Brief zu Ende gelesen hatte. »Was hat er sich nur dabei gedacht?«

»Weißt du, was diese Sache mit Gloria zu bedeuten hat?« fragte Henry.

»Ich vermute, daß er mit ihr geschlafen hat«, erwiderte Maddie, »aber ich kann es nicht beweisen. Dieser Brief macht keinen Sinn. Was soll das heißen, er habe Geld aus der Firma genommen?«

Henry sah unbehaglich aus. »Soweit ich informiert bin, hat er die Preise für einige Häuser, die sie gebaut haben, auf eigene Faust erhöht und die Differenz selbst eingestrichen.

C.L. versucht gerade, dies zusammen mit Howie zu klären. Sieht so aus, als habe er Dottie Wylie um etwa vierzigtausend betrogen.«

»Das Geld in dem Golfsack?«

»Schwer zu sagen.« Henry erhob sich. »Er scheint es jedenfalls alleine durchgezogen zu haben.«

»Unmöglich«, meinte Maddie. »Er konnte noch nicht einmal unser Scheckbuch führen. Die Steuererklärungen habe immer ich gemacht. Woher hätte er das Wissen haben sollen?«

»Gier ist ein mächtiger Antriebsfaktor«, sagte Henry. Nachdem er gegangen war, dachte Maddie: *Nicht einmal die Gier hätte Brent Mathematik lehren können; er muß einen Komplizen gehabt haben.* In diesem Moment kam Em herunter und fragte, was Henry gewollt hätte, und Maddie widmete sich wieder ihrer Vollzeitbeschäftigung, Em vor allem zu beschützen.

Auch Treva hatte angerufen, das erste Mal, um Maddie zu erzählen, daß ihre Mutter Helena vor der Bank mitten im Stadtzentrum zur Rede gestellt hatte.

»Helena erzählt jedem, du hättest Brent umgebracht«, hatte Treva mit Abscheu gesagt. »Sie ist wirklich ein Miststück.«

»Niemand nimmt sie ernst«, hatte Maddie in dem Versuch erwidert, das Telefonat abzubrechen.

»Deine Mutter tut es«, hatte Treva mit unüberhörbarer Befriedigung in der Stimme gemeint. »Sie hat sie gegen das Bankgebäude gedrängt und gesagt: ›Ich habe ziemlich schlimme Dinge gehört, Helena. Ich habe gehört, daß du Gerüchte über Madeline in die Welt setzt, und ich habe jedem erzählt, daß das nicht wahr sein könne, weil du so etwas Unchristliches niemals tätest.‹«

»Mitten vor der Bank?« hatte Maddie verdutzt nachgefragt. »Auf der Main Street?«

»Es war klasse«, hatte Treva geantwortet. »Helena versuchte, alles abzustreiten, aber dann hat deine Mutter, so sagt jedenfalls meine Schwiegermutter, angedeutet, sie werde ein paar Wahrheiten über Brent auspacken, wenn Helena nicht damit aufhöre. Irma meinte, sie hätte nie zuvor gesehen, daß deine Mutter so kurz davorstand, in der Öffentlichkeit jeglichen Anstand zu vergessen.«

»Als hätte ich nicht schon genug Probleme«, hatte Maddie gesagt. »Meine Mutter hat eine Szene auf der Main Street veranstaltet. Was sollen denn jetzt die Leute denken?«

»Ich finde das klasse, und Irma auch«, hatte Treva erwidert. »Geht es dir gut?«

»Nein«, hatte Maddie geantwortet, in dem Bedürfnis, das Gespräch zu beenden. *Deine Freundschaft ist eine Lüge.* »Ich muß jetzt zu Em. Es geht ihr immer noch ziemlich schlecht.«

»Natürlich«, hatte Treva unsicher gesagt. »Hör zu, ich habe noch jede Menge Platz in meiner Gefriertruhe, falls dein Eisfach mit Aufläufen überfüllt ist. Die Sachen, die du mir mitgegeben hast, waren so gut wie nichts. Soll ich vorbeikommen und noch mehr holen?«

»Nein«, hatte Maddie geantwortet. Sechs Aufläufe und eine Schußwaffe waren jede Menge, und das letzte, was sie nun wollte, war, Treva zu sehen. »Danke für den Anruf.« Sie hatte aufgelegt, bevor Treva sich verabschieden konnte.

Nach ein paar weiteren abgebrochenen Telefongesprächen hatte Treva es aufgegeben und nicht mehr angerufen, was die Dinge für Maddie leichtermachte. Nach der Beerdigung hatte sie den Schwangerschaftsbrief zerrissen, in der Hoffnung, damit auch die Erinnerung zu vernichten, aber sie konnte den Verrat nicht vergessen. Selbstverständlich würde sie wieder mit Treva sprechen, aber nicht jetzt. Nicht, bevor sie ihr ohne das Bedürfnis zu weinen gegenübertreten und sagen konnte: »Wie konntest du nur?« und all die anderen dummen Dinge, die zu nichts führen würden.

Im Gegensatz zu Treva verstand C.L. keine Andeutungen.

15

Hartnäckig wie immer rief C.L. Maddie zum ersten Mal am Samstag nach der Beerdigung an. »Irgendwann wirst du mit mir sprechen müssen«, sagte er, als sie den Hörer abnahm. »Leg nicht auf. Ich würde sowieso nur zurückrufen.«

»C.L., ich habe dir doch gesagt, daß ich dich nicht sehen kann«, antwortete Maddie, so müde davon, die Stellung zu halten, daß sie am liebsten laut geschrien hätte. »Meine Mutter trägt Faustkämpfe auf der Main Street aus, um meinen Ruf zu verteidigen; deshalb sollte ich ihr zumindest etwas bieten, das es zu verteidigen wert ist.«

»Davon habe ich schon gehört«, sagte C.L. »Ich habe ihr gesagt, ich würde mich geehrt fühlen, wenn ich beim nächsten Mal ihren Mantel halten dürfte.«

»Soll das heißen, du hast mit ihr gesprochen?« fragte Maddie. »Was führst du im Schilde?«

»Ich habe lediglich mit deiner Mutter zu Mittag gegessen«, antwortete er. »Nette Frau. Sie macht sich übrigens Sorgen um dich. Sie sagt, du würdest mit niemandem sprechen.«

»Ich muß mich auf den Schulanfang am Montag vorbereiten«, erwiderte Maddie. »Ich habe zu tun.«

»Das muß Treva auch«, sagte C.L. »Aber sie hat trotzdem Zeit zu reden, im Gegensatz zu dir, sagt sie. Was ist los mit dir?«

»Nichts ist los mit mir«, antwortete Maddie schnippisch.

»Dein Onkel glaubt, ich hätte meinen Mann umgebracht, rennt Fragen stellend durch die ganze Stadt, um sicherzugehen, daß auch alle anderen das denken. Meine Tochter läuft wie eine alte Frau herum und versucht, mit dem Tod ihres Vaters fertigzuwerden, und jeder in der Stadt verlangt von mir, mich normal zu benehmen und am Klatsch zu beteiligen. Ich habe aber keine Lust auf Klatsch. Ich bin der Klatsch. Und deshalb werde ich jetzt auflegen. Tschüs.«

»Warte einen Moment«, wandte C.L. hastig ein, doch sie legte dennoch auf, nur, um den Hörer wieder abzunehmen, als das Telefon eine Minute später erneut klingelte und er noch einmal in der Leitung war.

»Okay, in Ordnung«, sagte er, als sie sich meldete. »Du willst nicht mit mir sprechen, aber vielleicht dein Kind. Gib sie mir bitte.«

»Nein«, sagte Maddie, und er beharrte: »Ich werde so lange anrufen, bis sie statt dir ans Telefon geht. Also gib sie mir einfach.«

Blaß und still war Em im Türrahmen erschienen. Maddie deckte die Muschel ab und sagte: »Das ist C.L. Er möchte mit dir sprechen, aber du mußt nicht, wenn du nicht willst.«

Em streckte die Hand aus. »Ich will aber«, sagte sie und nahm den Hörer entgegen, die Schnur dehnend, damit sie sich auf die Treppe setzen konnte. »Ich bin's«, hörte Maddie sie sagen, bevor Em die Stimme senkte und eine halbe Stunde lang redete und zuhörte.

Danach rief C.L. jeden Tag an. Zuerst legte Maddie immer auf, doch er rief stets zurück, und Em begann, nach dem Hörer zu greifen, bevor Maddie abnehmen konnte. Sie gab es daher auf und ließ Em und C.L. ihre ausgiebigen Telefongespräche führen. Alles, was Em über diese schwere Zeit hinweghalf, war wunderbar, selbst wenn es sich dabei um C.L. handelte.

Sonntags kam ihre Mutter vorbei, zeigte sich zurückhaltend und vorsichtig und paßte auf Em auf, während Maddie ihre Großmutter besuchte.

»Ich hab's schon gehört«, verkündete Gran, als Maddie das Zimmer betrat. »Mach die verdammte Tür zu.«

Maddie tat, wie ihr geheißen, und setzte sich neben sie.

»Es ist zu dunkel hier drinnen«, beschwerte Gran sich, so daß Maddie wieder aufstand und die Vorhänge halb aufzog. »Jetzt sag schon, wie du's gemacht hast.«

»Wie ich was gemacht habe?« Maddie ließ sich in den Sessel neben dem Bett zurückfallen.

»Den Mistkerl um die Ecke gebracht natürlich«, erklärte Gran und beugte sich vor. »Es heißt, du hättest Tabletten benutzt. Genau wie ich damals. Hast du Süßigkeiten mitgebracht?«

Maddie, die gerade die Pralinen aus ihrer Tasche holen wollte, verharrte einen Augenblick regungslos bei den Worten *Genau wie ich damals*, aber der Impuls führte ihre Hand weiter, und sie reichte der alten Dame die goldfarbene Schachtel. »Ich habe ihn nicht umgebracht.«

»Madeline, ich bin deine Großmutter.« Gran riß das rote Band ab und zerrte an dem Deckel der Schachtel. »Sei also nicht albern. Ich habe auch gehört, du hättest ihn erschossen. Was stimmt denn jetzt?« Sie griff nach der Schildkröte aus Milchschokolade und biß hinein.

»Ich habe ihn nicht umgebracht«, wiederholte Maddie. »Wie geht es Mickey?«

»Präsentiert sich noch immer.« Gran spuckte eine Nuß aus. »Und weiche nicht vom Thema ab. Wie hast du es gemacht?«

»Ich war es nicht«, sagte Maddie. »Keiner glaubt mir das, aber ich war es nicht.«

Ihre Großmutter sah sie mit unverhohlener Verachtung an. »Ich hab's getan.«

»Gran«, ermahnte Maddie sie, »ich weiß, daß du gerne

Aufmerksamkeit erregst, aber dies ist nicht der richtige Augenblick –«

»Jetzt hör mir mal zu, Dummchen. Jeder hier weiß, daß ich es bei Buck getan habe. Die ganze Stadt wußte es, genau wie jetzt alle wissen, daß du es warst.« Gran nahm noch einen Bissen, mampfte darauf herum und spuckte eine weitere Nuß aus.

Maddie gab auf. Solange man ihre Jury nicht aus dem Pflegeheim rekrutierte, spielte es schließlich auch keine Rolle. »Also schön. Du hast deinen ersten Ehemann umgebracht. Meinen Glückwunsch.«

»Oh, du bist ja so schlau.« Ihre Großmutter legte die halb aufgegessene Schildkröte beiseite und wählte eine Sahnepraline. »Aber ich war auch clever. Ich habe es noch nicht einmal absichtlich getan.« Sie hielt inne und richtete ihren Blick kurz in die Ferne. »Glaube ich zumindest nicht.«

»Gran –«

»Er hat mich ständig geschlagen, genau wie deiner.« Bei dieser Erinnerung legte Gran die Stirn in Falten und aß die Sahnepraline. »Er ruinierte mein Aussehen. Als er mir die Nase brach, hat der Doktor wirklich gute Arbeit geleistet, um sie wieder zu richten, aber als er mich fragte, wie das passiert sei, und ich ihm sagte, Buck hätte mich geschlagen, gab er mir ein paar Pillen, um mich ruhigzustellen.«

Maddie sah sie mit großen Augen an. »Er gab *dir* die Pillen?«

Gran nickte. »Jawohl. Damit ich Buck nicht mehr auf die Nerven ginge.« Sie grinste. »Aber er ging mir dafür um so mehr auf die Nerven, deshalb begann ich, abends eine in sein Bier zu geben, wenn er nach Hause kam. Nach zwei Bier ging er aus wie ein Licht. Für eine richtig schön lange Zeit wurde ich nicht mehr verprügelt.«

Maddie nickte, zu fasziniert, um sie zu unterbrechen.

»Dann, eines Tages«, fuhr Gran fort, während sie auf der

Suche nach der nächsten Praline die Schachtel durchwühlte, »rief dein Großvater aus der Maschinenwerkstatt an und erzählte mir, Buck sei wegen einer Prügelei gefeuert worden und völlig außer sich auf dem Weg nach Hause.«

»Grandpa rief dich an?« hakte Maddie nach. »Du kanntest Grandpa da schon?«

»Unterbrich mich nicht.« Gran stopfte sich eine weitere Sahnepraline in den Mund und redete kauend weiter.

»Deshalb gab ich zwei Tabletten in sein Bier, aber er schlug mich trotzdem, als er nach Hause kam, bevor ich es ihm reichen konnte. Dann trank er das Bier, und ich gab auch in das nächste zwei Stück, weil ich Wert auf meine Nase legte. Er setzte sich aufs Sofa, schlief vor dem Radio ein und wachte ganz einfach nicht mehr auf.« Bei dieser Erinnerung mußte ihre Großmutter lächeln. »Woher hätte ich denn wissen sollen, daß dieser dumme Esel ein schwaches Herz hatte?«

Hervorragend. Die Veranlagung zum Gattenmord lag in ihrer Familie. Das fehlte ihr gerade noch. »Das ist ja eine tolle Geschichte, Gran«, meinte Maddie in dem vergeblichen Bemühen um eine Schadensbegrenzung.

»Das ist keine Geschichte, sondern die Wahrheit. Es stand sogar in den Zeitungen.« Gran lächelte bei dem Gedanken daran. »Jeder wußte, was geschehen war, aber der Sheriff erzählte der Zeitung etwas von einem Herzanfall, und so war es das, was sie druckten.«

»Warum?« fragte Maddie ihre Großmutter ungläubig. »Das verstehe ich nicht.«

»Diese Stadt nimmt sich derer an, die sich selbst zu helfen wissen«, erwiderte ihre Großmutter und klang vernünftiger, als Maddie es jemals zuvor gehört hatte. »Als Buck mich schlug, sah ich keinen Sinn darin, eine Szene in der ganzen Stadt zu machen. Dann wurde es schlimmer, ich nahm die Sache ohne viel Aufhebens selbst in die Hand, und die Stadt schützte mich. Und sie wird auch dich schützen. Reuben Henley hat mich damals in Schutz genommen, und sein Sohn wird dich decken. Er wird dich beschützen.«

»Ich will nicht, daß er mich beschützt«, wandte Maddie ein. »Ich möchte, daß er den wahren Täter findet. Ich möchte, daß die Leute die Wahrheit erfahren.«

Ihre Großmutter schüttelte den Kopf. »Die Wahrheit liegt in dem Abkommen, das du mit der Stadt triffst. Du hast dich immer an deine Abmachungen mit dieser Stadt gehalten, Maddie, das kann ich bezeugen. Du hast zwar keine Phantasie und keine natürliche Begabung, aber du warst stets eine gute Ehefrau, eine tadellose Mutter, eine liebe Tochter und eine gute Lehrerin für die Kinder dieser Stadt. Daran wird man sich erinnern.«

Maddie wurde kalt. Ihre Großmutter hatte recht. Frog Point war zweifellos in der Lage, sie zu ihrem eigenen Schutz ohne Verurteilung schuldig zu sprechen. »Das reicht mir nicht«, sagte sie. »Ich kann Em nicht in dem Glauben lassen, ich hätte ihren Vater ermordet. Das kann ich auch Mom nicht antun.«

Gran setzte sich im Bett auf und richtete ihren Finger auf Maddies Gesicht. »Du hörst mir jetzt zu. Es spielt keine Rolle. Nichts spielt eine Rolle, außer den Dingen, die du zum Überleben brauchst. Denk immer daran, Madeline: Du wirst alleine geboren und mußt alleine sterben. In der Zwischenzeit arrangierst du dich. Halte dich an deine Abmachung mit der Stadt, und Emily und deiner Mutter wird es gutgehen.«

Gran griff wieder nach ihrer verstümmelten Schildkröte und sank in die Kissen zurück. Plötzlich hielt Maddie es nicht mehr aus. »Ich muß gehen«, sagte sie und stand auf. »Tut mir leid, aber ich kann nicht länger bleiben. Ich muß zu Em zurück.«

»Setz dich«, befahl ihre Großmutter. »Ich will noch

etwas über den Mann hören, mit dem du die Nacht verbracht hast.«

»Das geht nicht.« Seitwärts schob Maddie sich zur Tür. »Ich muß zu Em zurück.«

Ihre Großmutter hörte auf zu kauen. »Du wirst genau wie deine Mutter, stimmt's? Versteckst dich in deinem kleinen Haus mit deinem Kind, obwohl draußen ein Mann herumläuft. Was habe ich bloß für einen jämmerlichen Haufen alter Jungfern in die Welt gesetzt?« Sie warf Maddie einen verächtlichen Blick zu. »Ich war nie so ein Hasenfuß wie ihr. Ich habe mir meine Liebhaber genommen und die anderen zur Hölle geschickt. Und jetzt ist es soweit gekommen. Ihr seid jämmerliche Angsthasen.«

Maddie sah sie verständnislos an. »Was für ein Mann? Es gab keinen Mann für meine Mutter, außer Dad.«

»Sie hatte etwas laufen mit diesem Kerl von der Bowlingbahn.« Gran rümpfte die Nase. »Ganz nett, nehme ich an, und besser als nichts, aber nicht für deine Mutter, o nein. Durch ihren untadeligen Lebenswandel habe sie stets versucht, meine Schandtaten in Vergessenheit geraten zu lassen, sagte sie damals, und wollte dir nicht dasselbe zumuten.« Einen Augenblick lang sprach ein großer Schmerz aus Grans Gesicht, bevor es sich wieder zu den üblichen mürrischen Falten verzog. »Sie benahm sich, als hätte ich nicht genug für sie getan, als wäre ich etwas, für das man sich schämen muß.« Unter schweren Lidern richtete sie ihren Blick auf Maddie. »Das einzige, dessen man sich schämen muß, ist die Angst zu leben, und die hat deine Mutter verinnerlicht. Wer von uns hat denn nun gelebt, frage ich dich?«

»Es ist kein schlechtes Leben«, meinte Maddie in Gedanken an die Erfahrungen der letzten Woche. »Es ist ruhig, keiner lügt dich an, und keiner redet über dich.«

Gran schnaubte verächtlich. »O ja, das ist ein Leben.

Und keiner hat Sex mit dir und bringt dich zum Lachen und läßt dich spüren, daß du lebst.« Sie streckte ihr Kinn vor und sah Maddie stolz an. »Ich hatte acht Männer in meinem Leben, und ich bereue keinen einzigen davon. Die Stadt hat sich das Maul zerrissen, und ich habe mich einen feuchten Kehricht darum geschert.«

»Du hast Grandpa betrogen?« fragte Maddie entsetzt.

»Mein Gott, er hat mit mir geschlafen, als ich mit Buck verheiratet war«, sagte Gran ohne jede Reue. »Was dachte er denn, was ich tun würde? Meinen Lebenswandel ändern?« Sie lachte auf. »Zumindest war ich voller Leidenschaft, was mehr ist, als meine ehrenwerte Tochter je an den Tag gelegt hat.« Sie starrte Maddie an. »Was dich betrifft, so hatte ich einige Hoffnung, aber du bist genauso ein Waschlappen wie sie. Was für ein Pärchen.«

»Ich kann es nicht glauben«, sagte Maddie, und ihre Großmutter erwiderte: »Scott war sein Name. Sam Scott.«

Sam Scott war an jenem Abend, als sie Brent gesucht hatte, auf dem Parkplatz des Bowlingcenters aufgetaucht. »Ich habe den Wagen deiner Mutter erkannt«, hatte er gesagt.

Hatte er seit dreißig Jahren ein Auge auf ihre Mutter geworfen? War es das, worauf ihre Mutter verzichtet hatte? Würde C.L. das gleiche tun? Es war ein schrecklicher, entsetzlicher Gedanke. Sie mußte fort von hier, weg von ihrer Großmutter, die Lügen erzählte. Ihre Mutter hatte gesagt, daß sie log.

Das Gebrummel ihrer Großmutter ignorierend, wandte sich Maddie zum Gehen, hielt dann jedoch inne, als ihr die Strasskette einfiel, die sie mitgebracht hatte. »Möchtest du diese Kette gerne haben?« Bei der Frage nahm sie sie ab und hielt sie ihrer Großmutter hin.

»Warum sollte ich so einen billigen Mist haben wollen?« Ihre Großmutter schob die Pralinenschachtel beiseite und sah sie an. »Wofür hältst du mich? Für mittellos? Ich brauche deinen Plunder nicht. Jetzt setz dich und erzähl mir von dem Mann, mit dem du dich getroffen hast.«

»Gran, es tut mir wirklich leid.« Maddie stopfte die Kette in die Tasche ihrer Jeans. »Ich muß zu Em zurück. Sie ist völlig durcheinander. Ich muß jetzt gehen.«

»Setz dich doch bitte und erzähl mir noch ein bißchen«, bat ihre Großmutter in weinerlichem Ton. »Ich werde nicht mehr lange unter euch sein.«

»Auf Wiedersehen, Gran«, sagte Maddie und flüchtete zur Tür hinaus. Bevor sie sich abwenden konnte, hörte sie, wie vermutlich die ganze Pralinenschachtel dagegengeschleudert wurde.

Sie fuhr nach Hause und hätte ihre Mutter beinahe nach Sam Scott gefragt, aber ein Blick in deren Gesicht machte ihr deutlich, daß »Hast du mit Sam Scott geschlafen?« nicht die Art von Frage war, die ihre Mutter schätzte. Sie würde ihr lediglich eine weitere Lektion darüber erteilen, was ihre Großmutter zusammenlog. Und weil Maddie bereits genug Probleme hatte, setzte sie sich zu dem Sonntagsessen, das ihre Mutter vorbereitet hatte, an den Tisch und betrieb höfliche Konversation, bis ihre Mutter aufgab und nach Hause fuhr. Den Rest der Woche verbrachte sie auf gleiche Weise in der Schule und zu Hause, höflich und zurückgezogen. Es war ein trostloses Leben, aber immerhin nicht so übel wie das, das sie zuvor geführt hatte, und sie war recht zuversichtlich, daß sie es in den Griff bekommen würde. Etwas anderes konnte sie ohnehin nicht ertragen. Der Umgang mit Menschen war einfach zu schmerzvoll, und von Schmerzen hatte sie vorerst genug.

Also setzte sie ein Lächeln auf, während sie innerliche Qualen litt, weil sie so allein war.

16

Für C.L. verliefen die beiden Wochen nach dem Begräbnis nicht viel besser.

Das Schlimmste war, daß Maddie sich nicht nur weigerte, mit ihm zu sprechen, sondern mit niemandem reden mochte. Maddies Mutter schien besorgt, aber höflich abwehrend, als sie mit ihm zu Mittag aß, nicht willens, über ihre Tochter zu sprechen. Wäre es sein Kind gewesen, das sich zurückzog, hätte er mit allen und jedem darüber gesprochen, aber Martha Martindale bevorzugte das Schweigen.

»Ich bin Ihnen dankbar, daß Sie Abstand zu Maddie wahren«, hatte sie zu ihm gesagt. »Nach der Beerdigung gab es ohnehin schon genug Gerede.«

Er hätte gerne erklären wollen, daß es vielmehr das Problem sei, daß es *kein Gerede* gab, zumindest nicht von Maddie, aber ihre Mutter hatte diesen entschlossenen Blick in den Augen, und da er von ihrem Kräftemessen mit Helena vor der Bank gehört hatte, zog er es vor zu schweigen. Auf ihre Art tat sie ihr Bestes.

Seine Art war anders.

Er stattete Treva und Howie einen Besuch ab, der ihn jedoch auch nicht viel weiterbrachte.

»Hey, C.L.«, begrüßte Howie ihn, als er neben der Garage der Bassets vorfuhr, wo Howie arbeitete. »Ich wollte dich sowieso anrufen. Willst du dieses Haus noch?«

»Natürlich will ich dieses Haus noch«, antwortete C.L. und stieg aus dem Cabriolet. »Ende des Monats müßte das Darlehen klar sein. Candace kümmert sich für mich darum. Warum sollte ich das Haus nicht mehr wollen?«

»Na ja, ich dachte, nun, da Maddie und du nicht mehr zusammen seid –«

»Wir sind zusammen«, unterbrach C.L. ihn. »Wir haben momentan nur eine kleine Sendepause in unserem Zusammensein. Wie geht es Treva?«

»Gut«, meinte Howie, sah jedoch unglücklich aus. »Sie ist im Haus.«

»Ob ich wohl mal kurz hineingehen kann?« fragte C.L. »Ich wollte sie einige Dinge fragen.«

Howie nickte, so daß C.L. an die Hintertür klopfte und dann, ohne zu warten, eintrat.

Treva war damit beschäftigt, irgend etwas in einem riesigen Topf zu kochen. Der Dampf machte ihr blondes Kraushaar noch krauser.

C.L. schnupperte und fragte: »Hühnersuppe?« Vor Schreck ließ sie den Löffel in den Topf fallen.

»Lieber Himmel, C.L.«, sagte sie, als sie herumfuhr. »Du hast mich zu Tode erschreckt.« Sie spähte in den Topf. »Und jetzt muß ich nach diesem blöden Ding fischen.«

»Laß mich das machen.« C.L. nahm ein Messer vom Schneidebrett.

»Damit nicht.« Treva riß eine Schublade auf und gab ihm eine langstielige Schöpfkelle. »Dann gehe mal angeln.«

»Und, was gibt's Neues bei dir?« wollte er wissen, während er in der Suppe herumstocherte und seine Aufmerksamkeit halb auf das Klirren gegen die Topfwand richtete, das ihm mitteilen würde, daß er fündig geworden war. »Wie geht es dir?«

»Gut«, antwortete Treva zurückhaltend. »Warum?«

C.L. hakte die Schöpfkelle unter Trevas Rührlöffel und brachte ihn an die Oberfläche. »Ich habe mich gefragt, ob du wohl mit Mad gesprochen hast.«

»Nicht viel.« Treva griff nach dem Löffel, von dem Brühe tropfte. »Autsch, ist der heiß.«

»Kein Wunder.« C.L. kostete von der Brühe. »Lecker. Ich wußte gar nicht, daß du kochen kannst.«

»Nimm Anna etwas davon mit«, sagte Treva und schaltete den Herd aus. »Wir haben reichlich davon.«

»Anna Essen mitzunehmen ist das gleiche wie Klatsch nach Frog Point zu bringen«, meinte C.L. »Unnötig und beleidigend. Warum hast du nicht mit Mad gesprochen?«

Treva legte den Deckel auf den Topf. »Weil sie nicht mit mir redet. Ich vermute, daß sie einfach ein wenig Zeit braucht, um alles zu verarbeiten. Also gebe ich sie ihr.« Sie sah ihn abwehrend mit versteinertem Blick an, der besagte: *Das ist meine Geschichte, und dabei bleibe ich*, aber sie machte einen unglücklichen, verärgerten und schuldbewußten Eindruck. C.L. war versucht, ihr alles aus der Nase zu ziehen, aber er hatte schon genug Probleme mit Maddie und Em, und außerdem würde Howie ihm ein Kreuzverhör seiner Frau vielleicht übelnehmen.

»Mit mir will sie auch nicht sprechen«, sagte er. »Ich mache mir ein wenig Sorgen.«

»Sie wird es schon wieder in den Griff bekommen«, erwiderte Treva. »Maddie Martindale hat immer alles im Griff.«

An diesem Punkt gab er Trevas Befragung auf und konzentrierte sich statt dessen auf seinen Onkel.

»Du kannst unmöglich im Ernst glauben, daß sie es getan hat, Henry«, sagte er eines Abends nach dem Essen zum tausendsten Male, und Henry, der die Zeitung zu lesen versuchte, biß endlich an.

»Möchtest du eine Liste all der Beweise haben, die gegen sie vorliegen?«

»Nein«, antwortete C.L. »Aber andererseits nimmst du sie nicht fest, also mußt du dennoch Zweifel haben.«

»Stimmt, ich habe einige Zweifel«, sagte Henry. »Ich arbeite daran. Trotzdem liegt Maddie immer noch gut im Rennen.«

»Aber du hast Zweifel«, insistierte C.L.

»Ich hätte gerne eine Mordwaffe«, sagte Henry. »Außerdem gibt es vielleicht einige Leute, die Lügen erzählen.« Er griff wieder nach der Zeitung und las weiter.

C.L. unterdrückte im letzten Augenblick das Verlangen, Henry die Zeitung aus den Händen zu reißen – schon die kleinste Bewegung wäre dumm gewesen. »Was willst du also in dieser Hinsicht unternehmen?«

»Nichts«, sagte Henry hinter der Zeitung.

»Henry«, begann C.L., woraufhin Henry die Zeitung erneut beiseite legte.

»Keiner von diesen Leuten wird damit durchkommen«, sagte Henry bestimmt. »Ich beobachte sie. Und ich habe Zeit. Nach einer Weile werden sie nervös werden, und einer von ihnen wird mit der Sprache herausrücken. Falls Maddie das sein sollte, hat sie dennoch nichts allzu Schlimmes zu befürchten, weil jeder Idiot weiß, daß sie dazu getrieben wurde. Wir werden die Sache hier vor Gericht bringen, damit sie eine wirklich geringe Strafe bekommt, und wir werden uns um sie und das kleine Mädchen kümmern. Mache dir also keine Sorgen.«

Wieder wollte er die Zeitung hochheben, aber C.L. hielt ihn mit einem Griff danach zurück.

»Henry«, reagierte er auf die unerhörten Worte seines Onkels, »eine unschuldige Frau ins Gefängnis zu stecken, ist nicht dein Stil.«

»C.L.«, sagte Henry, »nimm deine gottverdammte Hand von meiner gottverdammten Zeitung.«

C.L. gab es auf und ließ los.

Sonst gab er nichts auf.

Er rief jeden Tag bei Maddie zu Hause an, zunächst, um ihre Stimme zu hören, dann, um mit Em zu sprechen und sich zu erkundigen, wie die ersten Wochen in der Schule liefen (»Okay«, sagte Em, aber ihr Ton sagte: »Furchtbar«), um über Phoebe zu reden und Em zum Lächeln und einmal sogar kurz zum Lachen zu bringen und um sie zu bitten, auf ihre Mutter aufzupassen. »Kommst du denn gar nicht mehr her?« fragte Em am Ende der Woche, und er spürte einen Kloß im Hals, als er antwortete: »Eine Weile nicht, Kleine, aber ich werde dich jeden Tag anrufen.«

Er zeigte Geduld, weil er verstand, daß Maddie Zeit brauchte, um sich zu erholen, aber alles hatte seine Grenzen. Früher oder später würde sie ihn sehen müssen, und wenn sie ihm nur die Tür öffnen würde, damit er Em besuchen konnte.

Für Em waren die beiden Wochen nach der Beerdigung die Hölle. An einigen Tagen erwachte sie aus Träumen von ihrem Vater, die so wirklich schienen, daß sie dachte, das Begräbnis müsse der Traum gewesen sein, aber dann fiel ihr alles wieder ein, und das war so schrecklich, daß sie in Tränen ausbrach. Manchmal wußte sie beim Aufwachen alles, und es fühlte sich an, als wache sie mit einem Gewicht auf der Brust auf, was beinahe noch schlimmer war, weil sie dann noch nicht einmal einen kurzen Augenblick des Glücks empfand. Und manchmal wurde sie einfach wach und blieb regungslos liegen, weil sie sich fragte, warum sie und ihre Mom überhaupt aufstehen sollten. Es gab nichts zu tun, sie wollte noch nicht einmal mit Mel sprechen, weil Mel sich solche Mühe gab, nett zu sein, daß jede Unterhaltung mit ihr furchtbar war. Mit ihrer Mutter zu reden hatte erst recht keinen Sinn, weil sie log. Sie hatte Em erzählt, daß alles besser werden würde, wenn sie beide wieder zur Schule gingen, aber es war nur noch schlimmer geworden. Außerdem sah sie schlecht aus, aber wenn Em sie fragte, was los sei, behauptete sie nur, nichts sei los, es ginge ihr gut, aber das war eine Lüge.

Die Schule war auch eine Lüge. Jeder tat so, als sei alles in bester Ordnung, obwohl jeder wußte, daß dem nicht so war. Alle Lehrer waren wirklich sehr nett zu ihr und zeigten ihr mit Blicken, daß es ihnen ehrlich leid tat, während die anderen Kinder sie anschauten, als sei sie aus einem Zoo entsprungen. Daher schenkte sie allen außer Mel keine Beachtung, und noch nicht einmal mit Mel sprach sie viel. Seit dem Mittagessen am Donnerstag hatte sie gar nicht mehr mit ihr geredet. Sie waren gerade dabei, ihre Milchtüten aufzureißen, als Mel sie fragte: »Die Kinder sagen, dein Daddy ist erschossen worden, stimmt das?« Em hatte diese Gerüchte auch schon gehört – beim ersten Mal hatte sie sich beinahe übergeben müssen –, aber in diesem Moment stand sie auf, sagte: »Das ist gelogen« und ging einfach fort. Mel rief ihr hinterher, daß es ihr leid tue, aber Em ging weiter, und am Freitag saß sie alleine beim Essen. Alles war besser, als sich mit irgend jemandem unterhalten zu müssen.

Später, am Nachmittag, hatte Em ihre Mathehausaufgaben nicht gemacht, aber ihr Lehrer meinte nur: »Schon in Ordnung, Em«, so daß sie am liebsten gebrüllt hätte: »Ich habe sie einfach vergessen, es liegt nicht daran, daß mein Daddy gestorben ist, nichts liegt daran, daß mein Daddy gestorben ist«, aber sie blieb stumm. Sie würden nur denken, daß irgend etwas mit ihr nicht in Ordnung sei, wenn sie so losbrüllen würde.

Tatsächlich allerdings hätte Em am liebsten losgebrüllt.

Als sie nach der Schule aus dem Bus stieg und ins Haus kam, war alles still. Es klingelte kein Telefon, niemand redete, nur Phoebe kam auf sie zugesprungen. Sie ging mit Phoebe nach draußen, und fünf Minuten später sah sie ihre Mom nach Schulschluß der High-School in dem Mietwagen, den C.L. ihnen besorgt hatte, die Einfahrt herauffahren. Ihre Mom stieg wie eine alte Frau aus dem Auto. Sobald sie Em sah, winkte sie und lächelte, aber es war ein schreckliches Lächeln. Niemand würde einem solchen Lächeln glauben.

Em wartete, bis ihre Mutter ins Haus gegangen war, bevor sie Phoebe zu sich rief, auch hineinging und sich an den Küchentisch setzte, die Hände vor sich gefaltet, damit sie nicht zitterten. »Ich muß mit dir reden«, sagte sie, woraufhin ihre Mutter sie ansah, als sei sie nicht sicher, ob sie Em überhaupt kenne.

»Was meintest du, mein Schatz?«

»Ich muß mit dir reden.« Em gab sich Mühe, ihre Stimme kräftig klingen zu lassen, obwohl ihr innerlich ganz erbärmlich zumute war. »Mel sagt, Daddy ist erschossen worden. Sie sagt, Daddy ist tot, weil jemand ihn erschossen hat. Mit einer Pistole.«

Ihre Mutter sackte ihr gegenüber auf den Stuhl und schloß die Augen. »Em, ich habe dir doch gesagt, daß es ein Unfall war. Ich habe dir gesagt –«

»Ich will die Wahrheit wissen.« Em preßte die Zähne zusammen und versuchte, nicht zu schreien. »Sag mir die Wahrheit.«

»Jemand hat deinen Daddy aus Versehen erschossen«, sagte ihre Mom, wich jedoch Ems Blick aus. Em wurde schlecht. *Noch eine Lüge.* »Ich habe dir gesagt, daß es ein Unfall war. Es hat ihm nicht weh getan, Em. Er hat es noch nicht einmal gespürt. Ich habe dir das nicht erzählt, weil ich nicht wollte, daß du darüber nachdenkst. Versuche einfach, nicht daran zu denken. Es war ein Unfall.«

Noch eine Lüge, noch eine Lüge. Em war so böse, daß ihr richtig schlecht wurde, und das machte ihr angst. Sie war böse auf ihre Mom, aber wenn sie ihre Mom nicht hätte, wer würde sich dann um sie kümmern? Aber ihre Mom log, und das war nicht in Ordnung. *Sag mir die Wahrheit*, hätte Em am liebsten gebrüllt, aber das ging nicht, deshalb fragte sie nur: »Wer hat das getan?«

»Das wissen wir nicht«, antwortete ihre Mutter müde, aber wenigstens hörte sie sich endlich ehrlich an. »Sheriff Henley versucht, das herauszufinden. Er arbeitet schwer daran.« Sie hob ihren Blick zu Em und sah so furchtbar aus, daß Em sich schämte, sie mit Fragen bombardiert zu haben. »Wir wissen nicht, wer ihn erschossen hat, Em.«

»Ich will doch nur die Wahrheit wissen«, sagte Em. »Ich will wissen, was du weißt.«

Bei dieser Bemerkung schreckte ihre Mutter ein wenig zusammen und schüttelte dann den Kopf. »Ich weiß gar nichts, Liebling. Ich war noch nie in meinem Leben so durcheinander.«

»Okay.« Em stand auf. Sie war sich bewußt, daß sie zu ihrer Mutter gehen und sie drücken sollte, um sie zu trösten, aber aus irgendeinem Grunde konnte sie das nicht. »Okay«, sagte sie noch einmal und ging wirklich böse und wirklich traurig aus der Küche, obgleich Phoebe hinter ihr hertrottete.

Erst gegen vier Uhr bemerkte Maddie, daß Em verschwunden war. Sie rief nach ihr, um sie zu fragen, was sie zu Abend essen wollte, bekam jedoch keine Antwort. Sie schaute hinten im Garten nach und stellte fest, daß Ems Fahrrad und auch Phoebe nicht mehr da waren.

Das will nichts heißen, redete Maddie sich ein und suchte hastig im ganzen Haus, eigentlich lächerlich, weil das Fahrrad fort war. Nachdem sie sich noch einmal schnell im Garten und in der Garage umgeschaut hatte, blieb sie mitten auf dem Rasen stehen und ermahnte sich, nicht in Panik zu geraten, weil bestimmt alles in Ordnung sei.

Wen soll ich anrufen? Die Polizei zu alarmieren, wäre eine Überreaktion, vielleicht aber auch nicht. Vielleicht war Em zu ihrer Großmutter gefahren oder Mel oder –

»Maddie, ist alles in Ordnung?«

Maddie bemerkte Gloria, die kurzsichtig über den Zaun blinzelte. »Hast du Em gesehen? Vor einer Minute war sie noch hier draußen.«

»Nein.« Gloria kam den Zaun entlang näher. »Nein, ich habe sie nicht gesehen. Ist sie verschwunden?«

»Oh.« Maddie machte eine abwehrende Geste mit der Hand, um sie zurück auf ihre Verandatreppe zu scheuchen. »Natürlich nicht. Sie ist nur fortgefahren, ohne mir Bescheid zu sagen, wofür ich ihr die Leviten lesen werde, das ist alles.«

»Vielleicht ist sie ja entführt worden«, spekulierte Gloria. »Das hört man doch in letzter Zeit häufig in den Nachrichten.«

»Nicht in Frog Point, Gloria«, sagte Maddie, während sie die Fliegentür öffnete und sich nicht einmal den Anschein von Höflichkeit gab. »Sie ist nicht entführt worden.« Heftig ließ sie die Tür hinter sich ins Schloß fallen und blieb einen Augenblick in dem verzweifelten Versuch, nicht in Panik auszubrechen, in der Küche stehen.

Sie war nicht entführt worden. Wahrscheinlich war sie bei Mel.

»Treva?« fragte Maddie rasch, als jemand bei den Bassets den Hörer abhob.

»Was ist los?« fragte Treva. »Was klingst du so aufgeregt? Ist etwas passiert?«

»Hast du Em gesehen?«

»Oh, mein Gott.« Trevas Stimme entfernte sich, als sie sich offenbar abwandte, um durch das Haus zu rufen: »Mel, hast du Em gesehen?«

Maddie versuchte angestrengt, die leise Konversation mitzuhören, aber sie dauerte nicht lange genug, um etwas davon zu verstehen.

»Sie hat sie nicht gesehen, Mad«, sprach Treva zurück in den Hörer. »Sie meint, Em sei die ganze Woche in der Schule sehr still gewesen, so daß jeder sie in Ruhe gelassen hat. Sie sagt, sie habe versucht, mit ihr zu sprechen, aber Em habe sie nur schweigend angestarrt.«

»Oh.« Maddie wollte sich nicht vorstellen, wie Em einen Entführer oder den Mörder anstarren würde. »Hör zu, wahrscheinlich ist alles in Ordnung. Vermutlich ist sie zu meiner Mutter gefahren. Ich werde sofort dort anrufen. Mach dir keine Sorgen.«

»Wenn du sie nicht findest, gehen wir auf die Suche«, sagte Treva. »Wir haben drei Autos hier, mit denen wir die ganze Stadt abgrasen können. Ruf mich gleich wieder an und sage mir Bescheid.«

»Okay.« Schwach nickte Maddie in den Telefonhörer. »Okay.«

Ihre Mutter bot noch weniger Hilfe.

»Wo steckt sie denn nur? Um Himmels willen, Maddie, das Kind kann überall sein. Warum würde sie davonlaufen wollen? Was hast du getan?«

»Mutter.« Maddie mobilisierte jedes Fünkchen Selbstbeherrschung, das sie aufbringen konnte. »Du bist nicht gerade sehr hilfreich. Wenn sie nicht bei dir ist, hat sie wahrscheinlich nur Phoebe auf eine Spazierfahrt mitgenommen. Ich werde sie suchen gehen. Bleibe du bitte zu Hause für den Fall, daß sie bei dir auftaucht.«

»Gut, aber ich werde Henry Henley anrufen«, sagte ihre Mutter scharf. »Jemand muß das Kind finden.«

Maddie knallte den Hörer auf und versuchte nachzudenken. Wenn sie nicht bei Mel oder bei ihrer Großmutter war, wohin würde Em fahren? Bestimmt nicht zurück zur Schule, denn dort hatte sie sich die ganze Woche über miserabel gefühlt. Vielleicht zum Revco im Zentrum. Oder zur Bank, um wieder mit den Stempeln zu spielen. Oder –

Schluß mit dem Grübeln. Hastig griff Maddie nach ihrer Handtasche und machte sich auf den Weg zum Stadtzentrum. Während sie die Strecke langsam entlangfuhr, suchte sie alle Nebenstraßen mit den Augen ab. Im Revco fand sie Em nicht, aber Sheila war dort, und als sie hörte, wie Maddie Susan an der Kasse nach Em fragte, versprach sie, nach ihr Ausschau zu halten und sie nach Hause zu bringen, falls sie auftauchen würde.

In der Bank gab Candace ihr das gleiche Versprechen.

»Das ist ja wirklich besorgniserregend«, meinte sie. »Sie ist so ein süßes kleines Ding. Ich werde mit meinen Kollegen sprechen, aber bisher ist sie immer zu mir gekommen.«

Die Aushilfe bei Burger King hatte sie nicht gesehen, ebensowenig die Bedienung bei Dairy Queen oder Kristie in der Firma. »Ich habe sie seit der Beerdigung nicht mehr gesehen«, meinte Kristie zu ihr. »Aber ich werde nach ihr Ausschau halten und Sie anrufen, falls sie herkommt.«

Maddie ging zu ihrem Wagen zurück und ließ den Kopf auf das Steuer sinken.

Das konnte einfach nicht wahr sein. Sie hatte eine Abmachung mit Gott getroffen, derer sie sich zwar bislang nicht bewußt gewesen war, die aber immer noch als gültige Vereinbarung bestand, daß sie mit allem, was Er ihr auferlegte, fertigwerden würde, solange Em nichts zustieß. Em mußte außen vor bleiben. Es konnte einfach nicht wahr sein.

Maddie fuhr auf einem anderen Weg nach Hause und warf einen Blick in alle Seitenstraßen, so, als könne sie Em auftauchen lassen, wenn sie nur ihre Augen genug anstrengte. Sie drehte sogar eine Kurve an der Schule vorbei, aber es war hoffnungslos. Als sie wieder in ihre Hauseinfahrt einbog, war Ems Fahrrad immer noch verschwunden. Sie kam gerade rechtzeitig ins Haus, um den Hörer des läutenden Telefons abzuheben.

»Maddie? Henry Henley hier. Hast du sie gefunden?«

Wunderbar. Der Mann, der sie zu ihrem eigenen Besten des Mordes überführen wollte. »Nein, Henry. Ich habe das Stadtzentrum abgesucht und war in der Firma, aber ich habe sie nicht gefunden.«

»Wir haben jedenfalls alle unsere Leute informiert, nach ihr Ausschau zu halten. Mit Sicherheit finden wir sie. Du bleibst zu Hause, falls sie anrufen sollte, in Ordnung?«

»Okay.« Das war ein guter Rat, und Maddie verspürte Gewissensbisse, daß sie sich gegenüber dem Mann, der versuchte, ihr Kind zu finden, so abweisend verhalten hatte. »Ich weiß das zu schätzen, Henry, wirklich. Ich bin nur … außer mir vor Sorge.«

»Ich weiß, meine Liebe«, sagte er. »Ich bin auch besorgt, aber wir werden sie aufspüren. Ich *muß* sie finden, sonst läßt Anna mich nie wieder ins Haus.«

»Du würdest sie sowieso finden, Henry«, sagte Maddie. »So bist du nun einmal.«

»Das ist mein Job«, erwiderte Henry. »Und du rührst dich nicht vom Fleck, bis sie anruft, hörst du?«

»Ja«, antwortete Maddie. Fünf Minuten später klingelte das Telefon erneut, und sie betete inständig, daß es Em sei.

Statt dessen war es jemand mit offensichtlicher Kehlkopfentzündung, der mit heiserer Stimme durch die Leitung flüsterte. »Mrs. Faraday? Sie haben ein liebes kleines Mädchen.«

»Was?« Maddies Mund wurde trocken. »Wer spricht da?«

»Emily ist wirklich lieb.«

»Wer spricht da?«

»Wenn Sie Emily wiedersehen wollen, sollten Sie Henry von der Waffe und dem Geld erzählen, das Sie gefunden haben. Stellen Sie sich, oder Sie werden Ihr Kind nie wiedersehen.«

17

»Wo ist sie? Wer sind Sie?« Maddies Stimme nahm einen schrillen Klang an. *»Wo ist meine Tochter?«*

Erneut krächzte die Stimme durch das Telefon: »Sie wissen, daß Sie schuldig sind. Stellen Sie sich. Sie sollten das besser tun, und zwar sofort.«

»Hören Sie«, sagte Maddie scharf und voller Zorn. »Sollte meiner Tochter etwas zustoßen, werde ich Sie finden und umbringen. Wenn Sie ihr auch nur ein Haar krümmen, werde ich Sie finden und umbringen. Wenn –«

»Sie vergeuden Ihre Zeit. Ich gebe Ihnen fünfzehn Minuten, um Henry anzurufen. Tun Sie es, oder Sie werden sie nie wiedersehen. *Nie wieder.«*

»Warten Sie«, schrie Maddie in den Hörer, doch sie vernahm nichts mehr außer dem Wählton.

Sie legte auf. Ein eiskalter Schauer überkam sie, während sie nachzudenken versuchte. Sie mußte Henrys Nummer suchen. Nein, sie könnte die 911 wählen. Fahrig fuhren ihre Finger über die Tasten. Em war irgendwo in den Händen eines Verrückten. Als sich die Schaltzentrale der Polizei meldete, schrie sie ins Telefon: *»Geben Sie mir Sheriff Henley!«* Wenige Sekunden später drang Henrys Stimme durch die Leitung: »Was zum Teufel ist los?« Völlig außer sich antwortete Maddy: »Ich war es, Henry, ich habe meinen Mann umgebracht, komm sofort her und verhafte mich. Und versprich mir, die Sirene einzuschalten, *beeil dich*!«

»Maddie?« fragte Henry nach, und sie sagte aufgelöst: *»Beeil dich.* Und schalte die Sirene ein, versprich mir, daß du die Sirene einschaltest. *Beeil dich um Gottes willen*!«

Er schaltete die Sirene ein. Als er bei ihr vor der Haustür vorfuhr, standen sämtliche Anwohner der Straße auf ihren Veranden, aber das war Maddie völlig egal. Sie konnte an nichts anderes denken als an Em, die Angst hatte, die vielleicht Schmerzen hatte, Em in den Händen eines Kidnappers. Vor lauter Panik stand sie kurz vor einem Nervenzusammenbruch.

»Was zum Teufel geht hier vor?« fragte Henry, als sie ihm die Tür öffnete, woraufhin Maddie ihn ins Haus zog und sagte: *»Der Kidnapper hat angerufen!«*

»Beruhige dich erst einmal.« Er ergriff sie am Arm und steuerte sie ins Wohnzimmer. »Und jetzt erzähle mir alles, aber immer der Reihe nach.«

»Er sagte, ich hätte es getan, und er würde Em nicht freilassen, bevor ich nicht ein Geständnis abgelegt hätte«, erklärte Maddie mit zitternder Stimme.

»Bist du sicher, daß es ein Mann war?«

Maddie nickte. »Ganz sicher. Er flüsterte zwar, und die Stimme klang heiser, aber es war ein Mann.« Ein Mann, der Em in seiner Gewalt hatte. »Er sagte, ich hätte fünfzehn Minuten Zeit, um dich anzurufen und alles zuzugeben.«

»Nun, wenn er die Sirenen nicht gehört hat, muß er jedenfalls taub sein«, meinte Henry. »Du hast vollkommen richtig gehandelt. Hast du seine Stimme erkannt?«

»Nein, nein, *natürlich nicht.*« Maddie konnte nicht glauben, daß er so schwer von Begriff war. »Hätte ich die Stimme erkannt, wäre ich jetzt schon auf dem Weg zu ihm. Henry, *irgend jemand hat sie entführt,* vielleicht sogar der Mörder. Niemand anders hätte Interesse daran, daß ich ein Geständnis ablege. *Em kann nur in der Gewalt des Mörders sein!*«

»Höre bitte einen Augenblick auf zu schreien«, sagte Henry und ging zu seinem Wagen. Die ganze Straße beobachtete, wie er in sein Funkgerät sprach, und Maddie hoffte inständig, daß er geeignete Instruktionen erteilte. Em war verschwunden, Em war entführt worden. Es war so entsetzlich, daß es ihr unmöglich schien, einen klaren Gedanken zu fassen. *Em*, schrie es in ihren Gedanken, und ihre Arme schmerzten, weil sie so leer waren, anstatt Em in Sicherheit zu wiegen.

Henry kam ins Haus zurück. »Ich kann sehr gut verstehen, daß du dir Sorgen machst«, sagte er und setzte sich wieder neben sie. »Aber du mußt dich jetzt unbedingt konzentrieren. Könnte es jemand aus der Bank gewesen sein?«

»Aus der Bank?« Der Gedanke war so abwegig, daß Maddie ihn verständnislos mit aufgerissenen Augen ansah. »Du glaubst, daß Harold Whitehead Brent ermordet hat?«

»Wie wäre es mit Webster?« meinte Henry. »Er war es doch, der dich zu dem Schließfach begleitet hat. Hast du gesehen, daß er die Box wieder weggeschlossen hat?«

»Nein«, sagte Maddie. »Als ich den Paß gefunden hatte, bin ich sofort aus der Bank gelaufen.« Die Bedeutung der Worte traf sie wie ein Schlag. »Webster? Glaubst du, Webster hat das Geld genommen? Glaubst du, Webster hält Em fest?«

»Jedenfalls war es sein kleiner Bruder, der am Donnerstag auf deinen Wagen aufgefahren ist«, antwortete Henry. »Und Zufälle machen mich immer mißtrauisch. Könnte es die Stimme von Webster gewesen sein?«

»Henry, es könnte auch deine Stimme gewesen sein«, sagte Maddie kläglich. »Was sollen wir jetzt nur tun? Em –«

»Em kann jetzt gar nicht gebrauchen, daß du den Kopf verlierst«, unterbrach Henry sie. »Denke nach. Könnte es Stan Sawyer gewesen sein?«

»Oh, mein Gott, ich weiß es nicht.« Maddie vergrub den Kopf in ihren Händen. »Ich schwöre dir, es war nur eine heisere Stimme. Ich könnte die Stimmen von Stan oder Webster noch nicht einmal erkennen, wenn sie normal sprächen. Ich weiß es einfach nicht.«

»Und Howie?« hakte Henry nach. »Nein, *nein*«, erwiderte Maddie. »Howies Stimme hätte ich erkannt. Howie war es nicht.«

»Erzähle mir bitte ganz genau, was er gesagt hat«, bat Henry, wurde jedoch durch das Läuten des Telefons unterbrochen. »Laß mich mithören«, sagte er und folgte ihr, als sie zum Telefon lief, aber als sie abhob und den Hörer so hielt, daß sie beide zuhören konnten, war es lediglich ihre Mutter.

»Maddie, was ist los? Ich habe Sirenen gehört und Blaulicht hier vorne an der Straße gesehen. Stehen sie bei dir vor dem Haus? Haben sie Em gefunden? Was ist passiert?«

»Nein, Em ist nicht hier.« Maddie bemühte sich, ihre Stimme unter Kontrolle zu halten. »Wir haben sie noch nicht gefunden. Es ist nur Henry, der hergekommen ist, um zu helfen.«

»Dann sage ihm, er soll das Blaulicht ausschalten. Die ganze Straße muß ja denken, daß du Schwierigkeiten hast.«

»Mutter, ich kann jetzt nicht reden«, sagte Maddie und legte den Hörer auf, während ihre Mutter noch protestierte. »Die Sirenen haben gewirkt«, wandte Maddie sich zu Henry. »Meinst du, er hat es mitbekommen?«

»Die ganze Stadt hat es mitbekommen«, erwiderte Henry. »Jetzt erzähle mir, was er gesagt hat, und zwar genau, wie er es gesagt hat.«

Maddie schloß die Augen und versuchte, sich zu erinnern. »Zuerst fragte er, ›Mrs. Faraday?‹, und dann sagte er so etwas wie ›Sie haben wirklich ein liebes kleines Mädchen‹, so ähnlich jedenfalls, und dann meinte er noch, ich sähe sie nie wieder, wenn ich nicht alles zugeben würde.«

»Hat er genau das gesagt? Wenn du nicht alles zugeben würdest?«

Maddie ließ ihren Kopf gegen die Wand zurückfallen. »Ich weiß es nicht mehr. Er meinte, ich solle es dir sagen. Er sagte: ›Rufen Sie Henry an.‹«

»Henry? Nicht Sheriff Henley?«

»Henry. Ich bin ganz sicher, daß er Henry sagte.«

»Maddie, versuche bitte, dich an seine genauen Worte zu erinnern«, forderte Henry sie auf. »Vielleicht gibt uns das einen Anhaltspunkt.«

»Er wußte von dem Geld«, meinte Maddie. »Er sagte, ich solle dir von dem Geld erzählen.«

Und von der Waffe. Maddie wurde kalt. Wer immer es gewesen sein mochte, er wußte von der Waffe in dem Civic. Er war der Mörder.

Oh, Gott – der Mörder hatte Em in seiner Gewalt.

Wieder klingelte unmittelbar neben ihr das Telefon, so daß sie vor Schreck und Angst aufschrie. »Hole tief Luft, bevor du abhebst«, beschwichtigte Henry sie, aber sie konnte an nichts anderes denken als an Em.

Das Fahrrad holperte die steinige Straße entlang, während Em so müde in die Pedale trat, daß sie nicht mehr sicher war, noch lange das Gleichgewicht halten zu können. Die Idee, zu der Farm hinauszufahren, war bestimmt ein guter Einfall gewesen. Und den Weg kannte sie, weil sie sich alle Abbiegungen mit C.L.'s Gedächtnistrick eingeprägt hatte; einunddreißig Leute auf der Veranda essen Hickorynüsse. Aber es kam ihr so vor, als fahre sie schon seit Stunden die Route 31 entlang, und bisher war noch keine Porch Road gekommen, oder wenn wohl, hatte sie sie verpaßt. Sie war ganz allein dort draußen, sie könnte entführt werden oder überfahren oder erschossen – sie schluckte heftig –, und nach der ersten halben Stunde schien auch Phoebe keinen großen Gefallen mehr daran zu finden, in dem Fahrradkorb durch die Gegend gefahren zu werden. Auch Em war nach der ersten Stunde die Lust am Fahrradfahren vergangen, deshalb schien die Idee, zu der Farm zu radeln, nun doch nicht mehr so gut, obwohl sie sich wirklich freuen würde, wenn sie dort jemals ankäme.

In diesem Moment begann Phoebe wieder zu winseln.

und Em gab es auf und steuerte das Fahrrad von der Straße hinunter unter einen Baum. Sie schaffte es so gerade, das Fahrrad abzustellen und Phoebe aus dem Korb zu heben, bevor das Hündchen herausspringen und sich mit der Leine strangulieren konnte. Erschöpft ließ Em sich unter dem Baum auf den Boden fallen und sah zu, wie Phoebe in einem großen Halbkreis, so weit, wie ihre Leine es zuließ, die Erde abschnüffelte.

Sie könnte umkehren und wieder nach Hause fahren, aber das würde sie nur dorthin zurückbringen, wo sie angefangen hatte. Und das war der letzte Ort, wo sie sein wollte. Die eine Woche in der Schule hatte ihr gereicht, eine Woche mit Kindern, die die Stimmen senkten, wenn sie vorbeiging, was noch schlimmer war. Auch Mel stellte nur Fragen. Zum ersten Mal in ihrem Leben wollte sie Mel nicht sehen.

Nicht, daß Em Mel nicht verstehen konnte. Sie selbst wollte Fragen stellen, aber ihre Mutter erzählte nur weiterhin Lügen. Und sie mußte es endlich wissen. Deshalb hatte sie sich auf den Weg zur Farm und zu C.L. gemacht. Sie könnten angeln gehen und sich über Phoebe unterhalten, und vielleicht wären die Dinge dann für eine Weile nicht ganz so schlimm. Vielleicht würde sie sogar ein paar Antworten bekommen.

Wenn sie nur den Weg fände. Und das konnte sie nur, wenn sie sich wieder auf das Fahrrad setzte und weiterradelte. Das war ein schrecklicher Gedanke, aber schließlich konnte sie nicht den Rest ihres Lebens hier unter diesem Baum verbringen; noch dazu würde es früher oder später dunkel werden, und dann säße sie erst recht in der Klemme.

»Komm, Phoebe«, rief sie, und als der kleine Hund zu ihr getrottet kam, setzte sie ihn wieder in den Korb, den sie mit einem Handtuch ausgelegt hatte. Phoebe seufzte und suchte nach einer halbwegs bequemen Position, und Em sagte: »Ich weiß, ich habe auch keine Lust mehr, aber wir müssen.« Genau in diesem Moment hörte sie, wie sich ein Auto näherte. Sie blickte auf und sah den glänzend roten Mustang.

»Hey«, sagte C.L., als er neben ihnen anhielt. »Deine Mom steht kurz vor einem Herzinfarkt.«

»Tut mir leid«, sagte Em, meinte es aber gar nicht so. Wenn ihre Mom sich nicht so doof benommen hätte, müßte sie nicht tausend Meilen auf ihrem blöden Fahrrad zurücklegen.

»So bedauernd hörst du dich aber nicht an.« C.L. stieg aus dem Wagen und versuchte, streng auszusehen, was ihm aber vollkommen mißlang. »Ich finde es nicht gut, wenn du deine Mom unglücklich machst.«

»Du bist nicht böse«, sagte Em, nun wirklich müde. »Lüg nicht.«

»Hey.« C.L. runzelte die Stirn. »Was ist los mit dir?«

»Ich habe mich verfahren.« Em stieg von ihrem Fahrrad, und C.L. griff danach, um es festzuhalten. »Ich wollte zu dir, um mit dir zu reden, aber ich habe mich verfahren und kann die Porch Road nicht finden. Ich habe alles vermasselt.«

»Du hast dich nicht verfahren.« C.L. hob Phoebe mit einer Hand aus dem Korb und setzte sie auf den Boden. »Du bist nur müde geworden. Bis zu der richtigen Kreuzung dauert es noch etwa eine Meile. Wärst du weitergefahren, hättest du den Weg gefunden.«

Em fixierte ihn mit zusammengekniffenen Augen. »Wirklich?«

»Mensch, du traust wohl niemandem.« C.L. rollte das Fahrrad zum Wagen. »Steig ein, dann zeige ich es dir.« Er hob Ems Fahrrad auf den Rücksitz und öffnete die Fahrertür, damit Phoebe ins Auto krabbeln konnte. Em spürte, wie all ihre Sorgen leichter wurden.

Sie waren noch immer da, aber sie wurden leichter.

Em ging um den Wagen herum und setzte sich auf den Beifahrersitz, froh, nicht mehr weiterradeln zu müssen, und wirklich froh, bei C.L. zu sein. Phoebe kletterte auf ihren Schoß und lehnte sich über die Türkante, so daß Em sie am Bauch festhielt, damit sie nicht hinausspringen konnte. Liebevoll drückte sie den kleinen warmen Körper an sich. Wirklich, so war alles weitaus besser. Sie entspannte sich und lehnte ihre Schultern gegen das weiche Sitzpolster, den Kopf in den Nacken und auf die Lehne gelegt.

Der Nacken tat einem wirklich weh, wenn man tausend Meilen über steinige Straßen geradelt war.

C.L. stieg ein und täschelte ihr Knie, ehe er den Wagen auf die Straße steuerte und zwei Minuten fuhr, bevor er das Tempo verlangsamte. »Siehst du?« fragte er und deutete auf das Schild mit der Aufschrift Porch Road. »Du warst auf dem richtigen Weg.«

Die Straße war tatsächlich da. Beinahe hätte sie es geschafft. Nichts hatte sie vermasselt. C.L. bog in die Straße ein, und Em seufzte und entspannte sich nun völlig. »Fürs Fahrrad war der Weg zu lang.«

»Das ist wahr«, meinte C.L. »Aber das konntest du nicht wissen. In einem Auto kommt er einem viel kürzer vor. Jetzt hör schon auf, sauer auf dich selbst zu sein. Das einzige, was falsch war, ist, daß du deiner Mom einen Schrecken eingejagt hast. Und mir auch.«

Em sah ihn schräg von der Seite an. »Du hast dir Sorgen gemacht?«

»Ja.« C.L. wandte den Blick nicht von der Straße, aber er sagte es ernsthaft genug – ein richtiges »Ja«, kein einfaches Kopfnicken oder so etwas –, also wußte sie, daß er die Wahrheit sagte. »Du hast mir und Henry und Anna und deiner Mom und mindestens einer Million anderen Menschen einen Todesschrecken eingejagt, also mache so etwas nie wieder.«

Em reckte ihr Kinn vor. »Habt ihr geglaubt, ich wäre erschossen worden?«

C.L. verringerte das Tempo, um sie ansehen zu können. »Nein. Der Gedanke ist mir nie gekommen. Ich habe gedacht, du wärst vielleicht entführt oder überfahren worden.«

»Oh.«

»Was soll das heißen, Em?« C.L.'s Stimme klang ruhig, aber ernst. Em seufzte erneut und gab den Versuch auf, cool zu sein.

»Meine Mom lügt mich an.« C.L. wollte sie unterbrechen, aber sie sprach weiter, so daß er nichts sagte. »Sie hat mir erzählt, mein Dad wäre bei einem Unfall gestorben, und dann habe ich herausgefunden, daß er erschossen worden ist, und sie sagte, es wäre ein Unfall gewesen, aber die Kinder in der Schule sagten, daß das nicht stimmt, daß er ... ermordet worden ist.« Sie sank noch tiefer in den Sitz und umklammerte Phoebe fester. »Die meisten in der Schule sind total doof, aber ich wette, sie haben recht.« Sie sah zu C.L. hinüber und wollte ihn zu einer Lüge herausfordern. »Stimmt's?«

Er fuhr den Wagen an den Straßenrand und hielt an. Einige Sekunden lang starrte er unverwandt geradeaus, dann wandte er sich ihr zu, sah ihr direkt in die Augen und sagte: »Ja, sie haben recht. Er ist absichtlich von jemandem erschossen worden, der böse auf ihn war.«

»Von wem?« fragte Em, der furchtbar übel wurde.

»Das wissen wir nicht.«

Em riß den Kopf hoch, wütender, als sie je zuvor in ihrem Leben gewesen war, doch C.L. wiederholte lauter: *»Wir wissen nicht, wer es war, Em.«* Sie holte tief Luft, und er beteuerte: »Das ist die Wahrheit. Henry ist dabei, es herauszufinden, aber wir wissen es wirklich noch nicht.«

»Wird er auch meine Mom erschießen?« Ems Stimme

schwankte, als sie endlich die Worte aussprach, die ihr solche Angst bereiteten.

»Nein.« C.L.'s Stimme klang fest. »Wenn ich glauben würde, daß deine Mom in Gefahr wäre, würde ich nicht von ihrer Seite weichen. Wer auch immer deinen Dad erschossen hat, war wütend auf deinen Dad und nicht auf deine ganze Familie.«

»Jemand ist bei uns ins Haus eingebrochen«, gab Em zu bedenken, und C.L. erwiderte: »Ja, aber wer auch immer das war, er hat das mitgenommen, was er suchte, und ist nicht mehr zurückgekommen. Er wird deiner Mom nichts tun.«

Bei den letzten Worten schien er ein wenig unsicher zu sein, und Em warf ihm einen scharfen Blick zu. »Lüg nicht«, sagte sie. Er antwortete: »Wenn du nicht aufhörst, mich der Lügerei zu bezichtigen, werden wir beide Ärger miteinander bekommen. Ich habe dir gesagt, daß ich nicht lüge.«

»Der letzte Teil über meine Mom hörte sich aber wie eine Lüge an«, wandte Em ein. »Du hast dich nicht sehr sicher angehört.«

»Niemand versucht, deine Mom zu erschießen«, sagte C.L. »Wenn ich das annehmen würde, ließe ich sie keinen Moment aus den Augen. Großes Indianerehrenwort.«

»Behandle mich nicht wie ein kleines Kind«, sagte Em.

»Du bist ein Kind«, erwiderte C.L. »Hör auf zu versuchen, dich wie eine Erwachsene zu benehmen, und laß zu, daß wir uns um dich kümmern.«

»Ich will doch nur wissen, was los ist«, sagte Em trotzig. »Das ganze Flüstern, die Kinder in der Schule. Und Mom sieht so schrecklich aus. Alles ist schrecklich. Ich hasse es.«

C.L. ließ den Motor wieder an. »Okay. Eigentlich wollte ich dich zu deiner Mom zurückbringen, nachdem ich dir die Straße gezeigt habe, aber ich denke, wir sollten statt dessen zur Farm hinausfahren und deine Mom anrufen, damit sie dich holen kommt. Vielleicht hat sie ja Lust, zum Abendessen zu bleiben, dann könnt ihr beide euch ein bißchen erholen. Hört sich das gut an?«

Em nickte. »Hmm. Aber ich will immer noch wissen, was los ist.«

»Das will ich auch, Kleine«, sagte C.L. zu ihr. »Das will ich auch.«

Maddie schloß die Augen, atmete tief durch, nahm den Hörer ab und sagte: *»Hallo?«*

»Alles in Ordnung.« Warm und sicher drang C.L.'s Stimme durch die Leitung. »Pfeif die Hunde wieder zurück, Süße. Ich habe dein Kind gefunden, alles in Ordnung.«

»Was?« Maddies Knie gaben nach, und sie sank auf den Stuhl neben dem Telefon. »Sie ist *bei dir*? Geht es ihr gut?«

Ihre Hand zitterte so stark, daß sie den Hörer nicht mehr halten konnte und Henry ihn ihr abnahm.

»Wer ist da? C.L.? Was zum Teufel geht da vor?« hörte sie ihn fragen. Ihr Kopf sackte auf ihre Knie, während Henry zuhörte und dann sagte: »Erzähl es Maddie.« Mühsam hob sie ihren Kopf, und er reichte ihr den Hörer. »Em geht es gut. Ich muß ein oder zwei Anrufe machen. Bleib du hier und sprich mit C.L. Beruhige dich jetzt erst einmal.«

Maddie nahm den Hörer entgegen und versuchte, die Tränen der Erleichterung hinunterzuschlucken. »C.L.?«

»Alles in Ordnung, Schatz. Es geht ihr gut«, sagte C.L. mit so viel Liebe und Fürsorge in der Stimme, daß ihr ganz schwach zumute wurde und sie sich gegen die Wand lehnen mußte. Sie hielt den Hörer ein wenig von ihrem Mund weg, damit er sie nicht weinen hörte.

»Sie wollte mit dem Fahrrad hierher zur Farm fahren«, fuhr C.L. fort. »Und stell dir vor, beinahe hätte sie es auch geschafft. Sie ist zwar völlig erschöpft, aber sonst geht es ihr gut.«

»Es ist ihr wirklich nichts passiert?« Maddie begann, sich vor und zurück zu wiegen, den einen Arm fest um den Körper gelegt, während ihr vor Erleichterung die Tränen die Wangen hinunterliefen. »Gott sei Dank, es geht ihr gut. Wo hast du sie gefunden? Wer hat sie mitgenommen?«

»Niemand«, antwortete C.L. »Das habe ich auch zuerst gedacht, aber sie ist ganz allein losgefahren. Anna gibt ihr gerade Limonade. Es ist alles in Ordnung.«

Maddie schniefte und ermahnte sich, tief durchzuatmen, um nicht in Hysterie auszubrechen. Em ging es gut. Sie war nicht entführt worden. Es ging ihr gut. Mit dem Handrücken wischte Maddie sich die Tränen aus dem Gesicht. Irgendein Idiot mußte gehört haben, daß Em vermißt wurde, und hatte sich einen bösen Scherz erlaubt, während Em einfach nur mit dem Fahrrad durch die Gegend gefahren war. »Ich will nie wieder so eine entsetzliche Angst haben müssen. Sag ihr, daß sie ihr blaues Wunder erleben wird. Ich kann nicht glauben, daß sie so etwas tut. Nach allem, was passiert ist –«

»Genau deswegen hat sie es getan«, sagte C.L. »Du mußt mit ihr reden, Mad. Sie ist verängstigt und durcheinander. Sie muß wissen, was los ist.«

Maddies Anspannung richtete sich gegen C.L. Irgendein hirnloser Idiot hatte ihre Tochter bedroht, und nun hielt C.L. sich wohl für Dr. Freud. »Danke für den Rat. Ich komme sie sofort holen.«

»Warum läßt du sie nicht noch eine Weile hier draußen bleiben? Ich denke, sie könnte einen Tapetenwechsel ganz gut vertragen.«

»C.L., ich will nicht –«

»Und Anna ist ganz vernarrt in die Idee. Ich habe sie schon gefragt. Morgen wollen sie Plätzchen backen.«

Maddie preßte die Zähne zusammen. »C.L., ich will *wirklich* nicht –«

»Tu mir den Gefallen«, bat C.L. in einem Ton, der soviel besagte wie ›Komm schon‹. »Packe ein paar Sachen für dich zusammen und komm her. Hier seid ihr sicher und könnt euch ein wenig erholen. Ihr beide habt für eine ganze Weile genug Frog Point gehabt.«

»C.L. –«

»Ich weiß, daß du böse bist«, sagte er. »Ich weiß, daß du dir furchtbare Sorgen gemacht hast und jetzt böse bist, und ich weiß auch, daß du die Hölle durchgemacht hast und es immer noch nicht vorbei ist. Komm her und laß zu, daß wir uns um dich kümmern.« Er senkte die Stimme ein wenig, woraus Maddie schloß, daß jemand am anderen Ende zuhörte. »Komm her und laß dir von mir helfen. Du bekommst keine Extrapunkte dafür, daß du alles allein durchstehst, Mad.«

Du hast sie verdient, dachte Maddie. Du solltest Bonuspunkte bekommen. Sie war so müde, mit allem allein fertigzuwerden, und zur Farm hinauszufahren bedeutete nicht, daß sie aufgab. Es bedeutete nur, daß sie sich ein wenig ausruhte.

Maddie kniff die Augen zusammen, um nicht zu weinen, weil es sich so verlockend anhörte. C.L. Anna. Die Farm und der Fluß und keine Kidnapper, weil Henry und C.L. niemanden in die Nähe lassen würden. Nicht, daß C.L. ein Held war, nur weil er ihr Kind aufgespürt hatte und nun auf sie aufpaßte. Maddie versuchte, ihren Ärger aufrechtzuerhalten, weil dies der einzige Grund war, der sie davon abhielt, ohne Auto bis zur Farm zu rennen, um sich in seine Arme zu werfen und zu sagen: *Irgend jemand hat es auf mich abgesehen, hilf mir.* Nein, sie konnte sich selbst retten. Sie würde sich selbst retten. Und Em auch.

»Anna macht Brathähnchen mit Sauce«, machte C.L. ihr

den Mund wäßrig. »Em kann es gar nicht mehr erwarten. Dazu gibt es Kartoffelpüree. Ich weiß doch, daß du nichts mehr liebst als Kartoffelpüree, abgesehen von Em. Und von mir.«

Ein Grinsen lag in seiner Stimme, und sie fühlte sich zunehmend besser, während sie ihm einfach zuhörte. »Cholesterin«, sagte sie.

»Em ist acht«, erwiderte C.L. »Mindestens bis zur High-School wird sie es noch ohne Bypass schaffen.«

Sie sollte nicht dorthin fahren. C.L. war dort, und sie hatte doch so sorgfältig geplant, sich von ihm, von allen fernzuhalten, bis sich die Wogen wieder geglättet hätten und sie wieder mit Menschen und Telefonanrufen umgehen konnte. Bis sie wieder damit umgehen konnte, C.L. zu sehen.

»Komm schon, Mad«, beharrte er. »Em fühlt sich wohler hier draußen. Und sicherer. Komm schon her.«

Er hatte recht. »In Ordnung«, willigte Maddie ein. »Ich bin gleich da.«

Sie legte auf und sank auf den Stuhl zurück in dem Bemühen, ihren Platz in der Welt wiederzufinden. Em ging es gut. Und wenn es Em gutging, konnte es nichts auf der Welt geben, was allzu schlecht war.

Doch, eins gab es. Maddie richtete sich auf. *Erzählen Sie der Polizei von der Waffe und dem Geld,* hatte die Stimme gesagt. Das bedeutete, daß der Anrufer nicht irgendein Schwachkopf gewesen war. Er war der Mörder, und er war hinter ihr her.

Schon wieder klingelte das Telefon, und Maddie starrte es an. Jeder konnte es sein – der Mörder, die Polizei, ihre Schwiegermutter, Treva, ein Dutzend Leute, mit denen sie nicht sprechen wollte, ein Dutzend Probleme, denen sie sich nicht stellen wollte. Aber es hörte nicht auf zu läuten, also hob sie ab und sagte ihrer Mutter, daß es Em gutginge und sie sie später anrufen werde, um ihr alles zu erklären. Danach rief sie Treva an und sagte ihr, daß es Em gutginge und sie sie später anrufen werde, um ihr alles zu erklären. Sie ging nach oben, suchte Ems Pyjama und ein paar Kleidungsstücke zum Wechseln zusammen, während sie sich ununterbrochen einredete, daß alles gut werde.

Sie konnte es nicht erwarten, zur Farm zu kommen.

Em saß auf der Veranda und wartete auf ihre Mutter, während sie die Limonade ganz langsam trank, damit sie länger etwas davon hatte. Anna hatte gesagt, sie könne so viel davon haben, wie sie mochte, aber langsam getrunken schmeckte sie einfach besser. Vor allem, weil sie über so vieles nachdenken mußte, bevor ihre Mutter zur Farm kam.

In diesem Augenblick fuhr ihre Mom in dem Mietwagen die Straße entlang und parkte am Rand des Rasens. Sie stieg aus und marschierte durch das Gras auf sie zu. Am liebsten wäre Em ihr entgegengelaufen, aber sie tat es nicht. Diesmal nicht. Vorsichtig stellte Em die Limonade auf den Stufen ab, stand auf und verschränkte die Arme vor ihrem Körper.

Ihre Mutter blieb in einigem Abstand stehen und sah sie ganz seltsam an. Em hob ihr Kinn ein wenig. »Ich habe mich *zu Tode* um dich geängstigt, tue so etwas nie wieder«, sagte ihre Mom, aber Em starrte sie nur an, bis ihre Mutter nachfragte: »Em?«

Die Fliegentür ging auf, und Em hörte C.L. hinter sich über die Veranda kommen. »Em ist es leid, daß man sie ständig anlügt«, sagte er zu ihrer Mom. »Sie will endlich wissen, was los ist.«

Em sah, wie sich Maddies Miene verhärtete. »Ich kann mein Kind alleine erziehen, vielen Dank«, sagte sie zu C.L. über Ems Schultern hinweg.

»Du weißt, daß das nicht stimmt«, erwiderte C.L. »Deshalb hat sie versucht, fünfzehn Meilen mit dem Fahrrad bis zu mir zu fahren.«

Ems Mom trat einen Schritt näher, C.L. immer noch fixierend. *»Jetzt hör mir mal zu –«*

»Er hat recht«, mischte Em sich ein. »Du kannst ihn anschreien, soviel du willst, aber er hat recht.«

Ihre Mom wirkte erschüttert. »Em –«

»Er lügt mich nicht an«, sagte Em. »Ich weiß, daß er nicht alles erzählt, ich weiß, daß er Sachen weiß, die ich nicht weiß, zum Beispiel, warum er sich Sorgen um dich macht, obwohl er sagt, daß dir nichts passiert. Aber er *lügt* mich nicht an. Und du wohl. Du lügst und *lügst.*«

Sobald sie die Worte ausgesprochen hatte, erschauerte auch Em am ganzen Körper. Die Worte waren furchtbar, aber sie mußte sie sagen. »Du lügst die ganze Zeit«, fügte sie hinzu, stand dann auf und ging vom Haus zum Steg hinunter. Sie bemühte sich, nicht zu weinen. Als sie am Steg ankam, zog sie ihre Schuhe aus, setzte sich auf den Rand der verwitterten Holzbretter und ließ ihre Füße in dem kühlen Wasser baumeln. Phoebe kam hinter ihr hergesprungen, und Em ergriff sie am Halsband, damit sie nicht in den Fluß fiel. Fest drückte sie den kleinen, quirligen Körper an sich und versuchte krampfhaft, nicht daran zu denken, was sie gerade eben ausgesprochen hatte.

Maddie wollte Em hinterherlaufen, sie in die Arme schließen und wieder zu dem Kind werden lassen, das sie noch vor einem Monat gewesen war – nicht dieses starre Häuflein Elend, das sich steifbeinig an jeden Ort zurückzog, wo es keine Erwachsenen gab. Dann setzte Em sich an den Rand des Stegs, während Phoebe ihr nachsprang und sich neben ihr niederließ, und Maddie dachte: *Ich muß das in Ordnung bringen und weiß nicht wie.*

»Du mußt aufhören, sie anzulügen, Maddie«, sagte C.L.

Sie drehte sich zu ihm um, weil er der einzige Mensch war, den sie anschreien konnte.

»Du meinst also, ich soll ihr sagen, daß ihr Vater ermordet wurde?« fragte sie streitlustig. »Ich soll ihr also sagen, daß er Geld veruntreut hat und eine Affäre hatte, daß er plante, sie zu entführen und mit sich nach Südamerika zu nehmen, ohne mich? Ich soll ihr also von dir und mir erzählen?«

»Ja.« C.L. nickte grimmig. »Ja, das meine ich. Weil sie ohnehin schon weiß, daß irgend etwas absolut nicht stimmt, und die Wahrheit ist besser als all die Dinge, vor denen sie sich fürchtet. Du bist alles, was sie hat, Mad. Wenn sie dir nicht mehr trauen kann, ist sie ganz allein, und sie ist verdammt noch mal zu klein, um allein zu sein. Und ich will dir noch etwas sagen, wenn ich gerade schon dabei bin: So empfindlich ist Em nicht. Du behandelst sie, als könne sie jeden Augenblick zerbrechen, und mir ist klar, daß sie eine schwere Zeit durchmacht, aber sie ist so zäh wie ein alter Stiefel, solange du aufrichtig zu ihr bist. Wenn du ehrlich zu ihr bist, wird es ihr gutgehen.«

Nein. Maddie schluckte und trat einen Schritt zurück. Den Vater zu verlieren, war Alptraum genug für Em; ihn an einen Killer zu verlieren, der immer noch frei herumlief, wäre unerträglich.

Nein. »Ich kann ihr nicht sagen, daß ihr Vater ermordet wurde. Das werde ich nicht tun.«

»Das brauchst du auch nicht.« C.L. ließ sich so langsam auf der Verandatreppe nieder, als sei er plötzlich vorzeitig gealtert. »Ich habe es ihr schon gesagt.«

Maddie überlief es eiskalt. »Du hast *was* getan?«

C.L. blickte zu ihr hoch, und sie sah, daß er ihrem Ärger nichts entgegensetzen würde. »Sie hat mich gefragt. Die Kinder in der Schule haben es ihr erzählt, also wollte sie von mir wissen, ob es wahr ist. Und *ich* würde dieses Kind nicht anlügen. Niemals. Auch wenn das bedeutet, daß du mich haßt.«

»Wie schön für dich«, sagte Maddie, vor Wut bebend. »Du mußt dich ja *sehr* rechtschaffen fühlen. *Ist dir eigentlich klar* –«

»Mir ist klar, was es heißt, angelogen zu werden«, antwortete C.L. barsch. »Mir ist klar, was es heißt, dich anzusehen und so sehr zu lieben, daß es weh tut, und dabei zu wissen, daß du das Blaue vom Himmel herunterlügst, weil du mir nicht traust. Und das tue ich deinem Kind nicht an. Vergiß es.«

Wie üblich hatte er alles falsch verstanden, aber sie hatte nicht die Zeit, ihm ihren Standpunkt zu erklären. »Jetzt hör mir mal zu. Em und mir geht es gut. Wir brauchen weder dich noch deine Hilfe, also halte dich verdammt noch mal da raus.«

C.L. zuckte zusammen. »Vielleicht brauchst *du* mich nicht, aber dein Kind mit Sicherheit. Und ich will, daß sie mich braucht. Wenn es zwischen uns nicht klappt, okay, dann muß es wohl so sein, schätze ich. Aber mische dich nicht bei Em und mir ein. Wir beide verstehen uns nämlich prächtig.«

Erst in diesem Moment nahm Maddie ihn tatsächlich wahr, wie er grimmig und entschlossen dort auf den Stufen der Veranda saß und ihr sagte, daß er ihre Tochter nicht im Stich lassen werde, egal, was passierte. Er würde für Em dasein. Er wollte für Em dasein. Und Em vertraute ihm, sonst wäre sie nicht zu ihm gekommen.

Ich vertraue ihm auch, verdammt, schoß es Maddie durch den Kopf. Er war stark und fürsorglich und witzig und süß und aufregend und unverschämt begehrenswert, und er wollte Em für immer beschützen. Sie mußte lediglich zu der alten Maddie zurückfinden, die er begehrte, dann konnte sie ihn haben. Das war alles, was sie tun mußte.

»Ich kann es nicht«, sagte sie zu ihm. »Ich kann nicht mehr diese fade Unschuld vom Lande wie vor zwanzig Jahren sein. Ich kann noch nicht einmal die sarkastische Unschuld vom Lande sein, die ich vor einem Monat war. Ich bin nicht mehr die Frau, in die du dich in der High-School verliebt hast. Vergiß es.«

Bei diesem Themenwechsel blinzelte C.L. zu ihr hoch und nahm den Faden auf. »Die? Vergiß sie. Ich jedenfalls habe sie vergessen. Sie war eine tolle Erinnerung, aber du bist nicht sie. Du bist ein Dickkopf und ein durchtriebenes Weibsbild, und du hast ein verdammt loses Mundwerk, und meistens weiß ich nicht, ob ich über dich herfallen oder dich anschreien oder vor dir weglaufen soll, aber ich liebe dich, Punkt und Schluß. Gott weiß warum, aber so ist es. Ich liebe auch dein Kind. Also finde dich damit ab, Süße.« Er sah sie so finster an, daß sie am liebsten laut losgelacht hätte, wenn sie nicht in einer so mißlichen Lage gewesen wäre.

Keine Lügen mehr, hatte er gesagt. Sie dachte an die letzten beiden Wochen, daran, wie es war, ihn nicht in ihrer Nähe zu haben, Treva aus dem Weg zu gehen, ihrer Mutter vorzuspielen, daß alles in Ordnung sei, an Em, die kein Vertrauen mehr zu ihr hatte, und daran, wie sie sich vor einer Stunde gefühlt hatte, als ihre ganze Welt in Trümmern lag. Nie wieder wollte sie dieses Gefühl verspüren. Sie hatte versucht, Em zu beschützen, indem sie alle fernhielt, aber die damit verbundene Einsamkeit war so überwältigend gewesen. Nie zuvor hatte sie so ein Gefühl gehabt, weil sie stets Frog Point um sich gewußt hatte, das sie beschützte. Tja, sie hatte bekommen, was sie wollte – sie hatte sich von Frog Point gelöst. Sie hatte sich von jedem gelöst.

Und sie hatte sich elend und verletzlich und ängstlich gefühlt und Em in keinster Weise beschützt.

Vielleicht war es Zeit, umzukehren.

»Rühre dich nicht von der Stelle«, sagte sie zu C.L. »Ich

muß mit meinem Kind reden, aber ich will, daß du hier bleibst, bis ich wiederkomme.«

»Ich kann nirgends anders hingehen«, antwortete C.L. »Ich baue ein Haus hier.«

Sie drehte sich um und ging zu dem Steg hinunter, widerstrebend dem schlimmsten mehrerer Gespräche entgegen, die sie nicht führen wollte, aber dennoch unweigerlich führen würde.

Maddie setzte sich neben Em auf die verwitterten Holzbohlen und zog ebenfalls ihre Schuhe aus, um das kühle grüne Wasser an ihren Füßen zu spüren. Ein wohliges Gefühl breitete sich von den Knöcheln bis hoch zu den Schenkeln aus und entspannte ihren ganzen Körper. Vor Wonne seufzte sie auf.

Em plätscherte ein wenig mit ihren Füßen im Wasser, und als Phoebe unter ihrem Arm durchschlüpfte, um auf Maddies Schoß zu klettern und ihr das Gesicht abzulecken, schob sie ihre Unterlippe vor und wandte sich halb ab.

Maddie hob das Hündchen hoch, setzte es auf den Steg hinter sich und nahm Ems Hand.

Em zog sie zurück.

Na schön. Maddie faltete ihre Hände im Schoß und begann: »Okay, du hast recht. Ich hätte dir die Wahrheit sagen sollen. Ich wollte dir Kummer ersparen, weil die Wahrheit so entsetzlich ist, aber wahrscheinlich gab es gar keinen Weg, wie ich das hätte tun können.« Sie beugte ihren Kopf ein wenig herab, um Ems Gesicht zu sehen. »Oder gab es einen?«

»Nein«, sagte Em. »Nein. Es ist einfach fies, wenn man nicht weiß, was los ist. Ich halte das nicht aus.«

»Was möchtest du wissen?« fragte Maddie.

Em biß sich auf die Lippe und sah sie an. »C.L. sagt, daß irgendeiner Daddy erschossen hat.«

Oh, Mist. Maddie nickte. »Ja, aber er war sofort tot. Er hat gar nichts gespürt, Em. Das ist die Wahrheit.«

Für eine Minute hielt Em die Lippen zusammengepreßt. »Wer hat es getan?«

»Ich weiß es nicht«, antwortete Maddie. »Wirklich, ich weiß es nicht. Henry versucht, das herauszufinden, aber wir wissen es wirklich noch nicht. Ich habe noch nicht einmal eine Idee.«

»Erzähl mir, was passiert ist«, bat Em. »Ich will es wissen.«

»Okay.« Maddie schluckte. »Wir wissen nicht sehr viel. Aber an jenem Freitagabend hat sich dein Dad mit jemandem in seinem Auto getroffen. Er muß sich sehr schläfrig gefühlt haben, weil er Wein getrunken hatte, in den ich einige von meinen Schmerztabletten gemischt hatte. Also muß wohl die andere Person den Wagen zum Point hochgefahren und dort geparkt haben. Was dann geschehen ist, wissen wir nicht genau, aber dein Dad muß wegen der Tabletten eingeschlafen sein, und dann« – Maddie legte den Arm um die steifen Schultern ihrer Tochter –, »und dann hat die andere Person ihn erschossen.«

Em nickte, lehnte sich jedoch nicht gegen ihre Mutter. »Das sagen die Kinder auch. Grandma sagt, ihm wäre schlecht geworden und er wäre ganz schnell gestorben, aber die Kinder sagen, daß er erschossen worden ist.« Sie sah zu Maddie auf. »Aber das mit den Tabletten wußte ich nicht. Heißt das, er hat noch nicht einmal gewußt, daß er erschossen wird, nicht mal eine Minute lang?«

»Wahrscheinlich«, meinte Maddie. »Auch wenn er noch wach war, war er vermutlich so betäubt, daß er gar nicht wußte, was passierte. Er hat keine Schmerzen gehabt, Em. Das ist keine Lüge. Er hat nichts gespürt.«

Seufzend lehnte sich Em endlich gegen ihre Mutter. »Das ist schon besser. Ein bißchen. Es ist immer noch schrecklich, aber ich wollte gar nicht daran denken, daß er vielleicht Angst hatte oder so.«

»Nein.« Maddie drückte Em einen Kuß auf die Stirn. »Nein. Wahrscheinlich hat er ganz schnell das Bewußtsein verloren.«

»Wird dieser Mensch auch dich erschießen?« fragte Em.

»Nein.« Maddie lehnte sich ein wenig zurück, um Em ins Gesicht zu sehen. »Nein, natürlich nicht. Mach dir darüber keine Sorgen.«

»Er hat Daddy erschossen«, sagte Em mit zittriger Stimme. »Er könnte auch dich erschießen.«

»Ich glaube, daß er auf Dad wütend war.« Maddie versuchte, einen Weg um die ganzen schmutzigen Details zu finden, ohne zu lügen. »Es gab einige Leute, die auf deinen Dad wütend waren, aber sie sind nicht auf mich böse.«

»Ich meine nur, weil dir auch soviel Schlimmes passiert ist«, erklärte Em. »Wie der Autounfall und dein Gesicht.«

»Das waren Unfälle, Em«, antwortete Maddie. »Die Sache mit dem Auto war nur ein Unfall.« *Websters kleiner Bruder ist auf dich draufgefahren,* hatte Henry gesagt. »Ich glaube jedenfalls, daß es ein Unfall war. Autounfälle passieren ständig.«

»War dein Gesicht auch ein Unfall?« fragte Em, und Maddie mußte erneut schlucken, bevor sie erwiderte: »Nein.«

»Was ist denn dann passiert?« Ems Augen verengten sich, als Maddie zögerte. »Lüg nicht.«

»In jener Nacht ist dein Dad furchtbar sauer nach Hause gekommen«, sagte Maddie. »Und ich war auch sauer. Deshalb haben wir uns gestritten.« Wieder hielt sie inne, und Em verharrte mit versteinertem Gesichtsausdruck neben ihr. »Dabei hat er mich geschlagen.«

Em riß die Augen auf und wich dann ein Stück zurück. *»Nein, das hat er nicht.«*

In Ordnung. In Ordnung.

»Das hat er nicht getan«, wiederholte Em.

Schweigend blieb Maddie sitzen, fest entschlossen, ihr Versprechen zu halten und nicht zu lügen, jedoch ebenso fest entschlossen, ihre Tochter mit der Wahrheit nicht zu vernichten.

Wortlos starrten sie auf das Wasser und beobachteten, wie die Fische nur knapp unter der Oberfläche umherschnellten. Das Sonnenlicht schimmerte auf den kleinen Wellen, und der Steg spiegelte sich verzerrt in dem kühlen grünen Wasser. Hinter ihnen scharrte Phoebe auf der Suche nach dem Fischgeruch.

Schließlich meinte Em: »Warum?«

Maddie ergriff ihre Hand und spürte die Zerbrechlichkeit der kleinen Finger zwischen ihren eigenen. Sie war so klein. Zu klein für die Wahrheit, aber die war alles, was Maddie noch übrigblieb. »Er war einfach nur wütend, Em. Danach hat er sich dafür entschuldigt.« Maddie erinnerte sich, wie Brent auf der anderen Seite der Tür gestanden und gesagt hatte: »Es tut mir so leid. Ich muß einfach nur wissen, was du weißt.« Jeder wollte die Wahrheit erfahren. »Es tat ihm sehr, sehr leid. Er hat die Beherrschung verloren. Hör zu.« Sie beugte sich näher zu ihrer Tochter. »Niemals zuvor oder danach hat er mich geschlagen. Nie. So war er nicht.«

»Ich weiß.« Em richtete ihren Blick wieder auf das Wasser und schniefte. »Ich weiß. Er war ein lieber Daddy.«

»Ja, das war er.«

Em nickte. »Also will uns niemand etwas Böses antun.«

»Nein«, sagte Maddie, einen Moment lang den Kidnapper-Anruf ignorierend. »Em, mir tut das alles so entsetzlich leid. Es tut mir so leid, daß du dir das alles anhören mußt.«

»Es ist besser so«, sagte Em. »Es ist besser, als nicht zu wissen, was los ist. Ich hatte Angst deswegen.«

»Ich weiß«, antwortete Maddie. »Ich mag das auch nicht. Geht es dir gut?«

»Hmm«, sagte Em. »Ich bin ganz furchtbar traurig, aber es geht schon.« Sie hob ihr Gesicht und blickte sich um, so, als würde sie die Farm und den Fluß zum ersten Mal bewußt wahrnehmen. »Ich bin echt froh, daß wir hier draußen sind. Ich mag Frog Point, aber jetzt bin ich froh, daß wir hier sind.«

»Ich auch, meine Kleine«, meinte Maddie. »Frog Point kann einem ganz schön zu schaffen machen.«

Em legte den Kopf auf die Seite, um ihre Mutter anzusehen. »Bist du böse auf Tante Treva? Du redest gar nicht mehr mit ihr, noch nicht einmal, wenn sie anruft.«

Treva. Noch eine Lüge, der sie sich stellen mußte. Noch ein Verrat. Maddie ließ Ems Hand los und erhob sich von den Holzbohlen. In Erwartung eines Spaziergangs machte Phoebe voller Begeisterung einen riesigen Satz und rannte auf dem Steg hin und her. »Nein. Ich bin nicht böse.« Das war nicht gelogen. Sie war enttäuscht und verletzt und fühlte sich hintergangen, aber sie war nicht böse. »Hör zu, ich muß noch einmal in die Stadt zurückfahren, um deiner Grandma zu sagen, daß es dir gutgeht. Ihr beide, Phoebe und du, seid hier draußen bei C.L. und Anna gut aufgehoben.«

»Magst du C.L.?« Em schaute wieder auf das Wasser, sorgsam darauf bedacht, ihre Mutter nicht anzusehen.

»Ja.« Maddie blickte in den Himmel hinauf und dachte: *Mein Intimleben werde ich nicht mit diesem Kind erörtern. Vergiß es.*

»War Daddy deshalb sauer?«

»Nein. Lieber Himmel, Em, *nein*.« Maddie sank auf den Steg zurück, und Phoebe kam in großen Sätzen angelaufen, um auf ihren Schoß zu springen. »Hör zu, dein Dad und ich haben C.L. zwanzig Jahre lang nicht gesehen. Er ist nur einfach für ein paar Tage in die Stadt zurückgekommen. Dein Dad war nicht eifersüchtig, das schwöre ich.«

Em zog Phoebe unter ihren Arm, ohne Maddie anzusehen. Unverwandt hielt sie den Blick auf das Wasser gerichtet. »Weil C.L. dich sehr gern mag.«

»Nun ja« – Maddie bemerkte, daß sie ziemlich idiotisch mit dem Kopf nickte –, »ich mag ihn auch sehr gern.«

Em sah ihre Mutter an. »Wirst du ihn heiraten?«

»Nein«, sagte Maddie. »Ich werde ganz lange Zeit überhaupt niemanden heiraten, und vielleicht gar nicht. Du und ich kommen wunderbar allein zurecht.« Phoebe wand sich unter Ems Armen, und Maddie streckte die Hand aus, um sie hinter den Ohren zu kraulen. »Du und ich und Phoebe.«

»Und Grandma«, sagte Em. »Und Mel.«

»Stimmt.«

»Und Three. Und Tante Treva und Onkel Howie.«

Three. Ems Halbbruder. Three, groß und lächelnd und lieb zu Mel und Em. Er war ein guter Junge. Nein, ein guter junger Mann. Schließlich war er zwanzig Jahre alt. Er war erwachsen. So viele Jahre. Machte das, was vor zwanzig Jahren passiert war, heute tatsächlich noch einen Unterschied? War das, was geschehen war, es wert, Three zu verlieren?

Und, noch mehr, war er es wert, Treva zu verlieren? Sie kannte Treva ihr ganzes Leben lang. Es gab keine einzige Erinnerung, die nicht irgendwie mit Treva verbunden war, und wenn sie ihr auch nur später davon erzählt hatte. Achtunddreißig Jahre voller Geflüster und Gekicher und *Die Geschichte wird dir gefallen,* stets mit der Gewißheit, daß Treva immer dasein würde, mit Schokolade und treffenden Bemerkungen und bedingungsloser Unterstützung.

Maddie schloß die Augen und dachte: *Ich vermisse sie so sehr,* und dann, *ich war so dumm.*

»Mom?« fragte Em.

»Ja«, antwortete Maddie mit leicht bebender Stimme. »Und Three und Treva und Howie. Wir sind nicht allein. Alles wird gut.«

»Und Anna«, fuhr Em fort. »Und Henry.«

»Ganz viele Menschen«, sagte Maddie.

Em nickte. »Und C.L.«

»Und C.L.«, bestätigte Maddie. »Wir haben viele Freunde. Alles wird gut.«

»Okay.« Em beugte sich vor und vergrub ihr Gesicht in dem weichen Fell an Phoebes Hals. »Okay.«

C.L. beobachtete sie von der Veranda aus und spürte seine Anspannung, sobald sich eine von beiden regte. Was auch immer sich dort unten abspielen mochte – zumindest redeten sie miteinander, und das war gut so. Außerdem waren sie hier zusammen auf der Farm, wo er sich um sie kümmern konnte, und das war auch gut. Nun kam Maddie die Wiese herauf auf die Veranda zu. Sie sah zwar erschöpft, aber erleichtert aus, und das war besser als alles andere.

»Wie geht es ihr?« rief C.L. ihr entgegen, sobald sie in Hörweite war.

»In Anbetracht dessen, was sie durchgemacht hat, ganz gut.« Maddie verlangsamte ihren Schritt, als sie die Veranda erreichte. »Ich muß noch einmal in die Stadt. Kannst du für ein paar Stunden auf sie aufpassen?«

»Ich kann den Rest meines Lebens auf sie aufpassen«, erwiderte C.L.

Maddie schloß die Augen. »Laß uns mit ein paar Stunden anfangen und sehen, wie es klappt.«

»Es wird bestens klappen«, sagte C.L. »Em und ich verstehen uns. Es sind vielmehr du und ich, die Kommunikationsprobleme haben.«

»Später«, sagte Maddie. »Immer nur ein Trauma auf einmal. Ich habe noch einige Dinge zu klären. Bis später.«

Er beobachtete, wie sie zum Auto ging, und stellte sich zum tausendsten Mal vor, wie großartig es wäre, wenn sie ihm endlich genug vertraute, um Halt bei ihm zu suchen. Langsam erhob er sich, ging in die Küche und holte die Angelruten. Em und er könnten vor dem Abendessen noch ein wenig auf Fischfang gehen.

Maddie fuhr in die Stadt zurück und bog in die Linden Street ein. Ihre Straße. Ihre und Trevas Straße seit nahezu zwanzig Jahren. Sie hatten sie miteinander geteilt, so wie sie ihr ganzes Leben lang alles miteinander geteilt hatten, zusammen gelacht und geweint hatten und vorbehaltlos jederzeit für die andere dagewesen waren.

Nun war es an der Zeit, dies zurückzugewinnen, wenn das überhaupt noch möglich war. Erst drei Wochen waren vergangen, seitdem sie an Trevas Hintertür gestanden und gesagt hatte: »Brent betrügt mich. Ich will mich scheiden lassen.« Damals hatte sie geglaubt, dies sei das Ende der Welt. Erstaunlich, wie sehr drei Wochen die Perspektive ändern konnten. Ehebruch war für sie mittlerweile nebensächlich geworden. Mord und Entführung, darüber konnte sie sich noch aufregen, aber Ehebruch? Lächerlich.

Sie parkte vor Trevas Haus und klopfte an die Hintertür.

Treva öffnete und sagte: »Mein Gott, Maddie, du bist es.« Sie streckte den Arm aus und ergriff sie am Ärmel. »Was ist passiert? Ist wieder etwas mit Em?«

Maddie sah sie an und dachte, *ich habe Em nicht belogen. Ich bin nicht böse auf Treva. Überhaupt nicht böse.* Laut sagte sie jedoch nur: »Wir müssen miteinander reden, Treva. Das hätten wir schon vor langer Zeit tun sollen. Komm, laß uns ein Stück spazierengehen.«

Treva verharrte einen Moment wie angewurzelt, bevor sie einen Blick über die Schulter warf. Das Licht aus der Küche, vor dem sich ihre Konturen abzeichneten, verschmolz hier draußen mit der frühen Septemberdämmerung, und aus dem Inneren des Hauses drangen zwei tiefere Stimmen, vermischt mit einem hellen Sopran, an ihr Ohr. Familienzeit. »In Ordnung«, sagte Treva. »Wenn du möchtest.«

Sie schlüpfte ins Haus zurück, und Maddie hörte, wie sie ihrer Familie erklärte, sie werde einen kurzen Spaziergang machen, »nur einen kleinen mit Maddie, um uns auszusprechen«. Lastende Stille folgte, aber selbst Mel war nicht so taktlos, Fragen zu stellen.

Mit zwei Windjacken trat Treva wieder heraus und reichte Maddie die grüne, bevor sie die Tür hinter sich zuzog. »Es wird kühler«, sagte sie, während sie sich selbst die rote überstreifte. »Ich liebe den September, aber die Abende können ganz schön frisch werden.«

Maddie schlüpfte mit den Armen in die grüne Windjacke und schob die Ärmel über ihre Handgelenke hoch. Die Jacke war ein XL-Modell, eine von der Art, wie Brent sie immer getragen hatte. Schweigend gingen sie an den Nachbarhäusern von Mr. Kemp, Mrs. Whittaker und Mrs. Bannister vorüber bis zur nächsten Ecke, wo Maddie fragte: »Ist die von Three?«

»Ja«, sagte Treva. »Er ist groß.«

»Wie Brent«, sagte Maddie und blieb dann stehen, weil Treva sich nicht mehr rührte.

18

»Ist schon in Ordnung«, sagte Maddie und wandte sich um, um Treva ins Gesicht zu blicken. »Deshalb bin ich hergekommen – um dir das zu sagen. Es ist schon in Ordnung. Zuerst war ich völlig außer mir, aber jetzt ist es nicht mehr wichtig.«

Treva blinzelte angestrengt, so, als bemühe sie sich, nicht loszuheulen, und preßte den Mund so fest zusammen, daß er beinahe nicht mehr zu sehen war. »Brent hat es dir also erzählt.«

»Nein.« Maddie trat einen Schritt näher. »Nein, ich habe es auf der Beerdigung begriffen. Three hat Brents Stimme. Und seine Statur. Und seine Haarlocke.«

»Deshalb wolltest du also nicht mehr mit mir reden.« Treva nickte langsam und konnte gar nicht mehr damit aufhören. »Daher also. Ich wußte es. Ich dachte, du hättest vielleicht den Brief gefunden, oder Brent hätte es dir erzählt – Maddie, es tut mir so leid. So entsetzlich leid.«

Bei diesen Worten begannen dicke Tränen zu fließen. Treva verschluckte sich, wischte die Tränen mit dem Handrücken von ihren Wangen und schnappte nach Luft. »Es tut mir leid«, wiederholte sie wieder und wieder. Maddie schloß sie in die Arme, hielt sie fest und begann ebenfalls zu weinen. Es tat so gut, die aufgestaute Wut und Einsamkeit herauszulassen.

»Es spielt keine Rolle für mich, Treve«, sagte sie, während ihre Tränen in Trevas Krauslocken tropften. »Es spielt absolut keine Rolle. Es war lediglich ein dummes Mißgeschick, das ebensogut C.L. und mir hätte passieren können. Es hätte jedem passieren können. Es spielt keine Rolle.«

»Wie ich es gehaßt habe«, schluchzte Treva und klammerte sich an sie. »Ich habe es so gehaßt, aber ich konnte es dir einfach nicht sagen, und Howie konnte ich es auch nicht erzählen, oh, Gott, ich habe Howie belogen, damit er mich heiratete, aber wie hätte ich es ihm sagen sollen, ich konnte es doch niemandem sagen, und es tut mir so, so, so wahnsinnig leid –«

Mit jedem »so« ließ sie ihren Kopf gegen Maddies Schulter fallen, so daß Maddie ihre Hand um Trevas Hinterkopf legte, um bleibende Schäden zu vermeiden. »Ich weiß. Ich konnte dir auch nicht von C.L. erzählen, weil ich mich so schämte. Ich kann mich noch ganz genau daran erinnern, wie ich mich gefühlt habe. Ich verstehe das. Es spielt keine Rolle mehr.« Maddie schluchzte ein letztes Mal und klopfte Treva tröstend auf den Rücken, während sie sich der Autos bewußt wurde, die im Vorbeifahren abbremsten, um die beiden einander in den Armen liegenden Frauen zu beäugen. »Ich meine das vollkommen ernst. Es ist mir egal. Ich dachte, es würde mir etwas ausmachen, aber das stimmt nicht.«

Treva löste sich ein wenig, um sich erneut die Tränen abzuwischen. »Mir würde es etwas ausmachen. Wenn es um dich und Howie ginge, würde es mir sehr wohl etwas ausmachen.«

»Ich weiß«, meinte Maddie. »Ich weiß, aber Tatsache ist, daß ich dich viel mehr liebe, als ich Brent jemals geliebt habe. Das mag sich schrecklich anhören, aber es ist so. Ich habe es nur nicht gewußt, bis ich vorhin mit Em gesprochen habe, aber du fehlst mir soviel mehr als er. Und Three liebe ich auch, wie sollte ich mir also wünschen können, er wäre nie geboren worden? Ich hätte mir auch nie vorstellen können, einen Tag zu überstehen, ohne ein paar Worte mit dir zu wechseln, und trotzdem habe ich genau das in den letzten beiden Wochen getan. Ich bin darüber verrückt geworden, deshalb spielt alles andere keine Rolle. Wirklich nicht. Es ist zwanzig Jahre her. Es bedeutet gar nichts mehr.«

»Oh, *Gott.*« Treva sank auf die Stufen zu Mrs. Bannisters Haus und begann, noch lauter zu weinen, während sie die Worte zwischen den Schluchzern atemlos ausstieß. »Ich bin so erleichtert. Es tut mir so wahnsinnig leid, aber ich bin wirklich erleichtert.« Sie griff nach dem Ärmel von Threes Windjacke und zog daran, bis er über Maddies Hand rutschte. »Ich wollte dir nicht weh tun. Ich schwöre dir, das war nicht meine Absicht.«

Maddie setzte sich neben sie und zupfte ihren Ärmel zurück. »Ich weiß, Treve. Es ist alles in Ordnung.«

»Brent war nur –« Trevas Schluchzer wurden leiser, und sie begann die Jackentaschen auf der Suche nach einem Papiertaschentuch zu durchwühlen, gab es dann jedoch auf und rieb ihre Nase am Ärmel. »Brent war einfach nur der Größte damals, weißt du. Ich konnte nicht glauben, daß er sich mit mir abgab. Er war doch der Schwarm aller Mädchen. Er war es einfach. Und ich war so dumm. Ich war so dumm –«

»Schon okay, Treva, ich weiß. Ich habe ihn geheiratet, um Gottes willen.« Maddie legte ihr die Hand auf den Arm, aber nun, da sie einmal angefangen hatte, konnte Treva nicht mehr aufhören.

»Und dann ist meine Periode ausgeblieben, woraufhin ich diesen Brief geschrieben habe –« Treva umklammerte Maddies Handgelenk. »*Der Brief.* Wo ist –«

»Ich habe ihn zerrissen.« Maddie streichelte beschwichtigend ihren Arm. »Er existiert nicht mehr. Ich habe ihn ins Klo gespült. Er kann dir keinen Schaden mehr zufügen, das schwöre ich.«

»Oh!« Bebend atmete Treva tief durch. »Oh, mein Gott, ich kann es einfach nicht glauben.« Wieder brach sie in Tränen aus. »Ich kann es nicht glauben. Brent wollte es dir erzählen. Er sagte, er würde es dir und Howie erzählen. Ich habe ihn angeschrien. Ich habe sogar gedroht, ihn umzubringen, aber er blieb dabei, daß er alles erzählen würde, wenn ich wegen des Geldes meinen Mund nicht hielte.« Treva schluchzte erneut auf. »Ich habe Howie schon wieder hintergangen. Ich wußte, daß Brent die Firma betrog, weil Dottie Wylie es meiner Mutter erzählt hatte, und trotzdem habe ich es Howie verschwiegen. Ich habe Brent angerufen und ein Riesentheater gemacht, aber er drohte mir, deshalb habe ich es wieder getan. Wieder habe ich Howie hintergangen.«

»Jetzt ist alles vorbei«, sagte Maddie. »Howie wird es niemals erfahren.« Dann hielt sie eine Minute verwirrt inne. »Moment mal. Was hat Dottie Wylie damit zu tun?«

Treva schluckte die restlichen Tränen hinunter. »Brent hat ihr für ihr Haus zuviel in Rechnung gestellt. Sie hat meiner Mutter erzählt, daß das Haus nicht den Preis wert sei, den sie dafür bezahlt habe. Meine Mutter erzählte es dann mir, aber ich habe Howie nichts davon gesagt. Es stellte sich jedoch heraus, daß sie recht hatte. Vor ein paar Wochen – kurz bevor das mit Brent passierte – kam Howie nach Hause und meinte, er und C.L. hätten die Bücher durchgesehen. Brent hatte bei der Bezahlung von Dotties Haus etwa vierzigtausend durch doppelte Rechnungen allein für sich eingestrichen, aber sie konnten die Rechnungsbelege nicht finden. Howie vermutete, daß er noch weitaus mehr in den letzten beiden Jahren veruntreut hat. Das wurde aus den Geldbeträgen ersichtlich, die Brent tatsächlich in den Computer eingegeben hatte, aber sie brauchten auch die Rechnungsbelege.«

»Gelbe Durchschläge«, meinte Maddie. »In dieser verdammten Kiste, die wir gefunden haben, lag ein ganzer Stapel davon. Deshalb war Brent also so wütend darüber. Seine ganzen Rechnungen lagen dort drin.« Mit einem Mal fügten sich die Puzzleteile zu einem Bild zusammen. »Ich dachte, er wäre so außer sich, weil ich herausgefunden hatte, daß er mich betrog. Ich erzählte ihm, ich sei mit C.L. zusammengewesen, und er fragte nur, was ich ihm erzählt hätte. Daß ich mit einem anderen Mann zusammen war, interessierte ihn gar nicht, sondern nur, daß es ein Finanzberater war. Bei der ganzen Sache ging es von vornherein nur um Geld. Wegen *Geld* haben wir diese Hölle durchgemacht. Kannst du dir das vorstellen?«

»Nein«, sagte Treva. »Ich habe sie durchgemacht, weil ich vor zwanzig Jahren einen schrecklichen Fehler begangen und die beiden Menschen betrogen habe, die ich am meisten liebte.«

»Das gehört nun der Vergangenheit an«, meinte Maddie. »Das wollte ich dir sagen. Ich weiß, daß dir nach Heulen zumute ist, also heraus damit, aber alles ist vergeben und vergessen. Es bedeutet mir nichts mehr.« Sie legte Treva den Arm um die Schultern und zog sie zu sich, genau so, wie sie es eine Stunde zuvor mit Em gemacht hatte. »Alles wird gut.«

»Wirst du es Howie erzählen?« fragte Treva angespannt. »Ich könnte es verstehen. Ich hätte es nicht besser verdient.«

»Natürlich werde ich es Howie nicht erzählen«, antwortete Maddie. »Hast du mir denn gar nicht zugehört? Wofür hältst du mich?«

Trevas Kopf schwankte ein wenig. »Ich halte dich für einen wundervollen Menschen. Ich bin die Schreckliche hier. Ich wußte, daß Brent Gelder aus der Firma stahl, und ich unternahm nichts, als er mich *erpreßte* –« Kraftlos ließ Treva sich wieder gegen Maddies Schulter fallen.

»Alles in Ordnung mit euch Mädchen?«

Maddie hob ihr Kinn über Trevas Kopf, um sich umzublicken. Mrs. Bannister stand auf ihrer Vorderveranda und blinzelte durch das Dämmerlicht.

»Es geht uns gut, Mrs. Bannister«, rief sie zurück. »Wir sind's nur, Maddie Martindale und Treva Hanes. Wir reden über alte Zeiten.«

»Schön, Mädchen.« Mrs. Bannister winkte mit der Hand, als sie ins Haus zurückging. »Wenn ihr etwas braucht, kommt einfach klingeln.«

»Danke«, rief Maddie zurück, während Treva wieder in Tränen ausbrach.

»Jeder ist so nett zu mir«, schluchzte sie. »Und ich bin der letzte *Abschaum*.«

»Okay, das reicht jetzt.« Maddie stand auf und zog Treva am Kragen der Windjacke auf die Füße. »Reiß dich zusammen und laß uns ein paar Meter gehen. Du bist kein Abschaum, sondern der liebste Mensch, den ich kenne, und falls ich ins Gefängnis komme, möchte ich, daß du mein Kind großziehst, also hör jetzt auf, dich selbst zu bemitleiden.«

Treva klammerte sich wieder an sie. »Du kommst nicht ins Gefängnis. Selbst wenn sie dich für schuldig erkennen, wird man auf vorübergehende Unzurechnungsfähigkeit oder so etwas plädieren.«

»Vielleicht, Treva, aber das ist kein großer Trost.« Maddie zog Treva mit sich. »Ich glaube nicht, daß es für Em besonders gut wäre, in einer Stadt zu leben, die ihre schwachsinnige Mutter für die Mörderin ihres betrügenden Vaters hält.« Plötzlich mußte Maddie an ihre Großmutter denken. »Sie werden mich irgendwo einsperren, und Em wird mich besuchen kommen und mir Esther-Price-Pralinen mitbringen, deren Nüsse ich dann an die Wand spucke.«

»Wovon zum Teufel *sprichst* du?« fragte Treva.

»Vererbungslehre«, erklärte Maddie. »Hast du jemals deine Mutter oder deine Großmutter betrachtet und gedacht: ›Lieber Himmel, eines Tages werde ich genauso sein‹?«

»Manchmal denke ich, ich bin jetzt schon wie sie«, meinte Treva. »Aus diesem Grunde habe ich wahrscheinlich zwanzig Jahre lang mit Luchsaugen über Three gewacht. Ich hatte Angst, eines Tages aufzuwachen und Brent vor mir zu sehen.«

»Das wird nie passieren.«

»Oder daß Howie ihn eines Tages ansehen und sagen wird: ›Mein Gott, er sieht ja wie Brent aus.‹ Denn das ist so, ein bißchen jedenfalls.«

Sie gingen an zwei weiteren Häusern vorüber, bevor

Maddie sagte: »Hör zu, ich weiß, daß dir nun eine Last von der Seele genommen ist, aber mit Howie hast du einen wichtigen Punkt angesprochen. Ich finde, er sollte es erfahren. Ich werde es ihm niemals erzählen, aber vielleicht solltest du es tun.«

»Das kann ich nicht.« Treva ergriff Maddie am Ärmel. »Ausgeschlossen. Er wird denken, ich hätte ihn nur geheiratet, weil ich von Brent schwanger war.«

»Howie Basset mag vieles sein, aber mit Sicherheit ist er nicht dumm«, antwortete Maddie. »Er lebt seit zwanzig Jahren mit dir zusammen. Sein ganzes Leben lang hat er dich gekannt. Er hat ein bißchen Vertrauen verdient.«

»Ich kann nicht«, sagte Treva, aber ihre Stimme klang nicht mehr ganz so zittrig.

»Ich selbst bin auch erst heute eine große Verfechterin der Wahrheit geworden«, sagte Maddie. »Ich kann es jedem nur sehr empfehlen. Du glaubst nicht, was für eine *Erleichterung* das ist.«

Treva holte tief Luft und seufzte bebend auf. »Doch, das kann ich mir vorstellen. Ich fühle mich ja selbst jetzt besser, nachdem alles zwischen uns ausgesprochen ist.«

Maddie nickte. »Dann stell dir vor, wie es dir Howie gegenüber ginge. Versuche es.«

Sie erreichten die Laterne an der Ecke der Linden Street. Während Maddie noch auf Trevas Erwiderung wartete, wurde das Licht eingeschaltet und fiel auf Trevas blonde Locken, so daß sie einen flüchtigen Augenblick dem kleinen Mädchen von einst ähnelte, ein wenig durcheinander und gleichzeitig untrennbarer Teil von Maddies Welt.

Sie hielten nun schon so lange zusammen. Und sie würden noch sehr viel länger zusammenhalten. Dies war der Grund, warum Maddie nie aus Frog Point fortgehen würde – nicht nur wegen Treva oder ihrer Mutter oder Em, sondern wegen all der Erinnerungen und der Tradition und Sicherheit, die einem achtunddreißig Jahre am selben Ort vermitteln. »Die Laternen sind an«, sagte sie zu Treva. »Du weißt, was das heißt.«

Unwillkürlich mußte Treva grinsen, ein wenig zaghaft und unter Tränen zwar, aber immerhin ein Grinsen. »In zehn Minuten zu Hause, sonst können wir etwas erleben.«

»Was auch immer geschieht«, sagte Maddie, »zwischen uns ändert sich nichts. Du wirst dich vielleicht verändern und ich mich auch, aber zwischen uns ändert sich nichts. Okay?«

»Okay«, flüsterte Treva. »Okay.«

»Okay«, wiederholte Maddie. »Lieber Himmel, was für ein Tag.«

Als nächstes stattete sie Helena und Norman einen Besuch ab. Seit Wochen war sie nicht mehr bei ihnen gewesen, das letzte Mal vor der Beerdigung. Mit pochendem Herzen klopfte sie an die Hintertür. Helenas Gesicht war, als sie die Tür öffnete und Maddie dort stehen sah, nicht gerade eine Hilfe.

»Was willst du?« fragte Helena barsch, und Maddie antwortete: »Ich will, daß du aufhörst, Gerüchte über mich zu verbreiten und meine Mutter aufzuregen.«

Durch die geschlossene Fliegentür starrte Helena Maddie an. »Ich habe nur die Wahrheit gesagt.«

»Du hast einen Teil der Wahrheit gesagt«, korrigierte Maddie sie. »Du hast beispielsweise mit keinem Wort erwähnt, daß Brent mich betrog und mich geschlagen hat, und du hast geradewegs gelogen, als du behauptetest, ich hätte ihn umgebracht. Bislang hat auch meine Mutter noch nichts darüber verlauten lassen, aber das wird sie zweifellos tun, wenn du dich in Zukunft nicht zurückhältst – was zur Folge hätte, daß mein Kind mit all dem Gerede über seine angeblich miesen Eltern fertigwerden müßte, nur, weil seine Großmütter, verdammt noch mal, zu stur sind, ihre Klappe zu halten.«

Maddie hatte den Satz nicht auf diese Art beenden wollen, aber nun war es zu spät, und es gab ihr ein gutes Gefühl. Das schien die Sprechweise der neuen Maddie zu sein, der Person, die sie hatte werden wollen, bevor Brents Tod sie aus der Bahn geworfen hatte. Sie hatte Vorsätze gehabt, und an die hätte sie sich halten sollen.

Helena trat heraus und ließ die Fliegengittertür hinter sich zuknallen. Beinahe wäre Maddie ein paar Schritte zurückgewichen, aber sie blieb standhaft. Nie wieder würde sie zurückweichen.

»Komm mit«, sagte Helena im Befehlston, und Maddie folgte ihr auf dem Weg zur Garage.

Helena entriegelte das Tor und schaltete das Licht ein.

»Oh, nein«, entfuhr es Maddie.

In der Garage stapelten sich Poster, Plakate und Buttons, auf denen zu lesen stand: »Brent Faraday für das Bürgermeisteramt«. Maddie spürte Mitleid in sich aufsteigen, mit Brent und auch mit seinen Eltern.

»Er wollte das nicht«, sagte Maddie. »Ich weiß, daß ihr es nur gut meintet, aber –«

»Natürlich wollte er es«, sagte Helena. »Du warst diejenige, die sich dagegen wehrte. Du warst diejenige, die sagte, sie wolle nicht die Frau eines Bürgermeisters sein. Das habe ich auf eurer Weihnachtsfeier gehört.«

»Es war mir egal«, erwiderte Maddie, noch immer überwältigt davon, überall Brents Namen schwarz auf weiß gedruckt zu lesen. »Klar, die Frau des Bürgermeisters zu sein, wäre bestimmt eine tolle Sache gewesen. Ich wußte nur, daß er die Vorstellung haßte, deshalb wollte ich ihm den Druck nehmen. Er wollte es wirklich nicht.«

»Er wäre ein großartiger Bürgermeister gewesen«, meinte Helena in dem gleichen ehrfürchtigen Tonfall, in dem die meisten gesagt hätten: »Er wäre ein großartiger Präsident gewesen.«

»Helena –«

»Und du hättest ihn in keinster Weise unterstützt«, schnitt Helena ihr das Wort ab. »Wenn er Trost bei anderen Frauen suchte, ist das einzig und allein deine Schuld. Du warst nicht für ihn da.«

»Oh, mein Gott«, stieß Maddie hervor. »Natürlich war ich für ihn da. Ich war immer für jeden da. Er wollte schlicht und einfach nicht Bürgermeister werden.«

»Er wollte Bürgermeister werden. Er hatte bereits die Formulare ausgefüllt und alles Notwendige erledigt. Das letzte, was noch fehlte, war der Bericht zur Offenlegung seiner Finanzen, dann hätten wir seinen Namen auf den Stimmzetteln lesen können. Es war deine Schuld, und nun ist er tot, während du hier herumläufst –«

»Mein Gewissen für die letzten beiden Wochen ist so rein wie eine frisch gewaschene weiße Weste.«

»– und ich will, daß die ganze Stadt erfährt, was du getan hast.« Helena spie die beiden letzten Worte geradezu mit boshafter Genugtuung aus.

»Nun, schön für dich«, meinte Maddie und spürte die Wut unaufhaltsam in sich hochsteigen angesichts der naiven Begriffsstutzigkeit ihrer Schwiegermutter. »Aber du kennst meine Mutter, und sie hat der Stadt auch so einiges mitzuteilen. Ich werde jedoch nicht zulassen, daß Em zwischen euch gerät. Helena, er wollte die Stadt verlassen. Seinen Anteil an der Firma hatte er bereits verkauft. Er hatte Tickets nach Rio. Er wollte mit Em fliehen, weil er Gelder unterschlagen hatte und ihr ihn dazu triebt, für das Bürgermeisteramt zu kandidieren. Möchtest du wirklich, daß das herauskommt? Meinst du nicht, daß das unweigerlich passieren wird, wenn du weiterhin in der Gerüchteküche herumrührst?«

»Man sollte nicht über ihn reden«, zischte Helena bebend vor Zorn, »sondern über dich. Alle halten dich für eine so liebenswerte Person. Sie sollten die Wahrheit erfahren.«

»Das werden sie«, sagte Maddie. »Sie werden mich ganz neu kennenlernen. Aber mit dieser Sache werde ich mich nicht abfinden. Hör auf, Verleumdungen über mich zu verbreiten und meine Mutter zu verärgern, bevor sie der ganzen Welt von Brent erzählt.«

»Niemand wird ihr glauben«, meinte Helena, hörte sich jedoch zum ersten Mal während ihrer Unterhaltung ein wenig verunsichert an.

»Hör einfach auf damit«, wiederholte Maddie. »Hör einfach auf damit, bevor Em herausfindet, was Brent war.«

»Mach dich nicht lächerlich«, sagte Helena, schaltete jedoch das Licht aus, ohne weiter zu insistieren, so daß Maddie zufrieden war.

Armer Brent, dachte sie, als sie wieder im Wagen saß. Helena zur Mutter und Norman zum Vater zu haben. Er wäre trotz allem Bürgermeister geworden. Kein Wunder, daß Südamerika so verlockend gewesen war.

Vor allem mit einem Bericht zur Offenlegung seiner Finanzen in Aussicht. Wenn es etwas gegeben hatte, auf dessen Enthüllung Brent nicht scharf gewesen war, waren das seine Finanzen, obwohl er den größten Teil des Geldes, das er abgezweigt hatte, irgendwo anders versteckt haben mußte als auf ihren Konten oder in dem Golfsack. Sie hatte keine Ahnung, wo, und sie fragte sich, wie er das angestellt haben mochte. Er konnte das wirklich nicht alleine durchgezogen haben. Er mußte einen Komplizen gehabt haben.

Vielleicht den vermeintlichen Kidnapper, der sie angerufen hatte. Irgend jemand würde dafür bezahlen.

Aber zunächst mußte sie das letzte ihrer offenen Gespräche hinter sich bringen.

»Was ist passiert?« fragte ihre Mutter besorgt, sobald Maddie durch die Tür trat. »Es ist bereits nach *neun.* Ich habe Todesängste ausgestanden. Was, wenn der Einbrecher und der Mörder und –«

»Em ist zur Farm gefahren, um C.L. zu sehen«, erklärte Maddie. »Sie wollte die Wahrheit erfahren und dachte, er sei der einzige, der sie ihr erzählen würde.«

Maddies Mutter seufzte und sackte ein wenig zusammen. »Also weißt du, Maddie –«

»Setz dich«, unterbrach Maddie sie. »Wir müssen miteinander reden.«

»Du kannst dir nicht vorstellen, was ich für einen Tag hinter mir habe«, meinte ihre Mutter und ging zu dem rosa geblümten Sofa. »Diese Helena –«

»Guter Punkt«, sagte Maddie. »Ich komme gerade von dort. Ihr zwei müßt endlich damit aufhören, ›Godzilla trifft King Kong‹ zu spielen, oder ihr werdet den Ruf von Ems Eltern völlig ruinieren. Schluß damit.«

»Sie hat angefangen«, sagte ihre Mutter trotzig.

»Und ich habe es beendet«, erwiderte Maddie. »Ich bitte euch, sucht euch einen anderen Gesprächsstoff.«

Das mußte sie ihrer Mutter nicht zweimal sagen. »Gloria hat sich wieder mit Barry vertragen, kannst du dir das vorstellen?«

»Ja«, sagte Maddie. »Mittlerweile traue ich jedem alles zu.«

»Tatsächlich? Nun, dann hör dir das an.« Maddies Mutter beugte sich vor. »Candace aus der Bank geht mit Bailey aus, diesem Wächter aus Brents und Howies Firma.«

Einen Augenblick lang war Maddie verwirrt. »Das ist ja merkwürdig.«

»Was willst du denn von einer Lowery erwarten?«

»Stimmt«, sagte Maddie. »Es liegt ihr im Blut. Daher verwandele ich mich auch geradewegs in Gran.«

»Wovon sprichst du?« wollte ihre Mutter wissen.

»Em ist fortgelaufen, weil niemand ihr die Wahrheit

sagte.« Maddie setzte sich ihrer Mutter gegenüber in den Schaukelstuhl.

»Deshalb habe ich den Abend damit zugebracht, Gran zu spielen und jedem die Wahrheit zu sagen, auch wenn sie keiner hören will. Ganz interessant bisher. Vielleicht beginne ich gleich damit, Walnüsse durch die Gegend zu spucken.«

»Maddie, wovon sprichst du?«

Maddie holte tief Luft. »Wir sind alle so sehr damit beschäftigt, uns gegenseitig zu schützen, indem wir lügen, daß sich die Balken biegen. Wir müssen damit aufhören, oder wir werden uns nie von diesen Lügen befreien können. Wir *alle* müssen damit aufhören.«

»Meinst du mich auch damit?« Ihre Mutter saß stocksteif da, gar nicht angetan von der Wende, die das Gespräch zu nehmen schien.

»Ja. Aber du bist nur eine von vielen.«

»Also wirklich, Maddie –«

»Em fuhr zu C.L., weil sie uns nicht traute. Ich will nicht, daß das noch einmal passiert.«

Ihre Mutter sah verwirrt aus. »Ich verstehe nicht ganz, was C.L. Sturgis damit zu tun hat. Ich dachte, du hättest ihn aus deinem Leben verbannt.«

»Das hatte ich auch«, erwiderte Maddie. »Aber das war ein Fehler. Wir waren ein Liebespaar und werden auch wieder eines sein. Und ich habe keine Lust mehr, das zu verheimlichen, also wirst du es vermutlich erfahren, wenn wir wieder anfangen.«

»Also wirklich, Maddie –«

»Es ist so ähnlich wie bei dir und Mr. Scott«, versetzte Maddie abschließend.

Eine Minute lang schien sie ihre Mutter mundtot gemacht zu haben, doch dann hatte sie neuen Wind in den Segeln. »Ich habe keine Ahnung –«

»Vergiß es. Ich habe dir vorhin gesagt, daß ich nicht mehr

lügen werde. Ich habe mit Gran gesprochen, und sie hat mir alles erzählt.«

Maddies Mutter setzte eine grimmige Miene auf. »Deine Großmutter ist senil. Schenke ihr keine Beacht-«

»O nein, das ist sie nicht«, unterbrach Maddie sie. »Sie ist eine furchtbare Nervensäge, aber noch völlig klar im Kopf. Sie hat mir erzählt, daß du deine Liebesaffäre aufgabst, um mich zu schützen.«

Der Gesichtsausdruck ihrer Mutter verhieß nichts Gutes für ihre Großmutter. »Maddie, ich weiß nicht –«

»Und ich habe dasselbe für Em getan.« Maddie schaukelte in dem Stuhl leicht vor und zurück und fühlte sich getröstet. Als neugeborenes Baby hatte sie Em so gewiegt, ein so winziges Bündel, das völlig gewichtslos schien, und dann später als Kleinkind, während sie ihr *Bist du meine Mutter?* vorlas und Em auf jeder Seite versicherte, daß alles gut ausginge. Soviel zum Thema lebensnahe Literatur. »Ich dachte, daß sie sicher wäre, solange ich nur alle Sorgen von ihr fernhielte. Ich habe mich genau wie du verhalten. Aber sie war nicht sicher, und C.L. war derjenige, dem sie vertraute.«

»Maddie, dein Mann ist gerade mal zwei Wochen tot –«

»Ich mochte Mr. Scott«, schnitt Maddie ihr das Wort ab. »Mir gefiel es, wenn er uns besuchte. Er hatte immer ein offenes Ohr für mich. Ich mochte ihn sehr.«

Zum ersten Mal seit mehreren Minuten trafen sich ihre Blicke. »Ich auch«, sagte ihre Mutter schließlich. »Aber ich konnte es einfach nicht. Es wäre für dich so schwer zu verstehen gewesen. Und wenn wir uns weiterhin getroffen hätten – nun ja, du kennst diese Stadt ja.«

Mutter, du bist diese Stadt, hätte Maddie am liebsten geschrien, aber es war nicht wichtig. »Ich kann das nicht«, erklärte sie ihrer Mutter. »Ich könnte vermutlich eine Weile warten, wenn es das besser macht, aber ich will es nicht. Ich habe Brent schon so lange nicht mehr geliebt, ich habe so etwas schon so lange nicht mehr erlebt, und nun liegt es zum Greifen nahe vor mir.« Sie beugte sich vor. »Mir geht es wieder wunderbar, Mama. Wenn ich mit ihm zusammen bin, ist alles besser. Ich weiß, daß das vielleicht nicht immer so sein wird, aber das spielt eigentlich keine Rolle, weil es so guttut, jetzt mit ihm zusammenzusein. Nicht wegen der Zukunft, nicht, um den Leuten eine anständige Beziehung präsentieren zu können, sondern einfach nur für den Moment, für mich. Ich habe mit C.L. geschlafen, ich habe mit ihm zusammen gelacht, ich habe ihn mit meiner Tochter beobachtet, und ich werde heute nacht zu ihm zurückkehren und ihm dies alles sagen, weil ich ihm mehr vertraue als jedem anderen Menschen auf der Welt, und das, so bin ich mir ziemlich sicher, muß wohl heißen, daß ich ihn liebe.«

»Denk an Emily«, gab ihre Mutter zu bedenken. Maddie lehnte sich resignierend zurück.

»Ich bin nicht wie du, Mom«, sagte sie schließlich. »Ich bin selbstsüchtig. Ich will alles. Ich kann das nicht aufgeben, nur um Em in Watte zu packen. Ich liebe sie, und ich werde sie beschützen, aber ich werde mein Leben nicht zu einer Lüge machen, und ich werde nicht auf mein Glück verzichten, wenn es vor mir liegt, nur, weil das der Vorstellung von Ehrbarkeit in dieser Stadt entspricht.«

»Du mußt für dein Kind Opfer bringen«, sagte ihre Mutter stumpf. »Eine Mutter muß das tun. Du mußt dein Kind an die erste Stelle setzen.«

»Ich weiß.« Sie sah keinen Sinn mehr darin, gegen eine Wand anzureden, und stand auf. »Ich setze sie an die erste Stelle. Aber ich komme verdammt schnell an zweiter dahinter, und das bedeutet C.L. jetzt, nicht erst nächstes Jahr. Em mag ihn, und er hilft ihr. Wenn sie mit ihm zusammen ist, ist sie nicht ganz so traurig. Ich gehe jetzt zu ihm zurück. Ich hätte ihn nie aufgeben sollen.«

Bemüht, ihre Haltung zu wahren, beugte ihre Mutter

sich vor. »Wirst du bitte bedenken, was die Leute sagen werden? Brent ist gerade mal zwei Wochen tot. Was sollen da die Nachbarn denken?«

»Wenn Em glücklich ist und ich es auch bin, sind mir die Nachbarn ziemlich egal.« Maddie wandte sich zum Gehen, hielt dann jedoch plötzlich hoffnungsvoll inne, bereit, noch einen Versuch zu starten. »Tatsächlich ist es mir noch mehr als egal. Ich freue mich darüber. Du hast keine Ahnung, wie leid ich es bin, ständig die liebe Maddie zu spielen. Jetzt werde ich mich mal von einer anderen Seite zeigen, und ich werde einen Höllenspaß dabei haben. Ich wünschte, du würdest Mr. Scott anrufen und mir Gesellschaft leisten.«

»Maddie, ich bin dreiundsechzig Jahre alt – zu alt, um mich lächerlich zu machen.« Ihre Mutter preßte kurz die Lippen zusammen, bevor sie fortfuhr: »Ich habe auf sehr vieles verzichtet, um dich zu behüten«, sagte sie, die Worte sorgfältig wählend. »Ich habe dich allein großgezogen, du kamst für mich immer an erster Stelle. Und nun willst du alles wegwerfen, weil dieser Sturgis –«

»Siehst du«, unterbrach Maddie sie, »das ist ein weiterer Grund dafür, warum ich Em mein Leben nicht verschreiben will. Dann kann ich sie wenigstens später nicht damit erpressen.«

»Maddie!«

»Ich liebe dich, Mom.« Maddie beugte sich zu ihr und küßte sie auf die Wange. »Du würdest alles für mich tun, ich weiß das, aber im Gegenzug willst du mich dafür mit Haut und Haar. Aber das geht nicht. Ich bin eine undankbare Tochter, dessen bin ich mir bewußt, und ich hoffe nur, daß Em dies auch eines Tages sein wird.« Sie wandte sich zur Tür. »Mache dir keine Sorgen, mir geht es gut und Em zusehends besser. Ich rufe dich am Sonntag nach meinem Besuch bei Gran an.«

»Diese *Frau«*, grollte Maddies Mutter.

»Ich finde sie klasse«, sagte Maddie. »Sie ist höllisch egoistisch. Ein gutes Vorbild.«

Auf dem Rückweg hielt Maddie bei Dairy Queen an und bestellte den Rieseneisbecher mit heißer Schokolade und Sahne. Sie setzte sich an das Vorderfenster in den Schein der Neonreklame, der von der Straße hereinfiel, und löffelte die Schokolade wie eine Süchtige in sich hinein, während sie darüber nachdachte, was zum Teufel eigentlich gerade passierte, wer es auf sie abgesehen hatte und was sie selbst wollte. Leute, die ihr noch vor wenigen Wochen zugewunken hätten, steckten nun die Köpfe zusammen und flüsterten miteinander. Vor wenigen Wochen wäre sie darüber am Boden zerstört gewesen, doch nun war es ihr egal. Em war in Sicherheit. Sie hatte Treva zurück. Sie hatte Helena Einhalt geboten. Nun mußte sie lediglich noch den Mörder ihres Mannes finden und C.L. in ihr Leben zurückholen.

Zu dem ersten Punkt hatte sie nur vage Ideen, aber wie der zweite Punkt zu bewerkstelligen war, wußte sie ganz genau. Also würde sie damit beginnen.

C.L. saß auf den Stufen der Veranda und versuchte, die Schnüre zweier Angelruten zu entwirren, als sie gegen zehn Uhr vorbeifuhr.

»Wenn ihr von zwei verschiedenen Seiten des Stegs aus angeln würdet, könnte das nicht passieren«, sagte Maddie, während sie auf ihn zuging.

»Phoebe hat ihren Teil dazu beigetragen.« C.L. rutschte ein Stück, um ihr auf den Stufen Platz zu machen. Sie setzte sich näher an ihn, als nötig gewesen wäre. »Gib mir eine der Schnüre, ich helfe dir, sie zu entwirren.«

»Irgendwie hat das eine metaphorische Bedeutung.« C.L. beugte sich ein wenig zu ihr, so daß ihre Schultern sich berührten.

»Ich weiß, du willst mir helfen, mein Chaos zu entwirren.« Maddie griff nach einem der Schwimmer. »Wäre es nicht leichter, erst die hier abzunehmen?«

»Ich habe sie als Markierung benutzt.« C.L. nahm ihr die eine Rute aus der Hand und ließ sie zusammen mit der anderen neben der Treppe ins Gras fallen. »Es ist hoffnungslos. Laß uns etwas in Angriff nehmen, das Aussicht auf Erfolg hat.«

»Einverstanden.« Maddie beugte sich zu ihm und küßte ihn. Es war so wundervoll, ihn wieder zu schmecken, sich an seine Schulter anlehnen zu können und seinen Mund heiß auf dem ihren zu spüren, seinen Arm zu spüren, der sich sofort um sie legte. Als sie wieder zu Atem kam, sagte sie: »O Gott, tut das gut.« Sie lehnte ihre Stirn gegen seine und fügte hinzu: »Erinnere mich daran, daß ich dich nie wieder verlasse. Ich will zwar immer noch nicht heiraten, aber auf die anderen netten Dinge will ich nicht verzichten.«

»Du machst wohl Witze.« C.L. sah wie vom Blitz getroffen aus. »Nein, vergiß, daß ich das gesagt habe.« Er zog sie zu sich und küßte sie erneut. Sie spürte, wie seine Zunge an ihren Lippen spielte, und öffnete sie leicht, während sie willenlos an seine breite Brust sank und er mit der Zunge ihren Mund erkundete. »Du machst keine Witze«, sagte er ein wenig außer Atem. »Deine Mutter wird mich umbringen.«

»Ich habe es ihr schon gesagt«, erwiderte Maddie. »Ich nehme jede Schuld auf mich. Schließlich habe ich ihr erzählt, daß ich herkommen und über dich herfallen werde, also bist du in diesem Fall das Opfer. Küß mich noch einmal.«

»Wir sollten hier von der Veranda verschwinden.« C.L. zog sie auf die Füße.

»Nein.« Maddie schmiegte sich an ihn und genoß es, ihn

in ihrer Umarmung zu spüren. »Schluß mit dem Versteckspiel. Klar, ich bin Witwe, aber Gott und die Welt wissen über Brent Bescheid, warum also sollte ich etwas vorheucheln? Küß mich hier, auf der Stelle.«

»Gern, aber *Em* ist hier«, meinte er und zog sie in den Schatten neben der Veranda. Dort küßte er sie, legte nun im Schutze der Dunkelheit seine ganzen Gefühle in diesen Kuß, während er mit den Händen ihren Rücken hinabglitt und ihre Hüfte gegen seine preßte. Widerstandslos gab sie sich ihm und seiner schützenden Wärme hin und erwiderte seinen Kuß, einfach, um ihn zu küssen, und nicht aus Gründen der Rebellion, Vergeltung oder Unabhängigkeit. »Ich bin verrückt nach dir«, hauchte sie atemlos, und er flüsterte zurück: »Ja, aber was, wenn du morgen wieder bei Verstand bist?«

»Ich bin bei Verstand.« Wieder küßte sie ihn. Sie atmete heftig und mußte ihre ganze Konzentration aufbringen, um nicht zu vergessen, daß sie ihm nach diesem Kuß noch etwas sagen mußte, bevor sie ihn tief auf dem Boden vergewaltigte.

Widerstrebend löste sie sich von ihm und fühlte sich ein wenig verloren, bis sie sich im Geiste zusammenriß. Es ging ihr gut. Sie brauchte niemanden zum Anlehnen. Von nun an würde sie sich aus Liebe und nicht aus Not anlehnen. »Wir müssen miteinander reden.«

»Nein.« C.L. zog sie wieder zu sich. »Laß uns zu dem verrückten Teil zurückkehren, bevor du es dir anders überlegst.«

»Ich werde es mir nicht anders überlegen. Aber es gibt ein paar Dinge, die ich dir sagen muß.«

»Hört sich ziemlich schlimm an«, meinte C.L.

Sie führte ihn zu der Verandatreppe zurück. Er setzte sich neben sie, ließ seine Hand in die Beuge ihres Nackens gleiten und begann, ihre Muskeln sanft zu massieren. Seine

Hand fühlte sich warm und schwer und wundervoll an, nicht nur wegen der Massage, sondern einfach, weil er wieder bei ihr war. »Okay, schieß los«, forderte er sie auf.

Maddie seufzte. »Nun, da wir schon beim Thema sind: Ich weiß, wo die Waffe ist.«

C.L.'s Hand verharrte reglos. »Du weißt, wo sie ist?«

Maddie nickte, einerseits zur Bestätigung, andererseits, um seine Hand wieder in Bewegung zu setzen.

»Würdest du es mir dann auch verraten?« fragte C.L. in leicht verärgertem Ton.

»In Trevas Gefriertruhe.«

C.L. zog seine Hand zurück. *»Treva?«*

Maddie hob den Kopf. »Sie weiß nichts davon. Sie liegt in Mrs. Harmons Dosenfleisch-Vollkornnudel-Auflauf.«

C.L. sah so aus, als habe ihm jemand mit einem Baseballschläger auf den Kopf gehauen. »Lieber Himmel.«

Maddie nickte. »Du hast vollkommen recht. Sie ist zwar auf dem New-Age-Trip, aber sie hat immer noch nicht kapiert, daß Dosenfleisch nicht zur gesunden Ernährung gehört.«

»Ich meine doch nicht Mrs. Harmon«, sagte C.L. »Obwohl das wirklich eklig klingt. Ich rede von der Waffe in Trevas Gefriertruhe.«

»Ich habe sie in eine Plastiktüte gewickelt, bevor ich sie unter den Nudeln vergrub«, fuhr Maddie fort, »also ist sie bestimmt noch in Ordnung. Einfrieren schadet Pistolen doch nicht, oder?«

»Einen Augenblick lang dachte ich, du wolltest damit sagen, Treva habe es getan«, sagte C.L. »Ich weiß, sie hätte kein Motiv, aber trotzdem –«

»Sie hatte ein Motiv«, unterbrach Maddie ihn. Plötzlich wurde ihr ein wenig schwindelig, da nun die ganze Wahrheit unaufhaltsam ans Tageslicht kam. »Brent erpreßte sie.«

C.L. blieb eine Minute sprachlos sitzen, bevor er fragte: »Womit?«, als führten sie eine ganz normale Unterhaltung.

»Das kann ich dir nicht sagen«, erwiderte Maddie, »aber sie hat ihn jedenfalls nicht umgebracht.«

C.L. nickte, in dem Versuch, diese neue Information zu verarbeiten. »Wenn du einmal mit der Wahrheit anfängst, läßt du es wohl wirklich krachen, was?«

»Nun, das ist das Problem«, antwortete Maddie. »Es hängt doch alles zusammen. Es ist ja gut und schön, durch die Gegend zu laufen und die Wahrheit zu predigen, aber einige Leute haben ihr Leben auf ein paar dieser Lügen aufgebaut, und das aus gutem Grund. Man kann nicht einfach loslegen und das Leben anderer Menschen ruinieren, nur um sich nachher damit brüsten zu können, ehrlich gewesen zu sein. Man kann nicht einfach den Leuten alles ins Gesicht sagen und denken, damit sei es getan. Man muß auch die Scherben aufsammeln. Du hast ja keine Ahnung, wieviel Schaden ich heute abend angerichtet habe.«

»Stimmt«, meinte C.L. »Glaube ich wenigstens. Aber ich denke immer noch, daß wir besser bei der Wahrheit bleiben sollten. Sonst noch etwas, was du mir sagen möchtest?«

»Ja«, antwortete Maddie. »In der Mulde für das Reserverad in deinem Kofferraum liegt ungefähr eine Viertelmillion Dollar.«

»*Was?*« stieß C.L. ungläubig hervor.

»Zweihundertdreißigtausend, um genau zu sein«, sagte Maddie. »Jemand hat es in den Civic gelegt, wo ich übrigens auch die Waffe im Handschuhfach gefunden habe, anscheinend in der Hoffnung, daß ich damit erwischt werde.«

»Ich vermute, daß *du* es warst, die das Geld dann in *meinem* Kofferraum versteckt hat.«

»Das war das Einfachste«, meinte Maddie. »Möchtest du es Henry sagen, oder soll ich das alleine tun?«

»Laß es uns zusammen hinter uns bringen.« C.L. stand

auf und ergriff ihre Hand, um sie neben sich auf die Stufen hochzuziehen. »Aber zuerst will ich einen Blick in meinen Kofferraum werfen.«

»Am besten nimmst du eine große Tüte mit«, riet Maddie. »Es liegt nämlich ein ganz schöner Haufen von Hundert-Dollar-Scheinen dort drin. Oh, Gott, ich bin so erleichtert, das endlich los zu sein.«

»Logisch«, meinte C.L. »Kann ich gut verstehen, nun, da du es mir in die Schuhe geschoben hast.«

Henry fand die Sache ganz und gar nicht lustig, und Maddie machte sich auf das Schlimmste gefaßt.

»Hast du das wirklich gerade erst erfahren?« bellte er C.L. an, als die drei zusammen am Küchentisch rund um das Geld saßen.

»Verdammt noch mal, ja. Natürlich habe ich gerade erst davon erfahren.« C.L. erwiderte unmutig Henrys grollenden Blick. »Für wie blöd hältst du mich eigentlich? Seit zwei Wochen fahre ich mit einem Vermögen in meinem Kofferraum durch die Gegend. Sie hat es mir erst vor zehn Minuten erzählt, also hör auf zu brüllen. Und schrei auch sie nicht an, sie gehört zur Familie. Wir werden heiraten.«

»Nein, werden wir nicht«, widersprach Maddie. C.L. sah sie an und fing an zu lachen.

»Doch, werden wir wohl«, sagte er. »Du weißt es nur noch nicht.«

Henry redete mit C.L., als ob Maddie nicht anwesend wäre. »Du weißt, mein Junge, es besteht die Möglichkeit, daß diese Frau ihren Ehemann erschossen hat. Sie ist eine liebenswerte Person, aber er wollte ihre kleine Tochter entführen, und ich glaube, daß sie nahezu alles getan hätte, um das Mädchen zu beschützen. Vielleicht möchtest du dir das einen Augenblick durch den Kopf gehen lassen.«

»Ich würde jedenfalls auch alles tun, um dieses Kind zu

beschützen«, sagte C.L., »daher würde sie mich niemals erschießen. Ruf doch nun bitte wegen der Waffe an, wir warten hier. Sie liegt in Treva Bassets Gefriertruhe in Mrs. Harmons Auflauf. Dosenfleisch und Vollkornnudeln.«

»Was für ein hirnverbrannter Einfall«, brummelte Henry, wobei er nicht näher spezifizierte, ob er das auf Maddie oder Mrs. Harmon bezog, und ging hinaus zum Telefon.

Als er zurückkam, war er nur ein wenig besänftigt. »Ich habe einige Fragen«, sagte er zu Maddie. Sie schluckte und nickte.

»Eigentlich könnte ich dir einfach alles erzählen, was ich weiß. Ich habe ziemlich lange darüber nachgedacht, und mir sind einige Ideen gekommen.«

Henry atmete tief durch und nickte dann. »Dann leg mal los. Aber verschweige bitte nichts.«

»Nun ja«, begann Maddie, »ich denke, all das fing an, weil Helena Faraday Brent unbedingt zum Bürgermeister machen wollte und weil Dottie Wylie mit Lora Hanes gut befreundet ist und weil die Geliebte meines Mannes verlangte, daß er mich verlassen solle.«

»Das ist doch nicht dein Ernst«, meinte C.L. »Was zum –«

»Halt die Klappe, C.L.«, fiel Henry ihm ins Wort. »Du hast anscheinend die Gepflogenheiten in dieser Stadt vergessen.« Er richtete seine Aufmerksamkeit wieder auf Maddie. »Wer hat wem was erzählt?«

»Vor etwa einem Monat erklärte Helena Brent, daß er wegen der Bürgermeisterwahl die Formulare für die Offenlegung seiner Finanzen ausfüllen müsse, und Brent wußte, daß das böse enden könnte. Ungefähr zur gleichen Zeit erzählte Dottie Lora, daß die Firma ihres Schwiegersohns sie betrogen hätte, woraufhin Lora Treva anrief. Treva wiederum wußte, daß Dottie und Howie beide ehrlich bis auf die Knochen sind – folglich blieb nur Brent übrig. Also rief sie ihn an und fragte ihn, was zum Teufel vor sich ginge, wobei sie ihm drohte, eine gewaltige Lawine loszutreten. Etwa eine Woche später fand ich dann dieses Höschen ohne Schritt unter dem Sitz des Wagens. Ich vermute, daß jemand es absichtlich dorthin gelegt hatte, also hat seine Geliebte ihm wahrscheinlich schon seit geraumer Zeit ziemlich zugesetzt –«

»Ein Höschen ohne Schritt?« fragte Henry.

»Was für ein Höschen ohne Schritt?« echote C.L.

»– weil ich nicht glaube, daß dieser Slip versehentlich in dem Wagen liegenblieb. Eine Zeitlang habe ich das angenommen, aber es paßte einfach nicht zusammen, denn schließlich zieht man ein Höschen ohne Schritt nicht aus, um mit einem Mann zu schlafen.« Maddie hielt inne und sah C.L. an. »Oder?«

»Wahrscheinlich nicht«, sagte C.L. und bemühte sich, unbescholten auszusehen, während Henry ihn mit einem finsteren Stirnrunzeln bedachte. »Aber nicht, daß ich das aus Erfahrung wüßte, denn mit so etwas kenne ich mich nicht aus.«

»Wie auch immer, jedenfalls kann ich mir nicht vorstellen, daß eine Frau es nicht merkt, wenn sie keinen Slip trägt. In der Nacht, als wir zum Point fuhren, habe ich jedenfalls ganz deutlich gespürt, daß ich keinen trug.«

Henrys Blick auf C.L. verfinsterte sich zunehmend, so daß sie schnell fortfuhr: »Außerdem würden sie es nicht auf dem Vordersitz miteinander treiben, weil dort nicht genügend Platz ist, und in der Nacht, als ich sie beobachtete, habe ich gesehen, daß sie auf den Rücksitz stiegen. Also hat sie ihn absichtlich zurückgelassen, damit ich ihn finden und Brent zur Rede stellen würde. Sie bedrängte ihn. Daraus ergibt sich für mich die Frage, ob dieser Unfall, den ich hatte, wirklich ein Unfall war.«

»Paranoia ist eine ziemlich üble Sache«, meinte C.L.

»Mein Auto war so alt, daß es beim kleinsten Unfall einen Totalschaden davontragen würde«, sagte sie zu ihm. »Und das würde bedeuten, daß ich mit dem Caddy fahren müßte. Beim Saubermachen würde ich dann das Höschen finden und mich von Brent scheiden lassen. Zudem war der Unfallverursacher der Brudes des Mannes, der gesehen hat, wie ich das Schließfach in der Bank öffnete. Hinzu kommt nämlich, daß Brent den Betrug nicht alleine durchgezogen haben kann, da er sich mit Geldangelegenheiten nicht genug auskannte – da wäre doch die Bank der richtige Ort gewesen, einen Komplizen zu finden, der Ahnung von Finanzen hat.«

»Da muß ich dir recht geben«, meinte Henry. »Du hattest ziemlich viel Pech auf einmal, deshalb habe ich den Webster-Jungen ein wenig unter die Lupe genommen. Er sagt zwar nichts, aber er ist auffallend nervös. Ich wollte nur noch ein Weilchen warten, bis er zusammenbricht, aber ich denke, ich könnte die Sache ein wenig beschleunigen.«

»Dafür wäre ich dir dankbar«, erwiderte Maddie. »Ich dachte, du verdächtigst mich.«

»Das tue ich auch«, antwortete Henry, »aber das bedeutet nicht, daß ich andere interessante Möglichkeiten ausschließe. Sprich weiter.«

C.L. sah die beiden abwechselnd an. »Ich kann das nicht glauben. Keiner von euch hat mir irgend etwas erzählt.«

»Ich wollte mir meine eigenen Gedanken dazu machen«, sagte Maddie. »Ich weiß, daß ich unschuldig bin, auch wenn Henry glaubt, ich würde meiner Großmutter nachschlagen.«

»Welcher Großmutter?« fragte C.L. verständnislos und sah, wie Henry bei der Erinnerung das Gesicht verzog. »Eine Großmutter spielt also auch in diesem Stück mit?«

»Halt die Klappe, C.L., und laß sie weiterreden«, wies Henry ihn zurecht.

Maddie sprach weiter und erzählte Henry alles, was sie wußte. C.L. sah, wie ihre Anspannung mit jedem Wort mehr nachließ.

»Ich vermute, es war so: Brent setzt alles, was er in die Hände bekommen kann, in Bargeld um und bereitet seine Flucht vor. Aber dann finde ich den Slip, und C.L. kommt in die Stadt und ihm auf die Schliche. Treva und ich durchsuchen das Büro und nehmen die Kiste mit den Rechnungen mit, woraufhin Brent ausrastet und mich schlägt. Es sind noch zwei Tage bis zum Abflug, und er weiß, daß ihm Dotties Geschrei Ärger mit seinem Komplizen bereiten wird, der vermutlich nicht weiß, daß er sich aus dem Staub machen will. Also ruft er ihn an, um den Schaden so klein wie möglich zu halten, und liefert sich dabei ans Messer.« Sie unterbrach sich und sah Henry an. »Vor allem, wenn er an jenem Freitagabend mit ihm gesprochen hat. Er war ziemlich betrunken und daher leicht zu durchschauen. Hättest du ihn an diesem Wochenende festgenommen, hätte er dir alles gestanden. Ich glaube, daß sein Komplize ihn umgebracht hat, um sich selbst zu schützen – nur, daß die Stimme, die ich an jenem Abend durchs Telefon ›Gut‹ sagen hörte, die einer Frau war. In der Bank arbeitet eine Kassiererin namens June Webster. Ist sie mit Webster verwandt?«

»Sie ist seine Schwester«, erklärte Henry. »Ich habe das überprüft. Harold Whiteheads Frau war auch eine Webster. Die Bank wimmelt nur so von ihnen.«

»Ich entwickle langsam eine Abneigung gegen sie«, meinte Maddie.

»Erzähle mir von dem Geld«, forderte Henry sie auf. »Wenn du es nicht mitgenommen hast, wie kam es dann in den Civic?«

»Das weiß ich nicht«, antwortete Maddie. »Aber ich wette, es war der Einbrecher von jenem Samstagabend, der es dort plaziert hat. Denn seitdem ist mein Schließfachschlüssel verschwunden. Ich weiß, daß das nicht ausreicht, um an das Schließfach zu gelangen, aber es ist immerhin etwas. Ich glaube, daß der Mörder das Geld nahm und ruhig abwartete, um zu sehen, ob du mich verhaften würdest. Für den anderen Fall hatte er die Waffe und den größten Teil des Geldes in dem Civic versteckt, in der Gewißheit, daß Leo alles finden würde. Nur, daß ich es zuerst fand. Dann hört er, daß Em vermißt wird, was nicht sehr schwierig war, weil ich es in der ganzen Stadt verbreitet habe –« Sie schwieg einen Augenblick und sagte dann: »Ich bin zur Bank gefahren, Henry. Jeder in der Bank wußte, daß Em verschwunden war.«

»Jeder in der Stadt wußte, daß Em verschwunden war«, korrigierte Henry sie.

Endlich meldete sich C.L. zu Wort. »Dieser Typ muß wirklich frustriert gewesen sein. All seine Pläne hast du ihm durchkreuzt. Mittlerweile muß er kurz davorstehen, deswegen leichtfertig seine Deckung aufs Spiel zu setzen.«

»Nur, wenn Maddie recht hat«, meinte Henry. »Es gibt noch eine Menge ungelöster Fragen – wie zum Beispiel das Problem, daß außer ihr in jener Nacht niemand nach Brent vom Point herunterkam.«

»Das behauptet zumindest Bailey«, sagte C.L. »Ich werde ihn mir morgen mal vorknöpfen.«

»Wir müssen morgen verdammt vieles in Angriff nehmen«, sagte Henry. »Angefangen mit dieser verfluchten Waffe.«

»Da ist noch etwas«, meinte Maddie. »Bailey geht mit Candace von der Bank aus, also gibt es auch hier eine Verbindung. Er könnte ebenfalls beteiligt sein.«

»Er hat eine Zeitlang im Sicherheitsdienst dort gearbeitet«, sagte Henry. »In der Bank kennt er sich bestens aus.«

»Noch ein Grund, sich Bailey morgen vorzuknöpfen«, ließ sich C.L. vernehmen. »Vor allem, da wir nun wissen, daß Maddie unschuldig ist.« Er sah Henry an.

Henry war unzugänglich wie üblich. »Vielleicht. Da gibt es immer noch das Geld und die Waffe, wovon sie uns nichts erzählt hat. Ich sollte sie wegen Unterschlagung von Beweismitteln belangen.«

»Das kannst du nicht«, meinte Maddie. »Ich habe dir nun alles gesagt, was ich weiß, also würde das nur verbohrt wirken. Und wie würdest du dastehen, wenn ich vielleicht deinen Neffen heirate?«

»Ungefähr so, wie ich mit C.L. immer dastehe«, erwiderte Henry, jedoch ohne jeden Vorwurf in der Stimme.

»Em liegt oben in meinem Bett und schläft«, sagte C.L. zu Maddie, als Henry sie schließlich allein gelassen hatte, um ebenfalls schlafen zu gehen. »Sofort nach dem Abendessen sind ihr die Augen zugefallen. Es war ein harter Tag.«

»Wem sagst du das.« Maddie rückte näher an ihn heran. »Ich habe dich vermißt.«

C.L. ging ein wenig auf Abstand. »Ich habe dich auch vermißt. Geh jetzt schlafen.«

Maddie hielt inne. »Was?«

»Dein Kind ist oben, und mein Onkel wartet darauf zu hören, daß du ihm Gesellschaft leistest. Nun geh schon.«

»Der Umgang mit mir ist dir nicht bekommen.« Ehe er sich ihr entziehen konnte, schlang sie die Arme um ihn. »Ich habe dich *vermißt.*«

Bevor er sie wegschob, erlaubte C.L. sich einen einzigen Kuß, und sie atmete ihn ein und liebte ihn dafür. »Ich habe dich auch vermißt, und deshalb habe ich vor, dich morgen bei dir zu Hause zu besuchen, während Anna auf Em aufpaßt und Henry seine Arbeit als Sheriff tut. Nimm dir also für morgen früh nichts vor, weil du ziemlich beschäftigt sein wirst – nackt im übrigen. Aber jetzt mußt du nach oben gehen.«

Ohne ihn in ihren Armen zu spüren, fühlte sie sich leer.

Sie hatte sich gerade erst ihm zuliebe von der ganzen Stadt distanziert, und sie hatte das Gefühl gehabt, alles tun zu können und zu müssen. Nun jedoch fühlte sie sich nur leer. »Das soll wohl ein Witz sein.«

Er trat einen Schritt zurück und bedachte sie mit einem empörten Blick – ein lausiger Abschreckungsversuch. »Nein. Geh nach oben.«

Maddie stemmte die Hände in die Hüften. »Ich habe mich endlich zu einem lasterhaften Leben durchgerungen, und jetzt zeigst *du* dich von einer neuen Seite?«

»Wenn ich dein Mann und Ems Stiefvater werden will, muß ich das wohl«, sagte C.L. »Ich muß euch beschützen. Geh nach oben.«

Er sah entschlossen und stur und elend aus.

»Oh, Mist«, fluchte Maddie und ging nach oben. Als sie neben Em im Bett lag, begann sie ihren Plan zu schmieden.

C.L. hatte ganz offensichtlich noch nicht begriffen, daß es die alte Maddie nicht mehr gab, da er anscheinend versuchte, zu deren Zwillingsbruder zu mutieren. Wenn sie aber gezwungen war, den Rest ihres Lebens mit ihrem alten Ich zu schlafen, würde sie ihn umbringen müssen. Also sollte sie schleunigst etwas unternehmen, um ihn wieder zu verderben, und zwar so zu verderben, daß er sich unter keinen Umständen je wieder als Doppelgänger der alten Maddie ausgeben konnte. Er sollte sündig und rebellisch und absolut verrucht sein. Je mehr sie ihn sich so vorstellte, um so mehr begehrte sie ihn. Mit diesen heißen Gedanken, die ihr das Blut unter der Haut kribbeln ließen, sank sie in den Schlaf. Und sie waren auch das erste, was ihr einfiel, als sie wieder aufwachte.

Em war zwar nicht gerade fröhlich beim Frühstück, jedoch immerhin entspannt. Sie unterhielt sich ohne das kleinste

Beben in der Stimme mit Anna über Plätzchenbacken und Phoebe.

»Kann ich den ganzen Tag bei Anna bleiben?« fragte sie. »Ich will noch nicht nach Hause zurück.«

»Du darfst das ganze Wochenende bleiben, falls Anna das aushält«, erwiderte Maddie.

»Ich würde sie für immer nehmen«, sagte Anna. »Wir werden Zimtplätzchen backen und heute nachmittag ein wenig häkeln. Das beruhigt die Nerven, weil es sehr viel Konzentration erfordert.« Sie lächelte Maddie über Em hinweg zu. »Eine gute Beschäftigung, wenn einem vieles durch den Kopf geht.«

Draußen hupte C.L., und Maddie schob ihren Teller fort und beugte sich über Em, um ihr einen Kuß auf die Wange zu drücken. »C.L. und ich müssen in die Stadt fahren, Liebes«, sagte sie. »Wir kommen heute nachmittag zurück. Sei schön lieb bei Anna.«

Em schenkte ihr einen mißbilligenden Blick. »Ich bin immer lieb.«

»Darüber sprechen wir auch noch«, meinte Maddie. »Aber zuerst habe ich noch ein paar andere Hühnchen zu rupfen.«

Sie ging die Stufen hinunter. C.L. zog seine Jacke vom Beifahrersitz und sagte: »Komm, steig ein.«

Er hatte vermutlich ein weiterreichendes Motiv, aber das hatte sie ebenfalls. Also setzte sie sich in das Cabrio und versuchte, in Gedanken die wirkungsvollste Strategie für ihren Plan zurechtzulegen. Gegen diese Webster-Bande, die ihr Leben ruinierte, konnte sie nichts unternehmen – das war Henrys Aufgabe –, aber sie konnte etwas tun, um wieder zu sich selbst zu finden und ihr Leben zu ihrer eigenen Angelegenheit und nicht zu derjenigen ihrer Mutter oder der Stadt zu machen. Dazu, so mutmaßte sie, mußte sie etwas so Schlimmes tun, daß sie ihren Ruf nie wieder herstellen konnte. Auch wenn ein Teil von ihr wußte, daß sie verrückt war, stachelte sie der andere Teil, den sie am Tag zuvor freigesetzt hatte, als sie sich so vielen Lügen stellte, immer weiter an.

Heute war der Tag, an dem sie sich endgültig von der alten Maddie lösen würde. Und C.L. würde ihr dabei helfen. Maddie tastete nach dem Kondom, das sie in C.L.'s Schublade gefunden und in die Tasche ihrer Shorts gestopft hatte. Er würde ihr nackt dabei helfen.

Er warf seine Jacke auf den Rücksitz, wobei sich seine Muskeln unter dem Baumwollhemd abzeichneten. Ein Schauer überlief sie, und sie lächelte ihm zu, während sie erneut das Kribbeln der letzten Nacht in ihren Adern spürte, nur, weil er lebendig und verfügbar neben ihr saß. Er reichte ihr das Kopftuch, das sie bei der letzten Fahrt getragen hatte, und sie band es um, während sie in Gedanken den nächsten Schachzug plante. Sie wollte ihn, und zwar sofort.

Es war erstaunlich, wie einen die Libido wieder übermannen konnte, sobald man nicht mehr niedergeschlagen war und der eventuell zukünftige Schwiegeronkel mit dem Gedanken spielte, jemand anderen zu verhaften.

»Ich muß zuerst noch zu Henry«, sagte C.L. und bog in die Straße ein. »Er hat Bailey zu sich zitiert, und ich will dabeisein. Aber danach haben wir Zeit für uns ganz allein, also warte zu Hause auf mich, Baby.« Er grinste sie an, und sie biß sich auf die Lippe, weil er so gut aussah. »Ich werde den Wagen bei Henry stehenlassen, damit es niemand mitbekommt.«

Von der Leidenschaft überwältigt, mußte Maddie laut lachen. »C.L., die ganze Stadt weiß Bescheid. Du kannst ruhig in meiner Einfahrt parken.«

»Nein.« Er warf einen Blick auf den Tacho und verringerte das Tempo.

Er schien eine harte Nuß zu sein. Aus dem Augenwinkel

sah Maddie ihn von der Seite an. Nein, das war er nicht. Er konnte sich noch so sehr darum bemühen, im Inneren blieb er immer noch C.L.

Sie legte eine Springsteen-Cassette ein und drehte die Lautstärke auf. »Born to run«, dröhnte aus den Lautsprechern ins Sonnenlicht hinaus.

C.L. stellte die Musik leiser. »Die Farmer arbeiten noch auf den Feldern hier draußen. Wir sollten keine Aufmerksamkeit erregen.«

Na wunderbar. Sie hatte sich in einen Nichtsnutz verliebt und nicht vor, den Rest ihres Lebens mit einem Mann zu verbringen, der sich eine Medaille für ehrenwertes Bürgertum erkämpfen wollte. Sie wartete, bis sie auf die Porch Road einbogen. Pflichtbewußt fuhr C.L. beständig vierzig Meilen pro Stunde, und sie sagte: »Fahr schneller.«

»Es gibt Geschwindigkeitsbegrenzungen«, ermahnte C.L. sie, so daß sie die Augen verdrehte und erwiderte: »Ja, und auf dieser Straße hier darfst du fünfundfünfzig fahren. Also leg los.«

Er seufzte und ließ die Nadel auf fünfzig hochkriechen. Das nächste Lied, »Thunder Road«, begann. Es war ein toller Song, und ihm zu Ehren stemmte sich Maddie aus ihrem Sitz hoch und setzte sich auf die Rückenlehne, wobei sie sich mit einer Hand am Rand der Windschutzscheibe festhielt. »Was zum Teufel machst du da?« fragte C.L. Der Fahrtwind blies ihr kräftig ins Gesicht, und am liebsten hätte sie laut geschrien, sich die Kleider vom Leib gerissen und C.L. auf den Rücksitz gezerrt. Statt dessen löste sie ihr Kopftuch und ließ es hoch über sich flattern, bis der Wind es davontrug.

»Würdest du dich *bitte* wieder hier unten hinsetzen?« C.L. griff nach ihrer Wade, aber Maddie warf nur den Kopf in den Nacken und spürte ihr Herz noch ein bißchen wilder klopfen, als der Wind durch ihr Haar blies und sich seine Finger fest um ihr Bein schlossen. Sämtliche heißen Gedanken an C.L., die sie jemals gehegt hatte, überwältigten sie. Sie ließ die Windschutzscheibe los und reckte die Arme in den Himmel, um die Bewegung ihrer Muskeln zu spüren, während C.L. die ganze Zeit von unten zu ihr hochbrüllte.

»Hast du den Verstand verloren? Komm jetzt da runter!« C.L. zerrte an ihrem Bein.

Sie stemmte ihre Füße in die Polster und blieb oben sitzen, ließ jedoch die Arme sinken. Ihre Haut sollte sich nackt an seinem Körper reiben, doch statt dessen meckerte er sie an. Sie mußte etwas unternehmen.

»Weißt du, ich finde, das ist unser Lied«, schrie sie zu ihm hinunter. »Eindeutig unser Lied. Vor allem der Teil über die ›Stadt voller Verlierer‹. Fahr an den Rand und laß uns Liebe machen!«

»Maddie«, ermahnte er sie, während sie ihr T-Shirt über den Kopf abstreifte und es ebenfalls vom Wind fortwehen ließ, so daß er beinahe von der Straße abkam, als er zu ihr aufsah. *»Maddie«*, wiederholte er eindringlich, doch sie lachte nur und genoß das Gefühl, als der Wind kräftig über ihre Haut strich. Auf der rechten Seite lag die Drake-Farm vor ihnen, und sie brüllte: »Bieg hier in die Einfahrt, C.L.!«

Von links tauchte ein Farmer auf einem Traktor auf, und C.L. riß die Füße so heftig von dem Sitz, daß sie herunterrutschte, aber es war zu spät. Mit weit aufgerissenen Augen starrte der Farmer sie an, als sie an ihm vorbeifuhren.

»Das war Todd Overton«, sagte C.L. in gespielter Ruhe. »Henry wird mich deshalb zur Rede stellen, verlaß dich drauf. Mußte das sein?«

»Bieg ab«, befahl Maddie, als die Einfahrt zur Farm näherkam. *»Bieg ab.«*

»Vergiß es«, sagte C.L. Maddie zog ihren BH aus und schleuderte ihn in seinen Schoß, wo er vom Wind sofort wieder auf ihre Seite und von dort aus dem Wagen geweht wurde.

C.L. sah zu ihr herüber. »Ach du Scheiße«, sagte er und riß das Steuer herum, um im letzten Moment von der Straße in die Einfahrt einzubiegen, worauf sie gebaut hatte. Das Heck des Wagens brach aus, als er heftig auf die Bremse trat.

Sobald das Auto schlitternd zum Stehen gekommen war, riß sie die Wagentür auf, und bevor er sie daran hindern konnte, sprang sie hinaus und ließ sich in das weiche Gras am Rand des Zufahrtweges fallen.

19

»Maddie, hör auf damit«, bat C.L. sie im Wagen. »Das ist nicht lustig. Da vorne steht ein Haus.«

»Mit Sicherheit ist das nicht lustig«, erwiderte Maddie, zog sich die Shorts mit dem Kondom in der Tasche und den Slip aus und schleuderte sie übermütig in seine Richtung. »Das ist die Drake-Farm. Da wohnt niemand mehr.« Mit gekreuzten Beinen setzte sie sich ins Gras und fügte hinzu: »Lieb mich, hier auf der Stelle. In der Sonne. Vor Gottes und vor jedermanns Augen. Schluß mit der Heimlichtuerei.«

C.L. sah sie an und schluckte. »Bis zu dem Teil über Gott und jedermann kann ich dir folgen.« Bedächtig stieg er aus dem Wagen, kam zu ihr herüber und streckte ihr eine Hand entgegen. »Es sind nur noch fünfzehn Minuten bis zu dir nach Hause. Warum fahren wir nicht –«

»Hier.« Sie zog ihn neben sich ins Gras herunter. Sein Hemd rieb an ihrer Haut, als sie sich in seine Arme rollte, und sie fühlte seinen heißen, kräftigen und festen Körper darunter. Sie küßte ihn und spürte, wie seine Hände ihren Rücken hinabglitten, als eine leichte Brise über ihre Haut strich. Sie preßte sich gegen ihn und drückte ihn auf die kühle Erde.

»Keine gute Idee«, sagte er nach Luft schnappend, aber trotz seiner Worte streichelten seine Hände über ihren Körper. Er rollte sie herum, so daß er nun auf ihr saß. Sie spürte sein Verlangen und sein Gewicht, und ihr Herz schlug schneller, beschleunigt auch durch die Musik, die noch immer aus dem Radio drang. »Jetzt«, sagte sie. Seine Hände glitten über ihre Hüften, bis sie erschauerte. Er küßte ihren Hals, ihr Ohr, fand schließlich wieder ihre Lippen und liebkoste ihren Mund mit der Zunge, während sie sich unter ihm vor Wonne wand.

»Ich will dich wirklich«, sagte er, als er wieder zu Atem kam. »Aber nicht hier. Nicht ohne Schutz.«

»In der Tasche meiner Shorts ist ein Kondom«, sagte sie. »Hol es. Es ist zu lange her.« Sie zog sein Gesicht zu sich herunter und knabberte zärtlich an seiner Lippe. »Ich will dich *jetzt.* Und hier. Während die Nachbarn zugucken. Damit es jeder erfährt.« Sie bewegte sich unter ihm und sah, wie seine Augen dunkel wurden. Durch seine Jeans spürte sie seine Erregung.

»Dumme Idee«, murmelte er, aber seine Stimme klang heiser und schwach. Wieder küßte er sie, zärtlich zunächst, ihre Lippen mit seiner Zunge umspielend, dann zunehmend fordernder, während sie ihm mit rhythmischen Bewegungen entgegenkam. Sein Mund glitt zu ihren Brüsten hinab. Ihr Atem ging immer schneller, während er sie dort liebkoste und ihr damit beinahe den Verstand raubte.

»Mach schon«, wisperte sie ihm ins Ohr, während er seinen Körper gegen ihren preßte. »Die ganze Nacht habe ich mir das ausgemalt. Ich bin so heiß auf dich. Wir sind hinter dem Wagen, niemand kann uns sehen, und ich begehre dich so wahnsinnig. Nimm mich hart, ich will dich jetzt –«

Sie brach ab, als er sein Knie zwischen ihre Beine schob, seine Hände überall auf ihrem Körper. Bereitwillig hob sie sich ihm entgegen. Die kühle Luft zwischen ihren Schenkeln machte ihr ihre Leere und ihr grenzenloses Verlangen nach ihm um so stärker bewußt. Er rollte sich zur Seite, um den Reißverschluß seiner Jeans aufzuziehen, und sie sagte atemlos: »Beeil dich, *nimm* mich auf der Stelle.«

Er setzte sich auf, um das Kondom aus ihren Shorts zu holen, und lächelte, als er sich ihr wieder zuwandte – ein lustvolles, verführerisches und spitzbübisches Lächeln. »Nee, laß es uns schön langsam tun, damit es auch ganz bestimmt jeder sieht.« Er ließ seine Hand zwischen ihre Schenkel gleiten, während er sich voller Verlangen mit seinem starken und kräftigen Körper über sie beugte. Sie kam seiner Hand entgegen, schloß die Augen vor der Sonne, spürte das kühle Gras unter sich und seine erforschenden Finger in sich. Ihr Atem stockte, und sie hörte das Blut in ihren Ohren rauschen. »Ich liebe dich«, preßte sie hervor, wie von Sinnen vor Verlangen nach ihm. »Ich weiß«, flüsterte er und küßte sie, trieb sie zum Wahnsinn mit seinen Händen und seinem Mund dort unter der Spätsommersonne, während sie ihn überall streichelte und jeden Zentimeter seines Körpers, alles andere vergessend, für sich beanspruchte.

Autos fuhren vorbei, Vögel zwitscherten und irgendeine Ackermaschine dröhnte in der Ferne, aber für sie war alles summendes Liebesgeflüster. Das einzige, was Maddie hörte, waren C.L.'s gewisperte Worte an ihrem Ohr, mit denen er ihr die unmöglichen, erotischen und gefügig machenden Dinge beschrieb, die er mit ihr machen wollte, jetzt, später und für immer, während sein Körper sie am Boden festhielt und seine Finger ihr vor Lust den Atem raubten.

Sie stöhnte auf und fummelte an seinem Reißverschluß,

während sie sich vor Verlangen nach ihm verzehrte. Als sie ihn endlich hart in ihrer Hand spürte, stieß er hervor: »Verdammt, langsam schaffe ich das nicht. Ich muß dich *jetzt* nehmen.«

Sie hob ihm ihre Hüfte entgegen, und nach einem kurzen Moment für das Kondom bewegte er sich in ihr, erstickte ihren Aufschrei der Wonne mit seinem Mund, während er sich herumrollte, so daß sie nun über ihm war und ihren Schoß hart auf ihn preßte. Rittlings setzte sie sich auf ihn, spreizte ihre Beine neben seinem breiten Körper und erschauerte, als sie ihn tief in sich spürte. Im Rhythmus seiner Bewegungen atmete sie aus, beobachtend, wie er die Augen schloß und seine Wimpern sich dunkel von seiner Haut abhoben, während er die Luft einsog. Sein Gesicht hatte ausgeprägte Züge, das schönste Gesicht, das sie je gesehen hatte. Sie schnappte nach Luft und preßte sich mit rhythmischen Bewegungen an ihn. Sie konnte die Anspannung seines Körpers unter ihren Händen spüren, während er immer wieder tief in sie hineinstieß und ihr vor Lust ganz schwindelig wurde. »Du bist wunderschön«, flüsterte er. Da bemerkte sie, daß er sie nun anschaute, um ihre Lust zu sehen, während er sich fordernd in ihr bewegte. »Du bist wirklich ganz anders«, meinte er, »aber immer noch mein.«

Sie lächelte zu ihm hinab und biß sich überwältigt von ihrem Verlangen auf die Lippe. »Vielleicht«, flüsterte sie. Er rollte sie herum, um sie unter sich festzuhalten und sich noch härter in sie hineinzuschieben. *»Mein«*, sagte er, und sie versuchte, den Kopf zu schütteln, aber wieder stieß er in sie, noch tiefer diesmal, so daß sie jedes Heucheln aufgab und sich ihm einfach nur entgegenhob. »Härter«, stieß sie zwischen zusammengepreßten Zähnen hervor, und er nahm sie ohne weitere Unterbrechung für Worte oder Scherze, sich mit heftigen Bewegungen in sie bohrend, dort in dem weichen Gras neben seinem glänzenden roten Wagen, keine fünf Meter von der Straße entfernt, alles außer ihr um sich herum vergessend. Sie waren schamlos und wahnsinnig vor Lust aufeinander, und dieses Wissen ließ sie aufschreien und sich aufbäumen, als sie in einer Woge von Hitze und Sonnenlicht schaudernd und vibrierend kam. Sie bohrte ihre Fingernägel in ihn, als die Spasmen sie überkamen und er erschöpft auf sie sank.

In diesem Augenblick lösten sich all ihre Selbstzweifel zusammen mit ihrem Ruf in Luft auf.

Keuchend lagen sie dort im Gras, mit solch irrsinniger Wonne ineinander verschlungen, daß sie beide laut lachen mußten. *Dies ist das Ende der alten Maddie*, schoß es ihr durch den Kopf.

Gran würde sehr stolz auf sie sein.

C.L. gab ihr seine Jacke, als sie wieder ins Auto stiegen. »Ich persönlich bevorzuge dich zwar nackt«, meinte er, »aber du kennst ja die Nachbarn.« Er küßte sie so stürmisch, daß es ihr erneut den Atem verschlug.

Als er sie eine Viertelstunde später vor ihrer Haustür absetzte, tauchte Glorias Kopf hin und wieder auf der anderen Seite des Zauns auf. Vermutlich schnitt sie gerade ihr Gras mit der Nagelschere. »Es läßt sich nicht vermeiden, die Nachbarn zu kennen«, sagte Maddie, während sie aus dem Auto stieg. »Vielleicht sollte ich umziehen. Bei der alten Farm habe ich gute Schwingungen gespürt.«

»Merkwürdig, ich auch«, sagte C.L. »Wenn du umziehst, dann zusammen mit mir.«

»Vielleicht«, antwortete sie, ging jedoch um den Wagen herum zu ihm und küßte ihn, weil sie sich einfach so gut dabei fühlte.

»Bist du verrückt? Wir stehen mitten auf der Straße«, protestierte er, bevor sie ihm erneut einen innigen Kuß gab – einen guten, langen und tiefen Vielen-Dank-für-den-großartigen-Sex-Zungenkuß, der ihn atemlos und äußerst empfänglich zurückließ. »Wegen meiner Jacke komme ich wieder«, meinte er. »Sobald ich bei Henry war, werde ich sie dir vom Leib reißen.«

»Diese hier?« Maddie schlug sie auf, so daß C.L. die Augen schließen mußte. Mit einem Griff zog sie den Schlüssel aus dem Zündschloß.

»Hey«, protestierte er, während sie zurückwich.

»Komm schon«, sagte sie. »Ich will, daß ein scharlachroter Mustang in meiner Einfahrt steht.«

»Sehr witzig, Hester«, meinte er. »Gib mir den Schlüssel.«

Maddie ging in Richtung ihres Gartens, die Berührung des seidigen Leinenstoffs seiner Jacke auf ihrer Haut mit jeder Faser spürend. Sollte er ihr folgen, okay – großartiger, animalischer Sex war eine wundervolle Sache, aber sie verspürte nun auch das Bedürfnis nach ein wenig Ruhe, und C.L. schien dafür auch recht empfänglich zu sein. Dessen war sie sich ziemlich sicher.

Sie blickte sich um, um zu sehen, ob er ihr folgte. Offensichtlich jedoch hatte er ihre Gedanken gelesen, denn er schlug die Autotür zu.

»Schön«, rief er ihr nach, »ich könnte ein wenig körperliche Ertüchtigung gebrauchen. Also warte hier auf mich, damit ich mir ein bißchen mehr davon holen kann, wenn ich zurückkomme.«

Sie schaute ihm nach, weil sie es liebte, seine Bewegungen zu beobachten. Als er um die nächste Ecke verschwand, ging sie um das Haus herum und die hintere Verandatreppe hinauf.

»Maddie?«

Sie wandte sich um und warf Gloria auf der anderen Seite des Zauns einen argwöhnischen Blick zu.

»Maddie, was hast du denn da an?« Gloria sah gleichermaßen geschockt wie erheitert aus. »Ist das ein Männerjackett?«

»Das ist C.L.'s Jacke«, rief Maddie zurück. »Wir haben draußen bei der alten Drake-Farm tollen Sex gehabt. Darunter bin ich nackt. Willst du sonst noch etwas wissen?«

»Also wirklich, Maddie!« Mißbilligend rümpfte Gloria die Nase. »Brent ist gerade mal zwei Wochen tot.«

»Ziemlich lange Zeit ohne Sex«, rief Maddie zurück. »Dabei fällt mir ein, daß du mit meinem Mann im Bett warst, und obwohl ich ihn nicht sonderlich mochte, bin ich dennoch nicht gerade begeistert darüber. Also halte dich bitte mit deinen Kommentaren über mein Sexleben zurück und kehre lieber vor deiner eigenen Haustür.«

Gloria errötete. »Ich weiß nicht, wovon du sprichst. Ich habe nie –«

»Gloria, er hat mir einen Brief geschrieben«, unterbrach Maddie sie. »Gib es auf. Er hat es zugegeben. Ich nehme an, ihr habt es in der Garage miteinander getrieben, beinahe vor den Augen aller Nachbarn. Wozu ich im übrigen auch gehöre. Ziemlich armselig.«

Gloria bewegte die Lippen, ohne einen Ton hervorzubringen. Sprachlos ließ Maddie sie stehen und schlug die Tür hinter sich zu.

Vielleicht würde sie auch dem Mörder ins Gesicht schreien können, falls Henry ihn finden sollte. Das Dasein der neuen Maddie gefiel ihr allmählich ganz gut – nicht mehr ewig nur nett zu sein, sondern jedem die Meinung zu sagen.

Außerdem hatte die neue Maddie großartigen Sex erlebt. Wie beflügelt legte sie die Musik einer mitreißenden Country-Sängerin auf. Für einen solch verrückten Sonnentag genau das Richtige.

»Ich dachte, du wolltest während Baileys Vernehmung hier sein«, meinte Henry mißmutig, als C.L. eine Stunde verspätet, zersaust und ohne Jacke in sein Büro hastete.

»War ziemlich viel Verkehr«, murmelte C.L. entschuldigend und versuchte, nicht nach tollem Sex auszusehen.

»Oh, mein Gott, C.L., auch noch im Tageslicht vor aller Augen?« hakte Henry nach. »Wenn du kein hirnloser Trottel bist, wer dann, zum Teufel?!«

»Na ja, da gibt es immer noch Bailey«, erwiderte C.L. beiläufig und versuchte, sein Hemd glattzustreichen. »Was hat er gesagt?«

»Er behauptete, daß Maddie Brent erschossen hat.«

C.L. fuhr hoch.

»Immer mit der Ruhe«, beschwichtigte Henry ihn. »Vielleicht sagt er ja die Wahrheit. Schließlich haben wir die Tatwaffe ausfindig gemacht, und sie ist auf die Baufirma zugelassen. Maddie hätte sie sich dort besorgen können.«

»Ich will ihn sehen«, stieß C.L. grimmig hervor und wandte sich zur Tür. »Diese Geschichte will ich hören.«

Maddie zog sich ein neues T-Shirt und Shorts an und drehte Lorrie Morgan im Radio lauter, um Gloria zu ärgern. Dann setzte sie sich auf die Couch und sah die Post durch, die sich seit einer Woche angesammelt hatte. Für die fälligen Rechnungen schrieb sie Schecks aus und legte sie bis zum Wochenende beiseite, um die Überweisung ihres Gehalts auf das Konto abzuwarten, so daß sie die Ausgaben decken konnte.

Es war wirklich ziemlich schäbig von Brent gewesen, ihre gemeinsamen Konten leerzuräumen, vor allem, da ihm eine Viertelmillion für seine eigenen Ausgaben zur Verfügung stand. Das paßte beim besten Willen nicht zu ihm. Er hatte seine Fehler gehabt, aber er war niemals schäbig gewesen. Schließlich mußte ihm klargewesen sein, daß ihre Schecks in der ganzen Stadt platzen würden.

Noch einmal ging Maddie die Post durch. In der ganzen Stadt müßten ihre Schecks bereits platzen; die Einzahlung, für die Candace angerufen hatte, hatte sie niemals gemacht. Aber wo waren die Retourbelege? Hatte Candace die Beträge doch irgendwie abgedeckt? Wenn ja, warum hatte sie Maddie nichts davon gesagt?

Maddie ließ die Post auf den Schreibtisch fallen.

Angenommen, es gab überhaupt keine geplatzten Schecks.

Angenommen, Brent hatte das Konto gar nicht leergeräumt.

Angenommen, jemand in der Bank hatte das Geld abgebucht, so daß Candace sie anrufen mußte, um sie in die Bank zu locken, damit sie das Schließfach öffnete und sich selbst belastete.

Harold Whitehead wäre nicht einmal imstande, einen Kindergeburtstag zu organisieren, die Websters aber waren cleverer. Sie hätten also ihr Konto abräumen und Candace dazu bringen können, sie anzurufen, damit sie als Zeugen danebenstehen könnten, sobald sie –

Aber warum sollten sie Candace zu dem Anruf veranlassen? Warum hatten sie nicht einfach *selbst* angerufen?

Candace war diejenige, die ihr vorgeschlagen hatte, im Schließfach nachzusehen. »Liegt irgend etwas in eurem Schließfach?« hatte sie gefragt. Verdammt, ja.

Candace?

Maddie versuchte, die Puzzleteile mit Candace anstelle der Websters als Drahtzieher zusammenzusetzen, aber es schien sich kein Bild zu ergeben. Gut, Candace war blond, aber sie war außerdem bei gesundem Verstand, etabliert und kein bißchen dumm. Die Vorstellung, daß Candace unter ihrem beigefarbenen Kostüm Höschen ohne Schritt trug, war absurd.

Aber vielleicht hatte sie es gar nicht getragen. Es war ein

ausgemachter Schwindel gewesen, etwas so Schockierendes, daß Maddie nicht umhin käme, Brent zur Rede zu stellen. Eine clevere Frau hatte den Slip unter dem Autositz versteckt.

Candace war eine sehr clevere Frau.

Candace hatte sich bis zur Kreditbearbeiterin in der Bank hochgearbeitet, aber weiter würde sie auch nie kommen. Candace wäre nur zu gern die Ehefrau des Bürgermeisters geworden. Dann wäre sie keine Lowery mehr gewesen. Und dabei stand ihr nur Maddie im Wege.

Du bist paranoid, ermahnte Maddie sich – wo aber waren die Überziehungsbestätigungen geblieben? Ihre Mutter hatte gesagt, daß Candace die Bank praktisch leitete; sie hätte alleine zum Schließfach hinuntergehen können, um es mit Brents Schlüssel zu öffnen.

Nun, da Maddie diese Möglichkeit durchdachte, schien alles offen auf der Hand zu liegen. In Geldangelegenheiten war Candace Expertin. Sie hätte sofort gewußt, wie Brent Firmengelder abzweigen konnte. Und sie war es, die die Spareinlagen und Firmenkonten führte. Es mußte Candace sein.

Nur, daß die Stimme des angeblichen Entführers männlich gewesen war.

Candace war mit Harold Whitehead ausgegangen, aber Maddie konnte sich nicht vorstellen, daß Harold einen Kidnapper-Anruf tätigen würde, nicht einmal, wenn Candace nackt vor ihm auf dem Tisch tanzte.

Aber Candace ging auch mit Bailey aus. Der würde zwar niemanden entführen, das wäre schließlich so illegal wie Erpressung, aber wenn es gar keine Entführung gab, würde er vielleicht den Anruf machen. Die Feinheiten der Gesetzgebung waren Bailey niemals klar gewesen. Die Stimme hatte heiser geklungen wie seine. Es hätte Bailey sein können. Aber Bailey würde niemanden umbringen.

Candace hingegen vielleicht schon.

Maddie runzelte die Stirn. Sie kannte Candace schon ihr ganzes Leben lang, seit den Zeiten der Mary Janes und der kaputten Sandalen. Die ganze Idee schien ihr lächerlich.

Aber sie machte Sinn – trotz des Entführers und wegen der kaputten Sandalen. Wenn Brent eine Affäre mit Candace gehabt und beschlossen hatte, sich aus dem Staub zu machen, um sie die Sache ausbaden zu lassen, wenn er sie hatte fallenlassen und ihr klargeworden war, daß er durchdrehte und sie vielleicht ins Gefängnis wanderte –

Candace wäre niemals imstande gewesen, ihn zu erschießen. Sie hatte zu hart gearbeitet, um es zu etwas zu bringen – sie würde es niemals hinnehmen, daß Brent sie wieder zu einem Nichts machte. Oder, noch schlimmer, zu einem Skandal in Frog Point. *Typisch Lowery,* würden die Leute sagen, und zum ersten Mal fragte sich Maddie, wie es sein mußte, auf der anderen Seite zu stehen. Sie hatte es gehaßt, die wohlgeborene Tochter zu sein, wie Candace sich hingegen gefühlt haben mochte, als Verliererin das Licht der Welt erblickt zu haben?

Maddie hatte soeben splitternackt Sex in der Öffentlichkeit gehabt, um sich von ihrer Identität zu lösen, die ihr wie eine Zwangsjacke anhaftete.

Was würde Candace dafür tun, um nicht in die ihrige zurückzufallen?

Für Candace stand viel auf dem Spiel. Sie wäre imstande gewesen, Brent zu erschießen.

Es gab nur einen Weg, das herauszufinden. Maddie griff nach C.L.'s Wagenschlüssel und hastete zum Auto. Sie mußte Candace damit konfrontieren und ihren Gesichtsausdruck beobachten.

»Es war Maddie, C.L.«, beteuerte Bailey. C.L. sah ihm geradewegs in die Augen und wußte, daß er die Wahrheit sagte. So überzeugend konnte Bailey gar nicht lügen. Er glaubte wirklich, daß Maddie die Mörderin war.

»Laß uns das noch einmal durchgehen«, sagte C.L. Bailey seufzte laut.

»Sie ging zum Point hoch, sah, daß Brent schlief, und hat ihn erschossen«, spulte Bailey zum zigsten Male im Singsang ab.

»Er schlief wohl häufig am Point, was?« wollte C.L. wissen.

»Manchmal fuhr er dort hoch, um einfach wegzukommen. Ich hab nicht nachgefragt. Bei ihm zu Hause lief's nicht so gut.« Anzüglich grinste er C.L. an. »Aber das wirst du wohl wissen.«

»Dabei fällt mir ein«, sagte C.L., »daß du deine Zähne von der Straße aufsammeln kannst, solltest du noch einmal versuchen, Maddie zu erpressen. Was zum Teufel sollte das?«

»Das war keine Erpressung«, widersprach Bailey im Brustton der Überzeugung. »Ich fand nur, daß sie mir ein bißchen von ihrem vielen Geld abgeben könnte, weil ich ihr so einen großen Gefallen tat.«

C.L. sah ihn an, zunächst mit Abscheu, dann jedoch mit wachsendem Interesse. Bailey erzählte bei Gott die Wahrheit – oder, in diesem Falle, Baileys Wahrheit. C.L. blickte zu Henry hinüber und sah, wie sich dessen Augen verengten.

»Erzähl mir noch einmal, was du am Point gesehen hast«, forderte C.L. Bailey noch einmal auf, der ein wenig unbehaglich auf dem Stuhl herumrutschte, dann aber so ehrlich wie ein Richter antwortete.

»Maddie ging den Berg hoch –«

»Hast du gesehen, wie sie den Berg hinaufging, Bailey?« Henrys Stimme klang irreführend sanft.

»Nein, ich hab ihre Fußspuren gesehen. Dann ging sie zu dem Auto und hat ihn erschossen.« Bailey nickte eifrig.

»Du hast also gesehen, daß sie es getan hat«, hakte C.L. nach.

»Jawohl«, sagte Bailey, richtete den Blick auf den Boden und scharrte mit den Füßen. »Bailey, du hirnloses Rindvieh, du lügst das Blaue vom Himmel herunter«, meinte C.L.

Bailey wandte den Blick zu Henry. »So darf er nicht mit mir reden, oder?«

»Normalerweise nicht«, pflichtete Henry ihm bei, »aber er scheint einen Grund dafür zu haben. Laß uns noch einmal von vorn anfangen. Erzähl uns bitte, was du gesehen hast, Bailey.«

»Sie war es«, beharrte Bailey. »Ich hab es nicht gesehen, aber sie war es.«

»Wer hat dir das erzählt?« fragte Henry.

Wieder rutschte Bailey auf seinem Stuhl hin und her.

»Bailey«, sagte C.L. und beugte sich zu ihm, »du verleumdest gerade die Frau, die ich liebe. Hast du eine Vorstellung davon, wie sehr mich das ärgert?«

»Polizisten dürfen nicht prügeln«, gab Bailey zu bedenken.

»Ich bin kein Polizist«, erinnerte C.L. ihn. »Das wären private Bürgerprügel, und darin bin ich ziemlich gut.«

»Henry«, jammerte Bailey nervös.

»Hier drinnen wird er dir nichts tun«, meinte Henry. »Du weißt, daß das nicht mein Ermittlungsstil ist. Das Problem ist nur, daß ich dich nicht beschützen kann, sobald du hier hinausgehst. Aber keine Sorge, sobald du im Krankenhaus liegst, sitzt er im Gefängnis. Darauf kannst du dich verlassen.«

Bailey sah von Henry zu C.L. und wieder zurück. »Sie kann es euch nicht selbst erzählen, weil das einen Riesenskandal geben würde. Ihr wißt doch, wie das hier in der Stadt ist.«

C.L. wollte einhaken, fing jedoch Henrys Blick auf und

schwieg. Wer auch immer Bailey an der Nase herumgeführt hatte, er hatte es gut gemacht. Er konnte ebensogut ruhig sitzen bleiben und zuhören.

»Diese Stadt ist wirklich ein Waschweib«, sagte er deshalb nur. »Schieß los.«

Um 12 Uhr mittags erreichte Maddie die Ampel an der Bank. Harold Whitehead war gerade dabei, die Türen zu schließen. Merkwürdiger Job für einen Bankdirektor, dachte Maddie. Er öffnete noch einmal, um Candace herauszulassen. Wie üblich war sie in Beige gekleidet. In einer Hand hielt sie eine helle Ledertasche.

In der anderen trug sie einen Koffer.

»Hey, Candace«, rief Maddie ihr vom Cabrio aus zu. »Warte bitte eine Minute.«

Candace wandte sich um und erblickte sie. Sie winkte ihr mit der Hand, in der sie die Tasche hielt, zu und ging weiter. »Candace«, brüllte Maddie wieder, während die Ampel noch immer stur Rot zeigte. *»Candace!«*

Candace ging weiter, mit dem leichten, gefälligen Schritt einer Karrierefrau, die keinerlei Sorgen auf dieser Welt hatte, allerdings mit plötzlicher Taubheit geschlagen zu sein schien.

»Zum Teufel damit«, sagte Maddie sich und sprang aus dem Wagen, den sie mitten auf der Kreuzung stehenließ. Die Ampel schaltete auf Grün, als sie den Bürgersteig erreichte, und es ertönte ein Hupkonzert.

Zum Teufel mit ihnen.

»Candace«, rief Maddie wieder und lief hinter ihr her.

Candace blieb stehen; sie konnte nicht anders. »Ich bin furchtbar in Eile, Maddie«, rief sie zurück. »Montag ist Labor Day, ich habe drei Tage frei. Muß zum Flughafen.« Sie wandte sich zum Gehen. »Ich rufe dich am Dienstag an.«

»Nein, das ist zu spät.« Maddie machte einen Satz nach

vorn und bekam den Griff ihres Koffers zu fassen. »Ich muß dich auf der Stelle sprechen.«

Einige Passanten blieben stehen und heuchelten lebhaftes Interesse an dem verspiegelten Revco-Schaufenster.

»Wirklich, Maddie.« Candace versuchte, ihren Koffer loszureißen.

»Wir haben etwas zu besprechen.« Mit allen Kräften umklammerte Maddie den Koffergriff.

»Maddie, ich weiß, daß du in der letzten Zeit Schlimmes durchmachen mußtest«, meinte Candace beschwichtigend, »aber ich muß wirklich dieses Flugzeug bekommen.»

»Mit all diesem Geld?« fragte Maddie und ließ mit einer schnellen Bewegung den Koffer aufschnappen.

Einige Garnituren traumhafter Seidenunterwäsche quollen hervor, gefolgt von sehr teuer aussehenden gold- und beigefarbenen Kleidungsstücken, die Candace erfolglos aufzufangen versuchte, bevor sie auf den Gehweg fielen.

Kein Geld.

Candace setzte den Koffer ab und sah Maddie an, als habe sie den Verstand verloren. Einige Passanten kamen zu Hilfe, darunter eine Freundin von Maddies Mutter.

»Maddie, meine Liebe«, meinte sie sanft, »vielleicht solltest du nach Hause gehen und dich ein wenig hinlegen.«

»Oh, Mist.« Maddie ignorierte sie, um Candace ihre ganze Aufmerksamkeit zu widmen. »Wo hast du es versteckt? An deinem Strumpfband?«

»Maddie, was ist los mit dir?« Candace ging in die Hocke, um ihre Kleidungsstücke in den Koffer zurückzustopfen, während die umstehenden Leute mitleidige Laute von sich gaben und Maddie anstarrten. Ein rotgesichtiger Mann kam herbei und sagte: »Lady, fahren Sie jetzt endlich Ihren gottverdammten Wagen weg.«

»Ich bin ein wenig außer mir wegen meines Girokontos«, sagte Maddie zu Candace.

»Soll das ein Scherz sein?« Candace ließ den Koffer zuschnappen und richtete sich auf. »Das alles nur wegen eines Girokontos? Maddie, du stehst unter furchtbarer Anspannung. Fahr heim, und wir werden uns gleich Dienstag morgen darum kümmern.«

»Lady, Ihr Wagen«, mischte sich der Mann wieder ein.

»Es ist nicht überzogen«, sagte Maddie. Candaces Blick flackerte unruhig – nur einen Augenblick lang, aber Maddie hatte es gesehen. »Du warst es, stimmt's?« fragte Maddie.

»Lady«, beharrte der Mann.

»Ich weiß nicht, wovon du sprichst.« Candace strich ihren Rock glatt und wich Maddies Blick aus. »Und ich habe keine Zeit, mit dir zu debattieren. Suche dir Hilfe, du brauchst sie.« Sie nahm den Koffer und die Tasche auf wandte sich zum Gehen, so selbstsicher, daß Maddie beinahe nachgegeben hätte.

»Nein, du bleibst hier.« Maddie packte sie am Arm. »Ich weiß nicht, wohin du willst, aber ich wette, irgendwohin, wo wir dich nicht mehr finden können. Und du wirst mich hier nicht in der Klemme sitzenlassen.«

Candace versuchte, sich loszureißen, aber Maddie umklammerte ihren Arm mit aller Kraft. Sie zerrten aneinander, Maddie entschlossen, Candace so würdevoll wie möglich. Die Leute hatten ihr vorgebliches Interesse an den Revco-Auslagen aufgegeben und starrten sie nun unverhohlen an. Selbst der Mann mit dem Wagen war jetzt verstummt und beobachtete das Schauspiel.

»Du machst eine Szene«, zischte Candace ihr wütend zu, während sie sich loszureißen versuchte. »Du machst dich *lächerlich.* Mein Gott, denke an deine Mutter.«

»Zum Teufel mit meiner Mutter«, zischte Maddie zurück. »Und wenn du das für eine Szene hältst, dann warte nur mal ab. Du kommst jetzt mit zu Henry, oder ich werde hier einen ganzen Film abspulen.«

Candace wand ihren Arm aus Maddies Umklammerung und machte einen großen Schritt, bevor Maddie ihr nachsetzte und sie von hinten ansprang, so daß Candace durch den Schwung ein paar Schritte vorwärtsstolperte.

»Diese Frau ist verrückt geworden«, sagte Candace zu den umstehenden Passanten und zog Maddie mit sich, während sie weiterstolperte. »Könnte mir bitte jemand helfen?«

Im Film sieht so etwas immer anders aus, schoß es Maddie durch den Kopf, während Candace sie ein Stück weiterschleifte. Im Film spielten sich Schlägereien immer schnell ab; offenbar gab es dort jene Momente der Besinnung nicht, in denen man sich ziemlich idiotisch vorkam. Kein Wunder, daß so viele Kämpfe so schnell vorüber waren.

»Helfen Sie mir«, bat Candace, eher verärgert als panisch. Versuchsweise trat Harold Whitehead einen Schritt vor.

»Tu es nicht, Harold«, warnte Maddie ihn, Candace immer noch mit aller Kraft festhaltend. »Du würdest einer Mörderin Beihilfe leisten.«

»Das ist doch lächerlich«, sagte Harold. »Candace ist Kreditbearbeiterin.«

»Sie hat mein Auto ruiniert, meinen Mann erschossen und mein Kind bedroht«, sagte Maddie so laut, daß jeder es hören konnte und die Leute Candace nun mit neuem Interesse betrachteten. »Und so eine Person hast du eingestellt, Harold.«

Candace schaffte es, sich aus der Umklammerung zu lösen. Sofort sprang Maddie ihr nach, um ihr den entscheidenden Schlag zu versetzen. Sie bekam Candaces Arm zu packen und sagte: »Was kann man sonst schon von einer *Lowery* erwarten?«

Mit vor Mordlust glitzernden Augen wirbelte Candace herum. »Du *Nutte*«, zischte sie. »Du selbstgefällige, dämliche *Nutte!*«

Sie versuchte, ihren Arm loszwinden. Als ihr das nicht

gelang, versetzte sie Maddie einen Tritt gegen das Knie. Vor Schmerz schrie Maddie auf. »*Jetzt hör mal zu,* du –« preßte sie hervor, als plötzlich Henry auftauchte.

»Wir haben einen Anruf wegen Ruhestörung bekommen«, rief er ihnen zu und stieg aus dem Wagen. »Ich dachte mir schon, daß du etwas damit zu tun haben mußt, Maddie Was sollen denn die Leute denken?«

»Die Leute sind mir wurscht, Henry«, sagte Maddie wütend. Ihr Knie schmerzte, aber sie ließ Candace nicht los. »Scheiß auf die Nachbarn, sie sind mir egal. Ich werde mich nicht ins Gefängnis setzen, weil ich meinen Mann nicht umgebracht habe. Würdest du jetzt bitte diese Frau hier festnehmen?«

»Sie hat den Verstand verloren«, verkündete Candace in die Menge. »Sie hat ihren Ehemann ermordet, und jetzt beschuldigt sie mich. Sie ist verrückt. Henry, tue etwas, damit sie mich losläßt. Sie tut mir weh.«

»Laß sie los, Maddie«, sagte Henry.

»Henry, das ist nicht –«

»*Laß sie los,* Maddie«, wiederholte Henry, und Maddie begriff, warum C.L. solchen Respekt vor seinem Onkel hatte. Sie ließ Candace los und rieb sich ihr Knie.

»Ich denke, du hast recht, Candace«, meinte Henry beschwichtigend. »Maddie hat einige Probleme –«

»Hey«, mischte Maddie sich ein.

»– warum fahren wir also nicht alle zusammen zum Revier, damit du eine Anzeige erstatten kannst?«

Maddie schwieg. Alles, was Candace zum Revier brachte, war ein Schritt in die richtige Richtung.

»Weil ich keine Zeit habe.« Candace strich ihren Blazer glatt. »Ich muß meinen Flug bekommen.« Sie nahm ihre Tasche auf und wandte sich zum Gehen, doch Maddie schnappte erneut nach dem Griff der Tasche, während Henry vortrat.

»Du wirst Frog Point *nicht* verlassen«, zischte Maddie. Candace drehte sich zu ihr um und starrte sie panisch und zugleich wütend an. Mit der freien Hand schleuderte sie Maddie die Tasche an den Kopf. Das letzte, was Maddie sah, bevor sie ohnmächtig wurde, waren jede Menge Hundert-Dollar-Scheine, die durch die Luft flatterten.

»Du konntest wohl nicht auf Henry warten«, stellte C.L. fest, als sie zu sich kam. Sie lag in einem Krankenhausbett, und das erste, was sie fragte, war: »Wo ist Candace?«

»Hinter Gittern«, antwortete C.L. »Henry wollte sie sich gerade, ohne Aufsehen zu erregen, vornehmen, als du diese Szene gemacht hast. Jetzt kann ich dich natürlich nicht mehr heiraten. Ein solch kratzbürstiges Weib würde mir meine Familie nie verzeihen.«

»Weshalb sitzt sie im Gefängnis?« Mühsam versuchte Maddie sich aufzurichten, aber er drückte sie wieder zurück.

»Bleib liegen. Der Doktor kommt gleich, um zu sehen, ob du eine Gehirnerschütterung hast. Danach werde ich dafür sorgen, daß man dich röntgt und feststellt, ob du überhaupt den Hauch eines Gehirns besitzt. Warum zum Teufel bist du über diese Frau hergefallen?«

»Sie wollte sich aus dem Staub machen.« Angesichts ihrer Kopfschmerzen gab Maddie jeden Widerstand auf und ließ sich in die Kissen zurückfallen. »Sie hat Brent umgebracht. Das war mir klargeworden, aber sie wollte verduften. Von wegen Labor Day und langes Wochenende, so ein Blödsinn. Ich hätte meinen Arsch darauf verwettet, daß sie die Stadt verlassen wollte.«

»Stimmt«, sagte C.L.

Maddie sah zu ihm auf. »Sag bloß nicht, daß du das schon wußtest.«

C.L. schüttelte den Kopf. »Wir sind erst kurz vor dir daraufgekommen. Das Schließfach hat Henry von Anfang an mißtrauisch gemacht. Denn wenn du nicht gelogen hattest – wobei Henry sich dessen ziemlich sicher war –, mußte es jemand aus der Bank gewesen sein. Dieses Gerücht über den Streuner hatte er bereits bis zu Candace zurückverfolgt, aber ihm war noch nicht klar, warum sie es in die Welt gesetzt hatte.«

»Damit Brent ihr eine Waffe mitbringen würde«, meinte Maddie in Erinnerung an das belauschte Telefongespräch. »Das war alles geplant.«

»Ich glaube nicht, daß Candace jemals in ihrem Leben etwas tat, was nicht Berechnung war«, sagte C.L. »Sie ist wirklich ein durchtriebenes Luder. Aber du warst immer noch die Hauptverdächtige, bis wir Bailey geknackt hatten, der schließlich zugab, daß Candace an jenem Abend den Weg herunterkam und behauptete, du hättest Brent umgebracht. Das glaubte er ihr natürlich, vor allem, als sie begann, mit ihm auszugehen.« Er grinste sie an. »Mann, die ist vielleicht sauer auf dich. Nachdem sie einmal mit ihrem Geständnis losgelegt hatte, war ihr Hauptthema, wie du ihr ständig die Tour vermasselt hast. An jenem Freitag benutzte sie, nachdem sie Brent ermordet hatte, seinen Hausschlüssel, um den Schlüssel für das Schließfach in der Schreibtischschublade zu plazieren, damit du es am nächsten Morgen öffnen und das Geld herausnehmen würdest. Aber du Dummkopf hast es darin gelassen, weil du ehrlich bist, also mußte sie, während du auf der Farm warst, zurückkommen und den Schlüssel erneut stehlen, damit *sie* an das Geld herankam.«

»Dann hatten die Websters gar nichts damit zu tun!« Maddie verspürte Gewissensbisse. »Und ich habe so schlecht über sie gedacht.«

»Nun, der jüngste zumindest schon. Candace sandte ihm anonym per Post eine Hälfte eines Hundert-Dollar-Scheins mit der Anweisung zu, dein Auto zu Schrott zu fahren, sofern er die andere Hälfte haben wollte. Sie ging davon aus, daß er in den Wagen hineinfahren würde, wenn du ihn irgendwo abgestellt hättest, aber statt dessen inszenierte der Schwachkopf einen Auffahrunfall, während du im Wagen saßest. Er war so verängstigt, daß er nie ein Sterbenswörtchen gesagt hätte, aber Candace konnte seine Blödheit einfach nicht fassen. Auf ihrer Liste von Leuten, die sich nicht korrekt zu benehmen wissen, steht er nach dir an zweiter Stelle.« C.L. schüttelte den Kopf. »Sie sagte, sie könne einfach nicht verstehen, warum du es nicht wie üblich der Stadt überlassen hast, sich deiner Angelegenheiten anzunehmen. Niemals hätte sie damit gerechnet, daß du zurückschlagen würdest.«

»Und ich hätte niemals mit ihrem Geständnis gerechnet«, erwiderte Maddie. »Ich dachte sie würde einfach abwarten und es aussitzen.«

»Das Labor fand Fingerabdrücke auf dem Ladestreifen der Waffe. Henry benötigte Candaces Fingerabdrücke zum Vergleich, und er machte sich auf den Weg, um sie aufs Revier zu bitten, als du plötzlich den Entschluß gefaßt hattest, dich zum Stadtgespräch zu machen.«

»Aber ich habe die Waffe doch abgewischt«, warf Maddie ein.

»Das war sehr hilfreich von dir«, meinte C.L. »Der Ladestreifen war eingesetzt. Sie zog ihn heraus, um ihn zu überprüfen, und schoß Brent dann in den Kopf.«

»Oh.« Maddie mußte schlucken. »Die hat Nerven.«

»Nicht solche Nerven wie du. Ist dir klar, daß du jemanden am hellichten Tag überfallen und *noch dazu* ›Scheiße‹ vor etwa vierzig Leuten, einschließlich meines Onkels, gesagt hast?«

»Ich war völlig überreizt«, gab Maddie zu bedenken. »Ich konnte nicht zulassen, daß sie verschwand, und gleichzeitig konnte ich nicht glauben, daß sie es getan hatte. Die Sache spitzte sich also zu. Ich kann es immer noch nicht glauben. Ich kenne Candace doch. Ich bin zusammen mit ihr zur High-School gegangen. Ihr ganzes Leben hat sie in dieser Stadt gelebt.«

»Vielleicht hat sie es gerade deswegen getan«, mutmaßte C.L. »Sie war es leid, sich zu Tode zu schuften, um hier herauszukommen – also beschloß sie, statt dessen einen anderen umzubringen.«

»Das kann es nicht sein.« Vorsichtig verlagerte Maddie ihre Position im Bett. Da ihr der Kopf nicht abfiel, entspannte sie sich. »Candace hätte die Stadt jederzeit verlassen können. Sie hatte eine Ausbildung, noch dazu Erfahrung. Sie muß noch etwas anderes gewollt haben. Schließlich hat sie den Slip in Brents Wagen zurückgelassen. Sie muß ihn gewollt haben.«

»Sie hätte um ihn bitten sollen. Du hättest ihn ihr überlassen. Lieber Himmel, ich hätte ihn an deiner Stelle in Geschenkpapier eingewickelt.«

»Moment mal.« Langsam setzte Maddie sich auf. »Em ist jetzt in Sicherheit. Ich ebenfalls. Richtig?«

»Nun ja, nicht ganz«, meinte C.L. »Ich bin noch hier.« Er sah ihr tief in die Augen. »Deine Pupillen wirken normal. Falls du keine Gehirnerschütterung hast – möchtest du vielleicht nachher noch einmal zur Drake-Farm hinausfahren? Dein Ruf ist sowieso ruiniert.«

»Gott sei Dank«, erwiderte Maddie. »Von nun an wird mein Leben weitaus einfacher sein.«

»Verlaß dich darauf lieber nicht«, meinte C.L. »Jetzt gibt's mich.«

Am nächsten Morgen ging Maddie ins Revco, um eine Halskette für ihre Großmutter einzukaufen und sie später auf die Probe zu stellen. Jeder, an dem sie vorbeiging, starrte sie an, und einige Leute verrenkten sogar ihren Hals hinter Angebotsschildern, um einen Blick auf den neuesten Schandfleck zu erhaschen. Man begegnete ihr zwar nicht unfreundlich, aber man klopfte ihr auch nicht auf die Schulter. Es schien, als wisse niemand, wann sie den nächsten Anfall in der Öffentlichkeit bekäme, und mit Sicherheit würde das niemand billigen. Andererseits wollte selbstverständlich niemand dieses Spektakel verpassen. *Macht endlich die Augen auf*, hätte Maddie ihnen am liebsten geraten. *Ich hab's getan.*

Ihr Blick blieb an einem goldfarbenen Anhänger in Form einer Katze mit riesigen grünen Glasaugen hängen. Sie griff gerade danach, als sie jemand von hinten anstupste.

»Ich habe gehört, sie wollen hier eine Ehrentafel im Gedenken an die Schlacht errichten«, meinte Treva hinter ihr. »Dein Name soll besonders hervorgehoben werden.« Maddie drehte sich um, und Treva fügte hinzu: »Mein Gott, was für eine gräßliche Kette. Damit wirst du deinen Ruf endgültig ruinieren. Mußt du jetzt noch wie ein Kirmesweib aussehen?«

»Sie ist für Gran.« Maddie setzte sich auf die Kante des Verkaufstisches, so glücklich darüber, Treva und ihre Alltagsplaudereien wiederzuhaben, daß es ihr völlig egal war, welch böse Blicke Susan ihr hinter der Kasse zuwarf, weil sie sich gegen die Verkaufsware lehnte. »Meine Mutter hat meinen Untergang zu Genüge erörtert. Jedenfalls gibt es bei den Olympischen Spielen keine Zeitlupenaufnahme, zu der ich Stellung nehmen müßte.«

»Nun, zumindest gab es diesmal einen Berichterstatter vom Fach«, sagte Treva. »Ich nehme an, du hast nur gegengehalten.«

»Nein, ich war großartig«, meinte Maddie. »Ich habe ihr gesagt, daß es weitaus mehr Spaß mache, wirklich ein Skandal zu sein, als nur über einen zu reden, und daß sie es mir nachmachen sollte.«

»Und das hat sie dann getan«, mutmaßte Treva. »Wow.«

»Natürlich nicht«, sagte Maddie. »Ich habe eine weitere Stunde mit der Diskussion darüber verbracht, was es heißt, eine Martindale zu sein. So etwas habe ich noch nie gehört. Offensichtlich sind wir in Frog Point die Kennedys mit moralischen Grundsätzen. Und nun bleiben nur sie und Em übrig, um dieses Märchen weiterzuerzählen.«

»Ich denke, das bleibt allein Em überlassen«, meinte Treva. »Meine Mutter hat deine Mutter nämlich gestern abend im Bowlingcenter gesehen, als sie zusammen mit Sam Scott Kaffee trank, und das hat sie Esther erzählt. Du weißt ja, in der Nachbarschaft spricht sich so etwas schnell herum.«

»Das ist doch nicht dein Ernst, oder?« Maddie begann zu lachen und beugte sich im heiteren Einverständnis zu Treva. »Oh, das ist ja großartig. Finde ich toll! Warte, bis ich das Gran erzähle. Der Apfel fällt doch nicht so weit vom Stamm.«

»Aber ich kann noch eins drauflegen«, sagte Treva. »Ich habe Howie von Three erzählt.«

Maddie fiel das Lächeln aus dem Gesicht. Sie wappnete sich, bis sie merkte, daß Treva entspannter und gelöster aussah als die Monate zuvor. »Ich vermute, er hat es recht gefaßt aufgenommen?«

»Er wußte es sowieso schon.« Treva setzte sich neben sie, bei der Erinnerung erleichtert lächelnd. »Wegen des Blutgruppentests damals im Krankenhaus. Zwanzig Jahre lang habe ich dieses verfluchte Geheimnis mit mir herumgeschleppt, und er wußte es die ganze Zeit.« Treva verdrehte die Augen zur Decke. »Es spielt keine Rolle für ihn. Er sagte, er habe Three großgezogen, daher sei er sein Sohn, und das sei das einzige, was zähle. Ich konnte nicht glauben, daß er so ruhig blieb, aber er meinte, er wäre nur an jenem Tag vor ziemlich genau zwanzig Jahren stinkwütend und verletzt gewesen. Doch dann hätte er Three auf den Arm genommen und gedacht: ›Zum Teufel, was soll's.‹ Er hatte es verdrängt, bis vor wenigen Wochen, als er dachte, ich würde wieder mit Brent schlafen.« Treva schüttelte den Kopf. »Als ob ich zweimal so tief sinken würde.« Schlagartig wurde ihr bewußt, was sie gesagt hatte, und abrupt wandte sie sich Maddie zu. »Nicht, daß du nichts wert wärst, weil du mit ihm schliefst. Schließlich war er dein Mann.«

»Lieber Himmel«, meinte Maddie, in Gedanken noch immer bei Howie. »All diese Schuldgefühle für nichts.«

»Ich weiß«, erwiderte Treva. »Ich wollte ihn umbringen, aber ich liebe ihn. Was kann man da schon tun?«

»Stelle dich vor die Bank und schreie laut ›Scheiße!‹«, riet Maddie. »Ich warte hier auf dich.«

»Meine Mom hat gesagt, daß irgendeine Frau aus der Bank deinen Dad erschossen hat«, sagte Mel später am Morgen zu Em, als sie zusammen draußen bei der Farm saßen und versuchten, Fische zu fangen.

»Ja, Candace.« Em stieß mit dem Fuß gegen den Steg. »Ich will nicht darüber reden.«

»Okay«, meinte Mel. »Aber das ist echt schlimm.«

»Hmmm.« Em ließ ihre Beine stärker baumeln. »Ist Phoebe nah am Wasser?«

Mel verdrehte den Kopf, um nachzusehen. »Nee.« Sie zog ihre Rute aus dem Wasser und wurde ernst. »Em, alles klar?«

»Ja.« Em sprach das Wort nachdrücklich aus, so wie C.L. es immer tat, wenn er es ernst meinte. »Ich habe mit meiner Mom und mit C.L. gesprochen. Es ist alles vorbei. Ich wünschte, mein Dad wäre nicht tot –«, sie brach ab, weil sie schlucken mußte, und umklammerte ihre Angelrute fester, »das wünsche ich mir wirklich, aber alles andere ist schon in Ordnung. Keiner will uns weh tun. Es geht uns gut.«

»Okay.« Mel durchwühlte ihren Rucksack und zog eine Schachtel Archway-Schokokekse hervor. »Hier. Das sind die besten.«

Em nahm eines der großen Plätzchen und starrte, während sie daran herumknabberte, in den blauen Septemberhimmel, bemüht, nur daran zu denken, daß alles in Ordnung sei. Sie wünschte, Mel würde aufhören, von ihrem Dad zu sprechen, aber so war es nun einmal. Die Leute wollten immer von den Sachen sprechen, von denen man selbst nicht reden wollte.

»Wird deine Mom C.L. heiraten?« wollte Mel wissen. »Ich meine nur so, weil du nie etwas darüber sagst, obwohl ich vor Neugier sterbe.«

Em seufzte. »Ich glaube schon. Aber bestimmt nicht sofort. Mom sagt auch immer nein, und das muß auch stimmen, weil sie mir versprochen hat, mich nie wieder anzulügen, aber ich wette, C.L. überredet sie dazu. Wahrscheinlich nächsten Sommer, weil dann das Haus fertig ist und wir aufs Land ziehen, wo Phoebe viel Platz zum Spielen hat und ich Anna jeden Tag sehen kann. Mom sagt nein, aber C.L. behauptet ja, und er lügt nie.«

Mel setzte sich aufrecht. »Moment mal, wenn du auf dem Land wohnst, sehe ich dich ja nie wieder.«

»Aber klar doch.« Em biß noch ein Stück ihres Plätzchens ab und redete mit vollem Mund weiter: »C.L. wird dich abholen und herbringen, oder er wird mich zu dir fahren. Ich habe ihn schon gefragt, und er sagte, das wäre überhaupt kein Problem, weil er sowieso in der Stadt arbeitet. Ich glaube, er will mit deinem Dad in der Firma zusammenarbeiten. Alles wird gut.« *Außer, daß mein Daddy tot ist,* fügte sie stillschweigend hinzu, aber es tat schon nicht mehr ganz so schlimm weh wie wenige Tage zuvor. Es tat ganz furchtbar weh, aber nicht mehr ganz so schlimm. Em schloß die Augen und dachte an ihren Dad zurück, mit der

Baseballkappe auf dem Kopf und dem Sahnenußeis in der Hand. Sie sah ihn leibhaftig vor sich. »Wir werden es schön haben«, versicherte sie Mel, während sie wieder in ihren Keks biß.

»Na, das hört sich gut an«, meinte Mel. »Habe ich dir übrigens schon gesagt, was Cindy Snopes mir über Jason Norris erzählt hat?«

»Nein.« Gespannt setzte Em sich auf. »Was denn?«

»Nimm dir noch ein Plätzchen«, forderte Mel sie auf und hielt ihr die Schachtel hin. »Das wird eine lange Geschichte, aber echt interessant.«

»Du hast es verpatzt«, meinte ihre Großmutter zu Maddie bei deren Besuch am Nachmittag. »Du hättest es so einfach haben können, aber du mußtest dein Schicksal ja herausfordern, und prompt ist der Skandal da. Ehebruch. Unterschlagung. Mord. Herausschreien von Obszönitäten in der Öffentlichkeit. Du konntest ja deinen Mund nicht halten.«

»Stimmt. Ich habe nämlich beschlossen, so wie du zu werden.« Maddie reichte die goldfarbene Fünf-Pfund-Riesenpackung ihrer Großmutter, die kurzzeitig sprachlos vor Freude war. »Jede Menge Schokolade«, sagte sie schließlich. »Toll.« Sie riß das rote Band und den Klebestreifen ab. Als sie den Deckel hob, eröffnete sich ihr ein vor Kalorien strotzender Anblick.

Maddie grapschte nach der Schildkröte aus Milchschokolade, bevor ihre Großmutter sie an sich reißen konnte.

»Hey, das ist meine Lieblingspraline«, protestierte Grandma, und Maddie erwiderte: »Du spuckst immer die Nüsse aus. Das ist widerlich. Außerdem ist da noch eine aus Bitterschokolade.«

Schmollend lehnte sich ihre Großmutter in die Kissen zurück. »Ich mag keine Bitterschokolade. Ich werde nicht mehr lange –«

»Gut«, meinte Maddie. »Dann esse ich die auch noch.« Sie fischte sie aus der Schachtel und biß hinein. Die Schokolade schmeckte köstlich und bitter. Das Karamel blieb an ihren Zähnen kleben, und die Nüsse waren schmackhaft und knackig. »Himmlisch.«

»Du ißt meine ganzen Pralinen auf«, beschwerte sich ihre Großmutter ernsthaft verärgert. »Du bist ein schreckliches Mädchen.« Sie senkte ihren Kopf und fing wieder mit der alten Leier an: »Dabei weißt du doch, daß ich nicht mehr lange unter euch sein werde.«

»Du wirst uns alle überleben.« Maddie setzte sich und aß den Rest der Schildkröte aus Bitterschokolade. »Du bist wie diese Stadt. Man müßte einen Pfahl durch euer Herz bohren, um euch aufzuhalten.«

»Verdammt richtig«, meinte ihre Großmutter. »Das ändert aber nichts an deiner Blödheit, alles herauszuposaunen. Diesen ganzen Skandal. Mit dem Erfolg, daß sich deine Mutter nun im Bowlingcenter stolz mit Sam Scott präsentiert. Ich bin entsetzt.«

»Du wirst darüber hinwegkommen«, erwiderte Maddie. »Nicht zu fassen, daß du bereits von Mom gehört hast. Sie hat sich erst vor einer Stunde mit ihm getroffen.«

Ihre Großmutter rümpfte verächtlich die Nase. »Ich pflege Konversation. Du hingegen verbringst wahrscheinlich deine ganze Zeit mit diesem Mann im Bett. Herumtreiberin. Du führst wirklich keinen tadellosen Lebenswandel.«

»Das will ich auch gar nicht.« Maddie biß in die andere Schildkröte. »Das ist wirklich eine hervorragende Schokolade. Ich weiß gar nicht, warum ich sie nicht schon seit Jahren mit dir teile.«

Ihre Großmutter pickte sich eine mit einer Walnuß verzierte Sahnepraline heraus und stopfte sie sich ganz in den Mund. Maddie wartete, bis sie die Walnuß quer durch das

Zimmer gespuckt hatte, bevor sie sagte: »Das ist wirklich ein starkes Stück, Gran.«

»Deshalb tue ich's ja auch«, antwortete Gran. »Erzähl mir von diesem Mann.«

»Er ist klasse im Bett«, meinte Maddie. »Em liebt ihn. Er hat ihr einen Hund gekauft. Ich spiele mit dem Gedanken, ihn zu heiraten.«

»Kann nicht früh genug sein«, meinte Gran trocken. »Dein guter Ruf ist schon lange dahin.«

»Du mußt stolz auf mich sein«, sagte Maddie.

»Das bin ich«, antwortete Gran. »Du kannst dir gar nicht vorstellen, wieviel Aufmerksamkeit ich ernte. Schöne Kette, die du da trägst.«

»Ein Geschenk«, erwiderte Maddie. »Von meinem neuen Kerl. Die kann ich wirklich nicht hergeben.«

»Ich werde nicht mehr lange bei euch sein«, ließ sich Gran schwach vernehmen. »Mein Herz.«

»Sie ist ein Symbol seiner Liebe«, wandte Maddie ein. »Ich schlafe damit.«

Gran keuchte nach Luft und verfiel in einen Hustenanfall, der nicht enden wollte, bis Maddie ihr ein Glas Wasser gebracht hatte und die Krankenschwester ins Zimmer geeilt war, um sich zu vergewissern, daß keine drastischen Maßnahmen zu ergreifen waren.

»Mach das nie wieder«, meinte Maddie, sobald die Krankenschwester das Zimmer verlassen hatte. »Du jagst mir Angst ein. Ich fange gerade an, dich zu schätzen, also stirb mir jetzt nicht weg.«

»Ich würde mich weitaus besser fühlen, wenn ich etwas Hübsches hier bei mir hätte«, erwiderte Gran. »Diese Katzenkette ist wirklich hübsch.«

»Du hast gewonnen.« Maddie streifte sie ab und reichte sie ihr. »Aber führe nie wieder dieses Hustentheater auf. Erzähl mir jetzt lieber von Mickey.«

Gran zog die Pralinenschachtel aus Maddies Reichweite und legte sich die Kette um den Hals. »Vergiß Mickey. Erzähl mir lieber von deinem neuen Mann. Ich würde ihn gern kennenlernen. Wie gut ist er?«

»Unglaublich«, sagte Maddie. »Absolut der Beste. Ich komme jedesmal laut schreiend.«

»Ich bitte dich, sei leise«, erwiderte ihre Großmutter. »Wir müssen hier in dieser Stadt leben.«

Zu Hause angekommen, legte Maddie Bonnie Raitt auf, doch bevor sie die Lautstärke für »Something to Talk About« aufdrehen konnte, klingelte das Telefon. Maddie verwarf ihren ersten Gedanken, nicht abzuheben. Vielleicht gab es ja gute Nachrichten?

»Dies ist ein obszöner Anruf«, ließ sich C.L. vernehmen, als sie abhob, und allein der Klang seiner Stimme bereitete ihr ein behagliches Gefühl. »Was trägst du?«

»Ein Lächeln auf den Lippen und das, was ich bei der Drake-Farm getragen habe. Warum bist du jetzt nicht hier in mir?« Sobald sie diese Worte auch nur ausgesprochen hatte, raubte ihr der Gedanke an seine Stärke, seine Hände, seinen Mund, sein Lächeln und seine Liebe den Atem. Offenbar übten sie auf C.L. die gleiche Wirkung aus, da sie ihn durch die Leitung laut atmen hörte.

»Das waren klare und unmißverständliche Worte«, sagte er. »Himmel noch eins, wo war ich stehengeblieben? Auch egal. Mach dich bereit, ich bin unterwegs.«

»Warte einen Augenblick«, wandte Maddie ein. »Was ist mit Em? Wird Henry nicht anrufen?«

»Anna plant gerade, bis zum nächsten Jahrhundert auf Em und Mel aufzupassen, und Henry hat sich die Bücher und Rechnungen aus dieser Kiste im Polizeirevier vorgenommen. Ich habe also nichts anderes zu tun, als dich um den Verstand zu bringen.«

Maddie biß sich auf die Lippe und suchte Halt an der Wand. Vorspiel per Telefon. Zum ersten Mal seit Wochen hegte sie gegenüber AT&T freundliche Gedanken. »Du hast wohl nie etwas anderes im Sinn, was?«

»Ich wollte hier gerade ein Rohr verlegen, aber wenn du verdorbene Sprüche losläßt, werde ich bei dir eins verlegen. Ich habe das entsprechende Werkzeug und weiß es zu benutzen.«

»Meine Großmutter wird dich in ihr Herz schließen«, sagte Maddie.

»So wie du, Süße«, erwiderte C.L. Die Gewißheit in seiner Stimme ließ sie auflachen.

»Das habe ich schon«, meinte Maddie übermütig. »Ich liebe dich, wahnsinnig, leidenschaftlich, hoffnungslos, lautstark. Los, mißachte jede Geschwindigkeitsbegrenzung und parke direkt vor meinem Haus. Wir werden die Fenster offenstehen lassen.«

Ohne sich zu verabschieden, legte C.L. auf, und Maddie stellte sich vor, wie er die Tür seines Cabrios aufriß und sich ungestüm auf die Straße einfädelte. Aber das würde er selbstverständlich nicht tun, da er nun ein ernsthafter und ehrenwerter Bürger war. Dennoch konnte sie, völlig gefangen davon, dieses Bild genau vor sich sehen.

Er würde mindestens zwanzig Minuten bis zu ihr brauchen. Derweil könnte sie ihre Mutter anrufen und sich nach Einzelheiten erkundigen – andererseits wollte sie nichts tun, was ihre Mutter davon abhalten würde, sich mit dreiundsechzig zum Gespött der Leute zu machen. Sie könnte Treva anrufen, aber den Rest ihres Lebens würde sie mit Treva die letzten Neuigkeiten austauschen.

Sie sollte vielmehr einfach hier sitzen bleiben und sich obszönen Gedanken an C.L. hingeben, aber das Telefongespräch hatte sie schon heiß genug gemacht und erschauern lassen. Noch zwanzig Minuten …

Im Gefrierfach lagen noch Schokokuchen. Mit Nüssen. Und dank ihres funktionierenden Geliebten hatte sie eine funktionierende Mikrowelle, in der sie einen davon innerhalb von dreißig Sekunden in einen himmlischen Genuß verwandeln konnte.

Himmlische Vorstellungen ließen ihre Gedanken zu C.L. zurückschweifen. Sie streifte ihren winzigen blauen Bikinislip ab und wollte ihn in der Diele fallen lassen, damit er ihn dort finden würde. In diesem Moment überlegte sie es sich jedoch anders, trat auf die Vorderveranda hinaus und stülpte ihn statt dessen über den Türknopf, während sie Mrs. Crosby zuwinkte, die sie von ihrer Veranda aus mit zusammengekniffenen Augen beobachtete. Unbeeindruckt ging sie ins Haus. Sie war sicher, daß das Vorfinden ihres Slips auf den sowieso schon erregten C.L. eine elektrisierende Wirkung haben würde. Dieser Nachmittag, der bereits gut angefangen hatte, versprach galaktisch zu werden.

Und bis dahin gab es schließlich Schokolade.

Danksagung

Meinen Dank an die Fakultät und die Studenten des Kreativen Schreibseminars der Ohio State University für das Lesen großer Teile dieses Romans *ad nauseum*, an meine Lektorin, Valerie Taylor, die den gesamten Roman *ad nauseum* las, sowie an meine Agentin, Meg Ruley, und meine Verlegerin, Jennifer Enderlin, die aufrichtig schwören, er sei kein *nauseum.*